Inge

Vorwahlkampf in Berlin. Eine energische und populäre, weil hart durchgreifende Staatsanwältin soll als Kandidatin für das Amt des Regierenden Bürgermeisters aufgebaut werden. Noch mehr wird sie ins Rampenlicht gerückt, als sie die Ermittlungen in zwei Mordfällen übernimmt: Innerhalb von 24 Stunden waren ein Senatsangestellter und ein Polizeihauptkommissar erschossen worden, und zwar mit ein- und derselben Waffe. Zuerst mit Verwunderung, dann mit Verdruss stellen Staatsanwältin und die Beamten der Mordkommission fest, dass sich ein privater Ermittler in den Fall einzumischen beginnt. Es ist ein Ex-Kommissar aus Ulm. Sein Name: Hans Berndorf …

Ulrich Ritzel, geboren 1940, gilt als einer der besten Kriminalautoren Deutschlands. Nach seinem Jurastudium arbeitete er jahrelang für verschiedene Zeitungen, 1981 erhielt er für seine Gerichtsreportagen den renommierten Wächter-Preis. Seine Kommissar-Berndorf-Krimis sind alle preisgekrönt, »Beifang« wurde mit dem Deutschen Krimipreis 2010 ausgezeichnet, »Schlangenkopf« stand monatelang auf der KrimiZEIT-Bestenliste. Ulrich Ritzel lebt seit 2008 in der Schweiz.

Ulrich Ritzel bei btb

Der Schatten des Schwans. Roman (72800) · Schwemmholz. Roman (72801) · Die schwarzen Ränder der Glut. Roman (73010) · Der Hund des Propheten. Roman (73256) · Halders Ruh. Erzählungen (73332) · Uferwald. Roman (73667) · Forellenquintett. Roman (73837) · Beifang. Roman (74162) · Schlangenkopf. Roman (74291)

Ulrich Ritzel

Trotzkis Narr

Roman

btb

MIX
Papier aus verantwortungsvollen Quellen
FSC® C083411

Verlagsgruppe Random House FSC® N001967
Das für dieses Buch verwendete FSC®-zertifizierte
Papier *Lux Cream* liefert Stora Enso, Finnland.

1. Auflage
Genehmigte Taschenbuchausgabe August 2015

Umschlaggestaltung: semper smile, München
Umschlagfoto: Victor Habbick/ Trevillion Images
Druck und Einband: CPI books GmbH, Leck
UB · Herstellung: sc
Printed in Germany
ISBN 978-3-442-74292-9

www.btb-verlag.de
www.facebook.com/btbverlag
Besuchen Sie auch unseren LiteraturBlog www.transatlantik.de!

Berlin, ein Mittwoch im Oktober

Zwischen Immergrün und verblühten Herbstblumen stakst wippend eine Amsel, verharrt plötzlich mit hochgestrecktem Kopf und äugt, ganz still und starr, hüpft aber gleich darauf einen oder zwei Schritte weiter und pickt etwas aus dem Boden, einen Wurm oder ein Kerbtier. Und schon wieder muss sie äugen, wohin? Hinauf zu den Falken oder was sonst aus dem blaugrauen Himmel herabstoßen kann auf den Neuen Städtischen Friedhof? Was ist das überhaupt, was dieser Vogel aus dem Boden holt?

Das, denkt Jonas Regulski, will ich lieber nicht so genau wissen. Der Boden unter Cotoneaster und welkem Gesträuch bietet allerhand Getier Nahrung. Warum nicht auch der Amsel? Es ist ein Amselmännchen, falls die einen gelben Schnabel haben. Und auf seinem Kopf ist eine kahle Stelle, vielleicht von einem Schnabelhieb, vielleicht von einem Treffer aus Luftgewehr oder Steinschleuder. Nein, denkt Regulski, die Welt ist nicht freundlich. Nicht zu Amselmännchen und auch zu niemandem sonst.

Er wendet sich ab, etwas zu abrupt, so dass die Amsel missversteht und hochflattert. Nix für ungut, denkt Regulski und blickt zu Hintze. Der steht ein paar Schritte weiter, vor dem Grab mit dem Findlingsstein und dem kurz geschnittenen Rasen, und betrachtet seine Arbeit, die Rasenschere in der Hand. Aber er ist nicht zufrieden, und so lässt er sich wieder auf seine Knie sinken und macht sich daran, auch die Grashalme rund um den Findlingsstein auf gleiche Höhe zu stutzen.

Einmal Maurer, immer Maurer, denkt Regulski: Alles muss nach der Richtschnur gearbeitet sein. Nur das Leben schert sich einen Dreck darum. Aber vielleicht ist es auch ein Vorwand, und der Schlingel will vor dem Grab nur knien.

Dabei trifft den Maurer Paul Hintze gar keine Schuld. Ihn doch nicht. Schwarz auf weiß hat er es, dass er nicht schuld ist. Aber auch darum schert sich das Leben einen Dreck.

»So!«, sagt Hintze, der wieder aufgestanden ist und sich die Hosenbeine abklopft. »Das sollte jetzt seine Ordnung haben.«

»Sieht gut aus«, sagt Regulski. Und dass etwas gut aussieht, das ist doch die Hauptsache, oder nicht? So, wie die Wally ausgesehen hat, nachdem sie es getan hat, kann einer mit dem Grab gar nicht zufrieden genug sein. Nur kann er das dem Maurer Hintze nicht sagen. Ums Verrecken nicht. Wer weiß, wie gründlich Frauen sein können, wenn sie Schluss machen wollen, der geht nicht in Details. Bitte nicht.

»Gehen wir ein Bier trinken?«

»Wenn du meinst«, antwortet Hintze, während er die Rasenschere und die kleine Handhacke in seiner Werkzeugtasche verstaut. »Ein Bier und einen Kurzen. Die Wally wird es uns gönnen.«

An den Gräberreihen entlang gehen die beiden Männer zum Ausgang. Irgendwo jault ein Mobiltelefon, nein, nicht irgendwo, sondern in der Tasche von Regulskis Uniformjacke. Er macht einen Schritt zur Seite, bleibt dann stehen und holt das Handy heraus. Sein Schwager läuft ein paar Meter weiter, bis er außer Hörweite ist. Das gehört sich so, denn es kann ein dienstlicher Anruf sein.

Das Gespräch ist nur kurz, dann klappt Regulski das Mobiltelefon wieder zu und schließt zu Hintze auf. »Entschuldige«, sagt er. »Ein Kollege… du kennst ihn.«

»Ach, der!«

Ja, der!, denkt Regulski und versteht schon, was Hintze meint: noch einer, der nicht hat helfen können. Du tust ihm Unrecht, will er sagen und unterdrückt es rechtzeitig. Sie erreichen den Ausgang und gehen an den geöffneten schmiedeeisernen Torflügeln vorbei, verharren kurz am Gehsteig und überqueren dann die Straße, auf deren anderer Seite das Café zur »Stillen Einkehr« liegt. Am Eingang ist ein Zeitungsautomat aufgestellt, der »Express« titelt mit großen roten Buchstaben: »Staatsanwältin Gnadenlos ins Rote Rathaus?«

Regulski ist stehen geblieben und liest die Schlagzeile. »Ist was?«, fragt Hintze.

»Nöh«, sagt Regulski, zuckt mit den Schultern und geht durch die Tür, die ihm Hintze aufhält.

Wir müssen die einfachen Dinge wieder lernen«, ruft Dagmar Wohlfrom-Kühn in den Saal, den Kopf mit der graugelockten Mähne zum Mikrofon geneigt und gleichzeitig das Publikum im Auge. Ihre Hände unterstreichen den Satz, als seien die einfachen Dinge vor allem rund und angenehm. Dann aber ändert sich die Gestik, die Finger fächern sich auf und zeigen auf die Zuhörer. »Und dazu gehört, dass wir, die Berlinerinnen und Berliner, uns fragen – und wir, was tun wir für unsere Stadt?«

Eine angenehme Stimme, konstatiert Karen Andermatt. Nicht zu hoch, nicht angestrengt. Die Rede – frei vorgetragen. Locker und gewandt. Sehr dezentes Make-up. Die Frisur? Die Dame hat einen erstklassigen Coiffeur – man sieht nicht, dass sie bei ihm war! Gottlob kein Hosenanzug, sondern ein dunkles Kostüm. Also? Ein Beispiel dafür, wie frau aussehen und auftreten kann, wenn frau nicht mehr jung ist?

DWK, wie die Boulevardpresse sie nennt, wenn zur Abwechslung mal nicht von der »Staatsanwältin Gnadenlos« die Rede sein soll – DWK also wendet sich zu dem Transparent, das hinter ihr die Rückwand des Ballsaals im Brandenburg Residence Hotel ausfüllt, und weist mit einer dramatischen und zugleich anmutigen Geste hoch zu dem Slogan, der in preussisch blauer Helvetica-Schrift auf silbernem Untergrund strahlt. »Eine Stadt steht auf«, liest sie vor und reißt spielerisch die geballte Faust hoch, um das *auf* zu unterstreichen,

»das ist gewiss ein schönes Motto, ermutigend und aufrüttelnd, aber das Schicksal einer Stadt hängt nicht von einer kollektiven Aufwallung ab, sondern vom verantwortungsbewussten Handeln jedes einzelnen Bürgers...«

Nein, denkt Karen, solche Sätze würde sie bei Gott nicht in den Mund nehmen wollen. Zu keiner Zeit. Sie schaut zur Seite, zu ihrem Mann, aber Stefan hat dieses höfliche, aufmerksame Gesicht aufgesetzt, das sie von ihm kennt, wenn sie in Gesellschaft sind, und von dem sie nicht weiß, was sie davon halten soll... Sie unterdrückt ein Lächeln und sieht sich im Saal um.

Wie würde sie beschreiben, was sie sieht? Viel blondgelocktes Haar über starren, gelifteten Masken. Gelhaarfrisuren zu Dreitagebärten und Nadelstreifenanzügen. Die ewig Neunundvierzigjährigen, vom Golf-Training in Form gehalten und bei Bedarf vom Viagra. Herrenmenschengesichter mit den Kerben darin, die man nicht einmal dann bekommt, wenn man kopfüber durch die Windschutzscheibe fliegt...

»Lassen Sie mich jetzt einmal – und lachen Sie bitte nicht – von China sprechen«, sagt Dagmar Wohlfrom-Kühn über das Mikrofon gebeugt und eine Hand mit ausgestrecktem Zeigefinger hochhaltend, »in China ist dieser Tage eine neue Eisenbahnlinie in Betrieb genommen worden, eine Hochgeschwindigkeitsstrecke über zweitausenddreihundert Kilometer, von Beijing nach... das kann ich gar nicht aussprechen wohin, die Fertigstellung dieser Bahnstrecke hat einen unvergleichbar größeren Arbeitsaufwand erfordert als der Bau des neuen Berliner Flughafens, mit unvorstellbar größeren geologischen und technischen Schwierigkeiten. Dennoch ist dieses Projekt fristgerecht fertiggestellt worden, und selbstverständlich verkehren auch die Züge darauf fristgerecht. Wann bitte, meine Damen und Herren, sind Sie zum letzten Mal in einem Zug der Deutschen Bahn gesessen, der fahrplanmäßig gefahren wäre? Und wann, bitte, wird wohl der Berliner Flughafen fertig sein und zu welchen Kosten? Doch diese Frage wird

Ihnen und mir niemand beantworten, denn dieser Senat hat zu nichts und nirgends einen Überblick mehr und weiß vermutlich nicht einmal, wie viele Milliarden man bereits im brandenburgischen Sand verbuddelt hat…«

Beifall rauscht auf. Karen spürt einen Blick. Jemand beobachtet sie beim Beobachten. Unwillkürlich wendet sie den Kopf und sieht Carsten Stukkart in der Reihe hinter ihr drei oder vier Sitze weiter, noch im Sitzen hochragend, im Halbdunkel des Zuhörerraums glitzert belustigtes Funkeln unter den buschigen Augenbrauen. Sie antwortet mit einem Augenaufschlag und einem Lächeln, wendet den Kopf dann aber wieder ab und der Rednerin zu.

»Vielleicht beginnen wir damit, dass wir uns daran erinnern, was früher einmal möglich war«, fährt die Rednerin fort und hebt beschwörend die rechte Hand, »zum Beispiel in den Hungermonaten der Blockade 1948/49, da ist binnen weniger Monate der Flugplatz Tegel hergerichtet und in Betrieb genommen worden. Warum achten wir nicht darauf, was die alten Berlinerinnen und Berliner uns zu sagen haben?«

Lutz Harlass verlässt die U-Bahn an der Station Onkel Toms Hütte, bleibt dann aber für einen Augenblick im Halbdunkel des Ausgangs stehen, neben den Läden, die längst geschlossen haben, und wirft einen Blick auf das Display seines Handys. Es ist noch nicht ganz 21.35 Uhr.

»Punkt 21.35 Uhr stehst du am Straßenrand«, hatte ihm Dolf ausgerichtet. »Keine Sekunde davor, keine danach.«

Es ist merkwürdig, wie lang eine Minute werden kann. Manchmal hatten sie in der Schule ausprobiert, wie lang einer die Luft anhalten kann. Eine halbe Minute kam einem da schon vor wie die Ewigkeit. Aber das hier ist noch mal was anderes. Einfach bloß warten. Zusehen, wie die Sekunden trödeln. Bestellt und nicht abgeholt. Eine Frau führt ihren Pudel aus, das ist alles. Die Frau trägt kniehohe Stiefel und einen schwarzen glänzenden Regenmantel, denn am Abend hat es zu regnen begonnen, unterm kurzgeschorenen Haar spürt er die Nässe auf der Kopfhaut. Vielleicht hat Dolf ihn einfach bloß verarscht. Wieder einmal. Die ganze Zeit schon hält er ihn hin. Das können sie alle gut, einen verarschen.

Wieder wirft er einen Blick auf das Handy. Noch zehn Sekunden, jetzt acht. Plötzlich hat er es eilig, auf der Argentinischen Allee tauchen Scheinwerfer auf, im Gehen steckt er das Handy ein und steht am Straßenrand, als der Wagen – ein Opel, Mittelklasse, älteres Baujahr – auch schon ausrollt und die Beifahrertür aufgestoßen wird. Er steigt ein und hat den Arsch noch nicht richtig auf dem Sitz, als es schon wieder weitergeht.

Aus den Augenwinkeln mustert er den Fahrer. Viel ist nicht zu sehen. Eher über die fünfzig als darunter. Ein massiger, schwerer Kerl mit Händen, die wie Schaufeln sind. Hinten sitzt noch so einer. Auch in dem Alter. Aber schmaler. Irgendetwas ist an den Männern, das ihm nicht gefällt. Niemand sagt ein Wort. Harlass wischt sich die Regentropfen von der Stirn und räuspert sich und wagt dann doch eine Frage:

»Dolf ist nicht mitgekommen?«

»Angurten«, sagt der Fahrer. Harlass tut es, und nach Dolf fragt er lieber nicht noch einmal. Der Wagen rollt über die Argentinische Allee Richtung Clayallee. Es regnet stärker, und die Scheibenwischer schalten sich ein.

Aus dem Dunkel des Wagens kommt eine Stimme. »Du warst beim Bund?«

»Ja«, antwortet Harlass. Und, nach einer Pause: »Sonthofen.«

»Weißt du, was eine Jarygin ist?«

»Eine Russenknarre.«

»Schon mal eine in der Hand gehabt?«

»Nein.«

»Das Geld hast du dabei?« Es klingt, als sei das eine Nebensache.

»Dreihundert.«

»Das reicht nicht.«

»Aber Dolf...«

»Der interessiert uns nicht«, sagt die Stimme. Sie klingt ruhig, geschäftsmäßig. Wenn sie etwas sagt, dann gibt es weiter nichts zu sagen. So eine Stimme ist das. »Diese Sache hier läuft zwischen uns. Zwischen niemand sonst.«

»Okay«, antwortet Harlass.

Der Opel fährt weiter durch die Nacht. Im Nieselregen schimmern die Lichter der Straßenlaternen, manchmal werden sie von einem anderen Auto überholt, und ein Wasserschwall gischtet über die Frontscheibe.

»Du warst im Knast.« Wieder der Mann hinten im Fond. Er fragt das nicht. Er stellt es fest. »Achtzehn Monate. Weil du auf diesen Rebbe losgegangen bist.«

Harlass antwortet nicht. Er ist es gewöhnt, dass man so zu ihm spricht. Das Beste ist dann, nichts zu sagen.

»Und jetzt willst du ihn umlegen. Das eine ist so blöd wie das andere. Der hat inzwischen Personenschutz. Du kommst keine zehn Meter an ihn dran, und sie haben dich schon am Wickel.«

Vor ihnen springt eine Ampel auf Rot. Harlass überlegt, ob er einfach aussteigen soll. »Ich weiß nicht«, bringt er schließlich heraus, »was Sie von mir wollen.«

»Nichts wollen wir von dir. Du willst was von uns. Aber wenn dir unsre Fragen nicht passen, dann steig jetzt aus.«

Harlass räuspert sich, weil er nicht weiß, was er sagen oder tun soll.

»Noch ist Rot«, wirft der Fahrer neben ihm ein.

Harlass zuckt mit den Schultern. Die Ampel springt auf Gelb, der Fahrer legt den Gang ein, und der Opel rollt an.

»Na schön«, sagt der Mann auf der Rückbank. »Ich hab hier eine 446 Viking, russisches Fabrikat, das ist die Zivilversion der Jarygin, dazu zwei Streifen Munition, du kannst aber auch NATO-Munition laden, neun Millimeter Parabellum...« Aus dem Dunkel schiebt sich eine schmale Hand nach vorne und hält eine Plastiktüte mit einem schwereren Gegenstand. »Schau dir es ruhig an… aber dreihundert Euro – verstehst du, das ist kein Preis!«

Und bringen Sie noch ein drittes Glas!«, sagt Stukkart, als der Kellner die Flasche geöffnet und den Sekt in den beiden Gläsern hat aufschäumen lassen. Er wendet sich an Karen. »Ich nehme an, dass Stefan uns nicht allzu lange warten lassen wird… ein paar Neuaufnahmen, nichts weiter!« Er nimmt sein Glas auf und prostet ihr zu: »Mud in your eyes!« Wieder glitzern die Augen unter den Augenbrauen, Karen lächelt zurück und hofft, dass es ein unbefangenes Lächeln ist. Sie sitzen an einem niedrigen Ecktisch, das Licht ist ihr ein wenig zu schummrig, und sie ärgert sich, weil sie nicht darauf bestanden hat, sich einen Tee bringen zu lassen. Eine Pianistin, von der sie nur die Wespentaille und den hübschen Po sieht, spielt Medleys, gerade eben glaubt sie Anklänge an den Basin Street Blues zu hören.

»Stefan nimmt Mitglieder auf?«, fragt sie zurück und setzt sich so aufrecht hin, wie das in einem Clubsessel möglich ist. »Eine Partei will er – oder wollen Sie – aber nicht gründen? Ich fürchte, er käme mir ein wenig komisch dabei vor.«

»Um Gottes willen!«, ruft Stukkart aus. »Wir doch nicht! Eine schnuckelige kleine Bürgerinitiative soll da auf die Beine gestellt werden, eine, die mal anders gestrickt ist. Keine, die was verhindert, sondern eine, die was tut. Die diesen verschnarchten Senat und seine verfilzte Bürokratie aufrüttelt und vernehmlich Guten Morgen! brüllt und Fenster aufreißt, damit endlich einmal frischer Wind durch die Amtsstuben fährt…« Er hält inne, legt den Kopf ein wenig schief, um dann nur noch ein zögerliches »Aber…« nachzuschieben.

»Was aber?«, fragt Karen.

»Ich fürchte…« Wieder bricht er ab. Schließlich fährt er fort: »Ich habe mir vorhin erlaubt, Sie zu beobachten. Wie Sie die

Zuhörer betrachtet haben. Sie haben es ja bemerkt. Und jetzt glaube ich nicht, dass Sie glauben, mit solchen Leuten könne man diese Stadt aufmischen. An Ihrer Nasenspitze sehe ich Ihnen das an.«

»Ich bin weit davon entfernt, mir ein solches Urteil zu erlauben«, lügt Karen.

»Das ist nicht nett«, klagt Stukkart: »Einem alten Mann was vormachen zu wollen. Auf jeden Fall sind Sie nicht im Recht – es ist ja gerade der Witz dabei, dass sich hier einmal diejenigen zu Wort melden, von denen man sonst nichts sieht und nichts hört.«

»Über Frau Wohlfrom-Kühn bekommen wir aber neuerdings sehr viel zu lesen. Welche Rolle haben Sie ihr eigentlich zugedacht?«

»Liebe gnädige Frau«, sagt Stukkart und macht Anstalten, ihr eine schwere fleischige Hand auf den Arm zu legen, lässt es dann aber doch bleiben, »das sind jetzt – bitte sehr – gleich zwei falsche Töne in einem Satz. Ich habe in dieser Sache überhaupt niemandem etwas zugedacht oder zuzudenken, bei weitem nicht, ich bin zwar ein zahlendes, sonst aber ein entschlossen schweigendes Mitglied in unserem Freundeskreis, Stefan wird Ihnen das bestätigen! Und die Dame Wohlfrom-Kühn sieht mir so aus und hört sich so an, als suche sie sich ihre Rollen ganz alleine aus... Da wir gerade bei diesem Thema sind – werden Sie über diesen Abend berichten?«

»Nachdem Stefan einer der Veranstalter war, wäre das kaum korrekt.«

Stukkart runzelt die Stirn. »Sind die Medien so pingelig geworden? Das wäre mir neu.«

»Sollten wir nicht alle ein bisschen pingeliger werden?«, fragt Karen zurück. »Oder habe ich die Frau Staatsanwältin da falsch verstanden?«

Stukkart wird einer Antwort enthoben, denn Karens Handy meldet sich. Sie bittet um Entschuldigung und meldet sich, als sie den Anruf annimmt, mit einem leisen »Ja?« Es ist Stefan, es sind noch ein paar organisatorische Vorbereitungen zu erledigen – »wegen der Steuerbescheinigung für die Spenden, weißt du!« –, es könne noch ein knappe halbe Stunde dauern.

»Kein Problem«, sagt Karen, »wir unterhalten uns hier sehr gut!« Sie beendet das Gespräch und lächelt – noch einmal entschuldigend – Stukkart zu. Auf dem kleinen Konzertpodium hat eine große schlanke Frau mit kahlgeschorenem Schädel neben dem Flügel Stellung bezogen, ein Mikrofon in der Hand.

Der Waldparkplatz ist verlassen, nirgends ein anderes Auto, nur der Opel, dessen Innenbeleuchtung eingeschaltet ist. Harlass wägt die 446 Viking in seiner Hand, den Finger am Abzug, das Ding gibt ihm ein verdammt gutes Gefühl.

»Du kommst damit klar?« Die Stimme aus dem Fond. Die vom Chef. Vom Chef von was auch immer. Der einfach dahinten hockt und den Harlass gar nicht richtig sehen kann.

»Ich denk schon.«

»Schön. Das Problem ist nur – wir wissen nicht, ob wir mit dir klarkommen.«

»Sie meinen, mit dem Geld… Wenn Sie die 300 als Anzahlung nehmen…«

»Versuch nicht, mit uns zu handeln. Das Problem ist nicht das Geld, sondern das bist du.«

»Ich versteh Sie nicht.«

»Wir haben nämlich keine Lust, diese Knarre einem Idioten zu geben. Einem, der damit nur Scheiße baut. Kannst du mir folgen?«

Harlass weiß nicht, was er antworten soll, also hält er das Maul.

»Dass du diesen Rebbe umlegen willst«, fährt die Stimme fort, »das hat keinen Sinn und keinen Verstand. Das macht nur den falschen Leuten Stress.«

Wieder spürt Harlass das Gewicht der Waffe in seiner Hand. Und plötzlich hat er eine Idee.

»Und wer wären dann die richtigen Leute?«

Eine ganze Weile sagt niemand etwas. Und Harlass fragt sich, ob er nicht doch besser still geblieben wäre. Dann aber merkt er, dass sich der Kerl aus dem Fond zum Fahrer vorbeugt.

»Zeig ihm das Foto!«

Die Sängerin mit der Frisur einer Pariser Kollaborateurin aus dem Sommer 1944 hat eine helle freche amerikanische Stimme, und dazu hat sie oder die Pianistin oder alle beide zusammen einen Dreh gefunden, damit die freche Stimme zu Roy Heads »She Is An Angel With A Broken Wing« eigentümlich passt, jedenfalls kommt es Karen so vor. Ein paar Zuhörer an der Bar winken dazu mit angeknipsten Feuerzeugen und klatschen und wollen eine Zugabe, aber jetzt ist erst einmal Pause.

»Hmm«, macht Stukkart, »von Nashville direktemang nach Lesbos... Für mich ist das – sagen wir mal – ein wenig gewöhnungsbedürftig.«

»Mir hat es gefallen«, antwortet Karen. »Außerdem ging das gerade eben nicht direkt von Nashville nach Lesbos, sondern via Berlin.« Sie lächelt ein kleines boshaftes Lächeln. »Das passt doch. Manchmal sind die Männer die schöneren Frauen und die Frauen die stärkeren Männer.«

»Wenn Sie es sagen... Sie müssen verstehen – ich bin da vorbelastet, als junger Mann hab ich leidenschaftlich gern American Forces Network gehört, da kamen solche Sachen, und das ist mir bis heute geblieben...«

»Und Sie meinen, mit dem Frauenbild von AFN lässt sich das hier« – Karen deutet mit dem Sektglas auf das jetzt verlassene Konzertpodium – »schlecht vereinbaren? Glauben Sie nicht, die kahle Sängerin und ihre Pianistin kämen bei der

Truppenbetreuung in Afghanistan ganz hervorragend zurecht?«

»Gewiss, muss aber nichts über ihre Interpretation aussagen«, gibt Stukkart zurück. »Was mich stört, das ist – lachen Sie bitte nicht! – die Abwesenheit einer gewissen ... einer gegen den Strich gebürsteten ... nun ja: die notgedrungene Abwesenheit von Ritterlichkeit.«

Karen hält den Kopf ein wenig schief, als müsse sie die Lage aus einer neuen Perspektive betrachten. »Sagten Sie Ritterlichkeit? Da passt aber gerade dieses Lied nicht so rasend toll.«

»Und warum nicht?«

»Wenn eine Frau ein Problem mit der Schulter hat«, erklärt Karen, »will sie nicht angesungen werden, sondern braucht einen guten Heilpraktiker.«

»Komisch«, meint Stukkart. »Von einer Schulter hab ich nichts gehört. Und auch sonst ... Irgendwie kam mir das Lied vor wie eine Liebeserklärung.«

»Natürlich haben Sie Recht«, räumt Karen ein. »Es ist eine Liebeserklärung. Aber so wie das hier gesungen wurde, von einer Frau für eine andere, da hat das eine gewisse kühle Klarheit. Das Tränentierhafte ist weg. Die Sängerin weiß, was Sache ist. Auch sie liebt, aber sie liebt ohne Illusionen.«

Stukkart beugt den Kopf vor und blickt fragend. »Liebe ohne Illusionen, ja? Geht das?« Die Frage bleibt unbeantwortet. »Ich verstehe, Sie gehören einer sehr nüchternen Generation an. Einer, die weder Bilder noch Utopien akzeptiert ...«

Karen lacht. »Sie sprechen von unserer – oder vielmehr: von meiner Nüchternheit? Meinen Sie das im Ernst?«

»In vollem Ernst.« Stukkart hat sein Sektglas wieder auf den Tisch gestellt und ist auf fast unmerkliche Weise ein Stück näher an Karen gerückt. »Alte Männer sollten nicht von der Liebe reden, als ob sie daran Anteil haben könnten. Aber wir können wahrnehmen, wenn sich etwas verändert hat. Zum Beispiel, dass die Spielregeln der Liebe andere geworden sind.«

Er wartet, bis Karen ihm schließlich den Gefallen tut und nachfragt, wie er das denn meine.

»Die Liebe ist Verhandlungssache geworden«, kommt die Antwort. »Sie ist ein Kontrakt, wie jedes Börsengeschäft... Es wird vereinbart, wer zu welchen Bedingungen was tun darf oder zuzulassen hat. Kein Mysterium mehr, kein Engel, nirgends, kein Begehren, das einen um den Verstand bringt... Sie scheinen nicht einverstanden?«

»Wenn es so wäre, dass die Menschen nur noch von Sex und Geld umgetrieben wären und von sonst nichts – dann hätten Sie wohl Recht, und das eine wäre wie das andere«, antwortet Karen und stellt entschlossen das Sektglas ab, das sie eher spielerisch in der Hand geahlten hatte. »Aber ich glaube nicht daran. Es gibt noch zwei oder drei andere Dinge im Leben.«

»Ah ja? Und was könnte das sein? Liebe Glaube Hoffnung – so etwas in der Art?«

Karen zuckt die Achseln. »Ekel«, sagt sie dann und dreht sich um. »Ekel ist eines davon... Aber jetzt müssen Sie mich entschuldigen, ich sehe Stefan...«

Ein Schatten tritt aus dem Dunkel, der Schatten eines großen, ein wenig schlaksigen Mannes, dessen Gesicht seltsam blass und scharf konturiert aussieht. »Wir müssen sehr um Entschuldigung bitten, dass wir so spät sind«, sagt Stefan Andermatt und macht einen Schritt zur Seite, um Dagmar Wohlfrom-Kühn den Vortritt zu lassen und ihr den Mantel abzunehmen. Karen registriert, dass es sich um einen schwarzen Pelzmantel handelt, dann wird sie aber auch schon von der Staatsanwältin in Beschlag genommen.

»Ich finde es ganz reizend, dass wir uns noch ein wenig näher kennenlernen... nein danke, Carsten, keinen Sekt, kannst du mir einen Fencheltee besorgen? Kamille geht auch.«

Der Jaguar gleitet über die Stadtautobahn, Stefan hat sich im Sitz zurückgelehnt und döst oder schläft vielleicht sogar richtig, sie kann das nie genau unterscheiden, so gut kennt sie ihn noch nicht. Es ist Mitternacht vorbei, aber sie haben beide nicht viel getrunken, er ein wenig mehr als sie. Im Autoradio läuft – sehr leise – ein Klavierkonzert, aber dann unterbricht der Verkehrsfunk, irgendwo liegen Reifenteile herum.

Aber dann hat Stefan schon auf die Aus-Taste gedrückt. »Du musst entschuldigen«, sagt er, »aber genug ist genug. Ich mag jetzt nur noch deine Stimme hören.«

»Ich fahre«, kommt es von Karen, »für Unterhaltung muss der Beifahrer sorgen.«

»Weiß nichts. Bin langweilig.«

»Warum hast du mich heute Abend eigentlich mitgeschleppt?«

»Dich kann man vorzeigen.«

»Und Stukkart seine nicht?«

»Die sitzt in einem oberbayerischen Chalet mit Alpensicht und hasst Berlin...« Stefan gähnt, und dann muss er lachen. »Deshalb ist Carsten so dahinterher, dass ihn die Zentrale nicht nach München abkommandiert. Hast du dich eigentlich gut mit ihm unterhalten?«

»Weiß nicht. Ich fürchte, ich bin nicht sehr gut darin, Chefs zu unterhalten. Vielleicht wirst du jetzt wegen mir nach Sibirien geschickt.«

»Macht nichts. Dann kauf ich dir eine Zobelmütze.« Wieder muss Stefan gähnen.

»Ich mag es nicht«, wendet Karen ein, »dass man Tiere häutet... Apropos! Diese Staatsanwältin mit dem Pelzmantel – was habt Ihr mit der eigentlich vor?«

Wieder muss Stefan gähnen. »Nichts. Wir doch nicht. Wir geben jemandem eine Gelegenheit. Eine Gelegenheit, sich vorzustellen. Dass er oder sie sagen kann, was Sache ist. Moment, da könnten gerade Nachrichten kommen...« Er schaltet das Autoradio ein.

»... des Großflughafens erklärte der Finanzsenator, die möglicherweise anfallenden Mehrkosten stellten in keiner Weise

ein Problem dar, da sie durch die zu erwartenden höheren Steuereinnahmen aufgefangen würden... Berlin. Die Entscheidung des Berliner Landesverbandes der Staatspartei, über ihren Kandidaten für das Amt des Regierenden Bürgermeisters in einer auch für Nichtmitglieder offenen Urabstimmung entscheiden zu lassen, schlägt weiter Wellen. So hat der Fraktionsvorsitzende der Staatspartei im Abgeordnetenhaus, Krotowski, gestern Abend eine eigene Bewerbung ausgeschlossen und sich dafür ausgesprochen, auch parteiungebundene Persönlichkeiten in die engere Wahl zu ziehen...«

»Na also«, sagt Stefan und schaltet das Autoradio wieder aus.

»Was heißt das: na also?«, fragt Karen.

»Du wolltest doch wissen, was wir mit der Staatsanwältin vorhaben?«, kommt die Gegenfrage. »Genau das ist es. Wir wollen sie als Regierende Bürgermeisterin.«

»Heißt das, wir sind bei der Staatspartei gelandet? Mein Lieber, das kostet aber nun wirklich was!«

»Mach einen Vorschlag.«

»Muss ich mir noch überlegen. Erst mal will ich ins Theater, die Amphitryon-Collage angucken. Wegen deinem blöden Termin neulich, in Zürich oder Bern oder wo das war, haben wir die Premiere verpasst.«

»Geht Montag?«

»Montag ist okay. Wenn es da auf dem Spielplan steht.«

Freitag

Sie haben auch Fotos?«, fragt der Feuilletonredakteur Siegmar Pfauth und sieht sich auf seinem von Papierstapeln übersäten Schreibtisch um, »ach ja, hier! Eine holzgeschnitzte Maske, Polynesien oder doch Afrika, wie? Macht sich gut, ja doch, vor allem dieses Muster oder was es auch immer ist...«

»Kein Muster«, stellt Karen klar. »Diese Maske war zerbrochen, und man hat sie wieder zusammengesetzt und an den Bruchstellen mit Eisenklammern verbunden. Verstehen Sie doch, diese Ausstellung zeigt uns eine Kultur, in der nichts weggeworfen wird. Sehen Sie diese Kalebasse...« Sie beugt sich über den Schreibtisch und zeigt auf eine andere Fotografie. »Die war in ich weiß nicht wie viele Stücke zersprungen, ist aber mit unendlich vielen Tonkügelchen wieder zusammengeklebt worden, und die Kügelchen ergeben dieses besondere Muster. Diese Kalebasse erzählt eine Geschichte, eine Geschichte von Gebrauch, von Armut und Mühsal, von Ungeschick und zugleich der Geschicklichkeit menschlicher Hände, alle diese beschädigten und irgendwie reparierten Gegenstände aus dieser Ausstellung tun das.«

»Und da haben Sie nun gleich einen ganzen Essay daraus gemacht«, Pfauth legt den Kopf mit dem kurzgeschorenen weißen Haar ein wenig zur Seite, was ihm das Aussehen eines früh vergreisten, misstrauischen Vogels gibt, »einen Essay über zweihundertfünfzig Druckzeilen mindestens, wenn ich das so überschlägig kalkulieren darf, zwei – hundert – fünfzig, Madame!«

Karen, die Pfauth bisher mit übergeschlagenen Beinen gegenübersaß, stellt beide Füße auf den Boden und macht sich bereit. Wenn Pfauth sie Madame nennt, zieht Krieg auf.

»Ich weiß, dass Ihnen das nicht gefallen wird«, fährt Pfauth fort, »aber in der nächsten Ausgabe habe ich dafür keinen Platz, absolut keinen!« Er beugt sich vor, mit fragendem Blick. »Wissen Sie eigentlich, in welcher Zeit wir leben? Sie singen da das Hohe Lied vom Einfachen Leben und von der Nachhaltigkeit – aber ist das nicht ein bisschen dick aufgetragen? Glauben Sie denn, Madame, wir kommen hier in dieser Stadt auch nur einen kleinen zivilisatorischen Schritt weiter, wenn die Leute ihre leergefressenen Raviolidosen als Geschirr nehmen?«

Karen beugt sich schweigend über den Tisch und will ihr Manuskript und die Fotoabzüge einsammeln.

»Ach, Madamchen, nun seien Sie doch nicht gleich eingeschnappt!«, ruft Pfauth. »Die Ausstellung läuft doch noch mindestens acht Wochen? Vielleicht haben wir in der übernächsten Ausgabe Platz, auch wenn ich Ihnen nicht versprechen kann, dass es für zweihundertfünfzig Zeilen reicht. Wir werden sehen. Ach, noch was: Damit Sie kein so enttäuschtes Gesicht machen, hätte ich einen Auftrag für Sie: Schreiben Sie doch mal was über diesen neuen Modetrend, den Dresscode Landhaus, das ist hier in Berlin der *dernier cri.*«

»Bitte was?«

»Dresscode Landhaus, ja doch. Die Dame trägt Dirndl, am besten mit sehr weit ausgeschnittenem Dekolleté, der Herr Trachtenjanker und Lederhosen, am besten knielang und aus Hirschleder.«

»Hier in Berlin? Und jodelt man dazu?«

»Sie sind nicht auf dem Laufenden, Madame«, tadelt Pfauth, »sehen Sie sich doch nur um, wie man heutzutage wohnt – ach was! – wohnen muss, wenn man dazugehören will, Walmdach, Balkongeländer aus Zirbelholz geschnitzt, griechischer Säulenportikus und maurische Rundbögen, ganz Landhaus eben wie in Kitzbühel, als residiere man gleich neben Kaiser Franz. Dazu muss man sich dann auch passend anziehen. Gehen Sie, Madame, sehen Sie sich um, sprechen

Sie mit ein paar der neuen Modeateliers, welches Dirndl-Dekolleté für welche Körbchengröße, wie viel Beinmuskulatur sollte der Herr mitbringen oder sich antrainieren, damit er in der Lederhos'n eine gute Figur macht, und wenn Ihnen das alles zu profan ist, wursten Sie ein paar Zitate von Rousseau oder Henry Thoreau hinein. Muss ich Ihnen wirklich noch beibringen, was Feuilleton ist?«

Das Spielbein vorgestellt, so dass das etwas zu weiße Knie neckisch unter der schwarzen bestickten Lederhose hervorlugt, mit Edelweißmuster bestickt auch die Hosenträger überm rotweiß karierten Hemd, ärmellos die Lederweste, und auf dem Kopf der spitze Tiroler Gebirgsschützenhut: So blickt der Herr des Hauses – nachdem er den Börsenteil der »Frankfurter« zur Seite gelegt hat – hinüber zu seiner Gattin, die anmutig die Hand erhoben hält und in den Tagen bis zur nächsten Schaufensterdekoration gerade so dastehen wird, als werde sie jetzt gleich in ihrem Dirndl mit der karmesinroten Schürze einen Knicks machen…

Wer um Gottes willen zieht sich so an?, überlegt Karen Andermatt und ist einen Augenblick lang versucht, die Pose der Dirndl-Trägerin nachzumachen, wendet sich dann aber rasch von dem Schaufenster ab. Also wer? Sie betrachtet die Fußgänger, die an ihr vorbeieilen, denn dies hier ist Berlin, dies hier ist eine Stadt, in der man nicht viel Zeit hat, niemand flaniert hier, hat das noch nie getan, wo kämen wir da hin! Wer langsam geht oder wessen Blick nicht gleichgültig über die anderen gleitet, sondern sich festhalten lässt, der lockt nur Bettler und Taschendiebe an oder Leute, die eine Petition gegen das Schmelzen der Eisberge unterschrieben haben wollen. Kaum jemand bleibt vor einem Schaufenster stehen, höchstens dass eine Frau an den Auslagen einer Boutique innehält, sich ein Ausstellungsstück genauer ansieht oder es prüfend hochhebt, um es alsbald wieder zurückzulegen.

Vor allem aber sieht niemand so aus, als würde er sich jemals einen Tiroler Gebirgsschützenhut aufsetzen oder ein Dirndl mit karmesinroter Schürze anziehen. Die Menschen sind grau oder schwarz gekleidet, das gehört zu den Farben dieser Stadt, auch wenn zwischendurch mal eine Erich-Honecker-Gedächtnis-Windbluse für ein wenig grau-beige Aufhellung sorgt.

Karen geht weiter, ihren leichten hellen Mantel in der schmalen Taille zusammengebunden, den Kragen im Nacken gegen den böigen Wind hochgeschlagen. Sie hat sich entschieden, die Reportage über den »Dresscode Landhaus« nicht zu schreiben. Sie kann nichts darüber schreiben, was erhellend wäre oder auch nur lustig. Und wieso sollen Berliner Männer in Lederhosen lächerlicher sein als bayerische? Oder als die angejahrten, angeblich intellektuellen Jeans-Träger, denen die Wampe über den Hosenbund hängt? Was ist an einem Dirndl-Dekolleté alberner als am Dekolleté einer Bayreuth-Besucherin?

Sie biegt ab zum Deutschen Theater, denn sie will Karten für »Amphitryon 2013« besorgen, sie muss ein wenig warten, eine von diesen silberhaarigen Damen kann sich lang nicht entscheiden, wann sie eigentlich welches Stück anschauen will. Dann bekommt Karen doch für Montag zwei Karten in der fünften Reihe. Sie verlässt das Theater, wohin jetzt? Sie hat es nicht eilig, sie mag ein wenig bummeln. Als sie an einem italienischen Schuhgeschäft vorbeikommt, bleibt sie stehen, diesmal nicht aus beruflichem, sondern aus privatem Interesse, stellt aber rasch und wieder einmal fest, dass alle diese hübschen stöckeligen Nichtigkeiten nichts für ihre Füße sind, die ausschreiten wollen und laufen. An einer Fußgängerampel wartet sie auf die Grünphase und blickt sich kurz um, weiter hinten ist schon wieder einer in dieser grau-beigen Windbluse, vielleicht ist es derselbe wie vorhin. Warum auch sollen die Leute keine Windbluse tragen, wenn es ihnen gefällt? Oder Trachtenjanker?

Die Ampel gibt den Weg frei, und sie überquert die Straße. Sie hätte Lust auf einen Espresso in einer ruhigen kleinen Café-Bar, auf einen Augenblick des Nachdenkens, des Nachdenkens worüber? Über das Schreiben oder vielmehr: über die Unmöglichkeit des Schreibens, denn sie hat das Gefühl – und nicht erst seit dem Gespräch mit Pfauth –, dass ihr das Schreiben und Benennen von Mal zu Mal, von Versuch zu Versuch fremder und vergeblicher wird. Erst jetzt bemerkt sie, dass sie die Richtung zu einem Szene-Café eingeschlagen hat, die Leute dort kann sie heute nun aber gar nicht ertragen, abrupt dreht sie sich um und geht den Weg zurück, ein gutes Stück weiter oberhalb in der Friedrichstraße gibt es ein Café, wie sie es mag und in dem keiner der Gäste im Verdacht steht, wichtig zu sein. Plötzlich hat sie wieder die grau-beige Windbluse vor sich, deren Träger aber eilends in eine Seitenstraße abbiegt, es ist ein Mensch mit zu langem und nach hinten gekämmtem dunklen Haar und einem irgendwie kinnlosen Profil … ein Stalker?

An der Einmündung einer von Arkaden gesäumten Seitenstraße bleibt Karen kurz stehen, als sei sie sich über ihren weiteren Weg unschlüssig. Einige Meter links von ihr hat ein ziegenbärtiger Straßenmusiker Aufstellung genommen, den Filzhut mit der Krempe nach oben auf den Gehsteig vor sich gelegt, und fiedelt etwas, das nach Boccherini klingt. Vielleicht tut er auch nur so, und die Musik kommt aus dem Recorder. Karen stellt sich an den Arkadenbogen ihm gegenüber, so dass sie niemand im Wege ist, und hört zu, vielleicht für die Dauer von ein paar Takten, nicht viel länger …

Dam dadi da dam/
Di da di da dam …

… und sucht dabei aus ihrem Portemonnaie eine Münze heraus. Schließlich tritt sie zu dem Musiker und wirft die Münze nicht, sondern legt sie ihm in den Hut; dazu muss sie sich bücken und gleichzeitig ein wenig in die Knie gehen, sie tut das in einer fließenden, fast tänzerischen Bewegung. Dabei lächelt sie den Musiker an, der nickt und lächelt zurück, und als Karen sich wieder aufrichtet und sich kurz umsieht, ist ein Widerschein des Lächelns noch immer auf ihrem Gesicht.

Unter der Arkade ist niemand in einer grau-beigen Windbluse zu sehen, Karen geht weiter, sieht sich aber an der Straßenecke noch einmal um, für einen Augenblick verweilt ihr Blick auf einer stämmigen Frau mit Brille, die an einer Bushaltestelle wartet und von der sie plötzlich ganz sicher ist, dass sie feste Schnallenschuhe tragen muss – warum glaubt sie das? Dann weiß sie es: In der Schule hatte sie eine Französischlehrerin mit einer solchen Brille, und die trug Schnallenschuhe, jedenfalls erinnert sich Karen so.

In dem Café war es, wie sie es sich gewünscht hatte: nicht allzu voll und vor allem ruhig, sie hatte nicht einmal ihren Gedanken übers Schreiben nachhängen müssen, sondern sich an einem kräftigen Espresso gefreut und beschlossen, sich als Nächstes bei ihrer Freundin – der Buchhändlerin – mit einem möglichst dicken Wälzer einzudecken und sich danach für die nächste Zeit ins Schneckenhaus des Lesens zurückzuziehen. Dann hätte sie auch kein Problem damit, wenn Stefan wieder einmal Konferenzen und Besprechungen bis tief in den Abend hinein haben sollte.

Inzwischen hat sie den Weg zur U-Bahn eingeschlagen, sie geht mit raschen Schritten und ist fast schon am Eingang zur Station Französische Straße, als ihr beim Anblick einer langgestreckten spiegelnden Fassade einfällt, dass hier die Berliner Niederlassung der Galeries Lafayette angesiedelt ist, und nun kann sie doch der Versuchung nicht widerstehen. Womöglich gibt es ja wirklich eine französische Entsprechung zum Landhausstil, vielleicht würde sie sogar etwas für Stefan finden – redet er nicht die ganze Zeit schon von einem Chalet in der Haute Provence? Sie betritt die Galeries und bereut es gleich wieder, denn sie hat eine Aversion gegen die Atmosphäre der

Kaufhäuser und Einkaufstempel, genauer: gegen die klimatisierte Luft, die ihr irgendwie parfümiert oder aromatisiert vorkommt. Trotzdem findet sie sich auf einer der Rolltreppen wieder, die nach oben führen, sie blickt nach oben in die Kuppel, was erwartet sie dort? Sie wendet den Blick ab und nach unten, die bebrillte Frau, die soeben den Eingangsbereich betreten hat, sieht aus dieser Perspektive noch plumper aus als zuvor, kein Zweifel, dass sie Schnallenschuhe tragen muss, es kann gar nicht anders sein…

Was ist hier los? Karen fragt sich das mit einer fast heiteren, fast unbeteiligten Neugier. Offenbar gibt es unsichtbare Fäden, mit denen sie an allerhand merkwürdige Leute gebunden ist, so dass diese ihr folgen müssen wie die scheppernden Blechdeckel dem Hochzeitsauto. Sie kümmert sich nicht weiter darum, was ein Landhausstil in französischer Manier sein könnte, sondern nimmt die nächste Rolltreppe und verlässt zügig, aber auch ohne Hast das Kaufhaus. Sie entscheidet sich, jetzt nicht zum Parkhaus zurückzugehen, vor allem deshalb nicht, weil sie keine Lust hat, in einem schlecht beleuchteten Parkdeck nach ihrem Auto zu suchen und nicht zu wissen, ob irgendwo im Halbdunkel die Frau mit den Schnallenschuhen hinter ihr hertappt…

An der Kreuzung biegt sie in die Französische Straße ab und geht, mit den gleichen raschen Schritten wie zuvor, bis sie zu einer Apotheke kommt und dort eintritt. Vor ihr warten bereits mehrere Kunden, ältere Leute, die Menschheit ist hinfällig, und umständlich ist sie auch. Karen hat es nicht eilig, es kommt ihr gerade recht, hier ein wenig zu bleiben, trotzdem wirft sie einen genervten Blick zur Decke. Aus den Auslagen für die Selbstbedienung sucht sie sich eine Nachtcreme heraus, ein Heftpflaster und zwei Packungen Vitamintabletten. Nichts davon braucht sie wirklich. Nach einer Viertelstunde kann sie bezahlen und verlässt die Apotheke wieder, die Plastiktüte mit ihrem Einkauf in der Hand.

Vor dem Schaufenster der Apotheke bleibt sie kurz stehen,

als hätten ihr die Plakate mit den Warnungen vor den Folgen des Bluthochdrucks und den Empfehlungen zur Behandlung von Prostataleiden doch etwas zu sagen. Dann dreht sie sich wieder um, mit einem raschen Blick auf die Passanten links und rechts von ihr, und setzt schließlich ihren Weg fort. Eine Fußgängerampel schaltet auf Grün, als sie eben an dem Übergang ankommt, und so wechselt sie wieder auf die andere Straßenseite, die sich auf einen kleinen Platz öffnet. Als sie ihn überquert, kommt sie an einer Litfaßsäule vorbei, eine Frau in Schnallenschuhen studiert dort den Aushang der Theaterprogramme, für den Bruchteil einer Sekunde streift sie der Gedanke, sich neben die Frau zu stellen, vielleicht sogar ein Gespräch mit ihr zu beginnen, für die Montagvorstellung von »Amphitryon 2013« gibt es noch Karten, oder ein paar Takte zu summen.

Dam dadi da dam…

Aber dann geht sie doch zum Taxistand am anderen Ende des Platzes. Sie steigt zum ersten der wartenden Fahrer und nennt eine Adresse.

»Halten Sie vor der Buchhandlung dort, vor Sophias Buchladen.«

Was ist los mit dir?«, fragt Sophie Rosenblatt und hält ihre Freundin, nachdem sich die beiden Frauen begrüßt haben, auf Armlänge Abstand und betrachtet sie prüfend. »Du siehst aus wie… ich weiß gar nicht wie… hast du Stress gehabt?«

»Vielleicht ist es nur Einbildung«, antwortet Karen und streift sich eine Haarsträhne aus dem Gesicht. »Aber wenn es keine ist, dann ist irgendwer hinter mir her.«

»Ein Stalker?«

Karen zögert. »Glaub ich nicht. Es sind nämlich zwei. Ein Kerl in einer Windbluse und eine Frau. Eine Frau mit Schnallenschuhen. Ein Typ wie aus der Casting-Show fürs Personal im Frauenknast.«

»Komm!«, sagt die Rosenblatt und geht ihr in das kleine Kabuff voran, das dem Buchladen als Chefbüro, als Teestube und als Poststelle zugleich dient. Es ist sonst niemand im Laden außer dem Lehrling Markus, der es inzwischen akzeptiert hat, dass man in einer Buchhandlung auch Reiseführer, Kochbücher und Beziehungsratgeber verkaufen muss.

»Erzähl!«, befiehlt die Buchhändlerin und macht sich an der Kaffeemaschine zu schaffen.

»Da gibt es nichts zu erzählen«, gibt Karen zurück und erzählt dann doch, aber während sie es tut, meldet sich in ihrem Hinterkopf eine nörgelnde Stimme und redet ihr dazwischen, auch wenn es sonst niemand hört. Mach dich nicht lächerlich, sagt die Stimme, wie oft willst du den Kerl mit der Windbluse gesehen haben? Zweimal? Dreimal? Ja? Der darf da nicht die Friedrichstraße runtergehen, wie? Und die Frau in den Schnallenschuhen? Die latscht einfach in die Galeries Lafayette rein, na, so eine Unverschämtheit!

»Entschuldige!«, sagt Karens andere Stimme schließlich. »Das alles ist unsagbar albern ...«

»Das ist überhaupt nicht albern«, interveniert die Rosenblatt und schiebt ein paar Leseexemplare zur Seite, um den Steingutbecher mit dampfendem Kaffee in Karens Reichweite abzustellen. »Aber trink erst mal einen Schluck!«

Eigentlich will Karen nicht noch einen Kaffee, nimmt dann aber doch den Steingutbecher und hält ihn in beiden Händen. »Wenn es nicht albern ist, was ist es dann?«

»Lass uns mal schauen«, meint die Rosenblatt. »Es gibt ... nein, so viele Möglichkeiten gibt es da gar nicht.« Sie blickt Karen forschend an. »Sag mal, Schätzchen – du hast dir nicht zufällig einen Lover zugelegt?«

»Ach, du lieber Gott!«, ruft Karen aus und schlägt dabei die Augen auf. »So toll ist das nun auch wieder nicht, was einem hier so über den Weg läuft! Wie kommst du überhaupt darauf?«

»Na ja, vielleicht sind es Privatdetektive, die hinter dir her sind. Soviel ich weiß, bist du dein eigenes Pressebüro, kannst also auch keinen Betriebsrat gründen wollen oder in die Kasse greifen oder die Versichertengemeinschaft um Krankengeld oder um eine Invalidenrente bescheißen. Folglich wollen diese Leute wissen, ob und wo und mit wem du gegebenenfalls ins Bett steigst. Also?«

»Nein«, antwortet Karen. »Nein heißt nein.«

»Wenn Stefan das auch so sieht, dann ist es ja gut«, fährt Sophie Rosenblatt fort. »Das heißt, so gut auch wieder nicht. Denn dann sind diese Leute keine Privatdetektive …« Unvermittelt bricht sie ab, denn Karen hat ihr einen erschreckten Blick zugeworfen.

»Sondern?«

»Dann sind es eben keine Privatdetektive, und das bedeutet, dass du dich umgehend und ohne weiteren Verzug an die Polizei wenden solltest. Weißt du, dein Stefan verdient gut, sehr gut sogar, wie ich einfach mal so vermute, und ihr beide kultiviert in eurem Häuschen in Nikolassee einen so unauffällig-gehobenen Lebensstil, dass es schon wieder nach richtig Geld aussieht.«

»Worauf willst du hinaus?«

»Dass du zur Polizei gehen sollst. Sofort!«

»Hör auf!« Auf Karens Stirn hat sich eine tiefe Falte gebildet. »Hör sofort damit auf! Ich kann der Polizei gar nichts sagen, eine Frau mit Brille und großen Füßen, ein Mann mit einer Windbluse – was soll die Polizei damit anfangen?«

»Dann ruf deinen Mann an.«

Karen schüttelt den Kopf.

»Er will in der Firma nicht angerufen werden?« Sophie Rosenblatt spricht nicht weiter, sondern betrachtet ihre Freundin wortlos. Die gibt den Blick zurück und zuckt dabei ein wenig mit den Achseln.

»Ach so ist das!«, meint die Buchhändlerin. »Dann sehe ich nur noch eine Möglichkeit. Ich kenne hier im Quartier einen Typen, der als privater Ermittler arbeitet. Er war mal Bulle, ist aber seriös. Wenn du willst, rufe ich ihn an, vielleicht kann er dir sagen, was zu tun ist. Sonst müssen wir zur Polizei. So jedenfalls lasse ich dich nicht wieder auf die Straße.«

Viel gibt der Mann, der von Sophie Rosenblatt in das Kabuff gebracht und als Hans Berndorf vorgestellt wird, nicht her. Er ist mittelgroß und hält sich – wie Karen vermutet – wohl deshalb sehr aufrecht. Das graue Haar ist kurz geschnitten, über den Jeans hängt ausnahmsweise kein Bierbauch, der Tweed-Sakko mit Lederflicken an den Ellbogen mutet bereits ein wenig fadenscheinig an. Hat sie sich nicht vorgenommen, die Leute nicht nach ihrem Outfit zu beurteilen?

Inzwischen ist Sophie wieder in ihrem Laden verschwunden, Berndorf und Karen sitzen sich am Schreibtisch der Buchhändlerin gegenüber, zwischen ihnen ist der Stadtplan ausgebreitet, auf dem Karen den Weg zeigen muss, den sie genommen hat, und die Stellen, an denen ihr die beiden tatsächlichen oder auch nur eingebildeten Verfolger aufgefallen sind. Berndorf hört zu, und wenn sie eine Pause macht, sieht er sie ruhig an und wartet, bis sie weiterredet. Das irritiert sie fast noch mehr als der Geruch nach Spaghetti all'aglio, der diesen Menschen umschwebt.

»Ich weiß selbst, dass das alles sehr vage klingt«, bringt sie schließlich heraus. »Und ich könnte es Ihnen nicht einmal übel nehmen, wenn Sie das alles für ein Hirngespinst halten.«

Berndorf macht eine Handbewegung, als wolle er sie bremsen: Wenn er ihre Geschichte für ein Hirngespinst hält, dann wird er es ihr rechtzeitig sagen. »Sie wohnen in Nikolassee. Wie sind Sie heute nach Mitte gekommen? Mit der S-Bahn?«

»Mit dem Wagen. Ich hab ihn im Parkhaus in der Friedrichstraße abgestellt. Als mir diese Frau aufgefallen ist...« Sie bricht ab, hebt mit einer verlegenen Geste beide Hände und lässt sie wieder fallen.

»Es war sicher richtig, dass Sie unter diesen Umständen

nicht ins Parkhaus zurückgegangen sind«, bemerkt Berndorf. »Zu Hause haben Sie eine Garage für den Wagen?«

»Er steht meistens auf dem Carport. Die Garage benutzt üblicherweise mein Mann.« Sie versucht ein Lächeln. »Wenn es einen Hagelschlag gibt, ist bei seinem Auto mehr kaputt als bei meinem.«

Das Lächeln bleibt unerwidert. »Frau Rosenblatt sagte mir am Telefon, Ihr Mann – Stefan Andermatt, so ist doch der Name? – sei leitender Angestellter bei Regnier Berlin...«

»Leitender Angestellter?«, fragt Karen zurück. »Ich weiß nicht, ob er das gerne hört.« Wieder muss sie lächeln. »Er ist Verkehrsplaner, war Dozent an der ETH Zürich, Regnier Berlin hat ihn hergeholt, weil... ach! Das werden Sie selber wissen, warum man in Berlin einen Fachmann für Verkehrsplanung und moderne S-Bahn-Netze brauchen könnte.«

»Und? Hat er herausgefunden, was man tun müsste?«

Karen zieht die Augenbrauen hoch. »Ich glaube schon. Aber das Herausfinden ist gar nicht das Problem. Das Problem ist das Umsetzen. Heutzutage kommt es nicht darauf an, ob ein Projekt vernünftig ist.«

»Sondern?«

»Es muss vor allem großkotzig sein«, antwortet Karen. »Darf aber zugleich nicht kosten, was es kosten müsste. Sonst hat es keine Chance.« Ärgerlich klappt sie mit der Hand auf den Tisch. »Das hätte ich jetzt nicht sagen sollen! Es ist auch nur eine blöde Übertreibung, Stefan würde mir sofort widersprechen.«

»In dieser Sache hier« – Berndorf weist auf den Stadtplan, auf dem sie Karens Route verfolgt hatten – »wollten Sie ihn nicht anrufen?«

»Nein... nicht in der Geschäftszeit.« Karen spürt, dass eine leichte Röte über ihr Gesicht zieht. »Falls Sie andeuten wollen, dass diese... diese Leute von meinem Mann beauftragt worden sein könnten, darf ich Ihnen versichern, dass dies ganz und gar unvorstellbar ist. So würden wir nicht miteinander umgehen. Ganz davon abgesehen, dass mein Mann dazu auch überhaupt keinen Anlass hätte.«

»Werden Sie später mit ihm darüber sprechen, zu Hause also?«

Karen zögert. »Das hängt davon ab, was Sie mir raten. Ich meine, ich will ihn nicht beunruhigen. Wenn dazu vielleicht gar kein Grund besteht...« Sie blickt zu Berndorf, aber der sagt nichts und wartet nur, und sie kann auch den Ausdruck in seinen Augen nicht deuten.

»Um die Wahrheit zu sagen«, fährt sie schließlich fort, »ich kann nicht hingehen und Stefan fragen, hör mal, mein Lieber, lässt du mich eigentlich von Privatdetektiven überwachen? Das ist... das ist außerhalb jeder Möglichkeit, verstehen Sie?«

»Erklären Sie es mir.«

Karen blickt auf den Tisch. Aber dort liegt nur der Stadtplan. »Also gut, letzter Versuch. Wenn ich meinen Mann das frage, dann unterstelle ich – zumindest als theoretische Möglichkeit –, dass er ja sagt, ja, meine Liebe, ich wollte wissen, ob du in der Stadt herumvögelst, ob mir vielleicht Hörner gewachsen sind. Was weiß ich, wie er es formulieren würde, es hat auch keine Bedeutung, so oder so würde ich in der nächsten Stunde meine Koffer gepackt haben. Wenn ich aber eine solche Möglichkeit auch nur in Betracht ziehe, dann habe ich das Grundvertrauen bereits aufgekündigt. Bevor ich also die Frage überhaupt stelle, mache ich mich besser gleich ans Kofferpacken. Verstehen Sie jetzt?« Sie blickt ihn fragend an, fast ein wenig zornig.

»Ist gut«, sagt Berndorf und gibt den Blick zurück, »ich hab es kapiert.« Er betrachtet sie eine Weile, prüfend oder abwägend. Aus dem Laden dringen Fetzen eines Verkaufsgesprächs, es geht offenbar um neue Kriminalromane.

»Ich würde mir gerne Ihren Wagen ansehen«, sagt Berndorf, der offenbar zu einem Schluss gekommen ist.

»Bitte«, sagt Karen, eine Spur zu schnippisch, wie sie findet. »Und diese beiden Leute?«

»Die haben jetzt andere Sorgen«, antwortet Berndorf. »Die beiden werden inzwischen wissen, dass ihre Aktion aufgeflogen ist. Falls sie Ihnen bis hierher gefolgt sind, werden sie bemerkt haben, dass Sie sich bereits sehr lange in dieser Buchhandlung aufhalten, und sie werden mich mit Ihnen in Verbindung bringen.«

»Sie meinen, die kennen Sie?«

»Das nicht. Aber sie werden mich ausrechnen können.«

Karen überlegt einen Augenblick, dann nickt sie und steht auf. »Also gut«, sagt sie, »nehmen wir die U-Bahn?« Während sie sich von Berndorf in den Mantel helfen lässt, hört sie aus dem Laden die Stimme von Lehrling Markus:

»Spannende Bücher, doch doch. Schöne Landschaftsbeschreibungen, wie Sie es besser in kaum einem Reiseführer finden. Nur ist nichts davon bretonisch oder schwedisch. Es ist einfach alles nur getürkt ...«

Rechts ein Wohnblock, DDR-Fertigbauweise. Ein Stück Rasen, Drahtzaun, dann der Fahrweg, von Bäumen bestanden. Zwischen den Bäumen sind einzelne Autos abgestellt. Auf der anderen Seite das Hallenbad, ein Betonkasten, Schwimmhalle mit Glasfront, von draußen kann man den Badegästen zusehen, jetzt an diesem Nachmittag sind es vor allem Schulkinder, immer zu zweit müssen sie ins Wasser hüpfen und ihre zwei Bahnen herunterstrampeln, mit einer Stoppuhr nimmt der Lehrer die Zeit und sich wichtig.

Harlass überwindet sich, an der Schwimmhalle vorbei und die Treppe hoch ins Eingangsfoyer zu gehen. Neben der Kasse befindet sich eine Tafel mit den Öffnungszeiten. Bis 20 Uhr sind Schwimmhalle und Sauna für das allgemeine Publikum geöffnet, danach bis 22.30 Uhr für Vereine und Gruppen. Er sieht sich noch einmal um, aber entdeckt nichts, was für ihn Bedeutung hätte, und verlässt das Foyer wieder. Der Platz vor dem Eingang ist asphaltiert, rechts befindet sich ein Fahrradständer, gegenüber der Schwimmhalle sind Parkplätze ausgewiesen. Er geht zurück zu dem Fahrweg und dort links zu der Kreuzung der beiden Straßen, die zu dem Hallenbad führen. Beide Straßen sind eng, niemand kann da schnell fahren, aber doch schnell genug, um einen Radfahrer einzuholen. Nur in der einen Richtung, entlang der Rückseite des Hallenbades, endet die Straße in einem Wendehammer. Danach führt nur ein Geh- und Radweg weiter, mit einem Pfosten gegen nachdrängende Autofahrer gesichert.

Vor zwei Stunden hat sich Harlass ein Rad besorgt. Die mit Zahlencode versehenen Schlösser seien sicher, behaupten die Verkäufer. Jeder Zwölfjährige weiß, dass sie es nicht sind. Das Rad ist ein Mountainbike, ein schönes Teil, auch wenn der Rahmen ein bisschen niedrig ist, so dass er den Sitz ganz nach oben verstellen musste. Aber so schlecht ist das gar nicht. Und zwar deswegen nicht, weil er – das Rad zwischen den Beinen – gleichzeitig mit beiden Füßen auf dem Boden stehen kann.

Manchmal muss man mit beiden Füßen fest auf dem Boden stehen.

Der Lichtstrahl der kleinen Stablampe tastet über Motorhaube und Türschlösser des kleinen blauen französischen Autos, das freilich erst vor kurzem durch eine Waschanlage gefahren wurde. Wisch- oder andere Spuren sind nicht zu erkennen. Nur ist das Auto in seiner Parkbucht so zwischen zwei Großraumlimousinen eingeklemmt, dass Berndorf es sich gar nicht richtig anschauen kann. Immerhin lässt sich die Fahrertür so weit öffnen, dass Karen Andermatt hinters Steuer schlüpfen und mit dem Wagen aus der Bucht zurückstoßen kann.

Berndorf bittet sie, noch einmal den Motor abzustellen, und lässt sich neben dem Wagen auf allen vieren nieder und sucht mit Hilfe seiner Stablampe den Unterboden ab. Karen hat das

Fenster der Fahrertür heruntergelassen und will ihm zusehen, wendet sich aber rasch ab. Das hochgestreckte Hinterteil eines alten Mannes ist ein alberner Anblick.

Schließlich stemmt Berndorf sich wieder hoch, steckt die Lampe ein und klopft sich die Hosenbeine ab. »Nichts zu erkennen«, sagt er zu Karen, geht um den Wagen und steigt – nachdem er einen Blick auf die Rückbank geworfen hat – auf der Beifahrerseite ein. »Ich würde jetzt gerne mit Ihnen zu einer Werkstatt fahren.« Er nennt die Adresse.

Karen zuckt mit den Schultern, aber sie fragt nicht nach, sondern startet den Wagen erneut und steuert ihn in Richtung Ausfahrt. Berndorf hat den Sicherheitsgurt angelegt und fühlt sich unbehaglich, denn er lässt sich ungern fahren, vor allem von jemand, den er nicht kennt. Und diese Frau da? Man wird sehen. Er hat sich noch kein Bild von ihr gemacht, eigentlich will er sich schon lange kein Bild mehr von jemandem machen. Bis man es besser weiß, sollte genügen, was ein Mensch freiwillig von sich preisgibt.

Also? Er wirft einen Blick zur Seite. Erste Fältchen um die Augen. Aber bis zum vierzigsten Geburtstag hat es noch eine Weile Zeit. Schlank. Sportlich? Eher nicht, jedenfalls nicht der Typ für Golf- oder Tennisplatz. Das propere kleine Auto riecht nach Auto und nichts sonst, nirgends klebt ein halbgelutschtes Bonbon oder fährt ein zerknülltes Taschentuch herum. Also ist es auch kein Wunder, dass es keinen Kindersitz gibt. Warum nicht? Vielleicht, weil das Ehepaar Andermatt noch nicht so lange verheiratet ist? Warum meint er das? Eine erfahrene Ehefrau redet anders über ihren Mann. Weniger ungeschützt.

Inzwischen sind sie im Berliner Nachmittagsverkehr angekommen, Karen Andermatt fährt zügig, routiniert, umsichtig.

»Seit wann sind Sie verheiratet?«, fragt er unvermittelt.

»Warum wollen Sie das wissen?«, kommt die Rückfrage. »Aber bitte! Vor einer Woche war es ein halbes Jahr.«

»Und wie haben Sie sich kennengelernt? Sophie sagte mir, Sie seien Journalistin ...«

»Es war nicht auf einer Bilanzpressekonferenz, wenn es das ist, was Sie meinen«, unterbricht ihn Karen. »Zu so was gehe ich nämlich nicht. Es war im letzten Sommer, in einem dieser überhitzten Intercity-Züge, in denen nacheinander alles ausfällt, Klimaanlage, die Lok, vom Service ganz zu schweigen... eine ältere Dame ist kollabiert, niemand hat gewusst, was man tun könnte, nur dieser eine Mann da...« Sie zuckt mit den Schultern und muss lachen. »... der war einfach nur ruhig und freundlich und umsichtig, außerdem hatte er in seiner Reisetasche noch eine Flasche Mineralwasser, und so haben wir der alten Dame aus dem Schlimmsten heraushelfen können, beim Aussteigen in Braunschweig war sie schon wieder ganz kregel, nur danke hat diese dumme Tussi nicht sagen können.« Sie muss scharf abbremsen, weil ein Wagen vor ihnen in ihre Spur wechselt. »Saukerl! Und ich hab mich bei ihm für sie entschuldigt...«

Sie ist noch immer in ihn verliebt, denkt Berndorf und wechselt das Thema. »Sie arbeiten für eine Wochenzeitschrift?«

»Für Last Exit Berlin«, ergänzt Karen. »Wir kokettieren mit angeblich unzeitgemäßen Betrachtungen. Ich bin Ihnen nicht böse, wenn Sie uns nicht lesen.«

Einen Drink?«, fragt Stukkart. »Einen Chivas Regal vielleicht? Oder einen Armagnac, den ich durchaus empfehlen kann, selbstverständlich haben wir auch einen Wodka, den mir Kenner schon sehr gerühmt haben...«

»Danke«, sagt Ruzkow. Noch immer steht er vor dem Panorama-Fenster in Stukkarts Arbeitszimmer und betrachtet das Häusermeer, das sich zu Füßen des Regnier-Hochhauses ausbreitet. »Gerne ein Mineralwasser.«

»Aber ja doch«, meint Stukkart, und es klingt ein wenig überrascht.

Stukkart hat das Dossier nicht gelesen, denkt Stefan Andermatt. Wie kann ihm ein solcher Fehler unterlaufen? Gennadij

Wassiljewitsch Ruzkow, von 1984 bis 1989 Militärattaché bei der sowjetischen Botschaft in Ostberlin, trinkt keinen Alkohol. Steht rot markiert im Dossier. Außerdem will er nicht erklären müssen, warum er keinen trinkt. Auch das ist rot markiert.

Stukkart wirft einen Blick zu Andermatt, der schließt sich an, und so wird übers Telefon eine Runde Mineralwasser bestellt. »Ich erinnere mich noch gut an Jelzins letzten Besuch hier in Berlin«, sagt Stukkart, als er wieder auflegt, »größere Mengen Mineralwasser sind damals nicht geflossen.«

Du Hornochse, denkt Andermatt und wendet sich ein wenig ab.

»Ja«, antwortet Ruzkow knapp und dreht sich um und richtet einen ausdruckslosen Blick auf Stukkart. »Ich war dabei.«

»Es war sehr lustig damals«, meint Stukkart.

Wie lange, denkt Andermatt, willst du das noch treiben, du bodenlos dummschwätzender Narr!

»Ich fand das weniger«, bemerkt Ruzkow und wirft einen forschenden Blick zu Andermatt. Der hebt ganz leicht die Augenbrauen und sagt, das sei damals sicherlich eine außergewöhnliche Situation gewesen. »Außergewöhnlich für alle Beteiligten. Es war ein sehr düsteres Kapitel europäischer Geschichte, unter das damals ein Schlussstrich gezogen wurde.«

»Gewiss«, kommt es von Ruzkow.

Eine von Stukkarts notorisch hübschen, notorisch jungen Sekretärinnen erscheint und serviert das Mineralwasser. Der Blick, mit dem Ruzkow sie betrachtet, lässt erkennen, dass er nicht gegen alle Versuchungen gefeit ist. Aber auch das steht im Dossier.

»Dann hebe ich eben ein Glas Mineralwasser auf unser Wohl«, sagt Stukkart, als sich die Tür des Arbeitszimmers wieder hinter der Hübschen schließt, »auf ein nicht nur nüchternes, sondern auch ein gutes Gelingen!« Noch immer blickt Ruzkow misstrauisch, aber die Spannung, die sich so unversehens aufgebaut hat, löst sich langsam, und die drei Männer gehen an den langgestreckten Besprechungstisch, auf dem

Streckenpläne, Architekturzeichnungen und Diagramme ausgebreitet sind.

»Wir kennen dieses Material bereits«, stellt Ruzkow nach einer kurzen Musterung fest. »Es ist sehr sorgfältig gearbeitet.« Er blickt Andermatt an, und der erlaubt sich ein kurzes Nicken. Schließlich ist es seine Arbeit gewesen. Zumeist seine Arbeit. »Moment, das hier... das kenne ich noch nicht.« Er greift sich einen großformatigen kartonierten Band. »Baugeschichtliche Fallstudien, eh?« Er blättert den Band durch. »Nette Fotografien, ja doch... aber?« Er blickt fragend zu Stukkart, der etwas ratlos beide Hände hebt – damit ist er nicht befasst.

»Eine begleitende Studie«, sagt Andermatt. »Es ist manchmal hilfreich, solche Untersuchungen in Auftrag zu geben.« Dabei verzieht er keine Miene.

»Aha«, macht Ruzkow, »es beruhigt mich, das zu hören.« Er klappt den Band wieder zu und legt ihn zurück. »Wir haben in letzter Zeit immer mehr Zweifel bekommen, ob sich von diesen Plänen auch nur ein...« Er sucht nach dem Wort. »... nur ein Federstrich verwirklichen lässt. Wer innerhalb des Senats von Berlin ist bitte sehr in der Lage, die städtebauliche Tragweite dieser Planung zu erkennen und sie dann auch durchzusetzen?« Er blickt von Stukkart zu Andermatt. »Wir haben versucht, mit dem Verkehrssenator Kontakt aufzunehmen. Höflich haben wir das versucht. Mit präzisen Angaben zu unseren Interessen und unserem – wie soll ich sagen – zu unserem finanziellen Hintergrund. Wollen Sie wissen, was passiert ist?«

Stukkart hebt eine Hand. »Lassen Sie mich raten?«, fragt er. »Der Herr Senator hat sich für Ihr Interesse bedankt und geantwortet, das S-Bahn-Netz könne aus dem Verkehrsverbund mit den U-Bahnen und den Bussen leider nicht herausgelöst werden... Ist es nicht so?«

»So ungefähr«, antwortet Ruzkow säuerlich.

»Den gleichen Unsinn hat er uns erzählt, nicht wahr?«, fährt

Stukkart fort und blickt zu Andermatt, der höflich und bestätigend nickt. »Freilich ist alles mein Fehler«, fährt Stukkart fort, »aber setzen wir uns doch!« Und mit dem Glas Mineralwasser deutet er zu der Sitzgruppe, die vor dem Panoramafenster angeordnet ist.

Die Werkstatt befindet sich in einem Hinterhof unweit des früheren Sektorenübergangs Bernauer Straße und ist nichts weiter als ein Schuppen mit einer Werkbank und einer Ansammlung rostender ausrangierter Autos, die um einen kümmernden, schon fast kahlen Pflaumenbaum herumstehen. Zwischen dem Schrott taucht ein magerer schnauzbärtiger Kerl in einem ölverschmierten Overall auf, Berndorf und er wechseln ein paar Worte, dann nickt der Schnauzbärtige und holt eine Schutzhülle, die kaum sauberer aussieht als sein Overall, und zieht sie über den Fahrersitz von Karens Auto. Er öffnet die Motorhaube, beugt sich über den Motor und tastet darin herum, dann blickt er zu Berndorf auf und schüttelt den Kopf.

Karen steht daneben. Sie fühlt sich benommen, die ganze Zeit schon. In der U-Bahn hatte sie Berndorf halblaut gefragt, ob sie wohl noch immer beobachtet werde. Aber er hatte nur mit einem kurz angebundenen »Nein« geantwortet. Danach war sie, seinen Anweisungen folgend, hierhergefahren. Das gehorsame kleine Frauchen, dem man nichts erklären muss, weil ihr Kopf ja doch zu klein ist für die großen Gedanken der grauköpfigen, kurz angebundenen Männer. Und das gehorsam Auskunft gibt, mit wem man zusammenlebt und warum und wie lange.

Der Mechaniker hat sich jetzt hinters Steuer gesetzt und fährt den Wagen über eine Werkstattgrube. Die beiden Männer steigen in die Grube hinunter, Karen zögert, dann folgt sie ihnen. Der Schnauzbärtige lässt den Lichtkegel einer Stablampe über den Unterboden des Wagens wandern, der Lichtkegel tastet den linken hinteren Radkasten ab, dann den rechten. Es riecht nach Öl, nach Autoreifen, Männerschweiß und noch immer nach Spaghetti all'aglio.

»Da haben wir es ja schon«, sagt Berndorf. Karen blickt hoch, aber sie sieht nur das Rad und irgendwelche Stahlfedern.

»Sehen Sie das kleine schwarze Kästchen?« Der Lichtkegel zittert über die Innenseite des Radkastens und heftet sich an etwas fest, das dort hängt. »Ein GPS-Peilsender. Das Ding wird von Magneten gehalten. Fällt auch bei hoher Geschwindigkeit und holpriger Fahrt nicht runter.«

»Wie beruhigend«, sagt Karen. »Und wie kommt dieses Ding dahin?«

»Das hat irgendwer dahin gedrückt«, antwortet Berndorf. »Eine Sache von ein paar Augenblicken.«

»Und der, der das getan hat – der weiß jetzt, wo ich hinfahre... und wo er mich findet?«

»Zum Beispiel. Ich nehme aber an, er hat es vor allem getan, um ein Bewegungsprofil von Ihnen zu erstellen.«

»Bitte was?«

»Er will wissen, wohin Sie fahren, wie lange Sie sich dort aufhalten, wann Sie das tun und wie oft...«

»Wie oft!« Karen lacht. »Wie das schon wieder klingt... Können Sie abschätzen, wie lange ich schon mit diesem Anhängsel herumfahre?«

Berndorf und der Mechaniker wechseln einen Blick. »Sieht ziemlich frisch aus«, meint der Mechaniker. »Ich sag mal – einen oder zwei Tage.«

»Und was ist das für ein Idiot, der so etwas tut?«, fragt Karen. »Ein Spanner? Jemand, der eine Entführung plant?... Moment – das ist ein Peilsender, das habe ich doch richtig verstanden? Da muss es dann aber irgendwo einen Empfänger geben? Können Sie den nicht herausfinden?«

Berndorf und der Mechaniker sehen sich an, und der Mechaniker macht ein Geräusch, das nach einer Art von Lachen klingt. Noch immer stehen sie zu dritt in der Werkstattgrube unter dem Auto.

»Sicher gibt es einen Empfänger«, antwortet Berndorf. »Die Daten werden auf ein Prepaid-Handy gesendet, das irgendwann auf einen Emil Mustermann in Königswusterhausen eingetragen wurde. Verstehen Sie?«

»Und Sie selbst sehen keinen Weg herauszufinden, wer diese Leute sind und was sie von mir wollen?«

»Nicht von jetzt auf gleich.«

»Was ist jetzt mit diesem Ding?«, schaltet sich der Mechaniker ein.

Mit einer Handbewegung deutet Berndorf auf Karen. »Es ist Ihr Auto.«

»Machen Sie es ab«, sagt Karen.

Mein Fehler ist es deshalb«, sagt Stukkart und deutet mit dem Zeigefinger auf sich selbst, »weil ich zwar weiß, welche informellen Kanäle man bei gewissen Entscheidungsprozessen benutzen muss. Ich habe mir aber nicht vorstellen können, dass dies auch für ein Projekt dieser Größenordnung gilt.« Missvergnügt betrachtet er das Glas Mineralwasser, das auf dem niedrigen Glastisch steht. »Ich war leider oder Gott sei Dank nie Soldat… aber mein Vater war es, und wissen Sie« – er blickt zu Ruzkow –, »was der mir einmal gesagt hat? Die Schlachten werden nicht von den Generälen gewonnen oder verloren, hat mein Vater gesagt, auch nicht von sonst einem Kommandeur, sondern sie werden gewonnen oder verloren von den Unteroffizieren.«

Du Hornochse, denkt Andermatt, du unglaubliches Rindvieh, wozu schreibt man dir ein Dossier? Ruzkow ist – oder war – Oberst der Roten Armee. Erschrocken blickt er auf, denn der Oberst der Roten Armee hat ein kurzes trockenes Lachen ausgestoßen. »Ich nehme an«, sagt er, »Ihr geschätzter Herr Vater war selbst Unteroffizier? In Russland vielleicht?«

»Ja. War er«, gibt Stukkart kleinlaut zu.

»Also ein Fachmann«, stellt Ruzkow fest. »Jedenfalls für verlorene Schlachten. Wir wollen aber eine gewinnen. Und wo finden wir jetzt den richtigen Unteroffizier dafür?« Er blickt zu Andermatt. »Oder sollten wir den Verfasser dieser Fallstudien fragen?« Er deutet mit dem Daumen zu dem Tisch, auf dem die Planungsunterlagen ausgebreitet sind. »Oder seinen Onkel?«

»Vielleicht...« Stukkart räuspert sich, als Zeichen, dass doch bitte schön er das Gespräch führen will, »vielleicht sollte ich zu Ihrer Beruhigung zunächst klarstellen, dass die Behörden der Stadt und des Bundeslandes Berlin in keiner Weise korrupt sind. Es ist völlig ausgeschlossen, einen Beamten durch Zuwendungen irgendwelcher Art zu einer anderen als seiner pflichtgemäßen Entscheidung bewegen zu können. Was haben Sie?«

Ruzkow betrachtet ihn, ohne eine Miene zu verziehen, aber der Zeigefinger seiner rechten Hand hat damit begonnen, ganz leicht und im Zwei-Sekunden-Takt auf die Glasplatte zu tippen. »Nichts«, sagt Ruzkow, »ich höre.« Er nimmt die Hand von der Glasplatte.

»Ja«, sagt Stukkart, »wo war ich stehengeblieben? Ach, die pflichtgemäße Entscheidung! Dem steht aber nicht entgegen, dass die Beamten gerne bereit sind, einen Antragsteller so zu beraten, dass sein Antrag genehmigungsfähig wird. Für eine bürgerfreundliche Verwaltung ist dies selbstverständliche Handlungsmaxime. Und wenn nun...«

»...wenn nun der Antragsteller sich dafür erkenntlich zeigen will«, fällt ihm Ruzkow ins Wort, »so ist ihm freigestellt, seine Dankbarkeit an anderer Stelle zum Ausdruck zu bringen. Wenn ein Soldat... sagen wir: aus der zweiten Kompanie einen Urlaub haben will, dann zahlt er nicht etwa seinem Unteroffizier einen Rausch. Er zahlt den Rausch dem Feldwebel von der vierten Kompanie... Also – wo finden wir, bitte sehr, den Feldwebel der vierten Kompanie des Berliner Senats?«

Für einen Augenblick herrscht Stille. Stukkart wechselt einen Blick mit Andermatt. Der hebt kurz beide Hände, es ist eine auffordernde Geste, ein wortloses: auf den Tisch damit!

»In der Sauna«, antwortet Stukkart entschlossen.

Paul Windsheimer bestellt sich das zweite und letzte von den beiden Pils, die zum Ausklang seines Tages gehören wie die Tagesschau, die er später – zu Hause – einschalten wird. Er sitzt an seinem Tisch, dem vor dem letzten Fenster rechts, und löst ein Sudoku. Die Eckkneipe ist um diese Zeit schon gut besucht, aber nicht proppenvoll, und der Lärm der Leute rauscht um ihn her wie eine Dusche lauwarmen Wassers.

Auch schwierigere Sudoku-Rätsel sollten im Prinzip durch bloßes Nachdenken lösbar sein. Das predigt er schon die ganze Zeit. *Trial and error* gilt nicht. Auf die grauen Zellen kommt es an. Dabei ist gar nicht so wichtig, welche Zahl sich an welchem Platz befindet. Wichtig ist, welche Zahl sich wo nicht befinden kann, und noch wichtiger, welche Zahlenkombinationen wo nicht möglich sind. Windsheimer blickt auf. Ein Mann in dunklem Mantel, den Hut in der Hand, hat die Kneipe betreten, aber es ist weder der Mantel noch der Hut, weshalb Windsheimer aufgemerkt hat. Es ist die Haltung: aufrecht, mit einem Stich ins Arrogante.

Natürlich kennt er den Mann. Ein Kollege, aber zugezogen. Das kam ihm schon immer seltsam vor. Als Ortsfremder in dieser Branche? Na ja, jedem Tierchen sein Pläsirchen, und die Mitgliedsbeiträge für den Landesverband sind brav bezahlt worden. Windsheimer schiebt das Rätselheft zur Seite und weist, als der Mann näher kommt, einladend auf den Stuhl gegenüber, noch bevor der Mann sein »Störe ich?« fragen kann, oder was die Leute sonst so sagen, wenn sie einen stören. Der Mann fragt aber gar nichts, sondern bedankt sich und nimmt Platz. Windsheimer weiß jetzt den Namen: Berndorf und dass dieser Mensch einmal Kriminalbeamter war und jetzt pensioniert ist. Manche können es eben nie lassen.

»Und, Kollege Berndorf, wie laufen die Geschäfte?«

Berndorf dankt für die Nachfrage und bestellt bei der Kellnerin ein Bier. »Und bei Ihnen?«

»Och«, meint Windsheimer und überlegt, worauf dieses Gespräch wohl hinauslaufen mag, »alles im grünen Bereich.«

»Schön«, meint Berndorf und schiebt einen prüfenden Blick nach. »Kein Ärger mit falschen Fuffzigern?«

Fuffziger?, denkt Windsheimer. Zugezogene sollten nicht berlinern wollen. »Hat man Ihnen welche untergeschoben?«

»Ein Paar«, antwortet Berndorf. »Beides Füßler. So rasend professionell, dass sie ihrer Zielperson aufgefallen sind. Sieht mir nach Mielkes Schule aus.«

»Aha«, sagt Windsheimer, hebt die Hände und lässt sie wieder fallen. »Sonst liefern die aber solide Arbeit, was ich so höre.«

»Mag sein«, antwortet Berndorf. »Vielleicht ist es auch nur ein blödes Vorurteil von mir...« Er wirft einen schiefen Blick auf das Zahlenrätsel. »Höherer Schwierigkeitsgrad, wie?«

»Ein bisschen Arbeit für die grauen Zellen«, meint Windsheimer. »Dass sie nicht ganz aus der Übung kommen. Aber es hängt gerade.«

Die Kellnerin bringt Berndorfs Bier. Er hebt das Glas: »Zum Wohl«, und nimmt einen kräftigen Schluck. Dann wischt er sich den Mund ab. »Der Mann – hellgraue Windjacke, nach hinten gekämmte Haare, fliehendes Kinn«, fährt er fort, »die Frau – stämmig, Schnallenschuhe, Brille...«

»Kollege!«, ruft Windsheimer aus, »wo sind Sie noch mal her? Irgendwoher aus Süddeutschland? Nett. Für Niederschnaizelkreuth wär das ein geradezu perfekter Steckbrief. Aber hier? Keine weiteren Informationen? Und selbst wenn – wie kommen Sie um Himmels willen darauf, dass ich Ihnen die Kollegen zum Fraß vorwerfe?«

Berndorf lehnt sich zurück und betrachtet sein Gegenüber.

Schließlich zuckt er die Schultern. »Diese – wie Sie sagen – Kollegen haben der Zielperson ein GPS ans Auto geklebt.«

»Und?« Windsheimer hat schmale Augen bekommen.

»Das Ding ist sichergestellt.« Berndorf lächelt knapp.

Schweigen senkt sich über den Tisch. Die beiden Männer sehen sich an, als seien beide der Ansicht, der Ball liege nun bei dem anderen. »Und – was haben Sie jetzt vor?«, fragt Windsheimer schließlich und gibt sich Mühe, sein Unbehagen zu verbergen. Plötzlich entdeckt er, dass sein Gegenüber den Kopf leicht schräg hält und schon wieder auf das Zahlenrätsel äugt.

»Vierte Reihe waagerecht, fünfte Stelle von links – haben Sie es? Da muss eine Sieben rein.«

Windsheimer will einen Protest murmeln.

»Alle andere Zahlen sind ausgeschlossen.«

»Aha«, sagt Windsheimer und muss nun doch nachprüfen. »Stimmt«, sagt er schließlich säuerlich. »Aber ...«

»In dieser anderen Sache gibt es zwei Möglichkeiten«, antwortet Berndorf. »Entweder meldet sich die Agentur, die diese beiden Blindschleichen losgeschickt hat, bei mir und erklärt, wer ihr warum welchen Auftrag gegeben hat, oder die Sache geht zum Datenschutzbeauftragten des Landes Berlin, und dann gibt es richtig Ärger.«

»Glauben Sie?«

»Richtig Ärger«, wiederholt Berndorf. »Samt Einschaltung von Kriminalpolizei und Presse. Das wäre nicht gut für die Branche. Ich habe mir sagen lassen, dass gerade eine Novellierung des Landesdatenschutzgesetzes in Arbeit ist. Überhaupt nicht gut würde sich da eine solche Geschichte machen.«

»Aus dem, was Sie mir erzählt haben«, wendet Windsheimer ein, »da geht für mich nicht einmal zwingend hervor, dass das wirklich Kollegen waren ... Aber bitte! Wenn ich Ihnen denn partout behilflich sein soll. Was können Sie mir denn über die Zielperson sagen?«

Berndorf runzelt kurz die Stirn. »Die Zielperson ist verheiratet mit jemandem aus der oberen Etage von Regnier.«

»Sssss!«, macht Windsheimer. »Warum haben Sie das nicht gleich gesagt? Dann hätte ich mir eher vorstellen können, wen Sie mit Ihrer Beschreibung vielleicht gemeint haben. Oder gemeint haben könnten. Aber… sagen Sie mal, Kollege, sind Sie ganz sicher, dass Ihre Zielperson wirklich den ganz großen Hammer herausholen will? Und wenn sie es doch tut – ahnen Sie, wie groß die Freude sein wird, die sie damit ihrem Ehepartner bereitet?«

»Wenn es anders nicht geht«, antwortet Berndorf, »dann muss es eben so gehen.«

»Wie Sie meinen.« Windsheimer hebt beide Hände, die Handflächen Berndorf zugewandt. »Für Regnier arbeitet die Agentur Meunier und Kadritzke, der Konzern ist deren wichtigster Kunde. Übrigens verrate ich Ihnen damit kein Geheimnis. Wenn Sie regelmäßig an unserem Stammtisch teilnehmen würden, jeden ersten Donnerstag im Monat, hätte sich Ihnen das längst mitgeteilt… Was schauen Sie so?«

»Meunier und Kadritzke, ja?«, fragt Berndorf zurück. »Also doch Mielkes Schule…«

Aus einzelnen Fenstern des Wohnblocks fallen rechteckige Lichtflecken auf den Rasen. Die meisten aber sind dunkel, oder man sieht den blauen Widerschein eines Fernsehers. Noch immer sind Autos unter den Bäumen des Fahrwegs abgestellt; mit seinem Rad ist Lutz Harlass an ihnen entlang gefahren. Jetzt steht er, noch halb im Dunkeln, gegenüber dem Eingang zum Hallenbad, das Rad an einen Baum gelehnt. Die Glasfront der Schwimmhalle ist hell erleuchtet.

Harlass hat ein Problem. Der Ford mit dem Kennzeichen, das man ihm genannt hat, ist nicht unter den Bäumen geparkt. Das bedeutet, dass der Wagen auf dem asphaltierten Parkplatz unmittelbar vor dem Hallenbad abgestellt sein muss. Auf dem Parkplatz, der von der Schwimmhalle ausgeleuchtet wird wie ein Guckkasten! Jeder, der das Bad verlässt, wird vor Augen haben, was an oder vor den Autos passiert. Er wird es nicht nur vor Augen haben, er wird dabei sein.

Er tastet nach der 446 Viking, die er in einem Schulterhalfter unter seiner Lederjacke trägt. Der Mann, der ihm seine Anweisungen gab, hatte darauf bestanden, dass er das Halfter benutzt: »Nicht in den Hosenbund stecken! Entweder verhakt sich das Ding, oder du verlierst es.«

Die Knarre ist immer noch da. Klar, er kann einfach wegfahren. Muss doch jeder verstehen, dass es auf dem Parkplatz nicht geht. Vermutlich laufen da sogar Überwachungskameras, auch wenn er im Augenblick keine erkennen kann. Warum hat er am Nachmittag nicht danach geschaut?

Er hat einen Entschluss gefasst und nimmt das Rad und schiebt es bis zum Hallenbad und über den Parkplatz an der Glasfront vorbei. Keine Schulkinder mehr, drei oder vier Schwimmer ziehen jetzt ihre Bahnen, gleichmäßig, ohne einen Blick sonst wohin. Harlass zuckt mit den Schultern. Vielleicht fröstelt es ihn auch nur. Er hat erst beim Bund schwimmen gelernt. Das war nicht lustig gewesen. Die Parkplätze gegenüber der Fensterfront sind alle belegt. Der Ford steht auf dem dritten Platz vor der Ausfahrt. Es ist ein älteres Modell. Das sei Tarnung, hat man ihm gesagt.

Auch der Opel von dem Mann, der das gesagt hatte, sah nach nichts aus.

Harlass schiebt das Mountainbike weiter, wirft kurz einen Blick auf einen Jaguar, das wäre schon etwas anderes, denkt er und gelangt zu dem überdachten Fahrradständer am Ende des asphaltierten Platzes. Dort sind noch zwei andere Räder eingehängt. Warum fällt ihm das erst jetzt auf? Wenn er erst auf dem Radweg ist, so hatte er sich gedacht, dann kann ihm ein Autofahrer nur noch hinterherlaufen. Und zwar solange er lustig ist. Aber wenn da kein Autofahrer hinterherkommt, sondern ein Radfahrer oder zwei?

Er lehnt das Mountainbike an die Außenwand des Fahrradständers und geht zwei Schritte zur Seite. Noch im Gehen holt er die Zigarettenschachtel aus der Brusttasche seiner Lederjacke. Es regnet zwar nicht, aber ein kalter Wind bläst über den Platz, und so dreht sich Harlass zur windabgewandten Seite, um die Zigarette anzuzünden. Er inhaliert einen tiefen Zug. Das muss sein. Außerdem braucht sich jetzt niemand zu fragen, was er da tut, in diesem Winkel neben dem Fahrradständer.

Einer der Schwimmer hat das Becken verlassen und kommt an der Glasfront vorbei. Von seinem Platz aus sieht Harlass nur den Oberkörper des Mannes. Er trägt eine weißblaue Badekappe und muss ein großer und kräftiger Kerl sein. Wieder tastet er nach dem Schulterhalfter.

Zürich, denkt Stefan Andermatt, warum bin ich nicht in Zürich geblieben? Die Sauna, ein enges Kabuff – schon die fünf Männer darin sind zu viel –, hat 95 Grad, und das ist auch zu viel. Jedenfalls für ihn. Andermatt sitzt auf der obersten der drei Sitzbänke und hat den behaarten Rücken des Obersten Ruzkow vor und unter sich, eine breite gezackte Narbe zieht sich vom linken Schulterblatt nach unten, wo hat der Oberst das her? Von Kampfhandlungen und richtigem Krieg? Im Dossier stand nichts davon, dass Ruzkow in Afghanistan gewesen wäre.

Außer 95 Grad Celsius herrscht Schweigen. Die Sanduhr ist noch nicht einmal zu einem Drittel abgelaufen. Andermatt überlegt, wie einer das städtebauliche Konzept eines modernen S-Bahn-Netzes erklären soll, wenn jedes Wort zu viel ist.

»Ich war mal in Petersburg«, sagt der Mann mit der Körperbeschaffenheit eines rosigen Ferkels, der rechts neben Ruzkow sitzt, »in einem Russischen Dampfbad... es war sehr angenehm, sehr belebend...« Der Mann rechts von Ruzkow ist Giselher Marcks, Andermatt kennt ihn, seit er vor einigen Wochen zum ersten Mal zu der Sauna-Runde geladen war. Dabei weiß er nicht einmal genau, was Marcks bei der Senatsverwaltung eigentlich tut und wofür er zuständig ist, wenn er überhaupt für irgendetwas zuständig ist.

»Sie waren in einem Banja«, ergänzt Meyer-Plogstett, der links von Ruzkow sitzt, ein großer, schmalbrüstiger Mann, Baurat im Verkehrsdezernat. »Hat's auch Haue gegeben?«

»Mit Birkenzweigen, ja doch«, bestätigt Marcks. »Sollten Sie bei sich im Amt auch mal ausprobieren. Damit der Kreislauf in Schwung kommt.«

»Die spüren dort nichts unter ihren Schwielen«, meint Diplom-Ingenieur Wotruba vom Hochbauamt, der auf der untersten Bank rechts sitzt und sich gerade eine Handvoll Schweiß von der Stirn wischt.

»Von welchen Schwielen reden Sie?«, fragt Meyer-Plogstett.

»Von denen vom vielen Sitzen.«

»Meine Herren!«, sagt Marcks tadelnd. Die Sanduhr ist noch nicht einmal zur Hälfte abgelaufen. Andermatt überlegt, ob er auf die unterste Bank wechseln soll.

»Übrigens ist mir vor allem der Dampf in Erinnerung geblieben«, fährt Marcks fort. »Er war dort anders als sonst in der Sauna nach dem Aufguss. Angenehmer. Leichter zu atmen.«

»Das kommt davon, dass die Steine für den Aufguss heißer sind. Wenn es ein gutes Banja ist.« Zum ersten Mal hat Ruzkow sich ins Gespräch gebracht. »Sehr viel heißer als in der finnischen Sauna. Das gibt dem Dampf eine andere Konsistenz.«

»Rein physikalisch leuchtet mir das ein«, meint Meyer-Plogstett.

»Seit wann verstehen Sie im Verkehrsdezernat was von Physik?«, wirft Diplom-Ingenieur Wotruba ein. »Physik hat was mit Energie zu tun, mit Masse mal Bewegung, wenn Sie wissen, was das ist.«

»Und der Hochbau etwas damit«, antwortet Meyer-Plogstett,

»dass einem nüscht einfällt. Aber das ist dann schon Glückssache!«

»Das mit den Steinen ist ein gutes Prinzip«, erklärt Marcks. »Wenn man sie richtig heiß macht, dann geht alles viel leichter. Passt auch sonst im Leben.«

»Meinen Sie jetzt: bei den Weibern?«, fragt Wotruba.

»Vielleicht ergibt sich ja eine Gelegenheit«, meint Ruzkow, »und ich kann die Herren in Moskau begrüßen. Dann würde ich mir erlauben, Sie in das Sandunowskaja Banja einzuladen. Ein wunderbares Bad, nicht nur ein kulturgeschichtliches Denkmal, Sie bekommen da ein ganz anderes Bild von Moskau und von uns Russen.«

Vorsichtig erhebt sich Andermatt und bleibt gebückt, damit er mit dem Kopf nicht an die Holzdecke stößt, nimmt sein Badetuch auf und steigt an Ruzkow vorbei auf die unterste Bank. Zürich, denkt er, ach Zürich!

Noch immer brennt in der Schwimmhalle Licht. Ein Bademeister in einem weißen Kittel läuft herum. Vermutlich räumt er auf, aber was er aufräumt, das kann Harlass nicht sehen, und so kommt ihm der Bademeister vor wie einer von den komischen Männern in der Kirche, in der er früher manchmal mit seiner Großmutter war. Die Männer dort waren auch hin und her gegangen, und man verstand nicht, warum sie das taten. Aber man musste still sein. Die Eingangstür öffnet sich, ein Mann im Dufflecoat und mit Sporttasche tritt ins Freie und geht die Treppe hinunter... Der Mann ist zu groß, trägt keine Brille und hat auch keinen Glatzkopf. Er geht zu dem fünften Auto vor der Ausfahrt und wirft keinen Blick auf Harlass. Das fünfte Auto vor der Ausfahrt ist ein Toyota, der Mann braucht eine Weile, bis er die Sporttasche auf den Rücksitz gepackt hat, dann fällt ihm ein, dass er seinen Dufflecoat doch wieder lieber ausziehen will, und muss auch den erst verstauen, bis er sich endlich hinters Steuer setzt. Wieder dauert es, bis die Scheinwerfer aufflammen, der Toyota stößt zurück und ist dann auch gleich weg.

Plötzlich geht es ganz schnell. Zwei weitere Männer treten aus dem Portal, auch sie in Mänteln, einer trägt Hut, der andere hat eine dichte dunkle Mähne, sie bleiben dann aber halb auf der Treppe stehen und reden noch, der eine hat die Sporttasche über die Schulter gehängt, der andere stellt sie neben sich ab. Zwei andere Männer gehen an ihnen vorbei, sie sind deutlich jünger und stecken in Anoraks – die Radfahrer!, denkt Harlass und schiebt sein Mountainbike ein paar Schritte zur Seite und beugt sich darüber, als ob er den Sitz der Kette prüfen müsste…

»Kommst du noch mit auf ein Bier?«, fragt einer der beiden, aber der andere muss zu Tanja, die wartet schon. Dann haben die beiden auch schon ihre Räder aufgeschlossen, Harlass sieht ihnen nach, ein Problem weniger!

Oben an der Treppe stehen plötzlich vier Männer, einer trägt eine Pelzkappe, vielleicht ist er glatzköpfig darunter? Egal, er ist ein großer breitschultriger Kerl und kommt also nicht in Betracht. Harlass spürt einen Anflug von Panik, wie soll er den Richtigen herausfinden? Wenn er wartet, bis einer zu dem Ford geht, ist es womöglich zu spät. Es sind jetzt fünf Männer, die vier anderen scheinen auf den fünften gewartet zu haben, erst jetzt sieht er ihn richtig: ein kleines bebrilltes Männchen, glatzköpfig ist es auch, das sieht er, als es kurz den Hut lüftet, und einen Mantel hat das Männchen an, der geht bis weit über die Knie hinunter. Man ist dabei sich zu verabschieden, zwei der Fünf – der eine groß und schlank, der andere der Kerl mit der Pelzkappe – gehen als erste, der Breitschultrige tippt noch grüßend an die Pelzkappe, und die drei anderen sehen den beiden zu, wie sie den Jaguar ansteuern. Der Fahrer ist der Schlanke, der Kerl mit der Pelzkappe steigt auf der Beifahrerseite ein. Von der Treppe aus winkt man noch einmal zum Abschied, dann leuchten auch schon Scheinwerfer und Rücklichter des Jaguar auf, der Wagen stößt zurück und fährt weg.

Die drei Männer auf der Treppe sehen zu, wie die Rücklichter um die Kurve verschwinden, und haben noch immer etwas zu besprechen. Aber sie scheinen sich einig zu sein, das Männchen lüftet noch einmal seinen Hut und macht sich auf den Weg, und es ist schon mal die richtige Richtung, die zum dritten Stellplatz vor der Ausfahrt. Harlass steigt auf sein Mountainbike und fährt los, langsam, so dass er den beiden anderen Männern ausweichen kann, die zu ihren Autos gehen. Dann ist Harlass auch schon bei dem alten Ford, auf der Höhe der Fahrerseite stoppt er ab und geht mit beiden Füßen von den Pedalen und greift in seine Lederjacke, genau in dem Augenblick, als das Männchen die Fahrertür aufschließt – noch nicht einmal eine Fernbedienung hat die Rostlaube!

»Herr Marx, Giselher Marx?«, fragt er, und das Männchen dreht sich um und hat ein rosiges Gesichtchen und seinen Hut in der Hand, weil es ihn abnehmen will, bevor es in das Auto steigt, aber da hält Lutz Harlass ihm auch schon die 446 Viking ins Gesicht und drückt ab, als wäre es eine Bewegung, ein oder zwei Mal drückt er ab, so genau wird er das später nicht mehr wissen, irgendetwas passiert mit dem Gesicht des Männchens, aber auch davon wird Harlass nur die Erinnerung an ein Staunen und ein Nichtverstehen bleiben. So viel kann der Mensch auch gar nicht gleichzeitig verarbeiten und speichern, denn in seinem Rücken erhebt sich Geschrei, das hat er zuerst gar nicht wahrgenommen, vielleicht, weil die Ohren halb taub waren von den Schüssen, aber jetzt hat er keine Zeit mehr, er steckt die Viking zurück ins Halfter und steigt auf das Mountainbike und fällt schier um dabei, denn sein rechter Fuß rutscht vom Pedal, dann findet er doch noch Tritt, irgendwie kommt er aus der Ausfahrt und schafft die Kurve und kann richtig Fahrt aufnehmen. Doch kaum, dass er im Fahrtwind den kalten Schweiß auf seinem Gesicht spürt, meldet sich die Scheiß-Stimme in seinem Kopf und sagt: Aber du hättest ihn sollen in das Knie schießen!

Halts Maul, denkt Harlass. Wie soll ich ihn ins Knie schießen, wenn er da steht in seinem Mäntelchen? Triff mal einen durch den Mantel in die Kniescheibe, du Klugscheißer!

Das Zimmer ist dunkel, aber weil Karen keine Vorhänge mag, fällt das vom Regen gedämpfte Licht der Straßenlaterne durchs Fenster auf den Schreibtisch, der eigentlich gar kein Schreibtisch ist, sondern eine Arbeitsplatte auf zwei Trageböcken, und beleuchtet den geschlossenen Laptop und das Telefon und die griffbereite Reihe der Wörterbücher.

Karen hat sich in den Lehnstuhl zurückgezogen, die Beine auf den Schemel davor hochgelegt. Unter der schrägen Dachwand fühlt sie sich in diesem Zimmer wie in einer Höhle geborgen, mit dem Rechteck des Fensters als Ausstieg in eine andere, von der Dunkelheit ausgesparte Welt. Ausstieg wohin? Als Kind hat sie oft taggeträumt, nachts könne sie aus ihrem Zimmer übers Land fliegen, vielleicht auch in eine andere Zeit. Das ist nichts Besonderes, viele Kinder entdecken ganze Zauberwelten für sich, bevor sie dann doch Buchhalter bei den Stadtwerken oder Kassiererin bei Aldi werden.

Oder freie Journalistin, nach Pauschale entlohnt.

Vorbei! Für eine Weile wird sie mit dem Schreiben aufhören. Landhausmode! An dieses Wort auch nur zu denken, bereitet Übelkeit. Was aber kommt nach dem Schreiben? Muss man das wissen? Es wird sich finden. Irgendetwas wird ihr über den Weg laufen. Hätte sie in irgendeiner Weise ausrechnen können, dass ihr heute diese Frau in Schnallenschuhen nachläuft? Oder der Schleicher in der Windbluse?

Was wollten die? Herausfinden, wohin sie geht und zu wem. Warum? Vermutlich, weil sie dafür bezahlt werden. Von wem? Von einem unbekannten Dritten, der im Dunkeln hockt wie der Kunde in der Peep-Show, mit ihr auf der Drehscheibe. Aber was gibt es da zu sehen? Nichts, denkt sie, nichts, was man in einer wirklichen Peep-Show nicht billiger und freizügiger geboten bekäme.

Ein grünes Licht blinkt, offenbar die ganze Zeit schon. Hat Stefan angerufen? Es wird später werden, was sonst, wenn er einen Geschäftsfreund zu betreuen hat, einen russischen gar... Sie geht zum Telefon, nimmt den Hörer und drückt die Taste für den Anrufbeantworter, eine klare, energische Stimme dringt an ihr Ohr:

»Hier spricht Dagmar Wohlfrom-Kühn, es ist Freitag, kurz nach fünfzehn Uhr dreißig, liebe Karen Andermatt, ich wollte Sie fragen, ob Sie und Ihr Mann am Sonntag Zeit und Lust hätten, uns bei einem Brunch Gesellschaft zu leisten? Ich hätte danach gerne etwas mit Ihnen besprochen, unter vier Augen.«

Ein Lichtschein huscht über das Fenster, leises schnurrendes Motorengeräusch, fast unhörbar, dann das Klappen des sich öffnenden Garagentors. Karen legt den Hörer zurück, etwas ratlos. Was will diese Frau, unter vier Augen? Eine Wagentür wird sanft geschlossen, das Garagentor klappt wieder zu, jemand öffnet die Haustür. Gleich wird Stefan nach ihr rufen, aber sie hat keine Lust, angehuscht zu kommen wie das Hündchen, das auf das Herrchen wartet, ach!, den ganzen Abend schon.

Niemand ruft. Ein Entspannungsbier? Ist alles da. Wenn ich hier nur noch einen Moment sitzen bleiben kann, im Dunklen, Stillen... Sie will die Augen schließen, aber ein krachender Schlag schreckt sie auf, Gedudel dröhnt durchs Haus, sie hält sich die Ohren zu, dann ebbt der Lärm ab, Radio oder Fernsehen? Ein Sender nach dem anderen wird aufgerufen, überall Gedudel oder Disco-Wummern: also Radio. Dann eine Stimme, sie klingt nach Nachrichten oder Verkehrsmeldungen, die Stimme darf weiterreden, was soll denn los sein an diesem Abend?

Karen mag sich nicht länger im Dunklen verstecken. Stefan ist ihr Mann, und ihr Mann muss wissen, dass ihr da Leute nachspionieren. Wenn sie ihm das nicht sagen kann, wozu ist ihre Ehe dann noch gut? Sie schaltet die Leselampe ein, steht auf und geht barfuß zur Tür und hinaus auf die Galerie. Stefan steht vor der Konsole mit dem Radio, den Kopf leicht erhoben. Offenbar hat er aber die Bewegung wahrgenommen, mit der Karen sich über das Geländer der Galerie beugt, und blickt zu ihr hoch. Sie erschrickt: Aus dieser Perspektive sieht sein von der Sauna gerötetes Gesicht seltsam verzerrt aus, fast krank. Er hebt die Hand und deutet mit der anderen auf das Radio, es gibt Wichtigeres als sie …

»… vor dem Hallenbad Holzmarktstraße ist am späten Freitagabend ein Badegast erschossen worden. Der Täter konnte auf einem Fahrrad flüchten und ist trotz einer sofort eingeleiteten Fahndung bisher nicht gefunden worden. Über die Hintergründe der Schießerei besteht bisher völlige Unklarheit. Wir tappen noch im Dunklen, erklärte ein Sprecher der Berliner Polizei gegenüber Radio Fünf Neunundsechzig … Potsdam. Die neuerliche Kostensteigerung beim Bau des Berliner Großflughafens …«

Die Stimme des Sprechers kippt ab, denn Stefan hat den Ton abgeschaltet. »Das muss«, sagt er und blickt wieder zu ihr nach oben, »gewesen sein, kurz nachdem wir dort weggefahren sind …«

Erst jetzt realisiert Karen, dass Stefans Sauna-Abende in ebenjenem Hallenbad Holzmarktstraße stattfinden. Dass sie zum Begreifen so lange gebraucht hat, macht sie doppelt hilflos.

»Wir haben nichts gesehen und nichts gehört«, fährt Stefan fort. »Deswegen macht es auch keinen Sinn, dass ich mich jetzt gleich bei der Polizei melde.«

Karen kann es nicht leiden, wenn jemand davon spricht, dass etwas Sinn macht. Oder eben keinen. Was sie sagen will, ist etwas anders. Aber sie kommt nicht dazu.

»Aber ich muss Stukkart verständigen«, fährt Stefan fort. »Auch wenn ihm das nicht gefallen wird, mitten in der Nacht. Unter Umständen werden wir sogar einen Anwalt zuziehen müssen, einen Anwalt, dem gegenüber Ruzkow eine eidesstattliche Erklärung abgeben kann, bevor er morgen nach Moskau zurückfliegt. Das wird wohl eine lange Nacht…« Er wendet sich ab und geht in sein Arbeitszimmer.

Dann eben nicht!, denkt Karen und geht ins Bad, den Tag von der Haut duschen und mit dem Tag die ferne Erinnerung an einen Hauch von Spaghetti all'aglio.

Samstag

Berndorf hat einen Tee aufgegossen, an der Wand die gerahmte Fotografie des Ulmer Münsterturms gerade gerückt und einen Block samt Kugelschreiber bereitgelegt. Eigentlich mag er keine Kugelschreiber, aber sein Füller kleckst. Er müsste sich einen neuen kaufen. Aber wo kommen wir hin, wenn man alles wegwirft, was mit den Jahren ein wenig undicht wird? Er zündet den Rechaud für die Teekanne an und blickt sich prüfend um.

Warum fällt ihm gerade heute auf, wie schäbig dieses Büro ist? Staubig ist es auch. Ergeben geht er in das kleine Bad und findet dort wider Erwarten einen Staublappen, öffnet das Fenster und will den Lappen ausschütteln.

Berndorfs Büro befindet sich im Hochparterre. Aber unten auf der Straße kommt eben jetzt eine junge Frau vorbei, eine in Berndorfs Augen junge Frau: heller Übergangsmantel, Kragen hochgeschlagen, windgezaustes kastanienbraunes Haar...

»Guten Morgen«, sagt Berndorf, sich aus dem Fenster beugend, den Lappen in der Hand, »falls Sie zu mir wollen – nur herein!«

Karen Andermatt ist stehen geblieben und erwidert den Gruß, dann will sie wissen, ob sie zu früh gekommen ist. »Keineswegs!«, versichert Berndorf und weist einladend zum Hauseingang. Er schließt das Fenster, geht zum Schreibtisch und drückt auf den Türöffner, bis er hört, dass die Haustüre auch tatsächlich aufgestoßen wird. Am Eingang zu seinem Büro nimmt er die Besucherin in Empfang; als er ihr den Mantel abnehmen will, stellt er fest, dass er in der einen Hand noch immer den Staublappen hat. Also stopft er ihn in die Hosentasche.

Karen Andermatt lässt sich zu dem Besucherstuhl geleiten, ohne sich groß umzusehen. Vermutlich hat sie auf den ersten Blick festgestellt, denkt Berndorf, dass es taktvoller sei, dies nicht zu tun. Sie akzeptiert eine Tasse Tee, will aber keinen Zucker und auch keinen Kandis dazu.

Schließlich sitzen sie sich gegenüber, Berndorf erlaubt sich eine kurze Musterung: beiger Rollkragenpullover, hellbraune Kostümjacke, kein Schmuck. Als er ihr den Mantel abnahm, hat er den Hauch eines sehr zurückhaltenden Parfüms bemerkt. Vielleicht auch nur ein Eau de Cologne... Make-up? Kann er nicht beurteilen. Aber um die Augen ist Müdigkeit.

»Haben Sie mit Ihrem Mann gesprochen?«

»Gesprochen? Über diese Leute gestern? Und über dieses Ding an meinem Auto? Nein, habe ich nicht.« Sie zieht die Augenbrauen zusammen und stellt Tee- samt Untertasse zurück auf den Schreibtisch. »Es hat sich nicht ergeben.«

»Sie werden aber mit ihm reden müssen«, sagt Berndorf. »Die beiden Leute, die Ihnen nachgespürt haben – die kommen möglicherweise von einer Agentur, die fast ausschließlich für den Regnier-Konzern arbeitet. Es ist die Agentur Meunier und Kadritzke.« Er will hinzufügen, dass es sich bei Meunier und Kadritzke um ehemalige Stasi-Offiziere handelt, aber wozu wäre eine solche Information gut?

»Was bedeutet das?«

»Da gibt es mehrere Szenarien«, antwortet Berndorf ausweichend. »Denkbar ist zum Beispiel, dass man Sie in eine Sicherheitsüberprüfung Ihres Mannes einbezogen hat... Kann es sein, dass Ihr Mann vor einer Beförderung steht oder mit einer besonders heiklen oder schwierigen Aufgabe betraut werden soll?«

»Von einer Beförderung weiß ich nichts«, sagt Karen abweisend. »Aber was heikle oder schwierige Dinge angeht – haben Sie heute schon Nachrichten gehört? Über die Schießerei an diesem Hallenbad hier in Berlin?«

»Ob ich...?« Berndorf stutzt. Was war da gewesen? Ja doch,

ein Toter, der Täter auf dem Fahrrad geflüchtet... »Gewiss. Hallenbad Holzmarktstraße. Heute Morgen kam im Radio einiges darüber. Warum?«

»Mein Mann war – nein, unmittelbar dabei war er nicht. Aber er war gestern Abend in der Sauna dort, mit einigen Bekannten, und der Mann, der erschossen wurde, der hat zu diesem Kreis gehört...«

»Ihr Mann, so haben Sie gesagt, war nicht unmittelbar dabei...?«

»Stefan ist vorher weggefahren, wenige Minuten vorher. Und er hat auch nichts gesehen oder gehört. Also auch keinen Schuss oder so...«

Berndorf nickt. Plötzlich runzelt er die Stirn und tastet nach seiner linken Hosentasche, irgendetwas stört ihn. Aus der linken Hosentasche hängt der Staublappen, also zieht er ihn heraus und legt ihn neben die Schreibtischlampe. »Entschuldigung!... Ihr Mann war also weggefahren, bevor die Schießerei losging – woher weiß er dann, dass der Tote einer seiner Bekannten war? Hätte es nicht auch sonst ein Badegast sein können?«

Karen Andermatt scheint überrascht. »Wenn ich mich richtig erinnere, hat er das zuerst auch gar nicht genau gewusst. Als er heimkam, sagte er nur, die Schießerei vor dem Hallenbad müsse losgegangen sein, kurz nachdem er weggefahren war. Aber irgendwann kamen in den Nachrichten wohl genauere Angaben – wie alt der Mann war und dass es sich um einen Senatsangestellten gehandelt hat. Da muss ihm klar geworden sein, wer gemeint ist... Es sei ein gewisser Giselher Marcks gewesen, sagte er heute Morgen beim Frühstück... Marcks mit Ce-Ka-Es.«

»Aus erster Hand – ich meine: von der Polizei, hat er den Namen also nicht erfahren. Er ist bisher nicht einvernommen worden?«

»Nein, bisher nicht«, antwortet Karen Andermatt und sitzt mit einem Mal kerzengerade auf dem Besucherstuhl. »Er war mit einem russischen Bekannten dort, und nach der Sauna hat er den ins Hotel zurückgebracht. Von der Schießerei hat er dann im Autoradio gehört...«

»Gut möglich«, meint Berndorf bedächtig. »Es gibt ein paar Reporter, die sind sehr nah an der Polizei dran.«

»Das ist nicht nur möglich, sondern es ist so«, gibt Karen zurück. »Stefan ist ja auch nicht gleich zurückgefahren, sondern er und sein russischer Bekannter haben sich in der Hotelbar noch etwas unterhalten.«

»Und dieser Russe – ist er inzwischen von der Polizei vernommen worden?«

»Nein. Es ist so... Ruzkow, also dieser Bekannte, ist heute Morgen zurück nach Moskau geflogen.«

Berndorf hat sich zurückgelehnt, die Arme über der Brust verschränkt, und betrachtet die Besucherin forschend. Karin gibt den Blick zurück, scheinbar ungerührt und fast trotzig.

»Es gibt zwei Möglichkeiten«, bricht Berndorf schließlich das Schweigen. »Entweder ich schreibe Ihnen eine Rechnung, sagen wir: über achtzig Euro plus Mehrwertsteuer, und wir sind quitt. Oder...« Er hält inne, als ob ihm plötzlich Zweifel gekommen seien, ob es wirklich eine zweite Möglichkeit gäbe.

»Oder?«, fragt Karen.

»Oder Sie erteilen mir den Auftrag herauszufinden, ob Ihre Überwachung in irgendeiner Weise mit diesen Vorkommnissen zu tun hat, von denen Ihr Mann...«, er zögert kurz, »um ein Haar Zeuge gewesen wäre.«

»Es gefällt mir nicht, wie Sie das formulieren«, antwortet Karen. »Außerdem verstehe ich es nicht. Ich habe Sie gebeten herauszufinden, wer mich überwachen lässt. Wer diese albernen Detektive sind, ist mir dabei völlig gleichgültig. Ich will wissen, wer genau bei Regnier sie losgeschickt hat.«

Berndorf scheint nicht zufrieden. »Wenn ich weiter für Sie tätig sein soll, muss ich zuerst überprüfen, ob Sie noch immer überwacht werden. Außerdem benötigen Sie – auch wenn Sie das jetzt nicht zu interessieren scheint – einen stichhaltigen

Nachweis, dass diese beiden Leute tatsächlich von Meunier & Kadritzke auf den Weg geschickt worden sind ...«

»Warum?«

»Falls juristische Konsequenzen angezeigt sind. Und sei es nur, um die Kosten erstattet zu bekommen. Außerdem – ich sagte es schon – muss ich mich mit Ihrem Mann beschäftigen. Womöglich wird auch er überwacht oder ausgespäht. Es wäre fahrlässig, dies nicht zu überprüfen. Aber um das tun zu können, muss ich legitimiert sein. Deswegen der erweiterte Auftrag, wenn Sie ihm denn nähertreten wollen ...«

Karen will etwas sagen. Aber er hebt die Hand. »Allein kann ich diese Ermittlungen nicht führen. Ich müsste also einen Mitarbeiter zuziehen, und das bedeutet, dass wir mit achtzig oder auch zweimal achtzig Euro nicht mehr auskommen.«

Karen zögert. Sie betrachtet ihr Gegenüber. Ein älterer – nein, ein alter Mann. Müde. Warum muss so jemand noch arbeiten? Wie soll ausgerechnet so jemand etwas herausfinden über die Welt, in der Stefan sich bewegt? »Also gut«, sagt sie unvermittelt. »Finden Sie heraus, was es über diese alberne Überwachung herauszufinden gibt.«

»Kostenlimit?«

Karen blickt fragend auf. Kosten? Wie viel hat sie noch auf dem Konto? »Zweitausend«, hört sie sich zu ihrer Überraschung sagen.

Rot-weiße Absperrbänder aus Plastik zäunen den Parkplatz ein und flattern in der Brise, mit der ein sibirisches Kältehoch Norddeutschland heimsucht. Ein Polizist achtet darauf, dass kein Unbefugter sich dem Hallenbad nähert, auch keiner, der nur einfach am Samstagmorgen ein paar Bahnen schwimmen will. »Kriminaltechnische Untersuchungen! Wir danken für Ihr Verständnis ...« Hinten am Fahrradständer sammeln Kriminaltechniker in Overalls Bodenproben und Zigarettenstummel ein. Die Leitende Staatsanwältin Dagmar Wohlfrom-Kühn steht, den Kragen des schwarzen Pelzmantels hochgeschlagen und die widerspenstige Haarmähne mit einem Kopftuch gebändigt, vor dem dritten Stellplatz vor der Ausfahrt und betrachtet die Markierungen auf dem Asphalt – die Markierungen entlang der Fahrerseite eines älteren graugrünen Ford und die Markierungen rechts dahinter.

»Der Täter kam von dahinten«, sagt Kriminalhauptkommissar Wolfgang Keith und weist auf den Fahrradständer am Ende des Parkplatzes, »er fuhr mit seinem Fahrrad, sehr langsam, so dass er den anderen Badegästen ausweichen konnte, die ebenfalls zu ihren Fahrzeugen gingen, er fuhr bis etwa hierher, wo ich jetzt stehe...«, Keith deutet mit beiden Händen unter sich, »... hielt an, sprach erst den Herrn Marcks an, der dabei war, sein Auto aufzuschließen, und schoss dann sofort, als sich dieser zu ihm umdrehte...«

»Was mich stört«, sagt die Staatsanwältin, als habe sie gar nicht zugehört, »was mich stört, ist das zu Offensichtliche...«

Keith blickt fragend.

»Was uns hier gezeigt wird, ist ein Auftragsmord«, erklärt die Staatsanwältin, »ein Täter, der weiß, dass dieser Herr Marcks die Sauna besucht und dass er vor dem Hallenbad auf ihn warten muss... Wieso weiß er das eigentlich? Er wartet brav, passt sein Opfer ab und nimmt dabei in Kauf, dass ihn was weiß ich wie viele Zeugen sehen...«

»Marcks hat regelmäßig freitagabends hier sauniert, die Sauna ist dann für ihn reserviert, genauer gesagt für seinen Freundeskreis.«

»Freundeskreis? Bisschen andersrum, wie?«

Keith zieht eine säuerliche Grimasse. »Zwei der Zeugen, die mit ihm in der Sauna waren, sind Beamte aus der Senatsverwaltung, also Kollegen von ihm. Beide haben gesagt, diese Sauna-Runde bestehe seit Jahren, die meisten Teilnehmer seien städtische Bedienstete und Marcks habe sich einfach darum gekümmert, dass die Reservierung immer wieder erneuert wird.« Ein vorsichtiger Blick zeigt ihm, dass sich auf der Stirn der Staatsanwältin noch immer eine scharfe Falte abzeichnet. »Übrigens habe ich auch den Bademeister gefragt, und der hat mir versichert, die Besucher seien immer seriöse ältere Herren gewesen, also keine Bubis darunter.«

»Dann will ich das mal glauben … Trotzdem stimmt etwas nicht.«

Keith wagt ein zögerndes: »Ja?«

»Mir kommt das vor wie eine Aufführung«, sagt die Staatsanwältin. »Wie eine Performance. Oder wie Theater: Freitagabend, 22 Uhr sonstwas, Öffentliche Hinrichtung des die Sauna besucht habenden Senatsangestellten Marcks. Wofür hat der Senat den eigentlich angestellt? Zum Organisieren von Sauna-Runden?«

Keith holt einen Notizblock aus einer Tasche seines Trenchcoats und muss blättern. »Personalreferat«, antwortet er schließlich. »Lohnbuchhaltung für kommunale Arbeitnehmer. Also für städtische Arbeiter im Gartenamt und in der Kanalreinigung und was die sonst so haben.«

»Hat also dem einen armen Teufel die Überstunden-Zulage nicht ausbezahlt und dem anderen die Brückentage vom Urlaub abgezogen. Und wir sollen jetzt glauben, dass sich der eine arme Teufel mit dem anderen zusammengetan hat, und dann haben sie sich den letzten Cent vom Mund abgespart, um einen Killer zu engagieren, ja? Das sollen wir glauben?«

Keith wendet ein, dass die persönlichen Umstände des Toten noch nicht überprüft worden seien. »Soviel ich bisher weiß, hat er allein gelebt.«

»Vorerst«, bescheidet ihn die Staatsanwältin und wendet sich ab, »vorerst glaub ich in dieser Sache erst einmal gar nix.«

Das Gesicht eines jeden Menschen lässt sich zwar in eine beliebige Vielzahl von Pixeln auflösen, aber es lässt sich umgekehrt nicht oder nur bedingt rekonstruieren. Wenn ein Gesicht anhand eines skelettierten Schädels und unter Berücksichtigung der aus dem Knochenmaterial erhältlichen genetischen Informationen nachgebildet wird, so erreicht man zwar eine sehr große Ähnlichkeit, aber eben nur Ähnlichkeit. Um Ausstrahlung oder Persönlichkeit darzustellen, müsste der Kriminaltechniker ein Künstler sein, und die haben im Polizeidienst nichts zu suchen. Und für den Polizeidienst genügt, dass ein Phantombild ein ungefähres Aussehen zeigt, gerade so genau, dass einer sagt, ach schau mal, der sieht doch aus wie der und der…!

Aber selbst diese ungefähre Ähnlichkeit ist schwer genug zu treffen. Wilfried Broch, Kriminaltechniker der Berliner Polizei, hat seine Erfahrungen damit. An diesem Samstagvormittag zum Beispiel hatte er mit zwei Beamten aus der Senatsverwaltung zu tun gehabt, die sich nicht erinnerten und sich nicht anstrengen wollten und sich widersprachen, der hatte doch eine Kapuzenmütze übergezogen, sagte der eine, nein, eine Pudelmütze, behauptete der andere, so ein breitflächiges Gesicht hatte der, ach was, eine vorspringende Hakennase!

»Er trug ein Stirnband«, sagt der junge breitschultrige Mann, der Broch jetzt gegenübersitzt, »und eine Lederjacke, und aufgefallen ist er mir, weil er sich an der Ecke beim Fahrradständer herumdrückte.« Der junge Mann studiert Maschinenbau und hatte am Vorabend zusammen mit einem Freund im Hallenbad trainiert. »Als wir herauskamen, stand er da und rauchte eine Zigarette, die warf er dann weg und beugte sich über sein Rad, als ob an der Kette was wär. Was tut der da?, hab ich mir gedacht.«

»Im Bad war er nicht gewesen?«

»Nein. Vielleicht kam er mir auch deswegen so komisch vor.«

»Wie gut haben Sie sein Gesicht gesehen?«

»Nicht so besonders. Bevor er die Zigarette wegwarf, muss er noch einmal daran gezogen haben, und sie leuchtete auf. Da sah man was von seinem Gesicht…«

Und so machen sich Broch und der Student daran, auf Brochs Bildschirm ein Gesicht zusammenzusetzen, das einmal kurz im Widerschein einer aufglimmenden Zigarette zu erkennen war. Oval? Ja doch, aber was heißt das schon, die meisten jungen Männer haben ovale Gesichter, solange sie nicht vom Bier aufgeschwemmt sind. Rasiert, jedenfalls kein Drei-Tage-Bart, das Haar – vermutlich – kurz geschnitten, jedenfalls keine Haarmähne, die über dem Stirnband hochsteht. Weder das Kinn noch der Mund besonders ausgeprägt, die Nase gerade, auch die Wangenpartie nicht besonders hervorgehoben – ein Allerweltsgesicht also?

»Nein, eben nicht«, sagt der Student, »um die Augen war etwas, die müssen enger stehen...«

Wilfried Broch ist schon seit Jahren in diesem nüchternen Geschäft, in dem man gleichwohl von Zeit zu Zeit eine Eingebung braucht. »Einen Augenblick«, sagt er und beginnt, in seinem Archiv nachzusehen. Drei oder vier Jahre? Er kann sich an den Namen nicht erinnern, aber an das Stichwort, das für die Bilddatei gespeichert ist, und dann hat er es schon auf seinem Laptop. Bevor er das Phantombild von damals auf den großen Bildschirm überspielt, verdeckt er Namen und Daten.

»Das ist der Kerl«, ruft der Student.

Broch erlaubt sich ein kleines, bescheidenes Lächeln. Dann greift er zum Telefon und wählt.

Meunier & Kadritzke haben ihren Firmensitz in einem schmalen Altbau, dessen Unauffälligkeit nicht einmal durch ein Firmenschild beeinträchtigt wird. Der Firmenname findet sich auf dem Klingelbrett, mehr scheint den Inhabern nicht geboten. Dem einen oder anderen wird vielleicht die Überwachungskamera auffallen, die von oben auf den Eingangsbereich gerichtet ist. Aber wer den Blick für so etwas hat, der wird auch nicht weiter davon überrascht sein. Nicht bei Meunier & Kadritzke.

Weiter oberhalb müht sich jemand, seinen Daimler auszuparken, als er es endlich geschafft hat, witscht ein kleines rotes Auto in die Lücke und erobert sie sich. Eine Frau steigt aus, falls jemand zusehen sollte, würde er sich wundern, wie lang die Beine sein können, die sich aus einem so kleinen Auto entwirren. Die Beine stecken in Jeans und gehören einer Frau mit einer langen, zu einem Pferdeschwanz gebundenen kastanienbraunen Haarmähne. Kastanienbraun? Wer genauer hinschaut, wird sehen, dass sich da auch schon graue Haare darunter finden. Die Frau – es ist die Privatdetektivin Tamar Wegenast – geht zum Parkautomaten und zieht ein Ticket, dann kehrt sie zu ihrem Auto zurück, setzt sich hinter das Steuer und verstellt den rechten Seitenspiegel ein wenig. Schließlich nimmt sie sich einen Band mit einer Übersetzung japanischer Kurzgedichte vor. Und liest.

Japanische Kurzgedichte – Haikus – sind für das innere Auge gedacht. Dafür, einen Augenblick verweilen zu lassen. Kühl kehrt der Buddha/mir den Rücken zu/So verbirgt er sein Lächeln... Das ist es dann schon. Man kann nachdenken dazu und träumen. Eines sollte man dabei eigentlich nicht: nebenher einen Seitenspiegel im Auge behalten, damit man sieht, wer in ein Haus hineingeht oder herauskommt. Wenn sie das nächste Mal einen der merkwürdigen Aufträge Berndorfs annimmt, wird sie ein Sudoku-Heft mitnehmen.

Merkwürdig, ja doch. Es ist später Samstagvormittag. Kein anständiges Unternehmen zitiert seine Mitarbeiter zu dieser Zeit zu einer Arbeitsbesprechung. Ist Meunier & Kadritzke ein anständiges Unternehmen? Auf der anderen Seite – wenn bei dem Auftrag des wichtigsten, des vielleicht einzigen Kunden eine Sache schiefläuft, dann ist bei jedem Unternehmen Feuer unter dem Dach. Selbst wenn es sich um einen vergleichsweise nebensächlichen Auftrag des Kunden handelt, um eine Petitesse... Im Seitenspiegel sieht sie, dass sich das Haustor öffnet. Ein Paar kommt heraus, der Mann in grauer Windbluse, die Frau im Mantel, dann bleiben sie kurz stehen.

Als Tamar aus ihrem Wagen gestiegen ist, die Handtasche unterm Arm, haben sich die beiden schon voneinander verabschiedet, also ist es doch kein Paar, der Mann geht die Straße abwärts, die Frau kommt Tamar entgegen, ihr Gesicht ist gerötet, und sie ist in sich gekehrt, ganz bestimmt will sie nicht angesprochen werden, doch das hat Tamar gar nicht vor, sie geht an der Frau vorbei, und die kleine schlaue japanische Kamera wird aus ihrem Versteck in der Handtasche heraus fotografieren, was sie zu fotografieren hat.

Im Kassenraum brennt Licht, aber die Glastür zum Eingangsbereich öffnet sich nicht. Ein Zettel hängt an der Tür, mit dickem Filzschreiber beschriftet:

»Hallenbad und Sauna vorübergehend geschlossen! Danke für Ihr Verständnis!«

»Dass ich nicht lache«, sagt der Mann im knallbunten Trainingsanzug, pink und grün, die Sporttasche umgehängt, »danke für ihr Verständnis! Eine Frechheit, wenn Sie mich fragen. Denen ist doch jeder Vorwand recht, wenn sie nur nicht arbeiten müssen.«

»Ich versteh das auch nicht«, sagt Berndorf, der sich eingefunden hat, als wäre es ein Zufall, und irgendwie hat auch er eine Sporttasche umgehängt, »ich hab mir extra im Internet die Öffnungszeiten rausgesucht.«

»Ja«, sagt der Knallbunte, »da hat es eine Schießerei gegeben, aber dahinten auf dem Parkplatz, und einen aus der Beamten-Clique hat es erwischt, schlimm, aber das ist doch kein Grund.« Hinter der Glasscheibe, im Hintergrund des Eingangsbereichs ist eine Bewegung zu erkennen, irgendjemand in einem weißen Kittel läuft auf und ab und tut so, als ob er was zu tun hat, und der Mann im Trainingsanzug klopft an die Glastür und schlägt mit der flachen Hand dagegen und schreit, wann man denn verdammt noch mal öffne und warum man nicht wenigstens hinschreiben kann, wie lange das Bad geschlossen bleibt. Und weil er nicht aufhört damit, wird der Mann im weißen Kittel doch aufmerksam, zeigt zur Seite und geht in den Kassenraum und hantiert an einem Mikrofon. Berndorf versteht und geht zu einem Türlautsprecher links von der Glastür, aus dem sich eine blecherne Stimme meldet:

»Bad und Sauna sind leider bis einschließlich Montag geschlossen, Anweisung der Polizei, Näheres müssten Sie dort erfragen.«

»Warum das denn?«, widerspricht der Mann im Trainingsanzug, »der Typ hat doch draußen rumgeschossen, hinten auf dem Parkplatz, deswegen muss man doch das Bad nicht dichtmachen …«

Das geht noch eine Weile hin und her, der Mann im Kassenraum beruft sich auf die Polizei, der Mann draußen auf den gesunden Menschenverstand, dann zuckt er schließlich die Achseln, hebt grüßend oder abschätzig die Hand und wendet sich zum Gehen. Berndorf schließt sich ihm an.

»Kannten Sie den Toten?«

»Kennen ist zu viel gesagt«, kommt die Antwort, »aber ich weiß, wer es war. Jeden Freitagabend war die Sauna für ihn reserviert, für ihn und seine Clique, die anderen Gäste mussten Punkt zwanzig Uhr verschwunden sein. Glauben Sie, unsereins könnte sich eine städtische Sauna für Freitagabend reservieren lassen? Für jeden Freitagabend im Jahr? Glauben Sie das? Das kann nur einer, der selbst in der Verwaltung hockt.«

»Es war eine Clique von Beamten, sagten Sie?«

Der Mann in seinem Trainingsanzug hebt die linke Hand und wendet sie abwägend hin und her. »Doch, doch, das Sagen hatten die Ärmelschoner-Typen, wenn Sie verstehen, was ich meine … Aber die haben da nicht allein geschwitzt.« Der Mann war stehen geblieben und dreht sich Berndorf zu. »Sie werden es nicht glauben, was Sie da freitagabends für Karossen auf dem Parkplatz dahinten gesehen haben, da wären selbst den Leuten von der Kassenärztlichen Vereinigung die Augen aus dem Kopf gefallen.«

»Komisch«, meint Berndorf. »Dieses Hallenbad – dieser Kasten da, der ist ja gut und recht. Aber was ist Besonderes daran?«

»Tja, wenn Sie mich so fragen!«, sagt der Mann. »Vielleicht ist das hier ja so was wie Lourdes, ein Lourdes für die armen Reichen, denen hier ein Wunder widerfährt. Haben Sie schon mal überlegt, Meister, warum dieser Flughafen eine Milliarde nach der anderen frisst und nicht fertig wird? Eigentlich auch ein Wunder der anderen Art, aber mich wundert es nicht.« Dann ist der Mann bei seinem Auto angekommen, das Auto ist ein rostfleckiger Toyota, auch Berndorf muss weiter, man verabschiedet sich, vielleicht trifft man sich ja mal wieder, wenn das Bad zu den Öffnungszeiten ausnahmsweise mal offen hat.

Wie man es ihm aufgetragen hat, steht Lutz Harlass an einem der Tischchen vor dem Kiosk im Erdgeschoss des S-Bahnhofs Hackescher Markt, einen Becher Kaffee in der Hand. Aus dem I-Phone hämmert ihm Musik in die Ohren. Es ist gute Musik. Der Kaffee ist schlecht, aber die Musik ist gut. Wie mit dem Baseball-Schläger geschlagen. Den Sender kriegst du nur übers Internet auf die Kopfhörer. Das hat seinen Grund. Trotzdem sind die Nachrichten dünn. Kein Wort von der Sache am Hallenbad. Und was da war. Klar, der Sender sitzt irgendwo in Kanada oder den Staaten. Die können noch nichts wissen. Trotzdem: dünn.

Vor dem Kiosk hängen die Zeitungen mit den großen Buchstaben aus. Harlass vermeidet den Blick darauf. Auch dort steht nichts von Hallenbad bla bla. Das geht ihn doch auch gar nichts an. Ihn doch nicht. Zu Hause – noch bevor der Anruf kam – hat er »Polizeibericht Berlin« gegoogelt, da kam was von einem Giselher M., 57 Jahre alt, Senatsangestellter. Und einem flüchtigen Tatverdächtigen, zwischen 20 und 30 Jahren alt, etwa ein Meter achtzig groß, mit Jeans und dunklem Anorak bekleidet. Kein Wort zum Mountainbike. Nichts davon juckt ihn. Wenn er überhaupt was spürt, dann ist es das Schulterhalfter unter seinem linken Arm. Das Halfter mit der Russenknarre darin. Und sonst? Da hat man einen von den Beschnittenen umgelegt. Einen Marx. Fein, wird er sagen, wenn ihn einer fragt. Hätte man sich früher angewöhnen sollen, so was. Sehr viel früher.

Ein Kerl wie ein Kleiderschrank kommt auf ihn zu. Der Kleiderschrank hat ihn vor ein paar Tagen in dem Opel herumgefahren. Nicht vor ein paar Tagen: vorgestern. Im Tageslicht sieht er noch massiger aus. Harlass muss an die Grundausbildung denken. Da hatten sie einen Spieß, der war auch so. Haare immer kurz, frühmorgens schon frisch rasiert, immer auf Zack und immer kurz angebunden! Und nie weißt du, was der Kerl in seinem Notizbuch aufgeschrieben hat. Irgendetwas an dem Mann ist Harlass unangenehm. Der Mann bleibt vor ihm stehen. »Fahren wir eine Runde?«

Harlass nimmt langsam, betont langsam, die Ohrstöpsel ab. »Guten Morgen auch.«

Der Mann nickt, sagt aber nichts und zeigt zum Ausgang. »Moment!«, antwortet Harlass und trinkt erst einmal einen letzten Schluck Kaffee. So schnell muss er nun auch wieder nicht parieren.

Sie verlassen den S-Bahnhof und gehen zum Straßenrand, wo der Opel halb auf dem Gehsteig abgestellt ist. Also im absoluten Halteverbot. Der Mann ist schon an der Fahrertür, da erstarrt Harlass: Ein Streifenwagen biegt um die Ecke. Zurück in den Bahnhof? So viel Glück wird er nicht haben, dass da gerade ein Zug am Abfahren ist. Die Russenknarre raus und kurzer Prozess?

Der Mann an der Fahrertür hebt kurz die Hand und wedelt damit, als sei er ja schon weg und die Bullen sollten doch einfach weiterfahren. Und tatsächlich rollt der Streifenwagen weiter, als gehe ein Halteverbot den Bullen am Arsch vorbei!

Harlass, der schon nach der Russenknarre greifen will, lässt die Hand wieder sinken und steigt ein und gurtet sich an.

Aber da ist der Kerl schon gestartet und fädelt den Opel in den Verkehr ein. Übrigens sind sie allein im Wagen. Keiner, der hinten auf der Rückbank sitzt und den schlauen Chef markiert.

»Guter Trick«, sagt Harlass. Aber es kommt keine Antwort.

»Mich«, fährt er fort, »mich hätten sie abkassiert, wenn ich da gestanden hätte. Gnadenlos.«

Wieder nur Schweigen. Und weil also nichts weiter zu sagen ist, schaut Harlass auf die Straße, gerade im Augenblick fahren sie über die Spree, das ist die Richtung, die auch zum Ostbahnhof führt. Und vor dem Ostbahnhof in die Holzmarktstraße. Er atmet scharf ein. Das kann der doch nicht tun. Der als Allerletzter.

Der Opel biegt nicht ab, sondern fährt geradeaus weiter.

»Nervös geworden?«, fragt der Fahrer. Reden kann er also doch.

»Wieso nervös?«

»Nun ja«, fährt der Mann fort, »es war gestern dein erstes Mal. Da ist einer noch nicht ganz so cool.«

Harlass schweigt. Er kennt die Masche, seit er sich erinnern kann. Erst kommen die Fragen. Erst freundlich. Aber hinterhältig. Danach geht die Brüllerei los. Aber damit kann ihn keiner mehr beeindrucken.

»Trotzdem hätte ich gern gewusst, warum du den Auftrag nicht ausgeführt hast.«

»Keine Nachrichten gehört?« Harlass gibt sich Mühe, die Frage gelangweilt klingen zu lassen.

»Oha!«, sagt der Fahrer. »Man ist stolz! Hört Nachrichten, ob man darin vorkommt!« Dann muss der Kerl schniefen und putzt sich unterm Fahren mit der linken Hand geräuschvoll die Nase. »So!«, sagt er dann und wischt sich den Zinken ab. »Jetzt hätte ich aber wirklich gerne eine Auskunft.«

Frag du nur, denkt Harlass.

»Du musst nicht mit mir reden«, sagt der Fahrer nach einer Weile. »Mit mir doch nicht. Nur ich – ich muss dich auf ein oder zwei Probleme aufmerksam machen, die sich seit gestern Abend aufgetan haben. Kleine Probleme für einen Mann, der so wichtig ist, dass man nur die Nachrichten einschalten muss, um von ihm zu hören, aber doch ...«

»Erstens«, sagt Harlass und spürt in sich plötzlich wieder die Wut, die in ihm aufsteigen kann wie eine Flut, die alles andere mit sich reißt, »erstens hat der gestern gar nicht unter den Bäumen geparkt. Sondern vor dem Hallenbad. Das war ausgeleuchtet wie mit Scheinwerfern. Und zweitens hat er einen Mantel angehabt. Wie soll ich ihn da in die Knie treffen? Das, das soll mir mal einer sagen!«

Für eine Weile kehrt wieder Schweigen ein. Sie fahren durch die Stadt. Halten an Ampeln. Fahren weiter. Es ist später Vormittag an einem Samstag, es gibt kein Bundesligaspiel und keinen Staatsbesuch und keinen Stau. Der Himmel ist bedeckt. Aber es regnet nicht.

»In Ausreden bist du nicht schlecht«, sagt der Fahrer plötzlich. »Nur helfen in deiner Situation Ausreden nicht mehr viel. Du bist sechsundzwanzig Jahre alt?«

»Warum fragen Sie das, wenn Sie es wissen?«

»Weil es wichtig ist. Weil es bedeutet, dass du lebenslang in den Knast fährst, wenn sie dich erwischen. Mit besonderer Schwere der Schuld, heißt das dann im Urteil. Im Klartext sind das mindestens achtzehn Jahre.«

Harlass sagt nichts. Du und der andere – ihr könnt das nicht tun, denkt er. Ihr hängt doch selber mit drin.

»Übrigens brauchst du dir nicht einzubilden, du könntest dem Gericht irgendwas von irgendwelchen Großen Unbekannten erzählen. Nichts mögen sie bei Gericht weniger als Geschichten über Große Unbekannte. Aber das ist noch gar nicht das Schlimmste.«

Worte, alles Worte!, denkt Harlass. Auf einmal kannst du reden wie ein Fahrlehrer, aber bis ich frag, was das Schlimmste sein soll, da kannst du lang warten.

»Ich verstehe«, fährt der Mann fort, »das lässt dich alles kalt.

Da stehst du drüber. Da fragst du erst gar nicht nach. Trotzdem muss ich dir etwas erklären. Hör gut zu! Jemandem die Kniescheiben entzweizuschießen, das ist eine Warnung. Eine allerletzte Warnung. Kannst du folgen?«

»Ja«, sagt Harlass, »ich höre Ihnen zu und kann Ihnen folgen. Aber Sie könnten auch mal zum Punkt kommen.«

»Und weißt du, von wem eine solche Warnung kommt?«

»Sagen Sie es mir«, antwortet Harlass, und unterm Antworten fällt ihm doch noch etwas ein. »Von der Mafia oder so.«

»Von der Mafia oder so! Bingo. Wir machen Fortschritte. Und wenn du getan hättest, was wir dir aufgetragen haben, dann würde die Polizei jetzt was tun?«

»Spielen wir hier Schule?« Die Wut ist immer noch da. Und immer noch kurz vorm Überkochen. »Ich muss mir nicht deren Kopf zerbrechen.«

»Solltest du aber. Nach einem Mafioso würde die Polizei jetzt suchen, also nach einem Russen oder nach einem Katzelmacher oder einem Libanesen! Das tut sie jetzt aber nicht. Weißt du, nach wem sie jetzt suchen wird?«

Harlass sagt lieber nichts.

»Nach dir sucht sie. Und sie wird dich finden. Wenn uns nichts Besseres einfällt.«

»Wo fahren wir eigentlich hin?«, fragt Harlass.

»Ich habe eine gute Nachricht für dich«, sagt der Fahrer. »Wir fahren zu einem sicheren Platz.«

Karen hat versucht, die Staatsanwältin anzurufen, aber es meldet sich nur die sehr formell und amtlich klingende Ansage eines Anrufbeantworters. Aber sie hat die Karte von Dagmar Wohlfrom-Kühn und damit auch deren E-Mail-Adresse, also schreibt sie eine E-Mail, dankt für die Einladung zum Brunch und sagt zu. Sie schickt die E-Mail ab und will das Gerät schon wieder ausschalten, da sieht sie, dass eine Nachricht für sie eingetroffen ist, eine Tamar Wegenast schickt ihr – »im Auftrag von Herrn Berndorf« – ein paar Fotos, »wären Sie so liebenswürdig und würden Sie mir mitteilen, ob es sich bei der abgebildeten Person um die Frau handelt, die Ihnen am vergangenen Freitag gefolgt ist?«

Sie ruft die Fotos auf, es sind Aufnahmen eines stämmigen bebrillten Geschöpfs mit einem roten aufgebrachten Gesicht, offenkundig nimmt das Geschöpf nicht wahr, dass es fotografiert wird, und zwar aus so kurzer Entfernung, wie Karin ihm gar nicht nahe gekommen ist. Aber es ist diese Frau aus der Friedrichstraße, und eines der Fotos, aus größerer Distanz aufgenommen, zeigt sie in voller Größe und – dam dadi da dam! – in ihren Schnallenschuhen. Karen lacht hell auf, aber ebenso plötzlich, wie das Lachen über sie gekommen ist, bricht dieses Gefühl von Übermut und Belustigung auch schon wieder ab. Das ist doch ein armes Hascherl, warum muss sie sich über so jemanden lustig machen? Vermutlich hat das Hascherl jetzt seine Arbeit verloren, ist das vielleicht ein Spass, wenn jemand um Hartz IV anstehen muss? Und wenn es zehn Mal ein Scheißjob war, anderen Leuten hinterher zu spionieren!

Draußen hört sie das dezente Klappen des Garagentors. Sie wirft einen Blick auf die Zeitanzeige ihres PC, es ist Zeit für den High Tea. Rasch tippt sie der verehrten Frau Wegenast die Bestätigung, ja, es handelt sich um die fragliche Person, besten Dank für Ihre Bemühungen, hoffentlich lernen wir uns bei Gelegenheit auch noch persönlich kennen.

Die Haustüre öffnet sich, Karen schickt die Bestätigung ab und schließt das Programm.

Pock und Pock und Pock. Der Opel ruckelt über einen Fahrweg aus zusammengestoppelten Zementplatten, halb verdeckt vom Laub aus den Baumkronen, deren jetzt kahles Gezweig den Nachmittagshimmel mit einem Gitter überzieht. Hertha BSC liegt in Braunschweig 0:1 zurück, das wird wohl nichts mehr heute. Als ihn Harlass darum bat, hat der Fahrer das Autoradio eingeschaltet, das war doch nett von ihm?

Wenn die Leute nett zu einem sind, dann wird es gefährlich. Das heißt, gefährlich war es schon die ganze Zeit. Das hat Harlass schon gewusst, als der Streifenwagen einfach weitergefahren war. Gewusst, aber nicht begriffen. Begriffen hat er erst, als der Fahrer sich auf die Autobahn einordnete und dabei nach links schaute, mit einer halben Körperwendung, so dass Harlass plötzlich das Schulterhalfter unterm Sakko sah und den Pistolengriff darin.

Da ist es ihm so richtig reingefahren. Warum eigentlich? Dass einer, der mit Russenknarren dealt, vielleicht selber eine trägt, das braucht keinen zu wundern. Wenn das aber einer ist, der den Streifenwagen einfach so weiterwinken kann, haut ab, ihr da! Ich hab anderes zu tun. Wenn das so einer ist, dann sieht die Sache vielleicht anders aus.

Pock. Pock. Pock. Freistoß für die Eintracht. Unter den Bäumen spiegelt ein Gewässer blaugrau das letzte Licht des Nachmittags. Rechts davon eine Hütte, nein: nur ein Unterstand mit einer Bank darin. Der Freistoß geht weit am Berliner Tor vorbei. Der Fahrer schaltet einen Gang runter und steuert den Platz vor dem Unterstand an. Wenn diese Ecke hier für die gute Nachricht steht, was ist dann die schlechte?

Der Fahrer stoppt. Gang raus. Zündung aus. Ersten Gang eingelegt. Handbremse angezogen. Er wendet sich zu Harlass.

»Da sind wir.« Er nickt ihm zu. Ruhig, väterlich. Die eine Hand geht zum Sicherheitsgurt, um ihn zu lösen.

Das ist der Augenblick, auf den Harlass gewartet hat.

Die italienische Lampe ist herabgedimmt, Teelicht und Kerzen werfen spielerische Schatten. Karen mag dieses Zwielicht, und sie mag es, in dieser Stimmung Stefan anzusehen. Er hat – Stopp! Sie muss ihren Mann nicht beschreiben. Nicht jetzt. Sie mag sein Gesicht. Das muss genügen. Es ist ein Gesicht wie aus Holz geschnitten, hell die Flächen von Stirn, Nase und Wangen, die aus der Dunkelheit auftauchen und plötzlich ganz nah bei einem sind.

»Ach, war das ein Tag!«, sagt Stefan Andermatt und setzt die Teetasse ab. »Ich weiß nicht, was diese Polizei tut und was sie will und was sie sich denkt. Zum Glück weiß ich das nicht, ich würde verrückt werden, bevor ich begreife, wozu das gut sein soll.«

»Was wollten sie denn von dir wissen?« Karen zwingt sich, das zu fragen.

»Zum Beispiel, warum ich in dieser Sauna war. Ich sage, ich war dort, um zu schwitzen. Die meisten Leute gehen deshalb in die Sauna, sage ich. Sie sind nicht zufrieden. Warum in diese Sauna? Ich sage, dass noch zwei Plätze frei waren, einer für mich und einer für meinen Geschäftsfreund Ruzkow. Wieder sind sie nicht zufrieden. Woher ich das gewusst habe, dass da zwei Plätze frei sind. Ich sage, dass ich den Herrn Marcks angerufen habe. Woher kenne ich den Herrn Marcks? Ich antworte, dass Herr Marcks mich einmal eingeladen hat, als ich zu spät war und die allgemeine Sauna schon geschlossen hatte.« Er steht auf und geht zu der kleinen Bar und schenkt sich einen Armagnac ein.

Karen sieht ihm zu, und plötzlich fühlt sie sich – nein, nicht enttäuscht. Es ist, als sähen ihre Augen plötzlich anders. Das schummrige Licht ist albern. Ein großer schlanker Mann, ja doch. Aber was muss er sich am Schnaps festhalten? Und warum endlose Worte, die doch nur Ausreden sind?

Und schon redet er weiter. Aber sie mag nicht zuhören. Er erzählt von dem einen Polizeibeamten, dann von einem zweiten …

»Der hat genau die gleichen Fragen gestellt, das ist ein ganz alberner Trick, sie stellen dir immer wieder die gleichen Fragen, und wenn du dich in einen Widerspruch verwickelst, dann bist du dran, aber erst recht bist du dran, wenn du die immer gleiche Antwort gibst, dann hast du nämlich deine

Antwort auswendig gelernt, und das tun nur die Bösewichter.« Er führt das Glas zum Mund, schnüffelt aber nur an dem Armagnac. »Im Mittelalter haben sie die Hexen nackt und gefesselt ins Wasser geworfen. Wenn eine nicht unterging, musste sie logischerweise eine Hexe sein und wurde verbrannt. Wenn sie unterging, ist sie eben ertrunken ...«

Wenn wir schon das eine nicht tun, sondern reden müssen, denkt Karen, dann sollte ich ihn wenigstens nach der Agentur Meunier und Konsorten fragen. Und was er davon weiß.

»Und dann Ruzkow! Was tut der hier und warum? Ich sage, das ist ein russischer Geschäftsmann, der Repräsentant eines großen, eines bedeutenden internationalen Konsortiums. Sie hören es und fragen, warum der Herr Ruzkow nach Moskau zurückgeflogen ist. Ich sage, weil der Repräsentant eines internationalen Konsortiums seinem Aufsichtsrat berichten muss. Sie sind nicht zufrieden. Herr Ruzkow sei Zeuge. Ich sage, Herr Ruzkow ist kein Zeuge, er hat nichts gesehen, er hat nichts gehört, aber wenden Sie sich doch an Ihre russischen Kollegen, Herr Ruzkow wird selbstverständlich zu einer Aussage zur Verfügung stehen, aber in Moskau. Und schon wieder sind sie nicht zufrieden, wen wir wann und wo einvernehmen, wollen Sie gefälligst uns überlassen! Dann fragen Sie mich nicht danach, sage ich, und so geht es weiter im Kreis. Schließlich musste ich mit einer Intervention beim Wirtschaftssenator drohen, sonst hätten die mich am Montag nicht nach Moskau fliegen lassen.«

»Du fliegst nach Moskau?« Karen ist aufgestanden und schaltet das Deckenlicht ein. Das tut sie, weil sie sich auf irgendeine Weise abreagieren muss. Am Montag ist die Premiere vom »Amphitryon 2013«, Stefan weiß, dass sie Karten besorgt hat.

»Ja, Stukkart hat mich darum gebeten, es ist wichtig.« Er nimmt einen weiteren, vorsichtigen Schluck. »Ruzkow will mich mit einigen Leuten bekannt machen. Leuten von ganz oben.«

»Am Montag also«, sagt Karen und sieht sich um. Sie will jetzt keine Szene machen. Um keinen Preis. Sie ist so sauer, dass sie nicht einmal ihre Enttäuschung zeigen will. Aber sie braucht irgendetwas, an dem sie sich festhalten kann. Am besten wäre etwas völlig Banales, damit sie so tun kann, als sei selbst diese Banalität unvergleichlich spannender als die Frage, ob Stefan mit ihr ins Theater geht. Auf dem Couchtisch liegt ein dicker großformatiger Band, Stefan hat ihn mitgebracht und dort abgelegt. »Weißt du schon, wie lange du wegbleibst?«

»Nein«, sagt Stefan, »der Rückflug ist für Donnerstag gebucht, aber unter Umständen muss ich mir ein paar Projekte anschauen, die von den Russen realisiert worden sind. Was hast du da?«

Karen hat sich auf die Couch gesetzt und blättert in dem großformatigen Band, es ist eine Dokumentation oder Untersuchung mit dem Titel »Entwicklungsachsen der Agglomeration Berlin/Brandenburg«, als Verfasser wird eine Architektin Cornelia Wotruba angegeben, Karen bleibt an einer Textpassage hängen, die ihr merkwürdig vorkommt, jedenfalls merkwürdig in einer Arbeit über städtebauliche Entwicklungsachsen.

»Ach das!«, ruft Stefan, »das ist leider nur Schrott und gehört in den Reißwolf! Oder einfach in die Papiertonne.«

»Da bin ich mir gar nicht so sicher«, sagt Karen, »hör dir das doch mal an... *Von Lindow kommend, fahren wir jetzt Gransee, der östlichsten Stadt der Grafschaft, zu. Von ihren früheren Tagen erzählt uns ein Baudenkmal, das sich bereits tausend Schritte vor der Stadt erhebt: die Warte bei Gransee... Sie steht auf dem höchsten Punkte der Umgebung, dem Warte-Berg. Junge Fichten und dichtes Kusselwerk, drin der Sandhase sein Lager hat, bedecken ihn an seinen Abhängen, und nur der abgeplattete Gipfel ist kahl...«* Karen blickt auf. »Das hat doch was. *Drin der Sandhase sein Lager hat.* Für einen solchen Halbsatz gebe ich zwei Zentner von eurem Stadtplaner- und Soziologenwelsch!«

»Hör zu«, sagt Stefan und hebt beschwichtigend oder beschwörend beide Hände, »da ist uns was aus dem Ruder gelaufen, vielleicht sind wir auch einfach reingelegt worden.«

»Sorry, mein Lieber«, sagt Karen und setzt jenes Lächeln auf, das keine Widerrede kennt. »Wo Sandhase und Häsin ihr Lager haben, das will ich jetzt genau wissen.«

Das Neun-Millimeter-Vollmantelgeschoss hat nicht nur den Kopf durchschlagen, sondern auch die Seitenscheibe und ihr links oben ein rundes schönes Loch gemacht, mit einem Kranz von gesplittertem Glas drum herum. Kann man nichts machen, denkt Harlass. Er ist ausgestiegen und um den Wagen herumgegangen und öffnet jetzt die Fahrertür. Der Fahrer hängt wie betrunken über dem Lenkrad, der linke Arm steckt noch im Sicherheitsgurt. Als Erstes will Harlass die Pistole sicherstellen, die der Mann im Schulterhalfter hat, aber dazu muss er ihm den Oberkörper anheben und gegen die Lehne vom Fahrersitz drücken, so einfach ist das gar nicht, denn der Fahrer ist wirklich ein schwerer Kerl. Schließlich schafft er es, und der Kopf mit dem Loch, wo einmal ein Auge war, fällt erst auf die Nackenstütze zurück und dann zur Seite. Blut läuft über das Gesicht.

Und der Mund versucht, etwas zu sagen. Wieso ist der nicht tot?, denkt Harlass. »Ist was?«, fragt er und beugt sich über den Fahrersitz, um besser zu hören. Aber aus dem Mund kommt nur Gebrabbel, einmal glaubt Harlass etwas zu verstehen, das sich anhört wie: »... Bescheid sagen ...« Dann nichts mehr, nur ein Faden Blut läuft über das Kinn.

»Keine Sorge«, sagt Harlass. »Denen sagen deine Kollegen dann schon Bescheid, da kannst du dich drauf verlassen.« Das eine Auge, das der Mann noch hat, schaut ihn an, aber Harlass kann den Ausdruck darin nicht deuten. Er greift dem Mann in den Sakko und holt die Pistole aus dem Schulterhalfter, es ist eine Walther PPK, und er steckt sie sich in den Hosenbund. Der Kerl will wieder nach vorne kippen, er hält ihn auf und drückt ihn in die Lehne zurück und hält ihn mit der rechten Hand, während er mit der Linken nach der Brieftasche sucht und sie auch in der rechten Innentasche des Sakkos findet. Wieder brabbelt der Mann, vielleicht ist es auch nur ein Röcheln, dann verhakt sich die Brieftasche im Futter der Innentasche, und Harlass muss sie hin- und herzerren, bis er sie herausbekommt.

Inzwischen hat die Dämmerung eingesetzt, das Licht lässt die Dinge ins Grau verschwimmen, in der Brieftasche sind drei Hunderter und ein paar kleinere Scheine, zwei Fotos von Frauen, die man beide nicht unbedingt hätte fotografieren müssen, und ein Dienstausweis der Polizei des Landes Berlin, ausgestellt auf den Polizeihauptkommissar Jonas Regulski. Wundert dich das? Nein, das wundert dich kein bisschen. Warum du das nicht früher geschnallt hast, darüber kannst du dich wundern, der hat doch fünfzig Meter gegen den Wind nach Bulle gestunken!

Er wirft die Brieftasche auf den Rücksitz des Wagens und legt auch gleich noch die Walther PPK dazu, denn die drückt ihn doch im Hosenbund. Jonas Regulski oder das, was von ihm noch am Leben ist, hängt schon wieder auf dem Lenkrad. »Da kannst du nicht bleiben«, sagt Harlass und löst den Sicherheitsgurt von Regulskis Schulter. Dann beugt er sich wieder in den Wagen, greift unter Regulskis Arme und zieht ihn erst ein wenig hoch und dann zur Seite. Der schwere Körper kippt ihm entgegen, das macht es ihm leichter, er stemmt den einen Fuß gegen den Rahmen vom Fahrzeugchassis und zerrt den Körper nach draußen. Plötzlich geht es ein wenig leichter, er tritt – die Arme noch immer um Regulskis Brustkasten gelegt – ein, zwei Schritte nach hinten, erst hängt der Körper durch, dann ploppen die Füße vom Chassis auf den Boden. Harlass verharrt einen Augenblick, wer keucht da so? Er selbst ist es, der Mann in seinen Armen ist unglaublich schwer, aber kein Gebrabbel mehr, er blickt nach unten und sieht nur den nach vorne hängenden Kopf mit den kurz geschnittenen grauen Haaren und dem sauberen kreisrunden Loch, aus dem das Vollmantel-Projektil wieder ausgetreten ist. So also sieht das aus, denkt er und holt tief Atem und schleift den Mann weiter zu Baum und Gebüsch, und während er so Schritt für Schritt rückwärts geht, die Hacken bei jedem Schritt tief ins feuchte Erdreich stemmend, hört er eine Art Gurgeln oder Röcheln, bist du noch immer nicht hinüber, denkt er, ich hätte dir noch einmal eine geben sollen, aber dann ist er zwischen den Bäumen und geht langsam in die Knie und legt Jonas Regulski geradezu behutsam zwischen feuchtem Laub ab und richtet sich wieder auf, mit zitternden Knien, und lehnt sich gegen einen Baum, so erschöpft ist er.

Er greift zu seinem Schulterhalfter und lässt die Hand wieder sinken. Er will mit der Munition nicht aasen. Vielleicht ist es auch gar nicht mehr nötig. Weil es unter den Bäumen schon dunkel wird, geht er zum Wagen zurück und schaut in Seiten- und Handschuhfach nach. Ein ordnungsbewusster Polizist und Autofahrer wird eine Stablampe dabeihaben. Aber er findet nur ein Handy, das liegt im Seitenfach – später, denkt er. Auf dem Rücksitz entdeckt er eine säuberlich zusammengefaltete Decke und darauf eine abgeschabte Aktenmappe, aber in der ist auch keine Lampe, nur ein Leitz-Ordner und eine Broschüre.

Das kann eigentlich nicht sein, denkt er und geht nach hinten zum Kofferraum. Der Opel ist so alt, dass er den Deckel eigens aufschließen muss. Als der schließlich hochklappt, sieht er ein Erste-Hilfe-Set und dazu einen solid aussehenden Werkzeugkasten. Aber das ist nicht alles. Neben dem Werkzeugkasten liegt eine Reihe Backsteine, zwanzig oder dreißig Stück, dazu ein großer Jutesack, ordentlich zusammengelegt.

Ach!, denkt Harlass und muss grinsen. Dann klappt er den Werkzeugkasten auf, ganz oben liegt funkelnd eine nagelneue Stablampe, er probiert sie aus, sie lässt sich regulieren und so hell einstellen, dass er den halben Wald damit ausleuchten kann. Er klemmt sich den Jutesack unter den Arm und geht zurück zu Regulski. Der liegt nicht mehr auf dem Rücken, sondern hat sich mit dem Oberkörper halb zur Seite gewälzt. »Noch immer nicht genug, Regulski?«, fragt Harlass und kniet sich neben den Polizisten. »Wofür hast du eigentlich den Jutesack mitgenommen? Und die Backsteine? Willst du mir das nicht sagen?« Aber Regulski bewegt sich nicht mehr, und es ist auch kein Röcheln mehr zu hören. Harlass wartet ein paar Augenblicke, dann richtet er die Stablampe auf das Gesicht, den Lichtstrahl voll aufgeblendet.

Aber das eine Auge, das Regulski noch hatte, das blinzelt nicht mal.

Das habe ich jetzt nicht verstanden«, sagt Kriminalhauptkommissar Wolfgang Keith und sieht sich um: ein großes, helles Zimmer, Parkett, Orientteppich, Stuckdecke, dann aber Schwedenmöbel und im Kontrast dazu ein mächtiger altmodischer verglaster Bücherschrank und ein sorgsam polierter Sekretär aus Kirschbaum – Empire oder Biedermeier? Das ist eine Frage, die sich in Keiths Berufsalltag eher selten stellt. »Wohnen Sie jetzt hier, oder halten Sie sich hier nur vorübergehend auf?«

»Entschuldigen Sie«, sagt die Frau. Die Frau ist klein, zierlich, im ondulierten braunen Haar eine weiße Strähne. Anneliese Januschkat, 53 Jahre, verwitwet, Sachbearbeiterin im Baudezernat. Keine Tränen, aber das Gesicht ist gerötet, die Augen verschwollen. »Ich habe etwas genommen, müssen Sie wissen. Nur zur Beruhigung... gegen das Herzrasen.«

Ist ja gut, denkt Keith. Außerdem weiß er auch so Bescheid. Manchmal rechnet es sich, nicht zu heiraten. Wenn die Frau zum Beispiel eine Witwenrente bezieht. Aber das geht ihn nichts an. Was ihn angeht, das ist die Wohnung: vier Zimmer, großzügig bemessen, dritte Etage eines aufwendig sanierten Bürgerhauses, beste Wohnlage in Charlottenburg.

»Waren Sie denn verlobt, Sie und Herr Marcks?« Das gerötete Gesicht hellt sich ein wenig auf, offenbar hat er das richtige Angebot unterbreitet.

»Ja doch«, sagt sie, »verlobt! Wir waren Verlobte, Giselher und ich, und heiraten wollten wir auch, im nächsten Frühjahr.« Sie strafft sich, sitzt plötzlich mit durchgedrücktem Rücken da. »Aber wohnen tu ich nicht hier, ich bin hier auch nicht gemeldet, das müssten Sie doch in Ihren Unterlagen haben, ich wohne in Steglitz, aber dass ich hier immer wieder mal übernachtet hab, das können Sie ruhig wissen, auch wenn es die Polizei gar nichts angeht.«

»Schon gut«, sagt Keith und hebt begütigend die Hand, »haben Sie bitte Verständnis dafür, dass wir uns ein Bild über die Lebensumstände von Herrn Marcks machen müssen.« Er macht eine Handbewegung, die die Schwedenmöbel und noch mehr einbeziehen soll. »Er hat zur Miete hier gewohnt?«

»Nein. Es ist eine Eigentumswohnung.«

»Er hat sie geerbt?«

»Aber nein, wie kommen Sie darauf?«, fragt Anneliese Januschkat zurück, »die hat er vor vier oder fünf Jahren gekauft...« Sie bricht ab, als dämmere ihr, dass sich jetzt eine nächste Frage aufdrängen muss. »Aber ganz falsch liegen Sie nicht, er muss damals eine kleine Erbschaft gemacht haben, von einem kinderlosen Onkel in den USA, aber so genau weiß ich das nicht, damals waren wir noch nicht zusammen... Aber Sie müssen mich nicht für dumm halten, ich verstehe, worauf Sie hinauswollen. Dass nämlich ein kleiner Verwaltungsangestellter sich so eine Wohnung nicht leisten kann.« Sie sieht Keith ins Gesicht, starr und gerade. »Aber das ging auch nur, weil er sehr sparsam gelebt hat. Schauen Sie sich nur sein altes Auto an! Und die zwei Sparbücher – also ich sage Ihnen, eine große Hochzeit hätten wir damit nicht ausrichten können. Andere, richtige Bücher sind ihm wichtiger. Deswegen haben wir ja mit der Heirat auch noch gewartet.«

Und die ganze Zeit sieht sie ihm ins Gesicht, unverändert

starr. Keith gibt den Blick zurück, und wenn sie darin lesen könnte, würde sie wissen, dass er ihr kein Wort glaubt. »Ich verstehe«, sagt er höflich. »Aber ich würde mir jetzt doch gerne ansehen, was an schriftlichen Unterlagen vorhanden ist – Konto-Auszüge, den Kaufvertrag für die Wohnung, vielleicht auch den amerikanischen Erbschein. Herr Marcks hat das ja sicherlich alles sehr gewissenhaft geführt und aufbewahrt.«

Über das Gesicht der Januschkat zieht ein Anflug von Unmut oder Widerspruch, dann scheint sie zu begreifen, dass sie jetzt besser klein beigibt. Sie steht seufzend auf, auch Keith erhebt sich und bleibt einen Augenblick vor dem mächtigen Bücherschrank stehen, hinter den Glasscheiben Scharteken aus Kaiser Wilhelms Zeiten oder älter, Keith kennt sich da nicht aus, es sind jedenfalls keine Prachtausgaben, manche sind nicht einmal richtig gebunden.

»Hier«, sagt Anneliese Januschkat und zeigt auf einen Sekretär aus Kirschbaumholz, dessen Maserung sich über Schubladen, Leisten und Schreibplatte hinweg fortsetzt, so dass man sieht, es ist alles aus einem Stück gearbeitet. »Aber den Schlüssel müssen Sie haben, der ist an seinem Schlüsselbund…« Unversehens wendet sie sich ab und fährt sich mit dem zerknüllten Taschentuch, das sie in der Hand gehalten hat, über die Augen.

Harlass hat den Jutesack über die Leiche gebreitet und darüber wieder ein paar Handvoll Laub gestreut, dann den Sack mit ein paar der Backsteine so weit beschwert, dass der Wind ihn nicht wegwehen kann. Das reicht gerade aus, damit einem Spaziergänger oder Radfahrer, der irgendwann auf dem Fahrweg vorbeikommen wird, nichts aufzufallen braucht. Den Toten und ein paar Backsteine in den Sack zu packen und in dem Gewässer auf der anderen Seite des Unterstands zu versenken, dafür hat er keine Zeit. Und auch keine Lust. Der Tote ist zu schwer. Und der Boden zu sumpfig. Auch wenn hinter dem Unterstand so etwas wie ein Trampelpfad zu dem Gewässer führt.

Er wirft einen letzten Blick auf Jutesack, Laub und Backsteine und wischt sich mit der Hand über Augen und Gesicht. Irgendetwas ist komisch, er schaltet wieder die Stablampe ein und schaut sich die Hand an, die voller Blut und angetrockneter Blutreste ist. Scheiße, denkt er, wo wisch ich die jetzt ab? Und wie sehe ich denn überhaupt aus? Er richtet den Strahl der Taschenlampe auf sich selbst und sucht sich ab und erschrickt.

Früher einmal hat er einen Ami-Film gesehen, da kam so etwas vor, und damals hat er es lustig gefunden. Aber wenn einer selbst in dem Auto hockt, in dem einem anderen der Kopf auseinanderfliegt, dann findet der die Sauerei überhaupt nicht lustig. Vor allem nicht, wenn er das Auto noch braucht.

Und das Auto braucht Harlass, weil er zu Fuß allein nicht aus diesem verdammten Forst herausfindet. Weil er zu Fuß und in diesen blutverschmierten Klamotten sich überhaupt nirgends blicken lassen kann. Und weil er sich nirgends in diesem Wald verstecken kann, wo ihn nicht binnen einer Stunde ein Polizeiköter aufschnüffelt.

Er geht zum Wagen und schaut sich zum ersten Mal an, wie es im Wageninneren überhaupt aussieht. Die Seitenscheibe ist nicht nur zerschossen, sondern auch verschmiert, ebenso das Armaturenbrett. Auch die Frontscheibe muss gesäubert werden. Dunkle, feuchte Flecken auf der Rückenlehne. Besonders verdächtig schließlich die Pfütze, die im Licht der Stablampe auf der Fußmatte schimmert. Er bräuchte Sägemehl. Und das ist noch das wenigste. Er bräuchte Wasser. Viel Wasser. Und Tücher. Und einen Waschzuber.

Und Zeit, fällt ihm ein. Zum Abwischen könnte er die Decke vom Rücksitz nehmen. Wasser gibt es in dem Gewässer hinter dem Unterstand. Mehr als genug. Aber Zeit? Regulskis Handy fällt ihm ein, das noch in der Seitentasche steckt. Er nimmt es, es ist eingeschaltet, was bedeutet, dass es auch jederzeit geortet werden kann. Eine SMS-Nachricht ist eingelaufen, er ruft sie auf:

»Alles ok? Fahndung nach h läuft.«

h? h wie Harlass? Eine Neuigkeit aus der Bullerei für einen Bullen. Eine interne Information. Wer teilt so etwas mit? Ein anderer Bulle, der näher an der Quelle sitzt. Wie viel Zeit hat er also?

Entschlossen schaltet er das Handy ab. Er holt die Decke, sie ist aus flauschiger Wolle, er bräuchte eine Schere, um Lappen daraus zu schneiden. Im Werkzeugkasten hat er so etwas gesehen, tatsächlich ist es keine Papierschere, sondern schwerer und der eine Griff größer als der andere, so dass man die Schere mit der ganzen Hand nehmen und dann zudrücken kann. Wofür braucht – nein, wofür hat Regulski so etwas gebraucht? Um Klamotten durchzutrennen? Er schneidet sich einen Lappen aus der Decke und macht sich daran, die Frontscheibe abzuwischen, aber der Lappen verschmiert nur und saugt nicht auf, warum saugt Wolle nicht auf?

Eben drum, sagt er sich, und es fällt ihm das Verbandsmaterial aus dem Erste-Hilfe-Set ein. Er holt es und rollt eine der elastischen Binden darin so weit auf, dass er sie wie eine Art Feudel in die Hand nehmen kann. Damit bekommt er immerhin die Frontscheibe so weit sauber, dass er Sicht haben wird, und auch die Seitenscheibe rund um das Ausschussloch. Er wischt auch Lenkrad und Armaturenbrett ab, aber da braucht er schon die zweite Rolle Verbandsmaterial. Dann hilft alles nichts, und er muss sich überlegen, was er mit der Fußmatte macht. Einfach raus!, denkt er schließlich, löst mit spitzen Fingern die Matte aus der Bodenverankerung und hebt sie dann vorsichtig aus dem Wagen, so dass ihm nicht noch mehr Blut auf die Hose suppt, und trägt sie hinter die Bäume. Er wirft dabei auch einen Blick auf den laubbedeckten Jutesack, aber darunter rührt sich nichts mehr.

Zurück beim Wagen, leuchtet er den Innenraum noch einmal aus. Irgendwann wird er den Opel ohnehin abfackeln oder sonst wie loswerden müssen. Nicht irgendwann, sondern bald. Doch fürs Erste kann es so bleiben. Nur unterm Fahrersitz schimmert schwärzliche Schmiere – ausgelaufenes Öl? Nein, es ist Blut, das von der Matte geschwappt sein muss. Aber das Verbandsmaterial ist verbraucht, und Sägemehl hat er keines. Also nimmt er die Schere und beugt sich über den Rücksitz. Das eine Ende der Schere ist spitz zulaufend, so dass er sie fast ohne Mühe in den Stoffbezug der Rückenlehne einstechen und sich ein ordentliches Rechteck Stoff und Polsterwatte herausschneiden kann. Er legt das Rechteck auf den Boden vor dem Fahrersitz, vielleicht saugt die Polsterwatte das Blut auf, vielleicht deckt sie es nur zu, egal! Was von der Wolldecke übrig ist, zieht er über den Fahrersitz und die Rückenlehne.

Er tritt einen Schritt zurück und ist fast zufrieden. Aber irgendetwas stimmt noch immer nicht. Das Loch in der Seitenscheibe sieht genauso aus wie das, was es auch wirklich ist. Er überlegt, ob er die Scheibe herunterkurbeln soll, aber bei dem Wetter ist das keine gute Idee. Doch im Verbandskasten hat es noch eine Rolle Heftpflaster, und so klebt er waagerecht und senkrecht ein paar Streifen über das Loch und die gesplitterten Stellen drum herum. Dann muss er doch ein allerletztes Mal zu der Stelle unter den Bäumen gehen, aber dort ist alles so ruhig, wie es nur sein kann. Und so steigt er in den Wagen, der Sitz ist für ihn zu weit hinten, also korrigiert er die Einstellung und dreht den Zündschlüssel um.

Der Motor springt an, und das Radio ist wieder auf Empfang. Dortmund hat gewonnen, der HSV zu Hause verloren, Bayern führt im Abendspiel. Wie Hertha BSC und die Zweite Liga gespielt haben, das interessiert bereits jetzt kein Schwein mehr.

Er stößt mit dem Opel zurück und fährt los. Nach ein paar hundert Metern kommt eine Brücke, da hält er noch einmal kurz und wirft das Handy in hohem Bogen über das Brückengeländer in das Gewässer darunter. Dann überlegt er kurz, holt sein eigenes Handy aus der Jacke und muss dazu den Gurt wieder lösen. Das Handy ist ausgeschaltet, aber woher weißt du, dass die nicht auch ein ausgeschaltetes Handy orten können? Und wen willst du damit noch anrufen? Vielleicht den Dolf? Der dir diesen Bullen angewanzt hat? Und wieder fliegt ein Handy in hohem Bogen übers Geländer.

Wohin dann? Er hat keine Ahnung. Einfach geradeaus!

Der Wagen, der seit gut einer Stunde halb auf dem Bürgersteig geparkt ist, sieht so unauffällig aus, dass es schon wieder auffällig ist. Auf dem Klingelbrett findet sich zwar der Name, den Berndorf sucht: G. Marcks, aber es wäre sinnlos, jetzt dort vorsprechen zu wollen. Er geht auf die andere Straßenseite und bleibt dort unter den Bäumen stehen. In der dritten Etage ein warmes, helles Licht – fast könnte man es für eine Festbeleuchtung halten.

Was treiben die Kollegen da oben? Fürs Erste hätte es genügt, die wichtigsten Unterlagen sicherzustellen und die Wohnung zu versiegeln. Das müsste längst erledigt sein. Also gibt es Angehörige, eine Lebenspartnerin oder einen Lebenspartner, und die werden befragt. Es gibt Lustigeres im Polizistenleben. Er blickt um sich. Wer hier wohnt, lebt nicht von Hartz IV. Um das herauszufinden, hätte er nicht hierherfahren müssen. Weiter oben, an einer Kreuzung, blinkt rot-weiß-grün die Neonreklame einer Osteria, und als er es sieht, fällt ihm ein, dass er Hunger hat, ach was Hunger! Richtig Kohldampf.

Die Osteria ist eine postmodern umgebaute Eckkneipe, mit Stahlrohrstühlen möbliert, hell erleuchtet und proppenvoll. Er zögert, der Padrone schlägt ihm vor, an der Bar zu warten, Berndorf ist einverstanden und wuchtet sich auf einen Barhocker. Dann gibt es doch eine kurze Diskussion hinter der Theke, einer der Kellner kommt auf Berndorf zu und weist einladend auf einen leeren, aber reservierten und für zwei Personen gedeckten Tisch: Die Herrschaften kämen wohl nicht mehr. Berndorf ist es recht, er nimmt Platz und nickt dem Paar zu, das am Tisch nebenan sitzt – einer Frau mit einer grau durchwirkten roten Mähne und einem Mann mit kurzen grauen Haaren und grauem Fünf-Tage-Bart – und nimmt sich die Karte vor. Eigentlich wäre er mit einem Teller Pasta und einer Karaffe Barolo zufrieden, aber unter den Pesce ist ein Heilbutt angeboten, da nimmt er besser Reis dazu und einen trockenen Weißwein… Während er noch überlegt, bemerkt er, dass er beobachtet wird, er blickt auf und in die Augen der Rothaarigen.

Er hebt die Augenbrauen, und die Frau muss lachen. »Entschuldigen Sie«, sagt der Mann mit dem Fünf-Tage-Bart. »Aber samstags um diese Zeit sitzt hier immer ein guter Freund von uns, und zwar so unerschütterlich jeden Samstag, dass wir uns gerade wirklich gefragt haben, wie er sich so hat verändern können.«

»Sie sind nämlich«, ergänzt die Rothaarige, »sozusagen ein Gegenbeispiel zu ihm. Phänotypisch, meine ich.«

Berndorf bedauert sehr, dass er den Freund nicht ersetzen kann. »Aber vielleicht hat er sich nur verspätet – wollen Sie ihn nicht anrufen?«

»Das würde Giselher nicht wollen«, sagt der Mann. »Er würde sich kontrolliert fühlen. Das kann er nicht ab…«

»Giselher?«, fragt Berndorf. »Sie meinen doch nicht etwa Giselher Marcks? Marcks mit Ce-Ka-Es? Der Vorname ist so häufig nicht.«

»Oh!«, ruft die Rothaarige. »Sie kennen ihn? Sind womöglich auch Büchernarr?«

Berndorf hebt kurz die Hand, denn der Kellner will die Bestellung aufnehmen, Berndorf ordert den Heilbutt und lässt sich einen trockenen Weißwein empfehlen, und während das geschieht, rechnet er kurz die Wahrscheinlichkeiten durch: Der Senatsangestellte GM 1 geht regelmäßig in dieselbe Sauna und wohnt in der Straße, in der der Büchernarr GM 2 ebenso regelmäßig beim immer selben Italiener einkehrt – wie sicher darf man da sein, dass GM 1 und GM 2 identisch sind? Er hat bestellt und wendet sich wieder seinen Nachbarn zu.

»Giselher Marcks ist doch Senatsangestellter, nicht wahr?«, fragt er und versucht, seine Stimme freundlich und arglos klingen zu lassen. Ja, meint die Rothaarige, »irgendetwas in der Art, aber das ist für ihn nie ein Thema gewesen, für ihn zählen nur die Bücher…«

»Das darfst du aber nicht laut sagen, wenn die Anneliese dabei ist«, wirft ihr Gegenüber ein.

Schluss mit dem Geplauder, denkt Berndorf und nennt die Adresse. »Da wohnt er doch?«

Als Erste schrickt die Frau auf. »Warum fragen Sie? Was ist mit ihm?« Mit Zeitverzögerung reagiert auch ihr Begleiter. »Hören Sie, über unsere Freunde wollen wir uns eigentlich nicht ausfragen lassen.« Er greift nach seinem Glas, aber in dem ist nichts mehr drin.

Berndorf fasst ihn ins Auge. »Ein Mann mit diesem Namen ist gestern Abend getötet worden. Er war 57 Jahre alt, Senatsangestellter und wohnte in dieser Straße. Es sollte mir sehr leidtun, wenn es sich um Ihren Freund handelt.« Er nickt den beiden zu und lehnt sich zurück, denn der Kellner bringt die Karaffe Wein und das Mineralwasser, das er sich zusätzlich bestellt hat, und schenkt ein. Als der Kellner sich zurückzieht, blickt Berndorf wieder auf und in die großen geweiteten Augen der Rothaarigen. Sie hält sich die Hand vor den Mund. Noch immer hat ihr Begleiter das leere Weinglas in der Hand.

Lichter spiegeln sich auf regennassen Straßen. Im Takt schieben die Scheibenwischer das Wasser von der Frontscheibe. Wenn ihm ein Wagen entgegenkommt, gischtet ein ganzer Schauer Drecksbrühe gegen das Seitenfenster, irgendwann wird das Pflaster nicht mehr halten. Wohin ist er gefahren? Irgendwie nach Norden. Schönwalde und Bötzow und Vehlefanz heißen ein paar von den Käffern, durch die er gekommen ist, inzwischen hat er es aufgegeben, sich die Namen zu merken. Vehlefanz kann schon nicht stimmen. Im Handschuhfach vorne rechts liegt eine Straßenkarte. Aber was er sucht, ist auf keiner Straßenkarte zu finden.

Und in den Käffern? Da brennt überall Licht. Es ist Samstagabend. Die braven Leute haben ihr Bad genommen, ihr warmes, ihr heißes Bad, mit allerhand Badesalz und Schaum und parfümierter Seife, und jetzt sitzen sie warm und parfümiert und mit reichlich Flaschenbier versehen vor der Glotze. Aber wenn irgendwo ein Häuschen steht, in dem kein Licht brennt, dann sind die Nachbarn nah genug dran, um vom Flaschenbier aufzuschrecken, wenn da jemand ein wenig eine Tür aufbrechen will. Lange kann er so nicht weiterfahren. Irgendwann kommt ihm ein Streifenwagen entgegen, und wenn dem das Nummernschild auffällt und das verklebte Seitenfenster dazu, dann kann er die nicht einfach wegwinken, als wäre er der von den Toten auferstandene Jonas Regulski.

Allmählich weitet sich die nachtschwarze Ödnis. Dazwischen Wald. Hügelkuppen, Talsenken. Der Scheinwerfer erfasst einen rechts abbiegenden Weg, einen Wegweiser dazu gibt es nicht. Er ist schon daran vorbeigefahren, als er abbremst und zurückstößt und die Abzweigung nimmt. Der gekieste Fahrweg führt auf eine Anhöhe, die dunkel von Wald gesäumt ist. Nach einer Rechtskurve holen die Scheinwerfer die Umrisse einer spitzgiebligen Scheune mit vorkragendem Dach aus der Dunkelheit, soviel Harlass sehen kann, steht die Scheune allein am Waldrand, nirgends ein Bauernhof, der dazugehört oder sonst ein Menschenlicht.

Er hält vor der Scheune, steigt aus und sieht sich um. Das Scheunentor ist mit einem Vorhängeschloss gesichert, Harlass geht zum Kofferraum und findet in dem Werkzeugkasten, was noch besser ist als ein Stemmeisen: nämlich einen Bolzenschneider mit Teleskop-Griff, und dann ist das Vorhängeschloss auch schon geknackt. Das Scheunentor lässt sich aufschieben, Harlass tritt ein, das Licht der Stablampe auf einen kleinen dünnen Strahl gedimmt. Der Scheunenraum ist langgestreckt und mit Leiterwagen vollgestellt, aber an der rechten Wand verläuft eine Viehtränke, also war das einmal ein Stall, vielleicht einer, der nur in den Sommermonaten benutzt wurde.

Doch die Tränke! Harlass leuchtet den Trog ab, und plötzlich bleibt der Lichtkegel an einer alten rostigen Wasserpumpe hängen, mit einem rostigen Hebel zu bedienen. Das wird nicht funktionieren, sagt er sich, da kannst du pumpen und pumpen, und kein bisschen Wasser wird kommen, so ist das hier! Dann geht er doch zu der Pumpe, sie lässt sich bewegen, aber wie er es gleich gewusst hat, pumpt sie nur Luft, vier-, fünf- oder sechsmal versucht er es und will schon aufgeben, als er eine Art Röcheln hört. Und auf einmal schießt spuckend und spotzend ein Schwall braunes Wasser aus dem Hahn, er kann es schier nicht glauben, außerdem ist das Wasser mit einem Male klar und spült ihm, während er mit der anderen Hand weiterpumpt, das getrocknete Blut von der Hand und vom Ärmel, und er kann sich das Gesicht waschen.

Kann es sein, dass ihn das kalte Wasser zur Besinnung bringt? Er hält inne und blickt an sich hinunter. Er wird Lederjacke und Jeans waschen müssen. Was heißt hier waschen! Er kann die Klamotten durch das Wasser im Trog schwemmen, kaltes Wasser ist bei Blutflecken sowieso besser, irgendwo hat er das gelesen. Die Flecken aus dem Pullover kriegt er vielleicht mit einem nassen Lappen raus. Er sieht sich weiter um, von der Scheune ist ein Kabuff abgeteilt, in dem Kabuff findet er einen Spind mit einem schmuddeligen Handtuch drin und eine Liege mit einer durchgelegenen Matratze und einer Pferdedecke darauf. Außerdem gibt es einen Kanonenofen, neben dem eine Kiste mit Feuerholz und Briketts steht.

Harlass atmet tief durch.

Zwischen den hohen Bücherwänden des Antiquariats »Labyrinthe« verbreitet eine Leselampe mit grünem Glasschirm ihr mildes Licht. An dem langgestreckten Lesetisch haben Berndorf und seine Gastgeber – das Ehepaar Rautek-Philippi – Platz genommen, zwischen ihnen stehen drei Gläser und eine Flasche eines italienischen Rotweins, der Rotwein stammt aus der Kellerei eines in die Toskana entflohenen Hauptstadt-Journalisten. Dass sie hier zusammensitzen, hat sich so ergeben, über den Tod des Giselher Marcks konnte nicht einfach hinweggeschwiegen werden, aus dem Nicht-Schweigen wurde ein nicht so ganz stilles Totengedenken, das schließlich im Antiquariat der Eheleute fortgesetzt wurde, es lag ja praktisch um die Ecke. Berndorf schmökert in einem alten Band, es ist ein Nachdruck der Zeitschrift »Thalia«, Jahrgang 1786...

»Wie manches Mädchen von feiner Erziehung würde seine Unschuld gerettet haben, wenn es früher gelernt hätte, seine gefallenen Schwestern in den Häusern der Freude minder lieblos zu richten...«

Berndorf blickt auf, in die amüsierten Augen des Buchhändlers Christoph Rautek. »Sie werden den Text sicher erkannt haben«, sagt der, »es ist der *Verbrecher aus verlorener Ehre*, von Schiller erstmals anonym in der von ihm herausgegebenen Zeitschrift »Thalia« veröffentlicht, unter dem Titel *Verbrecher aus Infamie*, aber den Passus über die gefallenen Schwestern in den Häusern der Freude finden Sie in späteren Ausgaben nicht mehr, die Königin von Spanien hat keine Beine und die deutsche Klassik keine Bordelle...«

»Auf solche Sachen ist Giselher abgefahren«, schaltet sich seine Ehefrau Ruth ein, »darauf, wie sich ein Text verändert, wie aus einer Fassung Erster Hand mit der Zeit die störenden, die widerspenstigen Stellen entfernt oder abgeschwächt werden ...«

»Und deswegen ist er dann auch dazu gekommen, Erstausgaben zu sammeln«, erklärt Rautek, »er hat da eine unendliche Geduld und Ausdauer entwickelt, manchmal war es geradezu lästig. Weißt du noch ...«, er wendet sich an seine Frau, »wie er uns wegen einer deutschen Erstausgabe der *Justine* genervt hat?«

Berndorf nimmt einen Schluck vom Rotwein, der Rotwein schmeckt nach Toskana-Eigenbau, und überlegt, ob er nach dem Geld fragen soll, das der Senatsangestellte Giselher Marcks in sein Hobby gesteckt hat. Was kann eine deutsche Erstausgabe von *Justine* kosten? Er hat keine Ahnung. »Was hatte er eigentlich studiert? Ich meine, war er Philologe?«

»Ich glaube nicht«, sagt Ruth Philippi, »und ich weiß auch nicht, ob er überhaupt studiert hat. Aber er hat auch eher – wie soll ich sagen? –, eher ein wenig abseitige Interessen gehabt, also schon auch an pornografischen Texten, bei gewissen sehr zurückhaltenden Männern findet man das ja gerne ...«

»Unsinn«, fällt ihr Rautek ins Wort, »Schweinkram interessierte ihn nur nebenher. Nur, insoweit es von einem soziologischen Interesse war. Eine Gesellschaft definiert sich bekanntlich auch dadurch, was sie für anstößig hält und was nicht.«

»Außerdem«, erklärt Ruth, »war er Trotzkist. Hat als junger Mann zu irgendeiner Vierten oder Siebenundzwanzigsten Internationale gehört, die spalten sich ja ständig, und zuletzt war er wohl ziemlich allein, von einem einzigen Freund abgesehen – und, natürlich, von Anneliese, da fällt mir was ein ...«

»Was das Land Berlin nicht daran gehindert hat«, wirft Rautek ein, »den Radikalenerlass auf ihn anzuwenden. Irgendwann hat er dann doch diesen Job bekommen, ausgerechnet auch noch in der Personalverwaltung, aber Beamter wurde er nicht.«

Berndorf wendet sich an Ruth. »Sie sagten, Ihnen sei etwas eingefallen?«

Sie zieht eine Grimasse, als wolle sie einen unangenehmen Gedanken loswerden. »Ich frage mich gerade, wer sich um Anneliese kümmert, das ist – das war seine Freundin ... das alles muss ein furchtbarer Schlag für sie sein, aber es wird keinen Sinn haben, dass ich sie anrufe – sie kann mich nicht leiden.«

Ihr Mann widerspricht, das sehe sie falsch, und Berndorf meint, dass Ruth das jedenfalls nicht noch heute Abend tun solle. »Zuletzt war die Polizei bei ihr, und vielleicht ist sie das noch immer.«

»Ach!«, sagt Rautek, »Polizei! Komisch. Wenn ich Sie so anschaue – also, Sie könnten direkt auch von dieser Firma sein.«

Aus der Feuerluke fällt flackerndes Licht auf Lederjacke und Jeans, die um den Kanonenofen herum zum Trocknen aufgehängt sind, und lässt sie merkwürdige Schatten werfen. Harlass liegt auf der Pferdedecke, die er auf der Matratze ausgebreitet hat, selbst in Unterhose und T-Shirt ist es ihm mehr als warm genug. Im Licht der Stablampe versucht er durchzusehen, was er in Regulskis Aktentasche gefunden hat, aber in dem Leitz-Ordner ist nichts als Juristenscheiße abgeheftet. Urteile. Klageschriften. Und dazu Gekritzel. Handschriftliche Anmerkungen. Unterstreichungen. Ausrufezeichen. Fragezeichen.

Was geht ihn das an? Das sind Regulskis Fragezeichen. Die will er nicht geschenkt haben. Oder geerbt. Doch in seinem Hinterkopf meldet sich die nörgelnde Stimme. Wohl geht dich das was an, sagt die Stimme. Es sind Regulskis Fragezeichen, die dich hierhergebracht haben. Dem hat was nicht gepasst. Ihm oder dem anderen Kerl, dem, der am Donnerstag hinten saß. Und das Wort geführt hat. Einem von beiden hat was nicht gepasst. Nur darum hast du diesen Job machen sollen. Willst du nicht wissen, was Sache ist? Doch? Dann finde heraus, was dem nicht gepasst hat. Warum der einen gesucht hat, der ihm die Drecksarbeit macht. Und warum ihm die ganze Kiste plötzlich so heiß geworden ist, dass er sich einen Jutesack und Backsteine ins Auto hat packen müssen.

Schon gut, denkt Harlass. Morgen. Bei Tageslicht. Oder übermorgen. Erst mal müssen die Klamotten trocken werden. Er steckt den Leitz-Ordner zurück in die Aktentasche und holt sich die Broschüre heraus. Was heißt hier Broschüre? Das sind ein paar Dutzend Seiten Hochglanzpapier, das Ganze kartoniert, »Untersuchung von Bodengrund und Altlasten im Bereich Zehlendorf/Krumme Lanke« steht da, Verfasser ist ein Dipl. Ing. Frieder Plogstett, aber irgendjemand hat mit einem Bleistift einen Kringel um den Namen gezogen und eines von den unzähligen Fragezeichen dahin gemalt, die sich auch in den Akten finden, und unter dem Fragezeichen ist ebenfalls mit Bleistift ein Name samt Adresse notiert:

Finklin, Brutus, Crammenow, Bauernende 7

Komischer Name. Und? Harlass muss gähnen. In einem Seitenfach steckt eine Zeitschrift, auf dem Titelbild eine Polizistin mit einem Schäferhund. ... Hunde hat er noch nie leiden können. Außerdem braucht er jetzt eine Mütze Schlaf. Er steht auf und geht in die Scheune hinaus, wo er den Opel abgestellt hat, und holt die Decke vom Fahrersitz. Er legt sie einmal zusammen, so, dass die Seite, die über den Fahrersitz und die Rückenlehne gezogen war, innen bleibt. Er wirft noch ein Brikett in den Ofen, dann legt er sich hin und zieht die Decke über sich und ist auch schon eingeschlafen.

Sonntag

Du hast mir das Auge ausgeschlagen, sagt der Hund, weißt du das? Aber noch immer bin ich nicht tot, und das Blut läuft mir aus der Schnauze. Der Hund, der so zu ihm redet, ist der gefleckte Mischling von dem Krüppel, bei dem die Mutter putzen ging, jetzt verliert sie den Job, und du bist schuld...

Geh weg, schreit Harlass und fährt hoch und weiß nicht, wo er ist. Ihn fröstelt, es riecht nach Rauch und Kohle. Dabei hat er doch keinen Kohleofen, nur den kleinen elektrischen Heizstrahler... Plötzlich fällt ihm ein, dass er ja gar nicht in Neukölln ist, sondern irgendwo in der Pampa draußen, in einer Scheune oder einem Stall oder was auch immer. Sein Mund ist klebrig, und Hunger hat er auch. Er steht auf und lockert die verspannten Schultern, dann geht er zu dem Stuhl, über den er die Jacke zum Trocknen gehängt hat. Im Futter ist noch immer Feuchtigkeit. Egal. Er kniet sich vor den Ofen und stochert mit dem Schürhaken nach Glut, aber da ist nur noch Asche.

Es ist auch besser so. Die Leute auf dem Land stehen früh auf, und dass einer den Rauch über der alten Scheune sieht und sich sonst was denkt und sonst wen anruft, das hat ihm gerade noch gefehlt. Wie spät ist es überhaupt? Er sucht nach seinem Handy, dann fällt ihm wieder ein, dass er keines mehr hat.

Erst einmal zieht er die Jeans an. Die sind auch noch klamm, aber das wird sich geben. Der Pullover ist bis auf die feuchten Stellen auf der Brustseite trocken. Er zieht die Schuhe an, verlässt das Kabuff und geht an Regulskis Opel vorbei zum Wasserhahn, das schmuddelige Handtuch aus dem Spind unterm Arm. Wieder einmal muss er erst ein paar Mal pumpen, ehe klares Wasser kommt, dann trinkt er aus der hohlen Hand. Er feuchtet das Handtuch an und säubert gründlich die Schuhe. Aus irgendeinem Grund ist ihm das wichtig.

Inzwischen weiß er auch, wie er zu einer Zeitangabe kommt. Er geht zu dem Wagen und öffnet die Tür, holt dann aber doch erst die Decke und breitet sie über Fahrersitz und Lehne aus, eher er sich hineinsetzt und das Radio einschaltet. Er sucht herum, überall Gedudel, sentimental und katzenjämmerlich, jemand redet fromm, wieso? Es ist Sonntag, hast du das nicht begriffen? Endlich findet er etwas, das sich nach Heavy Metal anhört, er lehnt sich in seinem Sitz zurück, schließt für einen Augenblick die Augen und fühlt sich schon wieder nur noch müde. Dann verklingt das letzte Gitarrenriff, irgendwer will ihm ein Los von der Glückslotterie verkaufen und jemand anderes Früchtemüsli, schließlich wird es doch noch wahr, und der Sprecher von Radio Fünf Neunundsechzig sagt, dass es jetzt 5.27 Uhr sei, drei Minuten vor halb sechs, und es gebe keinen Stau, nirgends, nur dass auf der A 115 ein verlorener Spanngurt liegt.

Harlass hört zu, die Augen noch immer geschlossen. Aber das, worauf er wartet, kommt nicht. Keine Bitte an die Autofahrer, im Westhavelland keinen Anhalter mitzunehmen. Keine Warnung vor dem flüchtigen Gewaltverbrecher Lutz Harlass, kein: Vorsicht, der Mann ist bewaffnet und greift sofort zur Schusswaffe! Fahren Sie gut und passen Sie auf sich auf – das ist schon alles.

Harlass richtet sich auf. Wieder fröstelt er. Er überlegt, ob er den Wagen in der Scheune stehen lässt und querfeldein geht, bis zum nächsten Bahnhof. Aber wo ist der nächste Bahnhof? Er greift sich den Straßenatlas aus dem Handschuhfach rechts. Irgendwann war er gestern Abend von einer Straße abgebogen, das könnte die von Kremmen nach Herzberg/Markt gewesen sein. Er könnte zurück nach Kremmen, dort den Wagen auf einem Parkplatz abstellen und den nächsten Zug nehmen, egal wohin. Plötzlich findet er auf der Karte Crammenow, das liegt irgendwo im Westhavelland, eine Bahnlinie führt auch dran vorbei, und in Luftlinie ist es gar nicht so weit weg von Kremmen. Warum überlegt er sich das?

Später. Er steigt wieder aus, geht in das Kabuff und zieht die noch immer klamme Jacke an. Dann packt er ins Auto, was er sonst dabeihat, verstaut Regulskis Pistole in der Aktentasche und steckt die Russenknarre ins Seitenfach an der Fahrertür. Schließlich schiebt er das Scheunentor auf, stößt mit dem Wagen zurück, schließt das Tor, wendet und fährt los. An der Einmündung des Fahrwegs in die Landstraße hält er kurz an und wirft noch einmal einen Blick auf die Straßenkarte. Wenn er über Lindow und Gransee und Zehdenick fährt und so viel Glück hat, dass er an diesem Sonntagmorgen keinem Streifenwagen begegnet, dann erreicht er in einer knappen Stunde Prenzlau. Das ist, von Berlin aus gesehen, eine ganz andere Ecke als dieses Crammenow. Außerdem ist es von dort nicht mehr weit zur polnischen Grenze und nach Stettin.

Das, so denkt Harlass, wird sich auch die Polizei sagen, wenn sie den Wagen erst einmal gefunden hat.

Zwischen den kahlen Zweigen eines Straßenbaums scheint der Morgen herein und in die verkaterten Augen Berndorfs. Wo, bitte, ist er? Dies hier ist weder sein Zimmer in der Dahlemer Wohnung, noch befindet er sich in der Datsche in Blengow. Eigentlich ist es auch gar kein Zimmer, sondern eine Art Kabinett, aber mit den hohen Wänden einer Berliner Altbauwohnung, und die Wände sind mit Büchern vollgestellt. Außerdem gibt es noch eine Liege, die zu weich ist und schwabbelig. Kopfweh hat er auch, zum Glück steht auf einem Schemel neben der Liege ein Glas Mineralwasser, danke!

Er steckt in einem gestreiften Schlafanzug, der etwas zu weit für ihn ist, also ist es einer von Christophs Pyjamas, jetzt weiß er es wieder – Ruth mit den roten Haaren hat das

Teil gestern Abend für ihn herausgesucht, nein, nicht gestern Abend, heute früh hat sie das getan, als Berndorf nach einem Taxi telefonieren wollte und Christoph meinte, er könne doch hier übernachten. Warum hat er das Angebot angenommen? Weil Barbara in den USA ist und er keine Lust hatte, in die leere Wohnung zurückzukehren? Etwas in dieser Art muss es gewesen sein. Auf einem Stuhl liegt ein blauroter Bademantel, er zieht ihn über und geht zur Tür, durch den Flur zieht der Duft eines frisch aufgebrühten Kaffees, das Badezimmer muss irgendwo rechts sein, eine muntere Stimme begrüßt ihn und wünscht einen guten Morgen, »wie hast du geschlafen?«

Berndorf dankt und lügt, das Bett sei ein ganz vorzügliches. Er ist also mit seinen Gastgebern auf Du, wann und wie immer sich das auch ergeben haben mag. Das Bad ist frei, er duscht kalt, das hilft bei solchen Zuständen, eine Viertelstunde später sitzt er zwar unrasiert und mit geröteten Augen, aber doch halbwegs wach an dem mit allerhand Keramikgeschirr gedeckten Frühstückstisch. Das Geschirr sieht so handgemacht aus, wie es der Rotwein von der vergangenen Nacht war, und seine Gastgeber wirken – ganz im Gegensatz zu ihm – so, als habe die etwas aus dem Ruder gelaufene Trauerfeier für den dahingeschiedenen Giselher Marcks ihnen nicht weiter zugesetzt, das heißt, auf den ersten Blick wirken sie so. Als Berndorf genauer hinsieht, bemerkt er, dass zumindest Ruth sich zu der Rolle der heiteren Gastgeberin zwingen muss.

»Offenbar hat die Polizei bereits eine heiße Spur«, fasst Christoph zusammen, was er bisher im Internet gefunden hat, »jedenfalls wird nach einem 26jährigen gefahndet, angeblich ein vorbestrafter Gewalttäter, was immer das heißt – willst du dir die Meldungen ansehen?« Berndorf aber will lieber erst einmal einen Tee trinken, denn den gibt es auch, offenbar war auch das in der Nacht besprochen worden, und löffelt sein Frühstücksei.

»Ich dachte«, fährt Christoph fort, »weil du ja beruflich an dieser Sache dran bist.« Berndorf blickt erschrocken auf. Was um Himmels willen hat er diesen Leuten erzählt? »Ich fürchte«, sagt er zerknirscht, »da hab ich den Mund zu voll genommen. Mich interessiert vor allem jemand anderes, dieser eine Mann, der mit dem Mordfall selbst nichts zu tun hat, wie ich annehme – ich hab wohl davon erzählt?«

»Eigentlich nicht«, meint Ruth, »wir wissen nur, dass du einmal Polizist warst, in der Stadt mit dem großen Kirchturm und den Leuten, die nur auf besondere Weise freundlich sind, und dass du jetzt eine kleine Detektei hast, aber eigentlich hättest du lieber einen Hund, und dass deine Barbara ein Semester in den Staaten verbringt, und dass dir deshalb deine Decke auf den Kopf fällt …«

»Danke«, sagt Berndorf, »das trifft es so ungefähr. Vor allem das mit dem Hund.«

»Ja«, meint Christoph gedehnt, »dafür, dass er dich eigentlich nicht interessiert, scheint dich unser armer Giselher doch sehr zu beschäftigen.«

»Es wäre seltsam, wenn es nach einem solchen Vorfall nicht so wäre«, sucht Berndorf einen Ausweg, »außerdem ist es nicht so, dass er mich nicht interessiert. Ich habe nur der Polizei nicht ins Handwerk zu pfuschen, nichts liegt mir ferner! Nur manchmal – da begegnet man jemandem, oder man stößt auf ein Schicksal, und irgendetwas ist daran, dass man nachfragen möchte, und je mehr man sich damit beschäftigt, desto fremder wird einem dieser Mensch …« Was um Gottes willen redest du da, geht es ihm durch den Kopf.

»Aber …«, wendet Christoph ein, »was ist an Giselher fremd? Er war ein Mensch von unerschütterlichen Gewohnheiten, manche davon kannten wir, andere nicht, also diese Geschichte mit der Sauna-Runde zum Beispiel, die kannten wir nicht. Er war links, ziemlich weit links außen sogar, oder war es gewesen, mit der Zeit soll sich das geben. Viele von unserer Generation waren das, *so what*? Schrecklich sind doch vor allem die Biographien, in denen alles glatt geht, alles auf perfekte Anpassung hinausläuft.«

»Ach«, widerspricht Ruth, »ich wüsste schon ein paar Punkte, wo man nachfragen könnte. Die ich nicht so ganz verstehe.«

Berndorf, der sich gerade Joghurt in die Frühstücksflocken rührt, sieht aus den Augenwinkeln, dass Christoph mit dem Kopf eine fast unmerkliche, aber deutlich verneinende Bewegung macht, als solle dieses eine Thema nicht vertieft werden. Wovon handelt ein Thema, das nicht vertieft werden soll? Es handelt entweder von Sex, oder es handelt von Geld. Hatte die wildmähnige Ruth mal was mit dem Büchersammler und Gewohnheitsmenschen Giselher?

Sie hörte sich nicht so an. Also muss es das Geld sein, denkt sich Berndorf.

»Er konnte stur sein«, sagt Christoph, »wenn es das ist, was du meinst. Wenn er einen Plan gefasst hatte, dann musste das auch so und nicht anders ausgeführt werden ...«

»Der anale Charakter, du verstehst«, ergänzt Ruth, an Berndorf gewandt, und wirft einen leicht genervten Augenaufschlag zur Decke.

»Sicher doch«, fährt Christoph fort, »aber darum war er eben auch absolut zuverlässig und mit einem ausgesprochenen Talent zur Freundschaft begabt.«

»Ach?«, fragt Berndorf, »so etwas ist selten.« Warum sagt er das? Smalltalk eben. Nein: Von dem Freund war gestern schon die Rede oder heute Nacht, und er hat nicht nachgefragt. Darum.

»Er meint Brutus«, erklärt Ruth. »Brutus Finklin. Er heißt wirklich so, und wenn man ihn sieht, wirkt er auch überhaupt nicht komisch.«

»Er ist eher Brutus als Finklin«, meint Christoph, »und wenn der globalisierte Kapitalismus eines Tages die ganze Welt mit seinen klebrigen Fäden eingesponnen hat ...«

»... dann wird Brutus in seiner Datsche im Westhavelland noch immer die rote Fahne der Weltrevolution hinterm

Schreibtisch stehen haben!«, vollendet Ruth den Satz und hebt dazu die geballte rechte Faust.

Eine Penthouse-Wohnung, unaufgeregt modern eingerichtet, mit einem Anflug von italienischem Design, der Blick aus dem Esszimmer geht hinüber zum Gendarmenmarkt. Karen beglückwünscht die Gastgeber zu dieser Aussicht und entschuldigt ihren Mann – Stefan sei untröstlich, er wäre sehr gerne der Einladung gefolgt, müsse sich aber auf eine geschäftliche Auslandsreise vorbereiten. Auch die Gastgeber bedauern das sehr, man setzt sich zu Tisch, Karen bekommt den Platz mit der Fenstersicht. Das Gespräch ist auf wohlerzogene Weise ungezwungen, und auch den Brunch haben die Gastgeber mit zwangloser Selbstverständlichkeit arrangiert. Karens Blick fällt auf ein großformatiges gerahmtes Foto über der Anrichte, das Foto zeigt das streng-nüchterne Kirchenschiff der Klosterkirche Chorin, und das gibt der Gastgeberin Dagmar Wohlfrom-Kühn das Stichwort, ihren Mann behutsam etwas mehr ins Gespräch einzubeziehen.

Professor Eberhard Wohlfrom, emeritierter Historiker und Mediävist, erzählt denn auch bereitwillig von den Askaniern oder genauer: von deren brandenburgischer Linie und von dem Kloster, das von ihnen gefördert wurde, vom Tod des letzten brandenburgischen Askaniers im Jahr 1320 und von den Wechselfällen danach. »Dieses Gotteshaus«, sagt Wohlfrom und deutet auf die Fotografie, »ist gerade deshalb eine Kostbarkeit, weil seine Architektur bescheiden bleibt, weil sie eben nicht triumphieren will ... Nur dürfen Sie sich keine Illusionen machen. Die Klosterleute waren darum keine besseren Menschen. Sie waren ausgemachte Wendehälse *avant la lettre* und segneten auf Teufel komm raus, wen immer sie gerade für den Stärkeren hielten. Bei Fontane können Sie einiges darüber nachlesen. Was haben Sie?«

Natürlich, denkt Karen. *Die Wanderungen in der Mark*

Brandenburg. Sandhase, ick hör dir trapsen! »Entschuldigen Sie bitte«, sagt sie rasch, »aber mir ist gestern ein Zitat untergekommen, eine Stelle über Lindow und Gransee, und ich wusste nicht, woher es stammt… Als Sie gerade von Fontane sprachen, fiel es mir wieder ein.«

»Freut mich«, sagt Professor Wohlfrom, will dann aber nicht weiter über die Askanier und die Äbte von Chorin reden, sondern bittet darum, sich an seinen Schreibtisch zurückziehen zu dürfen, und wird auch gnädig entlassen. Dann sitzen beide Frauen einander gegenüber, und Karen bemerkt, dass ihre liebenswürdige Gastgeberin sie gerade einer sehr genauen Musterung unterzieht. Sie gibt den Blick zurück, die Augenbrauen ganz leicht angehoben: Schau mich ruhig an, heißt das, ich hab nichts zu verbergen, im Übrigen will ich nichts von dir, aber du willst was von mir…

»Also!«, sagt Staatsanwältin Dagmar Wohlfrom-Kühn, die offenbar zu einem Entschluss gekommen ist, »dass ich einen Anschlag auf Sie vorhabe, wissen Sie ja bereits. Aber was heißt Anschlag? Sie brauchen nur Nein zu sagen, und wir trinken freundschaftlich miteinander Tee…«

Falls du einen Ghostwriter suchst, bist du an der falschen Adresse, denkt Karen und nickt, freundlich, aber reserviert.

»Es ist gar nicht so lange her, da wollte ich ein Buch schreiben«, fährt die Staatsanwältin fort. »Ein Buch über meine Ideen, meine Erfahrungen. Und meine Motive, das zu tun, was ich so vorhabe. Inzwischen weiß ich, dass das nicht geht. Dieses Buch kann ich und will ich nicht schreiben.«

»Dass Sie es allein aus zeitlichen Gründen nicht können, verstehe ich sehr gut«, wirft Karen ein, die keine Lust mehr hat, wie ein Schulmädchen dazusitzen und zuzuhören. »Aber warum wollen Sie es nicht?«

»Wenn ich vor Gericht plädieren muss, dann halte ich ein Plädoyer. Lädt man mich zu einem Vortrag ein, wie zum Beispiel vor ein paar Tagen, dann halte ich einen Vortrag. Aber daraus kann man kein Buch machen. Keines, das ich lesen wollte.«

Sie schüttelt sich. »Wirklich nicht. Ein Buch müsste …« Sie unterbricht sich, beide Hände etwas erhoben, als wolle sie mit ihnen in der Luft die passenden Worte formen: »… es müsste anschaulich machen, wie ich an die Dinge herangehe. Wie ich die Welt sehe. Wie ich bin – jetzt ist es heraus! Und das kann ich nicht selber. Es müsste jemand tun, der durchaus auch Distanz zu mir hat …« Wieder wirft sie einen dieser prüfenden Blicke über den Tisch. »Was ich suche, ist also – um Himmels willen! – keinen Ghostwriter, sondern eine unabhängige Autorin, die mich eine Zeit lang begleitet und die – das ist mir ganz wichtig – auf eigene Verantwortung darüber schreibt, was sie sieht.«

Sie beugt sich über den Tisch und greift mit einem fragenden Blick nach der Teekanne, aber Karen lehnt dankend ab. »Wenn ich das richtig verstanden habe«, sagt sie zögernd, als müsse sie sich erst an ihre Frage herantasten, »dann stehen Sie vor einem Wechsel in die Politik. Ich bin keine politische Journalistin …«

»Wenn Sie das wären, hätte ich Sie nicht angesprochen. Politische Journalisten sind selbst Teil jener *classe politique*, von der ich mich nicht einbeziehen lassen will. Um keinen Preis! … Übrigens habe ich mir erlaubt, im Internet nachzulesen, was dort von Ihnen zu finden ist – Sie schreiben über den Alltag, über Dinge und Menschen, an denen eben nichts Besonderes ist … Und das ist genau das, was ich suche. Ich will gesehen und beschrieben werden als jemand, der aus dem Alltag kommt. Und der dem Alltag zugehört.«

Noch nicht richtig in der Politik angekommen, denkt Karen, und schon will man sein, was alle Politiker sein wollen: ein Mensch wie du und ich. »Das wird schwierig«, sagt sie. »Sie kommen eben nicht aus dem Alltag. Sie sind Leitende Staatsanwältin, manche Zeitungen nennen Sie die Staatsanwältin Gnadenlos …«

»Und jedes Mal regt mich das auf«, unterbricht die Wohlfrom-Kühn. »Es regt mich auf, weil es ein gnadenlos dummes Klischee ist!«

»Und es wäre also meine Aufgabe, mit diesem Klischee aufzuräumen?«, fragt Karen.

»Nein!«, ruft die Staatsanwältin aus. »Das wäre wirklich zu viel verlangt. Vergessen Sie die Klischees, begleiten Sie mich einfach, wie eine Fotografin, die Momentaufnahmen macht, *short cuts*, und diese Miniaturen sollen weniger mich zeigen als die Stadt und die Milieus, in denen ich mich bewege – und in die ich natürlich auch ein wenig Bewegung zu bringen hoffe …«

Ein Telefon schlägt an, Dagmar Wohlfrom-Kühn steht seufzend auf, bittet um Entschuldigung und geht zu dem kleinen Sideboard, auf dem das Telefon steht, nimmt den Hörer und meldet sich mit einem knappen »Ja.«

Karen blickt ihr nach. Es ist, als habe das bloße Klingeln des Telefons die Atmosphäre in dem großbürgerlichen Frühstückszimmer verändert. Die Frau, der am Telefon berichtet wird, ist nicht mehr die charmante Gastgeberin Dagmar Wohlfrom-Kühn, sondern im Zimmer steht die Leitende Staatsanwältin DWK, sehr wach, sehr gegenwärtig.

»Beschreiben Sie mir die Fahrtroute«, sagt die Staatsanwältin plötzlich, klemmt den Hörer mit der Schulter fest und greift sich den Notizblock, der samt Stift auf dem Sideboard bereitliegt. Sie notiert sich einige Stichworte, unterbricht dann aber den Gesprächspartner, »das hat so keinen Sinn, schicken Sie einen Wagen zu diesem Waldparkplatz, der soll mich dann dorthin bringen.« Sie legt auf und wendet sich Karen zu. Sie betrachtet sie, abwägend, unverhohlen prüfend.

»Haben Sie schon mal einen Mord gesehen? Ich meine: einen Mord im richtigen Leben? Mit einem Mann, dem man durch den Kopf geschossen hat?«

Unter den kahlen Bäumen ist es kühl und feucht. Das Gelände rund um den Unterstand ist abgesperrt, Männer in Overalls durchsuchen das Unterholz, immer wieder zuckt das Blitzlicht eines Fotografen auf. Was fotografiert der da? Schleifspuren?

Wovon? Wovon wohl! Die Atmosphäre wirkt auf eine unwirkliche Weise geschäftsmäßig, aber doch auch angespannt und bedrückt. Handelt es sich hier, so überlegt Karen, um einen besonderen Mord? Der Tote war Polizeihauptkommissar, das weiß man schon. Handelt es sich also um ein Verbrechen, das jeden Polizisten ganz persönlich betrifft? Oder sind Polizisten so geschult, dass sie hier keinen Unterschied machen?

Oder ist es noch einmal anders, und bei der Anspannung, die sie spürt, handelt es sich in Wahrheit um ihre eigene? Sie hat sich den Toten angesehen, und was hat sie dabei empfunden? Nichts, und darüber erschrickt sie. Warum eigentlich? Diesem Mann war ins Gesicht und durch das Auge geschossen worden, und so etwas zu tun, das ist so ungeheuerlich, dass das Wort *ungeheuerlich* gar nicht ausreicht. Aber jedes Töten ist ungeheuerlich. Der Tod, oder genauer: der Eintritt des Todes hingegen ist es nicht. Der Tod wischt das Leben aus, auf eine Weise, vor der Empfindungen wie Empathie oder Mitleid verstummen, weil keiner mehr da ist, dem es gelten könnte. Schauder hat sie nur einen Augenblick lang empfunden. Das war, als der große Jutesack zusammengefaltet wurde, mit dem der Tote notdürftig zugedeckt gewesen war. Es kam ihr vor, als sei der Anblick des Toten für den Mörder so unerträglich gewesen, dass er ihn mit allem unterdrücken musste, was gerade zur Hand war, und dieses Unerträgliche sei nun an dem Kartoffelsack hängen geblieben.

Am Waldparkplatz waren sie von einem Streifenwagen abgeholt worden, der sie über eine holprige Waldstraße hierherbrachte. Vermutlich ist die Straße noch von DDR-Grenzern angelegt worden, meinte der Fahrer, bald wird der Wald sie sich zurückgeholt haben. Schließlich waren sie bei diesem Unterstand angekommen, und seither hatte sich Karen ein oder zwei Schritte hinter der Staatsanwältin gehalten, als wäre sie eine Referendarin, und niemand hatte einen Ausweis von ihr sehen wollen oder sich sonst nach dem Grund ihrer Anwesenheit erkundigt.

Ein schmaler, knapp mittelgroßer Mann steht bei Dagmar Wohlfrom-Kühn. Das schon schüttere Haar nach hinten gekämmt, aufmerksame dunkle Augen, die kurz auch auf Karen ruhen. Die Staatsanwältin bemerkt es und stellt ihn ihr vor, der Mann ist Kriminalhauptkommissar Keith.

»Regulski ist vermutlich schon gestern Abend erschossen worden, aus...«

»Aus sehr kurzer Entfernung«, fällt ihm die Staatsanwältin ins Wort, »das hat sich mir bereits mitgeteilt, es ist also der gleiche Tatablauf wie bei diesem unglücklichen Senatsangestellten vorgestern... Können Sie etwas über das Kaliber sagen?«

»Wir haben Glassplitter neben den Fahrspuren gefunden, das heißt...«

»Dass Regulski in seinem Wagen erschossen wurde und das Geschoss die Seitenscheibe durchschlagen hat«, ergänzt die Staatsanwältin. »So weit kann ich folgen. Was wissen Sie über die Waffe?«

»Das Geschoss haben wir bisher nicht gefunden«, antwortet Keith, »und die Hülse wird in den Wagen ausgeworfen worden sein. Aber ich kann mir gut vorstellen, dass es sich um ein Neun-Millimeter-Kaliber gehandelt hat.«

»Also wie im Fall Marcks. Ich muss Ihnen nicht sagen, wie beunruhigend das ist. Wie weit sind Sie denn in der Fahndung nach diesem Lutz Harlass?«

»Bisher sind keine Hinweise eingegangen. Wir können nicht ausschließen, dass er in der Neonazi-Szene untergetaucht ist.«

»Was weiß der Staatsschutz?«

Keith versucht ein lustloses Lachen. »Sie wissen, dass man dort nur ungern Informationen herausgibt. Immerhin habe ich wenigstens eine Auskunft bekommen. Harlass hat sich danach bemüht, in die Kameradschaft Neukölln aufgenommen zu werden. Offenbar aber hat es da Vorbehalte gegeben. Man hat ihm nicht so recht getraut.«

»Da gibt es eine Vorgeschichte«, antwortet die Staatsanwältin und wendet sich an Karen. »Ich kenne diesen Harlass ein wenig. Vor drei oder vier Jahren ist er mit einem Totschläger auf einen Rabbiner losgegangen. Ich hab damals die Anklage vertreten.«

Keith hüstelt. »Da Sie das gerade ansprechen – ich denke, wir sollten Personenschutz für Sie anfordern.«

»Vor allem sollten Sie diesen Harlass finden«, kontert Dagmar Wohlfrom-Kühn nicht ohne Schärfe. »Dieser Mann ist in einem Auto unterwegs, das sich in einem sehr auffälligen Zustand befinden muss. Das kann doch nicht so schwer sein.«

Einer der Kriminalpolizisten nähert sich der Gruppe, hebt kurz die Hand und deutet auf Keith, offenbar hat er eine Nachricht für ihn: »Die Kollegen in Prenzlau haben Regulskis Wagen gefunden. Das Fahrzeug war auf einem Schulhof abgestellt, genauer: auf dem Lehrerparkplatz. Ein Loch in der Seitenscheibe, mit Pflaster zugeklebt. Dazu erhebliche Anhaftungen im Innenbereich des Wagens, mit bloßem Auge zu sehen.«

»Prenzlau?«, fragt die Staatsanwältin. »Da ist die polnische Grenze nicht mehr weit.«

Kriminalhauptkommissar Wolfgang Keith hat sich die Tür aufschließen lassen, steht jetzt in der Mitte des Mansardenzimmers und sieht sich um. Eine Bettcouch, die Decke halb zurückgeschlagen, das Laken zerknüllt, so genau will Keith sich das gar nicht ansehen. Ein Tisch, darauf ein Notebook, ans Stromnetz angeschlossen, die grüne Anzeige signalisiert, dass der Akku aufgeladen ist. Zwei Stühle mit abgewetzter Polsterung, ein Fernsehsessel mit dem gleichen Polsterbezug wie die Stühle, ein Fernseher mit CD-Recorder, Musik-Kassetten von Gruppen wie VolksZorn, ein paar Filme aus der Ausleihe, der übliche Gewalt- und Pornoschrott. Ein elektrischer Heizstrahler. Keine Reichskriegsflagge, aber an der Wand das Poster eines dunkelhaarigen Mannes mit vorgestrecktem Kinn und wirrem Gesichtsausdruck.

»Wer soll denn das sein?«, will die Kriminalbeamtin Lena Quist wissen, die jetzt neben ihm steht und ihre Gummihandschuhe anzieht.

»Rudolf Hess, denk ich mal«, sagt Keith, hat aber keine Lust, das weiter zu erklären, sondern wendet sich an den Hausverwalter, der hinter ihnen wartet. »Wie hoch ist die Miete für so was?«

»Die Miete?«, fragt Hausverwalter Kroppenschmitt zurück. »Also die Miete – dreihundertfünfzig, Umlage inbegriffen, Sie müssen bedenken, das Appartement ist möbliert vermietet worden. Rechts sind noch Küche und Bad, wenn Sie sich überzeugen wollen.«

Lena Quist wirft einen Blick in die Kochnische – ein Herd mit zwei Platten und ein Spülbecken – und öffnet den kleinen Kühlschrank, in dem sich zwei Flaschen Bier befinden und ein paar angebrochene Packungen Käse und Wurst. Das Bad besteht aus Dusche und Klo, der Duschvorhang aus Plastik ist grünlich und von grauen Schmutzrändern überzogen. Sie öffnet den Deckel des Spülkastens, aber es ist nichts darin gebunkert. Auf dem gläsernen Bord über dem Waschbecken liegt neben der Seifenschale ein elektrischer Rasierapparat, ein halbvoller Flakon Rasierwasser steht neben einem Wasserglas, das von angetrockneten Resten Zahnpasta überzogen ist. In dem Glas ist eine abgenutzte Zahnbürste abgestellt.

Keith ist inzwischen zum Tisch im Mansardenzimmer gegangen und hat die Schublade aufgezogen. Ungeordnet liegen darin Kontoauszüge und andere Papiere, die Meldebestätigung des Rathauses Neukölln, die Entlassungspapiere der JVA Tegel, in einem Heftordner finden sich die Bescheide und Vorladungen des Jobcenters Berlin-Neukölln. Auf dem Kontostand vom letzten Monatsende ist ein Guthaben von 35 Euro ausgewiesen. Kein Notizbuch, keine handschriftlichen Notizen.

»Er hat die Miete pünktlich bezahlt?«

»Das ist über Dauerauftrag gelaufen«, meint Kroppenschmitt, »da war bisher nichts zu beanstanden.«

»Und sonst? Was ist sonst beanstandet worden?«

»Ach, nicht viel, manchmal laute Musik. Und dass der Herr Harlass ein bisschen ruppig im Auftreten ist. Aber versuchen Sie mal, einem deswegen zu kündigen!«

»Was war das für Musik? Nazimusik?«

Kroppenschmitt hebt abwehrend beide Hände. »Ich hör da nicht so genau hin, das führt zu nichts, wenn irgendwo türkische Musik läuft, wissen wir doch auch nicht, was da so gesungen wird ...«

Keith will wissen, ob Harlass oft Besuch hatte, aber Kroppenschmitt hat nicht nur dieses eine Mietshaus zu verwalten. »Bin ich vielleicht ein Pförtner«, ruft er empört und setzt zu einem Vortrag an, was heutzutage in einem Mietshaus alles und pausenlos kaputtgehe, weil die Leute auf nichts mehr achten und nichts mehr im Kopf haben. Keith stoppt ihn mit einer Handbewegung und wendet sich an seine Kollegin Quist. »Schau dir bitte auch die Film- und Musikkassetten an, ob da wirklich drin ist, was draufsteht.« Nach einem Blick auf die Armbanduhr verabschiedet er sich. Er läuft die Treppen hinab und nimmt dabei immer mehrere Stufen auf einmal, denn er hat es eilig.

Beim Verglühen des Kometen Lew Dawidowitsch Bronstein, genannt Trotzki, ist auf Deutschland kein besonders sprühender Funkenflug niedergegangen. Zwar hat zu Zeiten des real existierenden Sozialismus dessen nimmermüde Staatssicherheit schon auch die eine oder andere trotzkistische Zelle ausgehoben, aber für vierzig Jahre DDR blieb das eine eher bescheidene Ausbeute. Eine dieser Zellen hatte sich um den Philosophiestudenten und ehemaligen DDR-Auswahl-Boxer Brutus Finklin gruppiert, falls die Zelle nicht überhaupt ausschließlich aus ihm bestand. Fünf Jahre vor dem Fall der Mauer war Finklin noch zu zweieinhalb Jahren Haft verurteilt worden, die er in Bautzen abzusitzen hatte. Und danach?

Funkstille. Immerhin ist im Internet eine Adresse und eine Telefonnummer zu finden, danach wohnt ein Brutus Finklin in Crammenow, Kreis Havelland.

Berndorf notiert beides, betrachtet seinen Schreibblock – und weiß auf einmal nicht, wozu das gut sein soll, was er da aufgeschrieben hat. Er hat einen Auftrag, ja doch. Der Auftrag lautet, herauszufinden, warum und von wem seine Klientin Karen Andermatt beschattet wird. Nichts sonst. Er steht auf, geht durch die Wohnung, die ihm in diesen Tagen zu groß ist und zu leer, denn es fehlt darin die Hauptperson. Er wirft einen Blick in Barbaras Zimmer und geht zum Heizkörper und überprüft die Temperatur, das Zimmer soll nicht geheizt werden, natürlich nicht, aber es soll auch nicht auskühlen...

Damit er einen Grund hat, in das Zimmer gegangen zu sein, dreht er die Heizung um ein Geringes auf. Dann wirft er einen Blick auf die Armbanduhr, der Nachmittag ist schon fortgeschritten, also wird es in den Staaten später Vormittag sein, eigentlich könnte sie mal anrufen. Er geht in die Küche, weiß nicht, ob er Wasser für eine zweite Kanne Tee aufsetzen soll oder doch besser ein Bier aus dem Kühlschrank nimmt, er hat nichts weiter vor an diesem Abend, so lächerlich das klingt. Die großen Detektive – ja die! – kennen solche Abende nicht, die wissen, wo sie hingehen müssen, damit sie über eine Leiche stolpern oder ihnen erst mal eins über den Schädel gezogen wird. Aber er ist ja auch kein großer Detektiv, er ist ein ausgedienter Pflastertreter, und eigentlich wartet er nur darauf, dass es 20. Dezember wird und er nach Tegel rausfahren und dort jemand vom Flieger aus New York abholen kann...

Das Telefon klingelt, zum Glück ist in der Küche ein Anschluss, und er meldet sich, die noch ungeöffnete Bierflasche in der Hand. Es ist wahrhaftig Barbara Stein, Berndorf greift sich beglückt den nächsten Stuhl und setzt sich und lässt sich vom gestrigen Abend erzählen, es war ein Abend der Kirchenmusik, Studenten hatten Couperins Vertonung der Klagelieder Jeremias vorgetragen, »wenn diese hellen amerikanischen Sopranstimmen lateinisch singen, das hat schon seinen besonderen Reiz!« Danach war sie mit anderen Dozenten bei einem Kollegen eingeladen, ebenfalls einem Politologen, der Kollege hatte einen Rinderbraten im Gemüsetopf zubereitet und ist offenbar ein Künstler, denn so gut ist Barbara in den Staaten eigentlich nie verköstigt worden. »Und jetzt du!«

Berndorf weiß nichts Rechtes zu antworten, nichts, das mit Couperin oder einem Rinderbraten mithalten könnte. »Die Sache mit meiner Klientin läuft wohl auf eine firmeninterne Intrige bei Regnier hinaus«, teilt er mit und überlegt dabei, ob er von dem Mord erzählen soll. Das will er eigentlich bleiben lassen, weil er Barbara beim besten Willen nicht erklären kann, was das eine mit dem anderen zu tun haben soll.

»Da ist doch noch was?«, fragt Barbara.

»Ich versteh dich jetzt nicht«, lügt Berndorf, »was soll da noch sein?«

»Du hast gerade genau den Ton drauf wie immer, wenn du dir überlegst, welche Portion Wahrheit du mir abgeben willst.«

»Bitte sehr«, antwortet Berndorf ergeben und erzählt nun doch, was sich an den Fall Andermatt sonst noch angehängt hat. Während er spricht, wird er immer verlegener. Nichts passt da zusammen, und nichts geht ihn wirklich was an.

»Und der Tote hatte Verbindung zu trotzkistischen Gruppierungen?«, fragt Barbara sachlich. »Du weißt aber nicht zu welchen? Vielleicht zur Fünften Internationalen?«

»Keine Ahnung«, gibt Berndorf zu. »Der Tote war Senatsangestellter. Normalerweise sammelt so jemand Briefmarken. Oder Bierdeckel. Dieser hat Erstausgaben gesammelt. Aber was das mit Trotzkismus zu tun haben kann, ist mir ebenso schleierhaft wie dieser selbst.«

»Wenn man die Wahrheit stiehlt, dann kann sie nicht vergessen werden«, sagt Barbara. »Die Oktoberrevolution in Sankt Petersburg, also der Sturm auf das Winterpalais und alles, was folgte, das war von Trotzki vorbereitet und organisiert und geführt worden. Aber Stalin hat diese Wahrheit gestohlen, und deswegen geistert der Trotzkismus auch nach bald hundert Jahren noch immer durch die Hinterzimmer der Weltgeschichte...«

»Und wie kann man ihn erlösen?«

»Durch die Weltrevolution, mein Schatz.«

»Ah ja«, meint Berndorf. »Und was wird dann sein?«

»Ein deutscher Trotzkist hat das mal sehr schön zusammengefasst, ich weiß aber nicht, ob ich es noch zusammenbekomme...« Sie legt eine kurze Pause ein. »Also: Er habe die unverrückbare Zuversicht, sagte dieser Mann, dass Habsucht, Geldgier, Konkurrenzneid, Selbstsucht, Unterwürfigkeit – dass dieses alles dem Menschen nur mühsam andressiert worden ist, und zwar vom Kapitalismus andressiert, und dass es eben nicht die wahre Natur des Menschen beschreibt. Aber erst die Weltrevolution wird diese wahre Natur des Menschen hervorbringen.«

»Hört sich gut an«, meint Berndorf. »Und wie überwinden wir den Kapitalismus?«

»Das ist wohl nicht ganz so einfach«, räumt Barbara ein. »In den Achtziger Jahren haben die Trotzkisten mal die Stadtverwaltung von Liverpool übernommen, sind dann aber doch von der schrecklichen Eisernen Lady Thatcher zum Aufgeben gezwungen worden. Die Kosten für die Aufräumarbeiten sollen erheblich gewesen sein. Sonst sind die Trotzkisten seit gut siebzig Jahren vor allem damit beschäftigt, sich gegenseitig als Konterrevolutionäre oder Stalinisten zu überführen... Aber ich will dir keine Vorlesung halten. Am besten kennt sich damit einer unserer Dozenten aus, ich gebe dir mal seine Adresse.«

Es ist 17.58 Uhr, der dunkelblaue BMW mit dem Rostocker Kennzeichen gleitet aus der Parklücke, rollt die Straße vor, dann bremst der Fahrer ab und setzt den rechten Blinker und hält neben einem Textilladen für fabrikneue Sonderposten, unmittelbar vor der Einmündung in die Karl-Marx-Allee. Ein anderer Wagen schließt auf und hupt, aber der Fahrer lässt sich nicht beirren. Er hat beide Hände auf dem Lenkrad, er trägt Handschuhe, diese Fahrerhandschuhe mit Löchern für die Knöchel, aber wer genau hinsieht, dem würden trotzdem die verfärbten Narben an den Handgelenken auffallen.

Vom Aufgang der U-Bahn-Station kommt ein Mann in dunklem Mantel, geht umstandslos zu dem BMW, öffnet die rückwärtige rechte Tür und setzt sich. Fast lautlos fährt der BMW an und biegt in die Karl-Marx-Allee ab.

Die beiden Männer im BMW haben sich nicht begrüßt. Der Fahrer – ein rundlicher Mann mit kurzen weißblonden, in der Mitte gescheitelten Haaren – fragt auch nicht, wohin er den Fahrgast bringen soll. Sie werden eine Runde fahren, wie immer, und dann wird er ihn wieder aussteigen lassen.

Dem Mann im Fond ist es offenbar zu warm. Er knöpft seinen Mantel auf, nimmt aber den schwarzen Hut nicht ab. »Könnten Sie mal die Heizung runterfahren?«

Der Fahrer zuckt die Schultern, greift zu einem Drehknopf und korrigiert die Einstellung. Der BMW ist ein älteres Modell, aber es ist ein gepflegter Wagen, und richtig schnell fahren kann man damit auch.

»Warum haben Sie das Rostocker Kennzeichen aufgezogen?«, fragt der Mann im Fond.

»Zur Sicherheit«, antwortet der Fahrer. Es ist Dolf Patzert, der mit Vornamen eigentlich Detlev heißt. Aber weil ihm einmal jemand gesagt hat, Detlev sei ein Schwulenname, jedenfalls in Witzen über Schwule, darf ihn niemand so nennen. »Ich weiß ja nicht, ob ich für Sie noch was... erledigen muss.«

»Sie sollten das Kennzeichen hier in Berlin nicht zu oft benutzen. Und den Wagen auch nicht zu oft durch die Waschanlage fahren. Der sieht ja jetzt schon aus wie ein polierter Oldtimer. So was fällt alles auf.«

»Sie haben schlechte Laune«, stellt Patzert fest. »Das kann ich verstehen. Die Sache ist Ihnen aus dem Ruder gelaufen.«

»So?«, kommt es aus dem Fond. »Mir ist das passiert? Wirklich?«

»Geben Sie nicht mir die Schuld«, sagt Patzert eilig und bremst ab, denn die Ampel vor ihm schaltet auf Rot. »Sie hatten alle Informationen, wahrscheinlich sogar mehr als ich. Ich wusste ja nicht einmal genau, wofür Sie Harlass einsetzen wollten.«

»Es ist lustig, Ihnen zuzuhören«, sagt der Mann im Mantel. »Wenn Ihnen mal einer den Strick um den Hals legt, werden Sie auch noch glauben, dass das nichts mit Ihnen zu tun hat.«

Patzert öffnet den Mund, dann beschließt er, doch lieber zu schweigen. Außerdem schaltet die Ampel auf Grün, und er kann wieder anfahren. »Erzählen Sie mir irgendwann, warum Sie mich sprechen wollten?«

»Haben Sie es eilig?« Der Mann beugt sich vor und fasst mit den Fingern prüfend den Stoff von Patzerts Sakko an. Der zieht ärgerlich den Arm weg. »Nur mit der Ruhe!«, sagt der Mann. »Feine Jacke haben Sie da an, wollen Sie heute noch zum Tanzen gehen? Haben wohl inzwischen eine kleine Freundin, wie? Wird ja auch Zeit.«

»Tanzen?«, fragt Patzert zurück. »Sie werden bald einen Tanz haben, dass Ihnen Hören und Sehen vergeht. Wenn Sie nicht…« Er spricht nicht zu Ende, sondern zuckt nur mit den Schultern.

»Wenn wir nicht was tun oder unterlassen?«, fragt der Mann. »Und warum reden Sie in so unvollständigen Sätzen? Dämmert Ihnen langsam etwas?«

Patzert schweigt. Eine Kreuzung kommt in Sicht, ungefragt ordnet er sich links ein, um wenden zu können.

»Offenbar wollen Sie sich nicht länger mit mir unterhalten. Ist mir recht, so viel Zeit hab ich nämlich nicht… Hat Harlass eine Connection nach Polen?«

»Nach Polen?«, wiederholt Patzert. »Glaub ich nicht. Das sind dort ziemlich üble Typen. Die nehmen ihm höchstens das

Geld ab und die Knarre, die ihm ja wohl irgendjemand gegeben haben muss, und dann schmeißen sie ihn in die Oder.«

»Also ist er noch im Land. Irgendwo untergekrochen.«

»Wen juckt das, außer Sie?«

»Es gibt zwei Möglichkeiten«, antwortet der Mann. »Entweder Sie erwischen ihn. Dann können Sie sich überlegen, was zu tun ist. Oder wir erwischen ihn.«

»Und dann?«

»Dann muss man sehen, wie es abläuft. Was Harlass zu sagen hat und über wen. Welche Namen er nennen kann und welche nicht. Halten Sie da vorne, ich will noch ein paar Schritte gehen.«

Montag

Wald. Felder. Dorf. Es sieht immer gleich aus und immer wieder ein bisschen anders. Dorf. Felder. Wald. Gestern fuhr der Zug manchmal an einem See vorbei. Felder. Wald. Dorf. Und gestern Abend war er in Frankfurt/Oder. Dort hat er eine Absteige gefunden. Und geschlafen. Richtig geschlafen. Nicht die Spur von einem Traum. Nur, dass er am Halsweh aufgewacht ist. Er nimmt einen Schluck aus der Cola-Dose, das brennt ein wenig, aber besser wird es nicht davon.

Wald. Felder. Dorf. Irgendwann muss er aussteigen. Bald. Jetzt dann. Am liebsten würde er weiterfahren. Irgendwohin. Bis zum Abend könnte er so am Fenster sitzen. Und morgen wieder Felder/Dorf/Wald. Aber viel ist von Regulskis drei Hundertern nicht übrig. In der Potsdamer Bahnhofsgalerie hat er sich einen elektrischen Rasierer gekauft. Einen Pyjama. Und die Zahnbürste. Regulskis Aktentasche sieht jetzt aus wie gestopft.

Warum Crammenow? Warum nicht? Wohin sonst? Der Mann dort wird ihm sagen, warum Regulski seinen Namen notiert hat. Doch, doch. Er wird vielleicht ein bisschen nachhelfen müssen. Aber der Mann wird es erzählen. Und dann wird er vielleicht ein wenig mehr wissen über das Spiel, das Dolf mit ihm gespielt hat. Und Regulski. Und der Kerl, der hinten im Opel saß und getan hat, als wüsste er alles über einen, der ganz besonders, der Allerübelste.

Wieder blickt er zum Fenster hinaus. Kiefernwald, ja doch. Dann wieder weites Feld. Ferne ein einzelnes Haus. Ein Baum davor. Zaun drum herum. Wer lebt da? Und warum? Vorbei! Und wieder Wald, der Wald verschwindet, Harlass lehnt den Kopf gegen die seitliche Ohrenstütze, ich will nicht schlafen, denkt er noch, und nicht von diesem Hund träumen...

Der Zug bremst ab, sein Oberkörper kippt nach vorne, er schreckt hoch, »Crammenow Bahnhof«, flötet die elektronische Zugdurchsage, er stemmt sich hoch, packt Regulskis Aktentasche und kommt gerade noch aus dem Zug, ehe dieser wieder anfährt.

Crammenow also. Das Bahnhofsgebäude verriegelt, Wartesaal und WC wegen Vandalismus geschlossen. Harlass sucht einen Ortsplan, findet auch einen, aber der ist mit Hakenkreuzen übermalt. Über geduckte Häuser hinweg sieht er einen spitz zulaufenden Kirchturm und weiter links davon ein größeres Gebäude mit einem Dach wie eine mächtige Haube, es könnte ein Schloss oder ein Gutshof sein. Er geht in Richtung des Kirchturms und kommt so zur Hauptstraße, die ein bisschen so tut, als sei sie eine Allee, ein mit Bäumen bepflanzter Grünstreifen trennt links und rechts den Fuß- und Radweg von der Fahrbahn ab. Auch an der Kirche hat es keinen Ortsplan. Links eine Bäckerei, weiter vorne ein Gasthof, rechts eine Metzgerei. Ein alter Mann, der so aussieht, als sei er auch noch schwerhörig. Eine dralle junge Frau. Die fragt er erst recht nicht, sonst meint sie sonst was. Überhaupt muss niemand darauf gestoßen werden, dass hier einer herumläuft, der ortsfremd ist.

Er kommt zu dem großen dreistöckigen Haus mit dem komischen Dach. Der Eingang ist von Säulen flankiert, und in dem steinernen dreieckigen Dingsbums über den Säulen ist ein Wappen eingelassen, das sieht aus, als sei es erst gestern frisch gestrichen und mit Goldauflage versehen worden. Das Schloss ist jetzt das Rathaus, und in der Eingangshalle findet er eine Anschlagtafel und tatsächlich einen Ortsplan, die Bauernende ist ein Weg, der von der Hauptstraße abzweigt und in die Pampa führt. Blöd nur, dass er zurückmuss, wieder vorbei an Metzgerei und Bäckerei, dass jedem darin vor Augen geführt wird, guck ma, der is nich von hier.

Inzwischen fröstelt ihn nicht mehr. Das war gestern, dass es ihn gefröstelt hat. Und auch noch in der Nacht, in der

Absteige. Jetzt fühlt er sich heiß. Fast verschwitzt. Auf der Hauptstraße haben sie Bänke aufgestellt, damit sich hinsetzen kann, wer immer das aufregende Treiben auf der Hauptstraße von Crammenow verfolgen will. Am liebsten würde er sich auf eine solche Bank legen, nur ein paar Minuten...

Endlich kann er die Hauptstraße hinter sich lassen. Ein kleines Häuschen, das ist Bauernende Nummer 3. Noch ein Häuschen, Bauernende Nummer 5. Dann Wiese. Kahle Obstbäume. Dann Wiese ohne Obstbäume. Er hat sich verlaufen. Ganz sicher hat er das. Aber jetzt will er nicht noch einmal umkehren. Und die Aktentasche geht ihm auf den Geist. Wenn er sie mit ausgestrecktem Arm hält, schlägt sie ihm gegen das Bein. Und um sie unter den Arm zu nehmen, ist sie zu gestopft. Vielleicht findet er irgendwo einen Platz, wo er sich für ein paar Minuten ausruhen kann. So etwas wie die Scheune. Wann war das noch mal? Vorgestern. Aber so viel Glück wird er nicht noch einmal haben.

Ein Baum, eingezäunt, unterm Baum und hinterm Zaun ein Häuschen, von abgeblühten Kletterrosen halb zugewachsen. Unter der Rosenhecke graubraungelber DDR-Anstrich, Walmdach. Fensterrahmen rot gestrichen. Nett. Harlass bleibt an der Gartenpforte stehen. Neben der Haustür ist knallrot auf weißem Kreis eine Sieben gepinselt. Eigentlich hat es keinen Sinn, was er vorhat. Aber er weiß nicht, was er sonst tun soll. Er geht durch die Gartenpforte zur Haustüre und drückt auf die Klingel, die widerhallend im Haus anschlägt und wütendes Hundegebell auslöst, erst jetzt sieht er das Warnschild an der Tür: »Vorsicht! Gefährlicher Hund!« Warum sieht er das erst jetzt? Irgendjemand ruft etwas, er kann es nicht verstehen, denn der Hund bellt noch immer. Die Tür öffnet sich, eine schwarzhaarige Frau steht vor Harlass und mustert ihn aus blauen Augen, zwischen ihren Beinen versucht sich ein kleiner graubrauner Hund durchzuzwängen. Die Frau bückt sich und zerrt den Hund am Halsband ins Haus zurück und zieht dann die Tür hinter sich zu.

»Was du wolle?« Die Stimme ist tief, fast kehlig. Eine Ausländerin. Was erzählt er der? Das Haus sieht nach Leuten aus, die viel selber machen, ohne es zu können. Sag es doch gleich: Nach linken Zecken sieht das aus. Nach Müsli und Kultimulti. Und nach einem Hund, das ist das Allerschlimmste.

»Entschuldigen Sie die Störung«, sagt er, »aber haben Sie eine kleine Arbeit für mich? Holz hacken vielleicht? Oder etwas im Garten? Sie müssen wissen, ich komme aus dem Gefängnis, vor einer Woche hat man mich entlassen...«

Inzwischen steht fest, dass Polizeihauptkommissar Jonas R. mit derselben Waffe getötet wurde, die auch knapp 24 Stunden zuvor bei dem Mord an dem 57jährigen Senatsangestellten Giselher M. benutzt worden ist. Es sei aber noch zu früh, um über einen Zusammenhang der beiden Verbrechen zu spekulieren, erklärte die Leitende Staatsanwältin Dagmar Wohlfrom-Kühn. Sie bestätigte aber, dass es im Fall Giselher M. einen Tatverdächtigen gebe, einen 26jährigen, der wegen eines Gewaltdelikts vorbestraft sei. Auf die Frage, ob die Verbrechen möglicherweise einen politischen Hintergrund haben, antwortete die Staatsanwältin, zum gegenwärtigen Zeitpunkt schließe sie gar nichts aus...«

Es klingelt, Berndorf legt die Zeitung weg, geht zur Tür und lässt Tamar Wegenast herein und mit ihr einen Windstoß frischer Luft. »Brüten Sie schon wieder über irgendwelchen Zeitungen?«, erkundigt sie sich und setzt sich auf den Besucherstuhl. »Das ist ein merkwürdiger Fall, der Ihnen da zugelaufen ist. Im Grunde hat er keine Substanz, aber es kleben zwei Morde daran.«

»Warum keine Substanz?«

»Es tut mir leid, aber ich weiß beim besten Willen nicht, was diese Frau eigentlich will.« Tamar legt den Kopf ein wenig schief und äugt über den Schreibtisch zu Berndorf. »Niemand stellt ihr nach, und im Übrigen scheint sie erstklassige Beziehungen zu haben, so dass sie uns gar nicht braucht. Vielleicht hat sie einfach einen Hang zu älteren, ein wenig mürrischen Männern.«

Berndorf gibt den Blick zurück. »Erstklassige Beziehungen?«

»Gewiss doch. Ist eine Leitende Staatsanwältin das nicht? Eine Leitende Staatsanwältin, die womöglich auch noch die nächste Regierende Bürgermeisterin wird?« Sie wischt sich eine Strähne ihrer langen Haare aus dem Gesicht. »Diese Oberschicht-Schnepfe ist gestern Morgen von ihrem Feine-Leute-Häuschen in die Stadt gefahren, nach Mitte, zu einer Feine-Leute-Residenz in der Nähe vom Gendarmenmarkt, so fein, dass die Leute gar keine Namensschilder draußen haben, und wenn man rein will, muss man wie in Paris die Code-Nummer kennen... Um ein Haar hätte ich sie verloren. Sie kam nicht aus der Tür, sondern fuhr mit jemand anderem weg, ich wusste erst nicht, wer es war. Ich hatte nicht damit gerechnet, verstehen Sie?«

»Womit nicht gerechnet?«

»Dass es jemand vom Fach ist. Ich sah die beiden nur eben so, als dieser Benz an mir vorbeirauschte, aber ich begriff immerhin, da am Steuer sitzt jemand, den man schon in der Zeitung oder im Fernsehen gesehen hat. Gedämmert hat es mir aber erst, als sie auf diesen Waldparkplatz gefahren und in den Streifenwagen umgestiegen sind. Ich frage mich nur, was ist an dieser Frau – erst ist der Mann Zeuge oder ein Beinah-Zeuge von dem einen Mord, und keine sechsunddreißig Stunden später wird sie selbst an den nächsten Tatort gefahren. Offenbar hat sie Ihnen nicht alles gesagt.«

»Damit müssen wir leben.« Berndorf hebt die eine Hand und lässt sie wieder fallen. »Klienten sagen nie alles. Und offenbar gibt es Gründe genug, warum sich Leute für diese Karen Andermatt interessieren könnten.«

»Also?«

»Ich möchte, dass Sie weiter auf sie aufpassen. Dass Sie abklären, ob irgendjemand sie observieren will.«

»Sie wissen, was Sie da von mir verlangen?« Tamar betrachtet ihn aus schmalen Augen. »Diese Karen Andermatt gluckt mit der politisierenden Staatsanwältin Wohlfrom-Kühn zusammen. Die wiederum hat entweder schon Polizeischutz oder wird ihn bekommen, jedenfalls jetzt, nach diesem Mord an dem Polizisten. Ich kann auf die Andermatt nicht aufpassen, ohne dass ich irgendwann einem der Personenschützer auffalle. Und ich möchte nicht in der Zeitung lesen, auf die Wohlfrom-Kühn sei eine Privatdetektivin angesetzt worden.«

»Selbstverständlich halten Sie sich von dieser Staatsanwältin fern«, meint Berndorf. »Ich will nur, dass Sie ein Auge auf das Haus der Andermatts haben. Und auf das, was sie sonst so tut.«

»Diese Frau trickst«, stellt Tamar fest. »Sie spielt ein Spiel. Darauf können – darauf dürfen wir uns nicht einlassen. Nicht bei einem Fall, bei dem links und rechts plötzlich Tote herumliegen. Geben Sie den Auftrag zurück!«

»Warum sollten wir das tun?«, fragt Berndorf. »Weil es womöglich um eine heiße Kiste geht? Ja doch, einer der beiden Toten ist Polizist – da drehen die Kollegen hohl, das kennen wir. Aber ist das ein Grund, eine Klientin wegzuschicken?«

»Sie sind ein Romantiker«, stellt Tamar fest. »Das waren Sie schon immer. Kann man nicht mehr ändern. Aber dieses Spiel, bei dem Sie mitmischen wollen – haben Sie wenigstens eine Ahnung oder einen halbwegs konkreten Hinweis, worum es da geht?«

»Mitmischen ist zu viel gesagt. Und Hinweise?« Berndorf tippt auf die Zeitung. »Nicht viel mehr als in dieser Zeitung steht. Oder würden Sie es für einen konkreten Hinweis halten, dass der tote Senatsangestellte Marcks Erstausgaben gesammelt hat?«

Statt einer Antwort wirft Tamar einen Blick zur Decke.

»Oder dass Regulski sonst immer das Fahrrad genommen hat, wenn er mal keine Überstunden schieben musste? Und dann aufs Land gefahren ist?«

»Regulski – wer?«

»Polizeihauptkommissar Jonas Regulski«, antwortet Berndorf. »Jonas R-Punkt. Der Tote vom Spandauer Forst.«

»Sie erzählen mir nicht, dass Sie auf Ihre alten Tage unter die Hacker gegangen sind und den Polizeifunk abhören?«

»Ich hab einen Kaffee getrunken«, räumt Berndorf ein. »Im Stehcafé in der Nähe vom Revier Mitte. Das mit dem Fahrrad wäre mir auch so eingefallen. Ich hatte schon mal mit ihm zu tun.«

»Sie waren befreundet?«

»Das hätte der Tote sehr merkwürdig gefunden, wenn ich das behaupten würde.« Er blickt auf. »Was schauen Sie so?«

»Seit wann trinken Sie morgens Kaffee?«, fragt Tamar. »Und welchen Grund haben Sie, das in einem Stehcafé in der Nähe eines Polizeireviers zu tun?«

Berndorf zuckt die Achseln. »Hat sich so ergeben.«

»Sie sind also der Ansicht«, fasst Tamar zusammen, »dass mit diesem toten Polizisten etwas nicht stimmt. Und schon haben Sie zu recherchieren begonnen. Gnadenlos. Im Stehcafé. Ich – ich hätte vielleicht herausgefunden, wo die Zuckerdose steht. Aber Sie! Und wie geht es jetzt weiter?«

Berndorf wendet sich zu seinem Laptop, dessen Bildschirm aufgeschlagen ist, und holt ihn aus dem Stand-by-Status. »Haben Sie schon mal von der Arbeitsgemeinschaft Offene Polizei gehört? Oder war das vor Ihrer Zeit?«

»Ich denke, die gibt es gar nicht mehr?«

»Aber die Leute sind noch da«, meint Berndorf und gibt einen Suchbefehl ein.

Fichte lässt sich glatt durchschlagen. Meistens. Wenn es nicht ein Klotz ist mit einem Ansatz von einem Ast. Bei Kiefer hast du das oft. Und Buche ist ganz schlecht. Jedenfalls die Scheite hier. Knorrig und durchwachsen. Harlass fährt sich über die Stirn. Die ist ganz nass. Und mal ist es ihm heiß und dann wieder kalt und elend. Und schlucken kann er auch nicht. Quatsch. Natürlich kann er trocken schlucken. Nur tut es weh.

Er setzt die Axt ab. Zwei Häufen Holz, ein großer und ein kleiner. Vielleicht macht er zu viel und spaltet die Scheiter zu klein. Jedenfalls will der große Haufen nicht kleiner und der kleine nicht größer werden. Und das alles für zwanzig Euro und vielleicht einen Teller Polackensuppe! Wenn er sich nur etwas hinsetzen könnte oder, noch besser, unter eine warme Decke kriechen... Plötzlich merkt er, dass ihn jemand beobachtet. Er blickt auf, am Eingang des Schuppens steht der graubraune Hund, es ist ein kleiner Hund, der für einen kleinen Hund aber irgendwie zu breit ist, mit spitzer Schnauze und Ohren, die nicht spitz sind und auch nicht bloß hängen, sondern geknickt sind, außerdem ist das Fell getigert.

»Geh weg, du hässliches Tier«, sagt Harlass. »Ich kann Hunde nicht leiden.« Der Hund, der ihn mit erhobenem Kopf betrachtet, zieht plötzlich die Lefzen hoch und knurrt, leise, aber sehr entschlossen. Harlass überlegt, ob er einfach ein Holzscheit nehmen soll. Aber er ist viel zu matt, sich auch nur zu bücken.

»Platz!«, befiehlt eine Stimme, und der Hund hört auf zu knurren, dann legt er sich, die Vorderpfoten ausgestreckt, nieder und äugt zu dem Mann hoch, der jetzt neben ihm im Eingang des Schuppens steht. Der Mann ist nicht besonders groß, aber ziemlich kompakt, mit eisengrauem, störrisch hochstehendem Haar und eisengrauem Schnäuzer. »Das sieht nicht aus, als ob du das schon oft gemacht hättest. Was hast du denn im Knast für Arbeit gehabt? Da klebt man doch keine Tüten mehr?«

»Schreinerei«, antwortet Harlass. Das muss als Antwort reichen. Mehr bringt er nicht heraus.

»Hätt ich mir denken können«, meint der Mann. »Es hat sich also nichts geändert. Hab auch so meine Erfahrungen, musst du wissen... 'tschuldigung, aber unter alten Knastbrüdern duzt man sich... gib mal her!« Umstandslos nimmt er die

Axt, wuchtet einen Knubben Buchenholz auf den Spaltblock, rückt ihn sich zurecht, verstaut seine Brille in der Innentasche seiner Lederweste, hält noch einen Augenblick inne und schaut nach seinem Hund, der sich aber in diesem Augenblick still und leise entfernt ... Dann schlägt er mit der Axt zu, es sieht gar nicht einmal so wuchtig aus, die Axt bleibt auch stecken, aber tief im Knubben. Also holt er noch mal aus, dreht aber die Axt, so dass er diesmal mit der Oberkante aufschlägt, und der Knubben fliegt auseinander.

»Du musst das Gewicht vom Holz mit in den Schlag hineinnehmen, verstehst du?«

Es ist Harlass egal. Alles ist ihm egal. Er überlegt, ob er zu seiner Tasche gehen und eine von den Knarren herausholen soll. Aber wohin will er dann mit den zwanzig Euro in der Tasche oder ein paar zerquetschten mehr? In seinem Zustand kommt er nirgendwohin ...

»Was ist eigentlich mit dir los?«, hört er den Alten fragen. »Hast du Drogen genommen?« Er will sagen, dass er krank sei, aber da steht der Alte schon vor ihm und legt ihm die Hand auf die Stirn.

»Dann wundert mich nichts mehr«, kommt es kurz darauf. »Du hast einen sauberen Infekt ... und was ist das hier?« Er hat Harlass' Arm genommen und streift den Ärmel des Pullovers zurück. »Ein Hakenkreuz. Na reizend.« Er lässt den Arm wieder los. »Wir wollen ja keine Unmenschen sein. Aber dass sich ein Jungnazi ausgerechnet von mir verarzten lassen will, das ist ... also, mein Lieber, das ist wirklich ein bisschen viel verlangt!«

Eigentlich habe sie keine Zeit, hatte Vera Gramitz am Telefon gesagt. »Schon gar nicht für solche Fragen. Das ist vorbei.« Vor Jahren, als sie noch Kriminalkommissarin im Dezernat für Jugendschutz war, hatte sie mitgeholfen, die Arbeitsgemeinschaft »Offene Polizei« aufzubauen, einen Zusammenschluss von Polizeibeamten, die nicht länger ertragen wollten, dass die Polizei noch immer so geführt wird, als sei es ihre wichtigste Aufgabe, Atommüll-Transporte nach Gorleben zu sichern. Nach einigen Jahren resignierte sie und schied aus dem Polizeidienst aus.

»Es hatte keinen Zweck mehr«, erklärt sie Berndorf. »Wenn das Vertrauen einmal weg ist, sehen Sie überall nur noch Verschwörungen. Das ist auf Dauer nicht gut.« Vera Gramitz ist eine mittelgroße, eher hagere Frau, ihre schon weißen Haare sind kurz geschnitten, an der rechten Hand ist ein einzelner Fingernagel – der des Ringfingers – rot lackiert. Seit einigen Jahren leitet sie ein Hilfsprojekt für Berliner Straßenkinder. Empfangen hat sie Berndorf dann aber doch, am Ende ihrer montäglichen Sprechstunde, und noch immer hält sie seine Karte in den Händen. »Sie waren selbst einmal Mitglied oder hatten sich für eine Mitgliedschaft interessiert? Ich glaube mich an Ihren Namen zu erinnern… trotzdem weiß ich nicht, warum Sie zu mir gekommen sind und wie ich Ihnen helfen könnte.«

»Es geht um die beiden Männer, die Ende der vergangenen Woche erschossen wurden«, sagt Berndorf. »Einer von ihnen ist der Polizeihauptkommissar Jonas Regulski. Soviel ich mitbekommen habe, befand er sich nicht im Dienst, gleichwohl könnte es denkbar sein, dass er zufällig auf seinen Mörder gestoßen ist, ihn vielleicht für verdächtig hielt und deshalb von ihm erschossen wurde. Möglich ist aber auch…«

»Dass er in eine Sache verstrickt war«, unterbricht ihn Vera Gramitz, »die ihn das Leben gekostet hat… Wie, sagten Sie, war der Name? Regulski? Bezirk Mitte, ja?«

Berndorf nickt.

»Und das ist der, den man im Spandauer Forst gefunden hat?« Sie wendet den Blick von Berndorf ab und schaut hinüber zum Fenster. Berndorf überlegt, was sie dort sehen mag. Das Fenster geht auf einen Hinterhof, und auf dem gibt es einen Fahrradständer und einen Behälter für die Mülltonnen.

»Natürlich kannte ich ihn«, sagt sie schließlich. »Die Kinder, die zu uns kommen…« Sie hebt kurz die rechte Hand und lässt sie wieder fallen. Es ist auch so klar, was sie sagen will. Kinder, die bei ihr Hilfe suchen, haben manchmal auch ein Problem mit der Polizei. Manchmal oder gar nicht so selten. »Ich hab immer wieder mal mit ihm telefoniert. Ganz sicher war ich ihm suspekt. Das heißt – *suspekt* ist gar kein Ausdruck. Er muss mich für eine Verräterin oder so etwas gehalten haben, der Arme!« Plötzlich muss sie lachen. »Merkwürdigerweise kam ich gerade deshalb ganz gut mit ihm zurecht – er war so darauf bedacht, mich mit eisgekühlter Korrektheit zu behandeln, dass er mir aus lauter Verachtung manchmal weiter entgegenkam, als ich es sonst hätte erwarten können.«

»Wenn er Ihnen entgegenkam, hatte er vermutlich weniger Papierkram am Hals«, wendet Berndorf ein.

»Das wird auch eine Rolle gespielt haben«, räumt Vera Gramitz ein. »Aber trotzdem weiß ich noch immer nicht, warum Sie sich überhaupt für ihn interessieren.«

»Ich habe eine Klientin«, beginnt Berndorf, zögert kurz und erzählt dann doch, warum Karen Andermatt zu ihm gekommen ist. Während er spricht, sieht er, dass sich ein Schatten über das Gesicht der Vera Gramitz zieht. Er muss das Tempo beschleunigen. »Ich gebe zu, das hört sich nach irgendwelchen Vorbereitungen für eine schmutzige Scheidung an. Nach diesen beiden Morden hat sich mein Auftrag aber geändert. Ich muss wissen, ob sich meine Klientin oder ihr Ehemann in einer direkten persönlichen Gefahr befinden. Das kann ich aber erst beurteilen, wenn ich mehr über die Morde weiß. Wenn ich weiß, ob es einen Zusammenhang zwischen ihnen gibt.«

»Das mag alles so sein«, sagt Vera Gramitz. »Folglich wollen Sie jetzt aber von mir wissen, ob ich weiß, warum Regulski sich möglicherweise hat verstricken lassen, in was auch immer… Das ist ein bisschen viel verlangt, finden Sie nicht? Ein bisschen sehr viel.«

Berndorf nimmt einen neuen Anlauf. »Wenn ein Knoten oder eine Schlaufe falsch geknüpft wurden, dann ist nicht sofort jemand darin verstrickt. Es dauert, bis sich die Fäden immer mehr verwirren. Bis einer nicht mehr aus dem Gewirr herauskommt. Sie waren zu Zeiten der Offenen Polizei Ansprechpartner und Vertrauensperson für viele Kolleginnen und Kollegen …«

»So viele waren es nicht«, unterbricht ihn Vera Gramitz brüsk, »der Innensenator hat dann auch sehr rasch dafür gesorgt, dass ich kaltgestellt wurde. Dass mich niemand mehr angerufen hat. Davon abgesehen – warum sollte ich Ihnen erzählen, was mir anvertraut wurde? Ich wäre eine schöne Vertrauensperson gewesen, wie Sie das genannt haben, wenn ich Ihnen jetzt locker vom Hocker was vorplaudern würde.«

»Wenn meine Bitte so angekommen ist, dann muss ich sehr um Entschuldigung bitten!« Berndorf steht auf. »Es geht mir nicht darum, den Ruf des Kollegen Regulski zu beschädigen. Ich will einfach wissen, was sein Tod zu bedeuten hat. Sie wissen so gut wie ich, dass wir das von der Berliner Polizei nicht erfahren werden. Von ihr werden wir nur erfahren, was den Ruf der Polizei schützt. Aber ich will Sie nicht bedrängen. Sie haben mich angehört, dafür danke ich Ihnen …«

Harlass ist also von drei Zeugen identifiziert worden«, fasst Lena Quist zusammen, »und zwar sowohl von dem Studenten, mit dem der Kollege Broch ein Phantombild erarbeitet hat, als auch von den zwei Männern, die mit Marcks zusammen das Hallenbad verlassen haben und die sich dann plötzlich erinnern konnten, als wir ihnen Fotos vorlegten.« Die Beamtin, ein junge Frau mit blondem, zu einem Pferdeschwanz zusammengebundenen Haar, blickt auf und sieht sich in der Runde um, ob noch Fragen sind. Niemand meldet sich, Keith nickt ihr zu, und sie fährt fort. »Die Nacht von Freitag auf Sonnabend hat Harlass in seinem Appartement verbracht, und am Sonnabendvormittag hat er um 11.10 Uhr in seinem Notebook den Suchbegriff *Polizeibericht Berlin* eingegeben …« Wieder blickt sie um sich. Niemand zeigt eine Reaktion. »Um 11.25 Uhr wurde er auf seinem Handy angerufen, und zwar von einem Prepaid-Gerät, das unter dem offenbar fiktiven Namen *Wieland Weinert* eingetragen ist. Wann er das Appartement verlassen hat, wissen wir noch nicht. Aber es deutet nichts darauf hin, dass er verreisen wollte. Zahnbürste und Rasierapparat – war alles noch da.«

»Gut«, schaltet sich die Leitende Staatsanwältin Wohlfrom-Kühn ein. »Also hat er Samstagmittag noch nicht damit gerechnet, dass wir ihn so schnell identifizieren würden. Ich schließe daraus, dass die Begegnung mit Regulski auch für ihn überraschend gekommen sein muss … Was wissen wir über die Vorgeschichte von Harlass?« Sie blickt sich suchend in der Runde der Sonderkommission Jarygin um, Keith weist auf Siegfried Täubner, einen Mann mit hoher Stirn und kurz geschorenem Schädel, vollen Backen und zwei vorspringenden Schneidezähnen.

»Lutz Harlass ist sechsundzwanzig Jahre alt«, beginnt Täubner, »er war einziger Sohn einer alleinerziehenden Mutter. Sie ist vor zwei Jahren verstorben.« Er macht eine Pause und schiebt die Lippen ein wenig vor, als müsse er erst abschmecken, was er als Nächstes sagen will. »Suizid«, fügt er dann hinzu. »Harlass hat zwar Hauptschulabschluss, eine Lehre als Kraftfahrzeug-Elektriker hat er aber nach wenigen Monaten abgebrochen. Mit vierzehn erhielt er Jugendarrest wegen Tötung eines Wirbeltiers, es folgten zwei Jugendstrafen auf Bewährung wegen Diebstahls und Körperverletzung …«

»Wegen Tötung von was?«, will Kriminalkommissar Ulrich Jörgass wissen.

»Er hat den Mischlingshund eines Nachbarn im Hinterhof festgebunden«, antwortet die Staatsanwältin, »und Steine auf ihn geworfen, bis das Tier tot war. Ich habe mich nämlich schon einmal mit Harlass zu beschäftigen gehabt.«

Täubner blickt sich fragend um und spricht erst weiter, als Keith ihn mit einer Handbewegung dazu auffordert. »Die Vorstrafen blieben unter dem Limit von einem Jahr, so dass er Wehrdienst leisten konnte. Besondere Vorkommnisse sind uns aus dieser Zeit nicht bekannt. Offenbar ist er aber bereits damals mit rechtsradikalen Äußerungen aufgefallen. Jedenfalls hat ihn die Bundeswehr nicht als Zeitsoldaten übernommen …«

»Wenn ich hier etwas ergänzen darf, Kollege«, sagt Keith, »nach dem Wehrdienst hat Harlass Anschluss an rechte Kameradschaften gesucht, wurde aber abgewiesen. Offenbar war man der Ansicht, er sei hier oben« – Keith tippt sich an die Stirn – »nicht so ganz richtig …«

»Das kann eine Nachwirkung der Hundegeschichte sein«, schaltet sich die Staatsanwältin Wohlfrom-Kühn ein. »In diesem Milieu darf man Judenkinder umbringen, aber ja doch, Hunde hingegen nicht. Der Führer hatte einen deutschen Schäferhund.« Diesmal ist sie es, die Täubner zunickt.

»Aufgefallen ist er dann aber erst wieder durch den Angriff auf einen jüdischen Geistlichen«, fährt dieser fort. »Er war wohl im Internet auf dessen Namen gestoßen, hat ihn dann regelrecht ausgespäht und ihm aufgelauert, als er seine Kinder von der Schule abholen wollte. Harlass benutzte einen Totschläger, und wir wissen nicht, wie die Sache ausgegangen wäre, wenn nicht zwei andere Väter eingegriffen hätten.«

»Zwei weiße, zwei mutige Raben waren das«, sagt die Staatsanwältin, »eine absolute Ausnahme, ich bin sicher, Harlass hat mit so etwas nicht gerechnet. Ich werde nie vergessen, wie der Rabbiner seine Aussage macht und Harlass ihm dabei mit einem starren kalten Blick ins Gesicht sieht, als könne er mit einem bloßen Augenkontakt töten. Mir war damals sofort klar, dass man diesen Menschen erst einmal aus dem Verkehr ziehen muss, und zwar für möglichst lange Zeit. Leider war das Gericht nicht bereit, eine psychiatrische Unterbringung von Harlass auch nur in Erwägung zu ziehen.«

»Seither ist er aber nicht mehr auffällig geworden?«, fragt Keith.

»Nein«, sagt Täubner. »Nicht während der Haft – er ist ja vorzeitig auf Bewährung freigekommen – noch danach. Bis letzte Woche jedenfalls nicht. Angeblich hat er auch keine Kontakte mehr zu den Kameradschaften gesucht.«

»Nach dem Überfall auf den Rabbiner müssten die ihn doch gefeiert haben, als wäre er Adolf Zwo«, wendet Jörgass ein.

Keith hebt die Hand, um Einspruch anzumelden. »Die haben ihm danach erst recht nicht getraut. In der Szene wurde behauptet, der Überfall sei getürkt gewesen. Und zwar vom Staatsschutz, um ihm ein Eintrittsbillett zu verschaffen.«

»Und?«, fragt die Staatsanwältin. »Ist da was dran?«

»Nein«, sagt Keith und wendet sich ihr zu, als sei das eine persönliche Botschaft. »Ich glaube, das kann ich ausschließen.«

»Vielleicht sollte ich noch darauf hinweisen«, sagt Täubner, »dass Harlass weder beim Bund noch im Knast aufsässig gewesen ist, von Nazi-Sprüchen mal abgesehen. Kann es sein, dass wir hier einen Charakter haben, der sich sofort anpasst und unterwirft, sobald ihm einer in den Hintern tritt? Ich weiß, das steht jetzt in einem gewissen Widerspruch zu dem...«, er wendet sich direkt an die Staatsanwältin, »was Sie vorhin beschrieben haben.«

»Nicht unbedingt«, antwortet die Wohlfrom-Kühn. »Vielleicht mit der Einschränkung, dass er es nicht sofort tut. Erst einmal blockt er ab. Die Anpassung kommt später. Worauf wollen Sie hinaus?«

»Wenn Harlass sich beim Bund angepasst hat und im Knast auch, könnte er es ja auch woanders versucht haben, das Anpassen und Unterwerfen, meine ich. Vielleicht hätte man ihn auch bei der Heilsarmee unterbringen können.«

»Was aber offenkundig nicht geschehen ist«, sagt Keith und zieht entschlossen die Gesprächsleitung wieder an sich. »Ich denke, wir müssen die Frage nach der Motivlage von Harlass zurückstellen und uns auf das konzentrieren, was wir an Fakten haben. Kollege Jörgass?«

»Eben drum habe ich mich gemeldet«, sagt Jörgass. »An wirklich harten Fakten haben wir, dass beide Morde mit einer Jarygin-Pistole verübt wurden. Bei einer solchen Waffe denke ich erst mal nicht an Neonazis.«

»Sondern?«

»An die Russen-Mafia.« Jörgass lehnt sich zurück, die Arme vor der Brust verschränkt. Und wartet. Aber erst einmal sagt niemand etwas.

»Und was denken Sie sonst noch, wenn Sie an die Russen-Mafia denken?«, fragt schließlich die Staatsanwältin.

»Keith hat mich gebeten, mir die finanziellen Verhältnisse von diesem Giselher Marcks genauer anzusehen. Hab ich getan, und ich sage euch jetzt zwei Dinge...« Er hat die Arme wieder gelöst und hebt beide Hände mit ausgestrecktem Zeigefinger hoch: »Erstens würde da selbst die Steuerfahndung keinen Faden abbeißen, und zweitens stimmt trotzdem nichts an dem, wie dieser Mann gelebt hat. Der hat zwar eine kleine Erbschaft gemacht, hat sich davon eine Eigentumswohnung gekauft, muss also keine Miete zahlen, alles soweit plausibel. Aber wenn man die Details betrachtet, was zum Beispiel für eine solche Eigentumswohnung an Nebenkosten anfallen, und dieses Etepetete, mit der sich dieser Mann im Kleinen umgeben hat – dann passt das mit dem Gehalt eines Senatsangestellten nicht zusammen...«

»Und Sie meinen, da hat die Russen-Mafia was zugeschossen?«, unterbricht ihn Dagmar Wohlfrom-Kühn, und diesmal schwingt ein wenig Ironie in der Stimme mit.

»Sehen Sie doch einmal diese Sauna-Runde an«, gibt Jörgass ungerührt zurück, »mit diesen Badegästen aus der Bauverwaltung, zwei davon haben wir ja als Zeugen. Das sind keine rasend prominenten Leute, aber doch schon von dem Kaliber, dass ohne ihren grünen Haken gar nichts geht. Und das sind keine kleinen Beträge, über die dann verfügt wird.

Verfügen, das ist das richtige Wort! Und wie es sich fügt, schwitzen da nicht nur irgendwelche Bauräte, da schwitzt auch ein richtiger wichtiger Russe, während draußen einer darauf wartet, mit einer für die Russen-Mafia nicht untypischen Waffe jemandem ein Loch ins frisch saunierte Fell zu brennen ...« Er wendet sich direkt an die Staatsanwältin. »Wenn ein Killerkommando aus Thüringen nach Süddeutschland fährt, um in einer Kleinstadt dort eine Polizistin umzubringen und ihr die Dienstwaffe abzunehmen – dann muss man schon von der Bundesanwaltschaft sein, um es für einen Zufall zu halten, dass diese Polizistin ausgerechnet aus der gleichen Thüringer Ecke stammt wie das Killerkommando selbst ... Sie sind aber nicht Bundesanwältin in Karlsruhe, sondern Staatsanwältin in Berlin, und Sie wissen so gut wie ich, dass immer mehr russisches Geld in Berlin angelegt wird und dass die russische Mafia mit Macht hier ins Immobiliengeschäft drängt.«

»Es freut mich, dass Sie mich offenbar hier behalten und nicht nach Karlsruhe abgeben wollen«, antwortet die Staatsanwältin, und diesmal klingt die Stimme noch sanfter. »Trotzdem würde ich es vorziehen, dass wir erst einmal den Herrn Harlass finden, bevor wir uns überlegen, wem wir vielleicht Mafia-Kontakte anhängen könnten. Haben wir inzwischen Auskunft von Interpol?«

»Ja, aber nur negative«, sagt Keith und blickt auf. Die Tür zum Besprechungsraum hat sich geöffnet, eine junge uniformierte Polizistin gibt ihm ein Zeichen und bringt ihm den Ausdruck einer E-Mail. Keith liest und gibt den Ausdruck an die Staatsanwältin weiter. Er wartet einen Augenblick, bis auch die Wohlfrom-Kühn den Ausdruck überflogen hat. »Nun ja, Polen können wir vergessen«, sagt er dann. »Jemand, auf den die Beschreibung von Harlass zutrifft, hat heute Morgen in der Potsdamer Bahnhofsgalerie einen elektrischen Rasierapparat gekauft.« Er zeigt mit der Hand auf die Kriminalbeamtin Lena Quist. »Es war die Idee der Kollegin, danach fragen zu lassen.«

»Ach ja?« Die Staatsanwältin fasst Lena Quist ins Auge. »Aber warum ist nun gerade ein Rasierapparat so wichtig für ihn?«

»Er hat seinen alten in der Wohnung gelassen. Und einen Rasierer braucht er, weil er mit einem Dreitagebart eher auffällt und eher kontrolliert wird.«

Die Staatsanwältin hört mit gerunzelter Stirn zu, den Kopf in der Hand aufgestützt, und lässt ihren Blick nachdenklich auf der jungen Beamtin ruhen. Dann steht sie wortlos auf, geht zu der Karte des Großraums Berlin, die an der Wand des Besprechungszimmers aufgezogen ist, nimmt den Zeigestab und tippt fast spielerisch auf die Stationen, die in der einen oder anderen Weise mit dem Fall Harlass verbunden sind. Das ergibt eine Zickzack-Linie, von Berlin nach Nordosten und dann in spitzem Winkel zurück nach Potsdam im Südwesten der Hauptstadt. Dagmar Wohlfrom-Kühn dreht sich um, wieder scheint sie vor allem Lena Quist anzusehen: »Noch traut er sich nicht nach Berlin zurück«, sagt sie und lächelt ein wenig. »Aber er kommt auch nicht richtig davon weg.«

Die Amphitryon-Vorstellung ist nicht ganz ausverkauft, und vor der Abendkasse hat sich eine lange Warteschlange gebildet. Karen stellt sich ein wenig seitlich davon auf und hält die eine, die überflüssige Karte hoch – das heißt, sie kommt gar nicht dazu, sie richtig hochzuhalten und anzubieten, als bereits ein großer, grauhaariger Mann im maßgeschneiderten dunklen Anzug vor ihr steht und ihr unter buschigen Augenbrauen hervor einen funkelnden Blick zuwirft.

»Welch merkwürdige Fügung!«, sagt Carsten Stukkart, »sollten Sie tatsächlich eine Karte abzugeben haben? Einen wunderschönen guten Abend auch!« Er greift nach Karens Hand und deutet einen Handkuss an.

»Wenn Sie mit einem Platz in der fünften Reihe zufrieden sind«, antwortet Karen, »und Ihnen achtundvierzig Euro nicht zu viel sind. Eine merkwürdige Fügung, sagten Sie? In der

Tat. Irgendwer hat meinen Mann nach Moskau geschickt, wie der König David den Uria, ich weiß aber nicht mehr, wohin, und nun muss ich allein ins Theater...«

Stukkart hat die Brieftasche gezückt und holt einen Hunderter heraus. »Ihrem biblischen Vergleich kann ich nicht so ganz zustimmen. Der Feldherr Uria wurde ins Verderben geschickt, soviel ich weiß, Stefan hingegen ist im besten Begriff, eine brillante Karriere brillant fortzusetzen, das ist so offenkundig, dass sogar ich das sagen darf.« Wieder schießt einer dieser funkelnden Blicke zu Karen.

»Karriere?«, fragt Karen zurück und gibt ihm das Wechselgeld. »Wenn die darin besteht, dass die Ehefrau nur noch allein ins Theater kann, dann soll er sich das alles noch einmal gründlich überlegen. Es sei denn...«, sie gibt einen fragenden Blick zurück, »die Karriere erreicht irgendwann ein Stadium, in dem nicht jeder Abend verplant ist.«

»Das wird nicht einfach«, meint Stukkart. »In meinem Fall – also heute Abend ist es, ich sagte es ja schon, eine glückliche Fügung, ein amerikanischer Freund hätte mich besuchen sollen. Aber er hat einen Zwischenstopp in Paris eingelegt, und nun wird der Flughafen Charles de Gaulle bestreikt. Also stand ich vor der Frage, was tun mit dem Abend? Weil ich in der FAZ eine gerade enthusiastische Rezension gelesen habe, bin ich auf gut Glück hergekommen. Jetzt hoffe ich nur, mein Freund ist bei der Gestaltung des Abends wenigstens annähernd erfolgreich.«

In Paris sollte das nicht allzu schwierig sein, geht es Karen durch den Kopf. Höchstens, dass der amerikanische Freund etwas mehr Geld in die Hand nehmen muss als 48 Euro. Ihr fällt ein, wie sie mit Stefan in einem der intimeren Cabarets war, etwas abseits vom Boulevard de Clichy, sehr hübsche Mädchen hat sie da gesehen, aber so etwas von appetitlich, alles was recht ist! Sie verscheucht den Gedanken, etwas Anderes, Störendes drängt sich vor das Bild der Pussycats vom Montmartre, es ist ihr, als habe sie ein fremder Blick gestreift. Nicht schon wieder, bitte! Sie blickt sich um, niemand zu sehen in einer graubeigen Windjacke, natürlich nicht, und auch niemand in Schnallenschuhen.

»Erwarten Sie noch jemand?«, fragt Stukkart.

»Nein. Es ist nur... Kennen Sie das Gefühl, als beobachte Sie jemand? Dass sich irgendwo im Hintergrund jemand herumdrückt, der wissen will, wer Sie sind und was Sie tun? Nein, vermutlich können Sie dieses Gefühl gar nicht kennen, Sie sind es gewöhnt, nicht wahr, dass man auf Sie achtet, dass Sie fotografiert werden?«

»Eigentlich nicht«, sagt Stukkart, zögernd und fast abwehrend, »entschuldigen Sie bitte, falls das dumm klingt – aber ich vermeide es sorgfältig, für prominent gehalten zu werden. Und dieses Gefühl, beobachtet zu werden – also das sollte Sie nicht beunruhigen. Sie sind eine sehr anziehende Frau, naturgemäß zieht das Blicke auf sich.«

»Vielleicht bin ich auch nur paranoid«, weicht Karen aus. »Ist es für eine Karriere bei Regnier sehr störend, wenn die Ehefrau an Verfolgungswahn leidet?« Ein Klingelzeichen ertönt, die Menge der im Foyer Wartenden bewegt sich, Stukkart bietet Karen seinen Arm, sie nimmt ihn, und sie wenden sich dem Eingang für das vordere Parkett zu.

»Erstens«, sagt Stukkart, »haben Sie keinen Verfolgungswahn, zweitens hätte es nichts zu besagen, unsere Gesellschaft insgesamt ist paranoid. Es ist erst ein paar Wochen her, da haben wir eine Niederlassung eröffnet, ein veritabler Ministerpräsident gab uns die Ehre, und während des ganzen Halb-Stunden-Termins warteten die Autos des Ministerpräsidenten und seiner Eskorte fahrbereit und mit laufenden Motoren vor dem neuen Verwaltungsgebäude, die Fahrzeuge bereits in Fahrtrichtung, so dass es die Abgase ins Eingangsfoyer blies... Sie müssen sich also nicht die geringsten Sorgen machen!«

O verflucht der Busen,
Der solche falschen Töne gibt!
Verflucht die Seele, die nicht so viel taugt,
Um ihren eigenen Geliebten sich zu merken ...«

Warum, so fragt sich Tamar und korrigiert die Einstellung ihres Opernglases, warum hat man für die Rolle der Alkmene keine Tunte genommen? Wäre das nicht konsequent gewesen bei einer Collage aus Texten, in denen Männer – ausschließlich Männer! – sich Gedanken darüber machen, was eine Frau wohl von dem mitkriegt, was mit ihrem Körper zur Nacht geschieht? Egal, es ist so oder so nicht ihr Thema. Sie richtet das Glas auf das Paar in der fünften Reihe, weil dort – so kommt es ihr vor – das eigentliche Theater stattfindet.

Tamar war Karen Andermatt bis ins Deutsche Theater gefolgt, und es hatte nicht so ausgesehen, als sei diese dort verabredet: kein kurzes Innehalten zuvor, kein Überprüfen der Frisur, kein Blick in den Taschenspiegel. Und dann? Dann stand, wie aus dem Boden gezaubert, der Grauhaarige da: Küss die Hand, gnä' Frau! Und bei ihr? Große Überraschung! Sie hier, mein Herr! Irgendetwas in der Art. Am Ende begibt man sich Arm in Arm hinein ins Theater ...

Wem zum Teufel spielen die beiden diese Salonkomödie vor? Sich selbst? Karen Andermatt scheint sehr aufrecht zu sitzen, der Bühne zugewandt, die Körperhaltung sieht nicht so aus, als ob sie nonverbale Annäherungsversuche ermutigen würde – soweit Tamar das von ihrem billigen Platz aus beurteilen kann. Der Grauhaarige hingegen sitzt lässig da, zurückgelehnt, fast so, als beobachte er von der Seite, wie Karen Andermatt das Bühnengeschehen verfolgt ...

Ein Paar? Nein, entscheidet Tamar. Noch kein Paar? Auch nicht. Diese Karen ist in einem Alter, in dem frau einen Grauhaarigen keinesfalls in Betracht zieht: nicht mehr jung genug, um sich von dem Typus Elder Statesman geschmeichelt zu fühlen, und noch nicht alt genug, um als dessen altersgemäße Begleiterin angesehen werden zu wollen. Trotzdem war die Begegnung vor der Abendkasse eine abgekartete Sache, soviel steht fest. Also?

Der Grauhaarige hat im Theater gewartet, weil er wusste, dass diese Karen auftauchen würde. Also wusste er, dass sie Karten hatte, und zwar eine zu viel. Das deutet daraufhin, dass er es war, der sie von Meunier & Kadritzke hat überwachen lassen. Oder ausspähen. Da Meunier & Kadritzke für die Regnier AG arbeiten, ist der Fall insoweit klar: An diesem Abend kommt zur Aufführung eine Intrige aus den Chefetagen von Regnier Berlin.

Damit ist aber nicht geklärt, warum Karen Andermatt dem Grauhaarigen die Theaterkarten nicht um die Ohren geschlagen hat. Dass sie beschattet wurde, hat sie so empört, dass sie zu Berndorf gelaufen kam. Und jetzt? Tamar kommt zum Schluss, dass es nur eine Erklärung gibt: Dieses Luder spielt mit…

Aber wieso Luder? Vorerst sitzt sie noch immer da wie eine Klosterschülerin! Tamar setzt das Opernglas ab, betrachtet das Geschehen auf der Bühne, der Darsteller des Amphitryon wirft sich dem Jupiter zu Füßen und deklamiert:

»Du bist der große Donnerer!/Und dein ist alles, was ich habe…«

Tamar muss lachen. Der große Donnerer! Donnernd komisch. Dann nimmt sie das Opernglas wieder auf und stellt es so ein, dass sie die Nackenlinie noch einmal vors Auge bekommt. Die Nackenlinie von diesem Luder von einer Klosterschülerin.

Es ist Pause, Karen hat sich zwar nicht zu einem Sekt, aber zu einem Glas Orangensaft einladen lassen, nun schlendern sie und Stukkart durch das Foyer. Mit Missvergnügen stellt Karen fest, dass Stukkart schon wieder einen Anlass gefunden hat, seine Gedanken zum Verhältnis der Geschlechter auszubreiten.

»Wissen Sie, was ich finde? Dieses Amphitryon-Motiv taugt

gar nicht für eine Komödie. Es handelt nämlich von einer tiefsitzenden Angst... der Angst der Männer im Krieg, was wohl zu Hause mit den Frauen passiert.«

»Handelt nicht jede Komödie von einer verborgenen oder versteckten Angst?«, fragt Karen. Das will Stukkart erklärt haben, und so fährt sie fort. »Was tabu ist, darüber spricht man nicht. Man macht sich auch nicht lustig darüber. Aber die Komödie kann damit spielen. So, dass es niemanden geniert. Es ist ja nur eine Komödie, und am Ende löst sich alles in Heiterkeit auf. Lachen befreit.«

»Ich weiß nicht«, sagt Stukkart. »Was sich da in Heiterkeit auflöst, scheint mir eher eine geradezu schauerliche Rechtfertigung des *ius primae noctis* zu sein, der arme Tölpel von einem Kriegsheimkehrer muss auch noch froh sein, dass die Frau vom großen Jupiter begattet worden ist und nicht von irgendeinem verlausten Iwan oder popeligen GI. Ich wundere mich, dass Ihre Generation offenbar nicht erkennt, wie reaktionär und rückschrittlich das alles ist, etwa im Vergleich zur ›Hochzeit des Figaro‹.«

Schon wieder hat Karen das Gefühl, sie werde beobachtet. »Schön, wie Sie die Fahne von Achtundsechzig hochhalten! In Ihren Händen hätte ich Sie nicht vermutet.«

»Wenn es Sie stört«, meint Stukkart, »kann ich das Motiv auch anders deuten. Als ein Lehrstück über die Nützlichkeit von Beziehungen. Vielleicht ist ja alles ganz anders gewesen, und vor allem Anfang geht die Alkmene in den Tempel und betet, lieber Jupiter, mach, dass mein Amfi den Krieg gewinnt, ich bin dann auch ganz lieb zu dir. Könnte man ihr doch nicht übel nehmen, oder?«

Sie sind am Ende der Halle angekommen und drehen um. »Oder wie würde es Ihnen gefallen, wenn es Amphitryon ist, der in den Tempel geht. Hören Sie, großer Jupp, könnten Sie nicht einen Elfmeter für uns pfeifen? So in der 44. Minute, kurz vor Halbzeit? Und schiebt dem Jupiter ein Aktfoto von der Alkmene unter den Sockel, mit der Telefonnummer drauf, schließlich weiß man, dass der große Jupp eine Schwäche für so was hat, in der ganzen Antike hat sich das schon rumgesprochen …«

Karen sieht sich um. Ein nicht zu großer Raum, hell, zurückhaltend möbliert, schwarze Lederfauteuils mit verchromtem Stahlrohr, ein Durchgang zu einer Küche, die eher eine Pantry ist. Was ist das, was an den Wänden hängt und leuchtet. Fauves? Neue deutsche Wilde? Eine Stereoanlage, hochwertig, samt Plattenspieler, einem richtigen Plattenspieler! Schallplatten gibt es auch dazu, sie entdeckt »Revolver«, Beatles 1966, das war, als Opa mit Oma ging. In einem nicht zu großen, nicht von Ikea gelieferten Bücherschrank entdeckt sie ein paar Lyrik-Bände hinter Glas, einige amerikanische Romane, die Essays von Montaigne, aber nirgends Geschäftsberichte oder einen Stapel vom Börsenteil der FAZ. Was sieht sie also? Genauer: Was soll sie sehen?

Meine Damen, es wird hier gezeigt: die private Klause eines allein lebenden, kultivierten, stilsicheren älteren Herrn mit literarischen und philosophischen Interessen, der offenbar in der Lage ist, Faulkner und Montaigne im Original zu lesen. Ferner ist dem Raum zu entnehmen, dass sich nebenan noch ein weiteres Zimmer befinden muss, mit einem französischen Bett darin. Dieses wird auch der eigentliche Zweck der ganzen Installation sein.

»Nicht doch einen Sekt?«, fragt Stukkart.

»Danke, nein.« Wie ist sie hierhergekommen? Stukkart hatte sie noch in einen Club eingeladen. Sie hatte abgelehnt, sich dann aber von ihm zum Parkhaus begleiten lassen. Da Stukkart, wie er behauptet, mit dem Taxi gekommen war, fuhr sie ihn zu seiner Stadtwohnung. Und nun ist sie hier.

»Einen Sherry? Oder Port?«

»Einen Tee. Gerne einen Fencheltee. Oder sonst einen Kräutertee.«

Stukkart nickt und macht sich in seiner Pantry zu schaffen. Zischelnd heizt ein Automat das Teewasser auf. »Geht Pfefferminz?«

Pfefferminz geht. Karen steht vor einem der wilden Bilder und überlegt, ob darauf ein Beischlaf gezeigt wird. Vermutlich. Stukkart erscheint mit einem Tablett, darauf das gefüllte Teeglas und mehrere Teebeutel, und stellt das Tablett auf dem Glastisch vor den Fauteuils ab. »Zucker dazu?«

»Bitte nicht!«

Karen setzt sich oder lässt sich vielmehr in den schwarzen Lederfauteuil sinken und schlägt ein Bein über das andere. Der Rocksaum des ärmellosen, aber hochgeschlossenen schwarzen Kleides rutscht ein wenig höher, doch sie scheint nicht darauf zu achten. Sie reißt die Verpackung des Teebeutels auf und lässt ihn in das heiße Wasser eintauchen. Dann blickt sie zu Stukkart auf, der ihr gegenüber Platz genommen hat, einen Kognak-Schwenker in der Hand.

»Trinken Sie das nicht.«

»Bitte?«

»Nicht, falls Sie mit mir schlafen wollen«, erklärt Karen. »Ich mag den Geruch nach Schnaps nicht. Vor allem nicht, wenn der Mann auch noch die Absicht hat, mir die Zunge in den Mund zu stecken.«

Mit einer betont ruhigen, langsamen Bewegung stellt Stukkart den Kognak-Schwenker ab und schiebt ihn zur Seite. »Soll ich ihn ausschütten? Sie sehen, ich folge Ihren Anweisungen.«

»Was Sie nachher trinken, ist mir egal.« Sie hält noch immer den Faden des Teebeutels in der Hand und schwenkt ihn durch das Teewasser.

»Unser Gespräch hat jetzt eine Wendung genommen«, tastet sich Stukkart vor, »eine solche Wendung, dass wir eigentlich zum Du übergehen könnten...«

»Ich habe es als sehr angenehm empfunden, dass du es nicht gleich getan hast«, antwortet Karen, zieht den Teebeutel aus dem Glas und legt ihn zur Seite. Dann blickt sie zu Stukkart auf und schaut ihm gerade ins Gesicht. »Wie läuft das ab bei den anderen Besuchen – ich meine, bei anderen Besuchen dieser Art?«

»Jetzt verstehe ich nicht ganz, was du meinst.«

»Sagst du da – also Mädchen, zieh dich aus, da hinten ist das Bett, dort die Toilette, verhütest du eigentlich?« Sie lächelt. »Entschuldige, eigentlich will ich das gar nicht wissen. Wirklich wissen will ich, was du dir gedacht hast.«

»Wobei gedacht?«

»Bitte!«, sagt Karen. »Wenn du dich dumm stellst, kommen wir überhaupt nicht zum geschäftlichen Teil dieses Abends. Du hast mich überwachen lassen. Du hast mir Schnüffler hinterhergeschickt. Mir eine Wanze ins Auto setzen lassen. Und als ob das nicht genug gewesen wäre, bist du auf die Idee gekommen, Stefan nach Moskau zu schicken, um mich in dieses absurde abgekartete abscheuliche Spiel mit der Theaterkarte hineinzuziehen. Noch mal: Was um alles in der Welt hast du dir dabei gedacht?«

Stukkarts Gesicht hat sich verändert. Die Augen sind schmal geworden, wie ein Schatten zieht sich eine Maske von Gleichgültigkeit über seine Züge. »Tut mir leid, aber da scheint ein Missverständnis vorzuliegen. Offenbar sind Sie – bist du einer Sicherheitsüberprüfung unterzogen worden …«

»*Offenbar sind Sie einer Sicherheitsüberprüfung unterzogen worden*«, echot Karen. »Dieser Satz ist allein schon die schiere Pornographie. Die Wahrheit ist: Du hast mich ausspähen lassen. Warum?«

»Nein, so kann man das nicht nennen«, wehrt Stukkart ab, »und es stimmt auch nicht, dass ich Stefan nach Moskau geschickt hätte. Er hat dort einen wichtigen Termin, es geht um Verhandlungen, die wir wegen dieser blöden Geschichte hier nicht fortsetzen konnten, Stefan selbst kann dir das am besten bestätigen.«

»Warum die Schnüffler?«

Stukkart betrachtet seine Hände. Karen schaut ihm dabei zu. Nur keine Sorge, denkt sie, selbstverständlich ist die Maniküre perfekt. »Ich hab dich was gefragt.«

Stukkart blickt auf und macht ein Gesicht, als habe er die Maske wieder abgesetzt. »Ich wollte wissen, wer du wirklich bist.«

»Wer ich wirklich bin? Unsinn.« Sie steht auf und geht zu dem Glasschrank mit den Schallplatten und mustert die Bestände. »Du wolltest wissen, wo überall in der Stadt ich herumschlafe. Für wen ich die Beine breitmache.«

»Ich bitte dich, rede nicht so. Das war nicht der Auftrag. Der Auftrag war – wer ist diese Frau? Wofür interessiert sie sich? Wie sind ihre Lebensumstände … all so etwas. Ich konnte ja Stefan schlecht über dich ausfragen.«

»Und warum wolltest du das alles wissen?«

»Warum will man so etwas von einer Frau wissen? Sei nicht naiv.«

»Und als die Schnüffler nichts Habhaftes berichten konnten, keinen Ehebruch, keinen Besuch im Swingerclub, da hast du gedacht, da muss doch der große Jupp mal selber ran, nicht wahr?«

Nun ist auch Stukkart aufgestanden. Er geht zum Fenster, dessen Vorhänge nicht vorgezogen sind, und blickt hinaus auf die Lichter der Stadt. »Ich akzeptiere, dass mein Verhalten nicht korrekt war. Mach mir also bitte einen Vorschlag, wie ich das in Ordnung bringen kann. Ich werde ihn widerspruchslos annehmen.«

»Das trifft sich gut«, meint Karen. »Wegen deiner famosen …« – sie hebt beide Hände und macht das Zeichen für Gänsefüßchen – »… *Sicherheitsüberprüfung* sind mir Kosten entstanden, weil ich nämlich meinerseits einen privaten Ermittler beauftragen musste, herauszufinden, wer mir warum nachstellt. Dessen Kostennote wirst du bitte regulieren. Sie wird nicht unbeträchtlich sein. Soll er sie auf dich oder auf die Regnier AG ausstellen?«

Stukkart hat sich vom Fenster abgewandt. Über sein Gesicht hat sich wieder die Maske gelegt. »Auf mich, bitte. Privat. Sonst noch etwas?«

»Ach!« Karen hebt die Augenbrauen. »Du meinst, damit seien wir quitt? Jeder geht seiner Wege, und wenn wir uns mal wieder über den Weg laufen, auf irgendeinem Firmentermin vielleicht, dann deutest du den Handkuss an und sagst, wie charmant, Sie wiederzusehen! So ungefähr?«

»Spiel nicht mit mir. Ich bin als Maus nicht sehr geeignet.«

»Moment.« Karen deutet mit dem Zeigefinger erst auf sich, dann auf ihn. »Ich spiele mit dir? Hast du das gerade gesagt? Nach deinem Auftritt als nicht mehr ganz jugendlicher, aber stürmischer Theaterkartenliebhaber sagst du so etwas? Aber bitte. Kein Spiel mehr. Werden wir ernst. Es gilt das gesprochene Wort. Du wolltest wissen, wer ich wirklich bin? Einverstanden. So uninteressant finde ich diese Frage gar nicht. Also, mein Lieber, was hast du herausgefunden? Wer bin ich wirklich?«

Stukkart verschränkt die Arme vor dem Oberkörper. Noch immer sind die Augen ganz schmal. »Ich weiß es nicht«, sagt er schließlich. »Im Grunde wissen wir es nie, von keiner Frau ...«

»Werde nicht auch noch wehleidig!«, fährt ihn Karen an. »Das passt nicht zu diesem Gesicht, das du gerade aufgesetzt hast, diesem CEO-Gesicht.« Nun ist es sie, die zum Fenster geht, an ihm vorbei. »Offenbar hast du nicht begriffen, dass du mit deiner Frage etwas losgetreten hast. Etwas, das du nicht mehr aufhalten kannst.« Sie greift in ihren Rücken und zieht den Reißverschluss des schwarzen, hochgeschlossenen, aber ärmellosen Kleides auf. »Wer bin ich wirklich? Das würde ich nämlich selbst gern wissen. Und weil du mir das nicht beantworten kannst – deshalb wirst du es mir zeigen. Oder zu zeigen versuchen. Du wirst mich so weit bringen, wie du nur kannst. Wie du es nur irgend hinkriegst... dreh dich um und schau mich an!« Sie streift sich das Kleid über die Schultern und lässt es zu Boden gleiten.

Tamar hat die Rückenlehne ihres Wagens tiefer gestellt, gerade so weit, dass sie den Appartementblock schräg gegenüber im Auge behalten kann. Das Haus ist dunkel, nur ein einzelnes Fenster leuchtet in die Nacht.

Kein Vorhang. Vorhänge sind spießig. In New York, so hat sie irgendwo gelesen, liegen in manchen Hotelzimmern Feldstecher bereit. Um die Nackte im Hochhaus gegenüber zu beobachten. Oder das Paar. Und die Nackten wissen, dass sie beobachtet werden. Es ist Teil ihrer Lust.

Aber Tamar war schon lang nicht mehr in New York.

Am Fenster erst der Mann. Hat irgendwann die Hand gehoben, als ob er mit den Fingern gegen die Scheibe trommeln wollte. War das Gespräch nicht ganz so erquicklich? Später erschien die Frau. Von wegen Klosterschülerin. Warum ist sie mit ihm aufs Zimmer gegangen? Warum wohl! Die Bewegung der Arme über dem Kopf war eindeutig. Der Reißverschluss am Rücken! Eindeutig und provokant. Als sollte ganz Berlin ihr dabei zusehen.

Und jetzt? Das Licht wurde nicht gelöscht, auch nirgendwo ein anderes eingeschaltet. Also findet die Sache auf der Couch statt. Oder auf einem dieser modernen Sessel. Allerhand Stellungen sollen da möglich sein. Vielleicht kommt man auch – Knall auf Fall – auf dem Teppich zur Sache. Aber das Fenster geht nicht bis zum Boden. So müssen die beiden darauf verzichten, dass ihnen jemand zusieht. Manche, so heißt es, kommen auch so auf ihre Kosten.

Was tut sie hier eigentlich? Sie hat einen klaren Auftrag: zu überprüfen, ob diese Karen Andermatt weiter überwacht und beschattet wird. Das Ergebnis ist ebenso klar: nämlich negativ. Niemand folgt dieser Karen, niemand fährt ihr hinterher. Nur sie selbst.

Das ist auch nicht verwunderlich. Spätestens, als das GPS-Gerät gefunden wurde, müssen die Leute von Meunier & Kadritzke gewusst haben, dass die Überwachung aufgeflogen ist. Was tut sie also noch hier, mitten in der Nacht? Berndorf wird sich über die Stunden wundern, die sie ihm berechnet. Sein Problem. Ich möchte wissen, ob diese Frau observiert wird. Behalten Sie sie also im Auge, wohin sie auch geht. Hat er das nicht gesagt?

Wohin sie auch geht. Komische Anweisung. Egal. Sie schließt die Augen. Das darf sie. Sie hat einen leichten Schlaf. Falls das Auto aus der Tiefgarage des Appartementblocks kommt, wird sie es hören. Sie wird also auf dem Posten bleiben, jedenfalls so lange, wie da oben Licht brennt…

… hilflos hängt der Arm auf der Stützschiene nach unten. Aus dem Loch in der Stirn des Mannes fließt fast kein Blut. Aber über seiner Brust rötet sich das Hemd…

Tamar schreckt hoch. Das Treppenhaus des Appartementblocks ist erleuchtet. Sie stellt die Rückenlehne hoch und schaltet die Zündung ein. Das Armaturenbrett leuchtet auf, es ist 1.27 Uhr. Sie schüttelt sich, es gibt Träume… aber das hatte ihr Berndorf schon gesagt. Dass manche Träume immer wiederkommen. Manchmal kostümieren sie sich. Aber immer meinen sie das Gleiche, und das will nie vergehen.

Die Beleuchtung der Garagenausfahrt schaltet sich ein, langsam klappt das Tor auf, ein dunkler Wagen schießt die Auffahrt hoch und biegt auf die Straße ein, als sei es ganz und gar ausgeschlossen, dass um diese Zeit noch ein anderer Autofahrer unterwegs sein könnte. Hoppla, denkt Tamar und versucht, dem Wagen zu folgen, es ist tatsächlich das kleine französische Auto, was – zum Henker – hat diese Frau für einen Fahrstil? Zum Glück ist wirklich kaum ein Autofahrer unterwegs, Tamar lässt sich etwas zurückfallen, auch ist das Tempo allmählich nicht mehr ganz so halsbrecherisch.

Inzwischen fahren sie durch eine Allee, die Geschwindigkeit knapp über sechzig Stundenkilometer, da kann man fast nichts einwenden, aber dann sieht sie, dass das Auto vor ihr einen Schlenker macht, erst nach links, dann nach rechts auf die Alleebäume zu, aber gerade noch vor dem Bordstein abgefangen wird. Bremslichter blinken auf, das Auto biegt in die Haltebucht einer Bushaltestelle ein und wird dort abgestoppt.

Tamar setzt Warnblinker, steuert ihren Wagen in eine Einfahrt und hält. Die Bushaltestelle mit dem kleinen blauen Auto befindet sich nur wenige Meter weiter. Sie steigt aus, irgendetwas hört sich merkwürdig an. Eine Frau steht halb gebückt an einem Alleebaum, mit einer Hand abgestützt, und übergibt sich. Tamar holt eine Packung Papiertaschentücher und die Wasserflasche aus ihrem Wagen und geht zu ihr. »Alles raus?«

Die Frau – es ist wirklich Karen Andermatt – schaut zu ihr auf und wischt sich dabei mit der Hand den Mund ab. »Entschuldigen Sie bitte …«, sagt sie oder will es sagen, dann folgt doch noch ein Schwall. Tamar reißt die Packung Papiertaschentücher auf und wartet. Als Karen wieder zu Atem gekommen ist und sich beruhigt hat, reicht sie ihr die offene Packung. »Nichts zu entschuldigen«, sagt sie dann. Karen nimmt die Taschentücher und säubert sich das Gesicht, dann lässt sie sich wortlos die Wasserflasche geben, die ihr Tamar reicht, und spült sich den Mund aus. Auch Tamar nimmt sich ein Papiertaschentuch, geht in die Knie und tupft ein paar Spritzer Erbrochenes von dem schwarzen Kleid. »Danke«, sagt Karen, »Sie sind sehr freundlich … ich weiß gar nicht, was mir …« Im Neonlicht der Straßenlaterne sieht ihr blasses Gesicht seltsam kindlich aus. Tamar empfindet es so.

»Sie können so nicht weiterfahren«, sagt sie dann und richtet sich wieder auf. »Geben Sie mir die Autoschlüssel, ich werde Sie nach Hause bringen.«

Karen versichert, sie habe nichts getrunken. Das mag schon sein, denkt Tamar. Kotze nach Alkohol stinkt noch mal ganz anders. Das sagt sie aber nicht. »Dann kann ich Sie zweimal nicht allein lassen. Entweder haben Sie einen heftigen Infekt oder sonst etwas gegessen. Es ist kein Problem für mich, Sie zu fahren.« Es kommt noch einmal ein Ansatz zu Widerrede, dann die Auskunft, dass der Zündschlüssel noch steckt. Tamar zieht ihn ab und bugsiert Karen auf den Beifahrersitz: Sie solle hier warten, bis sie ihr eigenes Auto geparkt habe, in einer Einfahrt könne sie es nicht stehen lassen.

Tamar hat Glück, kurz nach der Bushaltestelle beginnt eine Parkbucht, an deren Beginn gerade so viel Platz übrig ist, dass das kleine rote Auto zwar halb auf dem Grünstreifen steht, aber doch eine Chance hat, nicht sofort abgeschleppt zu werden. Sie kehrt zum Auto der Andermatt zurück, Karen sitzt noch immer auf dem Beifahrersitz, ganz entspannt, den Kopf gegen die Nackenstütze gelehnt. Die Wagentür hat sie offen gelassen, als brauche sie noch immer vor allem frische Luft. Tamar zwängt sich hinters Steuer.

»Ich bin Ihnen wirklich dankbar«, sagt Karen, »aber ich wohne in Nikolassee, das ist ein ziemliches Stück…« Sie nennt die Adresse, und Tamar unterdrückt die Bemerkung, dass sie das alles schon weiß. Sie fährt los, nachher wird sie mit einer Taxe zurückkehren, soll Berndorf sehen, wie er die Spesen verrechnet!

Dienstag

Die Wolldecke kratzt im Gesicht. Durchs Dachfenster sickert das blasse Licht des frühen Morgens. Vom eisernen Bettgestell blättert der weiße Lack ab. Es sieht aus, als sei Rost darüber getropft. Oder anderes Zeug. Harlass muss pinkeln, wo? An der Wand sieht er ein Handwaschbecken mit Wasserhahn und Abfluss, ach ja. Er wickelt sich aus der Wolldecke, schwingt die Füße aus dem Bett und bleibt einen Augenblick sitzen. Gleich wird er aufstehen, ja doch. Er schluckt trocken, der Schmerz ist noch immer da, er sollte noch mal gurgeln, der Alte hatte ihm ja diese Tropfen gegeben.

Er steht auf, das immerhin geht. Aber dann tastet er doch nach dem Bettpfosten und stolpert dabei beinahe über den Schemel, der neben dem Bett steht, mit einem Mal hat er in seinem Kopf ein seltsam leeres Gefühl, als werde ihm gleich schwindlig oder die Welt sei dabei, sich aufzulösen. Zum Glück drückt ihn die Blase, das holt ihn in die Wirklichkeit zurück, irgendwie schafft er es zu dem Handwaschbecken und greift nach dem Hosenschlitz und bemerkt erst jetzt, dass er ein graues baumwollenes Nachthemd trägt. Wer hat ihm das wann und warum angezogen? Er hebt das Hemd hoch, um in das Becken zu urinieren.

Auf dem Glasbord über dem Handwaschbecken sind ein Wasserglas und ein Fläschchen Salviathymol abgestellt, das ist das Zeug, das ihm der Alte gegeben hat. Daneben liegen der elektrische Rasierer und die Zahnbürste, noch in der Verpackung, wie er sie in Potsdam gekauft hat. Er füllt das Glas zur Hälfte, zählt dreißig Tropfen ab und zwingt sich, damit zu gurgeln. Man kann beim Gurgeln nicht besonders gut denken, denkt Harlass, aber er muss bald damit anfangen. Warum das

Bett? Und das Nachthemd und das Zeug zum Gurgeln? Ist der Alte, dieser komische Brutus Finklin – ist der schwul? Aber warum ist dann diese Frau im Haus, dieses Polenweib oder was sie ist?

Als er den letzten Schwall ins Becken spuckt, fällt es ihm wieder ein. Finklin hat das Tattoo gesehen, und es hat ihm nicht gepasst. Also ist er einer von den Gutmenschen, den Schleimern, die es auf die freundliche Tour versuchen. Was macht man da?

Er dreht sich um und muss sich schon wieder am Rand des Waschbeckens festhalten. Plötzlich zittern ihm wieder die Knie. Gar nichts wirst du tun, schießt es ihm durch den Kopf, vorerst nicht, die Gutmenschen haben dir ein Bett gegeben und Medizin, sie werden dir zu essen geben, das ist schließlich nicht zu viel verlangt, zwei oder drei Tage noch, dann bist du wieder fit.

Harlass schrickt auf, denn es hat geklopft. Ein Schlüssel wird umgedreht, die Tür öffnet sich, »Guten Morgen!« wünscht die Polin – oder was sie ist – und kommt mit einem Tablett herein, es riecht nach Kaffee und geröstetem Brot, über das Frühstücksei ist sogar ein Wollmützchen gezogen, um es warmzuhalten, neben einem Glas Wasser liegt eine Aspirin-Tablette, noch in der Folie. Die Polin stellt das Tablett auf dem Schemel ab und zeigt einladend auf das Bett. »Geht besser heute?«, fragt sie und lächelt ihn an. Harlass räuspert sich, das schmerzt wieder, und hält die Hand vor den Mund. »Danke«, sagt er dann, »es geht schon.« Aus den Augenwinkeln sieht er, dass der Alte im Türrahmen steht, und er entschließt sich, ihm zuzunicken. Dann geht er zum Bett zurück, plötzlich merkt er, dass ihn die Polin am Arm führt, er will ihre Hand abschütteln, aber irgendwie fehlt ihm die Kraft dazu. Gehorsam kriecht er wieder unter die Decke, sowieso ist es ihm peinlich, vor diesen Leuten im Nachthemd dazustehen, er stützt sich seitlich halb auf, so dass er frühstücken kann. Die Polin schaut ihm zu, es muss eine junge Frau sein, sie steckt in Jeans und hat eine schmale Taille, aber breite Hüften, die Jeans sitzen sehr knapp, besonders im Schritt, irgendwie bringt er den Blick nicht davon weg. An den Oberschenkeln ist der Stoff der Jeans durchgescheuert, und darunter schimmert weiße Haut.

»Mein Name ist Maria«, sagt die Stimme über ihm. Er nickt und räuspert sich wieder. »Lutz«, sagt er dann, »ich bin der Lutz.« Die Polin bleibt noch stehen, als ob sie darauf warte, dass er noch etwas sagt oder zu ihr hochschaut. Aber das gehört genau zu den Dingen, die Harlass nicht mag. Bei denen ihm ganz schnell die Sicherung durchbrennt. Das darf nicht sein. Jetzt nicht. Später vielleicht. Endlich dreht sich die Polin um und geht wieder.

Hure, denkt Harlass. Elende Fotze, du.

»Da ist noch was.« Finklin ist ins Zimmer gekommen, tritt an sein Bett und legt ihm eine zusammengefaltete Zeitung auf die Bettdecke. »Ich muss nachher mit dir reden. Dabei wirst du einen halbwegs klaren Kopf brauchen. Nimm deshalb das Aspirin. Außerdem kannst du dir in der Zwischenzeit die Zeitung anschauen. Vielleicht steht ja was drin, was dich angeht.« Er wendet sich ab und geht aus dem Zimmer. Harlass hört, wie die Tür zugezogen und ein Schlüssel umgedreht wird.

Das Gesicht blasser als sonst? Oder sonst ein Anzeichen einer seelischen Ausnahmesituation? Berndorf, den Mantel der Besucherin in die Garderobe hängend, bemerkt nichts davon.

»Ist Ihnen weiter nachgestellt worden?«

»Ich glaube nicht«, antwortet Karen Andermatt und nimmt vor dem Schreibtisch Platz. Eine Plastiktüte mit einem offenbar sperrigen Buch darin stellt sie neben dem Stuhlbein ab. »Obwohl... seit dieser Geschichte überkommt mich immer wieder einmal das Gefühl, da ist jemand, und der beobachtet mich.«

»Wann zum Beispiel?«

»Gestern Abend. Ich war im Deutschen Theater, in dieser Amphitryon-Collage, allein, weil mein Mann plötzlich eine Dienstreise antreten musste, das heißt, ich war dann doch nicht allein, ich traf einen Bekannten, einen Vorgesetzten meines Mannes…« Sie wirft Berndorf einen Blick zu, der abwägend ist und ein wenig ratlos in einem. »Und da war die ganze Zeit dieses Gefühl, immer wieder.«

»Ihr Mann hat überraschend eine Dienstreise antreten müssen«, sagt Berndorf und hat dabei plötzlich ganz schmale Augen, »und im Theater treffen Sie dann seinen Vorgesetzten, ja? Ist es das, was Sie mir erzählen wollen?«

Unvermittelt überzieht eine zarte Röte das blasse Gesicht. »Das hätte ich so nicht sagen sollen, nicht wahr? Leider ist die Sache in Wirklichkeit noch blöder, als sie sich gerade angehört haben mag. Übrigens ist jetzt auch klar, wer mir diese Detektive auf den Hals geschickt hat.« Sie holt eine Visitenkarte aus ihrer Handtasche und reicht sie Berndorf, es ist die Karte eines Diplom-Ingenieurs Carsten Stukkart, angegeben sind zwei Adressen, eine in Berlin und eine am Starnberger See. »Die Rechnung für Ihre Bemühungen schicken Sie bitte an die Berliner Adresse dieses Herrn.« Sie blickt auf. »Ich wäre Ihnen übrigens dankbar, wenn Sie bei der Rechnungsstellung in absolut keiner Weise um die finanzielle Belastbarkeit von Carsten Stukkart besorgt sein wollten.«

»Ich berechne, was ich zu berechnen habe«, antwortet Berndorf würdig. »Keinen Cent mehr und keinen weniger.«

Karen Andermatt nickt, ein wenig unwillig. »Mein Auftrag ist für Sie damit aber noch nicht beendet. Ich weiß immer noch nicht, ob wegen der Geschichte an diesem Hallenbad nicht doch etwas auf meinen Mann zurückfallen kann. Ob er in etwas hineingezogen wird oder womöglich schon hineingezogen wurde, was er selber gar nicht überblickt. Ich habe hier…«, sie bückt sich zu der Plastiktüte neben dem Stuhl und zieht einen großformatigen Band heraus, »… eine Expertise, eine angebliche wissenschaftliche Expertise, die im Auftrag von Regnier Berlin erstellt worden ist... ich möchte, dass Sie sich das anschauen und mir sagen, was Sie davon halten.«

Berndorf nimmt den Band, behält ihn dann aber in den Händen und sucht ihren Blick. »Stukkart ist der Chef von Regnier Berlin, richtig? Und er hat Sie von Meunier & Kadritzke überwachen lassen, ja? Warum?«

»Warum wohl?«, kommt die Gegenfrage. Sie hat den Kopf leicht erhoben und erwidert seinen Blick, kühl und unbeteiligt.

»Gut«, sagt Berndorf. »Eine private Geschichte also, und wie Sie das privat regeln, geht mich nichts an. Aber verstehe ich Sie recht – Sie befürchten, Ihr Mann soll möglicherweise dafür büßen, dass die Angelegenheit für Herrn Stukkart nicht so ganz befriedigend verlaufen ist?«

»Nein.« In dem nun wieder blassen Gesicht arbeitet es. Sie presst die Lippen zusammen, dann wirft sie wieder diesen prüfenden Blick auf Berndorf. »Das ist nicht das Problem. Stukkart wird sich hüten, etwas gegen Stefan zu inszenieren. So wie er sich hüten wird, Ihre Kostennote zu beanstanden. Es ist etwas anderes...« Plötzlich wirkt ihr Gesicht wieder beherrscht, fast maskenhaft. »Ich glaube, dass dieser ganze Laden faul ist. Und deshalb wüsste ich gerne, ob Stefan hier noch unbeschädigt herauskommen kann.«

»Puh!«, macht Berndorf und beginnt, die Expertise durchzublättern. »Ein privater Ermittler und seine Mitarbeiterin gegen den Regnier-Konzern, nichts leichter als das!«

»Sie haben eine Mitarbeiterin?«, fragt Karen Andermatt unvermittelt. »Ach ja, die Frau Wegenast, sie hat ja die Fotos von dieser einen Frau gemacht...«

»Nicht nur«, sagt Berndorf und blickt auf. Nach einer Schrecksekunde zieht sich schon wieder Röte über Karen Andermatts schönes blasses Gesicht.

Noch einmal zieht Harlass die Schubladen der Kommode auf, erst die drei großen unten, eine nach der anderen, systematisch. Dann die beiden kleinen Schubladen oben, unterhalb der Platte. Aber in denen kann die Aktentasche sowieso nicht sein. Er hält inne und wischt sich den kalten Schweiß von der Stirne.

Die Aktentasche ist nicht da. Noch einmal geht er zu dem Spind neben dem blechernen Waschbecken. Nichts. Alles leer. Nicht nur die Tasche ist weg. Verschwunden sind auch die Jeans und die Jacke, ebenso der Rest seiner Klamotten. Und wieso steckt er in diesem albernen Nachthemd? In Potsdam hat er sich doch einen Pyjama gekauft. Er geht zum Bett zurück, kniet sich nieder und schaut unter dem Bett nach. Nichts. Natürlich nichts.

Er richtet sich wieder auf und setzt sich auf das Bett. Das Frühstück steht noch immer da. Der Kaffee, das Ei mit dem albernen Mützchen, die Tablette Aspirin in ihrer Folie. Er reißt die Folie auf und wirft die Tablette in das Glas mit dem Wasser. Ein paar Augenblicke lang schaut er dem Sprudeln zu, mit dem sich die Tablette auflöst. So leicht sieht das aus! Nur in seinem Kopf löst sich nichts, da ist alles verknotet und schwer und drückt ihm auf die Augen, plötzlich ist ihm, als sei die ganze Welt nur dazu da, um ihn zu verarschen und vorzuführen und gegen die Wand laufen zu lassen... Was für ein Einfall, ihm ein Nachthemd überzuziehen! Zum Brüllen komisch. Noch immer sprudelt die Tablette, selbst die Gasperlen platzen vor Lachen, wenn sie an die Oberfläche kommen, er hebt die Hand, am liebsten würde er das Tablett zu Boden wischen. Dann lässt er die Hand wieder sinken.

Neben ihm auf der Bettdecke liegt – zusammengefaltet – noch immer diese Zeitung. Titel in roter Fraktur: »Havelländischer Kurier«. Darunter die Schlagzeile: »Polizei jagt Berliner Beamtenmörder«. Unter der Schlagzeile ist ein Foto eingeblockt, man sieht nur die obere Partie eines kahlgeschorenen Kopfes, aber Harlass weiß auch so, wer da gezeigt wird.

Dann faltet er die Zeitung doch auseinander, natürlich ist es das Foto, das die Bullen damals von ihm gemacht haben, und unter dem Foto steht: »Auf der Flucht: Der Schwerverbrecher Lutz Harlass (26)«. Mehr muss er nicht lesen, und so legt er die Zeitung wieder zusammen und neben sich auf das Bett. Das Aspirin hat sich aufgelöst, er schüttet das Glas Wasser in einem Zug hinunter, noch immer schmerzt der Schlund. Aus der Thermoskanne gießt er sich Kaffee ein, der Kaffee ist noch heiß, das ist gut für den Hals. Wenigstens etwas.

Es klopft. Plötzlich steigt Panik in ihm hoch. Dieses Klopfen... Er blickt um sich, der einzige Fluchtweg geht über das Dach, aber bis er den einen Stuhl unters Dachfenster gestellt hat und hinaufgeklettert ist... Und dann in diesem Nachthemd! Außerdem ist er viel zu elend, das zu versuchen. Aus die Maus.

Der Schlüssel wird umgedreht, die Tür aufgestoßen. Ist ja gut, denkt Harlass und nimmt die Hände hoch, und während er das tut, bricht ohne Vorwarnung eine irrsinnige Angst über ihn herein. Wenn das wirklich die Polizei ist, sagt die Stimme in seinem Hinterkopf, und der eine ist dabei...

Durch die Tür tritt, vorsichtig um sich schauend, Brutus Finklin. Harlass nimmt die Hände herunter, für einen Augenblick überkommt ihn geradezu Erleichterung. Der Alte hat Schiss, denkt er, er schaut sich um, weil er glaubt, ich steh hinter der Tür und hau ihm eins über den Schädel.

»Du hast nach der Aktentasche gesucht«, stellt Finklin fest. »Die hab ich sichergestellt. Und alles, was da so drin war.« Er greift sich den Stuhl, der neben dem Spind steht, und setzt sich rittlings darauf, in einigem Abstand von Harlass. Plötzlich ist auch der hässliche kleine Hund in der Kammer und sitzt neben seinem Herrn. Herr und Hund betrachten Harlass, und für eine Weile herrscht Schweigen.

»Die Zeitung hast du offenbar nicht gelesen«, fährt Finklin nach einer Weile fort. »Recht hast du. Was da passiert ist und warum, wirst du sowieso besser wissen...«

»Schick den Hund raus«, sagt Harlass. »Ich kann Hunde nicht leiden.«

Finklin blickt zu seinem Hund. »Hexe«, sagt er dann, »du hast hier nichts verloren! Raus!« Der Hund, der also eine Hündin ist, blickt auf und versucht ein Wedeln, Finklin wiederholt das Kommando, worauf Hexe aufsteht und tatsächlich aus dem Zimmer läuft.

»Und meine Klamotten hätte ich auch gerne wieder«, sagt Harlass.

»Später. Maria war der Ansicht, dass das Zeug in die Waschmaschine gehört. Und die Jacke – also ganz sauber ist die auch nicht. Kriminalisten nennen das Anhaftungen, was da so alles dran geschmiert ist. Oder drangespritzt hat. Ich habe die Jacke deshalb sichergestellt. Für die Polizei, falls wir sie doch noch holen müssen. Aber was anderes ...« – Brutus Finklin deutet auf das Frühstückstablett – »dass du dein Frühstück stehen lässt, kann ich nicht billigen. So kommst du nicht auf die Beine. Ich hab aber keine Lust, einen Doktor zu holen. Da kann ich dann genauso gut gleich selber bei der Polizei anrufen.«

»Wenn du die ganze Zeit von der Polizei redest«, bringt Harlass heraus, »warum holst du sie dann nicht?«

»Immerhin hast du jetzt mal den Mund aufgemacht«, meint Finklin. »Auch wenn Unsinn herauskommt. Ich muss nicht den Freund und Helfer der Polizei spielen, das ist nun mal so. Außerdem ...« Er steht auf und stellt den Stuhl weg. »Wir zwei, wir haben miteinander noch eine Rechnung offen. Eine Rechnung, die nur uns zwei angeht. Niemand sonst. Bevor du dieses Haus verlässt, werden wir die einzelnen Posten gemeinsam durchgegangen haben ...« Er wirft einen abschätzenden Blick auf Harlass und massiert sich dabei mit der linken Hand das rechte Handgelenk. Es ist ein sehr breites Handgelenk. »Einstweilen darf ich dir noch mitteilen, dass in dieser Gegend leider ziemlich oft eingebrochen wird. Was tut man da als sparsamer Mensch? Ich zum Beispiel hab rund ums Haus eine

Rosenhecke gezogen, wie im Märchen, eine eigene Züchtung übrigens, ich hab sie Lew Dawidowitsch genannt, den Namen musst du dir nicht merken, und falls du aus dem Dachfenster da oben klettern und abhauen willst – bitte sehr! Nur überleg es dir gut, bevor du runterspringst, denn die Lew Dawidowitsch ist ausgesprochen stachlig, die reißt dir nicht nur dein Nachthemdchen in Stücke, sondern die Epidermis dazu!«

Auch Harlass ist aufgestanden, und als Finklin sich zur Tür wendet, nimmt er alle Kraft zusammen und springt ihn an, um ihn am Hals zu packen, aber er springt mitten hinein in einen fürchterlichen Schlag, der ihn mit solcher Wucht zurück auf das Bett schleudert, dass er mit dem Hinterkopf gegen die Holztäfelung der Wand schlägt. Er rollt sich zur Seite, plötzlich ist über ihm sternklare Nacht, sonst soll nichts mehr sein, einfach nur daliegen! Aber wieder lässt man ihn nicht, jemand hebt ihm den Kopf an, er öffnet die Augen, eine Hand bewegt sich davor, ja doch, von links nach rechts...

»Wenn einer mal geboxt hat«, sagt eine Stimme über ihm, »richtig im Ring gestanden ist, was glaubst du, wie peinlich das für den ist, wenn er so einem Helden wie dir eine wischen muss!«

Nicht nur? Sie hat nicht nur fotografiert? Sondern hat sonst noch was getan? Vielleicht auch ein verstörtes Huhn aufgelesen, das sich nachts am Straßenbaum den Ekel aus dem Leib kotzt? Aufgelesen und nach Hause gefahren? Plötzlich wird Karen klar, warum diese schlanke große Frau von gestern Nacht durchaus kein Geld für das Taxi annehmen wollte. Sie wird das alles auf Stukkarts Rechnung setzen, denkt sie und unterdrückt das Grinsen, das sie anfallen will. Wie berechnet man: 1 x Absammeln von Erbrochenem? Stukkart wird sich was wundern.

Hinter seinem Schreibtisch sitzt der alte Mann vor dem Bildschirm seines Laptops und vergleicht die Texte aus der

Wotruba-Expertise mit anderen Texten, die er sich aus dem Internet abgerufen hat, und macht sich Notizen. Das dauert, aber sie kann ihn jetzt nicht antreiben, es war ihre Idee, dass er sich das anschauen soll. Plötzlich spürt sie seinen Blick.

»Sie müssen entschuldigen, ich bin gleich soweit… Sie sind mit der Staatsanwältin Wohlfrom-Kühn näher bekannt? Schon länger?«

»Näher bekannt?«, fragt Karen zurück. »Das weiß ich gar nicht, ob man das so sagen kann… Aber woher wissen Sie…?« Woher wohl, dummes Huhn. Das große Mädchen, das für ihn aufpasst, wird es ihm gesagt haben.

»Sie sind mit ihr bekannt genug«, stellt Berndorf fest, während er sich eine Fundstelle aus dem Internet notiert, »um von ihr in den Spandauer Forst mitgenommen zu werden. Dorthin, wo man den toten Polizisten Regulski gefunden hat.«

»Ich glaube, jetzt bin ich es, die sehr um Entschuldigung bitten muss«, sagt sie, »ich hätte Ihnen davon erzählen sollen. Die Wohlfrom-Kühn habe ich über meinen Mann kennengelernt, der sie zu einem Vortrag eingeladen hatte… Und irgendwie ist sie darauf verfallen, dass ich sie in den kommenden Wochen journalistisch begleiten soll.« Sie sucht seinen Blick, aber Berndorf ist schon wieder in die Expertise vertieft. »Sie stellt sich ein schmales Buch vor, *Short Cuts* aus dem Berliner Wahlkampf, etwas in dieser Art, ich war nicht ganz abgeneigt, das ist eine interessante Frau, vielleicht schafft sie es, diese Stadt aufzumischen… Und als wir darüber sprachen, kam ein Anruf, und dann wollte sie von mir wissen, ob ich schon einmal einen Toten gesehen habe, einen, den man totgeschossen hat, und hat mich mitgenommen.«

»Und?«, fragt Berndorf, »hat er Ihnen gefallen?«

»Bitte?«, fragt Karen zurück, aber es kommt keine Erklärung. »Ich verstehe«, fährt sie zögernd fort, »Sie sind nicht sehr zufrieden mit mir. Sie halten mich… ach, das will ich jetzt lieber nicht wissen, wofür Sie mich halten. Ich bin übrigens auch nicht zufrieden mit mir, wenn Sie das beruhigt…

Und der Tote, nein, besonders gefallen hat er mir nicht. Aber das Schlimmste, das war der Kartoffelsack.«

»Der Kartoffelsack?« Noch immer macht sich Berndorf Notizen.

»Der Mörder hat den Toten damit zugedeckt. Und dann Backsteine draufgelegt, damit es den Sack nicht wegweht. Was man nicht sieht, das ist auch nicht passiert. Finden Sie das nicht obszön?«

»Backsteine?«, fragt Berndorf und blickt auf. »Wo hatte er die denn her? Und den Kartoffelsack?«

»Das weiß ich nicht. Darüber wurde nicht gesprochen. Und ich – ich war nur geduldet, stand nur dabei, es wäre anmaßend gewesen, Fragen zu stellen. Selbst wenn mir etwas aufgefallen wäre.«

»Der Kartoffelsack ist Ihnen aber aufgefallen«, hakt Berndorf nach, der inzwischen auf seinem Notizblock ein neues Blatt aufgeschlagen hat. »Wieso überhaupt Kartoffelsack? Waren da welche drin?«

»Es war ein Sack aus Jute«, korrigiert sich Karen. »Ein ziemlich großer Sack. Mir kam es so vor, als würde so was vielleicht im landwirtschaftlichen Großhandel gebraucht.«

»Und lag da Bauschutt herum, den irgendwer in den Wald gekippt hat? Oder wo kamen die Backsteine her?«

Karen runzelt die Stirn. »Dass es Bauschutt gewesen wäre, hab ich nicht gesehen... Die Backsteine sahen auch aus wie – wie Backsteine eben, wie man sie im Baumarkt bekommt, denke ich mal. Da war auch kein alter Verputz dran und auch kein Zement.«

»Und die sind dann in den Wald gefahren worden mit dem Auto, das dem toten Polizisten gehört hat – habe ich das richtig verstanden?«

»So, wie Sie das sagen, klingt das komisch«, meint Karen. »Soll ich die Wohlfrom-Kühn mal danach fragen?«

»Besser nicht.« Berndorf zeigt kurz die Zähne. »Auch Staatsanwältinnen sind nur Menschen. Auf Fragen, auf die sie nicht selber kommt, wird sie ungern eingehen... Aber zu diesem Gutachten da, oder als was es sich ausgibt... Das ist im Auftrag der Regnier AG erstellt worden, sagten Sie. Wissen Sie zufällig, was dafür bezahlt wurde?«

»Nein, das weiß ich nicht. Aber es wird nicht ganz wenig gewesen sein. Mein Mann behauptet, Regnier sei hereingelegt worden.«

»Dazu gehören immer zwei«, meint Berndorf. »Einer, der hereinlegt, und einer, der sich hereinlegen lässt. Dieses Konvolut hier besteht zum einen aus Material, das samt Bildern und graphischen Darstellungen ungeniert und freihändig aus dem Internet heruntergeladen worden ist, und zum anderen aus Landschaftsbeschreibungen und heimatgeschichtlichen Darstellungen, die nach meiner Meinung völlig unverändert einem Reiseführer des 19. Jahrhunderts entnommen worden sind. Dieser Teil ist übrigens sehr angenehm zu lesen...«

»Gewiss doch«, stimmt Karen zu. »Der Text ist von Fontane. Aus den *Wanderungen durch die Mark Brandenburg*... Verstehen Sie jetzt, warum ich wissen will, in was mein Mann sich da eingelassen hat?«

Dicht gedrängt stehen die Trauergäste zwischen den Säulen der Kondolenzhalle des Neuen Städtischen Friedhofs am Baumschulenweg und hören die Übertragung der Trauerrede, die der Innensenator vor den geladenen Gästen hält. Das heißt, es ist nicht so sehr eine Rede, sondern der Innensenator liest Worte vor wie Pflichterfüllung, Aufopferung, ruchlose Tat, Herausforderung, bis auf die *ruchlose Tat* sind es lauter Worte auf *-ung*, konstatiert Berndorf, der neben einer der Säulen steht, umgeben von Polizisten mit schwarzem Trauerflor am Revers. Nach einer Weile hat Berndorf genug von diesen Worten, er schiebt sich an den Uniformierten vorbei und verlässt die Kondolenzhalle. Dann atmet er erst einmal durch und schlägt den Weg zu dem schon ausgehobenen Grab ein, wo er sich einen Platz suchen will, von dem aus er das weitere Geschehen beobachten kann.

»Sie sind Trauergast?«, wird er gefragt. Vor ihm steht ein Polizist, die MP umgehängt.

»Ich denke doch«, meint Berndorf und weist den Trauerflor vor, den auch er angelegt hat. Zwar habe er keine nähere Beziehung zu Jonas Regulski gehabt. »Aber ich kannte ihn.«

Doch der Polizist ist nicht zufrieden und weist auf die Kondolenzhalle. »Die Trauerfeier ist noch im Gange.« Berndorf erklärt, die Halle sei voll und er ziehe es vor, hier zu warten, worauf der Beamte den Ausweis sehen will und sich den Namen notiert.

Berndorf sieht ihm dabei zu, die Augenbrauen leicht angehoben. »Danke«, sagt er, als er den Ausweis zurückerhält. »Aber darf ich Ihnen noch einen Rat geben? Bei den vielen Trauergästen, Kollege, die am Grab zu erwarten sind, sollten Sie im Falle einer Störung vielleicht nicht gleich zur MP greifen.«

»Ich bin nicht Ihr Kollege«, antwortet der Polizist. »Gehen Sie bitte weiter zurück!« Berndorf tut, wie ihm geheißen, bis er schließlich unter einem Baum stehen bleibt und nicht weiter beanstandet wird. Aber da ist vorne bei der Kondolenzhalle Bewegung zu sehen, die ersten Trauergäste verlassen das Gebäude, dann machen sie Platz, denn der Sarg wird herausgetragen, sechs Polizisten haben ihn geschultert, beim Näherkommen sieht Berndorf, dass es fünf Beamte sind und eine Beamtin. Das letzte Geleit gibt auch der Innensenator. Eine Frau in schwarzem Pelzmantel, das graue Haar unter schwarzem Kopftuch gefasst, ist erkennbar nicht die Witwe und hält auch merklichen Abstand zum Innensenator – plötzlich ist ihm klar, dass das die Staatsanwältin Wohlfrom-Kühn sein muss, in den Zeitungen sieht man immer wieder mal ein Bild von ihr. Offenbar gibt es keine Witwe, ein alter, gebeugter Mann wirft eine zittrige Schaufel Erde ins Grab – doch nicht der Vater? Vermutlich der ältere Bruder, nach ihm eine kaum jüngere Frau, die Schwägerin also, dann ein kräftiger Mann mit gegerbtem, tief gefurchten Gesicht, der sich wahrhaftig eine Träne aus dem Auge wischt, ehe er die Schaufel tief ins Erdreich stößt… Eine schwarz Gekleidete, die sich rasch abwendet – Regulskis geschiedene Frau? Dann nehmen auch Innensenator und Staatsanwältin die Schaufel in die Hand, die Kolleginnen und Kollegen, der Landesvorsitzende der Gewerkschaft der Polizei… Berndorf überlegt, ob er sich nun auch der Reihe der Trauergäste anschließen soll, als er wieder diesen einen Mann mit dem gegerbten Gesicht sieht, der sich vom Grab abgewendet hat und nun unversehens auf ihn zukommt, mit starrem, verdüsterten Gesicht. Aber er geht an ihm vorbei, ohne ihn wahrzunehmen.

Berndorf lässt ihm ein paar Schritte Vorsprung, dann folgt er ihm, mit wechselndem Abstand, zwischendurch die Gräberreihen wechselnd. Sie kommen an der Kondolenzhalle vorbei, der Mann überquert die Straße, welche die beiden Teile des Friedhofs trennt, und betritt den nördlichen, in den Dreißiger Jahren des Zwanzigsten Jahrhunderts angelegten Bereich.

Der Himmel ist nicht bedeckt, aber ein wenig verschleiert, es kommt gerade so viel Sonne durch, dass man die Wärme im Gesicht spürt, vereinzelt leuchtet noch Herbstlaub in den Bäumen. Noch immer hält sich Berndorf in respektvollem Abstand von dem Mann, der ein ruhiges gleichmäßiges Tempo angeschlagen hat. Dann werden die Schritte langsamer, der Mann bleibt vor einem Grab stehen, einem Findlingsstein inmitten von kurz geschnittenem Rasen. Berndorf findet etwas abseits eine Bank und setzt sich, den Kopf zurückgelehnt, die Augen halb geschlossen. Der Mann steht noch immer da, in offenem dunklem Lodenmantel, darunter ein altmodisch geschnittener schwarzer Anzug, vor dem Schritt eine Hand in die andere gelegt. Zeit vergeht, dann greift der Mann in die Hosentasche, holt ein großes weißes Taschentuch hervor, schnäuzt sich und trocknet sich dann auch gleich noch die Augen. Ohne sich weiter umzusehen, wendet er sich ab und geht mit seinen ruhigen, bedächtigen Schritten dem Ausgang zu.

Berndorf bleibt noch ein wenig sitzen. Nur ein paar Sonnenstrahlen noch! Was tut er hier überhaupt? Einem Mann nachspüren, nicht viel jünger als er selbst, und beobachten, wie er dasteht in seinem schlecht geschnittenen Anzug und trauert? Und das nur deshalb, weil eine junge Frau aus der besseren Gesellschaft nicht weiß, was sie von ihrem Mann halten soll und in welche Geschäfte er verwickelt ist? Berndorf, hast du sie noch alle? Er stemmt sich hoch und geht zu dem Grab mit dem Findlingsstein, auf dem nur der Name und die Lebensdaten eingemeißelt sind:

Waltraud Hintze, geb. Regulski
22.3.1960 – 13.10.2002

Harlass liegt auf dem Rücken, die eine Hand hält den frischen Eisbeutel, den ihm die Maria mit dem Mittagessen gebracht hat. Was heißt Mittagessen! Ein Eintopf war es. Das rechte Auge ist ziemlich zugeschwollen, und Kopfweh hat er auch, von der Angina oder dem Faustschlag oder der Wand, gegen die er mit dem Kopf geflogen ist. Oder von allem zusammen. Und bei ihm nützt das Gurgeln sowieso nichts oder nicht viel, das hätte er diesem Finklin gleich sagen können.

Der Blick des einen, des linken Auges gleitet die Dachschräge hoch, die kurz unterm First abbricht, denn dort ist eine Decke eingezogen. Die Decke ist von einem Kehlbalken unterfangen, und irgendwer hat dort einmal einen stählernen Haken eingeschraubt. Seine Hand ist unter der Bettdecke verschwunden, hat das Nachthemd hochgeschoben und hält das harte steife Glied umspannt. Der Haken hat genau die richtige Höhe, wenn man den Schemel drunter stellt. Und fest genug ist er auch. Was wiegt die Polin? Siebzig Kilo? Viel mehr nicht. Das hält der Haken leicht.

Zu Hause hat er sich manchmal aus dem Internet Fotos heruntergeladen, Fotos aus Russland, auf denen man das Gesicht der Frau sehen kann. Das Gesicht danach, wenn die Wehrmachtssoldaten den Karren weggezogen hatten. Und Dolf hat ihm einmal ein Video aus Argentinien oder Brasilien gezeigt, da machten sie es mit einer Studentin, die war nackt. Das war... Plötzlich schiebt sich ein Schatten vor die Bilder. Er löst die Hand, so wird das nichts, er muss das mit Dolf erst zu Ende denken, danach fängt er den Film mit der Polin noch einmal von vorne an...

Dolf hat ihn hereingelegt. Die ganze Zeit schon. Dolf, der Polizeispitzel. Wenn er zu dem ginge, der würde bloß dreckig lachen, dieses dreckige, fette, glucksende Lachen, das der Dolf schon immer draufhatte... Moment. Der Dolf würde nicht lachen. Kein bisschen. Der würde in die Hosen scheißen vor Angst, weil er wüsste, jetzt geht es ihm so wie dem Regulski. Aber von wegen! Der würde noch betteln darum, dass er den Regulski-Schuss kriegt!

Eine heiße Welle flutet durch seinen Körper. Womit willst du dem Dolf eine verpassen, womit denn? Du hast ja gar nichts mehr... Der Alte, der Finklin hat die Aktentasche. Die Tasche und die 446 Viking und die Walther PPK und die beiden Reservemagazine. Dieser Haken da! Dich selber kannst du dran aufhängen, mehr ist nicht mehr drin, vielleicht geht dir ja einer ab dabei, irgendwo hast du so was doch mal gelesen...

Wieder klopft es. Eilig zieht Harlass seine Hand unter der Decke hervor und legt sich seitlich, aber die Erektion ist ihm schon halb vergangen, da muss er nur an den Dolf denken, und alles zieht sich zusammen!

Der Schlüssel wird umgedreht, die Tür öffnet sich, diesmal ist es Finklin allein. Er hat ein Buch unterm Arm, nein, kein Buch, es ist diese großformatige Broschüre aus Regulskis Aktentasche, in der Finklins Adresse stand.

»Kopfschmerzen, wie?«, fragt Finklin, greift sich den Stuhl und setzt sich wieder rittlings darauf. »Auch Übelkeit?« Er schnüffelt. »Gekotzt hast du nicht, dann wird es so schlimm nicht sein … Aber offenbar willst du mit mir nicht reden. Dein Pech. Mir ist das nämlich egal.« Er nimmt die Broschüre vor und schlägt sie auf. »Etwas anderes aber ist mir nicht egal, und zwar dieses … dieses Zeug aus der Aktentasche, die du bei dir hattest. Ich habe darin …« – er hebt beide Hände, als müsse er ein besonderes Ereignis ankündigen – »… meinen Namen und meine Adresse entdeckt, was insofern beruhigend ist, weil ich jetzt weiß, dass du hier nicht ganz zufällig zum Holzhacken aufgekreuzt bist. Ich hasse Zufälle, musst du wissen. Zum andern ist es insofern alles andere als beruhigend, weil ich nicht weiß, wer sich da warum meinen unbedeutenden Namen aufgeschrieben hat. Kannst du das verstehen?«

»Nun, wenn du nicht reden willst, muss es die Handschrift tun«, fährt er nach einer Weile fort. »Es ist eine gut lesbare Handschrift, die Handschrift von jemand, der gewohnt ist, sich etwas zu notieren, aber es ist nicht die Schrift eines Intellektuellen … Entschuldige, ich meine Leute wie zum Beispiel Lehrer, obwohl … aber das tut jetzt nichts zur Sache!«

Harlass blickt zur Decke, mit der einen Hand noch immer den Eisbeutel auf das rechte Auge haltend.

»Schöne Decke«, kommentiert Finklin. »Könnte ich auch den ganzen Tag angucken. Leider habe ich gerade anderes zu tun. Und zwar sind in ebender Handschrift, von der ich gerade sprach, auch die Anmerkungen gemacht, die sich in den Gerichtsakten finden – du weißt, in diesem Ordner, den du mir ebenfalls freundlicher Weise mitgebracht hast. Die Gerichtsakten beziehen sich auf den Fall eines Maurermeisters Paul Hintze, so dass ich auf den ersten Blick geneigt war anzunehmen, dass die gesamte Aktentasche ihm gehört. Das tut sie aber nicht, denn in einem Seitenfach habe ich die Mitgliederzeitschrift der Gewerkschaft der Polizei entdeckt, welcher der brave Maurer Hintze kaum angehören wird.«

»Was lernen wir daraus?« Finklin steht auf, legt die Broschüre auf der Kommode ab und beginnt, in der Dachkammer auf und ab zu gehen. Da er ein großer Mann ist, braucht er nicht viele Schritte dazu. »Da du damit beschäftigt bist, die Decke zu studieren, muss ich das also für dich übernehmen, das Lernen meine ich... Offenbar und ausnahmsweise hat es seine Richtigkeit mit dem, was in dieser Zeitung steht, und du hast also erstens Giselher erschossen, darüber werden wir uns später noch unterhalten, und zweitens den Polizeihauptkommissar Regulski, dem du dann sowohl die Dienstpistole als auch die Aktentasche abgenommen hast. Dieses wirft, leider, die nächste Frage auf, was nämlich die Gerichtsakten des Maurers Hintze in der Aktentasche des Polizisten Regulski zu suchen haben. Dieser war bei der Schutzpolizei, also eben nicht mit kriminalpolizeilichen Aufgaben befasst, wenn du verstehst, was ich meine, und hatte sich von daher dienstlich um irgendwelche Wirtschaftsstrafsachen oder Konkurse durchaus nicht zu kümmern... Hörst du mir eigentlich zu?« Finklin ist vor dem Bett stehen geblieben und packt mit hartem Griff den Oberarm von Harlass.

»Kann ich bitte meinen Pyjama wiederhaben?«, fragt Harlass. »Der gehört mir.«

»Deinen Pyjama!« Finklin setzt sich wieder auf den Stuhl, erneut rittlings, die gekreuzten Arme auf der Lehne aufgestützt. »Ist dir eigentlich klar, dass es hier und jetzt nicht um einen Pyjama geht, sondern um Kopf und Kragen? Um deinen Kopf und Kragen?«

»Ich möchte meinen Pyjama.«

»Legst du es eigentlich darauf an, dass du noch einmal eine gescheuert bekommst? Dein blöder Pyjama ist in der Wäsche.«

»Der war aber neu.«

»Eben drum. Maria ist der Ansicht, dass dieses Zeug erst gewaschen werden muss, bevor man es anzieht. Hör mal. Du sitzt so tief in der Tinte, dass... aber offenbar hat es überhaupt keinen Sinn, mit dir vernünftig reden zu wollen. Entweder du hast überhaupt keinen Verstand, oder du blockst ab...«

»Wenn du glaubst, ich bin der, der diese Sachen gemacht

haben soll«, sagt Harlass unvermittelt und deutet auf die Zeitung, »warum rufst du dann nicht die Polizei?«

»Das hast du schon mal gefragt. Offenbar ist es das Einzige, was dir im Kopf herumgeht – wie es sein kann, dass es Leute gibt, die der Polizei nicht den Spitzel machen wollen... Hey, was hast du?«

Harlass hat die Hand mit dem Eisbeutel vom Auge genommen und starrt Finklin zornig an. »Wieso sagst du das? Ich bin kein Spitzel. War nie einer.«

»Ich hab dich vorhin ganz schön erwischt«, konstatiert Finklin. »Kneif mal das linke Auge zu, kannst du überhaupt was sehen?«

Harlass will den Kopf schütteln, lässt es dann aber bleiben und legt den Eisbeutel wieder aufs Auge. »Warum hast du das mit dem Spitzel gesagt?«

»Ach!« Finklin zieht die Augenbrauen hoch. »Haben wir da einen wunden Punkt erwischt?« Er hebt beide Hände und beginnt, an den Fingern abzuzählen. »Der Maurer. Der Spitzel. Der Polizist. Man könnte einen Kriminalroman daraus machen...«

»Hör auf damit«, unterbricht ihn Harlass. »Das ist eine Lüge.«

»Ja?«, fragt Finklin. »Erklär es mir. Sag mir, was die Lüge ist... Nein? Man blockt schon wieder ab? Egal.« Plötzlich lächelt er. »Auf einmal kommt ganz von selbst Licht in das Dunkel. In dieser bescheuerten Zeitung steht, du hättest Regulski umgebracht, weil er dich als Tatverdächtigen erkannt haben soll. Als den Kerl, der Giselher Marcks vor diesem Hallenbad erschossen hat. Natürlich ist das eine Lügengeschichte. Dieser Bulle hatte selbst eine Pistole, der wäre mit dir im Handumdrehen fertiggeworden, glaub es mir!«

Wurde er aber nicht, denkt Harlass und schaut wieder zur Decke hinauf.

»Wurde er aber nicht«, fährt Finklin fort, »was bedeutet, dass er dich nicht *er*kannt hat, sondern er hat dich *ge*kannt. Das muss schon deshalb so sein, weil er in seinem eigenen

Auto erschossen worden ist, was wiederum voraussetzt, dass er dich zuvor hat einsteigen lassen, dieser Freund und Helfer. Warum? Wollte er ein bisschen kuscheln mit dir? Wenn es so war, kannst du es ruhig zugeben. Ich bin nicht prüde…«

Irgendwann bringe ich dich dafür um, denkt Harlass. Irgendwann werde ich es schaffen.

»Trotzdem ist es nicht das, was ich wirklich glaube«, sagt Finklin und erhebt sich. »Ich glaube, er hat mit dir über deinen nächsten Job geredet. Und dein nächster Job, nicht wahr, der wäre hier gewesen? Eigentlich ist jetzt nur noch eine Frage offen.« Finklin steht direkt vor dem Bett und schaut auf Harlass hinunter. »Warum du den alten Trotzkisten Finklin nicht umgelegt hast. Du hast hierhergefunden, und wenn du fix gewesen wärst, dann hättest du die Maria abgeknipst, wärst ins Haus und hättest mich am Schreibtisch erwischt und wieder peng! Alles ganz einfach. Skrupel hast du ja keine, hättest du auch bei der Maria nicht gehabt, so einer wie du doch nicht… Trotzdem ist es nicht so gelaufen. Du hattest es so auch gar nicht vor. Die Pistolen waren in der Aktentasche, und die hast du brav unterm Arm gehalten. Du bist hier aufgekreuzt, um dich erst mal als Ex-Knacki beim alten Knastbruder Finklin einzuschleimen. Warum?«

Er hebt die Achseln kurz an und lässt sie wieder fallen. »Aber was frage ich! Du willst nicht reden. Okay. Aber versuch mal nachzudenken. Zum Beispiel darüber, wer dir in deiner Situation jetzt überhaupt noch helfen kann… Für die Zwischenzeit noch ein Hinweis!« Gebückt geht er unter der Dachschräge bis zum Kniestock. »Siehst du die Leiste hier, oberhalb der Täfelung? Komm mal her, es ist wichtig für dich!« Widerstrebend steht Harlass auf und nähert sich. »Ungefähr einen Meter vor der linken Seitenwand ist in die Leiste eine Taste eingebaut, die siehst du fast nicht, die musst du fühlen… Versuch es mal, die Taste hat ein bisschen Spiel, aber du musst sie dann kräftig drücken.«

Harlass zögert, fährt dann aber doch mit der Hand die Leiste entlang. Zunächst findet er nichts, merkt dann aber, dass in die Leiste ein Zwischenstück eingesetzt ist. Er drückt darauf, und eine in der Täfelung bisher nicht sichtbare Luke klappt auf. Dahinter müffelt der Kniestock, ein dunkles Loch mit einem Bretterboden.

»Es kann sein«, sagt Finklin, »dass dich jemand gesehen hat, als du hierher unterwegs warst. Falls nun die Polizei hier aufkreuzt und nachsehen will, ob ich einen Hakenkreuz-Bubi beherberge, dann wird meine Hexe erst einmal Krach schlagen, und wenn sie das tut, dann hast du gerade so viel Zeit, die Bettdecke glatt zu ziehen, hinter der Luke zu verschwinden und sie von innen zuzuziehen... Hast du das begriffen?«

Harlass zieht es vor, nichts zu sagen. Finklin verlässt die Kammer, die Tür schließt sich wieder. Das Geräusch des Schlüssels, der umgedreht wird. Harlass ist allein mit sich.

Ulrich Jörgass, die Füße auf einen umgedrehten Papierkorb aufgelegt, hat endlich den Kollegen vom Dezernat Organisierte Kriminalität erreicht, aber das Gespräch scheint ihn nicht glücklich zu machen.

»Definitiv nein?«, fragt er schließlich.

»Was heißt schon definitiv, Kollege!«, kommt es durch den Hörer. »Ich kann es mir nur nicht vorstellen. Die Russen arbeiten ausschließlich mit Leuten, die sie kennen. Von denen sie wissen, dass sie zuverlässig sind. Die das Maul halten, wenn man sie schnappt, weil sie nämlich wissen, dass ihr weiteres Wohlergehen und vor allem das ihrer Familie in Russland vom Maulhalten abhängt. Abgesehen davon wäre es absolut unter der Würde der Russen, für nasse Arbeit einen Deutschen zu engagieren.«

»Ich versteh es nicht«, murrt Jörgass. »Da hockt so ein Klüngel aus der Bauverwaltung in der Sauna, mittendrin schwitzt ein Russe, dann wird einer aus der Runde umgelegt – und mit was für einer Knarre passiert das? Richtig, mit einer Jarygin – Kollege, versteh doch, dass das irgendwie kein Zufall sein kann!«

»Wie hieß denn dieser Russe?«

»Moment!« Jörgass muss in seinem Notizblock blättern. »Hier. Ruzkow. Gennadij Wassiljewitsch Ruzkow. Soll ich buchstabieren? Hey?«

»Nein«, kommt die Antwort. »Musst du nicht buchstabieren. Vergiss es einfach. Lass die Finger davon. Oder ihr schaltet die Bundesanwaltschaft ein. Ruzkow ist viel zu weit oben in der Hierarchie. Wenn die Russenmafia gegen den was hätte unternehmen wollen, dann hätten wir in Moskau schon längst St.-Valentins-Tag.«

»Wenn du meinst«, sagt Jörgass resignierend, murmelt so etwas wie einen Dank für die Auskunft und legt auf. Dann nimmt er die Füße vom Papierkorb und wendet sich seinem Schreibtisch und damit auch seiner Kollegin Lena Quist zu, die eine Landkarte und allerhand anderes Papier auf ihrem Schreibtisch ausgebreitet hat und im Internet Zugverbindungen sucht. »Was treibst du da und warum?«, will Jörgass wissen. »Läuft hier ein Fortbildungsprogramm – wie lernen wir unsere Heimat kennen?«

»Harlass hat doch am Montag in der Galerie im Potsdamer Hauptbahnhof eingekauft, nicht nur einen Rasierer, sondern auch eine Zahnbürste und einen Schlafanzug, und zwar muss das am späten Vormittag gewesen sein ... Moment: Der Kaufpreis für den Rasierer ist um 11.52 Uhr in der Kasse des Elektro-Marktes verbucht worden, die Zahnbürste wurde um 12.08 Uhr in der Drogerie bezahlt und der Schlafanzug um 12.27 Uhr in einem Textilgeschäft, verstehst du?«

Statt einer Antwort blickt Jörgass zur Decke.

»Nun fahren an einem Montagvormittag nicht so schrecklich viele Leute mit dem Zug, die keine Monatskarte haben«, fährt Lena Quist fort. »An diesem Montag sind zum Beispiel an den Fahrkartenautomaten im Hauptbahnhof Potsdam in der Zeit zwischen 11.00 Uhr und 11.20 Uhr und 11.40 Uhr gerade mal siebzehn Tickets gezogen worden. Ich habe die Liste hier...« – sie ergreift einen Computerausdruck und wedelt damit über den Schreibtisch.

»Einen Augenblick!«, sagt Jörgass. »Montags fahren nur Leute mit dem Zug, die eine Monatskarte haben, ja? Hast du das gerade als neues Dogma erfunden?«

»Ich habe nur gesagt, an einem Montagvormittag sind es nicht so sehr viele«, verteidigt sich die Quist, »und siebzehn Tickets in zwanzig Minuten sind ja wirklich nicht viel, nicht für einen Hauptbahnhof.«

»Es ist der Hauptbahnhof von Potsdam«, erwidert Jörgass. »Und wie kommst du überhaupt auf diese zwanzig Minuten? Von null Uhr siebzehn bis null Uhr siebenunddreißig wären vielleicht überhaupt keine Tickets gezogen worden...«

»Dieser Harlass hat kurz vor Mittag den Rasierer gekauft«, antwortet Lena Quist. »Warum um diese Zeit? Warum nicht vorher? Ich vermute mal, dass er erst kurz vorher auf dem Hauptbahnhof angekommen ist. Und was hat er dann getan? Wenn er in Potsdam eine Unterkunft gewusst hätte, wäre er erst einmal dorthin.«

»Warum?«

»Der weiß doch auch, dass er gesucht wird. Wenn er in Potsdam bleiben will, dann läuft der doch nicht in der Einkaufsgalerie von einem Laden zum andern, wo er von so und so viel Leuten gesehen wird. Nein, der hat sich einen Zug herausgesucht, dann hat er gesehen, dass er noch Zeit hat, sich ein paar Sachen zu kaufen, aber bevor er damit beginnt, zieht er sein Ticket, damit er das schon mal hat. Deswegen hab ich die zwanzig Minuten so kalkuliert, dass gerade genug Zeit für alles bleibt, also für das Ticket, für den Weg in den Elektroladen und für das Aussuchen des Rasierers, den er dann...«

»Irgendwann vor zwölf Uhr an der Kasse bezahlt«, sagt Jörgass, »ich hab es jetzt verstanden, danke! Und dann soll er von mir aus auch eines von diesen siebzehn Tickets gezogen haben. Aber was ergibt sich daraus?«

»Von diesen siebzehn Reisenden wollten die meisten nach Berlin Hauptbahnhof, drei nach Frankfurt/Oder, zwei nach Cottbus. Die anderen hatten Bahnhöfe in der Region eingegeben. Einer wollte nach Rathenow, ein anderer über Rathenow nach Crammenow.«

»Nie gehört.«

»Liegt im Westhavelland. Egal! Jedenfalls hab ich den brandenburgischen Kollegen ein paar Bahnhöfe genannt, wo sie das Fahndungsfoto von Harlass vorzeigen könnten.«

»Und woher willst du wissen, dass der nicht einfach wieder in Berlin hockt?«

Lena Quist steht auf und zeichnet auf der Landkarte eine Schlaufe nach, die nordöstlich von Berlin beginnt und in Potsdam endet. »Auch die Staatsanwältin glaubt, dass Harlass um Berlin erst mal einen großen Bogen macht. Sonst wäre er nicht in Potsdam aufgetaucht…«

Ihr Telefon schlägt an, sie nimmt den Hörer und meldet sich. Jörgass sieht ihr zu, sie erwidert seinen Blick und zieht dabei die Augenbrauen hoch, dann bestätigt sie eine Frage mit einem kurzen »Ja« und hört schon wieder zu. Schließlich bedankt sie sich, legt auf und zeigt Jörgass ganz kurz und spielerisch ihre Zähne. »Kinderüberraschung! Ein Mann, der so ähnlich aussehen soll wie Lutz Harlass, hat am Montag kurz vor 14 Uhr in der Bahnhofsgaststätte von Rathenow eine Cola zum Mitnehmen gekauft und ist dann gleich wieder gegangen…« Sie sucht in den Zetteln auf ihrem Schreibtisch und wird fündig. »Hier – wenn es Harlass war, dann hat er den Zug 12.38 Uhr ab Potsdam Hauptbahnhof genommen, ist um 13.51 Uhr in Rathenow angekommen und hätte gerade 14 Minuten Zeit gehabt, um sich die Cola zu kaufen und den Anschlusszug nach Crammenow zu bekommen.«

Jörgass greift zum Telefon und gibt eine Kurzwahl ein. Niemand nimmt ab. Schließlich lässt er den Hörer sinken. »Wieso ist Keith nicht da?«

»Der ist auf der Trauerfeier für Regulski.«

»Der trauert aber lang«, meint Jörgass und wählt erneut, diesmal eine Handy-Nummer. Wieder wird nicht abgenommen. Schließlich meldet sich der Anrufbeantworter, und Jörgass spricht eine kurze Nachricht. »Keith, die Lena hat da vielleicht was rausgefunden...«

Noch ist Nachmittag, aber das Licht in dem kleinen Büro ist so schlecht, dass Berndorf bereits die Schreibtischlampe eingeschaltet hat. Außerdem hat er die neue Lesebrille aufgesetzt, das ist noch ungewohnt für ihn, aber er wird sich mit ihr abfinden müssen. Anders kann er manche Texte nicht mehr lesen. Zum Beispiel sind die Einträge in den alten Berliner Telefonbüchern das reine Augenpulver – und da soll dann einer heraussuchen, welche Hintzes im Jahr 2002 noch vertreten waren und 2003 oder 2004 nicht mehr. Es gibt nämlich Hintzes in Berlin wie Sand in Brandenburg oder annähernd so viel, mindestens zwei Spalten Telefonbuch füllen sie...

Dabei ist ihm gar nicht viel geholfen, wenn sich ein einzelner Eintrag geändert haben sollte. Wenn eine Waltraud Hintze im Telefonbuch von 2002 erscheint, in dem von 2003 aber nicht – was weiß er dann, was er mittags nicht schon wusste? Er sucht etwas anderes. Hier zum Beispiel, ein Baugeschäft Paul Hintze, in der Ausgabe von 2002 ist sogar eine kleine Anzeige dazu geschaltet, die Fa. Hintze empfiehlt sich für Neu- u. Ausbau sowie f. sachger. Renovation... Berndorf sucht die Spalten des Telefonbuchs von 2003 ab, die Anzeige ist nicht mehr zu finden, auch der Eintrag selbst nicht mehr und auch kein Hintze mit der Telefonnummer, die das Baugeschäft hatte.

Er schreckt hoch. Was ist? Die Türglocke bimmelt. Er schlägt die Telefonbücher zu und legt sie auf einen Stapel. Dann geht er durch den kleinen Korridor und öffnet, vor ihm steht ein Fahrradkurier und will wissen, ob er der Herr Berndorf ist, Hans Berndorf, dann muss er den Empfang eines Eilbriefes quittieren, er tut es und erhält einen braunen DIN-A-4-Umschlag. Langsam geht er zu seinem Schreibtisch zurück, der Umschlag fühlt sich dünn an, die Adresse ist von Hand geschrieben, die Handschrift ist ordentlich und genau und vermutlich die einer Frau. An seinem Schreibtisch öffnet er den Umschlag. Es sind Kopien von vier Zeitungsartikeln darin oder genauer: von vier Artikeln, die man ausgeschnitten und auf Papier aufgeklebt hat, am Rande sind Datum und Fundstelle handschriftlich vermerkt. Beim ersten Artikel handelt es sich um einen Ausriss aus einem Wochen- oder Szeneblatt mit dem Titel: »Carmencita spurlos verschwunden«, vermerkt ist das Datum vom 6. November 1992 und das Kürzel »AltZ«, Berndorf vermutet, dass es für »Alternative Zeitung« steht. Er beginnt zu lesen:

»Freunde von Carmencita sind in großer Sorge: Seit einigen Tagen hat niemand mehr die Wahrsagerin gesehen, die sonst fest zur Szene rund um Alexanderplatz und Hackeschem Markt gehört. Zuletzt wohnte sie in einem nicht fertiggestellten Neubau. Als ein Bekannter nach ihr sehen wollte, entdeckte er Blutspuren auf dem Betonboden des Erdgeschosses. Wie nicht anders zu erwarten, weigert sich die Polizei, auch nur eine Vermisstenmeldung aufzunehmen. Die einzige Reaktion: Sie hat Carmencitas Bekannten wegen Hausfriedensbruchs angezeigt, weil er widerrechtlich in den Neubau eingedrungen sei. Kotz! Würg! Die Redaktion bittet deshalb alle, die Carmencita gesehen oder ein Lebenszeichen von ihr bekommen haben, sich zu melden. Sie ist etwa 1.80 Meter groß, hat lange schwarze Haare und trägt ein knöchellanges schwarzrotes Kleid.«

Carmencita? Berndorf nimmt sich den nächsten Ausschnitt vor. Es ist ein Artikel aus einer der besseren Berliner Zeitungen und auf den 14. November 1992 datiert. Unter der Überschrift: »Rätselraten um Pythia vom Hackeschen Markt« steht zu lesen:

»Wer sich sein künftiges Lebens- und Liebesglück weissagen

lassen wollte, der bekam bisher am Hackeschen Markt rasche und billige Auskunft. Für einen Fünfer las die mannsgroße, in schwarzrote wallende Gewänder gekleidete Carmencita aus jeder Hand, die man ihr hinhielt, und hatte auch allerhand lebenspraktische Hinweise parat, zum Beispiel über den richtigen Gebrauch von Kondomen. Trotzdem war sie nicht überall gerne gesehen. Ihr sonst angenehmer Bariton konnte sehr laut werden, wenn sich zu viele der angesprochenen Kunden verweigerten. Wiederholt hatten entnervte Ladenbesitzer bei der Polizei darum gebeten, ob man die Wahrsagerei nicht mit Hilfe eines Platzverweises unterbinden könne. Dazu hatte die Polizei aber keine rechtliche Handhabe gesehen.

Nun ist der 38jährige Erwin K. – wie Carmencita mit bürgerlichem Namen heißt – seit ein paar Wochen verschwunden, und das nährt jetzt böse Gerüchte, vor allem in der Transvestiten-Szene. Wieder einmal wird der Polizei vorgeworfen, bei Gewaltverbrechen gegen Homosexuelle und Transsexuelle sehe sie beflissen weg …«

Wieder schlägt die Türklingel an. Berndorf flucht leise und legt die Kopien der Zeitungsausschnitte in die Schreibtischschublade. Dann geht er zur Tür und öffnet, ein mittelgroßer Mann, schwarz gekleidet und in einem schwarzen Mantel, steht vor ihm, der Mann ist nicht mehr der Jüngste, das schon etwas schüttere braune Haar ist nach hinten gekämmt. Vor allem aber geht von ihm dieser Geruch nach Kernseife und Amtsbefugnis aus, die überzeugender ist als jede Hundemarke.

»Ich hoffe, Herr Berndorf, ich komme nicht ungelegen«, sagt der Besucher, »Keith ist mein Name – wir sind Kollegen … Soll ich Ihnen meinen Ausweis zeigen?«

Berndorf weist einladend in Richtung seines Büros, der Besucher tritt ein, den Mantel will er nicht ablegen, er wird Berndorf nicht lange aufhalten. Ungeniert sieht er sich um, Berndorf beobachtet ihn dabei und liest, was in den Augen des Besuchers sehr deutlich zu erkennen ist: dass dies das armselige schäbige Büro eines armseligen schäbigen Privatschnüfflers ist, der – es ist kaum zu glauben – früher einmal ein richtiger Polizist war.

Keith, Wolfgang Keith, Kriminalhauptkommissar, wie der Karte zu entnehmen ist, die er Berndorf reicht – Keith also setzt sich, dabei streifen seine Augen fast belustigt den Stapel alter Telefonbücher. »Sie haben heute Vormittag unserem Kollegen Jonas Regulski die letzte Ehre erwiesen«, sagt er dann und schlägt ein Bein übers andere. »Ich danke Ihnen dafür.«

Berndorf deutet ein Kopfnicken an.

»Sie kannten Regulski?«

»Kennen ist zu viel gesagt. Ich bin ihm ein-, nein: zweimal begegnet.«

Keith nickt. »Sie haben die Trauerfeier nicht nur besucht, Sie haben sie auch beobachtet. Warum?«

Berndorf betrachtet sein Gegenüber. Eine neue Generation von Polizisten? Oder ist es einfach die Berliner Art, sich als Hauptstädter aufzuführen? Egal. »Nächste Frage.«

Ein Zucken läuft über Keiths Gesicht. »Wie Sie meinen.« Abrupt stellt er beide Füße auf den Boden. »Ich hatte gehofft, mit Ihnen vernünftig reden zu können. Dass wir kooperieren, wäre übrigens für Sie wichtiger als für uns. Aber gut. Offenbar haben Sie ein Trittbrett gefunden, auf dem Sie mitfahren können …«

»Wenn Sie mit mir vernünftig reden wollen«, unterbricht ihn Berndorf, »dann tun Sie nicht so, als hätten Sie das Handwerk bei der Stasi gelernt.«

»Sie wissen, dass ich Sie jetzt wegen Beleidigung anzeigen kann?«, fragt Keith. »Es gibt keinen Richter in Berlin, der Sie nicht verurteilen würde.«

Berndorf zeigt mit der Hand zur Türe. Keith steht auf, macht aber keine Anstalten zu gehen. »Hören Sie – ich bin im Guten zu Ihnen gekommen. In der Hoffnung auf vernünftige Kooperation, ich sagte es ja schon. Wir haben es mit zwei Morden zu tun, zwei Morden, die mit großer Brutalität begangen wurden und bei denen man beides Mal dieselbe Schusswaffe benutzt hat. Außerdem suchen wir nach einem dringend Tatverdächtigen. Ich verrate damit nichts Neues, das ist alles in den Medien bereits mitgeteilt worden. Offenbar aber hat der Fall mehrere Aspekte, und einen davon scheinen Sie aufgegriffen zu haben. Oder Sie sind vielmehr beauftragt worden, ihn aufzugreifen. Begreifen Sie bitte – früher oder später werden wir miteinander reden müssen.«

»Das hört sich jetzt zwar anders an«, sagt Berndorf, der ebenfalls aufgestanden ist. »Trotzdem muss ich Sie enttäuschen. Ich bin nahezu ein ganzes Berufsleben hindurch Polizist gewesen, und das scheint mir Grund genug, warum ich zu dieser Trauerfeier gegangen bin. Leider ist diese Trauerfeier als eine Art Staatsakt inszeniert worden. Ich mag so etwas nicht. Deswegen bin ich früher gegangen und dabei überprüft worden. Das ist alles.«

Keith sieht ihn an, dann ist er es, der ein Kopfnicken andeutet. »Dann entschuldigen Sie bitte die Störung. Ich wünsche noch einen angenehmen Tag…!« Berndorf begleitet ihn zur Tür, kehrt dann zu seinem Schreibtisch zurück und holt die Kopien aus der Schublade. Wo war er stehen geblieben? Ach ja, bei dem Vorwurf an die Adresse der Polizei, für Verbrechen an Homosexuellen und Transvestiten interessiere sie sich nicht…

»Davon kann keine Rede sein«, erklärte dazu Senatsrat Holger Missenpfuhl, »und auch durch ständige Wiederholung gewinnen solche Vorwürfe keinerlei Wahrheitsgehalt.« Zuletzt hat der obdachlose Erwin K. in einem noch nicht fertiggestellten Neubau Unterschlupf gefunden. Freunde von ihm wollen dort Blutspuren gesehen haben. Dazu Missenpfuhl: »Auch hier kann ich nur sagen: Fehlanzeige. Null Spuren. Leider oder Gott sei Dank.«

Wo ist Erwin K. nun aber abgeblieben? »Wir haben keine Ahnung. Vielleicht ist er auf Lanzarote. Da soll es im November ja ganz angenehm sein, und Urlauber haben Zeit, sich aus der Hand lesen zu lassen.« Einen Wahrsager will Missenpfuhl aber nicht zu Rate ziehen.

Es muss lustig sein, denkt Berndorf, das Leben eines Berliner Obdachlosen. Wenn es kalt wird, fliegt er nach Lanzarote. Wo ist das Problem? Er nimmt die dritte Kopie, es ist die eines einspaltigen Artikels mit der Überschrift: »Wo ist Erwin K.?«, als Datum ist diesmal der 15. November 1993 notiert:

»Am Hackeschen Markt haben gestern mehrere Dutzend Demonstranten an das Schicksal des Obdachlosen Erwin K. erinnert, der vor ungefähr einem Jahr spurlos verschwunden ist. Der damals 35jährige war als Wahrsagerin Carmencita ein Begriff im Kiez. Die Demonstranten erhoben den Vorwurf, Erwin K. sei vermutlich einem Gewaltverbrechen zum Opfer gefallen. Die Polizei sei den entsprechenden Hinweisen aber nicht nachgegangen. Von der Polizei wurde dazu auf Anfrage erklärt, es habe damals keinen Hinweis auf ein Verbrechen gegeben und es gebe einen solchen auch heute nicht. Wo sich der Obdachlose Erwin K. jetzt aufhalte, entziehe sich ihrer Kenntnis.«

Berndorf nimmt den vierten Ausschnitt auf und stellt bei einem Blick auf das Datum – 4. November 1992 – fest, dass er ihn vermutlich als ersten hätte lesen sollen. Unter der Überschrift: »Streifenwagen mit Molotow-Cocktail in Brand gesetzt« heißt es da:

»Aus einem fahrenden Auto heraus haben bisher unbekannte Täter einen vor dem Polizeirevier Berlin Mitte geparkten Streifenwagen mit Benzinbomben beworfen und in Brand gesetzt. Das Fahrzeug brannte völlig aus. Die sofort eingeleitete Fahndung nach den Tätern blieb bisher ohne Erfolg. Senatsrat Holger Missenpfuhl verurteilte den Anschlag als schändliche Tat und nannte sie ein Indiz für die zunehmende Brutalisierung der kriminellen Szene…«

»Nein!«, entfährt es Berndorf, denn schon wieder hat es geklingelt. Er geht zur Tür und ist erleichtert, denn diesmal ist es Tamar, die davorsteht. Er blickt auf die Uhr.

»Das trifft sich gut«, sagt er zur Begrüßung, »gehen Sie mit mir was essen? Die Osteria an der Ecke müsste schon die Küche angeworfen haben.«

»Nein«, antwortet sie und läuft an ihm vorbei in sein Büro, »ich bin zum Tee eingeladen, nach Nikolassee, und will von Ihnen eigentlich nur wissen, ob diese Dame dort noch Klientin ist oder ob ich dies als private Einladung ansehen muss oder darf oder was auch immer!«

»Ah ja«, macht Berndorf und kommt sich ein wenig hilflos vor. »Diese Dame in Nikolassee! Der Auftrag ist noch nicht abgeschlossen, also ist sie noch immer Klientin. In welcher Eigenschaft Sie mit ihr Tee trinken, bleibt Ihnen überlassen.« Er nimmt die vier Ausschnitte und wendet sich zu dem Kopiergerät, das auf einem Sideboard neben dem Schreibtisch steht. »Da ist noch etwas...« Er zieht Kopien von allen vier Artikeln und gibt ihr einen Satz davon. »Ich hatte versucht, mich über Regulski zu erkundigen, äußerst erfolglos, wie es zunächst schien... aber vor einer Stunde brachte mir ein Kurier einen Umschlag mit diesen Kopien, sonst war nichts drin, kein Begleitschreiben. Lesen Sie die vier Artikel durch, die Geschichte ist zwanzig Jahre alt, aber wenn Sie eine Chance dafür sehen, versuchen Sie, in der Gay Community einen Zeugen aufzutreiben – aber erst morgen, nicht heute Abend, da sind Sie bitte in Nikolassee.«

»Ich bin nicht heute Abend dort, sondern zum Tee.« Etwas widerstrebend nimmt Tamar die Kopien. »In der Gay Community, sagten Sie?« In ihre Stimme mischt sich ein leicht gereizter Unterton. »Es würde Ihnen nicht schlecht stehen, sich selbst einmal dort umzusehen. Zur Abwechslung von den Zuckerdosen im Stehcafé neben dem Polizeirevier.«

Berndorf wirft ihr einen schiefen Blick zu. »Außerdem könnten Sie sich von der Dame Andermatt die Geschichte vom Jutesack und den Backsteinen erzählen lassen.«

»Bitte?«

»Der Jutesack war über Regulskis Leiche gezogen und

mit Backsteinen festgehalten, verstehen Sie? Und vielleicht wäre es hilfreich, wenn man die richtigen Leute auf die Idee brächte, mal nachzugucken, ob sich in der Nähe vom Fundort der Leiche Regulskis vielleicht ein Wasserloch befindet.« Mit beiden Händen hält er einen imaginären Kartoffelsack hoch und versenkt ihn in einem ebenso imaginären Wasserloch.

»Ich verstehe«, sagt Tamar. »Zumindest einen Teil... aber wenn es da wirklich ein Wasserloch gibt, was sollen die richtigen Leute denn da drin finden? Regulskis Leiche haben sie ja schon...«

»Lesen Sie die Zeitungsausschnitte«, antwortet Berndorf.

Karen Andermatt hat diesmal nicht das kurze Schwarze angelegt, das ohnehin in der Reinigung sein wird, sondern trägt einen sehr britisch anmutenden Rock – Harris-Tweed? – und dazu einen Cashmere-Pullover. Sie bemüht sich, die Besucherin mit so unbefangener Herzlichkeit zu begrüßen, als ob es in der ganzen Welt nichts gäbe, weshalb man befangen sein müsste. »Ich finde es wirklich ganz reizend, dass Sie trotz meiner überfallartigen Einladung gekommen sind.« Als Tamar schon eingetreten ist, fügt sie noch hinzu: »Und ich hoffe sehr, Sie haben es nicht deshalb getan, weil Sie schon wieder auf mich aufpassen müssen.«

»Nein, heute habe ich frei«, antwortet Tamar und versucht sich an einem kurzen Lächeln. »Das habe ich mit Berndorf so ausgemacht.«

»Sie arbeiten in seinem – wie sagt man? Büro? In seiner Agentur?«

»Nein. Er hat nur manchmal einen Auftrag für mich.«

»Ich hätte mich also auch direkt an Sie wenden können?« Karen legt den Kopf ein wenig schräg. »Oder könnte es, wenn ich mal ins Theater will und jemanden brauche, der mich danach wieder aufsammelt?«

»Sie haben ja meine Adresse«, sagt Tamar.

Den Tee gibt es an einem großen massiven Holztisch, und es gibt nicht einfach nur Tee, sondern einen High Tea, mit Toast und Schinken und Lachs und französischem und Schweizer und italienischem Käse, alles so locker arrangiert, dass es eben nicht arrangiert aussieht. Dunkelrote Rosen füllen eine Glasschale, das Licht ist heruntergedimmt, aber es sind Kerzen angezündet, deren Licht sich in den Rosenblättern spiegelt. Puh!, denkt Tamar. Von ferne klingt eine Gedichtzeile an.

Wahlweise gibt es Grünen oder Schwarzen Tee, Karen empfiehlt ein kleines Kontor in Charlottenburg, wo es große Auswahl an Teesorten aus ökologisch kontrolliertem Anbau gebe, und während sie das tut, blickt sie immer wieder einmal zu Tamar, die mit einer höflichen und beherrschten Aufmerksamkeit zuhört. Plötzlich bricht das Geplauder ab, Tamar blickt auf und in große, ein wenig ratlos wirkende Augen.

»Sie müssen mich für eine unglaublich dumme Pute halten«, erklärt Karen Andermatt und versucht ein schiefes Lächeln, »nachts kotze ich auf den Straßen herum, und am nächsten Tag tue ich so, als ob ich nichts anders im Kopf hätte als Teesorten aus ökologischem Anbau ...«

»Und?«, fragt Tamar artig. »Das ist doch ein interessantes Thema!« Inzwischen ist ihr eingefallen, dass es ein Gedicht von Benn sein muss, nach dem sie sucht.

»Ganz gewiss nicht für jemanden wie Sie«, widerspricht Karen. »Entschuldigung, das klingt schon wieder blöd. Offenbar bin ich Ihnen gegenüber noch immer schrecklich befangen, das hat nicht nur mit gestern Nacht zu tun, sondern auch damit, dass Sie wohl schon seit Samstag – wie soll ich das sagen? – nun ja: dass Sie seit Samstag ein Auge auf mich gehabt haben ...« Sie nimmt einen Schluck Tee und wirft dabei wieder einen dieser prüfenden oder fragenden Blicke zu Tamar, die sich nun doch zu einer Klarstellung verpflichtet fühlt.

»Sie vergessen, dass ich nicht Sie beobachtet habe. Und auf Sie aufgepasst habe ich schon gar nicht, das ist sicher nicht der richtige Ausdruck. Mein Job war ausschließlich, zu sehen, ob jemand anderes Ihnen nachstellt.«

»Ich will mich auch gar nicht beklagen. Gewiss nicht über Sie. Mich beschäftigt etwas anderes. Wie geht es Ihnen damit, wenn Sie jemanden beobachten? Bleibt das ganz professionell, oder kann es sein, dass Sie irgendwann Ärger empfinden oder Mitleid oder versteckte Sympathie?«

»Wir kommen der Zielperson einer Observation selten so nahe, dass sich diese Frage stellt«, antwortet Tamar, bemüht, einen möglichst sachlichen Ton anzuschlagen. »Wir sollen ein Bewegungsprofil erstellen. Wohin geht die Zielperson, was tut sie da, mit wem trifft sie sich – das ist meist schon alles, und wenn es richtig sein soll, ist das Arbeit genug. Wir erstellen kein Psychogramm.«

»Berndorf sagte mir, Sie seien Kriminalbeamtin gewesen…« Sie bricht ab, denn über den Tisch hinweg hat sie ein wachsamer Blick getroffen.

»Er war einmal mein Chef. Als eine Gelegenheit dazu war, hat er sich vorzeitig pensionieren lassen. Warum er das getan hat, habe ich zunächst nicht verstanden. Aber nach einer Weile dann schon…«

»Ich will um Gottes willen keine indiskreten Fragen stellen«, stellt Karen eilig klar, »mir ist nur Ihre Bemerkung über das Psychogramm aufgefallen. Haben Sie sich denn als Kriminalbeamtin nicht fragen müssen, warum jemand etwas tut? Was seine Motive sind? Wie es in einem Mörder aussieht?«

»Die Frage stellt man sich immer, aber man hat sie nicht zu beantworten. Wir haben Fakten zu liefern. Punkt. Alles andere ist Sache der Gutachter und letztlich des Gerichts. Wenn Sie Berndorf fragen, wird er Ihnen vermutlich antworten, dass er das Urteilen überhaupt verabscheut. Aber Vorsicht: er neigt dazu, mit solchen Ansichten zu kokettieren.«

»Es geht mir nicht so sehr um das Urteilen«, sagt Karen bedächtig. »Ein Mensch fasst einen anderen ins Auge. Folgt ihm. Er begleitet ihn, auch wenn er selbst dabei im Dunkeln bleibt.

Wenn man auf diese Weise über einen Anderen ein oder zwei Dinge erfährt, die vielleicht sonst niemand kennt, Dinge, die skandalös sein können oder auch banal – ist man diesem Anderen nicht in einer gewissen Weise verbunden oder ihm nahe?«

Tamar hebt ein wenig den Kopf, und ihre Augen werden schmal. Nähe? Es gibt Geschichten, die gehen einem so nahe, da gäbe man weiß Gott was dafür, wenn man sie ein wenig auf Abstand halten könnte. Und du? Von welcher Nähe redest du? Das geht mir ein wenig schnell, Mädchen. Ein wenig zu schnell. Und plötzlich fällt ihr auch die Gedichtzeile ein, nach der sie gesucht hat:

Und nun im Raum ein Rot auf einem Munde/Und eine Schale später Rosen – Du!

»Vielleicht dramatisiere ich«, fährt Karen fort und nimmt mit der Gabel ein Stück vom Räucherlachs auf. »Als ich herausfand« – sie lässt die Gabel wieder sinken – »dass dieser Mensch, dieser Carsten Stukkart, mir die Leute von Meunier hinterhergeschickt hat, da hat mich das angewidert, aber gleichzeitig auf eine bestimmte Weise auch provoziert. Schwamm drüber! Jetzt sieht es noch einmal anders aus. Sie müssen wissen, dass ich gestern Abend im Theater wieder dieses Gefühl hatte – da ist jemand, und dieser Jemand hat mich im Blick. Ich muss also Sie gespürt haben, Sie und Ihren Blick. Das gibt dieser Geschichte eine merkwürdig andere Qualität.« Sie versucht ein entwaffnendes Lächeln. »Womöglich handelt es sich um das, was man in der Psychoanalyse eine Übertragung nennt.«

Tamar hat sich zurückgelehnt, die Hände hinter dem Kopf verschränkt. Ihr fällt ein, dass diese Körperhaltung im Augenblick nicht das richtige Signal ist. Nicht für Gespräche über Psychoanalyse. Danke! Also legt sie die Arme auf den Tisch und verschränkt sie. »Wenn es so sein sollte«, sagt sie, »dann sehen Sie in mir hoffentlich nicht die böse Schwester.«

»Das wird, glaube ich, ganz sicher nicht passieren«, antwortet Karen. »Außerdem war ich ein Einzelkind. Vielleicht liegt da das Problem«, fügt sie kauend hinzu. Auch Tamar macht sich über das Holzofenbrot und den Brie her, von dem sie sich genommen hat, und so essen beide, nur ab und an geht ein Blick über den Tisch und kreuzt sich mit dem der anderen. Dann lobt Tamar den Grünen Tee und bekommt noch eine Tasse Tee eingeschenkt, »ach!«, sagt sie plötzlich, »wie ist eigentlich Ihre Beziehung zu Dagmar Wohlfrom-Kühn?«

Und die Blaue Stunde verklingt, noch ehe sie begonnen hat.

Harald v. Täubnitz, ein großer, etwas nach vorne gebeugter Mann mit Drahtbrille und wehender, nun auch schon weißer Haarmähne, führt Berndorf in seinen Arbeitsraum, der mit seinen nach Norden gelegenen Dachfenstern auch als Atelier für einen Maler dienen könnte. »Meine liebe, um nicht zu sagen: meine verehrte Kollegin Stein hat mir Ihren Besuch avisiert«, sagt er und räumt von einem Ledersessel einen Stapel Zeitschriften ab, so dass der Besucher sich setzen kann. »Sie schrieb mir, dass Sie sich für den Trotzkismus interessieren, das ist freilich ein weites Feld!« Er hat sich hinter seinen Schreibtisch gesetzt, stellt aber fest, dass ein weiterer Stapel, diesmal von Büchern, den Blick auf den Besucher verhindert. Also steht er wieder auf und setzt den Stapel kurzerhand auf dem Boden ab. »Laut einem der letzten Verfassungsschutzberichte gibt es in Deutschland zwar nur rund achtzehnhundert Trotzkisten, aber dafür achtundzwanzig trotzkistische Fraktionen und Gruppierungen. Da die Sehkraft des Verfassungsschutzes auf dem linken Auge deutlich schärfer ist als auf dem rechten, kann das sogar hinkommen!«

Berndorf bedankt sich für die freundliche Begrüßung und erklärt, dass er an der Biographie eines DDR-Sportlers interessiert sei – »der Mann war Boxer, Halbschwergewicht, und wurde wiederholt in die DDR-Auswahl berufen. Nach 1983 ist dann plötzlich nichts mehr von ihm zu lesen. Da war er noch keine dreißig, also zu jung, um altershalber aufhören zu müssen. 1985 wurde er verurteilt…«

»Sie sprechen von Brutus Finklin«, unterbricht ihn v. Täubnitz. »Angeblich hatte er Kontakte zu Militant Tendency, das war die Gruppe, die in den Achtziger Jahren in Liverpool plötzlich die dortige Labour Party kontrollierte und damit die Mehrheit des Stadtrates. Wie es zu diesem Kontakt kam, weiß ich nicht, auch nicht, ob Finklin womöglich versucht hat, andere Athleten gegen die autoritäre Sportführung aufzubringen – ich bin kein Spezialist für die Sportgeschichte der DDR, obwohl zu den Doping-Exzessen noch viel zu sagen wäre, wenn es die Krähen im Olympischen Komitee nur zuließen…!«

Berndorf nickt artig. Barbara hatte ihn vorgewarnt: Der Publizist und Lehrbeauftragte v. Täubnitz werde, wenn er erst einmal ins Reden gekommen sei, nur schwer zu bremsen sein.

»Mitte der Achtziger Jahre waren die DDR-Kader bereits außerordentlich verunsichert«, fährt Täubnitz fort, »diese Staatsbürokratie, die auf Westdevisen angewiesen war wie der Junkie auf die nächste Spritze Heroin – die entsprach zu genau dem Bild, das die Trotzkisten von ihr zeichneten. Und zusätzlich befeuert wurde der Verfolgungswahn der Kader gerade dadurch, dass die Trotzkisten den Sozialismus ja nicht abschaffen, sondern ihn von innen heraus verändern wollten.«

Unverändert macht Berndorf ein höfliches Gesicht, während Täubnitz über die Angst aller autoritären Systeme referiert, von innen unterwandert und manipuliert zu werden.

»Sie kennen doch diese Hollywood-Filme, in denen die Bösen gar keine Menschen sind, sondern nur als Menschen verkleidete Ungeheuer, die nichts anderes im Sinne haben, als sich in die friedliche Familie der frommen weißen braven US-Amerikaner einzuschleichen und sie in ihre Krallen zu bekommen – in gewisser Weise knüpft die Angst, mit der hier gespielt wird, an die traumatische Erfahrung des Sturms auf das Winterpalais an. Und den hat wer organisiert und geleitet… ?«

Berndorf räuspert sich. »Sie wissen nicht, ob Finklin heute

noch in irgendeiner Weise in eines dieser Netzwerke eingespannt ist?«

Täubnitz blickt auf. »Netzwerk ist sicher kein falscher Ausdruck. Die Leute in dieser Szene waren schon Netzwerker und haben sich so verstanden, lange bevor dieser Ausdruck populär wurde. Aber Finklin? Ich erinnere mich dunkel an eine Mehrzweckhalle irgendwo in Frankfurt/Main oder Offenbach, vielleicht war es auch in Wanne-Eickel, rotes Spruchband auf dem Podium, in Schwarz irgendeine Parole, zu der eine geballte Faust gehört, überall liegt Papier herum, ein Mann auf dem Podium, dünner Beifall, sehr dünner Beifall, der Mann steigt vom Podium und geht auf dem Mittelgang durch die Stuhlreihen, ein kräftiger Mann, der mit merkwürdiger Leichtigkeit geht, dabei müsste er niedergedrückt sein, denn zu deutlich ist zu spüren, dass man ihn bereits abgehakt hat... Ja doch! Das muss Finklin gewesen sein – wissen Sie, Märtyrer sind immer nützlich, solange sie eben Märtyrer sind und sonst das Maul halten!«

»Was macht Finklin heute? Wovon lebt er?«

Täubnitz nimmt seine Drahtbrille ab und reibt sich die Augen. »Er ist unter die Blogger gegangen, *acht 21* heißt die Kolumne... Wollen Sie wissen, was mir dazu einfällt? Am 21. August 1940 wurde Trotzki ermordet, und am 21. August 1968 marschierte der Warschauer Pakt in die Tschechoslowakei ein. Ich fürchte aber, besonders unterhaltsam ist sein Blog nicht.«

»Und wovon lebt er?«

»Irgendwer sagte, er habe immer wieder Aufträge für irgendwelche Expertisen.« Täubnitz hebt beide Hände. »Fragen Sie mich aber nicht, wofür er sachverständig ist. Vielleicht für Boxsport? Vielleicht macht er auch Übersetzungen. Jedenfalls publiziert er nicht. Außer im Netz...«

Mittwoch

Sie hätten ihm wenigstens die Zeitung bringen können, das ist doch nicht zu viel verlangt. Gestern hat der Alte doch auch damit herumgewedelt. Oder ihm ein Radio in das Kabuff stellen. Das gibt es doch in jedem Haushalt, und wenn es so eine alte Transistor-Plärre ist.

Harlass kauert auf dem Bett. Wie spät mag es sein? Irgendwann hatten sie ihm Frühstück gebracht, dann muss er wieder geschlafen haben, dann war er wach, dann hat er versucht, sich einen herunterzuholen. Er tastet nach dem Auge, die Schwellung fühlt sich komisch an, als hätten sie ihm Pudding in die Backe gespritzt. Wie lang soll das so weitergehen? Die Flecken, die der Rost in das Emaille des Bettgestelles gefressen hat, kennt er nun auch schon auswendig.

Er steht auf, muss sich dabei nicht einmal festhalten und geht zum Spiegel über dem Waschbecken, tatsächlich hängt ihm die Schwellung auf die Backe herunter und ist dabei, sich zu verfärben. Es ist blöd, so auszusehen, aber im Augenblick will er ja gar nicht unter die Leute. Er gurgelt noch einmal, obwohl das Halsweh kaum mehr zu spüren ist, dann zieht er doch das Nachthemd aus und wäscht sich, denn auf dem Handtuchhalter neben dem Waschbecken hat er neben den Handtüchern einen frischen Waschlappen entdeckt. Als er sich getrocknet und das Nachthemd wieder übergezogen hat, greift er zum Rasierer, der Akku ist noch nicht aufgeladen, aber neben der Neonröhre über dem Waschbecken ist eine Steckdose. Er rasiert sich, obwohl es wirklich egal ist, wie er aussieht. Aber das hat er beim Bund gelernt: dass man sich auch im Stress rasiert. Weil es zeigt, dass sich einer nicht unterkriegen lässt.

Außerdem hat er Hunger. Sie könnten ihm jetzt mal das Mittagessen bringen. Allmählich müsste es Zeit dafür sein. Er bläst den Scherkopf des Rasierers aus und spült die Bartstoppeln in den Abfluss. Man soll nicht sehen können, hat der Alte gesagt, dass in dem Kabuff jemand zu Besuch ist... Besuch, da soll einer nicht lachen! Außerdem – wenn die Polizei wirklich hereintappt: was soll die denn wohl von dem Rasierapparat denken und von der Zahnbürste und von dem Wasserglas auf dem Schemel neben dem Bett? Und von dem nassen Waschlappen?

Trotzdem will er sich noch einmal den Trick mit der Täfelung ansehen. Er geht zum Kniestock, inzwischen hat er den Griff heraus, die Luke klappt auf, und er schaut hinein. Drin kann man wirklich nur kauern, oder man legt sich auf den Bretterboden. Eine Matratze wäre nicht schlecht. Und eine Lampe. Das muss er dem Alten stecken. Er holt Waschlappen, Handtücher, Zahnbürste und Rasierer und verstaut alles auf dem Bretterboden hinter der Täfelung, gleich neben der Luke. Dann macht er sein Bett, zieht die Laken und die Wolldecke gerade und stopft die Enden unter die Matratze. Das sieht ganz ordentlich aus, denkt er dann, aber warum hat er das eigentlich gemacht?

Der Alte muss einsehen, dass er nicht den ganzen Tag hier drin bleiben kann. Er nimmt das Wasserglas vom Schemel, leert es aus und stellt es umgekehrt auf die Ablage unterm Spiegel. Den Schemel platziert er unter dem Dachfenster, steigt hinauf und kann das Fenster aufdrücken. Frische kalte Luft kommt von draußen, aber es dauert eine Weile, bis er merkt, dass es ihn fröstelt. Was ist draußen? Draußen ist das Dach, buntscheckig, weil es mit vielerlei Ziegeln geflickt ist, wenn er nach links schaut, sieht er einen Teil der Straße, die er irgendwann – vorgestern? – hochgekommen ist. Und was noch? Abgeerntete Felder, und Wald am Horizont. Wolken, die der Wind über den Himmel treibt. Sonst nichts. Das ist so in dieser Gegend. Das Fenster geht nach Norden, also kann er nur raten, wo die Sonne sein könnte, aber Mittag muss es wirklich bald werden. Er legt den Kopf zurück und schließt die Augen und atmet die Luft. Ich will raus hier, so geht es ihm durch den Kopf, aber ich kann nirgends hin. Also? Irgendwer muss mir helfen.

Von links hört er Motorengeräusch. Erschrocken zieht er den Kopf zurück und wäre dabei um ein Haar ins Straucheln geraten. Was da von links kommt, ist ein Streifenwagen. Ein einzelner, ganz gemächlich, ohne Blaulicht. Er überlegt, ob er das Dachfenster wieder schließen soll... Nein, sagt er dann, wenn die Bullen sich das Haus angucken, sehen sie, dass sich da was bewegt... Während er das denkt, bollert von unten schon Hundegebell durchs Haus. Er stellt den Schemel zur Seite, schaut sich in der Dachkammer noch einmal um, kriecht in den Kniestock und zieht die Luke hinter sich zu. Dann ist nur noch Dunkelheit um ihn, er kauert auf allen vieren, und spürt seinen Herzschlag bis hinauf zum Hals.

Und wenn die auch einen Hund dabeihaben? Dann wären sie mit einer Wanne gekommen. In einem normalen Streifenwagen haben sie keinen Hund dabei. Den müssten sie sonst in den Kofferraum sperren. Das machen die nicht mit ihren Hunden. Außerdem hätten sie dann auch einen Hausdurchsuchungsbefehl dabei, und wenn sie Regulskis Aktentasche finden, dann ist sowieso Feierabend.

Er versucht, ob er etwas von dem hören kann, was unten im Haus vorgeht... Aber da ist nichts. Jedenfalls kein Krawall. Finklins Köter hat aufgehört zu bellen, und auch sonst brüllt oder schreit keiner herum. Vielleicht sitzen die da ganz freundlich im Salon oder in der Wohnküche und trinken einen Schnaps, und der Finklin sagt, nett, dass ihr gekommen seid, da oben unterm Dach hab ich einen, zum Wohl, den könntet ihr euch mal anschauen?

Und wenn er doch über das Dach geht und runterspringt, irgendwie wird er aus der Hecke ja auch wieder rauskommen, oder vielleicht springt er auch über die Hecke weg und rennt zu dem Streifenwagen, und dann steckt der Zündschlüssel, und er ist erst mal weg?

Schritte kommen die Treppe hoch. Bis er sich umgedreht hat und aus der Luke heraus ist und auf dem Dach, ist alles zu spät. Die Türe zur Kammer öffnet sich.

»Und das hier«, hört er Finklin sagen, »das ist mein Gästezimmer, manchmal kommt ein alter Freund aus Berlin zu Besuch, ein Genosse, dass Sie es nur wissen... Ach, da sehe ich gerade, die Maria hat das Dachfenster offen gelassen!« Schwere Schritte nähern sich der Täfelung, hinter der Harlass kauert, dann wird das Dachfenster mit einem hörbaren Ruck zugedrückt.

»Sie müssen mich nicht überzeugen«, sagt eine andere Männerstimme, »ich kenne Sie ja und glaube Ihnen gern, dass man bei Ihnen den Kerl nicht findet, den wir suchen, bei Ihnen am allerwenigsten!«

»Das ist mir aber neu, dass mich die Polizei für besonders gesetzestreu hält«, antwortet Finklin.

»Das müssen Sie nicht so eng sehen«, fährt die andere Stimme fort, »ich kann es Ihnen ja im Vertrauen sagen – bei allem, was wir wissen, muss der Kerl irgendwo bei einer braunen Kameradschaft untergekrochen sein, sollen die in Berlin doch eine ordentliche Belohnung ausloben, dann wird ihn schon einer verpfeifen. Es ist ja auch völlig schleierhaft, was dieser Kerl bei uns zu suchen hat. Angeblich ist er in der Bahnhofsgaststätte in Rathenow gesehen worden, am Montag um zwei Uhr, kurz vor der Abfahrt der Regionalbahn hierher. Wenn man alles glauben wollte, was die Bahn einem so erzählt, dann gäbe es überhaupt keinen verspäteten Zug, im Leben nicht! Und jetzt müssen wir wegen der Bahn alle Anrainer hier belästigen.«

»Wenn es der Wahrheitsfindung dient!«, hört man jetzt Finklins Stimme. »Und von Belästigung kann keine Rede sein!« Schritte entfernen sich, die Türe wird zugezogen, aber nicht abgeschlossen, und Harlass kann nicht länger auf allen vieren kauern und streckt sich platt auf dem Bretterboden aus.

Joseph Delano Wilson heißt nach seinem Vater so, den er nie gesehen und der auch keine Alimente für ihn gezahlt hat. Im Lauf der Jahrzehnte – in denen er ein großer kräftiger Kerl wurde – hat er seinen Namen in Jo Wilson zusammengefasst, in Häuserkämpfen und bei den Demonstrationen in Gorleben und Wackersdorf seinen Buckel hingehalten, war in den Neunziger Jahren so etwas wie ein Pressesprecher linker Aktionsbündnisse und heuerte nach der Jahrtausendwende bei einer Promotions-Agentur an. Er empfängt Tamar in einem großen hellen Büro, dessen eine Wand von einer lebensgroßen Fotografie ausgefüllt ist: eine kleine Straße im Wald, ein Rudel Polizisten in Kampfanzügen schwärmt aus gegen eine Gruppe von Demonstranten, die – untergehakt – auf der Straße sitzen und sie blockieren...

»Gorleben, sagen wir einmal: 1997?«, rät Tamar, die davor stehen geblieben ist.

»Exakt«, kommentiert Wilson, »waren Sie dabei?«

Tamar wirft ihm einen grimmigen Blick zu. »Auf der falschen Seite.«

»Wow!«, macht Wilson, »eine Bullin? Oder wie sagt man da?«

Statt einer Antwort deutet Tamar auf das Bild, genauer: auf den Kopf eines hübschen jungen Mannes mit sehr kurz geschnittenen Haaren. »Waren Sie das?«

»Tja«, macht Wilson und hebt, als Tamar ihn wieder ins Auge fasst, resignierend beide Hände. »Das war einmal.« Tamar registriert: noch immer Stoppelfrisur, aber Haare und Drei-Tage-Bart grau, Lebendgewicht geschätzt neunzig Kilo... Nur die Stiefel sind noch immer die des Straßenkämpfers. Wilson will wissen, wie sie ihn eigentlich gefunden hat.

Tamar zeigt die Zeitungsausschnitte vor – nicht alle, sondern nur die drei, die auf den Transvestiten Carmencita Bezug nehmen. »Weil der erste Artikel in der *Alternativen* erschienen ist, hab ich dort in der Redaktion nachgefragt, das ließ sich zunächst recht hoffnungslos an, aber dann wurde eine ältere Frau aufmerksam und sagte, sie erinnere sich an die Geschichte, und dass Sie…« – eine höfliche Handbewegung deutet auf Wilson – »damals immer wieder deshalb vorgesprochen hätten, offenbar kennt man Sie in der Redaktion…«

»Natürlich kennt man mich in der Redaktion«, fällt ihr Wilson ins Wort, der noch immer die Ausschnitte in der Hand hält, »ich hab genug mit denen zu tun. Ich vermute mal, Sie sind an Luzie geraten. Zeitungsredaktionen, müssen Sie wissen, bestehen alle aus Einzeldarstellern. Aus lauter verhinderten Watergate-Enthüllern. Sonst haben die nichts im Kopf. Die Zeitungen wären verratzt und verloren, wenn es nicht dazwischen die Luzies gäbe, die ihre fünf Sinne beisammenhaben und ein wenig Ordnung halten.«

»Sie waren wegen Carmencita mehrmals dort?«

»Aber ja doch!«, ruft er aus und wedelt ärgerlich mit den Kopien, »übrigens ist das alles der schiere Schrott, was hier drinsteht, noch heute begreife ich es nicht. Das war ein mit Händen zu greifender Skandal, aber nicht einmal die *Alternative* wollte da richtig dran.«

Tamar fragt, ob er ihr die Geschichte erzählen will. Sie haben inzwischen an einem Besprechungstisch Platz genommen, Wilson sitzt Tamar gegenüber, Ellbogen aufgelegt, das Kinn auf die Hände gestützt, und betrachtet Tamar aus Augen, die gerötet sind, vom Stress, oder vom letzten Entspannungstrinken nach dem Stress. Das schwarze Sakko sieht teuer aus und ist an den kräftigen Unterarmen hochgeschoben, am Revers steckt der Red Ribbon.

»Ja, sicher will ich die Geschichte erzählen. Seit zwanzig Jahren warte ich darauf, dass das jemand hören will… Aber trinken Sie einen Kaffee oder Espresso?«

Tamar will gerne einen Espresso, er greift zum Telefon und ordert zwei doppelte. »Aber machen Sie sich keine falschen Vorstellungen«, sagt er, als er aufgelegt hat. »De mortuis… oder wie das auf Lateinisch heißen soll, das ist ja gut und schön, aber Erwin oder Carmencita, ganz wie Sie wollen, war erstens eine ziemliche Nervensäge, das war wirklich nicht lustig, wenn sie den Leuten vor dem Gesicht herumgefuchtelt hat, mit ihren rot lackierten Krallen und den klappernden zusammengesteckten Armreifen aus Silberblech, und zweitens und vor allem war sie ein ziemlich tückisches und rachsüchtiges Luder. Und deswegen bin ich auch in die Geschichte hineingeraten... ich wollte ihr nämlich die Fresse polieren. Sie hatte Zeug von mir herumerzählt, das muss und will und werde ich nicht wiederholen, jedenfalls hab ich sie deshalb überall gesucht und nicht gefunden, bis mir einer von dem Neubau an der Torstraße erzählte, der war schon fast fertig, aber musste erst austrocknen, bevor die Böden verlegt wurden...« Er bricht ab, denn seine Sekretärin bringt den Espresso, es ist eine sehr schöne Sekretärin, wirklich, denkt Tamar, mit ihren blonden Zöpfen sieht sie aus wie die Gretel aus dem Märchen, die vom Wolf in die Reeperstraße verkauft worden ist.

»Also, ich gehe zu dem Neubau, der rückwärtige Eingang ist mit Holzzaun gesichert, aber um die Türe aufzuschließen, brauchst du nur einen festen Draht. Ich geh rein, und weil es schon spät ist, hab ich eine kleine Stablampe in der Hand... Dann bin ich im Erdgeschoss, das ist eine große weite Halle, ich leuchte mit der Lampe kurz über den Boden, ob er womöglich in einer der Ecken kampiert, aber da ist nichts, nur der Estrich, keine Zementsäcke, auch keine Platten, die da verlegt werden sollen, nur in einer Ecke liegt ein Teil von einer Absperrung, aber irgendetwas sieht komisch aus, so nach verwischten Flecken... Ich hab mir nichts weiter gedacht und bin die Treppen rauf, die Treppen hatten noch kein richtiges Geländer, nur so provisorische Absperrungen... Den Erwin habe ich nirgends gefunden, nur im obersten Stockwerk sehe ich in einem der Zimmer, dass da ein paar leere Bierdosen herumliegen und Krümelzeugs, und dass auf dem Estrich Spuren sind, als sei da einer herumgelaufen, aber an der einen Seite lag kein Staub, das war ein Streifen von knapp zwei Meter Länge und einen Meter breit, ich hab mir gedacht, da hat er seine Schlafstelle gehabt, und jetzt ist er woanders.«

Er trinkt einen Schluck Espresso, stellt das Tässchen ab und massiert mit seiner linken Hand das rechte Handgelenk, als wolle er es noch immer auf den Schlag vorbereiten, der einmal Erwin-Carmencita zugedacht war. »Wie ich wieder nach unten will, fällt mir doch auf, dass es im obersten Stockwerk noch nicht mal ein provisorisches Geländer zum Treppenhaus gibt, naja, das geht vielleicht die Bauaufsicht was an, dachte ich, aber wie ich unten war, hab ich mir noch mal die Flecken auf dem Estrich angeschaut, und je länger ich die Flecken angucke, desto weniger gefallen sie mir, und dann schau ich nach oben und direkt am Treppenhaus hoch... Sie verstehen, was ich meine?«

Tamar nickt. »Und was haben Sie unternommen?«

Wilson hebt eine Hand und lässt sie wieder fallen. »In meiner himmelschreienden Naivität bin ich zur Polizei in Mitte gelatscht und hab denen erzählt, was ich gesehen habe. Und wie ich das erzähle, frage ich mich, ob ich überhaupt noch zu retten bin? Es ist ja wahr – leichter konnte ich es denen doch gar nicht machen. Ich hatte mit dem Erwin eine Rechnung offen, also bitte!« Er trinkt einen Schluck aus dem Wasserglas, das mit dem Espresso serviert worden ist. »Die Bullen hätten mich auf der Stelle einbuchten können, stellen Sie sich das mal vor!«

»Nach diesen Zeitungsberichten ist das aber anders gelaufen?«, fragt Tamar.

»Diese Zeitungsberichte!« Er schüttelt sich. »Aber Sie haben Recht. Ihre Kollegen – Entschuldigung! Sie sind ja nicht mehr dabei, sagten Sie... Ihre damaligen Kollegen also wollten nur eines wissen: wie ich nämlich überhaupt in den Neubau hineingekommen bin. Ich sage, ich hätte die Türe aufgemacht, was soll man sonst mit einer Türe machen? Dann fragen die nach, auf ihre tückische Weise, und schon haben sie mich wegen Hausfriedensbruch dran. Um ein Haar wär das eng geworden, da waren sowieso ein paar Sachen am Laufen…« Er wirft einen abschätzenden Blick auf Tamar. »…Beamtenbeleidigung, Widerstand, Sachbeschädigung, was einem als anständigem Menschen im Lauf der Zeit so angehängt wird, und in der ersten Instanz hat mich einer dieser Berliner Richter zu zwei Jahren und vier Monaten verurteilt, ich hätte also richtig einfahren müssen. Mein Anwalt hat in der Berufung dann einen Rabatt rausgeholt, so dass ich mit Bewährung davonkam.«

»Offenbar sind Sie aber an der Sache mit Carmencita drangeblieben?«

»Ich war so wütend, dass ich vom Polizeirevier direkt zu Maneo gegangen bin – Moment, das war damals noch nicht Maneo, sondern das Schwule Überfalltelefon. Die haben versucht, Druck zu machen, sind aber auch gegen eine Wand gelaufen. Zum Schluss hieß es, die Sache mit den Blutflecken sei von mir nur als Ausrede erfunden worden, weil ich mich in dem Neubau gar nicht hätte aufhalten dürfen. Dass ich von selbst zur Polizei gegangen war, nahm dieser Richter überhaupt nicht zur Kenntnis…«

»Einen Augenblick«, unterbricht ihn Tamar, »in einem dieser Berichte heißt es, es habe keine Hinweise auf ein Verbrechen gegeben. Hat die Berliner Polizei das einfach so behauptet, oder hat sie das irgendwie konkretisiert? Dass sie zum Beispiel gesagt hat, was Sie gesehen haben, das seien Wasserflecken gewesen oder sonst eine Verunreinigung?«

»Die haben Fotos vorgelegt«, sagt Wilson, »Fotos von einem frisch ausgegossenen Estrich, und auf denen sah man – ja, was soll man da drauf sehen? Nichts, außer dass der Estrich irgendwie graublau aussieht. Jedenfalls sah man keine Flecken drauf… und das war es dann. Von Carmencita hat man nie wieder etwas gehört oder gesehen…« Er nimmt noch einen Schluck vom Mineralwasser und blickt übers Glas hinweg zu Tamar. »Und da wollen Sie etwas dran ändern?«

»Man kann es ja mal versuchen… Wissen Sie noch, welches Haus das war, dieser Neubau von damals?«

Jo Wilson wirft einen Blick auf seine Uhr. Er trägt sie am linken Handgelenk, und zwar auf der Innenseite. »Die Hausnummer weiß ich wirklich nicht mehr… Aber wir könnten es im Internet versuchen.« Er wendet sich zu seinem Notebook, dessen Bildschirm schon die ganze Zeit aufgeklappt war. »Wenn die Eigentümer die Aufnahme nicht gesperrt haben, müssten wir es in Street View finden.« Er gibt ein paar Befehle ein. »Und was tun Sie, wenn Sie die Hausnummer haben?«

»Den Architekten herausfinden«, antwortet Tamar.

»Und dann?«

»Ihn um eine Auskunft bitten.«

»Ah ja«, macht Wilson, der nur mit halbem Ohr zugehört hat, »hier haben wir es ja…« Auf dem Monitor erscheint der Ausschnitt einer breiten Straße, Wilson dreht die Perspektive, bis er schließlich ein Geschäfts- oder Bürohaus auf dem Bildschirm hat, man sieht eine Betonfassade, die so tut, als sei sie aus Buntsandstein, und sehr viel Glas.

»Danke«, sagt Tamar. »Sie haben mir sehr geholfen.«

Flachdach, Sichtbeton, Glaswände, braun getönt… Es muss schon lange her sein, dass man so gebaut hat, denn längst wird die Villa von einem mächtigen Apfelbaum überwölbt. Berndorf klingelt, eine Frau mit straff nach hinten gebundenem Haar öffnet, Berndorf sagt seinen Namen und dass er angerufen habe, und die Frau weiß auch schon Bescheid, ihr Mann erwarte ihn. Er wird in ein Arbeitszimmer geführt, Bücherwände öffnen sich zu einer Glasfront mit Blick auf einen von hohen Hecken umgebenen Rasen. Ein älterer großgewachsener Mann steht etwas mühsam hinter dem Schreibtisch auf, sich dabei auf eine Krücke stützend.

»Eine Hüftoperation, müssen Sie wissen«, sagt Dr. jur. Jochen Lüdicke, »seien Sie froh, junger Mann, dass Ihnen das noch nicht blüht, so etwas ist nicht lustig, aber noch viel unlustiger ist es ohne Operation!« Lüdicke geleitet Berndorf zu einem Lese- oder Besprechungstisch, man nimmt auf Stühlen Platz. »Früher hatte ich hier Fauteuils stehen, so ganz tiefe, aber aus denen kommt unsereins überhaupt nicht mehr hoch.« Hinter der Hornbrille des Dr. Jochen Lüdicke funkeln aufmerksame Augen, das Haar ist noch immer braun und dicht, Oberlippen- und Kinnbart sind sorgfältig gestutzt. Berndorf bemerkt, dass auch er einer Musterung unterzogen wird.

»Ich hoffe«, sagt Lüdicke, als er die Musterung abgeschlossen hat, »dass ich das richtig verstanden habe – Sie interessieren sich für den Konkurs des unglücklichen Baugeschäftes Hintze, und weil man in unserer Kanzlei glaubt, dem Austrägler Lüdicke tue etwas Gesellschaft gut, hat man Sie zu mir geschickt... Ist das richtig so?«

Berndorf erklärt, dass er am Vormittag im Handelsregister die Angaben über die Firma Hintze nachgeschlagen habe. »Als das Unternehmen im Jahr 2002 insolvent wurde, hat man Sie als Konkursverwalter bestellt. Ich rief deshalb in Ihrer Kanzlei an, und dort sagte man mir, dass Sie sich bereits im Ruhestand befinden...«

»Ja, ja«, sagt Lüdicke unwillig, »Ruhestand, das Wort kann ich nicht leiden! Aber an die Firma Hintze kann ich mich durchaus erinnern, nicht weil das ein irgendwie großes, ein irgendwie bedeutendes Unternehmen gewesen wäre, durchaus nicht, aber es gibt ein oder zwei Dinge in dieser Sache, an die sich zu erinnern es durchaus einen Grund gibt. Nur, junger Mann, warum ich Ihnen davon berichten soll – das hat sich mir noch nicht ganz erschlossen. Übrigens bemerke ich gerade, dass Sie so jung nun auch wieder nicht sind, entschuldigen Sie bitte, wenn ich Ihnen zu nahe getreten sein sollte!«

Berndorf überlegt, so gut es eben geht, was man einem Mann erzählen kann, der als Wirtschaftsanwalt ein Berufsleben lang damit beschäftigt war, hinter dem Anschein die Wirklichkeit zu erkennen. Es gibt eigentlich nur eine Möglichkeit... »Man hat zwei Männer umgebracht«, sagt er dann, »im

Abstand von vielleicht 24 Stunden, beide wurden mit derselben Waffe erschossen, sonst scheint es keine Verbindung zwischen ihnen zu geben. Keine, von der die Polizei weiß. Sonst hätte sie bereits bei Ihnen vorgesprochen …«

»Diese Morde«, fällt Lüdicke ein, »ich habe davon gelesen … Todesschütze macht Jagd auf Freizeitsportler, hieß es in einem der Blätter. Ich kann ja diese Leute, die im Wald herumrennen oder auf ihren Mountainbikes vorbeirasen, ohne einen Blick nach rechts oder links, also die kann ich auch nicht leiden. Aber deswegen gleich totschießen … ich schweife ab, entschuldigen Sie! Warum hätte die Polizei bei mir vorsprechen sollen?«

»Weil es ein mögliches Bindeglied zwischen beiden Mordfällen gibt, und das hat nichts mit Freizeitsport zu tun, sondern mit dem Baugeschäft Hintze.«

»Na gut. Wenn Sie es sagen! Trotzdem weiß ich nicht, warum ich dann Ihnen und nicht der Polizei berichten soll.«

Berndorf hält den Kopf ein wenig schräg und versucht ein Lächeln. »Weil mein Besuch ein sozusagen geschäftlicher ist. Die Geschichte des Baugeschäftes Hintze ist die eine Hälfte eines Zwanzig-Euro-Scheins, von dem ich – vielleicht – die andere Hälfte habe. Wenn sich herausstellen sollte, dass die beiden wirklich zusammenpassen, können wir gemeinsam zur Polizei gehen, oder Sie tun es allein, ganz wie Sie wünschen …«

»Ein Zwanzig-Euro-Schein, wie?« Lüdicke nimmt die Hornbrille und reibt sich die Augen. »Auch der stellt einen gewissen Wert dar, gewiss doch! Na, dann schießen Sie mal los mit Ihrer Hälfte!«

Berndorf hebt die Hand und zeigt auf Lüdicke. »Sie zuerst.« Der Anwalt blickt auf, als sei ihm gerade ein äußerst unsittliches Angebot unterbreitet worden. So geht das nicht, denkt Berndorf, wir sitzen da wie zwei Buben, von denen jeder den Häuptling der Apachen spielen will. Er überlegt einen neuen Anlauf, als es leise klopft. Die Ehefrau betritt das Zimmer, fragt, ob sie dem Besucher eine Tasse Kaffee anbieten darf oder ein Mineralwasser, Berndorf nimmt gerne einen Kaffee, gerne nur schwarz. Die Ehefrau setzt nach: einen entkoffeinierten Kaffee vielleicht? Nein, gerne einen mit Koffein! Die Ehefrau nimmt es zur Kenntnis, »Sie müssen entschuldigen, dass ich danach gefragt habe, aber die Geschichte von diesem Baugeschäft, die bringt einen ganz schnell auf hundertachtzig, mir geht es jedenfalls so ...«

Berndorf blickt zu Lüdicke. Der hebt beide Hände, als wolle er dem Himmel klagen, dann lässt er sie wieder sinken. »Wir hatten beim Mittagessen darüber gesprochen, das ließ sich nicht vermeiden, als die Rede auf Ihren Besuch kam... Nun gut, ich gebe mich geschlagen, aber ich muss ein wenig ausholen. Und manche der Fakten sind leider nicht gerichtsfest.«

Er rückt den Stuhl ein wenig zurück, stellt die Krücke zwischen seine Beine und legt beide Hände auf den Griff. »Es gehört zu den wirtschaftspolitischen Sonntagsreden in diesem Land, dass die Leistungen der mittelständischen Betriebe über den grünen Klee gelobt werden. Sie haben eine hohe Wertschöpfung, sie stellen Ausbildungsplätze bereit, sie sind innovativ, sie vergeuden kein Humankapital, weil sich in ihnen keine Seilschaften bilden können, die hauptsächlich damit beschäftigt sind, gegeneinander zu intrigieren... Alles richtig. Aber wissen Sie, mein Lieber, was unsere Politiker an den mittelständischen Betrieben am allermeisten entzückt, na?«

Berndorf hebt beide Hände, um zu zeigen, dass er ganz so ratlos ist, wie es der Vorredner erhofft.

»Am allermeisten entzückt unsere Politiker«, fährt Lüdicke fort, »dass man mittelständische Betriebe pleite gehen lassen kann, ohne mit der Wimper zu zucken. Könnte man im Fall eines Falles – sagen wir mal: Regnier in die Insolvenz gehen lassen? Oder einen anderen dieser börsennotierten Intrigenstadel? Ich bitte Sie! Das kann man doch nicht zulassen, da muss der Steuerzahler ran, der ist es ja gewöhnt... Aber die kleine Klitsche von nebenan – da ist dann vielleicht ein einzelnes Lebenswerk, eine einzelne Familie ruiniert und eine Handvoll richtiger Arbeitsplätze dazu, na und? Und eben deshalb ist es der vorzüglichste Vorzug der mittelständischen Betriebe, dass sie für die Wechselfälle einer Volkswirtschaft ihren eigenen Buckel hinhalten…« Er bricht ab und blickt auf. Seine Frau ist an den Tisch herangetreten und stellt ein Tablett mit Kaffee und etwas Gebäck ab.

»Trägst du schon wieder einen deiner Leserbriefe vor?«, fragt die Ehefrau und wendet sich zum Gehen. »Erzähl dem Herrn lieber die Geschichte von der Mauerkante.«

Lüdicke wirft wieder einen dieser Blicke zum Himmel, dann trinkt man Kaffee – Lüdicke nimmt dazu Milch und Süßstoff –, Berndorf lobt den Kaffee, wie es sich gehört, aber die Ehefrau hat da schon wieder das Arbeitszimmer verlassen.

»Also«, fährt Lüdicke schließlich fort, »damit meine gestrenge Ehefrau mich nicht wieder schimpft, kommen wir zum Baugeschäft Hintze! Das war einmal einer dieser Betriebe wie aus dem Bilderbuch. Ein junges Ehepaar, er Maurermeister, sie Buchhalterin, man will auf eigenen Füßen stehen. Man arbeitet hart und sorgfältig, kalkuliert genau, hält Termine ein, Aufträge sind auch genug da, Geld ebenso, Deutschland stemmt den Aufbau Ost, das wäre doch gelacht… Das Baugeschäft Hintze ist plötzlich gar keine so kleine Klitsche mehr, zwei Azubis, neben dem Chef gibt's auch einen Polier, man hat einen Ruf, man bewirbt sich auch für größere Projekte hier in Berlin, für den Neubau des Kindergartens da und die Schulturnhalle dort… und was passiert?«

Berndorf weiß, was sein Gesprächspartner erwartet: dass er keine Ahnung hat.

»Das propere, tüchtige kleine Baugeschäft Hintze kam nicht zum Zuge«, gibt Lüdicke triumphierend die Antwort auf die eigene Frage. »Bei keinem einzigen Bauprojekt der öffentlichen Hand. Die Hintzes gingen bei ihren Kostenvoranschlägen an die alleräußerste Schmerzgrenze – es half alles nichts, mit schöner Regelmäßigkeit wurden die Aufträge an die Konkurrenz vergeben. Auch, als es um den Neubau einer Grundschule ging. Aber da riss der Ehefrau Hintze der Geduldsfaden, das war überhaupt eine resolute, eine kämpferische Frau, sie schaltete einen Anwalt ein und zog vor das Verwaltungsgericht, um die Vergabe und das angeblich billigste Angebot nachprüfen zu lassen, das den Zuschlag erhalten hatte. Und was geschah?«

Berndorf hat keine Lust mehr, das ahnungslose Kind zu spielen. »Das Land Berlin ließ neu ausschreiben«, antwortet er, »und diesmal bekamen die Hintzes den Zuschlag.«

Lüdicke nickt säuerlich. »Das heißt, es lief ohne neue Ausschreibung. Man begnügte sich mit der dürren Mitteilung, eine Überprüfung der Angebote habe ergeben, dass der Auftrag in der Tat an Hintze zu vergeben sei. Ein Happy End, nicht wahr?«

»Kaum«, sagt Berndorf.

»Überhaupt nicht«, korrigiert Lüdicke. »Die Grundschule wurde gebaut, aber der Neubau wurde nicht abgenommen. Erst hieß es, für die Fundamente sei minderwertiger Beton verwendet worden. Die Hintzes legten ein bautechnisches Gutachten vor. Ergebnis: Die Mängelrüge entbehrte jeder Grundlage. Zahlte das Land daraufhin? Nein, denn die Bauaufsicht wollte entdeckt haben, dass Türöffnungen dort ausgespart seien, wo keine hingehörten. Die Hintzes legten die Pläne vor. Ergebnis: Der Bauaufsicht sei ein Irrtum unterlaufen. Zahlte das Land jetzt? Nein ...«

»Und was war mit der Mauerkante?«

Lüdicke runzelt die Stirn. Offenkundig liebt er es nicht, unterbrochen zu werden. »Die kam später zur Sprache... Ich sagte Ihnen ja, die Hintzes hatten einen kleinen, soliden, seriösen Betrieb. Das ist gut und schön, nur erwirtschaften Sie in dieser Branche auf seriöse Weise keine Reichtümer. Auch keine großen Rücklagen. Kurz und knapp, der Betrieb Hintze war unterkapitalisiert, und weil das Land Berlin den Neubau nicht abnahm und nichts zahlte, waren die Hintzes pleite, und meine Wenigkeit hatte ihre Klitsche samt diesem verdammten Neubau am Hals. Nun gut – ich sehe mir den Fall an und stelle fest, die Hintzes haben zwar alle Mängelrügen widerlegt, trotzdem ist vom Land noch immer kein Cent geflossen, also ziehe ich den Fall vor Gericht. Was höre ich dort vom Vertreter des Landes Berlin? Ja, sagt der, es gebe da ganz skandalöse Abweichungen vom Bauplan, wodurch ...« – Lüdickes Stimme erhebt sich – »wodurch die ästhetische Stringenz des Bauwerks in dramatischer Weise beschädigt worden sei ...« Eine schwungvolle Handbewegung unterstreicht den Satz, dann spricht er mit normaler Stimme weiter. »Wir überlegen, was damit nun wieder gemeint sein mag, fragen nach – und was kommt in der Verhandlung heraus? Die skandalöse Abweichung besteht darin, dass Hintze eine Mauerkante, die in den inneren Pausenraum hineinragte, nicht im rechten Winkel gemauert hat, sondern dort Rundsteine hochgezogen hat. Weil er nämlich die vorgesehene Kante für einen Baufehler hielt, jedenfalls in einem Pausenraum für Grundschüler ...« Lüdicke nimmt seine Brille ab, hält den Kopf leicht schief und pliert zu Berndorf. »Wie das herauskommt, nimmt der Vorsitzende Richter die Brille ab und schaut den Anwalt des Landes Berlin an und muss gar nichts weiter sagen, denn das Land Berlin und sein Vertreter machen keinen Mucks mehr, sondern zahlen postwendend, so dass für Hintzes Gläubiger noch eine ganz ordentliche Quote herausspringt ...«

»Und für die Hintzes?«

»Was hätte für die herausspringen sollen? Die waren ruiniert. So ist das nun mal, wenn einer in Konkurs geht.«

»Wissen Sie, was aus ihnen geworden ist?«

»Guter Mann!«, sagt Lüdicke. »Ich bin Wirtschaftsanwalt. Ich habe keine Kompetenz als Sozialarbeiter.«

»Die Ehefrau, die zugleich die Buchführung besorgt hat, die hieß Waltraud, Waltraud Hintze, nicht wahr?«

Lüdicke hält noch immer den Krückstock zwischen den Beinen. Plötzlich ist ihm der Stock lästig, er versucht, sich gegen den Tisch zu lehnen, dann nimmt er ihn wieder in beide Hände und legt ihn sich über die Knie. »Warum haben Sie mich eigentlich aufgesucht?« Ein zorniger Blick trifft Berndorf. »Sie kennen die Geschichte doch bereits... Ich weiß, dass die Frau sich umgebracht hat. Aber auch als Seelsorger habe ich keine Kompetenz.«

»Hat Hintze Ihnen gegenüber irgendwann einmal den Namen Giselher Marcks genannt?«

Lüdicke dreht den Kopf ein wenig zur Seite. Aber auch so will sich keine Erinnerung einstellen. »Der Name sagt mir nichts. Aber dieser Fall liegt nun auch schon über zehn Jahre zurück. Warum hätte er den Namen nennen sollen?«

»Er wird Ihnen doch sicher erklärt haben, warum er seiner Ansicht nach in diese Lage geraten ist. Er wird seine Vermutungen gehabt haben, warum sich das Land Berlin so verhält, und vielleicht, wer dabei Regie geführt hat...«

»Guter Mann!« Lüdickes rechte Hand fährt hoch, die linke muss den Stock halten. »Es tut mir jetzt wirklich leid, das sagen zu müssen, aber offenkundig haben Sie keine Vorstellung davon, was bei einem Konkurs zu tun ist. Da sieht man sich die Zahlen an, erst einmal nur die Zahlen, und wenn man für etwas keine Zeit hat, dann sind es Vermutungen, und zweimal keine Zeit hat man für das, was so ein Pleite gegangener Unglücksvogel einem an Erklärungen und Mutmaßungen vorstottert... Da fällt mir ein, wo bleibt eigentlich Ihre Hälfte von diesem Zwanzig-Euro-Schein?«

Berndorf sagt, was er zu sagen hat. Lüdicke hört zu, und danach herrscht eine Weile Schweigen. Aber nicht zu lange.

»Also, lieber Herr...« – Lüdicke greift nach der Visitenkarte, die vor ihm liegt – »lieber Herr Berndorf! Das Wirkliche ist gern absurd. Oder das Absurde wirklich. Damit kann ich, damit müssen wir leben. Womit ich nicht leben kann, sind logische Widersprüche. Sehen Sie...«, etwas mühsam steht Lüdicke auf und beginnt, in seinem Arbeitszimmer auf und ab zu humpeln, »...dass die Herren aus der Bauverwaltung in einer Sauna-Runde auskungeln, wer welchen Auftrag zu welchen Konditionen bekommt, das klingt so blöd, dass ich es sofort glaube. Ich hätte zwar eher auf eine Kegelrunde getippt, aber egal! Sauna ist gut, da kann keiner dem andern was vormachen... Gut möglich ist auch, dass der unglückliche Hintze nachträglich einiges begriffen hat, der blieb ja im Beruf – jetzt fällt es mir wieder ein: Er wurde von einem der etablierten, einem der mit den Gebräuchen dieser Stadt vertrauten Unternehmen als Polier eingestellt, und da wird sich ihm dann schon mitgeteilt haben, was man tun muss, um einen städtischen Auftrag zu bekommen. Und zwar so, dass dann auch die Rechnungen bezahlt werden. Vielleicht hat er auch herausgefunden...« Der Krückstock schnellt kurz nach oben, um eine Einwendung zu unterstreichen. »... oder vielmehr geglaubt, herausgefunden zu haben, dass dieser Senatsangestellte der Drahtzieher von all dem war. Es liegt auf der Hand, dass solche Absprachen koordiniert werden müssen, irgendwer muss das tun, und am unauffälligsten und besten tut dies eine trübe Funzel, von dem jeder denkt, der ist so doof, dem kann man mit einem Hunderter vor der Nase wedeln, und er steckt ihn nicht ein... Aber!« Er bleibt in einigem Abstand von Berndorf stehen und zeigt anklagend mit dem Krückstock auf ihn. »Wenn Sie nun andeuten, dass dieser Senatsangestellte von dem Herrn Hintze abgemurkst worden ist, dann würde ich Ihnen auch das gerne glauben und dem Herrn Hintze gar nicht weiter übel nehmen. Nur – warum murkst er dann auch noch seinen eigenen Schwager ab? Das ergibt doch keinen Sinn.«

»Hintze war's nicht«, sagt Berndorf.

Das Zimmer ist klein, und die Wände sind bis obenhin mit Bücherregalen zugestellt. Die spärlichen Möbel sind abgenutzt, aber PC und Drucker sehen neu aus. Die beiden Fenster sind von der Hecke draußen schon halb zugewachsen, außerdem beginnt es zu dämmern. Neben dem PC steht eine Teekanne auf einem Rechaud, wenn ein Windstoß gegen die Fenster drückt, zittert das Teelicht. Sonst brennt kein Licht. Der Tee ist dunkel und schmeckt ihm nicht. Vielleicht hätte er Zucker und Milch dazu nehmen sollen. Aber der Alte trinkt das Zeug ja auch so.

Ab und an leuchtet die Glut der selbstgedrehten Zigarette auf, die Brutus Finklin im Mundwinkel hängt. Auch Harlass raucht, wortlos hatte ihm Finklin den Tabakbeutel und das Zigarettenpapier über den Tisch zugeschoben. Auch sonst war noch nicht viel gesprochen worden, seit die Polizei wieder abgezogen war, eigentlich überhaupt nichts. Als Maria an die Täfelung geklopft hatte und er aus dem Versteck gekrochen war, lagen Jeans und Unterwäsche gewaschen und gebügelt auf dem Bett, und auf einmal wurde auch die Tür nicht mehr von außen abgeschlossen. Und das Mittagessen gab es in der Wohnküche, ganz selbstverständlich, als hätte er dort schon immer zusammen mit der Maria und dem Alten gegessen, nur der Hund hat etwas gegen ihn und knurrt und zeigt die Lefzen, wenn er an seinem Korb vorbeikommt.

Noch immer sagt Finklin kein Wort. Er nimmt die Zigarette aus dem Mundwinkel, schaut sie missbilligend an und drückt sie im Aschenbecher aus. Dann nimmt er einen Schluck Tee und blickt wieder hinaus in die Dämmerung.

Irgendein Test ist das, sagt sich Harlass und schafft sich einen Tabakkrümel von der Unterlippe. Selbstgedrehte ohne Filter ist er nicht mehr gewohnt. Ein Test oder ein neuer hirnrissiger Versuch, einen weichzuklopfen. Mit mir nicht. So ein Großmeister ist das auch nicht. Das hätte heute Mittag auch anders laufen können. Finklin dreht sich eine neue Zigarette. Ganz ruhig tut er das, hat ja lang genug Zeit gehabt, es zu üben.

»Das hätte heute Mittag auch anders laufen können«, sagt Harlass laut. »Wenn der Polizist die Zahnbürste gesehen hätte und den Rasierer und den nassen Waschlappen ...«

Finklin leckt das Zigarettenpapier an und klebt es zu. Durch seine Brille wirft er Harlass einen Blick zu, der gerade so viel sagt, dass er ihm immerhin zugehört hat.

»Das wär für dich auch nicht so toll gewesen, oder?«

Aus Finklins Benzinfeuerzeug züngelt eine bläuliche Flamme auf, die Selbstgedrehte fängt Glut, dann lehnt Finklin sich wieder zufrieden in seinen hölzernen Armstuhl zurück.

»Da ist noch was«, fährt Harlass fort. »Der Polizist hat gesagt, bei dir wäre der am allerwenigsten zu finden ... ich meine der, den er sucht ...«

»Der sucht kein Gespenst, sondern der sucht den Neonazi Lutz Harlass«, kommt plötzlich doch eine Antwort. »Also dich. Und warum man dich hier nicht erwartet, das kannst du dir ja selber denken. Von den Leuten mit einem Tattoo, wie du eines hast, bin ich kein direkter Fan. Wirklich nicht!« Er steht auf, geht suchend an den Bücherregalen vorbei und findet schließlich eine schon angestaubte Broschüre. »Hier ... Leaderless Resistance ... von Ulius Louis Amoss, das war ein US-amerikanischer Geheimdienstoffizier, Führerloser Widerstand – das ist die angesagte Handlungsanweisung für den nationalsozialistischen Einzelkämpfer, so was bist du doch oder willst du doch sein?« Er hält Harlass die Broschüre hin, der nimmt sie zögernd und blättert darin, die Fluppe im Mundwinkel, dann kommt ihm aber Rauch in die Augen, und er muss die Zigarette weglegen.

»Nie von gehört?«

Harlass zuckt die Achseln. Der Text ist in Englisch. »Ich weiß nicht, was das soll.« Er legt die Broschüre auf den Schreibtisch.

»Ach so!«, sagt Finklin. »Du kannst das nicht lesen. Und schon blockst du ab.« Er setzt sich wieder hinter den Schreibtisch, schenkt sich eine neue Tasse Tee ein und blickt dann wieder zu Harlass. »Das war jetzt mein Fehler. Ich dachte, du hättest vielleicht mal eine deutsche Ausgabe in Händen gehabt. Dass es dir einer von deinem Verein zu lesen gegeben hat oder wo du sonst dein Weltbild her hast... Aber zur Sache! Du bist in einer Situation, in der du jemanden brauchst, der dir hilft. Der Einzige, der dafür erreichbar ist, bin leider ich. Nun bist du aber aus dem kühlen Grund hergekommen, mich zu liquidieren. Erkläre mir also, warum ausgerechnet ich dir helfen soll.«

Harlass nimmt einen letzten Zug von seiner Zigarette, dann drückt er sie aus. »Das stimmt nicht, was du da gesagt hast. Ich bin hierhergekommen, weil...« Noch immer streicht er den Zigarettenstummel durch den Aschenbecher, als wolle er etwas ausradieren. »Ich wollte was wissen. Mich haben welche reingelegt... Und in diesem Buch da, oder was es ist, da stand vorne dein Name drin und die Adresse hier, und so hab ich gedacht, du weißt vielleicht, was da wirklich läuft.«

»Ach!«, macht Finklin. »Was wirklich läuft? Sieh einer an...«

Also, dieser Hinweis aufs Westhavelland hat nichts gebracht«, stellt Staatsanwältin Dagmar Wohlfrom-Kühn fest. »Schade, es hatte sich gut angehört. Inzwischen aber haben wir Mittwoch.« Sie sagt das in einem noch immer freundlichen, aber doch auch eindringlichen Ton, als müsse sie es jemandem mitteilen, der soeben aus tiefer Bewusstlosigkeit oder einem langen Schlaf erwacht sei. »Seit Sonnabend suchen wir nach Harlass, und dabei hat sich die Suche sogar sehr ermutigend angelassen. Gewiss doch. Am Sonntag hat Harlass den Wagen Regulskis in Prenzlau abgestellt, ist dann aber eben nicht über die Grenze nach Polen gewechselt, sondern ist nach Potsdam gefahren, angeblich, um sich dort einen Rasierer zu kaufen. Seither aber ist er verschwunden, obwohl er am Montag nur noch einen Vorsprung von wenigen Stunden hatte. Ich kann mir nicht helfen... irgendetwas stimmt da nicht. Im Anschluss an unsere Besprechung werden wir, also Wolfgang Keith...« – sie nickt dem Leiter der Soko Jarygin zu, der neben ihr sitzt – »...und ich ein Interview mit der Landesschau Berlin haben, und ich weiß wirklich nicht, wie wir erklären wollen, dass wir Harlass noch immer nicht haben, obwohl wir bereits am Montag so dicht an ihm dran waren.«

»Das ist sicher unbefriedigend«, räumt Keith zögernd ein. »Allerdings müssen wir geradezu froh sein, dass Harlass sich nicht in diesem Crammenow aufgehalten hat.« Er wendet sich an Lena Quist, die ihm schräg gegenübersitzt. »Es war absolut unverantwortlich, eine Streife der örtlichen Polizei mit dieser Nachforschung zu beauftragen. Wenn es tatsächlich zu einer Begegnung mit Harlass gekommen wäre, hätten Sie jetzt womöglich den Tod von zwei weiteren Kollegen zu verantworten.«

Lena Quist hat sich sehr aufrecht hingesetzt. Ihr Gesicht ist blass geworden. »Ich habe die Kollegen nur gebeten, im örtlichen Bahnhof und im Umfeld davon nachzufragen.«

»Und außerdem, Keith, hättest du die Sache ja stoppen können«, meldet sich Ulrich Jörgass zu Wort. »Ich hab dir auf den Anrufbeantworter gesprochen, dass sie da was herausgefunden hat.«

»Ich hab es leider nicht abhören können«, antwortet Keith. »Der Akku war leer. Trotzdem war die Anordnung falsch. Für jeden erkennbar falsch.«

»Darüber können Sie sich nachher noch auseinandersetzen«, schaltet sich die Staatsanwältin ein, die dem Gespräch mit leicht erhobenen Augenbrauen gefolgt ist. »Mich interessieren die Fragen, die sich aus dem Fehlschlag der bisherigen Fahndung ergeben.« Sie blickt zu Keith und dann zu den anderen Beamten. »Die ganze Zeit gehen wir davon aus, dass Harlass ein Einzeltäter ist, und stellen das auch so dar. Dass er also keine Helfer hat, auch niemanden, der ihm bei der Flucht behilflich ist, ja, mehr noch: er hat offenbar so wenig Unterstützung, dass er sich noch nicht einmal einen Rasierapparat ausleihen kann. Und doch kann er spurlos verschwinden und untertauchen. Harlass ist aber eine Berliner Großstadtpflanze, was tut so jemand irgendwo draußen in der brandenburgischen Pampa? Wie findet er sich dort zurecht? Das ist doch mit Händen zu greifen, dass da was nicht stimmt, womöglich war der Kauf des Rasierers ein Trick, um uns im Glauben zu bestärken, er stehe ganz alleine in der Welt… « Die Staatsanwältin unterbricht sich und nimmt nun ebenfalls Lena Quist ins Visier. »Was runzeln Sie die Stirn?«

»Der hat nicht nur einen Rasierer, sondern auch eine Zahnbürste und einen Schlafanzug gekauft«, kommt die Antwort. »Jedenfalls sagen das die Potsdamer Kollegen. Die Identifizierung sei eindeutig gewesen.«

»Und?«, fragt die Staatsanwältin nach. »Vielleicht wollte er ja genau das: dass man ihn dort später identifiziert. Und während er ausgewählt hat und sich hat beraten lassen und schließlich an die Kasse gegangen ist, da hat vielleicht draußen vor dem Hauptbahnhof sein Kumpel im Wagen gewartet, um ihn postwendend in eine sichere Unterkunft zu bringen, die sich dann vermutlich eben nicht in Potsdam befinden wird.« Sie blickt um sich, ihren Schreibstift in der Hand, ihr Blick bleibt an Keith hängen. »Ihre Gesprächspartner von LKA Fünf haben doch die ganze Zeit behauptet, Harlass habe sich vergeblich um Anschluss an Gesinnungsgenossen bemüht? Immer nur vergeblich? Sind diese Herrschaften wirklich so wählerisch geworden?«

»Wir können in diesem Bereich keine eigenen Ermittlungen führen«, antwortet Keith, der sich ganz leicht aufgerichtet hat und mit leiser, sorgfältig akzentuierter Stimme spricht wie jemand, der mühsam einen unmittelbar bevorstehenden Wutausbruch unter Kontrolle zu halten versucht. »Vielleicht wäre es besser, Sie würden direkt mit dem Chef des polizeilichen Staatsschutzes sprechen. Als Leitende Staatsanwältin haben Sie einen entsprechenden Dienstrang. Sie muss er empfangen. Mich nimmt er überhaupt nicht wahr.«

Mit schmalen Augen blickt Keith nicht in die Runde, sondern über sie hinweg. Niemand feixt.

»Ich habe es mir notiert«, antwortet die Staatsanwältin

kühl, den Schreibstift in der Hand. »Davon abgesehen sind wir aber trotzdem gehalten, eigene Ermittlungen zu führen. Auch wenn der polizeiliche Staatsschutz, der in der Aufklärung der Neonazi-Szene so äußerst erfolgreiche, so himmelschreiend aufmerksame polizeiliche Staatsschutz etwas nicht wahrgenommen haben will, so müssen wir doch keineswegs die Hände falten und es glauben und um Gottes willen keine eigenen Erkenntnisse erarbeiten!« Beschwörend hält sie den Schreibstift hoch. »Schreiben Sie alle mit, was ich Ihnen jetzt sage, damit später sich niemand darauf herausreden kann, das habe er oder sie nicht gehört: Der Doppelmörder Lutz Harlass hat Unterstützer, die ihn beherbergen ...« Wieder unterbricht sie sich und fasst diesmal den Kommissar Ulrich Jörgass ins Auge. »Sie lächeln?«

»Ich bin ganz Ihrer Meinung«, sagt Jörgass. »Nur würde ich Ihren letzten Satz ergänzen wollen – dass es Leute geben muss, die ihn beherbergen – oder ihn verschwinden lassen werden. Wenn sie es nicht schon getan haben.«

Professor Ewald Carius ist ein hochgewachsener, sonnengebräunter Mann mit einem Lächeln, das ihm im jahrzehntelangen Umgang mit Bauherren, Kommunalpolitikern und anderen intellektuell Minderbemittelten zum zweiten Gesicht geworden ist. Im Augenblick allerdings ist die Oberlippe zwar hochgezogen, verharrt dort aber, als wäre das Lächeln auf halbem Wege eingefroren.

»Entschuldigung«, sagt er, »aber ich bekomme gleich Migräne ... weshalb, noch mal, sprechen Sie bei mir vor?«

»Spätherbst 1992«, hebt Tamar an, »Neubau eines Geschäftshauses in der Torstraße, Berlin Mitte. Es würde mich interessieren, ob es dabei unplanmäßige Verzögerungen gegeben hat. Zum Beispiel durch Hausbesetzer.« Wie oft hat sie das jetzt vorgetragen?

»Und damit sind Sie bis zu mir vorgedrungen?« Carius,

die buschigen Augenbrauen hochgezogen, blickt sie über die Halbgläser seiner Brille hinweg an wie ein seltenes, nicht uninteressantes, aber auch nicht ungefährliches Tier. »Ich sollte Sie engagieren. Auf der Stelle sollte ich das. Lassen Sie mir Ihre Karte da! Sobald ich weiß, welchen Job ich für Sie habe, rufe ich an!«

»Aber gerne«, sagt Tamar, »doch darf ich Sie noch einmal nach dem Spätherbst 1992 fragen?«

»Okay«, sagt Carius und hebt beide Hände zum Zeichen der Aufgabe, »aber erklären Sie mir, warum Sie das wissen müssen, und vor allem: warum ich Ihnen antworten soll.«

»Der heute 55jährige Erwin Krummschmidt würde einen bescheidenen, für ihn aber vermutlich nicht unwichtigen Geldbetrag erben, wenn er denn noch lebt«, lügt Tamar. »Vielleicht müsste ich sagen: wenn sie noch lebt. Krummschmidt ist transsexuell und war damals als die Wahrsagerin Carmencita bekannt. Bis zum Herbst 1992 hielt er – hielt sie sich in Berlin auf, bekam dann aber in ihrer Szene ziemlichen Ärger. Angeblich kampierte sie zuletzt in dem Neubau ebendieses Geschäftshauses in der Torstraße und verschwand, nachdem es dort Anfang November zu einer Schlägerei gekommen war.«

»Moment!«, Carius zeigt anklagend mit seiner breiten, von Altersflecken übersäten Hand auf Tamar, »Sie wollen damit sagen, dass wir ein Rollkommando dorthin geschickt hätten?«

»Durchaus nicht«, antwortet Tamar kühl. »Ich sagte Ihnen doch, Carmencita hatte Ärger in ihrer eigenen Szene. Außerdem weiß ich überhaupt nicht, ob irgendetwas an dieser Geschichte dran ist. Carmencita oder eben Erwin Krummschmidt soll am 8. November 1992 bei der Rosa Hilfe wegen einer Übernachtungsmöglichkeit vorgesprochen haben. Stimmt diese Information, dann hat er zu diesem Zeitpunkt noch gelebt. Damit stellt sich für mich jetzt die Frage, ob die angebliche Schlägerei wirklich stattgefunden hat, und wenn ja, wann genau.«

Carius berührt mit den Fingerspitzen der linken Hand seine

Schläfe und verzieht das Gesicht. »Entschuldigen Sie – mein Kopf! Vielleicht ist es auch das Alter... Was genau wollen Sie jetzt von mir wissen?«

Tamar beugt sich etwas vor und versucht, seinen Blick festzuhalten. »Wenn tatsächlich in der Zeit von Anfang November 1992 irgendwelche Obdachlose in den Neubau eingedrungen wären, dort gehaust und sich vielleicht auch geprügelt hätten, dann wäre das kaum spurlos geblieben. Vielleicht hätte es sogar Beschädigungen gegeben, Fußabdrücke im Estrich zum Beispiel, wenn der noch nicht ganz getrocknet war. Solche Beschädigungen müssten dokumentiert sein. Zumindest müsste es einen Vermerk geben, dass Unbefugte in dem Neubau waren. Dass irgendwelche Schlösser aufgebrochen wurden. Irgendetwas in dieser Art. Wenn nichts dokumentiert wurde oder jedenfalls in der Zeit nach dem 8. November nicht, dann brauche ich dieser Spur im Augenblick nicht weiter nachzugehen.«

»Und was tun Sie, wenn wir Ihnen diese Auskünfte nicht geben können?«

Mit einem knappen Lächeln erwidert Tamar den fragenden Blick ihres Gegenübers. »Weiter recherchieren. Ich werde Nachbarn befragen, ebenso Ihre damaligen Mitarbeiter. Ich soll herausfinden, wo Carmencita abgeblieben ist, und weil das mein Job ist, werde ich das auch tun.«

»Sie gefallen mir«, stellt Carius fest. »Sie gefallen mir sogar ausgesprochen gut. Ich muss wirklich überlegen, ob ich Ihnen nicht ein berufliches Angebot unterbreiten kann. Übrigens erinnere ich mich an den Fall: Carmencita war die Transe, die den Leuten nachlief und ekelhaft wurde, wenn sie sich nicht aus der Hand lesen ließen. Als sie verschwand, war damals auch die Polizei eingeschaltet, soviel ich weiß. Haben Sie mit der schon gesprochen?«

»Die Polizei hat damals sehr wenig Interesse gezeigt und kann das heute nicht zugeben«, antwortet Tamar. »Demgegenüber wäre es eine Information aus erster Hand, wenn Sie mir Auskunft geben könnten.«

Carius versucht ein Lächeln. »Sie kalkulieren mit meiner Eitelkeit, nicht wahr?« Er greift zu einem der Telefone auf seinem ausladenden Schreibtisch und ordert mit präziser Angabe die Unterlagen für den Geschäfts- und Wohnhausbau Torstraße. Er bemerkt, dass Tamars Augen an einem überdimensionalen Wandbild hängen geblieben sind, es ist kein gemaltes, sondern ein mit Bleistift gezeichnetes Bild – winzig kleine Häuserchen in unüberschaubarer Vielzahl gruppieren sich zur Sinfonie der großen Stadt Berlin. »Das zu betrachten ist eine Übung in Demut«, sagt Carius, »jedenfalls für einen Architekten – Sie haben Zweifel?«

Tamar wird einer Antwort enthoben, denn ein junger Mann erscheint und schiebt einen Teewagen mit mehreren Aktenordnern herein. Carius blickt unwillig, hat dann aber mit einem Griff den offenbar richtigen Ordner gefunden, schlägt ihn auf und muss eine Weile suchen. Tamar bewundert derweil die Sorgfalt, mit der Carius' schütteres Haar dazu gebracht wurde, dessen leicht rosa schimmernden Schädel halbwegs zu bedecken. Wieso ist der Schädel rosa, wenn der Mann braun gebrannt ist? Klar – Sonnencreme will er sich nicht ins Haar schmieren, also hat er sich einen Sonnenbrand eingefangen. Irgendwo in der Ägäis oder im Berner Oberland.

»Hier hab ich es«, sagt Carius und wirft ihr einen bedeutungsschweren Blick zu. »Zum Glück ist es nicht so zugegangen, wie Sie das vermutet haben. Jedenfalls keine Saalschlachten und keine Kämpfe um jedes Stockwerk wie in Stalingrad... Aber in einem Punkt haben Sie Recht. Entweder wussten Sie schon mehr, als Sie mir sagten, oder Sie sind ein ahnungsvoller Engel. Unter dem Datum vom 6. November vermerkt der Chef der Firma, die damit beauftragt war, der Estrich im Erdgeschoss hätte wegen Trittspuren neu ausgegossen werden müssen. In Klammern fügt er hinzu: Einbrecher, und das mit Ausrufezeichen. Außerdem hat er am rückwärtigen Eingang neue Türschlösser anbringen lassen. Irgendwas war also, und ich nehme an, dass ich damals mit dem Wach- und Schließdienst ein Hühnchen gerupft habe, mit denen waren wir sowieso nicht zufrieden, der Schriftwechsel dazu müsste auch irgendwo sein.«

»Danke«, sagt Tamar. »Das genügt mir schon. Die Ausbesserungsarbeiten wurden also am 6. November veranlasst? Und später war da nichts mehr?«

»Überzeugen Sie sich selbst«, sagt Carius und dreht den Aktenordner zu Tamar. »Paul Hintze, der Chef dieser Baufirma, war ein sehr akkurater und gewissenhafter Mann ...«

Nimm es nicht so schwer«, sagt Jörgass, als er mit Lena Quist über den Korridor zu ihrem gemeinsamen Büro geht, »Keith ist geladen, weil nichts vorangeht. Weil von ihm selber nichts kommt. Ein anderes Mal ist ein anderer dran.«

»Er hätte das nicht vor der Staatsanwältin sagen müssen«, gibt Lena Quist zurück. »Wirklich nicht. Und überhaupt wussten die Kollegen da draußen ja Bescheid, um wen es ging. Mit wem sie es zu tun bekommen könnten. Ich kann doch denen nicht sagen, hört mal, Kollegen, ihr müsst da aber aufpassen, der ist gefährlich! Als ob das kleine Kinder wären ...« Sie bricht ab, denn durch den Korridor kommt ihnen ein älterer, nein: ein alter Mann entgegen, groß gewachsen, aber nach vorne gebeugt und durch eine Brille mit dicken Gläsern äugend, eine Plastiktüte in der Hand.

»Kann ich Ihnen behilflich sein?«, fragt Lena Quist, und der Mann sagt, er suche jemanden von der Mordkommission, und Lena Quist öffnet die Tür zu ihrem Büro und sagt, er solle erst einmal hereinkommen. Worum es denn gehe?

»Es ist wegen meinem Bruder«, sagt der Mann, »Sie wissen doch, mein Bruder, der totgeschossen wurde, er war ja auch Polizist ... Hier!« Er drückt der Quist die Plastiktüte in die Hand. »Ich weiß nicht, wohin damit, erst war ich auf seinem alten Revier, aber die haben mich zu Ihnen geschickt, jetzt bin ich schon den halben Tag unterwegs nur mit diesem einen Ding, was glauben Sie, was es in einer solchen Wohnung sonst noch an Krempel hat, Regulski ist übrigens der Name, Jakob Regulski.«

Lena Quist kann von außen fühlen, was in der Tüte ist, und deswegen zieht sie erst einen Plastikhandschuh an, bevor sie die Walther PPK herausholt und vorsichtig auf ihren Schreibtisch legt.

»Wo kommt das her?«, fragt Jörgass und beugt sich über die Waffe. »Jedenfalls nicht vom Schrottplatz.«

»Er hat es in seinem Schreibtisch gehabt«, sagt der Mann, »und der Schreibtisch war nicht einmal abgeschlossen. Und ich muss jetzt doch seine Sachen ausräumen, so alt ich bin, das ist doch merkwürdig, schon als Halbwüchsiger hab ich immer auf die zwei Kleinen aufpassen müssen, auf den Bruder und auf die Schwester, und dann war erst die Schwester tot und jetzt der Bruder, nur ich alter Sack bin noch am Leben, und wieder muss ich hinter ihm her aufräumen. Aber ihn geht das alles nichts mehr an, das ist vielleicht auch ein Trost. Aber das Ding da, das will ich nicht behalten, das hat ihm nicht geholfen und ist zu nichts gut, glauben Sie mir das, junge Frau, und wenn Sie mir bitte schön möchten quittieren wollen, dass ich das abgegeben habe!«

»Im Schreibtisch war das?«, fragt Jörgass nach. »Komisch.«

»Das weiß ich nicht, was daran komisch ist«, meint Jakob Regulski. »Die haben meinen kleinen Bruder totgeschossen, die Komiker, da muss ich nicht so toll lachen.«

Jörgass stutzt und fängt einen strengen Blick seiner Kollegin Quist auf, dann begreift er und versucht sich zu entschuldigen. »Nichts daran ist komisch, auch für uns nicht, glauben Sie mir, wenn ein Kollege so tragisch ums Leben kommt…«

Lena Quist hört nicht weiter zu, was ihr Kollege an den alten Mann hinredet, sondern stellt eine Quittung aus, Polizeipistole Walther PPK von Herrn Jakob Regulski erhalten, schreibt auch die Seriennummer und das Datum hinzu, überreicht das dem alten Mann und spricht ihm ihr Beileid aus.

»Danke«, sagt Jakob Regulski, »ich hab schon gedacht, ich schmeiß das Ding in die Spree…«

»Du Komiker«, sagt Lena Quist zu Jörgass, als sie wieder allein sind, »so kannst du mit den Leuten nicht reden!«

»Ach, Lena-Kätzchen, lass mich in Ruhe! Das ist doch wirklich komisch, verdammt noch mal, als wir den toten Regulski gefunden haben, hatte er ein Schulterhalfter an, ein Halfter ohne was drin. Also hat man ihm die Waffe abgenommen. Aber wenn das hier seine Dienstpistole ist, was für ein Schießeisen hat er dann dabeigehabt? Es legt doch keiner das Schulterhalfter an, nur damit er dieses blöde Gefühl unterm Arm hat?«

Lena Quist hat sich inzwischen an das Telefon gesetzt, den Durchschlag der Quittung für Regulski vor sich. Jörgass zuckt mit den Schultern und beschließt, sich erst einmal draußen am Automaten einen Kaffee zu holen. Es ist nämlich nicht wahr, dass Kaffeeautomaten in Polizeidienststellen grundsätzlich nicht funktionieren. Und der Becher Kaffee dort ist preiswert, und trinken kann man ihn auch, wenn man keine zu hohen Ansprüche hat. Als er in sein Büro zurückkehrt, ist Lena-Kätzchen dabei, eine Notiz zu tippen.

»Es ist wirklich seine Dienstpistole«, sagt sie und deutet mit dem Kinn auf die Walther PPK, »und andere Schusswaffen hat er nicht gehabt, es sind jedenfalls keine auf seinen Namen registriert.«

»Brav«, sagt Jörgass und setzt sich hinter seinen Schreibtisch. In der Schule hatte es solche Mädchen gegeben. Auch so kleine Kätzchen, immer leise, immer was pfötelnd, aber die Einser haben dann sie geschrieben.

Scheppernd öffnet sich die Tür zum Kassen- und Verkaufsraum der Tankstelle Crammenow. Dolf Patzert, der gerade seinen BMW aufgetankt hat, tritt ein und blickt sich um: hinter der Kasse ein älterer Mann mit einer Stirnglatze, vor den Regalen für Motoröl und Frostschutzmittel ein einzelner Rundtisch für einen Kaffee oder ein Bier im Stehen. Davor ein jüngerer Kerl mit einer Baseball-Kappe, der sich an einer Cola festhält. Niemand sagt ein Wort. Patzert geht zur Kasse und zahlt mit einem Hunderter, bekommt das Wechselgeld und steckt es ein.

»Schönen Gruß auch von den Kameraden aus Neukölln«, sagt er dann noch.

»Schon gut«, antwortet der Tankwart und deutet auf den Kerl am Stehtisch: »Das ist der Kai.« Dann verschwindet er in seinem Kabuff hinter der Kasse. Patzert geht zu dem Stehtisch, die beiden Männer nicken sich zu.

»Da haben heute schon die Bullen nach einem gesucht«, teilt Kai mit.

»Und?«, fragt Patzert. »Haben sie ihn gefunden?«

»Nö.« Kai trinkt einen Schluck aus der Cola-Flasche und stellt sie ab. »Ich hab mich ein bisschen rumgehört.« Mit einer Kopfbewegung zeigt er zum Ausgang. Sie gehen zu Patzerts BMW, auf dem Beifahrersitz wartet ein großer Kerl, »das ist der Uwe«, sagt Patzert, als er einsteigt. Kai nimmt auf dem Rücksitz Platz.

»Da ist am Montagnachmittag einer mit dem Zug gekommen«, teilt Kai mit. »Jüngerer Typ, mit 'ner Aktentasche unterm Arm. Irgendwie war er komisch. Als ob er bekifft wär.«

»Bekifft?«, fragt Patzert nach und startet den Motor.

»Oder sonst zugedröhnt... Es gibt im Dorf eigentlich nur einen, wo so einer unterkommen kann.«

»Bauernende sieben, Finklin, richtig?«

»Richtig.«

»Was ist das für ein Vogel?«

»Ein alter Spinner«, antwortet Kai. »Auf jeden Fall eine linke Zecke. Haust mit einer Polin oder Russin in einer alten Datsche. Aber Vorsicht! Der hat früher mal geboxt. DDR-Auswahl und so... Ich zeig euch, wo er wohnt. Fahr weiter auf die Hauptstraße und dann links weg, wenn ich es sag!«

Patzert fährt los, erst die Hauptstraße entlang, dann über eine Seitenstraße, die etwas ansteigt. Ein geducktes Haus erscheint vor ihnen, die Fensterrahmen rot gestrichen und von einer dichten Hecke umgeben. »Das da vorn ist es, das letzte Haus hier an der Straße«, sagt Kai. Patzert fährt weiter, ohne die Geschwindigkeit zu drosseln.

»Und da ist jetzt einer, der sonst nicht da ist?«, meldet sich plötzlich Uwe, der Mann auf dem Beifahrersitz.

»Das weiß ich nicht«, sagt Kai mürrisch. »Ich hab nur gesagt, dass dieser Typ nur dort sein kann. Sonst würde man ihn kennen. Fahr mal bis zum Waldrand.«

Bis zum Waldrand sind es nur noch wenige hundert Meter. Bergauf biegt die Straße erst nach rechts, dann in einem größeren Boden nach links ab und führt nicht in den Wald hinein, sondern an ihm entlang weiter in nördlicher Richtung. An einem Schild »Durchfahrt verboten« vorbei dirigiert sie Kai auf einen holprigen Waldweg bis zu einem Lagerplatz für Langholz, vor dem der BMW abgestellt werden kann. Die drei Männer steigen aus, Kai geht ihnen voran, zurück zum Waldrand, wo ein gutes Stück unterhalb der Stelle, an der die Straße nach Norden abbiegt, ein Hochsitz aufgestellt ist. Vom Hochsitz aus kann man den freien Hang unterhalb der Straße beobachten und hat Blick auf die weite, von Gräben und Pappelreihen durchzogene Ebene des Luch. Rechts von ihnen liegt jetzt die Datsche Bauernende Nummer sieben. »Von hier aus hast du alles im Griff«, sagt Kai. »Wenn du mich nicht mehr brauchst, geh ich jetzt mal. Ich hab dann nichts gesehen, nichts und niemand.«

Der Blog, den Berndorf auf den Bildschirm seines Laptops geholt hat, ist kunstlos gemacht: eine rote Leiste, darin weiß eingeblendet »acht 21«, darunter die Unterzeile: »Nachrichten zum Fortschreiten der Zeit«. Keine Bilder, schon gar keine abrufbaren Filmsequenzen, die einzelnen Einträge ohne Überschrift, nur mit dem Datum versehen. Der Beitrag, den Berndorf gerade aufgerufen hat, befasst sich mit der französischen Militärintervention in der zentralafrikanischen Republik Mali:

»Es ist kein Zufall, dass die ersten Toten auf französischer Seite Fremdenlegionäre waren, sondern es tritt hier ein tieferer Zusammenhang zu Tage. Der wiedererwachte französische Kolonialismus muss heute ebenso wie in den finstersten Zeiten des 19. Jahrhunderts bemüht sein, die Blutopfer für seine Raubzüge vor den französischen Werktätigen zu verschleiern …«

Berndorf kann das Wort *Werktätige* nicht leiden und ruft den nächsten Beitrag auf, der diesmal vom syrischen Bürgerkrieg und einer möglichen ausländischen Intervention handelt. Soweit er es versteht, handeln diesmal sowohl der Westen als auch Russland perfide, die einen, weil sie eine Intervention wollen, und Russland, weil es diese nicht will. Zum Glück klingelt es an der Tür seines Büros, er öffnet, vor der Tür steht Tamar. »Kurzer Bericht gefällig?«

Berndorf gibt zurück, dass er kurze Berichte schon immer gerne gehört habe, und nimmt Tamar den Mantel ab. Als sie bei seinem Schreibtisch angekommen ist, wirft sie einen ungeniert neugierigen Blick auf den Bildschirm. »Was haben Sie da Schönes?«

»Einen Blog.« Er schließt das Programm. »Darüber, wer daran schuld ist, wie es in der Welt so zugeht.«

Das würde sie eigentlich auch gerne wissen, meint Tamar und setzt sich.

»Das kann man natürlich nicht mit zwei oder drei Worten erschöpfend beantworten«, meint Berndorf. »Schuld sind jedenfalls die Russen, die Amerikaner und der Kapitalismus überhaupt, den französischen Kolonialismus nicht zu vergessen, die Versöhnler, Revisionisten und stalinistischen Speichellecker sowieso nicht. Ich sagte ja, mit zwei oder drei Worten kommt man nicht aus.«

»So ungefähr stelle ich mir das auch vor«, kommentiert

Tamar. »Nur die deutsche Bundesregierung fehlt. Und das mit den Speichelleckern habe ich auch nicht ganz verstanden. Aber wenn Sie so bedeutende Dinge wälzen – sind Sie da überhaupt noch an Carmencita interessiert? Oder ist das Schnee von gestern?« Berndorf hebt eilends beide Hände als Zeichen, dass er – gewiss doch! – brennend interessiert sei, und Tamar berichtet von ihren Gesprächen.

»Es steht also fest«, fasst sie ihren Bericht zusammen, »dass Leute unbefugt in diesen Neubau eingedrungen sind und Spuren hinterlassen haben, die der Chef der Baufirma beseitigen ließ. Und wenn man den Estrich noch einmal neu machen oder neu ausstreichen muss, dann ist von irgendwelchen Anhaftungen danach nichts mehr zu finden.«

»Was haben Sie diesem Architekten vorgelogen? Diese Carmencita sei am 8. November noch gesehen worden?« Berndorf runzelt die Stirn. »Warum?«

»Dieser Architekt ist ein eitler alter Mann.« Tamar wirft einen langen, prüfenden Blick auf Berndorf. »Eitle alte Männer setzen sich gerne in Szene. Man muss ihnen nur einen Vorwand dafür anbieten. Den Vorwand habe ich ihm geliefert. Er kann sich jetzt einbilden, mit seiner Auskunft habe er den Beweis erbracht, dass Carmencita jedenfalls nicht in diesem seinem Neubau zu Tode gekommen ist. Trotzdem habe ich absolut keinen Hinweis darauf, was dieser Regulski mit dem Fall zu tun haben könnte, außer… Was haben Sie?«

Berndorf hat schon wieder einen Zettel genommen, um etwas darauf zu notieren. »Wissen Sie, wie der Chef dieser Baufirma hieß?«

»Gewiss doch.« Tamar will nach ihrem Notizbuch greifen, aber da hält ihr Berndorf schon den Zettel hin. Sie wirft einen Blick erst auf den Zettel und dann auf Berndorf.

»Bingo«, sagt sie. »Aber müssen Sie das so inszenieren?« Berndorf unterdrückt ein Grinsen.

Finklin hat die Schreibtischlampe eingeschaltet und macht sich daran, eine neue Zigarette zu drehen. Harlass sieht ihm zu und beobachtet das Spiel der beiden schweren kräftigen Hände, deren grobknochige Finger behutsam die Tabakrolle im aufgefalteten Papier drehen und modellieren. Unwillkürlich tastet er nach der noch immer spürbaren Schwellung unter seinem Auge. Schließlich ist Finklin soweit, klebt die Zigarette zusammen und steckt sie sich an. Wieder schiebt er Tabakbeutel und Zigarettenpapier zu Harlass, aber der lehnt diesmal ab. »Du wolltest mir was erklären«, erinnert er ihn.

»Nur mit der Ruhe… Es geht nämlich nie um das Erklären, sondern immer um das Verstehen. Dafür ist dein Fall ein sehr schönes Beispiel. Du willst wissen, was dir warum passiert ist? Dazu könnten dir sowohl mein alter Freund Giselher als auch der Polizist Dingsbums vermutlich einiges erklären, wenn sie noch am Leben wären. Das sind sie aber nicht, denn du hast ihnen das Gesicht und das Gehirn entzweigeschossen. Also fallen sie als Erklärer aus, und deshalb musst du selbst verstehen, warum du sie umgebracht hast.« Er betrachtet die Zigarette, scheint zufrieden und nimmt einen neuen Zug.

»Also warum?«, fährt er schließlich fort. »Es gibt Leute, denen macht es Vergnügen, jemanden umzubringen. Oder die Todesangst in den Augen des anderen zu sehen. Durchaus möglich, dass so etwas bei dir hineinspielt. Dass es dir einen Kick gibt, so etwas zu sehen. Und dann abzudrücken.« Er lässt die Zigarette sinken und blickt hinüber über den Schreibtisch zu Harlass. Aber der sitzt außerhalb des Lichtkreises der Schreibtischlampe.

»Möglich. Gut möglich sogar.« Finklin hat seinen Monolog wieder aufgenommen. »Wir kommen später noch einmal darauf zurück. Da du nicht weißt oder nicht zu wissen scheinst, warum du die zwei Männer getötet hast, müssen wir die Fakten befragen. Oder das, was davon in den Zeitungen steht. Danach bist du mit einer Pistole unter der Jacke zu diesem Hallenbad gefahren und hast dort meinen alten Freund Giselher umgebracht. Und das auch noch vor Zeugen. Was darf man daraus schließen? Na?«

Harlass zuckt die Achseln. »Sag es mir halt.«

»Es wäre viel einfacher gewesen, irgendwo nachts einem Obdachlosen ins Gesicht zu schießen«, antwortet Finklin. »Naja, der ist vielleicht betrunken und kriegt gar nicht richtig mit, was mit ihm passiert. Das macht dir dann nicht so viel Spass. Aber du hättest auch eine Frau abpassen können, eine Kellnerin oder Arbeiterin oder Krankenschwester nachts auf dem Heimweg ...«

»Hör auf«, sagt Harlass. »So etwas hab ich nie gemacht.«

»Nein? Aber vielleicht etwas anderes in dieser Art?«, fragt Finklin. »Ich vermute nämlich mal, dass nicht du meinen armen Freund Giselher ausgesucht hast, sondern Giselher ist von jemand anderem ausgesucht worden. Und dieser Jemand hat dir auch die Pistole besorgt, denn irgendwie – nimm mir das bitte nicht übel – siehst du mir nicht so professionell aus, dass du von selber an solches Gerät kommen könntest. Es hat dich also jemand angeheuert, das zu tun, und dieser Große Unbekannte – der so unbekannt vielleicht gar nicht ist – hat dich aus irgendeinem Grund als geeignet und brauchbar angesehen ... Wolltest du etwas sagen?«

»Das ist ziemlich kariertes Zeug, was du redest. Sag doch lieber endlich, worauf du hinauswillst.« Harlass sagt das etwas zu laut, denn unter dem Schreibtisch erhebt die Hündin Hexe den Kopf und knurrt.

»Ruhig, Hexe, braver Hund!« Finklin hat sich zurückgelehnt und blickt unter den Schreibtisch. Von dort hört man ein letztes Knurren, dann rollt sich Hexe wieder zusammen, die Augen aber auf Harlass gerichtet. »Ich will darauf hinaus«, fährt Finklin fort, »dass du dich selbst verstehst. Du bist als Killer angeheuert worden, da brauchen wir gar nicht mehr drumrumreden, und weil du meinen alten Freund Giselher umgebracht hast, hab ich so ungefähr auch eine Idee, aus welcher Ecke die Auftraggeber kommen. Nur – dieser zweite Mord, der passt nicht dazu. Ums Verrecken passt er nicht dazu ...« Er unterbricht sich, denn es hat geklopft. In der Tür steht Maria, steckt in einem Sportdress und teilt mit, dass sie jetzt eine Stunde Waldlauf machen wird. Finklin meint, das sei in Ordnung, sie solle sich aber im Wald nicht notzüchtigen lassen. Maria scheint zu verstehen, jedenfalls zeigt sie ihm den Effenberger und zieht die Türe wieder zu. »Wo waren wir stehen geblieben? Bei Dingsbums – bei dem Polizisten Regulski. Der hatte allerdings Papiere bei sich, die könnten in einem gewissen Bezug zu Giselher stehen, von mir ganz abgesehen ... ja doch, das könnte man so sagen.«

Von der Zigarette ist nur noch ein Stummel geblieben, den Finklin endlich ausdrückt. »Der Dingsbums – dieser Regulski war aber weder ein Freund von Giselher, das wüsste ich, also ist er auch keiner von mir. Folgerichtig muss er mit denen zu tun haben, von denen du angeheuert worden bist. Moment – er muss dich gekannt haben, sonst wärst du nicht so nah an ihn herangekommen, das waren wir ja bereits durchgegangen. Also muss er selbst es gewesen sein, der dich rekrutiert hat. Der dir die Waffe besorgt hat. Aber irgendetwas ist dann schiefgelaufen. Vielleicht warst du mit dem Honorar nicht zufrieden, dem Honorar für die Sache vor dem Hallenbad. Oder es hat sonst einen Streit gegeben. Vielleicht hatte er was zu meckern. Das ist so Polizistenart. Vielleicht hat es auch zu viele Zeugen gegeben, und auf einmal bist du es gewesen, der liquidiert werden sollte. Oder ...« Finklin hebt den Kopf und mustert Harlass aus zusammengekniffenen Augen – »... es war von Anfang an so gedacht, dass der Handlanger nach vollbrachtem Auftrag verschwinden muss ... Was hast du?«

Harlass ist aufgestanden, aber da ist auch schon die Hündin bei ihm, mit gesträubtem Fell und hochgezogenen Lefzen, und lässt ihn keinen Schritt weiter gehen. »Lass gut sein, Hexe«, sagt Finklin, steht auf und geht zur Tür und öffnet sie. »Aus! Geh in die Küche!« Zögernd, ja widerstrebend wendet sich die Hündin von Harlass ab und schnürt aus dem Zimmer.

Harlass sieht ihr nach, dann geht er ans Fenster und starrt in die Dämmerung hinaus.

»Haben wir es getroffen?«, fragt Finklin. »Regulski ist in aller Ruhe mit dir in den Wald gefahren, dorthin, wo die Sache abgemacht werden sollte, und hat den Wagen angehalten und als ordentlicher Polizist die Handbremse eingelegt und den Zündschlüssel abgezogen, immer mit der Ruhe, aber diese eine oder diese zwei Sekunden haben dir gereicht.«

Es war der Sicherheitsgurt, denkt Harlass und sagt noch immer nichts, sondern starrt hinaus oder hinüber zum nahen dunklen Wald, ohne etwas zu sehen.

»Glück für dich«, fährt Finklin fort. »Dein Pech, dass du keinem Gericht in diesem Land erzählen kannst, du hättest einen Polizisten in Notwehr erschossen. Eher noch wird der Papst wegen Gotteslästerung verurteilt, als dass sie dir das abkaufen.«

»Der hatte sogar Kartoffelsäcke dabei«, sagt Harlass mit leiser Stimme. »Und Backsteine.«

»Kartoffelsäcke?«, fragt Finklin zurück. »Backsteine?«

»Ja. In dem Wald hat es so ein Wasserloch. Da wollte er mich reintun.«

»Und du? Hättest du doch auch tun können?«

»Der war mir zu schwer«, antwortet Harlass. »Außerdem hatte ich keine Zeit. Da war das viele Blut im Auto. Das hab ich erst aufwischen müssen.«

Auf einem Hochsitz kann die Zeit ganz schön lang werden, denkt Patzert und muss sich schon wieder anders auf das schmale Brett setzen, das als Bank dient. Das Fernglas, das er sich aus dem Wagen geholt hat, ist ein Nachtsichtgerät, und das Haus des alten Spinners ist vielleicht in Luftlinie 200 Meter entfernt, viel günstiger kann er es eigentlich nicht haben. Aber das hilft alles nicht weiter, wenn sich in dem Haus nichts tut. Einmal kam eine Frau aus der Tür zum Garten und ging zum Komposthaufen, die Frau hatte was Handfestes an sich, das muss die Russin oder Polin gewesen sein, von der Kai gesprochen hatte.

Und sonst? Nichts. Irgendwann geht in einem der Zimmer ein Licht an, dann ein zweites, diesmal in dem Zimmer zum Garten, im Fernglas kann er sehen, dass das Licht von einer Schreibtischlampe kommt, aber von dem Mann, der hinter dem Schreibtisch sitzt, ist nicht viel mehr zu sehen als Handbewegungen, auf die sich Patzert zuerst keinen Reim machen kann. Schließlich fällt es ihm wie Schuppen von den Augen: Der Mann dort hinter seinem Schreibtisch redet, ziemlich pausenlos, und muss dazu heftig mit den Händen fuchteln, weil sein Gesprächspartner offenbar schwer von Begriff ist. Wer ist dieser Zuhörer? Die Frau? Kaum. Frauen lassen sich nicht so volllabern. Die quasseln zurück. Außerdem sah die Russin so aus, als wüsste sie, was sie zu tun hat. Und worüber sonst sollte der Alte mit ihr reden?

Unvermittelt hört der Alte mit dem Gestikulieren auf und fummelt an irgendetwas herum, an irgendeinem fusseligen Kleinkram. Was das ist, begreift Patzert erst, als sich der Alte eine Zigarette anzündet. Gleich darauf geht das Gefuchtel schon wieder los, Patzert lässt das Glas sinken und schaut nach unten, wo Uwe auf der zweituntersten Sprosse der Leiter zum Hochsitz hockt und auf seinem Nintendo an irgendeinem Killerspiel herumdrückt.

»Holst du mir mal ein Bier?«, ruft er hinunter. Aber Uwe reagiert nicht. Er hat die Stöpsel des Nintendo in den Ohren.

Patzert zuckt mit den Schultern und nimmt das Fernglas wieder auf. Nichts hat sich geändert – oder doch: jetzt brennt nur noch ein Licht im Haus, das der Schreibtischlampe. Noch immer redet der Alte mit den Händen, vielleicht ist er bloß gaga und führt Selbstgespräche? Patzert will das Fernglas absetzen, weil er nun wirklich ein Bier braucht, als er doch noch eine Bewegung im Zimmer wahrnimmt. Jemand ist aufgestanden und geht zum Fenster, das Licht der Schreibtischlampe beleuchtet ihn nur von der Seite, auch das Nachtsichtgerät kann das Gesicht des Mannes am Fenster nicht heranholen, und doch! Es ist die Haltung, denkt Patzert. Aus irgendeinem Grund kannst du die Leute allein schon daran erkennen, wie sie gehen und wie sie sich halten. Oder wie ihre Umrisse sind. Die Neigung des Kopfes. Egal. Der an dem Fenster dort, das weiß Patzert jetzt, das ist Lutz Harlass, der übereifrige Pisser, und das bedeutet, dass die Sache heute zu einem Ende gebracht wird. Er setzt das Fernglas ab, stellt es neben sich auf die Bank und schaut auf die Uhr. Für eine Aktion ist es jetzt noch zu früh. Er rüttelt an der Leiter, bis Uwe auf seiner Sprosse endlich aufschreckt. Dann klettert er vorsichtig hinunter.

»Und?«, fragt Uwe.

»Wachablösung«, antwortet Patzert. »Du bist dran.«

»Ja, und dieser Kerl?«

Patzert hebt die Hand mit dem hochgestreckten Daumen. »Alles bestens. Aber eine Aktion ist erst in ein paar Stunden möglich. Bis dahin müssen wir das Haus im Auge behalten.« Er streckt die Hand aus. »Ich brauch jetzt ein Bier und dann eine Mütze Schlaf. Aber gib mir dein Nintendo. Ich will sicher sein, dass du wirklich aufpasst.«

Dämmerung senkt sich über die Stadt, die Autofahrer haben Licht eingeschaltet, an den Kreuzungen schimmert das Rot-Grün-Gelb der Ampeln im Zwielicht. Berndorfs kleines blaues Auto steht in einer Schlange, am Steuer sitzt Tamar, auf dem Beifahrersitz hat Berndorf seinen Straßenatlas aufgeschlagen, obwohl er ohne eine Kartenleuchte nichts mehr darauf erkennen kann.

»Finden Sie nicht, wir sollten uns erst einmal diesen Hintze ansehen?«

»Warum?«

»Er müsste wissen, was mit Carmencita passiert ist.«

»Sie meinen, er hat ihn womöglich irgendwo eingemauert?

Das ist erstens nicht gesagt, zweitens erreichen wir gar nichts, wenn wir ihn jetzt danach fragen. Wir haben noch zu wenig in der Hand, und wir machen ihn nur kopfscheu.«

Während er das sagt, geht ihm durch den Kopf, dass das alles nur Ausreden sind. Er glaubt zu wissen, wer dieser Hintze ist und dass er ihn beobachtet hat, wie er vor dem Grab mit dem Findlingsstein stand. Und deshalb hat er ganz einfach keine Lust oder – genauer – eine Scheu, diesen Mann jetzt aufzusuchen. Morgen, denkt er, oder übermorgen. Dann fällt ihm doch noch etwas ein.

»Was aus Carmencita geworden ist«, so fährt er fort, »wird man vermutlich am ehesten in den Wasserlöchern im Spandauer Forst herausfinden. Dort können aber nicht wir herumstochern, sondern die Staatsanwältin müsste das veranlassen. Die Berliner Polizei hat Taucher für so was. Wir nicht.« Berndorf wirft einen Blick zur Seite. Tamar blickt auf die Fahrbahn, aber man kann sehen, dass sich um ihren Mund ein strenger Zug eingegraben hat.

»Ich habe durchaus verstanden, worauf Sie hinauswollen«, sagt sie plötzlich. »Sie wollen wissen, ob ich dieser Karen Andermatt eingetrichtert hab, was sie der Staatsanwältin sagen soll. Aber Menschen funktionieren nicht wie Billardkugeln. Trotzdem habe ich mir von Karen erzählen lassen, wie das war, als sie und die Staatsanwältin sich den toten Regulski angesehen haben. Und während sie erzählte, wusste ich ganz genau, dass irgendwann die Rede auf diese bescheuerten Kartoffelsäcke kommt, und plötzlich war ich so sauer, dass das arme Mädchen richtig erschrocken ist.«

»Warum waren Sie sauer? Und auf wen?«

»Auf Sie. Auf mich. Weil ich für Sie die Puppenspielerin gemacht habe, darum!« Die Autoschlange setzt sich in Bewegung, so tröge und langsam, als wäre man nicht in Berlin, sondern sonst in einer Beamtenstadt. Berndorf murmelt ein Tut-mir-Leid und lehnt sich im Sitz zurück. Dann kommt die Schlange schon wieder zum Stehen.

»Sie haben Recht.« Berndorf hat sich zur Einsicht aufgerafft, dass es mit seiner Entschuldigungs-Floskel nicht getan ist. »Es war weder korrekt noch professionell, das über die Andermatt zu spielen. Ich werde diese Wohlfrom-Kühn um ein Gespräch bitten.«

»Jetzt fallen Sie nicht gleich von einem Extrem ins andere«, kommt es von Tamar. »Wenn Sie zu der Staatsanwältin gehen, müssen Sie der auch sagen, dass die Andermatt Ihre Klientin ist. Will Karen das? Sie müssen sie jedenfalls vorher fragen. Warten Sie doch erst einmal ab, was diese Staatsanwältin tut!« Wieder setzt sich die Schlange in Bewegung, und diesmal schafft es auch Berndorfs kleines blaues Auto über die Kreuzung.

Maria hat den Weg über das Luch genommen, also die große Route, für die sie eine gute Stunde braucht. Sie läuft ruhig und gleichmäßig, locker, ohne besondere Anstrengung, ihre Beine federn in langen ausholenden Sätzen über den Boden, sie denkt an nichts, sie atmet, sie spürt den Boden, sie spürt ihren Körper. Die Dämmerung hat sich über das Luch gesenkt, aus den Gräben steigt Nebel auf, zieht sich in langgezogenen Streifen über die abgeernteten Äcker und verleiht dem Pappelwäldchen rechts vor ihr ein Aussehen, als müssten dort Feen und Kobolde zu Hause sein. Aber zu Hause sind im Luch nur Füchse und die großen schwerfälligen Vögel, die sie manchmal sieht.

Sie verlässt den asphaltierten Fuß- und Radweg, überquert die Straße, die am Rande des Luch verläuft, und nimmt den Waldweg, der zu einer Kuppe hinaufführt. Im Wald ist es dunkel, und sie schaltet die Stirnlampe ein, denn manchmal liegen abgebrochene Äste oder Steine auf dem Weg. Die Steigung ist gerade so, dass sie Tempo und Laufrhythmus beibehalten kann, aber sie spürt die Anstrengung, und ihr Atem wird schneller.

Die Stirnlampe erleuchtet den Weg, aber außerhalb ihres Lichtscheins bleibt nur rabenschwarze Nacht. Dass sie sich der Kuppe nähert, kann sie nur an dem Holzstoß erkennen, an dem sie vorbeikommt. Von da sind es nur noch drei- oder vierhundert Meter. Sie beschleunigt ihr Tempo, denn das ist das Teilstück, an dem sie an ihre Grenze geht. Sie erreicht die Kuppe, biegt nach links ab und läuft locker weiter. Bis zur Datsche sind es nur noch ein paar hundert Meter, leicht abschüssig, gerade richtig zum Entspannen.

Der Lichtschein der Lampe trifft auf bläulich schimmerndes Metall. Unter den Bäumen ist ein Wagen geparkt, sie verlangsamt den Schritt und wirft einen Blick auf das Kennzeichen, das mit der Buchstabenkombination HRO beginnt, ist das Rostock? Das Auto sieht nicht so aus, wie es Jäger sonst haben, kein Vierrad-Antrieb, dafür sind die Scheiben dunkel getönt, sie kann nicht erkennen, ob jemand darin sitzt oder liegt, jedenfalls schaukelt das Auto nicht, ohnehin ginge sie das nichts an. Sie beschleunigt ihr Tempo wieder, es ist auch Zeit, das Abendbrot zu machen. Muss sie dem alten Mann von dem Auto erzählen? Ja. Nein. Ja. Er hat etwas gegen Fremde. Gegen Leute, die außen am Haus vorbeigehen und die er nicht kennt. Also wird er sich aufregen. Nein.

Aber wissen wollen würde er es doch?

Was ich noch immer nicht verstehe«, sagt Finklin, »das ist die Sache mit dem Geld.«

»Ich hab das nicht für Geld gemacht«, wendet Harlass ein.

»Eben«, meint Finklin. »Du hast ja auch keines bei dir. Fast keines. Was geht daraus hervor? Wenn dir einer einen Tausender in die Tasche steckt und sagt, der und der muss weg – dann ist die Sache klar. Dann fragst du nicht groß, sondern tust, was dir gesagt wird. Aber wenn es bei dir nicht das Geld war, was zum Teufel hat dir Regulski dann erzählt, warum du den Giselher Marcks umlegen sollst?«

Harlass schweigt. Dann muss er sich erst eine Zigarette drehen, das geht nicht schnell und auch nicht besonders gut, und als die Zigarette halbwegs geklebt ist, zündet er sie doch nicht an. »Ich sollte den gar nicht umlegen«, sagt er schließlich. »Die wollten, dass ich dem in die Knie schieße. Aber er hatte einen Mantel an.«

»Er hatte einen Mantel an!«, wiederholt Finklin. »Ja, dann. Und warum solltest du das machen, das mit den Knien?«

»Ich hätt von denen doch die Knarre bekommen sollen, aber da sagten die, wenn ich damit eine Aktion machen will, die wirklich Sinn hat, dann soll ich mir doch diesen Marx vornehmen, das sei ein ganz übler Drahtzieher und sowieso ein Jud, und wenn ich das richtig mache, dann hätten sie vielleicht auch noch andere Aufträge für mich...« Nun zündet er sich doch die Zigarette an.

»Wieso und seit wann war Giselher Marcks Jude?«

Harlass zuckt mit den Schultern. »Weiß ich doch nicht. Man weiß es, weil er so heißt. Marx ist ein Judenname. Dieser eine war doch auch ein Jud.«

»Ja so!«, sagt Finklin. »Dieser eine! Der hat sich übrigens mit X geschrieben, und mein alter Freund Giselher mit Ce-Ka-Es, geht das in deinen Kopf?«

»Das haben die mir aber anders gesagt.«

»Die?«, fragt Finklin. »Du meinst Regulski? Dieser Polizist lässt anderen Leuten in die Knie schießen, nur weil sie so ähnlich heißen wie Karl Marx?«

»Das meiste hat der andere geredet«, erklärt Harlass. »Regulski war eigentlich bloß der Fahrer. Nur beim zweiten Mal, da war der Regulski allein.«

Nun ist es Finklin, der sich die nächste Zigarette drehen muss. »Wir machen Fortschritte«, stellt er fest und öffnet den Tabakbeutel. »Dieser andere – war das auch ein Polizist?«

»Woher soll ich das wissen? Dass Regulski einer ist, hab ich auch erst an seinem Ausweis gesehen.«

»Aber du musst doch eine Vorstellung von diesen Leuten

haben? Und mit der Polizei hast du nicht das erste Mal zu tun gehabt. Also weißt du, wie die reden und auftreten…«

Harlass überlegt. Eine Stimme drängt sich in seine Erinnerung. Eine kühle, geschäftsmäßige arrogante Stimme. *Du warst im Knast. Achtzehn Monate. Weil du auf diesen Rebbe losgegangen bist.* Wer weiß so was, und wer redet so darüber? »Das kann schon sein«, antwortet er bedächtig, »dass dieser andere auch so was war. Der saß die ganze Zeit hinten im Auto, so dass ich gar nicht weiß, wie der eigentlich ausgesehen hat. Aber es war sofort klar, dass er das Sagen hat. Der hat so… so einen verächtlichen Ton hat der draufgehabt.«

»Aha«, sagt Finklin. »Wir kommen der Sache näher. Da sitzt also einer hinten im Fond und gibt seine Anweisungen. So aus dem Dunkel heraus, wie? Das kommt mir doch sehr bekannt vor.« Er legt die Hände in seinen Nacken und massiert ihn mit den Fingerspitzen, als sei er verspannt und habe Kopfschmerzen. »Du beschreibst da einen Typus, von dem ich nicht gedacht hätte, dass ich so schnell wieder mit ihm zu tun bekomme. Fahrlässiger Weise habe ich das gedacht. Aber vermutlich wirst du schon wieder nicht wissen, wovon ich rede, nicht wahr? Nie werden es Leute wie du begreifen, für wen sie die Dreckarbeit machen…« Er unterbricht sich, denn man hört, wie die Haustüre geöffnet und wieder geschlossen wird. Dann nähern sich rasche Schritte, jemand klopft an die Tür und öffnet sie auch gleich.

»Fremde Leute«, sagt Maria und streift sich die Stirnlampe vom Kopf, »da oben an Wald. Auto aus Rostock. Ganze Zeit.«

»Jäger«, schlägt Finklin vor. »Oder ein Liebespaar?«

»Nix Bumsen. Kein Jäger.«

Harlass macht einen Schritt vom Fenster weg und noch einen zweiten und bleibt schließlich vor dem Bücherregal neben der Tür stehen. »Ich weiß«, sagt er und muss sich räuspern, denn seine Stimme ist belegt, »ich weiß, wer da oben… wer da oben wartet.«

Finklin neigt den Kopf und betrachtet ihn, ein wenig wie ein Vogel, der ein ihm noch unbekanntes Insekt entdeckt hat. »Ja?«

Harlass gibt den Blick zurück, fragend, und zeigt auf Maria. Finklin versteht. »Geh duschen!«, sagt er zu Maria, die kurz zögert, dann die Schultern zuckt, sich abwendet und die Tür ziemlich geräuschvoll hinter sich schließt. Finklin steht auf, geht um den Schreibtisch herum und lässt den Rollladen herunter. »Bitte sehr«, sagt er dann, »wir sind jetzt unter vier Augen. Und von draußen glotzt niemand herein. Willst du dich also nicht setzen?«

Harlass schüttelt den Kopf. »Der Mann da draußen – der heißt Dolf Patzert. Und er ist nicht aus Rostock, sondern aus Berlin.«

Finklin, die Arme vor der Brust gekreuzt, nickt.

»Ich weiß das, weil er manchmal das Rostocker Nummernschild benutzt«, fährt Harlass fort. »Das benutzt er zur Tarnung. Wenn er eine Aktion macht.«

Wieder nickt Finklin.

»Patzert war es auch, der mir gesagt hat, für eine richtige Aktion brauche ich eine Pistole«, fährt Harlass fort. »Und von wem ich eine bekommen kann. Von diesen beiden nämlich, dem Regulski und dem anderen. Und wo ich die treffen kann.«

»Ja?«, sagt Finklin, und in seinem Ton klingt Frage und Ermunterung zugleich an.

»Das war vor einer Woche. Abends, am U-Bahnhof Onkel Toms Hütte. Da haben sie mir auch den Auftrag gegeben, den am Hallenbad, du weißt schon.« Harlass löst sich von dem Bücherregal, weiß nicht wohin und setzt sich schließlich wieder in den knarzenden Korbsessel vor dem Schreibtisch. »Und wenn der Patzert da oben im Wald ist, dann ist er nicht allein, sondern er hat einen bei sich, mindestens einen, und ich kann dir auch sagen, was die wollen: Die wollen mich fertigmachen, so wie der Regulski das gewollt hat …«

»Und wie soll das geschehen?«, fragt Finklin. »Kommen die

hierher und klingeln und sagen, entschuldigen Sie bitte die Störung, wir müssen hier kurz mal jemand liquidieren, oder wie darf ich mir das vorstellen?«

»Das glaub ich nicht.« Harlass bekommt plötzlich ganz schmale Augen. »Die werden heute Nacht kommen und deine Datsche anzünden. Aber so, dass keiner mehr rauskommt. Du nicht, die Maria nicht. Dein Hund nicht.«

»Und du auch nicht?«

»Ich auch nicht«, sagt Harlass. »Keiner von uns...« Er unterbricht sich, denn das Telefon hat geklingelt. Es ist ein gewöhnliches grausilbernes Telefon, und das Klingeln tönt wie ein Glockensignal. Finklin betrachtet das Telefon, als sehe er es zum ersten Mal, dann rafft er sich auf, nimmt den Hörer ab und meldet sich mit einem knappen: »Ja?«

»Mein Name ist Wegenast«, meldet sich eine Frauenstimme, »Tamar Wegenast...« Finklin registriert eine leicht süddeutsche Klangfärbung und eine Tonlage, die ihm nicht unangenehm ist – oder genauer: die ihm unter anderen Umständen nicht unangenehm wäre. Die Stimme fragt, ob er Brutus Finklin sei, und erklärt, sie recherchiere im Fall Giselher Marcks... »Es ist doch richtig, dass Sie ihn kannten, vielleicht sogar befreundet waren?«

»Sie recherchieren?«, fragt Finklin zurück. »Sie sind Journalistin?«

»Nein. Mein Kollege Hans Berndorf und ich sind private Ermittler und haben den Auftrag, einem bestimmten Aspekt im Mordfall Marcks nachzugehen – aber ich fürchte, das lässt sich am Telefon schlecht erklären. Da wir bereits in Crammenow sind, wäre es möglich, dass wir kurz bei Ihnen vorbeischauen?«

»Sie kommen nicht zufälligerweise aus Rostock? Oder scheinen von dort zu kommen?«

»Wir kommen aus Berlin«, sagt die Anruferin, »und jetzt sind wir gerade im Gasthof zum Alten Zieten.«

»Wenn ich das richtig sehe«, sagt Finklin, »und Sie nicht

jemand ganz anderes sind, als die Sie zu sein vorgeben – dann haben Sie sich einen sehr merkwürdigen Zeitpunkt ausgesucht, um mich besuchen zu wollen... Aber gleichwohl oder vielleicht ganz im Gegenteil... sollen Sie mir also willkommen sein! Sie wissen, wo ich wohne?« Dann erklärt er, wie die Anruferin vom Alten Zieten zur Bauernende Sieben findet. »Ich erwarte Sie dann...« er zögert kurz und wirft einen Blick zu Harlass, »... in zwanzig Minuten!«

Er legt auf. »Du kennst doch so allerhand Leute«, sagt er dann und fasst Harlass ins Auge, »ist da eine Frau aus Süddeutschland drunter?«

»Weiß nicht, wer das sein soll. Aber sag mal – wer kommt da? Ich lass mich nämlich da oben nicht noch mal einsperren, dass du es nur weißt. Nicht, wenn der Patzert draußen lauert. Dreimal nicht.«

»Hab ich auch gar nicht vor.« Finklin holt aus seinem Hosensack einen umständlich großen Schlüsselbund. Dann bückt er sich, schließt die Seitentür an seinem Schreibtisch auf und wuchtet Regulskis Aktentasche auf den Schreibtisch. Er öffnet die beiden Verschlüsse, holt dann die Walther PPK heraus, überprüft das Magazin und legt die Waffe griffbereit vor sich auf den Schreibtisch. »Ich kann übrigens damit umgehen«, fügt er hinzu und wirft Harlass unter seinen buschigen Augenbrauen einen zugleich forschenden und warnenden Blick zu. Dann schiebt er die 464 Viking samt dem zweiten Ladestreifen über den Schreibtisch. »Du kannst jetzt ein erstes Mal selbst entscheiden, was du tust. Du kannst einfach in den Garten gehen, dir eine Deckung suchen und aufpassen, dass keiner kommt und Brandbomben schmeißt... Moment!« Er schlägt sich vor den Kopf. »Das geht ja wegen der Hexe nicht. Meine Hündin kann dich nicht ab... Aber du kannst auch einfach gehen, einfach in die weite Welt, wohin die Füße dich tragen. Du kannst dir sogar einen Wagen besorgen, da oben im Wald steht einer, hat die Maria gesagt – was wartest du noch?«

Harlass ist aufgestanden und hat sich die 464 Viking in den Hosenbund gesteckt. »Heißt das – du schmeißt mich hier raus?«

Finklin schüttelt den Kopf. »Du wirst lernen, selbst zu entscheiden. Das heißt es.«

Finklin hat das Tor an der Einfahrt aufgeschoben, die zu seinem Schuppen führt, und an der Straße Posten bezogen. Der hässliche Hund ist in der Küche, bei Maria, und Harlass wartet an der Haustür, die nur angelehnt ist. Das Flurlicht ist ausgeschaltet. Wenn dieser Besuch pünktlich ist, denkt Harlass, müsste er jetzt kommen. Der Wagen würde rechts abbiegen, in die Einfahrt, und wer immer das Haus beobachtet, wird dann wissen wollen, wer aus dem Wagen steigt. Dies wird der eine und einzige Augenblick sein, an dem er ohne allzu großes Risiko das Haus verlassen und die Straße überqueren kann.

Von der Küche her fällt Licht auf den Flur, Harlass erschrickt und geht einen Schritt von der Tür weg. Was tust du da?, fragt er sich dann. Die Haustür öffnet sich doch nach Nordwest, kann also vom Waldrand aus gar nicht eingesehen werden, der liegt östlich vom Haus. Reiß dich zusammen! Marie erscheint und scheucht den Hund, der ihr vorausgelaufen ist, zurück in die Küche. Sie trägt einen Beutel, nein: eine Feldtasche. »Bisschen was zu essen«, sagt sie und hängt ihm die Tasche um. Für einen Augenblick bleibt sie im Halbdunkel vor ihm stehen, sie sind sich so nahe, dass er ein merkwürdiges Funkeln in ihren Augen sieht, es dauert einen Moment, dann wendet sie sich ab.

Auf der Straße draußen wird es hell, ein Wagen nähert sich, wird langsamer, er sieht, dass Finklin auf die Straße vortritt und den Ankömmling in die Einfahrt einweist. Das Fahrzeug wird noch langsamer, rollt an der Eingangspforte vorbei, Harlass schlüpft aus der Tür – die rechte Hand mit der Pistole darin unter der Jacke versteckt – und geht geduckt und rasch durch den Garten und über die Straße und taucht in den Straßengraben ab.

Für einen Augenblick bleibt er einfach liegen und horcht, was vom Haus her zu hören ist. Finklin scheint den Besuch zu begrüßen, als ob es einer zum Kaffee wäre, die beiden anderen Stimmen sind leiser, er muss den Kopf ein wenig anheben, um besser zu verstehen.

»Ich sollte Sie vorwarnen« – das ist Finklins Stimme – »es gibt Leute, die mögen mich nicht so besonders. Manchmal legen sie mir einen toten Fuchs vor die Tür, manchmal schmeißen sie Steine. Irgendwann wird es noch etwas anderes sein.«

»Am Telefon klang es so, als ob Sie so etwas für heute Abend erwarten?«, fragt eine Frauenstimme.

»Das ist nicht ganz ausgeschlossen, ja ... Wenn Sie trotzdem eintreten wollen ...«

Gleich darauf schließt sich die Haustür wieder, und Harlass blickt zum Himmel. An einem Dreiviertel-Mond treiben Wolken vorbei, und so ist es immer wieder hell genug, dass man gut sehen kann, wenn vorne auf der Straße einer geht. Harlass überlegt kurz. Es gibt lustigere Dinge als einen halben Kilometer lang durch einen Straßengraben zu robben. Aber es ist zu schaffen. Wenn man es nicht zu schnell angeht. Wenn man es gleichmäßig tut. Wenn man sich Zeit lässt.

Der Mann, der sie mit kräftigem Händedruck willkommen heißt, ist nicht mehr jung. Aber in seiner Erscheinung, so erscheint es Berndorf, liegt noch immer eine sprungbereite Kraft. Umso befremdlicher erscheint ihm, dass dieser Mensch eine Pistole im Hosenbund stecken hat, unter dem abgeschabten Tweed-Sakko kaum oder gar nicht verborgen, als ob das in diesem Haus so selbstverständlich sei wie der Hund, der ihnen um die Beine schnüffelt.

Offenbar hat der Hund keine weiteren Einwände gegen sie, Tamar und Berndorf werden in ein mit Bücherregalen vollgestopftes Arbeitszimmer geleitet, für Tamar findet sich ein Korbsessel, für Berndorf ein Bauernstuhl mit hoher Lehne und geflochtener Sitzfläche, denn im zweiten Korbsessel hat schon mit großer Selbstverständlichkeit der Hund Platz genommen und sich zusammengerollt.

Brutus Finklin holt ungeniert die Pistole hervor – es ist eine Walther PPK – und legt sie auf den Schreibtisch. »Entschuldigen Sie bitte«, sagt er dann und nimmt selbst Platz, »es gehört sonst nicht zu meinen Gewohnheiten, Besucher mit einem Schießeisen im Hosenbund zu begrüßen! Aber ich sagte Ihnen bereits – es sind heute möglicherweise besondere Umstände.« Er blickt von Tamar zu Berndorf und wieder zu Tamar, und weil der aufgeklappte Bildschirm seines Notebooks dabei stört, schließt er ihn.

»Wir haben uns nicht bedroht gefühlt«, sagt Tamar. »Außerdem würde es mich freuen, wenn Ihnen unsere Anwesenheit in irgendeiner Weise nützlich sein könnte.«

Finklin betrachtet sie prüfend und – wie es Berndorf scheint – nicht ohne Wohlgefallen. Dann richtet sich der Blick auf Berndorf, ist aber nur noch prüfend. »Das ist ganz sicher so. Ich wäre sonst nicht so ohne weiteres mit Ihrem Besuch einverstanden gewesen. Trotzdem ist es mir, um ehrlich zu sein, völlig schleierhaft, was Sie zu mir führt.«

»Es geht um den Tod von Giselher Marcks«, beginnt Tamar, wird von Finklin aber sofort unterbrochen.

»Giselher war mein Freund, das haben Sie schon am Telefon zutreffend vermutet, wir standen uns politisch sehr nahe, was zwar nicht automatisch auch Freundschaft bedeuten muss, durchaus nicht, aber in unserem Fall ist dieses persönliche, emotionale Element dazugekommen, jedenfalls im Lauf der Zeit... Jetzt ist er tot, und wenn Trauer etwas bewirken könnte, würde ich trauern. Was wollen Sie sonst noch wissen?«

»Sie standen sich politisch nahe, sagten Sie«, tastet sich Tamar vor. »Hat der Tod Ihres Freundes etwas mit seinen politischen Überzeugungen zu tun?« Sie wirft einen Blick zu Berndorf. Aber dessen Gesicht wirkt seltsam unbeteiligt.

»Wenn politische Überzeugungen ein Leben bestimmen«, sagt Finklin, »und das Leben auf diese Weise endet, dann muss wohl das eine mit dem anderen zu tun haben.« Er hat dabei den Kopf ein wenig gesenkt, was ihm ein unvermittelt angriffslustiges Aussehen gibt.

»Stopp!« Zum ersten Mal sagt Berndorf etwas. »Marcks ist tot, und Sie halten eine Walther PPK griffbereit. Also geht es hier und heute Abend um nichts weniger als um Leben und Tod. Wollen Sie uns nicht sagen, wer die Leute sind, vor denen Sie sich schützen müssen?«

»Aha«, macht Finklin und fasst Berndorf ins Auge. »Ich habe mich schon gefragt, ob die schöne Dame Sie vielleicht bloß zur Dekoration dabeihat. Aber Sie haben gefragt, und wer fragt, soll eine Antwort bekommen! Wenn es stimmt, was ich aus leider absolut unzuverlässiger Quelle weiß, haben es irgendwelche Neonazis aus Berlin auf dieses Haus abgesehen. Zufrieden?«

»Nein«, antwortet Berndorf. »Wer schickt die Neonazis, und warum?«

Finklin betrachtet ihn, den Kopf ein wenig schief gelegt. »Vielleicht darum«, sagt er plötzlich, zieht eine Schublade auf, holt ein Blatt heraus, das wie ein Flugblatt aussieht, mit einem roten Aufdruck als Blickfang. »Ein Ausdruck aus meinem Blog *acht 21*. Ein bescheidener Beitrag zur neuen deutsch-russischen Achse, dem klandestinen Gaunerbündnis der Urenkel Ribbentrops und Stalins ... Lesen Sie es nur, es steht nichts drin als die Wahrheit, die niemand hören will!« Er blickt auf, denn es hat an die Tür geklopft. Maria tritt herein und will wissen, ob die Dame und der Herr einen Tee möchten oder Kaffee. Tamar hätte gerne einen Tee, Berndorf blickt von dem Ausdruck auf und schließt sich an. Finklin nickt Maria zu. »Und draußen?«, fragte er noch.

Maria zuckt die Schultern. »Alles ruhig.«

Robben, das ist ein Wort, das macht viel zu viel von sich her. Im Tiergarten hat Harlass schon mal Robben gesehen, oder vielleicht waren es auch Seelöwen, das sah witzig aus, wenn die zu ihrem Gewässer watschelten, aber es sah nicht nur witzig aus, sondern die Viecher selber waren witzig und schlau. Aber einer, der sich auf allen vieren einen Straßengraben entlangquält, der dabei auch noch eine Feldtasche mit sich schleppt, die sich ständig irgendwo verhakt, der robbt nicht und der ist auch nicht witzig und nicht schlau, sondern der kriecht bloß, der ist ein Kriechtier, und das Wort muss man nur ein paarmal vor sich her sagen, dann weiß man, was das für Geschöpfe sind.

Wie weit ist er gekommen? Er riskiert einen Blick über die Straße, rechts ist die Datsche, noch ganz nah, das Auto von diesem Besuch steht noch immer vor dem Schuppen, und links ist die dunkle Linie des Waldes, noch ganz fern. Trotzdem braucht er eine Pause. Außerdem muss er irgendetwas gegen das Gebaumel der Feldtasche tun. Er tastet die Tasche ab und findet tatsächlich eine Schlaufe, damit könnte er die Tasche hinten am Hosengürtel festmachen, auch wenn das vielleicht albern aussieht. Aber wenn ihn einer sieht, kommt es darauf auch nicht mehr an.

Aber was macht er mit der Pistole? Es ist blöd, mit der 464 Viking in der Hand rumzukriechen. Aber es wäre auch blöd, saublöd sogar, wenn Patzert oder einer seiner Gehilfen die Straße herunterkäme und er hätte die Viking nicht griffbereit. Aber warum sollten sie das tun? Wenn sie vorhaben, was er denkt, dass sie vorhaben, dann machen sie das erst gegen Mitternacht. Wenn die Männer von der Feuerwehr schon brav in ihren Betten liegen und sich einen wegschnarchen. Und dann gehen sie auch nicht zu Fuß zu der Datsche, sondern sie fahren hin und machen ihren Job und sind sofort wieder weg, noch ehe einer der Schnarchsäcke auch nur den Alarm hört... So viel hat er schon mitgekriegt, auch wenn sie ihn nie haben mittun lassen. Also? Er verstaut die

Pistole in der Feldtasche und steckt die Tasche dann am Gürtel fest.

Tatsächlich gehen die nächsten Meter leichter, er kommt an einem Abflussrohr vorbei, das unter der Straße verlegt ist. Irgendetwas wird aber anders, er hat auf einmal nasse Hände, und als er das merkt, sind auch schon seine Knie nass, er kriecht nicht mehr einfach nur durch einen Straßengraben, sondern durch ein Rinnsal, von dem er lieber nicht wissen will, was es alles zu dem Abflussrohr schwemmt. Ein Geruch nach Jauche ist jedenfalls dabei, schon wieder wird er seine Klamotten waschen müssen. Wieder riskiert er einen Blick – der Waldrand ist näher gekommen, ja doch, und weiter vorne sieht er links einen Baum oder hochragendes Gebüsch, vielleicht kann er da schon den Graben verlassen...

Tamar lobt den kräftigen dunklen Tee und die selbstgebackenen Kokos-Kekse, das hört die Maria so gerne, dass sie einen Knicks macht. Berndorf ist wieder ins Schweigen verfallen, denn er will vermeiden, dass er noch mehr von diesen Beiträgen über die stalinistisch-kapitalistisch-sozialdemokratische Weltverschwörung lesen muss. Lieber krault er mit der rechten Hand den Hund, der sich im Sessel neben ihm wohlig auf den Rücken gewälzt hat. Finklin dreht sich wieder eine Zigarette und wirft ab und an einen Blick auf Berndorf, als warte er auf dessen Kommentar.

»Ich verstehe«, sagt Berndorf schließlich, »Sie vermuten, dass Ihr Blog irgendjemandem auf die Hühneraugen gefallen ist. Das aber eröffnet ein weites Feld, vom CIA und anderen Geheimdiensten bis zu irgendwelchen stalinistischen Betonköpfen...« Er bricht ab, denn seine Lügerei ist ihm nun doch zu peinlich. Eigentlich hatte er fragen wollen, ob es denn wirklich noch einen Menschen in der großen weiten Welt gebe, dem dieses uraltlinke Stammtischdampfgeplauder nicht am Arsch vorbeigeht. Aber weil das so verstanden werden könnte, als habe er Zweifel an der Qualität und Wichtigkeit der Texte des Gastgebers, hat er davon Abstand genommen. Und nun weiß er nicht weiter.

»Warum«, so schaltet sich Tamar ein, »warum bedienen sich solche Leute dann deutscher Neonazis, und warum war Giselher Marcks das erste Ziel?«

»Was in der Welt geschieht, war und ist immer Klassenkampf. Und in allen Klassenkämpfen ist es die Aufgabe des Lumpenproletariats, als Handlanger des Kapitals die eigene Klasse zu unterdrücken.« Finklin nickt und zündet sich die Zigarette an. »Und Giselher sollte nicht umgebracht werden, sondern er sollte in die Knie geschossen werden. Die Mafia tut so etwas. Zur Warnung, verstehen Sie? Vermutlich wollten die Leute, die das in Auftrag gegeben haben, auch mich warnen. Und gleichzeitig wollten sie ihn und auch mich als Mafioso abstempeln. So!« Er trinkt einen Schluck Tee und funkelt seine beiden Gäste an. »Jetzt sollte ich aber doch allmählich erfahren, was genau Sie von mir wollen.«

Der Graben ist wieder trocken, er ist also über die Stelle hinausgekommen, an der das Rinnsal eingeleitet wurde. Aber das hilft ihm jetzt auch nichts mehr. Die ganze Hose ist nass und klebt ihm an den Beinen. Außerdem riecht er, als wäre ihm sonst ein Unglück zugestoßen. Aber das hat keine Bedeutung mehr. Wirklich wichtig ist nur noch, dass er keinen Meter weiterkriechen will. Vorsichtig lugt er aus dem Graben, der Waldrand ist noch immer dreißig oder vierzig Meter entfernt, aber links von ihm steht dieser einzelne Baum mit ausladenden und zu Boden hängenden Ästen. Er wirft einen Blick hinauf zum Nachthimmel, der Dreiviertel-Mond steht hoch über ihm, aber eine Wolke zieht heran, es ist eine schwere dunkle Wolke, Harlass tastet nach der Feldtasche in seinem Rücken und holt die 464 Viking heraus, dann ist die Wolke auch schon da und verdeckt den Mond und dimmt das helle kalte Licht herunter.

Er kriecht aus dem Graben, richtet sich auf und geht geduckt die wenigen Schritte zu der freistehenden Fichte. Die Viking 464 in der rechten Hand, schiebt er mit der linken die herunterhängenden Nadelzweige zur Seite und bleibt unter den Ästen stehen, die sich wie ein Zelt um ihn schließen. Das ist ein guter Platz, denkt er, und im selben Augenblick überfällt ihn rasende Angst – was ist, wenn auch Dolf dieses Versteck gefunden hat? Oder einer der anderen – der anderen was? Er hat keine Kumpel. Kameraden schon gar nicht. Er bleibt stehen, wagt kaum zu atmen, allmählich nimmt er Umrisse wahr, alles ist still um ihn. Wirklich still? In seinen Ohren ist ein Rauschen, das er sich nicht erklären kann. Aber niemand sonst ist hier, niemand außer ihm hat dieses Versteck entdeckt.

Ihn fröstelt. Die nasse Hose klebt an seinen Beinen. Und wieder hat er den Geruch nach Jauche in der Nase. Er versucht sich zu orientieren, schiebt noch einmal den Vorhang aus Zweigen zur Seite, vor ihm – oder genauer: unter ihm liegt die Talsenke mit Finklins Datsche, die Außenlampe am Schuppen ist noch immer eingeschaltet und beleuchtet das Auto der Besucher, offenbar soll jedermann wissen, dass Finklin nicht allein ist. Er wendet sich wieder ab und tastet sich zu dem Baumstamm zurück, dabei bekommt er eine klebrige Hand vom Harz. Gebückt geht er unter den herunterhängenden Ästen zur Ostseite der Fichte, die dem nachtschwarzen Waldrand gegenüber liegt und von ihm durch die Straße getrennt ist, die in einer Rechtskurve den Hang hinaufführt. Über die Straße und bis zum Wald sind es zwanzig, eher dreißig Meter, aber der Mond ist jetzt schon so weit im Westen, dass die Fichte einen schwarzen Schatten über die Fahrbahn der Straße wirft. Es hat keinen Sinn, länger zu warten, denkt Harlass, geht mit pochendem Herzen hinüber zum Wald und zwängt sich zwischen Gesträuch hindurch unter den Schutz der Bäume. Eine Ranke verfängt sich an seinem rechten Bein und ratscht mit ihren Dornen einen Riss in Hose und Haut.

Knackend birst ein morscher Ast unter seinem Fuß. Es klingt wie ein Schuss.

Erschrocken bleibt er stehen. Links neben ihm ist ein Baum, er tastet mit der Hand danach und schiebt sich dann an den Stamm, der ihm Schutz geben soll, wenn … Wenn was sein wird? Aber nichts rührt sich um ihn herum, und wieder hört er nur dieses Rauschen in den Ohren.

Jemand klopft an die Fensterscheibe des Wagens, und sofort ist Patzert wach, richtet sich von dem zurückgeklappten Autositz auf und öffnet die Wagentür. Halb im Schatten, halb im Mondlicht steht Uwe Kappolt vor ihm, das Fernglas umgehängt. »Da sind Leute gekommen.«

»Leute?«

»In einem Auto. Ein Mann und eine Frau. Der Alte hat auf sie gewartet. Und dann sind sie alle ins Haus. Ich meine …«

Patzert hat die Rückenlehne wieder hochgestellt. »Ja?«

»Die sind noch immer da.«

»Wir brechen die Aktion deshalb nicht ab«, entscheidet Patzert. »Jetzt erst recht nicht.« Er schaut auf die Uhr. »Es ist noch zu früh. Was ist das für ein Auto?«

»Ein kleines. Irgendein Franzosenschrott.«

»Also kein Problem.« Patzert steigt aus, geht zum Kofferraum, öffnet ihn und holt etwas heraus, das wie ein Tragekorb mit Bierflaschen aussieht. »Steig ein, ich fahr.«

Kappolt schiebt sich auf den Beifahrersitz. »Was hast du vor?«

»Was werde ich vorhaben, Idiot!« Patzert reicht ihm über den Fahrersitz hinweg den Tragekorb mit den Mollies, den Kappolt zwischen seinen Füßen abstellt. Dann setzt er sich hinters Steuer und startet den Wagen. »Es gibt zwei Möglichkeiten«, sagt er dann. »Immer gibt es die. Diese Leute, die da gekommen sind, die haben entweder Glück, oder sie haben keines. Entweder sie ziehen rechtzeitig Leine, und zwar ohne den Pisser, dann haben sie Glück gehabt. Wenn sie nicht rechtzeitig Leine ziehen oder den Pisser mitnehmen, dann haben sie kein Glück gehabt. Dann erwischen wir sie auf einer stillen, vom Mond beschienenen Straße im schönen Havelland, und das war es dann.« Der Wagen fährt langsam an, ohne Licht, und erreicht den Waldrand. Vor ihnen liegt die Einmündung des Waldweges in die asphaltierte Straße, die von Crammenow hoch- und am Wald entlang weiterführt zu den Weilern im Nordwesten. Patzert stoppt ab und flucht leise.

»Dass du die Datsche von hier aus nicht siehst«, sagt Kappolt, »das hätte ich dir gleich sagen können.«

»Und warum hast du es nicht?«

»Du hast nicht gefragt.«

Patzert steigt aus und betrachtet das Gelände. Diesmal gibt es sogar drei Möglichkeiten. Er oder Uwe müssten wieder nach links zum Hochstand gehen, von dem aus sie zur Datsche hinübersehen können. Das geht aber nicht, weil sie dann zu viel Zeit verlieren, bis sie wieder an ihrem Auto sind. Falls Harlass aber tatsächlich mit dem Franzosenauto abhauen will, dürfen sie ihm keinen zu großen Vorsprung lassen. Oder er müsste auf der Straße hundert Meter vorfahren, bis die Datsche in Sicht kommt. Das geht deswegen nicht, weil ihr Wagen auffallen würde. Weil der Pisser dann sofort sehen würde, da sind welche, die auf ihn warten.

Also bleibt nur die dritte Möglichkeit. Er geht zum Wagen zurück und bleibt an der Tür zum Beifahrersitz stehen. »Hast du dein Handy dabei?«, fragt er. »Schalt es ein!«

Kappolt wirft ihm einen misstrauischen Blick zu, denn Patzert kann es sonst nicht leiden, wenn jemand in seinem Beisein ein Handy benutzt. Kappolts Handy ist aufgeladen, Patzert geht ein paar Schritte zur Seite, und sie überprüfen den Funkkontakt, aber der ist normal und ohne Störung.

»Dann ist das soweit klar«, sagt Patzert, als er sich wieder hinters Steuer setzt. »Du gehst jetzt die Straße entlang, bis du Sicht auf das Haus hast. Bis du sehen kannst, wer da alles wegfährt. Oder wer da sonst aus dem Haus geht. Kapiert?« Kappolt nickt.

»Und noch einmal: Du gehst nicht auf der Straße, sondern im Straßengraben, dass du Deckung hast. Dass du nicht gesehen werden kannst...«

»Ich soll da runter robben?«, fragt Kappolt entrüstet. »Das kannst du mal selber tun...«

»Erstens sollst du nicht robben«, ärgerlich schlägt Patzert mit der linken Hand auf das Dach des BMW, »sondern so gehen, dass man dich nicht sieht. Also gebückt. Zweitens kann ich den Job notfalls auch allein machen, und du kannst den Weg dahinten durch den Wald nehmen, da kannst du so senkrecht laufen, wie du lustig bist, vielleicht kommst du da in den nächsten Tagen auch wirklich nach Berlin...«

»Ist ja gut«, sagt Kappolt. »Ich geh ja schon. Und wenn einer aus dem Haus kommt, ruf ich an?«

»Ja«, sagt Patzert, und es klingt ein wenig erschöpft, »dann rufst du an! Vor allem, wenn der Harlass mit rauskommt und mit in das Auto steigt. Und wenn ich dann mit dem Wagen komme, dann wirst du einsteigen, ohne dass ich groß anhalten muss.«

»Du musst nicht so tun, als ob ich blöd wäre«, gibt Kappolt zurück und macht sich auf den Weg. Patzert sieht ihm nach, wie er in der Dunkelheit verschwindet, und während er ihm nachsieht, fragt er sich, ob es nicht besser gewesen wäre, einen zweiten Mann mitzunehmen. Aber mit jedem Teilnehmer einer Aktion wächst das Risiko, dass einer nicht das Maul hält. Und zwar exponential: An jedem dieser Dummköpfe hängen drei oder vier andere, die sich gerne wichtig machen... Schon jetzt weiß Kappolt zu viel. Und er selbst? Warum ist er überhaupt selbst in die Tankstelle? Er hätte doch Kappolt schicken können und sich schön hinten ins Auto setzen, so wie es dieser Andere tut, dass ihn keiner so richtig sieht und kennt und beschreiben kann... Er schaltet das Autoradio ein. Es ist Mittwoch, die Champions League spielt, offenbar ist aber Halbzeit, denn er bekommt nur Musik herein. Schließlich erwischt er das Ende eines Zwischenberichts zur Halbzeit, das hört sich aber auch nicht gut an, denn danach verbleiben der Borussia nur noch 45 Minuten…

Es klopft an die Scheibe des Seitenfensters. Was will der Dummkopf jetzt schon wieder? Ärgerlich stößt er die Tür auf.

»Nimm die Hände hinter den Kopf«, sagt eine Stimme, »ganz langsam die Hände hinter den Kopf, und steig aus!«

Ungläubig blickt Patzert hoch und in die Mündung eines Pistolenlaufs.

Sie haben den wesentlichen Punkt bereits selbst ausgesprochen«, beginnt Berndorf. »Wir sollen herausfinden, ob Giselher Marcks in irgendeiner Weise mit der Mafia oder einem mafiosen Netzwerk in… in einen Konflikt geraten ist.«

Finklin, die Zigarette im Mundwinkel, richtet einen knochigen Zeigefinger auf Berndorf. »Sie sollen mich nicht für dumm verkaufen. Ihre Frage unterstellt, dass Giselher Kontakt zu einem solchen Netzwerk gehabt hat. Dass er Teil eines solchen Netzwerkes gewesen sei. Aber bitte!« Er nimmt die Zigarette aus dem Mundwinkel und streift die Asche ab. »Wer ist und was tut die Mafia? Sie erpresst Schutzgeld, handelt mit Waffen, Heroin, Mädchen… Nehmen wir das Schutzgeld. Die Mafia erhebt es von kleinen türkischen oder italienischen Gewerbetreibenden. Wenn sie zahlen, werden sie in Ruhe gelassen. Und? Der deutsche Staat zum Beispiel erhebt Steuern von ihnen. Und das nicht zu knapp. Können die türkischen Gewerbetreibenden in Deutschland dafür vielleicht in Ruhe und Sicherheit arbeiten? Doch wir reden von der Mafia! Sie verkauft Heroin, das die Menschen krank und abhängig macht. Das ist böse, aber die Mafia verdient Milliarden damit. Doch was ist mit den Psychopharmaka? Das sind Medikamente, von denen die Menschen krank und abhängig werden. Aber die Pharmazie-Konzerne verdienen Milliarden damit, noch viel mehr

Milliarden als die Mafia. Was, bitte, soll mein armer Freund Giselher mit all diesen Leuten zu tun gehabt haben?«

Berndorf und Tamar tauschen einen Blick. »Ist es möglich«, fragt Tamar, »dass Marcks über seinen Aufgabenbereich in der Senatsverwaltung hinaus beratend oder vermittelnd tätig gewesen ist?«

»Aha«, macht Finklin, »darauf wollen Sie hinaus! Aber was wäre daran zu beanstanden? Jeder Mensch braucht Beratung. Sie sind, so sagten Sie, private Ermittler. Ich will es Ihnen mal glauben. Dann kommen also Leute zu Ihnen, und für diese Leute finden Sie etwas heraus. Hoffentlich tun Sie das dann. Vielleicht sind auch zu Giselher Leute gekommen und wollten etwas wissen. Über Land und Leute, Geschichte, Geologie, Literatur – es gibt in der Welt ein enormes Potential an Wissen, aber es gibt auch einen enormen Bedarf. Sie müssen beides nur zusammenbringen ...«

Als wäre eine Stahlfeder losgeschnellt, hat sich die Hündin umgedreht und ist aus dem Sessel gesprungen und läuft knurrend zur Zimmertür. Drohend sträubt sich auf ihrem Rückenkamm ein Streifen Fell.

»Hexe, alte Töle«, sagt Finklin, steht auf und steckt die Pistole ein, »sollten wir noch mehr Besuch bekommen?«

Karen Andermatt hat Platz an einem Tisch mit einem älteren weißhaarigen Herrn und zwei Damen gefunden, der Herr trägt den Blazer eines Yachtclubs und hat eine vom Alter oder dem guten Leben schon leicht knollig gewordene Nase. Beide Frauen stecken in Kostümen und haben tatsächlich das blau getönte Silberhaar, von dem Karen gar nicht wusste, dass die ältere Dame noch so etwas trägt. Mindestens eine von ihnen hat zu viel Parfüm aufgelegt.

Direkt über Karen trägt ein Bacchus oder eher: ein nordischer Krieger, der als Bacchus verkleidet ist, eine Amphore, und zwar tut er es mit der gleichen Sorgfalt, mit der ein Artillerist eine besonders bösartige Granate zur Dicken Bertha bringen würde. Zum Glück ist der bacchantische Artillerist samt seiner Amphore aus Stein, denn Karen befindet sich in einem Festsaal mit neugotischem Deckengewölbe und ebensolchem Figurenschmuck. Vor einer Viertelstunde ist sie angekommen, als Teil der Eskorte, die Dagmar Wohlfrom-Kühn neuerdings begleitet. Zwei Bodyguards, gestellt von der Berliner Polizei, gehören auch dazu, die Bodyguards haben weiter hinten im Saal Platz genommen. Karen ist zum ersten Mal hier, so viel sie sehen kann, strahlen auch die anderen Werke deutscher Steinmetzkunst Anno Domini 1905 nicht weniger Bedrohlichkeit aus als der germanisierte Bacchus über ihr. Vielleicht soll es auch gar kein Bacchus sein, fällt ihr ein, sondern ein deutscher Landsknecht, der beim Sacco di Roma richtig was zum Süffeln erbeutet hat.

Der Herr, der jetzt in seiner Eigenschaft als Vorsitzender des Staatspartei-Ortsverbandes Charlottenburg die Anwesenden und – »natürlich ganz besonders« – die Leitende Staatsanwältin Dagmar Wohlfrom-Kühn begrüßt, hat glücklicherweise durchaus nichts Bedrohliches an sich, er hat graumeliertes onduliertes Haar und einen gepflegten Kinnbart und spricht mit dieser lockig-flockigen berlinischen Gewandtheit, die jedem Zuhörer wie von Zauberhand die Gewissheit eingibt, einen besonders witzigen und geistvollen Vortrag zu hören. Wie immer, wenn so geredet wird – meistens geschieht das beim Abschluss von Versicherungsverträgen –, ist Karen auf der Hut, erkennt zunächst aber trotzdem nicht, worauf der Redner – ein Arno Triglaw – eigentlich hinauswill.

Triglaw stellt zunächst das Procedere der bevorstehenden Abstimmung über den Spitzenkandidaten vor, mit dem die Staatspartei ganz unvermeidlich den nächsten Regierenden Bürgermeister stellen wird. Dann will er der Hauptperson des Abends in keiner Weise vorgreifen, muss aber doch noch ein paar Worte zum allgemeinen politischen Umfeld verlieren.

Warum hat der die Staatsanwältin eingeladen und redet

dann selber die Leute fransig?, fragt sich Karen und begreift plötzlich, dass Triglaw genau das will: den Abend kleinreden. Wenn der Zug wirklich losfährt, will man ganze vorne, in der Ersten Klasse dabei sein. Sicherheitshalber bleibt man aber erst einmal auf dem Trittbrett, um notfalls sofort wieder abspringen zu können.

Irgendwann hat Triglaw dann auch die vielen guten und sinnvollen Dinge vorgestellt, die die Berliner Staatspartei getan haben würde, wenn sie nur die Mehrheit dafür gehabt hätte, und kann endlich zum Gast des Abends überleiten, zu Dagmar Wohlfrom-Kühn, »auf deren Vorstellungen für einen Neubeginn in dieser Stadt wir alle mit Recht gespannt sein dürfen«.

Karen beugt sich etwas vor, um besser zu sehen, die Staatsanwältin geht zum Rednerpult, das mit dem Signet der Staatspartei in Schwarz-Blau geschmückt ist, sie dankt für die anregende Begrüßung, sehr freundlich und locker tut sie das...

»... besonders beeindruckt hat mich, lieber Arno Triglaw, Ihre so anregende und überzeugende Darstellung dessen, was man in dieser Stadt tun sollte. Allerdings...« Sie macht eine kurze Pause, hebt die offene rechte Hand und sieht sich im Saal um, fast so, als wolle sie jeden einzelnen der gut siebzig Zuhörer ins Auge fassen. »... allerdings reden wir alle in dieser Stadt schon sehr lange darüber, was man tun sollte. Jetzt, so meine ich, ist aber die Zeit gekommen, auch wirklich etwas zu tun...«

Zum ersten Mal an diesem Abend brandet richtig Beifall auf.

Die Hündin hat am Straßenrand Aufstellung genommen, die Lefzen drohend hochgezogen und immer wieder tief knurrend. Unter ihr im Straßengraben steht ein kräftiger, fast vierschrötiger jüngerer Mann, die Augen gegen das Licht der Taschenlampe abgeschirmt, mit der ihn Berndorf ausleuchtet.

»Ruhig, Hexe!«, sagt Finklin und geht ein paar Schritte auf die andere Straßenseite. »Hierher, und Platz!« Er muss den Befehl ein paar Mal wiederholen, denn Hexe hat eine andere Einschätzung der Lage als er. Schließlich folgt sie und legt sich mit einem ärgerlichen Schniefen, den Kopf aber wachsam zur Straße gerichtet.

»Sagen Sie uns bitte, wer Sie sind?«, fragt Berndorf den Mann, der noch immer im Straßengraben steht.

»Sind Sie von der Polizei?«, kommt die Gegenfrage von unten. »Dann sorgen Sie dafür, dass der Hund wegkommt. Der hat mich angefallen.«

»Zuerst sagen Sie, wer Sie sind und was Sie hier tun«, beharrt Berndorf.

»Sie haben mir gar nichts zu befehlen.«

»Vielleicht doch«, sagt Finklin, der von der anderen Straßenseite zurückgekommen ist. »Die Polizei sucht jemand. Jemand, der angeblich hier gesehen worden ist. Ich hab es erst nicht geglaubt.« Er hat die Pistole in der Hand und lädt sie durch. »Bei dem Mann soll es sich um einen Doppelmörder handeln. Einen äußerst gefährlichen Mann ... Sie können da unten im Graben bleiben, bis die Polizei kommt, oder Sie können heraufkommen und sich ausweisen. Und uns erklären, was Sie hier vorgehabt haben ...«

»Der bin ich nicht«, kommt es aus dem Straßengraben. »Der heißt Harlass, den die Polizei sucht, Lutz Harlass. Mein Name ist Kappolt, ich bin hier vorbei gekommen, ich wollte ... einen Waldlauf wollte ich machen, joggen, verstehen Sie?«

»Können Sie sich ausweisen?«, fragt Tamar.

»Ja ...« Der Mann greift in seine Lederjacke und hält erschrocken inne, denn Finklin hat die Pistole auf ihn gerichtet. »Hören Sie, ich hab keine Waffe ...« Er hebt beide Hände.

»Kommen Sie auf die Straße!«, befiehlt Tamar. Kappolt versucht es, aber mit erhobenen Händen ist das gar nicht so einfach, und er kommt ins Stolpern, Berndorf zieht ihn vollends hoch und stellt ihn vor Finklin. Dann tastet er Kappolt ab, eine

Waffe hat dieser offenbar nicht bei sich, aber ein Handy. Tamar lässt sich die Brieftasche geben und schaut sich im Schein von Berndorfs Taschenlampe die Papiere darin an. Führerschein und Personalausweis lauten beide auf den Namen Uwe Kappolt, beide Ausweise sind in Berlin ausgestellt. Die Fotos darin zeigen das Gesicht eines noch jungen Mannes mit unfertigen, wenig konturierten Gesichtszügen. »Okay«, sagt Tamar, holt einen Schreibblock aus der Tasche ihrer Jacke und notiert sich, die Lampe unter den Arm geklemmt, Namen und Ausweisnummern.

»Dürfen Sie das, was Sie da tun?«

Tamar antwortet mit einem freundlichen Lächeln und reicht die Brieftasche samt den Ausweisen an Kappolt zurück. Berndorf hat das Handy aktiviert und ruft die gespeicherten Nachrichten auf. Es sind drei, alles drei Mitteilungen eines Sportnachrichten-Dienstes, mit den Ergebnissen des Spieltages der Champions League. Er wechselt zur Anrufliste. Das letzte Gespräch war mit einer Nummer geführt worden, die ebenfalls zu einem Mobilfunknetz gehört. Er drückt die Anruftaste, es dauert eine Weile, bis er Funkkontakt hat, nach fünf oder sechs Rufzeichen will er abbrechen, als doch noch jemand den Anruf entgegennimmt.

»Ja?«, fragt eine Stimme. Es ist ein gedehntes, fast vergnügtes »Ja«.

Berndorf stellt sich vor. »Ich habe hier ein Handy gefunden und würde gerne abklären, wem es gehört. Zuletzt wurde damit ein Gespräch vermutlich mit Ihnen geführt.«

Durch den Hörer kommt Gelächter. »Nicht mit mir. Aber das Handy gehört einem der Arschlöcher von Patzert. Und Sie sind vermutlich der Besuch von heute Mittag und haben das Arschloch einkassiert. Glückwunsch! Sagen Sie dem Finklin einen schönen Gruß und dass ich einen ganzen Bierkasten von Mollies sichergestellt hab …«

Das Gespräch bricht ab, Berndorf lässt das Handy sinken und betrachtet Finklin nachdenklich, so gut man eben im Dunklen jemanden betrachten kann.

Wolken sind aufgezogen, der Mond ist nicht mehr zu sehen, nur der Widerschein des Berliner Lichtermeers liegt als leuchtende Glocke über der Nacht. Die Schranke zur Baustelle ist mit einem Vorhängeschloss gesichert, und das Schloss ist auch richtig abgeschlossen. Harlass geht zum Wagen zurück und öffnet die Beifahrertür. »Du hast doch Dietriche? Im Werkzeugkasten?«

Patzert, die Hände im Schoß zusammengebunden, nickt. Reden kann er nicht, denn in seinem Mund steckt ein Knebel aus seinen eigenen Fußsocken, festgebunden mit dem Schnürsenkel aus dem einen von Patzerts Springerstiefeln. Harlass überprüft den Knoten der Handfessel und ist zufrieden, die Hände sind mit dem zweiten Schnürsenkel zusammengebunden, solche Schnürsenkel sind lang und halten was aus, wenn sie neu sind. Und Patzert ist so ein feiner Pinkel, der hat immer neue Sachen. Harlass geht zum Kofferraum und findet im Werkzeugkasten tatsächlich den Bund Dietriche. Er braucht eine Weile, bis er den richtigen Haken erwischt, dann ist aber das Vorhängeschloss auch schon offen, und er kann die Schranke aufrichten.

Dahinter ist eine planierte Fläche, und er fährt den Wagen bis zu dem Erdwall, der zur Straße hin aufgeworfen ist. Im Sommer hat er hier drei Wochen gearbeitet, dann kam der Baustopp, und seither hat sich hier nichts mehr gerührt. Auch die Baumaschinen sind abgezogen worden, und zurückgeblieben ist nur der Bauwagen des Poliers. Er stoppt den BMW neben dem Fußpfad, der zum Erdwall hinaufführt, und schaltet die Innenbeleuchtung ein. Patzert wirft ihm einen Blick zu, den er nicht deuten kann. Auch atmet er schnell. Wahrscheinlich würgt ihn der Knebel. Harlass greift nach hinten und holt aus dem Bierkasten einen der Mollies und betrachtet die Flasche im Licht der Innenbeleuchtung. Sie sieht aus wie aus dem Lehrbuch – unterm Schraubverschluss der Faden durchgeführt, mit dem man die Lunte herauszieht, dazu zwei Sturmstreichhölzer, von einem Gummiband festgehalten. Er öffnet die Flasche und schnüffelt daran, dann hält er die Flasche – lächelnd – Patzert vors Gesicht. Aber der schließt die Augen.

»Wir werden nachher testen, ob das die richtige Mischung ist«, sagt Harlass und schraubt den Mollie wieder zu. »Aber wie atmest du eigentlich? Das ist schon so ein Hecheln, weißt du das?«

Wieder dieser Blick!

»Übrigens ist hier keine Gefahr«, fährt Harlass fort. »Auf der einen Seite ist der Fluss, und hinter dem Erdwall kommt erst einmal eine Straße, und auf der anderen Seite sind bloß so Läden und Werkstätten, da ist jetzt kein Schwanz mehr, und niemand hört dich schreien. Bloß ich hau dir dann was zwischen die Zähne!« Er beugt sich zu Patzert und löst die Schlaufe, mit der das Trägerband in Patzerts Nacken festgezurrt ist, und zieht ihm die Socken aus dem Mund. Patzert hustet und spuckt irgendwelche Krümel oder Fäden aus, alles in einem, so dass es eine Weile dauert, bis er zur Ruhe kommt und schwer atmend im Sicherheitsgurt hängt.

»Na?«, fragt Harlass. »Geht es wieder? Du hättest dir vielleicht die Füße öfter waschen sollen und die Socken häufiger wechseln, dann wäre dir das alles nicht so ekelhaft geworden!«

»Hör zu«, sagt Patzert, »morgen, Lutz, morgen werden wir noch mal Geld abheben können. Ich muss nur zur Bank gehen, weißt du…«

»Morgen!«, sagt Harlass. »Das ist auch so ein Wort.«

»Ich hab noch…«

»Du hast jetzt noch fast Zehntausend auf dem Konto, ich weiß«, sagt Harlass. Irgendwo auf halber Strecke vor Berlin waren sie an einer Kreissparkasse vorbeigekommen, da hatten sie die ersten Fünfhundert abheben können und jeweils ebenso viel an drei anderen Banken in Spandau und Charlottenburg. »Ich wusste gar nicht, dass du so viel Geld hast. Wie machst du das nur?«

»Morgen…«, sagt Patzert.

»Die Zweitausend sind okay«, unterbricht ihn Harlass. »Wir sind auch fast schon quitt. Nur zwei Dinge noch, und dann wird es gut sein ... Wer war der andere? Du weißt schon, der Kerl, der mit Regulski zusammen war?«

»Ich weiß, wen du meinst.« Patzerts Stimme ist fast schon wieder normal. »Aber ich weiß nicht, wie der heißt. Wirklich nicht. Der saß immer nur hinten drin ...«

»Das könnte fast schon wahr sein«, meint Harlass. »Und von wem kommt das, dass ich immer der Depp war, der blöde Pisser, den man nicht für voll genommen hat?«

»So war das nicht ...«, beginnt Patzert, aber Harlass, der sich auf dem Fahrersitz halb nach hinten gekehrt hat, legt ihm die linke Hand auf den Mund und hat in der rechten die 464 Viking, denn Scheinwerferlicht tastet über den Erdwall, streift auch den BMW mit den beiden Männern darin. ... Polizei? Wenn es wirklich Bullen sind, denkt Harlass, dann muss er den ersten von ihnen noch beim Aussteigen erwischen ... Das Scheinwerferlicht wandert weiter, das fremde Auto wird in die andere Ecke des Bauplatzes gesteuert, dorthin, wo das planierte Gelände an das Flussufer grenzt. Ein Schauder läuft Harlass kalt über die Unterarme und kräuselt die Haut, nein, keine Polizei, ein Liebespaar hat die offene Schranke entdeckt. Die Scheinwerfer erlöschen, niemand steigt aus dem Wagen, vermutlich sind die Insassen damit beschäftigt, die Rückenlehnen herunterzuklappen.

»Dann wollen wir das mal zu Ende bringen«, flüstert Harlass, steckt die Pistole wieder in den Hosenbund und sammelt die beiden Socken wieder auf. »Tut mir leid«, sagt er, als er Patzert die Nase zuhalten und ihm die Socken wieder in den Mund stopfen will, »aber wir wollen die Herrschaften nicht durch irgendwelches Geschrei stören, das siehst du doch ein?« Patzert wehrt sich und wirft den Kopf hin und her, so dass Harlass ihn kurz und hart ohrfeigen muss. Dann gibt Patzert auf und macht gehorsam und ganz von selbst den Mund auf. Harlass bindet den Knebel fest, verstaut die 446 Viking in seinem Brotbeutel, klemmt sich den Mollie unter den Arm und steigt aus. Er geht um den Wagen und hakt dabei den Tragriemen von seinem Brotbeutel ab. Dann öffnet er die Beifahrertür, packt die gefesselten Hände Patzerts, zieht sie hoch und fixiert sie mit dem Tragriemen an dem Handgriff über der Wagentür. Er tritt einen Schritt zurück und betrachtet die gefesselten und hochgebundenen Hände. Die Ärmel von Patzerts Sakko sind zurückgerutscht, so dass man die Flecken auf den Unterarmen sieht. Die Flecken sind keine Tätowierung, sondern vernarbte Brandwunden, irgendwann ist eine Aktion schiefgelaufen, aber so hat alles sein Gutes: Patzert wird wissen, wie sich das anfühlt.

Das, was auf ihn zukommt.

Harlass schraubt die Flasche wieder auf und gießt das Gemisch aus Benzin und Mineralöl über Patzerts Anzug und über dessen nackte schwabbelige Beine. Dabei achtet er gar nicht so sehr darauf, wohin er das Zeug schüttet, sondern er sieht Patzert in die Augen, jetzt hat er zum ersten Mal Zeit, sich das anzusehen – bei Regulski und dem anderen davor war es viel zu schnell gegangen. Die Augen werden groß, und es ist ein Ausdruck darin, als ob sie um etwas betteln würden. Als ob noch etwas zu sagen wäre, etwas ungeheuer Wichtiges. Er nickt und lächelt ihm zu. Es gibt für Dolf nichts mehr zu sagen, selbst wenn er reden könnte.

Schon immer hat die Welt auf diese Stadt blicken können«, ruft Dagmar Wohlfrom-Kühn, »und schon immer ist Berlin eine weltoffene, eine aufgeschlossene Stadt gewesen. Das wird, das soll, das muss so bleiben. Wer hierher kommen und seinen Beitrag zu seinem und unser aller Wohlstand leisten will, seinen Beitrag zum wissenschaftlichen Rang unserer Universitäten und zur lebendigen kulturellen Vielfalt Berlins – der soll willkommen sein und hier in Sicherheit leben dürfen, auch in jener Sicherheit, dass seine kulturelle Eigenheit respektiert wird. Darüber wollen wir aber nicht vergessen, dass auch unsere eigenen Bürger Anspruch auf Sicherheit haben, auf Sicherheit für Leib, Leben und Eigentum, und Anspruch darauf, dass auch ihrer eigenen, ihrer angestammten kulturellen Identität der Respekt gezollt wird, der ihr zukommt, und vor allem: dass auch der alt gewordene Mensch sich in dieser Stadt wieder sicher fühlen darf und dass auch und gerade ihm mit dem Respekt begegnet wird, den seine weißen Haare beanspruchen dürfen... Ich danke Ihnen.«

Sie verbeugt sich, wieder brandet Beifall auf, dann hält es den Herrn mit der Knollennase nicht länger, er steht auf und applaudiert mit erhobenen Händen, andere folgen ihm, bis eine Wellenbewegung durch den Saal geht... Was werden die Zeitungen morgen titeln?, fragt sich Karen Andermatt. Stehende Ovationen für Staatsanwältin Gnadenlos? Sie wirft einen Blick auf die Uhr. Die Staatsanwältin hat völlig frei gesprochen, aber auf die Sekunde genau nicht länger als vierzig Minuten. Irgendeiner – Tucholsky vermutlich – hat einmal geschrieben, vierzig Minuten seien exakt die Grenze, die ein guter Redner einhalten muss.

Aber sie, die freie Schriftstellerin Karen Andermatt – was könnte sie über diesen Abend schreiben? Sie könnte das Netz der blauen Äderchen auf der Knollennase des Herrn mit dem Yachtclub-Blazer beschreiben. Ja doch. Oder die sorgfältig gelegten, mit einem Blaustich getönten weißen Haare der beiden Damen, von denen die eine zu stark parfümiert ist. Sie könnte festhalten, dass die Staatsanwältin bei den Jungmanagern weniger Bürokratie fordert und bei den Weißhaarigen mehr Respekt vor den Weißhaarigen... Wozu? Da ist doch das eine so rasend peinlich wie das andere. Unvermittelt überfällt sie das Gefühl, sie sei von all diesen Menschen durch eine unsichtbare Scheibe Panzerglas getrennt, wie die Fische im Aquarium von den Besuchern. Oder ist sie am Ende selbst die Zoobesucherin, mit einem eiligen und gelangweilten Blick auf all die Fische, die in den Schaukästen mit ihren Flossen fächeln und ihre Kreise ziehen?

An den Vortrag hat sich eine Aussprache angeschlossen, die von Triglaw mit verbindlicher Routine geleitet wird, und richtig meldet sich auch Knollennase zu Wort…

»… mit Freude und großer Genugtuung habe ich gehört«, sagt er mit brüchiger Stimme, »was Sie über den Respekt vor den weißen Haaren gesagt haben. Das hat man lange nicht mehr gehört, und ich hätte nicht geglaubt, dass ich es noch einmal zu hören bekomme. Aber etwas bedrückt mich. Was Sie heute im Fernsehen über diesen Doppelmörder gesagt haben, das habe ich fast nicht glauben wollen, da habe ich mir gedacht, das darf doch nicht wahr sein, dass ein solcher Mensch noch immer frei herumläuft und vielleicht dabei ist, den nächsten Mord zu begehen. Früher, als wir noch den Schutzmann an der Ecke hatten, wäre das wohl nicht möglich gewesen, und ich wollte Sie fragen, ob wir nicht einfach mehr Polizisten brauchen und dafür vielleicht weniger Gleichstellungsbeauftragte und was es an solchen Posten sonst noch gibt?« Er verbeugt sich und setzt sich wieder.

Die Staatsanwältin nickt leicht, als bedanke sie sich oder als Zeichen, dass sie die Frage verstanden habe. »Sie sind mir um eines voraus«, sagt sie dann, »ich habe nämlich noch keine Zeit gehabt, mich selbst im Fernsehen anzuschauen. Richtig ist, dass wir heute Mittag eine Pressekonferenz zum Fall Harlass gegeben haben. Ich weiß auch sehr gut, was ich da gesagt habe, aber ich weiß leider nicht, was die Journalisten daraus zusammengeschnitten haben… Doch zu Ihrer Frage. Dieser Mann, nach dem wir suchen, ist in der Tat außerordentlich gefährlich. Aber! Es ist nur eine Frage weniger Stunden, vielleicht noch von ein oder zwei Tagen, bis wir ihn aufgespürt haben. Wir werden ihn auch dann aufspüren, wenn er Helfer haben sollte, die ihm Unterschlupf bieten. Und erst dann werden wir auch wissen, ob wir es mit einem Einzeltäter oder einer womöglich noch gefährlicheren kriminellen Vereinigung zu tun haben. Wie gesagt, wir werden ihn bekommen, keine Sorge! Und zu Ihrer Frage: Gerade, weil dieser Mann so gefährlich ist, wäre uns mit dem Schutzmann an der Ecke nicht geholfen, im Gegenteil, wir müssten fürchten, einen weiteren Beamten zu verlieren. Zum Glück verfügen wir aber über hochqualifizierte, bestens trainierte Einsatzkommandos, die sind hier gefordert...!«

Ein Schleierschwanz, denkt Karen. Ein Aquarium mit einem einzelnen, riesengroßen Schleierschwanz, der mit seinem Mund blubb macht, blubb und blubb!

Den *Havelländischen Kurier* hat sich Berndorf so zurechtgefaltet, dass er den Bericht über den Berliner Doppelmörder lesen und sich gleichzeitig dem Lammbraten widmen kann. Der Lammbraten ist zart, auch die Bohnen sind nicht faserig, während man den Bericht über die Berliner Morde etwas mehr auf den Punkt hätte bringen können. Das Bild des mutmaßlichen Mörders Lutz Harlass? Er will sich darüber kein Urteil bilden. Auf einem Fahndungsfoto der Polizei sieht jeder Mensch aus wie von der Polizei fotografiert. Das Foto des Polizisten Jonas Regulski? Ein holzgeschnitztes Gesicht, man kann ihn wiedererkennen, ja doch, Dienst ist Dienst, und Menschenfreundlichkeit ist Menschenfreundlichkeit, viel Freizeit wird Jonas Regulski nicht gehabt haben.

Aber was hat man diesem Menschen aufs Revers geklebt? Irgendeinen Abkömmling von einem Eisernen Kreuz, die Kreuzbalken breit auslaufend? Wer vergibt solche Orden und warum? Er überfliegt den Artikel und findet schließlich so etwas wie einen Nachruf auf den Ermordeten und darin den Halbsatz:

...besondere Verdienste hat sich Hauptkommissar Jonas Regulski bei der Ausbildung der Freiwilligen Polizeireserve Berlin erworben...

Freiwillige Polizeireserve Berlin? So etwas gibt es nicht, denkt Berndorf, aber dann kommt ihm eine Erinnerung an die Sechziger Jahre, irgendetwas war da... Später! Er wendet sich wieder dem Lammbraten zu und wirft auch den einen oder anderen Blick auf den Fernseher, über dessen Bildschirm die Champions League flimmert. Zum Abschluss bestellt er sich noch einen Espresso, gibt der Kellnerin ein Lob für die Küche des »Alten Zieten« in Auftrag und akzeptiert auch den Wacholderschnaps, der auf Rechnung des Hauses geht. Er will sich noch ein wenig die Füße vertreten, sagt er dann, wenn es später wird, wie kommt er dann in sein Zimmer? Er muss nur um den Gasthof herum zum Seiteneingang gehen, erklärt die Kellnerin, den kann er mit dem Zimmerschlüssel aufschließen.

Er kippt den Wacholderschnaps, steht auf, zieht seinen Mantel über und wünscht allseits einen schönen Abend. Allseits: Das sind drei oder vier Einheimische, die missmutig die Champions League verfolgen, es sieht wohl nicht gut aus für die deutschen Clubs, von den notorischen Bayern mal abgesehen. Ein Vertreter hockt vor seinem Notebook und studiert seine Aufträge, ein älteres Ehepaar sitzt bei einer Flasche Wein.

Draußen empfängt ihn Nebel, dem erhitzten Gesicht tut die feuchte Kühle gut. Ein paar Schritte will er noch gehen, so hat er gesagt, und etwas anderes als das Gehen bleibt ihm auch gar nicht übrig, denn das Auto hat er Tamar überlassen, damit sie noch am Abend nach Berlin zurückkommt. Er schlägt nicht die Richtung zu Bauernende Sieben ein, sondern geht in Richtung des Schlosses, dessen mächtiges Walmdach im Nebel vor ihm auftaucht, als habe es das ganze Dorf unter seine Fittiche genommen. Ob die Dorfbewohner sich in früheren Zeiten wirklich behütet gefühlt haben oder nicht vielmehr grausam gedeckelt und unterdrückt und der Fron ausgeliefert? Berndorf hat so seine Zweifel, aber er geht weiter, er ist nicht der Heimatgeschichte wegen hier, die kann er woanders nachlesen. Weiter oben im Wald, so hat er es auf der im »Alten Zieten« ausgehängten Wanderkarte gesehen, müsste ein Weg auf der Anhöhe in Richtung Osten abzweigen, so dass er irgendwann oberhalb der Bauernende Sieben wieder aus dem Wald herausfinden sollte.

Der Weg steigt an, aber der Nebel lichtet sich nicht. Das Dorf liegt bereits hinter ihm, plötzlich ragt eine dunkle Wand vor ihm auf, und die kleine Straße schlängelt sich in den Wald. Er zögert ein wenig, wie lange will er noch in diese Richtung gehen? Irgendetwas ist in seinem Mantel und surrt – hat er hier oben Funkkontakt? Er holt das Handy heraus und meldet sich, überraschend nah ist eine fröhliche und warme Stimme, und doch kommt sie von weit her …

»Wo bist du, und was tust du da?«, fragt Barbara Stein.

»Im Wald bin ich, und ich guck gerade, wie es weitergeht. Und du?«

»Ich ruf an, weil wir nachher ein Meeting haben, eine Diskussion über – ach, worüber man heutzutage so diskutiert, wie eine menschliche, eine menschenfreundliche Gesellschaft überleben kann, ohne von der Finanzspekulation ruiniert und ausgeblutet zu werden … Es wird lange dauern. Wie geht es deiner Klientin?«

»Ich hoffe, gut … Aber wenn du schon fragst – mir geht was anderes durch den Kopf. Was genau ist oder war die Freiwillige Polizeireserve Berlin?«

Durch den Hörer kommt Gelächter. »Du tauchst in Abgründe, mein Lieber! In die tiefsten Abgründe der Frontstadt Berlin. Die Freiwillige Polizeireserve Berlin wurde gegründet als Antwort auf die Betriebskampfgruppen der SED, das heißt, das sollten gar keine Hilfssheriffs sein, wie man sie dann genannt hat, sondern eine richtige Bürgerkriegstruppe, irgendwas zwischen drei- und sechstausend Bierbäuche stark. Nach der Wende war die Truppe noch überflüssiger als davor, aber der Senat hielt daran fest, angeblich brauchte man sie, um Kraftwerke oder Tanklager zu bewachen, und einer der Innensenatoren wollte sie zu Beginn der Neunziger Jahre sogar für den Kampf gegen Hausbesetzer verwenden.«

»Moment!«, unterbricht Berndorf, »die sollten gegen Hausbesetzer vorgehen, hast du das gerade gesagt?«

»Das wollte diese Trottellumme von einem Innensenator, ja

doch«, bestätigt Barbara Stein. »Was es heißt, Hilfspolizisten in einen solchen Einsatz zu schicken, kannst du besser beurteilen als ich. Noch schöner war, dass die Polizeireserve zu dieser Zeit immer fragwürdigere Leute angezogen hat, Schläger, andere Vorbestrafte und dann natürlich auch Neonazis und Mitglieder von Wehrsportgruppen, zweiundneunzig oder dreiundneunzig gab es einen richtigen Skandal deswegen, weil Angehörige der Polizeireserve einen schwunghaften Handel mit Schusswaffen aufgezogen hatten…«

»Noch mal bitte«, sagt Berndorf, »Waffenhandel, ja?«

»Ja doch«, sagt Barbara Stein, und ihre Stimme klingt ein wenig irritiert. »Du müsstest das bei uns im Archiv nachlesen können.«

»Ich glaub dir ja, unbesehen glaube ich dir…« Sie plaudern noch ein wenig, dann wünscht er ihr ein schönes Diskutieren und sie ihm ein gutes Heimkommen, und der Anruf ist beendet. Für einen Augenblick muss er sich wieder orientieren, wo ist er hergekommen, wo will er hin? Die Straße vor ihm ist asphaltiert, wenn er zwischen den Bäumen hochblickt, sieht er einen Streifen Nachthimmel mit eiligen, vom Mond beschienenen Wolken. Unversehens ist er an einer Kreuzung angelangt, von der Straße zweigt rechts ein geschotterter Weg ab. Auch mit seinem soliden Schuhwerk verspricht das nachts kein besonderes Vergnügen, trotzdem nimmt er den Weg, allmählich ist er in Gang gekommen.

Nach einer Weile erreicht er den Waldrand, unter ihm liegt das Luch, eine nebelverhangene Ebene. Etwas höher und rechts davon schimmern verschwommen die wenigen Lichter des Dorfes. Links sieht er eine kleine Anlage, ein Steinsockel mit einer Büste darauf, flankiert wird das Denkmal von zwei Sitzbänken. Er nähert sich dem Steinsockel, der Lichtstrahl der Taschenlampe tastet über abgeblätterten Kalkstein, die Büste darüber ist ein wenig besser erhalten, ein schmaler Kopf, eine Andeutung von Oberlippen- und Kinnbart, ein hoher Uniformkragen lässt an einen Offizier denken und an Preußens verblasste Gloria. Um den Schädel zieht sich etwas, das vielleicht einmal als Lorbeerkranz gedacht gewesen sein mag, ein Held also? Oder, noch schlimmer, ein dichtender Held?

Morgen, denkt er, wird es ihm der Wirt des »Alten Zieten« erklären, vielleicht wäre auch auf der Wanderkarte ein Hinweis gewesen, und er hat nur nicht richtig hingesehen. Könnte er jetzt nicht eigentlich doch zu Bett gehen? Aber der Weg auf der Anhöhe ist angenehm zu gehen, denn wenn er geht, ist ihm nicht zu kalt, und aus dem Luch steigen die Geister auf und erzählen ihm von den Menschen, die hier gelebt haben, und von ihren Göttern, auch wenn ihre Sprache wendisch ist und er sie nicht verstehen kann. Noch am Hang, aber weiter unterhalb vom Weg, sieht er ein einzelnes erleuchtetes Fenster, als er genauer hinschaut, erkennt er auch die Umrisse des geduckten niedrigen Hauses, zu dem das Fenster gehört. Er bleibt stehen, ein erleuchtetes Fenster in der Nacht hat eine seltsame Anziehungskraft, es ist wie ein Tor zu einer geheimnisvollen neuen Welt, was tun sie dort, was reden sie? Ist es Brutus Finklin, ins nächste Manifest für die bevorstehende Weltrevolution vertieft? Oder doch eher die Haushälterin Maria beim Kartoffelschälen? Es muss Letzteres sein: Finklins Arbeitszimmer liegt auf der dem Luch zugewandten Seite.

Lautlos gleitet ein schwarzer Schatten aus der Dunkelheit zu ihm her und schnüffelt an seinen Beinen. Wir kennen uns doch, denkt Berndorf und beugt sich zu dem Hund. »Hüten Sie mein Haus?«, hört er eine Männerstimme fragen. Er blickt auf, breitschultrig, die Schirmmütze tief in die Stirn gezogen, steht Brutus Finklin vor ihm. »Nett von Ihnen«, fährt Finklin fort, »aber genauso gut könnten Sie mir dabei Gesellschaft leisten und einen Schnaps mit mir trinken.«

Auch in der zweiten Halbzeit hat die Borussia nichts mehr gerissen, das hat Harlass sich gleich gedacht. Das Zimmer in der Absteige, in der er sich als Dolf Patzert eingetragen hat, ist klein und hat einen rissigen Linoleumboden, außerdem ist das Bett durchgelegen. Aber gegenüber dem Bett ist ein Fernseher an der Wand befestigt, und vom Nachtportier hat er sich zwei Flaschen Bier geben lassen, dass ihm die Stullen von der Maria nicht so trocken runtergehen. Natürlich hätte er auch essen gehen können, bei irgendeinem Chinesen oder sonst einem Ausländer, aber Patzerts Hose ist ihm zu weit, und er kommt sich komisch darin vor.

Eine neue Hose ist das Erste, was er sich morgen besorgen wird – nein, als Erstes geht er zu einem Friseur. Die Idee dazu war ihm unten gekommen, an der Rezeption, als er sich mit dem Namen Dolf Patzert eintrug. Der Nachtportier wollte zwar sehen, ob er Papiere hat, schaute sich dann aber Patzerts Reisepass gar nicht erst an, sondern wollte nur die Nacht im Voraus bezahlt haben. Dolf Patzert wäre übrigens falsch gewesen, Detlef steht im Pass, naja, wer will schon so heißen!

Spielberichte gucken, wenn die eigene Mannschaft verloren hat, ist bescheuert. Er zappt durch die Fernseh-Kanäle, vielleicht haben sie in dieser Absteige ein Programm mit Pornos, und ist schon drei Stationen weiter, als er plötzlich innehält und zurück zum Regionalsender Berlin-Brandenburg geht. Ein Sprecher liest dort Nachrichten aus der Region vor, Harlass legt die Zappe zur Seite, rutscht im Bett zurück und setzt sich auf...

»... im Fall des mutmaßlichen Doppelmörders Lutz Harlass« – auf dem Bildschirm wird das alte Polizei-Foto eingeblendet – *»haben sich jetzt die Berliner Justizbehörden an die Öffentlichkeit gewandt und um Hinweise auf den Verbleib von Harlass gebeten. Zugleich warnen die Justizbehörden eindringlich vor dem Gewalttäter, der bewaffnet und äußerst gefährlich ist.«*

Auf dem Bildschirm wird eine Filmsequenz eingeblendet, in der die Leitende Staatsanwältin Dagmar Wohlfrom-Kühn an einem Tisch zu sehen ist, vor ihr steht ein Mikrofon, und dann ist sie auch selbst zu hören:

»Zum gegenwärtigen Zeitpunkt gehen wir davon aus, dass

es sich bei Harlass um einen Einzeltäter handelt. Das bedeutet nicht, dass unsere Ermittlungen nicht in alle Richtungen geführt werden. Nur haben wir bisher keinen Hinweis gefunden, dass Harlass etwa im Auftrag einer terroristischen Gruppierung gehandelt hätte oder im Zusammenwirken mit ihr. Damit wird Harlass« – die Staatsanwältin hebt warnend oder mahnend die rechte Hand – *»um nichts weniger gefährlich. Zwar gilt in unserem Land – zum Glück! – die Unschuldsvermutung, wir suchen Lutz Harlass, wir halten ihn für dringend tatverdächtig, aber über seine Schuld kann erst das Gericht entscheiden. Trotzdem müssen wir der Bevölkerung ganz klar sagen, dass dieser Mann eine tickende Zeitbombe darstellt.«*

Harlass, inzwischen im Schneidersitz, greift zum Nachttisch und setzt die Flasche Bier zu einem kräftigen Schluck an. Auf dem Bildschirm erscheint ein Mann, der neben der Staatsanwältin sitzt, ein Mann mit dunklen, nach hinten gekämmten Haaren und aufmerksamen dunklen Augen. Harlass setzt die Flasche wieder ab, ohne getrunken zu haben, und starrt auf den Bildschirm, denn dort wird jetzt der Name des Mannes eingeblendet...

Die Fachfrau bist ja du«, sagt Professor Eberhard Wohlfrom und nimmt noch etwas vom Roquefort, »aber ich frage mich, ob für moderne Zeitzünder nicht digitale Systeme verwendet werden, und wenn ja, ob die dann wirklich ticken?«

»Sei still, du alter Wortklauber!« Mit ihrer rechten Hand schlägt Staatsanwältin Wohlfrom-Kühn nach ihrem Mann wie nach einem lästigen Insekt oder tut vielmehr so, als sei er so etwas. »Da kommt noch was...«

Auf dem Bildschirm des Fernsehers erscheint der Kommissar, den Karen bereits am Sonntagmorgen im Spandauer Forst gesehen hat. Schon damals war er ihr ein wenig farblos vorgekommen, wie einer dieser unscheinbaren Männer im Hintergrund, die es in jeder Hierarchie gibt und die gerade darum unentbehrlich erscheinen, weil niemand weiß, was sie eigentlich tun. Jetzt, auf dem Bildschirm und dort neben der Staatsanwältin und ihrer erdrückenden Präsenz, wirkt er fast bemitleidenswert.

»...kann nur unterstreichen, was die Frau Staatsanwältin gerade...« Ah ja, denkt Karen, das ist der, der zum Unterstreichen da ist. »Wir müssen aber davon ausgehen, dass Lutz Harlass doch Unterstützer gefunden hat, die ihn beherbergen, und wir können diese Personen nur eindringlich warnen. Auch sie befinden sich in Gefahr, in großer Gefahr...« Dann verschwindet der Kommissar, auf dem Bildschirm erscheint wieder der Nachrichtensprecher und kündigt an, dass die Zuschauer auch in den kommenden Stunden über den jeweils aktuellen Stand der Fahndung unterrichtet würden.

Dagmar Wohlfrom-Kühn greift zur Fernbedienung und schaltet das Gerät ab, während ihr Mann sich daran macht, ihr und Karen nachzuschenken. Der Bordeaux, so vermutet Karen, hat ein ähnlich ehrwürdiges Alter wie der emeritierte Universitätsgelehrte selbst, dessen Gesicht inzwischen eine leicht rosige Tönung angenommen hat. Es wird wohl nicht die erste Flasche sein, vermutet sie, die ihr Gastgeber während der Vorbereitung des Abendbrots geöffnet hat.

»Habe ich das richtig verstanden?«, fragt er. »Dieser Mann da eben, das war der Kommissar, der den Mörder fangen will, ja? Wenn man ihn so sieht, denkt man, das ist der Mann, der weiß, wo es zur Toilette geht.«

Bingo, denkt Karen und lacht. Aber die Staatsanwältin hebt die Hand und muss sofort etwas richtigstellen. »Keith wird gerne unterschätzt«, sagt sie, »und das ist überhaupt kein Nachteil. Ich gebe aber zu, ungern freilich, dass er sich in diesem Fall bisher nicht besonders inspiriert gezeigt hat. Aber in meinem eigenen Kopf sieht es ja auch nicht viel besser aus...« Sie wendet sich an Karen. »Ein Kriminalfall ist manchmal wie ein Puzzle, nur dass Sie keine Vorlage haben. Sie haben Einzelstücke, aber absolut keine Vorstellung, wie das Bild später aussehen soll. Irgendwann passen aber ein paar Einzelstücke doch zusammen, und auf einmal haben Sie die Idee, wozu jedes Einzelteil gehören und in welchem Zusammenhang es stehen könnte. Und genau davon bin ich meilenweit entfernt.«

»Kann es sein, dass du dir ein wenig zu viel zugemutet hast?« Diesmal, denkt Karen, klingt die Stimme des Professors nicht nach der zweiten Flasche Bordeaux.

Die Staatsanwältin zuckt die Achseln. »Solche Fragen kann der am wenigsten beantworten, dem man sie stellt.« Sie greift zum Weinglas und nimmt einen sehr vorsichtigen Schluck. »Ich habe heute Abend einen Vortrag gehalten, oder ein Referat, und ein paar Fragen beantwortet, mehr oder weniger klug, das wird...« Sie streckt die Hand aus und berührt Karen leicht am Oberarm. »...Frau Andermatt besser beurteilen können. Aber das ist mein Alltag, nichts weiter, und es sind jetzt die braven Leutchen von der Staatspartei an der Reihe, sich den Kopf zu zerbrechen... Nein, nein, irgendetwas ist an diesem Fall Harlass, das mich blockiert. Vielleicht liegt es daran, dass ich weiß, mit wem wir es da zu tun haben.« Sie setzt das Weinglas wieder ab. »In der Soko Jarygin sitzt eine kleine blonde Person, als sei sie gerade von der Schulbank gekommen, man wundert sich, dass sie sich überhaupt traut, den Mund aufzumachen. Manchmal habe ich wirklich den Eindruck, diese kleine Maus ist die überhaupt einzige Person, die in dieser Sache vorankommt und der etwas einfällt! Vielleicht ist die Zeit einfach so, dass es die Frauen sind, die die Initiative ergreifen müssen.«

»Bravo!«, sagt Professor Wohlfrom und erhebt das Glas. »Nach uns die Sintflut!«

»Eberhard!«, ruft die Staatsanwältin streng, »die wievielte Flasche ist das heute Abend?«

Der Professor murmelt etwas, das nicht so richtig zu verstehen ist, und die Staatsanwältin wendet sich wieder Karen zu. »Nach Ihrem Eindruck von unserer Veranstaltung in Charlottenburg frage ich Sie nicht, das wäre gegen unsere Vereinbarung...«

»Aber ich kann Ihnen meinen Eindruck ruhig sagen«, antwortet Karen. »Die Leute waren sehr angetan, und das wundert mich auch nicht. Die wollen endlich mal wieder eine Wahl gewinnen, mit Ihnen können sie das. Gespannt bin ich aber, was Sie vor einem Ortsverband sagen werden, in dessen Bezirk es viele junge Familien gibt.«

»Hört, hört!«, ruft Professor Wohlfrom.

Die Staatsanwältin hält den Kopf ein wenig schief und wirft Karen über den Tisch hinweg einen Blick zu, als habe sie in ihr gerade eben ein Wesen entdeckt, vor dem man doch auch auf der Hut sein muss. »Okay«, sagt sie dann. »Die Kritik ist angekommen und akzeptiert. Allein schon wegen dieser Rückmeldung bin ich froh, dass ich Sie dabei hatte. Etwas anderes interessiert mich noch. Sie waren am Sonntag am Tatort dabei, und wir haben noch gar nicht darüber gesprochen, welchen Eindruck Sie davon hatten. Das, was wir in solchen Fällen tun, und wie wir es tun – wie wirkt das auf einen Außenstehenden?«

Karen runzelt die Stirn. »Routiniert kam mir das vor. Aber nicht abgestumpft. Überhaupt nicht. Über mich selbst bin ich erschrocken.«

»Nicht abgestumpft«, wiederholt die Staatsanwältin. »Danke. Ich glaube, das sehen Sie auch ganz richtig. Aber warum sind Sie erschrocken? Und auch noch über sich selbst?«

»Über meinen Mangel an Teilnahme.« Karen versucht ein Lächeln. »Ich habe den Toten gesehen, und da war nichts. Gar nichts. Und darüber bin ich erschrocken. Obszön kam mir erst der Jutesack vor...«

»Der Jutesack?«

»Ja, dieser Sack, der über den Toten gebreitet war, damit man ihn nicht sehen soll. Das hatte was geradezu Kindliches, vielleicht war es gerade das, was mir so obszön erschien.«

»Ein Sack ist dazu da, dass man was hineintut«, erklärt Professor Wohlfrom. »Also Kartoffeln. Oder Kohlen. In diesem Fall sollte offenbar eine Leiche hinein. Damit stellt sich die Frage...«

»Der Jutesack lag über dem Toten«, stellt die Staatsanwältin richtig. Sie tut es nicht ohne Schärfe. »Es wurde nichts hineingesteckt.«

»Du lässt mich nicht ausreden«, beklagt sich Wohlfrom. »Wenn ein Sack da war, dann war auch angedacht, etwas hineinzutun. Um den Sack samt Inhalt in den Keller zu transportieren. In welchen Keller?«

Seine Frau schließt für einen Moment die Augen. Dann atmet sie tief durch. »Also gut«, sagt sie, steht auf, geht zum Telefon und wählt eine Nummer. Sie muss einige Rufzeichen warten, dann wird das Gespräch angenommen.

»Wohlfrom-Kühn hier«, meldet sie sich. »Keith… wo stecken Sie eigentlich?«

In ihrem Ton ist etwas, dass Karen aufmerkt. Wieder ist im Gesicht und noch mehr in der Haltung ihrer Gastgeberin Dagmar Wohlfrom-Kühn die Veränderung vorgegangen, die sie schon einmal beobachtet hat. Am Telefon steht nicht mehr die Vortragsrednerin, nicht die angehende Politikerin und auch nicht die Ehefrau, die die Weinflaschen nachzählen muss. Am Telefon steht wieder die Staatsanwältin.

»Nein«, sagt sie langsam, »ich bin noch nicht verständigt worden… ich wollte, ach egal! Wo ist das noch mal?« Sie beugt sich zu dem Notizblock, der auf dem Sideboard neben dem Telefon liegt, und schreibt auf, was ihr der Gesprächspartner durchgibt. »In zwanzig Minuten!«, sagt sie dann noch und legt auf. Sie wendet sich wieder zum Tisch und wirft einen langen, geradezu eindringlichen Blick auf Karen Andermatt. »Irgendwer will, dass wir hier nicht ruhig zusammensitzen, Sie werden jetzt so oft zu uns kommen müssen, bis wir wenigstens einmal zu Ende essen können, ohne dass irgendwo eine Leiche gefunden wird.«

»Eine neue Leiche?«, fragt Professor Wohlfrom. »Wieder in einem Jutesack?«

»Nein«, kommt die Antwort. »Wir haben keine Leichen in einem Sack. Nicht eine. Was wir jetzt haben, ist eine Leiche in einem Auto.« Sie bleibt beim Tisch stehen und massiert sich mit den Fingerspitzen die Schläfen. »In einem ausgebrannten Auto. In einem Auto, das man mit Brandbomben angezündet hat…« Sie lässt die Hände wieder sinken und blickt Karen an. »Kommen Sie mit?«

Ein weiter Platz. Fahrzeuge. Transporter. Absperrungen, von uniformierter Polizei bewacht. Scheinwerfer, die einen inneren Kreis ausleuchten wie eine Zirkusarena. Aber kein Tiger springt durch den Feuerreifen, alles Feuer ist niedergebrannt und hat nur grauschwarzes verschmortes Blech zurückgelassen. Auf einer Bahre schwärzliche Überreste. Jemand sagt, das sei einmal ein Mensch gewesen. Als sie noch einmal hinschaut, erkennt Karen, dass diese Überreste zusammengekrümmt sind, fast wie ein Kind im Mutterleib.

Keith, der Kommissar aus der Nachrichtensendung, kommt auf sie zu, tauscht mit der Staatsanwältin und sogar mit Karen einen Händedruck. »Aber der Personenschutz?«, fragt er. Den habe sie schon vor Stunden nach Hause geschickt, erklärt die Staatsanwältin. »Und?«

»Wir wissen noch nicht einmal, ob es ein Mann oder eine Frau war«, erklärt Keith. »Wir fanden die Leiche auf dem Beifahrersitz, vermutlich waren die Hände an den Haltegriff über der Wagentür gefesselt worden… Der Täter hat dann von da oben…«, er zeigt auf den Erdwall, der neben ihnen aufragt, »…eine oder zwei Brandbomben auf den Wagen geworfen. Zeugen haben das gesehen…«

»Schon wieder Zeugen, die man dabei zusehen lässt«, sagt die Staatsanwältin, als führe sie ein Selbstgespräch.

»Die beiden werden noch vernommen«, sagt Keith, zeigt auf eines der Einsatzfahrzeuge und geht ihnen voran. Sie kommen zu einem VW-Bus, eine schwarzhaarige junge Frau mit blassem Gesicht und auffallend blauen Augen sitzt darin und berichtet der Kriminalbeamtin Lena Quist.

»... erst mal haben wir uns gar nichts gedacht, schließlich haben wir ganz was anderes vorgehabt, und wir hatten auch schon angefangen damit, aber dann hat der Meine plötzlich mitten drin aufgehört, und ich denk, was hat er nur? Und da seh ich, dass er einfach zum Rückfenster rausguckt, als ob da weiß Wunder was wäre, und ich guck auch raus ...« Sie bricht ab und blickt zur Staatsanwältin und zu Karen, die an der Seitentür des Busses erschienen sind. Die Staatsanwältin stellt sich und Karen vor, einfach so, mit dem Namen und ohne weitere Erklärung, und nach einem kurzen Zögern redet die Schwarzhaarige weiter.

»... und da seh ich, wie einer an der Beifahrertür von dem anderen Auto so komisch rummacht, als wär jemand Krankes drin, und ich denk mir, das ist aber merkwürdig, so habe ich noch nie welche bumsen sehen, und dann geht der Mann den Hang hinauf, und ich denk schon, jetzt ist gut, da zündet der oben auf dem Hang was an und schmeißt es in hohem Bogen durch die Luft, dass man es durch die Dunkelheit leuchten sieht, und dann fällt es auf den Wagen und wow!« Mit beiden Händen beschreibt sie einen auflodernden Feuerball, so dass ihre Bluse weit aufklafft.

»Sagen Sie selbst!« Die Schwarzhaarige hat sich an die Staatsanwältin gewandt. »Was hätten wir denn machen sollen? Bis wir begriffen haben, dass da was faul ist, ging der Zauber schon los. Und ...« Sie senkt ein wenig die Stimme und tut so, als ob sie verschämt um sich schauen müsste. »... so schnell sind wir dann auch nicht aus dem Auto gekommen.«

Stimmt, denkt Karen. Dabei haben sie sich beeilt. Den BH hat die Schwarzhaarige jedenfalls gar nicht wieder angelegt, soviel sie gesehen hat. Die Staatsanwältin nickt der jungen Frau zu und wendet sich ab, und Karen folgt ihr zu dem ausgebrannten Wrack. Die Bahre mit den verkrümmten Überresten ist inzwischen weggebracht worden. Keith steht jetzt dort und spricht oder diskutiert mit einem Techniker, der in die

Hocke gegangen ist, um mit einem Lappen das Autokennzeichen vom Ruß zu säubern.

»Ha-eR-Oh«, sagt der Techniker, »Hansestadt Rostock. Warum können die ihre Blechkarren nicht bei sich zu Hause anzünden?«

Keith geht nicht darauf ein. »Geben Sie das Kennzeichen durch«, ordnet er an, »aber machen Sie bitte auch einen Abgleich mit Motor- und Fahrgestellnummer...« Er wendet sich der Staatsanwältin zu, als warte er auf eine neue Anweisung. Im Licht der Scheinwerfer sieht er gespenstisch blass aus, das Gesicht wirkt eingefallen, mit Ringen unter den Augen. Da ist jemand an seiner Grenze angelangt, denkt Karen und beobachtet die Staatsanwältin. Wird sie das bemerken, und wie wird sie damit umgehen?

»Sie verständigen mich, sobald Sie etwas über den Toten wissen«, sagt Dagmar Wohlfrom-Kühn und hält dabei mit der Hand den Kragen ihres Pelzmantels geschlossen, als fröstle es sie. »Und über den Fahrzeughalter... Noch etwas! Ich möchte, dass wir uns morgen noch einmal den Fundort Regulski ansehen.«

Keith blickt fragend, den Kopf ein wenig abgewandt, als habe er gerade nicht richtig gehört.

»Und zwar hätte ich gerne, dass wir auch Taucher dabeihaben.«

»Bitte?«

»Taucher«, wiederholt die Staatsanwältin. »Leute von der Wasserschutzpolizei oder die das sonst können – in ein Gewässer tauchen und schauen, was unten ist.«

»Wir haben hier gerade einen Toten in einem ausgebrannten Wagen«, sagt Keith mit leiser Stimme, »vielleicht liegt es daran. Ich kann Ihnen jedenfalls gerade nicht folgen, warum wir jetzt Taucher...«

»Sie müssen mir nicht folgen können«, schneidet ihm die Staatsanwältin das Wort ab, »Sie sollen nur für morgen diese Taucher besorgen. Und dann werden wir schon sehen, ob man vom Fundort aus eine Leiche an dieses Gewässer bringen kann und ob man dort diese Leiche versenken könnte, und die Taucher werden dann herausfinden, ob schon einmal jemand auf diese Idee gekommen ist.« Sie wirft einen prüfenden Blick auf Keith. »Ist Ihnen nicht gut?«

»Entschuldigung«, sagt Keith. »Ich hatte gerade einen toten Punkt. Bisschen wenig Schlaf in letzter Zeit.«

»Ja«, sagt die Staatsanwältin, »das kennen wir ja alle.«

Lichter, manchmal gelb, manche gleißend weiß, kommen ihr entgegen, ziehen an ihr vorbei. Heckleuchten sprühen rot. Verschwommen taucht aus der Tiefe der Straße halbhoch ein Grün auf oder ein blinkendes Gelb. Lange hohe Schluchten, dunkel, einzelne Höhlen erleuchtet, manchmal Lichtbänder. Karen fährt durch die Nacht. Sie ist müde, erschöpft, angespannt und fühlt sich doch auf eine merkwürdig schwebende Weise wach. Sie empfindet eine ihr selbst unangemessen erscheinende Solidarität mit den Beamten, die jetzt die Nacht hindurch arbeiten und herausfinden müssen, wem dieses Auto gehört hat und wer dieser Tote war, von dem der Gerichtsmediziner wohl doch zu wissen glaubt, dass es ein Mann war. Offenbar hat er es an den Knochen gesehen. Aber was heißt das: Solidarität mit den Beamten? Nichts heißt das, sie gehört nicht dazu, denn die Beamten müssen arbeiten, und sie? Sie fährt nach Nikolassee und legt sich ins große französische Bett und hat es für sich allein.

Das Scheinwerferlicht streift Bäume, einen nach dem anderen. Eine Allee, die kennt sie doch. Neulich erst ist sie da durchgekommen. Was heißt neulich? Vorgestern war das, nach dem Theater, und da vorne ist auch schon die Parkbucht... Schwamm drüber! Sie schaut auf die Uhr, es geht auf Mitternacht zu, was überlegt sie jetzt? Da vorne zum Beispiel: Da kann sie geradeaus fahren, dann ist sie in zwanzig Minuten zu Hause, ja doch. Oder sie könnte links abbiegen.

Warum? Darum. Weil es ihr vielleicht gerade danach ist, nicht geradeaus zu fahren. Weil man nicht immer einen Grund angeben muss, weshalb man etwas tut. Eine Windböe wirbelt Laub durch die Lichtkegel der Scheinwerfer ihres Wagens, vor ihr ist jetzt die Kreuzung, ohne zu überlegen, setzt sie den Blinker und ordnet sich links ein. Woher kommt auf einmal dieses merkwürdige, flirrende Gefühl im Bauch?

Es ist Unsinn, was sie tut. Und ungehörig. Es ist nicht die Zeit dafür. Niemanden kann man um diese Zeit überfallen. Es geht nicht. Man ruft nicht einmal an um diese Zeit. Nur im Notfall. Na gut, wenn jemand absolut nicht gestört werden will oder ganz einfach ins Bett gegangen ist, dann hat er sein Handy sowieso ausgeschaltet. Ist doch so. Also... ach egal! Zum Glück hat sie auf dem Berliner Stadtplan schon nachgesehen, wie sie zu dieser einen Adresse fahren muss. Aber die Verkehrsführung ist anders, als sie gedacht hat, es sind alles Einbahnstraßen, sie muss noch um einen Block herum, dann ist sie endlich richtig und findet kurz nach dieser einen Hausnummer auch einen Parkplatz. Sie stellt den Motor ab und lehnt sich im Fahrersitz zurück, die Augen geschlossen. Die Blätter im Herbstwind...

Sie atmet tief durch und holt ihr Handy aus der Seitentasche. Sie gibt die Nummer ein, die sie bereits auswendig gelernt hat, zögert dann aber, auf die Anruftaste zu drücken. Was wird sie sagen? Entschuldigen Sie bitte die Störung, das ist eine unmögliche Zeit, aber ich bin gerade vorbeigekommen und dachte, vielleicht sind Sie noch auf, und ich kann Ihnen etwas...

Jemand klopft an die Seitenscheibe des Wagens. Es ist eine große schlanke Gestalt, die aus der Dunkelheit der Nacht an das Auto getreten ist. Gehorsam lässt Karen die Seitenscheibe herunter.

»Wollten Sie zu mir?«, fragt Tamar Wegenast.

»Ja«, sagt Karen. »Das heißt...« Sie zieht den Zündschlüssel ab und steigt aus. Tamar Wegenast steht vor ihr, ganz nah, und sieht in der Nacht noch größer aus. »Ich bin zufällig...« Sie bricht ab, denn die Lüge ist doch zu offenkundig.

»Wenn Sie schon hier sind, dann kommen Sie doch einfach mit rauf.« Eine überschwänglich herzliche Einladung ist das nicht, aber da Tamar bereits den Weg zu dem Wohnblock vor ihnen eingeschlagen hat, läuft Karen eben hinter ihr her. Das ist gar nicht so einfach, noch nie hat sie eine Frau gesehen, die mit so weiten raschen Schritten geht. Sie durchqueren den Eingang zum ersten Treppenhaus, gehen über einen Innenhof, vorbei an einem zwischen Fahrradständer und Mülltonnen eingezwängten Kinderspielplatz, Tamar schließt die Eingangstür zum Hinterhaus auf und lässt Karen eintreten. Es müffelt feucht. »Fahrstuhl ist nicht«, sagt Tamar. Karen hat nichts anderes erwartet. Gehorsam steigt sie die Stockwerke hoch und folgt wie ein Hündchen der großen schlanken Frau, die die Treppe hinaufzustürmen scheint.

Endlich sind sie oben angekommen, im Dachstock, Tamar Wegenast schließt eine Wohnungstüre auf, schaltet Licht ein und lässt Karen eintreten. Das Licht an der Decke ist nichts weiter als eine Glühbirne in ihrer Fassung, ihr Licht fällt auf einen dunklen Holztisch mit Schreibtischlampe, Notebook und einem Stapel Bücher. Davor ein Schemel. In einer Ecke liegt ein Futon zusammengerollt. Aus Backsteinen und Brettern ist ein Buchregal hochgezogen, die Bücher sind darin eher gestapelt als eingeordnet. Ein Durchgang führt zu Kochnische und Toilette. Die Außenwand ist angeschrägt, ein Dachfenster verspricht einen Ausschnitt des Nachthimmels. Die Wand dem Bücherregal gegenüber ist kahl, ein großformatiges Bild ohne Rahmen ist dort aufgehängt, ein weiblicher Akt in groben Strichen, nur einzelne Partien sind ausgemalt, die Frau darauf sitzt auf einem Stuhl, die langfingrigen Hände auf die gespreizten Oberschenkel gelegt, leuchtend das brandrote Schamhaar. Der Blick der Frau ist auf den Betrachter gerichtet, es ist ein kühler und wachsamer Blick.

»Das sind Sie?«, fragt Karen.

»Eine Freundin von mir hat das gemalt. Es ist eine Erinnerung an früher... Sie lebt schon lange in den Staaten. Trinken Sie einen Nescafé mit? Sonst kann ich nur Wasser anbieten.«

»Gerne«, sagt Karen und dass das ein tolles Bild sei. Und noch während sie es sagt, ärgert sie sich bereits. Warum nur fällt ihr nichts anderes ein als eine dumme Allerweltsfloskel! Tamar aber ist sowieso in der Kochnische verschwunden und stellt offenbar den Wasserkocher an.

Dann erscheint sie wieder auf der Bildfläche, lehnt sich an die Trennmauer vor dem Durchgang, die Arme vor der Brust verschränkt, und betrachtet Karen, die noch immer im Zimmer steht wie ein dort abgestelltes Stück Frachtgut. Schließlich zwingt sich Tamar ein kurzes Lächeln ab und deutet auf den Hocker. »Eine andere Sitzgelegenheit hab ich nicht. Bitte!« Karen zögert, dann beschließt sie, sich nicht länger wie ein kleines Schulmädchen aufzuführen, und setzt sich auf den Hocker, die Beine übereinandergeschlagen, den Ellbogen auf dem Tisch abgestützt und den Kopf in die Hand geschmiegt. Sie gibt den Blick zurück, mit dem Tamar sie mustert.

»Das Bild ist so toll«, hört sie sich sagen, »weil es eine tolle Frau zeigt. Aber Sie haben es aufgehängt, als wäre ein Herzleid dabei... Entschuldigung, es fällt mir gerade kein besseres Wort ein.«

»Herzleid ist okay. Aber es ist vergangen.« Der Wasserkocher beginnt zu sprudeln, sie dreht sich um und verschwindet in der Kochnische. Karen betrachtet noch einmal das Bild. Ja doch, der Blick der Frau ist kühl. Und dennoch, so kommt es ihr vor, dringt er durch jede Panzerung. Für einen Moment schließt sie die Augen, denn sie weiß nicht, was dieser Blick mit ihr tut und wie sie mit ihm umgehen soll. Karen hat keine Erfahrung damit.

Tamar kommt aus der Küche und bringt auf einem Tablett die Kanne des Wasserkochers, zwei Becher, eine Dose Nescafé, eine angebrochene Flasche Kaffeesahne und eine Packung Würfelzucker. Sie stellt das Tablett auf dem Holztisch ab und schwingt sich dann selbst daneben auf den Tisch. »Den Kaffeelöffel müssen wir uns teilen. Ich hab nur einen sauberen.«

Karen sagt, dass sie den Kaffee sowieso schwarz trinkt und ohne Zucker. Tamar füllt in beide Becher Kaffeepulver, Karen will nicht so viel davon. »Mir ist sowieso ein bisschen flattrig.«

»Ah ja«, macht Tamar und gießt die beiden Becher mit heißem Wasser auf. »War noch was heute Abend?«

Karen zögert einen Augenblick, aber dann erzählt sie doch. Was erzählt sie? Ein ziemliches Durcheinander, so kommt es ihr vor – dass sie mit der Staatsanwältin unterwegs war, dass die Staatsanwältin Taucher angefordert hat und dass es wieder einen Toten gibt, einen Toten in einem ausgebrannten Auto, und dass eine Zeugin gesehen hat...

»Auf das Auto wurden Mollies geworfen?«, fragt Tamar scharf. Karen nickt, ja doch, Mollies. Tamar holt ein Handy aus der Tasche ihres Tweed-Sakko, den sie noch immer nicht abgelegt hat, klappt es auf und wählt eine Nummer. Karen sieht ihr zu, ein wenig unbehaglich, was hat sie da gerade eben ausgeplaudert und für wen? Das Gespräch wird angenommen, Tamar meldet sich kurz.

»Taucher sind angefordert, und es hat einen weiteren Toten gegeben... Nein, diesmal kein Kopfschuss. Brandbomben... Vermutlich ein Mann... Nein, ein Besuch...«

Entschuldigung!«, bittet Berndorf und schaltet das Handy wieder aus. Tamar hat also Besuch. Einen Besuch von jemandem, der offenbar jemanden bei der Staatsanwaltschaft kennt. Sehr praktisch. Was gehen ihn Tamars Besuche an? Nichts. Nur dass ihm heute Abend schon zum zweiten Mal etwas über Brandbomben erzählt wird. Er greift zu dem Glas, das vor ihm steht. Ist das jetzt das vierte oder fünfte? Egal. Noch immer nimmt der Obstschnaps kurz den Atem weg.

»War das die schöne Dame?«, fragt Finklin.

»Welche schöne Dame?«, fragt Berndorf zurück. »Ach die! Ja.«

»Was: ja?«

»Die war es, die angerufen hat. Wollten Sie doch wissen.«

»Eigentlich halte ich Sie für einen Schnüffler«, meint Finklin.

»Unsinn. Was heißt hier: Sie halten mich für … ? Ich bin einer. Hab ich Ihnen doch gesagt.«

»Und die schöne Dame?«

Berndorf wirft ihm einen schrägen Blick zu. »Nichts für unsereinen. Schlagen Sie sich das aus dem Kopf.«

»Ah ja«, macht Finklin und greift zur Flasche. »Noch einen?«

Berndorf rafft sich zu einem Nein auf. »Ich sollte mit Ihnen reden. Oder Sie mit mir. Über Leute, die Mollies in Bierkästen rumtragen.«

»Nicht mein Bier.« Finklin zieht eine verächtliche Grimasse. »Revisionistischer Aktionismus, wenn Sie verstehen, was ich meine.«

»Nicht so ganz.«

»Das spätkapitalistische und das post-stalinistische Narrenschiff – die werden alle beide untergehen, Nastrovje!«, erklärt Finklin und kippt sein Glas. »Allein in Folge ihrer eigenen Gesetzmäßigkeit. Nicht, weil irgendeiner Bandbomben schmeißt. Und wenn es so weit ist, brauchen wir erst recht keine Mollies. Dann brauchen wir Leute, die das Kommando in den Rettungsbooten übernehmen. Die darauf vorbereitet sind. Nicht doch noch einen?«

»Nein«, wiederholt Berndorf. »Diese Leute mit ihren Mollies – die wollten kein Schiff anzünden.« Er erhebt die Hand und deutet mit dem Zeigefinger auf Finklin. »Ihr Haus hier wollten die anzünden.«

»Das ist nichts Neues«, sagt Finklin und beginnt, sich eine neue Zigarette zu drehen.

»Es ist ein Auto damit in Brand gesetzt worden. In Berlin.«

»Das geschieht dort jeden Tag. Jeden Tag im Dutzend.«

»Es saß aber einer drin«, sagt Berndorf. »Einer, der nicht mehr rauskam.« Er beugt sich vor und hebt wieder die Hand, in der Hoffnung, wenigstens etwas Aufmerksamkeit auf sich zu ziehen. »Dieser eine ist futsch. Aber da wird es noch andere geben. So, wie es den Kerl noch gibt, den wir haben laufen lassen, diesen …«

»Kappolt, Uwe Kappolt«, hilft Finklin aus und beginnt, das Zigarettenpapier vorsichtig mit der Zungenspitze zu befeuchten.

»Wir hätten wirklich die Polizei rufen sollen!«

»In diesem Haus wird keine Polizei gerufen. Grundsätzlich nicht!« Finklin klebt die Zigarette zusammen, betrachtet sie prüfend und ist mit dem Ergebnis offenbar zufrieden.

»Und es gibt den Mann, der diese Leute hierher in Marsch gesetzt hat.« Berndorf sagt es, als spiele er seine letzte Trumpfkarte aus.

»Na endlich«, sagt Finklin, steckt sich die Zigarette an und lässt sie im Mundwinkel hängen. »Genau das ist der Punkt. Wenn Sie den Scheißkerl finden …« Jetzt ist er es, der mit dem Finger auf sein Gegenüber zeigt. »… den Scheißkerl, der das alles losgetreten hat – dann sind Sie mit mir im Geschäft!« Er greift zur Flasche und füllt, ohne auf einen Einspruch zu achten, beide Schnapsgläser wieder auf.

Tamar hat das Handy wieder zugeklappt und in die Tasche ihres Sakko gesteckt. Einen Augenblick bleibt sie so sitzen, dann lässt sie sich vom Tisch gleiten, schlüpft aus ihrem Sakko und hängt ihn an einen Haken, der in eines der oberen Bretter des Bücherregals eingedreht ist. Sie kommt zum Tisch zurück, nimmt ihren Becher Kaffee mit beiden Händen, geht damit zu der Trennwand und lehnt sich wieder daran. »Das war gerade Berndorf, den ich angerufen habe. Das mit den Benzinbomben sollte er wissen.«

Na schön, denkt Karen. Dann sind es also drei Morde, die wie die Kletten aneinanderhängen. Und? Hauptsache, das Telefongespräch gerade eben wird Stukkart ebenfalls auf die Rechnung gesetzt. Sie schüttelt sich.

»Sie frieren?«, fragt Tamar. »Ich kann die Heizung aufdrehen …«

Karen widerspricht. Aber doch nicht wegen ihr! »Das war vorhin der zweite Tote, den man mir gezeigt hat, und wieder bin ich völlig unbeteiligt. Es geht mich nichts an. Hoffentlich geht es mich nichts an. Das ist alles, was mir dazu einfällt.«

»Sie sagen: *hoffentlich* geht es Sie nichts an«, wiederholt Tamar. »Höre ich da die Sorge durchklingen, Sie könnten selbst bedroht sein?«

»Nein!«, ruft Karen aus, »wie kommen Sie nur darauf?«

»Sind Sie deshalb heute Abend zu mir gekommen?«

»Nein, wirklich nicht, entschuldigen Sie. Es war etwas ganz anderes, ein dummer, spontaner Einfall.«

Tamar trinkt einen Schluck Kaffee, noch immer an die Wand gelehnt, und betrachtet Karen über den Becher hinweg. »Ein Einfall?«

Karen blickt auf. Für einen langen Augenblick sagt überhaupt niemand etwas. Schließlich hört man eine Stimme, und die sagt: »Es war das Laub. Der Wind hat es über die Kreuzung geweht, verstehen Sie?« Verwundert stellt Karen fest, dass sie es ist, die das gesagt hat.

»Ja, ich verstehe«, sagt Tamar bedächtig und nimmt wieder einen Schluck. »Sogar sehr gut verstehe ich das. Ich muss gerade meine Blätter auch wieder einsammeln. Man braucht Zeit dazu.«

»Und dann komme ich und störe!« Karen versucht ein Lächeln. Sie hat das dumme Gefühl, dass es ihr nicht besonders gut gelingt. Nichts gelingt ihr an diesem Abend besonders gut. »Entschuldigen Sie!« Sie steht auf. »Und danke für den Kaffee!«

Donnerstag

Kein Morgen ist so grau wie der Morgen nach einer Nacht, in der man durchgearbeitet hat. Selbst die Luft riecht grau und noch mehr nach Büro, als Büro-Luft das sonst tut, in diesem Fall mit einer Anhaftung von verschmortem Plastik und von dem Eau de Cologne, das sich Lena Quist an die Schläfen getupft hat, damit sie ein wenig wacher wird.

»Irgendwie glaub ich nicht, dass das ein Rostocker Fall ist«, sagt Jörgass, nimmt einen Schluck aus seiner Cola-Flasche und stellt die Flasche wieder ins Seitenfach seines Schreibtischs. Es ist eine große Flasche und vor allem eine besonders preisgünstige aus einem Sonderangebot. »Ich glaub auch nicht, dass er überhaupt irgendwas mit Rostock zu tun hat. Der den Wagen auf diesen Bauplatz gefahren hat, der muss sich in dem Quartier ausgekannt haben, der hat vielleicht... Moment!« Er greift nach dem Telefonbuch. »Beim Bauverwaltungsamt müssten die doch wissen, wer die Baustelle eingerichtet hat?« Niemand antwortet, er blickt um sich, Lena Quist telefoniert, und Täubner arbeitet an einem Bericht.

Die erste Nummer, die Jörgass anruft, ist belegt, bei der zweiten erreicht er jemanden, der erklärt, er sei leider nicht zuständig und wisse auch nicht, wer sonst Auskunft geben könne. Er versucht es noch einmal bei der ersten Nummer, aber die ist noch immer belegt.

»Was hast du gesagt, was du herausfinden willst?«, fragt plötzlich Täubner. »Die Baufirma? Moment...« Täubner greift zu seinem Notizbuch, muss kurz blättern und nennt dann einen Firmennamen und eine Telefonnummer.

»Woher hast du das?«

»Da stand doch noch so ein Bauwagen rum...«

»Und?«

»Und?«, äfft ihn Täubner nach. »Da war der Name draufgemalt. Und die Nummer. Das machen die so.«

Jörgass zuckt mit den Schultern und will zum Hörer greifen. Dann sieht er den Blick von Lena Quist. Sie telefoniert nicht mehr, hat eine Notiz vor sich liegen und wartet offenbar darauf, dass sie auch was sagen darf. »Kätzchen«, fragt Jörgass, »hast wieder 'n Mäuschen gefangen?«

»Das Rostocker Nummernschild gehört zu einem Toyota«, sagt Lena Quist, »und der Toyota steht auf seinem angestammten Parkplatz in Rostock-Lichtenhagen. Jedenfalls heute Morgen stand er da.«

»Das Kennzeichen von unserer Grillwurst heute Nacht ist also falsch?«, fragt Jörgass. »Hab ich doch gleich gesagt.«

»Da ist noch was«, fährt Lena Quist fort. »Die Nummer des Fahrzeuggestells gehört zu einem BMW, der hier in Berlin auf einen Detlef Patzert zugelassen ist ...«

»Hoppla«, sagt Jörgass und greift wieder zum Telefon. Er wählt, muss kurz warten, dann meldet sich Wolfgang Keith.

»Hör zu«, berichtet Jörgass, »das Rostocker Nummernschild ist ein Fake, und der BMW war vermutlich auf einen Detlef Patzert zugelassen ... Hast du gehört?«

»Ja«, kommt es nach einer Pause. »Ja, ich hab's gehört ... Dann seht mal nach, ob es diesen Patzert noch gibt, und wenn nein, ob er einen Zahnarzt hat, und der hat vielleicht Röntgenaufnahmen vom Gebiss, so dass man einen Abgleich machen kann. Soviel wird vom Kopf ja noch übrig geblieben sein ... Aber bis ihr mehr wisst, haltet die Sache unterm Deckel!«

»Ja doch«, wendet Jörgass ein. »Aber warum sagst du das so?«

»Darum.« Keith legt auf. Jörgass hält noch einen Augenblick den Hörer in der Hand, dann legt auch er auf. »Keith legt sich allmählich Chef-Allüren zu ...«, sagt er in die Runde, aber es hört ihm niemand zu. Täubner blättert im Berliner Telefonbuch, Lena Quist hat einen Anruf entgegengenommen.

»Der Name ist Uwe Kappolt, mit zweimal Paula, habe ich das richtig notiert? Und darf ich Sie noch um Ihren Namen bitten …« Die Bitte ist offenbar erfolglos, denn Lena Quist legt ärgerlich den Hörer auf. »Was mach ich jetzt damit?«, fragt sie Jörgass und hält ärgerlich den Zettel hoch, auf dem sie den Namen notiert hat. »Eine Anruferin behauptet, im Fall des Toten von heute Nacht gebe es einen Zeugen, über den der Staatsschutz näher Bescheid wisse, aber ihren Namen will sie nicht nennen.«

»Wo ist das Problem?«, fragt Jörgass zurück. »Ruf halt die Kollegen vom LKA Fünf an. Vielleicht kriegst ja du von denen mal eine Auskunft.«

Justizsenator Holger Missenpfuhl ist groß, hält sich straff und wirkt mit seinen kurzen grauen, nach vorne gekämmten Haaren geradezu cäsarisch, ein Eindruck, der sich seit seinem vor kurzem erfolgten Aufstieg in den Senat – also in die Regierung des Landes Berlin – noch verstärkt hat. Zu seinen Ritualen gehört, dass er Besucher erst eintreten lässt und sich dann hinter seinem Schreibtisch erhebt, so dass die Entfaltung von Missenpfuhls 190 Zentimetern in ganzer Länge verfolgt werden kann.

»Ich danke Ihnen sehr, dass Sie so rasch kommen konnten«, sagt er, greift sich die rechte Hand von Dagmar Wohlfrom-Kühn und deutet eine Verbeugung an, die aber wiederum von einem angedeuteten Handkuss sehr weit entfernt bleibt.

»Sie haben mich einbestellt.«

»Nein, nicht einbestellt«, widerspricht Missenpfuhl und weist einladend zum Besprechungstisch. »Ich bitte Sie! Ich möchte Ihnen vielmehr eine Entscheidung erläutern, die ich nach Rücksprache mit dem Regierenden Bürgermeister getroffen habe. Der Generalstaatsanwalt ist bereits angewiesen, diese Entscheidung umzusetzen …«

Die Staatsanwältin blickt auf und betrachtet ihn aus Augen, die sehr schmal geworden sind. Der Generalstaatsanwalt ist ihr Dienstvorgesetzter, wenn er etwas umzusetzen hat, was zuvor mit dem Regierenden Bürgermeister besprochen wurde, dann kann dies nur eine personelle Entscheidung sein. Nichts anderes.

»Es handelt sich hier – um das vorab klarzustellen – weder um eine politische Frage noch um eine solche der Dienstaufsicht«, fährt Missenpfuhl fort, noch immer am Besprechungstisch stehend. »Aber setzen wir uns doch!« Die Staatsanwältin nimmt zögernd Platz, danach setzt sich auch der Senator. »Wie ich eben sagte – keine politische Entscheidung, nichts, das die Dienstaufsicht tangieren würde … Wir sind allein durch unsere Fürsorgepflicht gezwungen, Sie aus der Schusslinie zu nehmen, das ist – entschuldigen Sie bitte – auch durchaus wörtlich gemeint …«

»Sie entziehen mir den Fall Harlass«, stellt die Staatsanwältin klar, »das sollte mich nicht überraschen und tut es doch.« Sie setzt sich sehr aufrecht, die Hände auf dem Tisch übereinander gelegt, und betrachtet den Justizsenator wie ein besonders abscheuliches Exemplar menschenähnlicher Wesen.

»Ich kann Ihnen gerade nicht ganz folgen«, sagt Missenpfuhl, die Augenbrauen leicht angehoben.

»Ganz ausgezeichnet können Sie mir folgen«, fährt ihn die Staatsanwältin an. »Wem habe ich den Fall zu übergeben?«

»Der Generalstaatsanwalt wird wohl Ihren Kollegen Meusebach …«

»Ah!« In der Stimme der Staatsanwältin vibriert ein mit äußerster Anstrengung unterdrückter Zorn. »Meusebach! Der rasende Roland Meusebach! Wunderbar. Es dauert vielleicht nur noch Stunden, und dieser Lutz Harlass sitzt hinter Schloss und Riegel. Aber bevor das geschieht, entziehen Sie mir den Fall, ganz schnell tun Sie das, damit es dann der Meusebach sein wird, der sein Gesicht in die Kameras halten und die Festnahme verkünden wird! Damit jedermann weiß, die Wohlfrom-Kühn, die kann es nicht, das hat der Meusebach machen müssen ... So ist Ihre Fürsorge gedacht!« Sie hebt die Hand und deutet mit dem ausgestreckten Zeigefinger anklagend auf Missenpfuhl. »Ihre Fürsorge für den Regierenden Bürgermeister, um das Kind doch einmal beim Namen zu nennen!«

Missenpfuhl schüttelt den Kopf. »Sie stehen unter einer besonderen Anspannung, das verstehe ich, das respektiere ich. Ich nehme deshalb Ihre Worte hin, und zwar so, wie ich das unter anderen Umständen nicht tun würde.« Er beugt sich nach vorne und legt beide Hände auf den Tisch, die Handflächen nach oben, als wolle er nun alles auf den Tisch legen. »Verstehen Sie doch – Sie haben die Anklage im ersten Verfahren gegen Harlass vertreten, Sie haben das sehr engagiert getan, so wie Sie das immer tun. Es liegt auf der Hand, dass Sie den besonderen Hass dieses Menschen auf sich gezogen haben müssen, und weil das auf der Hand liegt, müssen wir Sie aus diesem Verfahren herausnehmen. Keinesfalls darf der Eindruck entstehen, zwischen Harlass und Ihnen finde so etwas wie ein Duell im Morgengrauen statt, ein Showdown, das wäre ...« Missenpfuhl hebt mahnend die linke Hand. »... eine unangemessene und ungehörige Personalisierung, unangemessen und ungehörig für das Amt des Staatsanwalts.« Er lässt die Hand wieder sinken. »Außerdem ist es völlig undenkbar, dass wir eine angehende Politikerin, die sich um ein Wahlamt bewirbt, einem so hohen persönlichen Risiko aussetzen. Liebe Frau Wohlfrom-Kühn – wenn Ihnen etwas zustößt und wir haben nicht alles getan, um das zu verhindern, dann hätten wir eine Staatskrise!«

»Sie reden Unsinn«, sagt die Staatsanwältin und setzt dazu ein fast freundliches Lächeln auf. »Wenn ich gefährdet bin, weil ich damals die Anklage vertreten habe, dann bin ich es so oder so. Das hat mit dem jetzigen Fall gar nichts zu tun. Hier geht es darum, einen Haftbefehl zu vollstrecken ...« Sie bricht ab, denn Missenpfuhl hat die Hand gehoben, als erhebe er Einspruch.

»Es tut mir leid«, sagt er, »aber Sie sind nicht ganz auf dem

Laufenden. Im Fall des Toten von heute Nacht – Sie wissen, der Mann in dem ausgebrannten Wagen – ist inzwischen ermittelt worden, dass der Wagen auf einen gewissen Detlef Patzert zugelassen war ... Der Name sagt Ihnen nichts?«

»Nein«, antwortet die Staatsanwältin nach kurzem Überlegen.

»Patzert stand in einer direkten Verbindung zu Harlass«, fährt Missenpfuhl fort. »Er war der Häuptling oder Anführer einer Neuköllner Kameradschaft von Neonazis, und Harlass hat versucht, dort aufgenommen zu werden. Möglicherweise läuft dort ein interner Machtkampf, jedenfalls ist Ihr Kollege Meusebach angewiesen, dieses Hornissennest bis auf das letzte Fitzelchen auseinanderzunehmen.«

Der Justizsenator redet weiter, aber Dagmar Wohlfrom-Kühn hört gar nicht mehr zu. Es gibt gar nichts zu besprechen. Längst ist alles geregelt, und sie hat man dabei gar nicht erst behelligt. Ohne es zu bemerken, ist sie über Nacht von den Informations- und Entscheidungssträngen abgeschnitten worden, so dass sie wie eine überzählige Marionette am Kasperltheater herunterhängt. Irgendwer hat irgendwen angerufen, ein Schalter wurde umgelegt, und die lästige Zicke war aus dem Spiel. Sie darf noch in ihr Büro gehen, sie darf noch ihre Akten wälzen, aber die wirklich wichtigen Dinge hat das allmächtige Männernetzwerk wieder an sich gerissen.

»Ich habe verstanden«, sagt sie. Sie erhebt sich und wirft einen nachdenklichen Blick auf Missenpfuhl. Man trifft sich immer zwei Mal im Leben. Aber das denkt sie nur, das sagt sie nicht. Rache muss man kalt genießen.

Dass Berndorf kaum etwas hinunterbringt, liegt nicht am Frühstücksbüfett des »Alten Zieten«. Einer von den Schnäpsen gestern Abend muss nicht ganz koscher gewesen sein, anders kann er sich das nicht erklären. Er bestellt eine zweite Kanne Kaffee, außerdem will er noch eine Nacht hierbleiben. Aber das ist kein Problem, völlig ausgebucht sind die Fremdenzimmer des »Alten Zieten« selten oder nie.

Durch die Fenster des Gasthofs fällt ein Licht, das nach einem herbstlichen, aber klaren Tag aussieht. Was er jetzt wirklich braucht, bekommt er hier vor der Tür geliefert: frische Luft und Landschaft. Er wird den Weg durch das Luch nehmen, in südöstlicher Richtung, irgendwann einen Bogen schlagen und über die Hügelkette im Norden nach Crammenow zurückkehren. Im Klartext: Er wird einen großen Bogen um das Anwesen Bauernende Sieben machen, das aber gerade darum erst recht der Mittelpunkt der ganzen Exkursion sein wird.

Was hat er denn sonst? Sein dubioser Auftrag ist im Grunde längst erledigt. Es ist eine Geschichte, zu der es nichts zu erzählen, sondern höchstens etwas aufzuzählen gibt: nämlich Schauplätze, die nichts miteinander zu tun haben. Der Parkplatz eines Hallenbads. Ein Grab. Der Fundort einer Leiche, irgendwo zwischen Wald und Gewässer. Ein Geschäftshaus, dessen Neubau schlecht gesichert war.

Abseits von allem aber liegt dieses Crammenow. Trotzdem beharrt in Berndorfs Kopf eine widerspenstige Gehirnwindung darauf, dass der Schlüssel zu allem hier zu finden sein muss, in oder rund um die Datsche des verqueren, aus der Zeit gefallenen, seine selbstgedrehten Zigaretten qualmenden Revolutionärs.

Er trinkt die letzte Tasse Kaffee, holt seinen Mantel und macht sich auf den Weg. Die Luft ist frisch, wenn auch mit einer Beimischung von Schweinegülle, von Zeit zu Zeit reißen die Wolken auf und geben ein Stück vom blauen Himmel frei. Er kommt am Dorfladen vorbei und überlegt, ob er sich eine Zeitung kaufen soll. Aber keines der Blätter hier wird bereits heute etwas über den Toten bringen, den man in dem ausgebrannten Wagen gefunden hat.

Übrigens noch so ein Schauplatz, an die anderen gereiht, ohne dass ein Gesetz oder ein Muster zu erkennen wären.

Er geht weiter, dann spürt er ein Vibrieren in seiner Manteltasche, auf seinem Handy ist ein Anruf aufgelaufen, er meldet sich, die Anruferin ist Karen Andermatt, im Telefon klingt ihre Stimme bedrückt:

»Ich hoffe, ich störe Sie nicht, aber ich habe vorhin einen Anruf von Dagmar Wohlfrom-Kühn erhalten, Sie wissen …«

Ich weiß, denkt Berndorf.

»Man hat ihr den Fall Harlass entzogen, mit einer ziemlich fadenscheinigen Begründung, dass sie nämlich selbst gefährdet sei.«

Wenn der Generalstaatsanwalt das tut, dann darf der das sogar.

»Ich wollte es Ihnen sagen, weil Frau Wohlfrom-Kühn gestern noch angekündigt hat, sie werde Taucher zu dem Gewässer im Spandauer Forst schicken. Möglicherweise ist das jetzt hinfällig geworden.«

Möglicherweise ja. Was sind das überhaupt für Informationsstränge? Gestern plappert die Staatsanwältin DWK seiner Klientin etwas von Tauchern vor, die erzählt es Tamar, und Tamar ruft ihn an. Aber heute! Heute erfährt er von der Staatsanwältin bereits aus zweiter Hand, wenn das kein Fortschritt ist!

»Sind Sie noch da?«

»Ja«, sagt Berndorf, »ich höre Sie. Der Auftrag, den Sie mir erteilt haben, gilt weiter?«

»Ja natürlich … Warum fragen Sie?«

»Zur Sicherheit. Sie kennen doch den Platz, an dem die Leiche des Polizisten Regulski gefunden wurde? Könnten Sie Tamar Wegenast diesen Platz zeigen? Heute noch?«

Einen Augenblick herrscht Schweigen. »Gewiss doch«, sagt Karen Andermatt schließlich, aber es ist ein Zögern in ihrer Stimme. »Sie selbst wollen es sich nicht ansehen?«

»Nein, ich habe anderes vor.«

Er beendet das Gespräch und wählt Tamars Nummer. Sie meldet sich, die Stimme morgenfrisch und klar. Berndorf erklärt, was er von ihr will. Tamar schweigt.

»Ist was?«

»Ich hätte es vorgezogen, dass Sie sich diesen Platz selbst zeigen lassen.«

Sie hätte es vorgezogen!

»Tamar, hören Sie – diese Frau beißt nicht, jedenfalls meines Wissens nicht.«

»Das ist nicht das Problem. Aber wenn ich mir diesen Platz anschaue, werde ich weitere Entscheidungen treffen müssen. Zum Beispiel, ob ich mir ein Schlauchboot besorgen muss, um den Uferbereich abzusuchen. Wenn ja, müssten wir das sowieso zu zweit tun...«

»Wenn Entscheidungen notwendig sind, dann entscheiden Sie. Wo ist das Problem?«

»Wie Sie meinen. Bleiben Sie noch länger in Crammenow?«

»Vorerst.«

Die Identifizierung von Patzert ist eindeutig«, erklärt Kriminalhauptkommissar Wolfgang Keith und hält für den Fall, dass sich jemand selbst überzeugen will, zwei Röntgenaufnahmen hoch. »Patzert hatte eine Brücke im Oberkiefer rechts und zwei Implantate im Unterkiefer, in genauer Übereinstimmung mit dem Toten in dem ausgebrannten BMW. Nun deuten die Aussagen der beiden Zeugen daraufhin, dass Patzert vermutlich noch lebte, als der Wagen in Brand gesetzt wurde.«

»Erklären Sie das bitte«, unterbricht ihn Oberstaatsanwalt Roland Meusebach, ein untersetzter Endvierziger mit Bürstenfrisur und Goldzähnen im Mund, der jetzt an Stelle von Dagmar Wohlfrom-Kühn neben ihm sitzt.

»Die Zeugen haben gesehen, dass ein Mann die Beifahrertür geöffnet und sich an der Person zu schaffen gemacht hat, die dort saß«, antwortet Keith. »So, wie wir die Überreste von Patzert vorgefunden haben, waren seine Hände an den Griff über der Wagentür fixiert. Ich nehme an, dass es das ist, was die Zeugen gesehen haben: wie die Hände dort festgebunden wurden.«

»Aber warum das?«, will Meusebach wissen.

»Damit Patzert den Sicherheitsgurt nicht lösen konnte. Folglich war er zu diesem Zeitpunkt noch am Leben.« Keith wartet, ob Meusebach die Erklärung akzeptiert, als keine Nachfrage kommt, fährt er fort. »Jedenfalls weicht der Tatablauf von dem Muster der beiden vorhergehenden Tötungsdelikte ab. Dennoch bin ich der Ansicht, dass im Hinblick auf die bekannten Kontakte zwischen Patzert und Harlass ein Zusammenhang nicht ausgeschlossen werden kann.«

»Das haben Sie gerade, lieber Herr Keith, etwas umständlich formuliert, von hinten durch die Brust«, sagt Meusebach, der offenbar ungern hinnimmt, dass ihm etwas erklärt werden muss, »Fakt ist, wir haben zwei Tote, die vermutlich mit einer russischen Jarygin-Pistole erschossen wurden, und einen Toten, der mit Brandbomben… also ja, das wissen Sie ja alles! Die beiden ersten Tötungsverbrechen stehen ohne Zweifel in einem Zusammenhang, ob der dritte Tote dazugehört, wird sich zeigen. Aus übergeordneten Gründen möchte ich dies erst einmal grundsätzlich offen lassen…« Unvermittelt bricht Meusebach ab, beugt sich vor und nimmt die Kriminalbeamtin Lena Quist am anderen Ende des ovalen Besprechungstisches ins Visier. »Die junge Kollegin hat eine Frage oder – wie mir scheint – sogar einen Einwand?«

»Ich bitte um Entschuldigung«, sagt Lena Quist, »aber ich hab das vorhin mit den Kontakten zwischen Harlass und diesem Patzert nicht verstanden.«

Meusebach blickt auffordernd zu Keith. »Ist Ihnen das nicht schon längst kommuniziert worden?«, fragt Keith zurück. »Aber bitte! Nach unseren Informationen gehörte Patzert einer Neonazi-Kameradschaft an, die ihren Schwerpunkt in Neukölln hat. Harlass scheint versucht zu haben, über Patzert dort aufgenommen zu werden.«

»Moment«, meldet sich Ulrich Jörgass, »wissen wir eigentlich, von wem wir das wissen? Nicht, dass Patzert selbst die Quelle war…«

»Worauf willst du hinaus?«, fragt Keith zurück.

»Sollten wir das von Patzert selbst erfahren haben«, sagt Jörgass, sehr sorgfältig und langsam artikulierend, »dann ist da draußen heute Nacht ein V-Mann des Staatsschutzes liquidiert worden. Und wenn das so ist – sollten uns dann die Kollegen vom Staatsschutz nicht Näheres dazu mitteilen?«

»Verehrter Kollege«, sagt Meusebach, »Sie sind gerade im Begriffe, das zu tun, was wir in der gegenwärtigen Situation unbedingt unterlassen sollten: Sie spekulieren! Sehen Sie – wir haben zwei Morde mit einem dringend Tatverdächtigen. Den sollten wir finden, meinen Sie nicht? Und wenn wir ihn haben, können wir ihn uns ja genauer ansehen. Wer mit Brandbomben um sich wirft, bei dem finden sich gerne Spuren und Anhaftungen von dem dabei verwendeten Öl- und Benzingemisch.« Er unterbricht sich und betrachtet die sorgfältig geschnittenen Nägel seiner breiten kurzfingrigen Hand. Dann blickt er wieder auf. »Im Übrigen werde ich mit dem Staatsschutz selbst sprechen und ihn um eine Liste mit möglichen Kontaktpersonen bitten, also von Leuten, die mit Patzert in Verbindung waren. Diese Leute wären dann aufzusuchen, und vielleicht können Sie zwei Fliegen mit einer Klappe schlagen – dass Sie nämlich Hinweise sowohl auf die Person Harlass als auch auf die Motive für die Tötung des Patzert finden.« Meusebach senkt seinen Kopf und blickt Jörgass kampflustig an. »Ist Ihre Frage zufriedenstellend beantwortet?«

Resigniert hebt Jörgass beide Hände und lässt sie wieder auf den Tisch fallen. Zwei Plätze weiter meldet sich Täubner. »Eins ist mir noch unklar.« Auf ein aufforderndes »Ja?« fährt er fort: »Die Frau Staatsanwältin hat uns gestern Nacht angewiesen, wir sollten uns noch einmal den Fundort Regulski ansehen und Taucher mitnehmen... Ich weiß jetzt nicht...«

»Bitte?«, fragt Meusebach zurück. »Habe ich Taucher verstanden? Taucher für einen Teich oder ein Fließ im Spandauer Forst? Was soll dort gefunden werden? Ein U-Boot aus dem Weltkrieg, mit dem Hitler abtauchen wollte, oder wie?«

Täubner richtet einen verlegenen Blick auf Keith. »Frau Wohlfrom-Kühn meinte…«, setzt der Hauptkommissar zögernd an, wird aber sofort von Meusebach unterbrochen.

»Es gebe dort noch andere Leichen, wie? Den bisherigen Akten kann ich aber nicht die Spur eines Hinweises entnehmen, dass wir solche zu suchen hätten. Ich wäre Ihnen allen deshalb sehr dankbar, wenn wir uns auf die konkret erreichbaren Fahndungsziele konzentrieren würden.«

Harlass betrachtet sich im Spiegel, den ihm die Friseurin hinhält, er hat jetzt zu seiner blau-violetten Backe weißblonde Haare und einen Mittelscheitel, damit sieht er beschissen aus und trotzdem nicht wie Dolf Patzert. Offenbar merkt die Fidschi oder Chinesin oder was sie ist, dass er nicht zufrieden ist. »Zu dunkel?«, fragt sie und berührt mit der Fingerkuppe seine rechte Augenbraue. Das lässt ihn zusammenzucken, er mag so etwas nicht, aber dann kommt sie auch schon mit einem Stift, um damit an den Augenbrauen herumzustreichen. Plötzlich hat Harlass das Empfinden, dass er sofort hier rausmuss, raus aus diesem winzigen versifften Salon mit dem fetten schlitzäugigen Chef, der in der Ecke hockt, und der watschelnden Friseurin, aber dann sind die Augenbrauen nicht mehr ganz so schwarz und stechen nicht mehr allzu auffällig von den Haaren ab. »Ist okay«, sagt er und lässt sich den Umhang abnehmen und steht auf und bezahlt beim fetten Chef, der untertänig lächelt und sich verbeugt.

Es ist früher Nachmittag, kühl und windig. Die neuen Jeans, die er sich am Vormittag gekauft hat, sitzen ein wenig eng am Arsch, aber trotzdem oder gerade darum ist das ein besseres Gefühl als das Geschlabber von Patzerts Hose. Die Kopfhaut, frisch gewaschen und vorhin noch unter der Trockenhaube aufgewärmt, spürt den frischen Wind, warum hat er keine Mütze? Er kann nicht schon wieder eine Erkältung brauchen. Aber wozu hat er sich die Haare färben lassen, wenn er eine

Mütze drüberzieht? Ein paar Schritte weiter ist ein Kiosk, er wirft einen Blick auf die Aushänge der Zeitungen:

»Gefesselter Mann im Auto verbrannt!« heißt eine der Schlagzeilen und darunter, in kleinerer Schrift: »Hat die Bestie wieder zugeschlagen?«

Harlass geht weiter. Hätte er der Friseurin ein Trinkgeld geben sollen? Unsinn. Wenn den Schlitzaugen was aufgefallen ist, erzählen sie es der Polizei. So oder so. Und er wäre erst recht der Depp. Er geht weiter, in Richtung Bahnhof Zoo, dort hat er in einem Schließfach die Einkaufstasche mit Patzerts Hose und den Brotbeutel untergebracht, auch die 464 Viking ist dort – mit diesem Ding im Hosenbund konnte er nicht zum Friseur, wirklich nicht. Nein, er hat alles richtig gemacht. So schnell werden sie ihn jetzt nicht finden, nicht mit dieser Frisur, nicht in Berlin, die suchen ihn doch in der Pampa, bei dem Alten ... Moment! Er bleibt stehen und starrt in die Luft, in seinem Kopf ist ein Gedanke, der ist zum Greifen nah.

»Haste mal 'n Zehner?« Ein Jüngelchen, mager, aber mit prallem Hosenstall in den hautengen Jeans, schaut ihn an, halb von der Seite, und wirft einen Blick auf die weißblonden Haare. Verpiss dich! Er läuft rasch weiter, so etwas kann er nun schon gar nicht haben, das gehört überhaupt zu den allergemeinsten Lügen, die sie über ihn erzählt haben: dass er so einer sei! Wenn die wüssten, was er mit dem Bubi anstellen würde! Ganz langsam würde er es tun, viel langsamer noch als mit Dolf, einen Tag lang müsste es dauern, einen Tag und eine Nacht ... Quatsch. Für sowas hast du jetzt keine Zeit. Und auch kein Auto, zum wo rausfahren.

Er geht wieder langsamer, und er spürt, dass die Röte aus seinem Gesicht wieder verschwunden sein muss. Er ist kurz vor einem Café, ein Burger und Fritten und eine Cola wären nicht schlecht, und außerdem muss er nachdenken. In dem Café ist es noch leer, er findet einen Platz an einer Eckbank, leise dudelt ein Radio, und als die Kellnerin kommt und weder Burger noch Fritten auf der Karte hat, bestellt er sich eine

Bockwurst mit Kartoffelsalat und ein kleines Bier. Auf dem verlassenen Nebentisch liegt die Zeitung mit der Schlagzeile über den Gefesselten, er greift sie sich und blättert sie gelangweilt durch, viel wissen sie nicht, nicht einmal, wer dieser Kerl ist, den man da festgebunden und verbrannt hat, entweder weiß es die Polizei noch nicht oder hat es noch nicht herausgegeben, weil sie meint, sie müsse ihn in Sicherheit wiegen. Aber ihn verkauft keiner mehr für dumm. Er blättert weiter und stößt schon wieder auf jemand, den er kennt: »Staatsanwältin Gnadenlos setzt Ausländerpolitik auf die Anklagebank«, ein Foto zeigt sie an einem Rednerpult, es hat irgendetwas mit der Staatspartei zu tun, aber was sie da gesagt und erzählt hat, geht ihm am Arsch vorbei.

Dann kommt auch schon die Bockwurst samt Kartoffelsalat, die Bockwurst könnte ein wenig dicker und ein wenig länger sein. Während er isst, lässt er seine Gedanken ein wenig spielen, von dem Bubi zu dem Wald, in den sie gefahren wären, dann schiebt sich vor diesen Wald der andere, in dem gestern Abend Dolf und das andere Arschloch gelauert haben, und damit steht er vor der Frage, die im Augenblick die wichtigste für ihn ist: Woher wusste Dolf…?

Eigentlich gibt es nur eine Antwort, aber bevor er sie sich im Kopf zurechtlegen kann, hat das Gedudel aufgehört, und im Radio kommen Nachrichten, er horcht auf, vielleicht hat die Polizei ja irgendetwas herausgefunden, aber der Sprecher liest endlos über Massaker in Syrien vor und darüber, wann sie den Berliner Flughafen vielleicht doch zu Ende bauen, Harlass trinkt einen Schluck Bier und setzt das Glas wieder ab.

»…In der Berliner Mordserie haben sich die Hinweise verstärkt, dass der in der vergangenen Nacht in einem ausgebrannten Auto gefundene Tote zum weiteren Bekanntenkreis des flüchtigen mutmaßlichen Doppelmörders Lutz Harlass gehörte. Der in dem Wagen festgebundene Mann ist nach Angaben der Polizei bei lebendigem Leib verbrannt worden. Wie inzwischen bekannt wurde, hat der Berliner Generalstaatsan-

walt die Leitende Staatsanwältin Dagmar Wohlfrom-Kühn von den Ermittlungen gegen Harlass entbunden, da auch sie möglicherweise Ziel eines Anschlags sein könnte. Die Entscheidung ist von den Oppositionsparteien im Abgeordnetenhaus heftig kritisiert worden ...«

Aber Harlass hört schon nicht mehr zu. Er schlägt noch einmal die Zeitung vom Nachbartisch auf und blättert, bis er gefunden hat, was er sucht – den letzten Satz des einen Artikels:

»In ihrer Vorstellungsrunde durch die Ortsvereine der Staatspartei wird Dagmar Wohlfrom-Kühn heute, Donnerstag, um 20 Uhr, im Reuter-Forum des Kongresszentrums Spreeufer sprechen. Die Veranstaltung ist öffentlich.«

Was heißt das?, überlegt Harlass. Dass auch Leute hingehen können, die kein Parteibuch haben. Was sonst?

Karen hat den blauen Wagen auf dem Wanderparkplatz abgestellt, neben der Hinweistafel mit dem Orientierungsplan für die Wanderwege. Jetzt ist sie dabei, die Wollsocken und Stiefel anzuziehen, die sie im Frühsommer gekauft hat, als Stefan und sie im Jura wandern wollten. Sie steht vor dem Wagen, den einen Fuß auf dem Trittbrett, und ist dabei, die Schnürsenkel festzuziehen, als sie sich plötzlich unsagbar albern vorkommt. Hätte sie sich nicht gleich auch ein Vergrößerungsglas einstecken sollen und eine karierte Mütze aufsetzen wie Sherlock Holmes?

Unsinn, denkt sie. Der Boden im Wald ist feucht, man kann leicht einsinken, das ist nichts für Straßenschuhe. Sie verknotet die Schnürsenkel, zieht auch die des anderen Stiefels fest und wirft dann doch einen Blick auf ihre Armbanduhr, sie hatte sich mit Tamar für 14 Uhr verabredet, jetzt ist es fünf Minuten davor. Sie hat die Stiefel seit dem Sommer nicht mehr getragen, aber man hat einen guten Halt darin, und die Stiefel drücken auch nicht mehr wie zu Beginn. Das war damals im Sommer ja nicht nur lustig gewesen, manchmal hatte sie gedacht, das ist ja schön, wenn jemand die Berge so liebt wie Stefan, aber wozu braucht er dann noch eine Frau... Braucht er das überhaupt? Sie hatten am Morgen telefoniert, es haben sich weitere Kontakte ergeben, und nun wird Stefan heute Abend doch noch nicht kommen. Ihr sei das recht, hatte sie geantwortet, sie wolle am Abend ohnehin zu einer weiteren Veranstaltung mit der Wohlfrom-Kühn... Es ist kühl, und so zieht sie den gefütterten weißen Anorak an.

Ein kleines rotes Auto biegt auf den Waldparkplatz ein, wendet, stößt zurück und hält neben ihr. Sie atmet kurz durch, denn dem Wagen entsteigt Tamar – nein, denkt Karen, entsteigen ist nicht das richtige Wort, so eine große Frau und so ein kleines Auto! Irgendwie entfaltet sie sich daraus, wie der Geist aus der Flasche und steht nun vor ihr in Jeans und einem grobgestrickten Rollkragenpullover, kühl und herb wie ein sehr frischer Morgen.

»Ich freue mich ja sehr, Sie so bald wiederzusehen«, sagt Karen und hebt entschuldigend beide Hände, »es war aber trotzdem nicht meine Idee, dass Sie hier herausfahren müssen...«

Tamar sagt, dass das kein Problem sei. Karen lässt die Hände wieder sinken, irgendwie ist eine Umarmung nicht angezeigt, also tauschen sie einen kurzen Händedruck. Tamar wendet sich wieder zu ihrem Wagen, holt vom Rücksitz einen grauen Tweed-Sakko und zieht ihn sich an. Beruhigt bemerkt Karen, dass auch die endlos langen Beine in festen, geschnürten Schuhen stecken.

»Und wohin jetzt?«

Karen, die ihrer eigenen Erinnerung und vor allem ihrem Orientierungsvermögen misstraut, hat sich vorhin an der Hinweistafel mit den Wegen vertraut gemacht. »Fahren wir?«, fragt sie, aber Tamar will zu Fuß gehen, denn die Durchfahrt ist für Autos gesperrt: »Ich möchte niemand erklären müssen, warum wir da mit einer Karre herumfahren.«

Also nehmen sie den Weg unter die Füße, es ist nicht ganz

einfach, mit jemand Schritt zu halten, der so lange Beine hat, ein Glück, dass sie im Sommer im Jura doch auch lange Wege gegangen ist. Tamar geht schweigend, und Karen weiß nicht, womit sie das Schweigen beenden soll. Es ist meine Schuld, denkt sie, ich hätte sie gestern Nacht nicht mit meinem Besuch überfallen sollen, mit meinem unnötigen, unangebrachten, unmotivierten Besuch, jetzt ist alles nur peinlich, und noch peinlicher wäre es, irgendein unverfängliches Gesprächsthema aufgreifen zu wollen. Vielleicht ist es das Beste, einfach neben ihr herzugehen, es ist kein schlechter Nachmittag für einen Spaziergang, über den Bäumen lassen die Wolken immer wieder Platz für ein wenig blauen Himmel, viele der Bäume sind kahl, andere tragen noch gelbes Laub, das gibt dem Wald Luft und Licht und Tiefe, und manchmal hat man Blick auf einen schmalen Wasserlauf.

Der Weg, der zu Beginn gekiest war, ist von Laub und halbgetrockneten Pfützen überzogen, im angeschwemmten Erdreich zeichnen sich Reifenspuren ab, breite Spuren von Autos, schmalere von Mountain-Bikes. Am Parkplatz hatte noch ein Schwarm Krähen randaliert, jetzt ist der Wald still, aber es ist eine Stille – so kommt es Karen vor –, als würden die Tiere darin auf die Schritte und das Atmen der beiden Eindringlinge lauschen. Unvermittelt bleibt Tamar stehen und beugt sich dann zu etwas Graublauem hinab, das auf dem Weg liegt, es ist der gekrümmte Kadaver einer plattgefahrenen Schlange, auch Karen beugt sich nach unten, wenn auch mit einigem Abstand, sie kann den Kopf des Reptils erkennen und die gelben Halbmonde darauf. Verblüfft sieht sie, wie Tamar mit beiden Händen die tote Ringelnatter vom Boden löst und in den Schutz der vom Gras bewachsenen Böschung legt.

»Ich mag nicht, dass man dieses Tier so liegen lässt«, erklärt sie und geht weiter.

»Aber die Leute sollten doch sehen, dass es hier Ringelnattern gibt«, wendet Karen ein. »Vielleicht fahren sie dann etwas vorsichtiger.«

»Ach, die Leute! Die sehen nichts, nicht einmal das, was vor ihnen liegt.«

Karen weiß dazu nichts mehr zu sagen, außerdem muss sie Schritt halten, denn Tamar hat wieder ihr voriges Tempo aufgenommen. Rechts vor ihnen sieht sie durch die Bäume den Unterstand, dann weitet sich der Weg zu einem Vorplatz, keine rotweißen Absperrbänder mehr, deutlich sind die Reifenspuren mehrerer Fahrzeuge zu erkennen.

»Da drüben«, sagt sie.

Wie ein gewaltiger Hafenspeicher aus Stahl und Glas ragt das Hotel- und Kongresszentrum Spreeufer hoch über den Kiez. Es ist noch Nachmittag, an der Rezeption ist es ruhig, die junge Empfangsdame vermeidet es, den Neuankömmling noch deutlicher zu mustern, als sie es bereits getan hat. Frisch gefärbtes weißblondes Haar, das eine Auge blau marmoriert, eine Reisetasche wie eben erst im Supermarkt gekauft, dazu Schnürstiefel: Dies ist – auf den ersten Blick – nicht das Erscheinungsbild des Gastes, für den dieses Hotel konzipiert wurde. Auf den zweiten Blick kann er das sehr wohl sein. Die Kreativ-Szene ist vielfältig. Die Stiefel kann sich ein Topdesigner geschnürt haben, und die weißblonden Haare mit Mittelscheitel mag sich der Akkordeonist einer neuen deutschen Volksrock-Band verpasst haben lassen... Ein Einzelzimmer? Für eine Nacht? Gerne!

Der Preis, 146 Euro, schreckt den Gast nicht ab, er füllt den Meldezettel aus – Detlef Patzert, 43 Jahre, wohnhaft in Kühlungsborn, Uferstraße 13, Anlagenbauer – und nimmt die Chipkarte für das Zimmer 748 in Empfang. Er geht zu den Fahrstühlen, die Reisetasche über der Schulter, gefolgt von dem Blick der zweiten Empfangsdame, die dann fragend zu ihrer Kollegin schaut. Doch die hebt nur kurz die Augenbrauen und senkt sie gleich wieder, ganz dezent, fast unmerklich tut sie das.

Harlass fährt mit dem Fahrstuhl in die siebte Etage. Auf seinem Gesicht übt er einen Ausdruck ein, der zwischen unbeteiligt und gelangweilt liegt, aber seine Finger trommeln an die Wand der Liftkabine einen Rhythmus, den sie ganz von selbst zu den Worten gefunden haben:

Ich werde es/Euch allen/Euch allen werde ich es zeigen…

Für seine 146 Euro ist das Zimmer auch nicht viel größer als das Kabuff in der Absteige von letzter Nacht, aber dafür ist alles wie geleckt. Vor ein paar Tagen hat er noch um kaltes Wasser aus einer rostigen Pferdetränke froh sein müssen, nun hat er ein ganzes Bad für sich, mit blankpoliertem Glas und blitzenden Kacheln und funkelnden Armaturen. So ändern sich die Dinge! Er stellt die Reisetasche ab, in der aber nur der Brotbeutel aus Crammenow drin ist und im Brotbeutel die 464 Viking.

Tamar hat sich den Platz vor dem Unterstand angesehen, die Abdrücke der Reifen und auch die anderen Spuren, und Karen hat versucht zu erklären, welcher Wagen wo abgestellt war, damals, als hier der tote Polizist gefunden wurde. Sie tut das, so gut sie sich eben erinnern kann. Inzwischen hat Tamar genug gesehen, vor allem aber hat sie einen Pfad entdeckt, der – halb zugewachsen – zu dem Gewässer führt, das in einigem Abstand zu dem Weg verläuft, den sie gekommen sind. Sie geht voran und hält dabei jeweils die Zweige des Buschwerks zurück, damit sie Karen nicht ins Gesicht schlagen. Der Boden, auf dem sie gehen, ist zwar feucht, aber er ist nicht moorig und trägt ihre Schritte, so dass ihr Schuhwerk nicht einsinkt. Sie erreichen das Ufer und eine feste Böschung, darunter Schilf und schwarzes Wasser, überzogen von grünen Wasserlinsen, von abgeblühten Teichrosen, voller Laub und abgebrochener Äste.

»Was ist das?«, fragt Tamar. »Ein Graben? Ein Kanal?«

»Ein Fließ«, antwortet Karen. »Einer der Polizisten hat es mir erklärt. Ursprünglich muss hier ein Sumpfgebiet oder Moor gewesen sein und sollte entwässert werden. Aber dann ist der Grundwasserspiegel zu stark abgesunken, und deshalb lässt man jetzt über dieses Grabensystem Havelwasser hier im Wald versickern.«

Tamar nickt, schaut sich aber zugleich um. Links und rechts von der Stelle, an der sie stehen, versperrt dichtes Buschwerk den Weg entlang des Ufers. Sie beugt sich nach vorne und versucht, vorsichtig die Böschung hinabzusteigen, rutscht aber plötzlich aus und die Böschung hinab, durch das Schilf hindurch und plumpst bis über die Knie in sumpfiges schwarzes Wasser. Schweigend fliegt über ihnen ein Milan von einem der Bäume auf.

»Die Hände!«, ruft Karen, die sich auf der Böschung niedergekniet hat. Tamar dreht sich auf den Bauch und greift mit den Armen hoch, so dass Karen ihre Handgelenke zu fassen bekommt. Dieses Stück Weib aus dem Sumpf zu ziehen, wird keine leichte Sache werden, denkt sie, aber da hat Tamar auch schon Tritt gefasst und kommt – halb krabbelnd und halb gezogen – auf die Böschung hinauf, für einen Augenblick knien beide voreinander, beide schwer atmend, aber dann kann Karen plötzlich nicht anders und muss Tamar in die Arme nehmen.

Die Abenddämmerung senkt sich über das Luch, und im Licht der untergehenden Sonne wölbt sich der Himmel hoch und gewaltig überm flachen Land. Berndorf kommt den Weg herunter, der von dem Weiler nordwestlich von Crammenow ins Dorf zurückführt. Eine Motorsäge kreischt auf, an- und abschwellend, und aus dem Kamin der Bauernende Sieben steigt eine schmale Rauchsäule empor. Bellend rennt die Hündin aus der Einfahrt, das Fell gesträubt, erblickt oder wittert Berndorf, hält mit ihrem Gekläff inne und läuft wedelnd auf ihn zu. Auch die Motorsäge schweigt, am Zaun erscheint

Finklin, Ohrenschützer auf dem Kopf und Arbeitshandschuhe an den Händen, und sieht Berndorf entgegen.

»Kommen Sie auf einen Schnaps rein?«, fragt er zur Begrüßung.

»Das ist heute kein Tag für Schnaps«, antwortet Berndorf und kommt zum Zaun. Finklin zieht den rechten Handschuh aus, und die beiden Männer tauschen einen Handschlag.

»Dann kriegen Sie eben einen Tee!«

Berndorf ist nicht abgeneigt und wartet, bis Finklin Ohrenschützer und zweiten Handschuh abgelegt und alles samt der Motorsäge in dem Schopf verstaut hat, der zugleich als Garage für einen alten Skoda dient. Sie gehen ins Haus, Finklin sagt in der Küche Bescheid, dann sind sie in dem graugeräucherten Zimmer, und Berndorf setzt sich in den Korbsessel, den er bereits kennt. Er muss gähnen, denn er hat eine ordentliche Wegstrecke hinter sich gebracht, der Tee wird ihm willkommen sein. Hexe ist in den zweiten Sessel gesprungen, hat sich halb auf die Seite gelegt und wartet, dass Berndorf sie am Bauch krault.

»Sie sind mir anhänglich geworden«, stellt Finklin fest und hat sich hinter seinen Schreibtisch gesetzt. »Mir oder meinem Haus. Wie kommt es? Und nach welchem Kalender ist es heute kein Tag für einen Schnaps?«

»Beides hängt zusammen. Wenn ich eine Skizze machen sollte von dem, was mir gerade durch den Kopf geht, so ergäbe das ein ziemlich unsinniges Gewirr von Linien und Bezugspunkten, mit einem einzigen auffälligen Strukturmerkmal – und das ist der Bezug zu diesem Ort und zu diesem Haus.«

»Bitte?«, sagt Finklin, lässt die Zigarette sinken, die er gerade zusammenkleben will, und beugt sich vor. »Hat Ihnen der Schnaps gestern nicht gut getan?«

»Wie Sie meinen«, sagt Berndorf. »Aber es könnte sein, dass auch heute Leute den Weg hierherfinden, die in einer besonderen, in einer angespannten Situation sein werden. Eben deshalb meine ich, es sei kein Tag für den Schnaps.« Er hebt kurz und abwägend die Hand, als wisse er selbst nicht, ob damit alles gesagt sei. »Das heißt nicht, dass ich das für unbedingt wahrscheinlich halte. Ich wäre nur gern hier, wenn es doch passieren sollte.«

Finklin hebt kurz die buschigen Augenbrauen und klebt dann die Zigarette zusammen. Außerdem klopft es, und Maria kommt herein, lächelt Berndorf freundlich an und stellt auf dem Schreibtisch ein Tablett ab mit einer blechernen Teekanne auf einem Rechaud, einer Zuckerdose, einem Kännchen Milch und zwei Trinkschalen aus Keramik. Verblüfft stellt Berndorf fest, dass sie einen Knicks vor ihm macht, bevor sie wieder geht.

»Könnten Sie nicht mal zur Sache kommen?«, fragt Finklin, die angezündete Zigarette in den Mundwinkel geklemmt, das eine Auge wegen des Rauchs zugekniffen, Berndorf mit dem anderen fixierend. »Wer soll hierherkommen, und warum wollen Sie dabei sein?«

»Harlass ist der Name, Lutz Harlass. Die Berliner Polizei sucht ihn, weil er zwei oder vielleicht drei Leute umgebracht hat. Darunter Ihren Freund Giselher. Aber das wissen Sie ja alles. Ich denke, dass er bei Ihnen gewesen sein muss, hier in diesem Haus, und dass er vielleicht hierher zurückkommen wird.«

»Und warum sollte er das getan haben? Und wieder tun? Ausgerechnet er? Und dann noch ausgerechnet in dieses Haus?«

»Das sind alles Fragen, die Sie selbst besser beantworten können. Aber Sie wollen ja nicht. Ihre Auskünfte wären hilfreich, aber sie sind jetzt nicht so wichtig. Wichtig ist jetzt vor allem, dass dies ein Haus ist, in dem man keine Polizei ruft. So haben Sie es jedenfalls gesagt.«

»Und das gilt weiterhin. Aber ich habe Ihnen gestern auch gesagt, wir kämen ins Geschäft, wenn Sie den finden, der für diesen ganzen Wirrwarr verantwortlich ist«, sagt Finklin, gießt sich probeweise einen Schluck Tee ein, um zu sehen, ob er gezogen hat. Offenbar ist er zufrieden, und er füllt beide Schalen. »Offenbar wissen Sie das nicht mehr. Nehmen Sie Zucker oder Milch?«

»Weder noch.« Berndorf steht auf und nimmt seine Schale. »Wenn Harlass hierher zurückkommt«, sagt er dann, »werden andere Leute folgen. Vielleicht bekommen wir dann den zu Gesicht, den Sie suchen.«

Finklin blickt auf, fragend, sogar ein wenig irritiert.

Tamar sitzt an Karens Schreibtisch, eingepackt in einen rot-weiß-gestreiften Bademantel aus Stefan Andermatts Kleiderschrank, eine Tasse Tee vor sich und das Telefon in der Hand.

»Nein«, sagt sie, »das ist kein Fall für die Polizei, da die Polizei auf dem Standpunkt steht, es gebe keinen Hinweis auf ein Verbrechen... nein, angeblich nicht, wenn sich die Polizei auf einen Standpunkt gestellt hat, dann kann die Welt zusammenstürzen, aber die Polizei steht noch immer auf ihrem Standpunkt...«

Karen, die gerade vorhin die Jeans aus dem Trockner geholt hat und dabei ist, sie aufzubügeln, hört mit einer Mischung aus Faszination und Skepsis zu. Was erzählt Tamar da?

»Der Mann heißt – oder vielleicht sollte ich sagen: hieß – Erwin Krummschmidt, lebte zuletzt in Mitte, kein direkter Märchenprinz aus Tausendundeiner Nacht, er lief in Frauenkleidern herum und nannte sich Carmencita, solche Männer sind ja besonders gefährdet, übrigens hat die Presse damals über den Fall berichtet, ich kann Ihnen ein paar Ausschnitte faxen... nein, die Familie ist wohl nicht vermögend, aber es sind jetzt Gelder zur Verfügung gestellt worden, um den Fall aufzuklären.«

Sie blickt zu Karen, und die hebt den Daumen.

»Ja, es gibt Zeugenaussagen, die es für möglich erscheinen lassen, dass Krummschmidt oder vielmehr seine Leiche dorthin gebracht und im Wasser versenkt wurde, ich nehme an, dass man die Leiche mit Steinen beschwert hat. Wissen Sie, mit dem Wagen kann man ja bis zu diesem Unterstand fahren, und von da aus sind es nur wenige Schritte bis zur Böschung. Natürlich gibt es in Berlin genug andere Plätze, der oder die Täter müssen ortskundig gewesen sein, gut möglich, dass sie nach dem Verbrechen unter Stress standen und eben als Versteck nahmen, was ihnen als Erstes einfiel ... Da haben Sie Recht, natürlich, bei so einem Unterstand wird gerne auch mal gefeiert, und manchmal gerät so eine Feier aus den Fugen und irgendein Kerl rastet aus, weil die angebliche Frau zwischen den Beinen gar keine Frau ist ... genau ... und Ihre Vorstellungen zum Honorar ... Ach so, kein Honorar, aber eine Spende für den Verein?«

Wieder blickt sie zu Karen, und Karen hebt diesmal beide Daumen.

Das Kongresszentrum hat auch eine Alt-Berliner Gastwirtschaft mit rot-weiß-karierten Tischdecken und gerahmten Zeichnungen an den Wänden, von denen Harlass nicht weiß, was daran lustig sein soll. Er hat sich eine Erbsensuppe und noch einmal ein kleines Bier bringen lassen, danach einen Kaffee, den er ins Fernsehzimmer mitnimmt. Aber dort ist er nicht allein, eine magere Frau mit Haaren in der Farbe vertrockneter Karotten sitzt da und telefoniert, während im Fernsehen eine Vorabend-Soap läuft, der sie den Ton abgestellt hat. Weil er nicht auffallen will, macht Harlass nicht an der Türe kehrt, sondern setzt sich abseits in einen Ledersessel, die Kaffeetasse in der einen Hand, und blättert mit der anderen in einer Programmzeitschrift.

»Nein«, sagt die Rothaarige, »es gibt jetzt überhaupt keinen Grund, Panik zu schieben, das ist eine sehr angenehme zwanglose Atmosphäre, geradezu intim, und wenn noch mehr Besucher kommen, können wir im Handumdrehen noch zusätzliche Stühle... Das ist doch Unfug, es sind schon... nein, nein, der Vorverkauf war ordentlich, und ich hab auch ein paar der ganz wichtigen Feuilletons interessieren können... Pfauth, stell dir nur vor, wird persönlich kommen, der hat einen hervorragenden Ruf als literarischer... Du stotterst überhaupt nicht, du hast überhaupt nie gestottert, du hattest mal eine Sprachhemmung, aber das liegt alles hinter dir, so weit hinter dir, als ob es überhaupt nie gewesen wäre... Du stellst einfach beide Füße fest auf den Boden, so fest, dass du spürst, wie dich der Boden trägt, und so, wie dich der Boden trägt, so trägt dich dein Text...«

Harlass hat den Kaffee ausgetrunken und stellt die Tasse auf den Couchtisch neben die Programmzeitschrift. Leise steht er auf und geht hinaus ins Foyer. Auf einer Anschlagtafel sind die Veranstaltungen angekündigt, die in den einzelnen Sälen stattfinden werden, im Blauen Salon findet um 20 Uhr irgendetwas statt, das mit einem Wolfsrach zu tun hat, und im Reuter-Forum spricht zur selben Zeit Dagmar Wohlfrom-Kühn... Es ist jetzt kurz nach 18 Uhr, er geht zum Reuter-Forum, das ist abgeschlossen, daneben ein breiter Korridor, weitere Konferenzräume befinden sich dort und auch der Blaue Salon. Er schlendert den Korridor hinunter, die Tür zum Blauen Salon lässt sich öffnen, der Salon ist dunkel, im Licht, das von der Tür hereinfällt, schimmern hellblau gepolsterte Stühlchen. Er schließt die Tür wieder und dreht sich um und versucht, sich weiter zu orientieren.

Vor ihm öffnet sich eine weitere Tür in ein Treppenhaus, er geht hinab und kommt so – an einem Kassenautomaten vorbei – zur Tiefgarage. Die meisten Parkplätze in dieser Etage sind bereits belegt. Etwa fünfzig Meter links von ihm befindet sich der Hauptaufgang zum Kongresszentrum. Auch den sieht er sich an. Vor dem Eingang hat man zwei Schilder aufgestellt, die die Parkplätze davor freihalten, auf den Schildern sind mit Kreide die Kennzeichen der Fahrzeuge notiert, die parken dürfen. Eine automatische Glastür öffnet sich vor ihm, er gelangt in einen Kassenraum mit weiteren Automaten und drei Fahrstuhlschächten, mit den Fahrstühlen kommt man ins Foyer und zu den oberen Stockwerken.

Harlass hat genug gesehen, er kehrt zum Treppenhaus zurück und überprüft noch einmal, welche Sicht man von dort zum Hauptaufgang hat. Es wird besser sein, denkt er, näher heranzugehen. Zwischen den geparkten Autos müsste es dafür genug Möglichkeiten geben. Er steigt wieder die Treppe hoch und geht an den Konferenzräumen vorbei zum Foyer.

An der Rezeption steht ein Mann im dunklen Mantel, den Hut neben sich auf den Tresen gelegt, und er steht nicht vor dem Tresen, sondern dahinter, neben dem Mädchen, bei dem sich Harlass eingetragen hat, und sie gehen irgendetwas durch, das muss die Liste der Anmeldungen sein, was sonst soll den Kerl mit dem Schnüfflergesicht hier auch interessieren! Harlass befindet sich bereits im Foyer, also macht er nicht auf dem Absatz kehrt und geht nicht zum Treppenhaus zurück – das wäre zu auffällig –, sondern er zwingt sich, ganz ruhig und bedächtig zu den Aufzügen zu gehen, nicht ein einziges Mal schaut er noch zur Rezeption, es ist kein Aufzug frei, er muss erst einen rufen, und das dauert, einer steigt von vier auf fünf, dann auf acht, ein anderer kommt von neun auf sieben, bleibt dort endlos stehen, warum hat er die 464 Viking nicht dabei, warum nur! Weil man nicht mit einer Knarre im Hosenbund in einem Hotel herumläuft, darum, der Kerl am Tresen müsste längst auf die Anmeldung von Patzert, Detlef gestoßen sein, längst müsste ihm das Hotelmäuschen erzählt haben, wie der aussieht, der Detlef Patzert, warum stürmt hier kein Einsatzkommando? Vor ihm öffnet sich die Doppeltür des einen Aufzugs, er geht hinein und drückt auf die Anzeige der siebten Etage. Die Doppeltür öffnet sich. Jetzt wirft er doch noch einen letzten Blick auf die Rezeption, der Mensch im dunklen Mantel steht noch immer an der Rezeption, redet jetzt aber mit einem anderen Mann, und da ist die Doppeltür auch schon zu.

Der Aufzug kriecht nach oben. Harlass schließt die Augen. Was tust du, wenn oben die Bullen warten? Nichts, denn dann gibt es nichts mehr zu tun. Ein anderes Stockwerk? Zu spät, das Ding fährt jetzt zur siebten Etage, das änderst du nicht mehr. Der Aufzug wird noch langsamer, dann setzt er auf, gleich wird er die Hände hochnehmen müssen, das ist dann eben so. Die Doppeltür geht auf, vor ihm der geäderte Marmorboden des Flurs, die Wand mit einer Tür zum Service.

Und niemand sonst.

Er geht zu seinem Zimmer, zieht die Hotelkarte durch den Türöffner. Bevor er die Tür aufstößt, überlegt er einen Augenblick, ob sie wohl im Zimmer auf ihn warten? Der eine hinter der Tür vielleicht und der andere im Sessel, die MP schussbereit auf den Knien? Quatsch, da bringen sie sich ja nur selber um. Außerdem braucht er die 464 Viking, und er braucht sie jetzt, sonst ist alles sinnlos. Er öffnet die Tür und stößt sie so weit auf, dass sie den treffen müsste, der dahinter steht... Niemand steht dahinter, niemand sitzt im Sessel gegenüber. Er geht zu seinem Zimmersafe, tippt mit noch immer ein wenig zittrigen Fingern die Code-Nummer und holt die Pistole heraus, lädt durch und steckt sich die Waffe in den Hosenbund.

Claudia Wüllenhorst atmet tief durch. Das Mädchen, das sie schließlich mit List und Tücke ans Telefon bekam, hat Wolfsrach die Schnapsflasche abgenommen und wird ihm einen Kaffee kochen und ihn so lange irgendwie in ihrer Wohnküche festhalten, bis sie – Claudia Wüllenhorst, seine Agentin – auf der Szene erscheint und die Dinge in die Hand nehmen kann. Ein braves Mädchen, ja doch, vermutlich eine ehemalige Beischläferin des Wolfsrach, eine ihm längst davongelaufene, wie alle Beischläferinnen des Wolfsrach ihm gar nicht schnell genug davonlaufen können, trotzdem hat sie ihn bei sich unterkriechen lassen... Schade nur, dass das Mädchen selber einen

Abendtermin hat, irgendwas in der Uni, sonst hätte man ein Taxi geschickt, und sie hätte ihn hier abliefern können.

Sie steckt das Mobiltelefon in die Tasche zurück und wirft einen Blick auf die kleine Armbanduhr, soviel Zeit hat sie gar nicht mehr, aber sie muss noch in ihr Zimmer, die Autoschlüssel holen. Sie verlässt den Raum, im Fernsehen läuft jetzt Werbung, aber ohne Ton, das ist fast noch unangenehmer, weil man sieht, wie die Bilder allein für sich lügen. Im Foyer herrscht jetzt mehr Betrieb als vorhin, an diesem Abend finden offenbar mehrere Veranstaltungen statt, nicht nur die üblichen Vertreterschulungen, das hat ihr die Hoteldirektion vorher gar nicht gesagt, natürlich hat man kein Recht darauf, dass an diesem einen Abend sonst keine anderen Termine sind, trotzdem ... Und natürlich muss auch die Staatspartei heute und hier tagen, dass man damit der Lesung eines jungen, eines ganz außerordentlich vielversprechenden Schriftstellers Konkurrenz macht, das schert die Staatspartei nicht, woher denn auch!

Mit ihr im Lift fahren zwei Männer, einer trägt Hut und einen dunklen Mantel, beide sind merkwürdig angespannt, beide haben in ihrem Blick eine wache kalte Aufmerksamkeit, sie mustern sie, ohne sie anzusehen, ohne einen Augenkontakt zu suchen. Im siebten Stock steigen sie aus, der Mann im Mantel grußlos, der andere verabschiedet sich mit einer angedeuteten Verbeugung, und dann schließt sich die Doppeltüre des Aufzugs auch schon wieder. Endlich ist sie im elften, sie muss sich jetzt wirklich beeilen, natürlich öffnet sich das Hotelzimmer nicht, natürlich nicht, denn sie hat die Hotelkarte mit der falschen Seite durch das Lesegerät geschoben ...

Ein Arm legt sich um ihren Hals, an ihre Wange presst sich ein hartes kaltes Stück Eisen, »ganz ruhig«, flüstert eine Stimme an ihrem Ohr, »bleib ganz ruhig, und es passiert dir nichts!«

Lautlos haben die beiden Männer den Korridor passiert und stehen jetzt vor Zimmer 748. Mit einer Handbewegung bedeutet der Mann im Mantel dem Hoteldetektiv, ein paar Schritte zur Seite zu gehen, dann legt er das Ohr an die Zimmertür, aber es ist nichts zu hören. Er klopft, stellt sich aber neben die Zimmertür, so dass er weder durch die Tür getroffen, noch im Spion gesehen werden kann. Auf das Klopfen rührt sich nichts, er wiederholt es, wieder keine Reaktion. Er zieht seinen Mantel und seinen Sakko aus und gibt beides dem Hoteldetektiv, dann nimmt er wieder am Türpfosten Aufstellung, die schussbereite Pistole in beiden Händen, streckt fordernd die linke Hand aus und lässt sich vom Detektiv die Generalkarte geben, zieht sie durch das Lesegerät und stößt die Tür mit dem Fuß vollends auf.

Nichts passiert.

Er äugt um den Türpfosten, vor sich sieht er den kleinen Flur, links müssen Bad und WC sein, weiter vorne ein Ausschnitt des Zimmers: ein Sessel, ein Sideboard, auf dem eine Reisetasche steht. Mit einem raschen Schritt ist er an der Tür zum Bad, schaltet die Badezimmer-Beleuchtung ein und stößt auch diese Tür auf bis zum Anschlag.

Niemand hockt auf der Kloschüssel. Niemand steht in der Dusche hinterm Vorhang. Er wendet sich zum Zimmer, am Durchgang kann er sehen, dass rechts über dem Sideboard ein Spiegel hängt, und der Spiegel zeigt einen Ausschnitt eines leeren Bettes. Die Pistole in beiden Händen schiebt er sich um den Türpfosten, aber in dem toten Winkel zwischen Bett und linker Wand steht niemand, das Zimmer ist leer, brüllend leer, bis auf die Reisetasche. Er steckt die Pistole wieder ins Schulterhalfter, winkt dem Detektiv, der nun auch ins Zimmer kommt, und zieht seinen Sakko an, den Mantel legt der Detektiv erst mal über den Sessel. Es wird nichts gesprochen.

In der Reisetasche ist nichts weiter als eine achtlos zusammengelegte Jeans mit einem Hosenbund der Größe XXL, für einen Augenblick behält der Mann sie in der Hand und versucht nachzudenken. Dann legt er die Hose zurück in die Tasche. In der ist sonst nur noch ein leerer Brotbeutel mit ein paar Brosamen darin. Er sieht sich im Zimmer um, der Safe ist offen, war also benutzt worden, ist aber leer.

Er wirft einen Blick auf seine Armbanduhr. Es ist 19.12 Uhr, in einer halben Stunde wird die Staatsanwältin unten im Kongresszentrum eintreffen, begleitet von ihren beiden Bodyguards. Außerdem sind drei weitere Polizeibeamte in Zivil abgeordnet, von denen zwei die Eingänge und einer den Bereich hinter dem Rednerpult überwachen sollen.

Werden die Beamten Harlass erkennen? Die Empfangsdame hat ihm gesagt, der Mann, der sich als Detlef Patzert eingetragen hat, habe auffällig gefärbtes weißblondes Haar mit Mittelscheitel gehabt. Auffälliger geht es eigentlich nicht. Hinter ihm ertönt ein Hüsteln. Er dreht sich um, der Hoteldetektiv will nun doch etwas sagen:

»Ich sollte wissen, ob es irgendein Sicherheitsrisiko für unsere Gäste gibt... oder für die Veranstaltungen heute Abend?«

»Sicherheitsrisiko?« Der Mann überlegt kurz. »Nein. Da ist nichts. Sie müssen gar nichts unternehmen. Im Gegenteil. Jede Störung im normalen Ablauf würde den Mann nur warnen. Den Mann, den wir suchen.« Wieder schaut er auf die Uhr. 19.15 Uhr. Eine Viertelstunde noch, dann wird die heiße Phase beginnen. Er nimmt seinen Mantel über den Arm und verlässt mit dem Detektiv das Zimmer. Mit dem Lift fahren sie wieder nach unten.

Harlass zieht die Vorhänge vor. Vermutlich ist das überflüssig, das Zimmer liegt im elften Stock, wer soll da reinsehen können? Trotzdem. Er dreht sich um, die Frau sitzt auf dem Stuhl, mit dem Rücken zum Schreibtisch hinter ihr, und schaut ihn an, es ist ein Blick, der so tut, als sei sie ganz ruhig und habe keinen Schiss und keine Panik und nichts. Er geht um sie herum und überprüft noch einmal die Fessel, mit der er ihre Hände hinter der Stuhllehne zusammengebunden hat. Als Fessel hat er ihre eigene Strumpfhose genommen, das war weiter kein Problem – als er es ihr befohlen hat, hat sie ihr Kleid hochgeschlagen und sich die Hose runtergezogen und sie sich von den Beinen gestreift, einfach so, ohne Widerspruch hat sie es getan.

Er steht noch immer hinter ihr. Sie hat den Nacken ein wenig gesenkt, und er legt seine Hände um ihren dünnen Hals, die Daumen auf den Nackenwirbel aufgesetzt. Er drückt nicht zu, seine Finger legen sich nur um die Kehle. In seinen Händen spürt er das Erschrecken und wie der ganze magere Körper plötzlich starr wird vor Angst.

»Ich hab dir doch gesagt, es passiert dir nichts.« Fast spielerisch tastet er mit den Fingern den Hals ab. »Aber du musst ganz ruhig bleiben, nicht schreien und auch ganz ruhig antworten, wenn ich dich was frag. Hast du verstanden?«

Die Frau bringt ein gepresstes »Ja« heraus. »Ich habe Sie verstanden. Ich werde ganz ruhig bleiben. Bei allem.«

»Na schön«, sagt er und löst die Hände von ihrem Hals. »Bist du mit dem Auto hier?«

Ja, sie hat ein Auto, ein Peugeot-Coupé, Frankfurter Nummer, Stellplatz 317 in der Tiefgarage, die Schlüssel sind im Safe, es ist auch eine Brieftasche mit etwas über tausend Euro darin und die Scheckkarte, die Scheckkarte hat dieselbe Code-Nummer wie der Safe, 4135 …

»Brav«, sagt Harlass, als er Brieftasche und Fahrzeugschlüssel gefunden und sich ihren Führerschein angesehen hat. »Du bist also die Claudia. Ein Tausender ist das aber nicht mehr, Mädchen, da hast du dich vertan …«

»Aber auf dem Konto ist doch …«, sagt Claudia, und Harlass, der sich gerade die Scheine aus ihrer Brieftasche einsteckt, hält in der Bewegung inne.

»Ach so«, sagt er, »ich soll mich an den Automaten hinstellen, ja? Dass man dabei ein Foto von mir macht?« Er steckt sich die Scheine zusammengefaltet in die Gesäßtasche und ist mit einem raschen Schritt bei ihr. »Hast du dir das so gedacht?«

»Nein, ich habe nur...«

Er ohrfeigt sie, mit zwei kurzen harten Schlägen, dass es ihren Kopf erst nach links, dann nach rechts wirft.

»Du wirst mir nicht noch einmal widersprechen, kein einziges Mal. Hast du das?«

»Ja«, sagt Claudia, »ich werde Ihnen nicht widersprechen. Kein einziges Mal.« Ihre Lippe zuckt, denn sie spürt das Blut, das ihr aus der Nase läuft. Harlass beobachtet sie aus schmalen Augen, er könnte sie jetzt losbinden, geht es ihm durch den Kopf, und ihr befehlen, sich auszuziehen – sie würde es tun, auf der Stelle würde sie es tun und sich auf das Bett legen und die Beine breit machen.

Das wäre das eine. Und das andere? Er steht auf, geht in das Bad, nimmt ein Handtuch und feuchtet es unterm kalten Wasser an. Dann geht er zurück und legt ihr das nasskalte Handtuch auf Nase und Wange. Sie wirft ihm einen Blick zu, als wollte sie Danke sagen.

»Kommt heute Abend jemand hierher? Einer, der dich bumsen soll?«

»Nein«, kommt es unter dem Handtuch hervor. »Ich muss jemand...« Sie bricht ab, denn Harlass hat drohend die Augenbrauen hochgezogen.

»Was du musst«, sagt er und beugt sich über sie, dass er ihr ganz tief in die Augen sehen kann, »was du heute noch musst, das weiß nur ich... Also, was hast du mir sagen wollen?«

»Die Veranstaltung heute, unten im Blauen Salon, ein Schriftsteller soll aus seinem Buch vorlesen... ich bin seine Agentin... ich sollte ihn abholen.«

»Eine Agentin, wow! Hab ich mir anders vorgestellt, weißt du? Und was für ein Buch ist das?«

Sie versucht eine Kopfbewegung, die nach hinten zeigen soll. »Auf dem Schreibtisch...«

Harlass nimmt das Handtuch von ihrem Gesicht und wischt

das angetrocknete Blut ab, die Blutung selbst scheint aufgehört zu haben. Dann wirft er das Handtuch zur Seite und sieht sich auf dem Schreibtisch um. Das einzige Buch dort ist ein schmaler Band mit gelbem Umschlag, das heißt, das Umschlagbild ist nicht einfach gelb, sondern wie ein Brett von Sand, in das zwei Namen gekritzelt sind: »Wolfsrach: Abikarib«. Er nimmt das Buch und entdeckt auf der Innenseite des Schutzumschlags das Foto eines glatzköpfigen Mannes, der aber irgendwie harmlos, fast freundlich in die Kamera schaut. Für einen Augenblick ist ihm, als sei in seinem Kopf der Funke einer Idee übergesprungen, dann schlägt er das Buch auf und beginnt zu lesen...

»Eine rechteckige Tafel, 17 auf 36,5 Zentimeter, aus gelblichem Alabaster. Sie stellt ein Gesicht dar. Oben sind in den Alabaster die großen rautenförmigen Augen eingegraben; die Augen sind nicht geschlossen, denn ich sehe in der Mitte einer jeden Raute einen Punkt, die Pupille. Unter den Augen, in halber Höhe der Tafel, etwas nach oben versetzt, der Mund – es ist ein sprechender Mund, denn er ist zugleich und vor allem eine Inschrift, lautlos und unüberhörbar entspringt dieser Inschrift, die zugleich das rechteckige Gehege seiner Zähne bildet, sein Name Abikarib...«

Harlass lässt das Buch sinken und fasst Claudia ins Auge: »Das ist doch ein Scheiß. Wieso macht man da ein Buch daraus?«

»Der Autor«, sagt Claudia mit leiser, verhuschter Stimme, »der das geschrieben hat, der ist sprachbehindert, ein Stotterer, und deshalb ist es ein Buch über das Sprechen...«

»Ein Krüppel also«, stellt Harlass fest. »Ein Kopfkrüppel. Den lässt man keine Bücher schreiben, den tut man ins Gas...« Er nimmt das Buch wieder auf.

»...Abikarib ist irgendwann im dritten vorchristlichen Jahrhundert in Shabwa in Südarabien gestorben, geblieben ist von ihm diese Tafel aus gelblichem Gips mit den beiden Rauten, die seine Augen bezeichnen und sie zugleich sind, denn wäh-

rend ich sie betrachte, sind sie es, die mich ansehen, und geblieben ist der Name, der zugleich der Mund ist, der diesen Namen nennt... Aus dem Totenreich tritt das Gesicht von Abikarib zu mir heran, blickt mich an und spricht zu mir, das Gesicht ist die Botschaft, es ist, *was es mir mitteilt. Sonst können Worte dies nicht, das heißt, meine Worte können es nicht, denn sie würden sonst töten, wen immer meine Augen zu Gesicht bekämen...«*

Harlass hält Claudia das Buch vors Gesicht und zeigt auf die Stelle, die er gerade gelesen hat. »Warum ist das hier anders geschrieben?« Er deutet auf das »ist« im Text.

»Weil das betont werden soll.«

»Beim Vorlesen, oder wie? Warum macht ihr Bücher, wo man erklären muss, was drin steht?«

Claudia zieht es vor, nichts zu sagen. Harlass ist nicht zufrieden. »Ich hab dich was gefragt.«

»Vielleicht ist es doch ein schlechtes Buch«, sagt sie zögernd.

»Unsinn!«, fährt er ihr über den Mund. »Der schreibt da vom Töten... verstehst du vielleicht etwas davon, wie man Leute umbringt? Nein? Dann quatsch nicht über Sachen, von denen du keine Ahnung hast...« Wieder nimmt er das Buch auf und blättert darin, bis er zum Bucheinband kommt. »Ist das der Typ, der heute Abend vorlesen soll?«, fragt er und zeigt ihr das Foto des Glatzköpfigen. Ja, das sei der Herr Wolfsrach, aber Herr dürfe man ihn nicht nennen.

»Und da kommen Leute, und er setzt sich hin und liest was vor, ja? Und wie lange soll das dauern?«

»Vierzig Minuten, vielleicht eine Dreiviertelstunde.«

»Und das wird denen nicht zu lange? Egal. Aber wenn du den Typ da nicht abholen kannst, dann sitzen die Leute dumm herum und bohren in der Nase oder müssen sich selber was vorlesen?«

»So ungefähr.«

»Aha.« Er hat noch immer das Buch in der Hand, geht jetzt

aber vor ihr in die Hocke und schaut ihr ins Gesicht. »Sag mal, hast du einen Rasierapparat? Ihr rasiert euch doch da unten, oder?«

Die Staatsanwältin fährt rasch, zügig, manchmal ein wenig ruckartig. Von Zeit zu Zeit wirft Karen einen Blick zu ihr hinüber, aber sie sieht nur das Gesicht einer Frau, die ganz auf den Straßenverkehr konzentriert scheint. Offenbar muss alles, was diese Frau tut, professionell sein. Oder so aussehen. Also auch das Autofahren. Die Bodyguards im zweiten Wagen werden sich was wundern. Aber vielleicht sind sie es auch gewöhnt. Für Prominente darf die Straßenverkehrsordnung etwas lockerer ausgelegt werden.

Nur ist dieser Fahrstil so professionell nun auch wieder nicht. Stefan fährt lockerer. Unangestrengt. Vielleicht muss Stefan sich nichts beweisen. Wo steckt er eigentlich? Irgendwo in Sibirien, wie das klingt! Jedenfalls war die letzte Nachricht auf dem Anrufbeantworter von dort. Egal... Vor einer Stunde hat sie sich von Tamar getrennt – wie das schon wieder klingt! Außerdem hätte sie deren Jeans besser nicht gebügelt, sie saßen danach doch sehr knapp.

»Wie war Ihr Nachmittag?« Unvermittelt kommt die Frage, als es auch bei der zweiten Grün-Phase nicht über die Kreuzung reicht.

»Ich war im Spandauer Forst.« Soll sie eine Erklärung nachschieben? »Ich habe mir diese eine Stelle noch mal angesehen.«

»Den Fundort Regulski? Beschäftigt Sie der Jutesack noch immer?«

»Muss wohl so sein«, meint Karen. »Ach was! Ich wollte wissen, ob die Polizei tut, was Sie gestern angeordnet haben. Oder ob das jetzt zu den Akten gelegt wurde.«

»Letzteres, meine Liebe«, erklärt die Staatsanwältin. »Die ganze Aktion hat nur den einen Zweck, mich als inkompetent und überfordert darzustellen. Deswegen kann auch das, was ich angeordnet habe, nur überflüssig, sinnlos und irreführend sein.«

»Ich weiß, dass es nicht so ist«, sagt Karen. »Und Sie wissen es auch. Aber wie gehen Sie jetzt damit um?«

»Heute Morgen, als ich Sie angerufen habe, war ich noch durch den Wind. Anders kann man es nicht nennen.« Die Ampel springt auf Grün, und die Staatsanwältin fährt so zügig an, dass Karen einen Blick nach hinten wirft. Kommt die Eskorte überhaupt nach? Aber deren Scheinwerfer sind schon wieder dicht hinter ihnen. »Inzwischen sehe ich es anders«, fährt sie fort. »Von Anfang an hätte ich mit so etwas rechnen müssen. Von dem Augenblick an, als mein Name zum ersten Mal im Zusammenhang mit der Kandidatensuche genannt wurde, waren sie in den Hinterzimmern dabei, mir einen Fallstrick zu drehen. Deshalb hätte ich nicht überrascht sein dürfen. Dass ich es trotzdem war, ärgert mich. Sonst bin ich dankbar.«

»Dankbar?«

»Ja.« Kurz und schmallippig kommt das. »Ich bin dankbar, weil die Gegenseite damit gezeigt hat, wie schwach und verwundbar sie ihre eigene Situation einschätzt... Moment!« Das Display des Autotelefons leuchtet grün auf, und die Staatsanwältin drückt auf die Freisprechanlage.

»Stukkart hier«, ertönt eine Stimme, die sehr nah klingt. »Dagmar, ich habe gerade von diesem unglaublichen Foulspiel gehört, das sich der Senat dir gegenüber geleistet hat – du gibst hoffentlich nicht auf?«

»Du kennst mich doch«, sagt die Staatsanwältin.

»Das zu hören beruhigt mich«, kommt es aus dem Autotelefon. »Ich habe inzwischen ein paar Anrufe getätigt, um die Kriegskasse ein wenig aufzufüllen... Das Ergebnis sieht nicht schlecht aus, wie ich in aller Bescheidenheit bemerken darf.«

»Danke«, sagt die Staatsanwältin.

»Bitte. Ist zufällig deine Chronistin bei dir, Frau Andermatt?«

Die Staatsanwältin wirft einen aufmunternden Blick zur Seite.

»Ja«, sagt Karen, »hier! Oder wie hat man sich zu melden?«

»Ich wollte nur einen kurzen Bescheid geben«, sagt die Stimme, die wieder sehr nah ist und plötzlich einen heiseren Anklang hat. »Regnier Berlin hat sich entschieden, die Arbeit des Tauchclubs Spree-Otter Berlin aus Anlass einer Sonderübung mit Zehntausend zu unterstützen. Ist das dann okay?«

»Danke, Carsten«, sagt Karen, »das ist dann okay, wirklich und definitiv.«

Stukkart wünscht noch einen durchschlagend erfolgreichen Abend, und das Gespräch ist beendet. »Was war das?«, fragt die Staatsanwältin und setzt den Blinker, weil sie in die Tiefgarage des Kongresszentrums einbiegen will.

»Das? Das waren gerade die Reinigungskosten.«

Es ist 19.39 Uhr. Der Mann hat an einem Pfeiler Stellung bezogen, der schräg gegenüber den beiden reservierten Stellplätzen liegt. Im trüben Funzellicht der Tiefgarage schimmert Blechrücken an Blechrücken, eine bessere Tarnung für einen Schatten, der sich heranschleichen will, gibt es nicht. Aber wenn die Limousine der Staatsanwältin einparkt, dann muss der Schatten aus der Deckung heraus und muss sehen, wie er die Wohlfrom-Kühn ins Schussfeld bekommt. Das muss schnell gehen, noch bevor die Bodyguards den Schatten entdecken, den Schatten mit den weißblonden Haaren.

Ein Wagen kommt die Einfahrt herunter, der Fahrer zieht ein Parkticket, der Mann kann das Nummernschild nicht erkennen, weil die Scheinwerfer aufgeblendet sind, das kann die Staatsanwältin nicht sein – was immer sie sein mag, eine Idiotin ist sie nicht. Auch müsste ein zweites Fahrzeug folgen, doch der Idiot ist allein und fährt auch an den reservierten Parkplätzen vorbei. Wieder schaut der Mann auf die Uhr, es ist 19.42 Uhr, wieder ein Fahrzeug, gleich darauf ein zweites, und beide biegen auch richtig auf die reservierten Plätze ein. Der Mann nimmt die Pistole hoch, die linke Hand auf das Handgelenk der rechten aufgelegt, aus den Augenwinkeln sieht er links einen Schatten, einen Schatten mit weißlich-blondem Haar, der gerade am Heck eines Geländewagens sichtbar wird, der Mann wirbelt nach links.

Es ist ein altes Männchen, nach vorne gebeugt, das mit einem Stock in der Hand zum Lift tapert. Der Mann lässt die Waffe wieder sinken und atmet kurz durch. Dann blickt er sich um, die Bodyguards haben ihren Wagen verlassen, irgendetwas gefällt ihnen nicht, einer von ihnen macht eine Bewegung, als solle die Staatsanwältin noch in ihrem Wagen bleiben, endlich begreift der Mann, dass er es ist, der Mann am Pfeiler, der den Bodyguards nicht gefällt...

»Alles okay, Kollegen«, ruft er, steckt die Pistole ins Schulterhalfter und tritt auf die Fahrbahn hinaus, mit seinem Dienstausweis in der hochgehaltenen Hand. Ohne weitere Erklärung geht er die Fahrbahn weiter, bis er zu dem zweiten Ausgang kommt und die Tiefgarage über das Treppenhaus verlassen kann. Im Foyer herrscht abendlicher Betrieb, Hotelgäste checken ein, zwei Mädchen in einer Art Stewardessen-Uniformen dirigieren Anzugträger zu den weiter entfernt liegenden Konferenzräumen irgendeines halbseidenen Finanzdienstleisters, nirgends ein Mann mit weißblonden, in der Mitte gescheitelten Haaren. Inzwischen ist auch die Staatsanwältin im Foyer eingetroffen und wird von ihren Bodyguards zum Reuter-Forum geleitet. Dabei ist schon wieder diese andere Frau...

Der Mann beobachtet die Gruppe aus einigem Abstand und behält zugleich das weitere Umfeld im Auge. Ein Angriff ist jetzt fast nicht möglich, denkt er, aber Harlass ist eben kein Profi, er ist nicht berechenbar, so wenig wie ein Verrückter, das hat man von Anfang an nicht bedacht. Ein aufgeregter bebrillter Herr schiebt sich ihm in den Weg, der auf ein Pärchen einredet und es in Richtung der anderen Konferenzräume dirigiert, der Mann macht einen raschen Schritt zur Seite und geht an der Gruppe vorbei, aus den Augenwinkeln wirft er einen Blick auf das Pärchen – ein glatzköpfiger Kerl, der seine Freundin eingehakt hält, die Freundin hat einen Rotschopf wie eine Karotten-Prinzessin aus einem Kinderfilm.

Mit ihrem Gefolge hat die Staatsanwältin den Eingang des Reuter-Forums erreicht, dünner Beifall klatscht sich durch den Saal, auch der Mann folgt ihr, bis er das Publikum überblicken kann. Die Besucher sitzen an gedeckten Tischen, da fällt es nicht auf, dass es nicht so sehr viele sind. Er sieht mehr als genug weißes und gefärbtes blondes Haar, aber nicht das, was er sucht. Weiter vorne wird die Staatsanwältin von einer bebrillten Frau begrüßt, der die grauen Haare so gleichmäßig am Kopf herunterhängen, als habe der Friseur ihr einen Topf aufgesetzt und alles weggeschnitten, was drunter zum Vorschein kam. Der Mann setzt sich kurz an einen der hinteren Tische, wo sonst noch niemand Platz genommen hat, er ist etwas ratlos, ihm ist, als ob er irgendetwas übersehen oder sonst einen Fehler gemacht habe. Ein Kellner erscheint und fragt, ob er etwas bestellen wolle, aber er macht nur eine abwehrende Handbewegung.

Die Frau mit der Topf-Frisur hat das Mikrofon ergriffen, das will sich der Mann aber nicht anhören, er verlässt das Reuter-Forum und kehrt ins Foyer zurück. Er überlegt kurz. Wenn heute Abend noch etwas passieren soll, dann wird es gegen Ende der Veranstaltung sein, also nicht vor 21 Uhr. Er fühlt sich müde, aber im Foyer gibt es eine Café-Bar, und so bestellt er sich dort einen doppelten Espresso und zieht sich damit in die Lounge zurück, hängt seinen Mantel an einen Kleiderhaken und versinkt in einen tiefen Clubsessel. Sein Kopf sinkt zurück, für einen Moment schließt er die Augen und ist schon dabei, in richtigen Schlaf zu kippen, als er sich gerade noch einmal aufrafft und sich zwingt, die Augen wieder zu öffnen. Er kann sich jetzt keinen Schlaf leisten. Er trinkt vorsichtig einen Schluck Espresso, das hilft ein wenig, so gut es eben einem Mann helfen kann, dem nahezu eine komplette Nachtruhe fehlt, und stellt das Tässchen wieder auf dem niedrigen Glastisch ab, der vor dem Sessel steht. Auf dem Glastisch liegt ein Flyer, und um irgendetwas zu haben, an dem sich die Augen wachhalten können, nimmt er den Flyer, ein Literarischer Abend im Kongresszentrum wird darin angekündigt, der erst in diesem Herbst entdeckte Schriftsteller und Dichter Wolfsrach liest im Blauen Salon aus einem Roman »Abikarib«... Der Mann hat noch nie etwas davon gehört und schlägt den Flyer auf, das Bild eines glatzköpfigen, noch jungen Mannes blickt ihm entgegen, ach ja, denkt der Mann und schaut auf das Datum der Veranstaltung, die Dichterlesung findet eben jetzt statt, also war das vorhin... Er runzelt die Stirn, wieder hat er das Gefühl, dass irgendetwas nicht stimmt, aber er kann den Gedanken nicht aufgreifen, denn im Foyer bricht Unruhe auf, mit einem Satz ist der Mann auf den Beinen und läuft aus der Lounge, die Hand unterm Sakko am Schulterhalfter.

Ein mittelgroßer, noch junger Mann, glatzköpfig, mit gerötetem Gesicht, steht schwankend auf dem spiegelnd glänzenden Marmorboden des Foyers und versucht, den Hoteldetektiv abzuwehren, der ihn am Arm packen will. Das ist nicht so einfach, der junge Mann wehrt sich auf die verzögerte, aber kaum berechenbare Weise des schwer Betrunkenen, trotzdem bekommt ihn der Detektiv in den Griff, der junge Mann will protestieren, aber so sehr sich Zunge und Lippen und Kiefer auch abmühen – aus dem Mund kommen nur gurgelnde, keuchende pfeifende Geräusche, bis schließlich ein einziges vernehmliches Wort herausbricht:

»Lesen!«

Und plötzlich begreift der Mann.

Der Saal ist abgedunkelt, nur er selbst sitzt da im Licht, an seinem Tisch auf dem Podium, das angestrahlt ist wie ein Box-Ring. Vor ihm hocken zwei oder drei Dutzend Leute auf ihren gepolsterten samtblauen Stühlchen, links vorne hat Karotten-Claudia Platz genommen, hoffentlich wird sie nicht vergessen, was gut für sie ist. Was ihr kein Loch in die Karotte macht.

Neben ihr der Brillenmensch, der zuerst geredet hat. Vom Sprechen hat er geredet oder was ist, wenn das einer nicht kann. Dabei kann er es selber nicht richtig, sondern speichelt jeden ein, der vor ihm steht. Dazu hat er immer wieder zu ihm hergeschaut, als ob er das sei: der, der nicht reden kann. Trotzdem ist jetzt er dran, vor all diesen Leuten: er, Lutz Harlass. Warum geht er nicht einfach?

Weil draußen jede Menge Bullerei herumsteht. Vorhin waren es mindestens drei oder vier Stück davon, er hätte richtig Stress gehabt, wäre nicht der Brillenmensch mit der feuchten Aussprache dagestanden und hätte ihn vollgelabert. Was jetzt?

Die Dunkelheit geht nicht. Er muss sehen, wer da alles hockt. Oder wer dazukommt.

»Machen Sie das Deckenlicht an. So kann ich nicht lesen.«

Beflissen springt der Brillenmensch auf und rennt zur Tür, dann gehen eine nach der anderen die Deckenlampen an, das ist schon besser, grob gezählt sind es sogar gut dreißig Leute, die da sitzen und etwas hören wollen, von ihm wollen sie das hören, wie er aus dem Buch da vorliest, diese Sätze, von denen vielleicht er etwas verstehen kann, aber ganz bestimmt nicht der Brillenmensch und auch nicht die Karottenfrau und auch keiner von diesen Leuten hier ... Er schlägt das Buch an der Stelle auf, wo er vorhin eine Seite eingekniffen hat, und will vorlesen, aber irgendetwas ist mit seiner Stimme, als ob er keinen Atem hätte. Er sieht um sich, auf dem Pult steht eine Flasche Mineralwasser und ein Glas bereit, er gießt sich das Glas voll und trinkt erst einen Schluck, und die Leute sehen ihm dabei zu, als ob sie dafür bezahlt hätten, einen Menschen wie ihn ein Glas Wasser trinken zu sehen, er fährt sich über den Kopf, es ist ein merkwürdiges Gefühl, wenn da gar nichts mehr ist außer schlecht ausrasierten Stoppeln. Er nimmt das Buch wieder auf.

»Die Worte«, so beginnt er, muss sich räuspern und setzt noch einmal an, *»die Worte sind der Spiegel der Welt, und schon darum sind sie falsch …«* Er liest holprig, stockend und verspricht sich, hat er jetzt *falsch* gesagt oder *flasch*? Schon in der Schule hat er es gehasst, vorlesen zu müssen, und gerade darum haben sie immer ihn vorlesen lassen, damit die anderen Kinder etwas zu lachen hatten. Aber das ist jetzt alles egal, er wird den Leuten die Worte vor die Füße spucken, etwas anderes kann er gerade nicht tun, er kann nicht die ganze Zeit unten im Treppenhaus vor dem Eingang zur Tiefgarage warten.

»… Denn ein Spiegel zeigt mir nicht mein Gesicht, sondern ein Verkehrtes … und ebenso benennen die Worte nur Verkehrtes und sagen, was nicht ist. Und wenn sie aus Versehen oder aus Heimtücke einmal etwas treffen, was wahr ist, dann machen die Worte die Wahrheit zur Lüge, allein durch das Benennen …« Wieder ist ein Wort in fetten schwarzen Buchstaben geschrieben, diesmal das »wahr«, hätte er das jetzt lauter vorlesen sollen? Er nimmt noch einmal einen Schluck Wasser, dann blättert er zwei Seiten weiter, da steht etwas, das ihm schon vorhin aufgefallen ist:

»Das Böse ist das Nicht-Sprechen-Können. So habe ich es gelernt. Böse ist das Kind, das nicht Danke sagen kann. Das zwar die Lippen formt und die Kiefer verrenkt, das aber dennoch nichts herausbringt, keinen Ton, nur Gurgeln und Grunzen und Keuchen, weil das Wort Danke ihm wie ein Pfropfen im Rachen sitzt … « Er blickt kurz auf, denn hinten im Saal hat sich eine Tür geöffnet, ein Besucher tritt ein, in der eingezogenen Haltung der zu spät Kommenden, Harlass tastet nach dem Griff der Pistole, die ihm im Hosenbund steckt, und liest weiter. *»… damit die anderen Wörter nicht herauskommen, diese anderen Wörter, die keine Erwachsenenwörter sind, sondern die Wörter des Kindes, und zwar ganz ungeheuerliche Kindeswörter, unerhört, weil niemand sie zu hören ertragen würde, Mörderwörter, um es genau zu sagen …«*

Er bricht ab, denn die Deckenbeleuchtung erlischt, der Saal versinkt in Dunkelheit, allein sitzt er im Lichtkreis der Strahler, die auf das erhöhte Podium gerichtet sind, eine Stimme ertönt:

»Harlass, hier ist die Polizei, nehmen Sie die Hände hoch, Sie sind festgenommen ...!«

Er wirft sich zur Seite und lässt sich vom Podium auf das Parkett fallen, aber da fallen auch schon die ersten Schüsse und knallen durch Geschrei und Gekreisch, er rafft sich auf, die 464 Viking in der Hand, auf dem Podium – noch außerhalb des Lichtkreises – sieht er einen Schatten und feuert nun selbst, ein oder zwei Mal, und rennt am Podium vorbei, irgendwo muss eine Tür sein, eine Kugel schlägt neben ihm ein, er dreht sich um und spürt einen Schlag gegen die Brust, der ihn gegen die Tür wirft, er will die Tür öffnen, aber mit der linken Hand geht das nicht, also nimmt er die rechte, die noch die Pistole hält, die Tür geht auf, er stolpert auf einen hellerleuchteten Korridor, links sind die Fahrstühle, aber links ist wieder nur Geschrei und Chaos, Leute rennen herum, soviel Zuhörer waren das bei ihm doch gar nicht ...

Er zieht die Tür zu, verbirgt die rechte Hand und die Pistole darin in seiner Jacke und zwingt sich, von der Türe wegzugehen und sie doch im Auge zu behalten, aber es kommt keiner nach, vielleicht hat er den einen ja doch erwischt, aufrecht und ruhig will er weitergehen, vorne rechts ist die Treppe zur Tiefgarage, bis dahin muss er kommen, noch immer ist ihm aus dem Salon niemand nachgelaufen, aber als er bei dem Ausgang zur Tiefgarage anlangt, muss er sich an den Türpfosten lehnen, irgendetwas ist nicht in Ordnung mit ihm.

Es muss Menschen geben, denkt Karen, die im Rampenlicht aufblühen. Es kommt nicht darauf an, ob die Bühne großartig und die Beleuchtung perfekt ist. Auch nicht darauf, wie viele Augen auf den Redner, auf die Rednerin gerichtet sind. Es genügt, dass es zwei oder drei Paar Augen sind: und schon zeigt die Tigerin, wie sie durch den Feuerreif springen kann.

Dabei ist das wirklich kein Abend für bengalischen Funkenflug. Das Publikum: überwiegend ältere Leute, zumeist erkennbar keine Besserverdienenden. Der nur gut zu einem Drittel besetzte Saal ist zudem von multifunktionaler Hässlichkeit, mit dem Anschein Altberliner Gemütlichkeit so trübselig drapiert wie ein Kunststofftisch mit einer Folie in Zirbelholzmuster. Doch Dagmar Wohlfrom-Kühn scheint dies alles nichts auszumachen. Sie wandert mit dem Mikrofon durch den Saal und plaudert, zum Beispiel darüber, wie es in den Stadtquartieren aussieht, in denen jeder Zweite eingewandert ist. Was die Staatsanwältin dazu anmerkt, läuft für Karens Geschmack zwar wieder etwas zu sehr auf *Law and Order* hinaus, wird aber mit einer gewissen berlinerischen Lockerheit serviert. Niemals würde dieser Kandidatin die Ankündigung einfallen, sie werde mit Kärchers Hochdruckreiniger für Sauberkeit und Ordnung auf den Straßen sorgen: höchstens, dass ihre Fans so etwas denken dürfen.

Die Staatsanwältin ist dazu übergegangen, direkt auf Fragen der Zuhörer einzugehen. Prompt will einer wissen, warum sie denn suspendiert oder beurlaubt worden sei, und sie antwortet sehr sachlich, ohne jeden hörbaren Unterton – nein, sie sei nicht suspendiert, sondern man habe diesen einen Fall einem Kollegen übergeben, weil sie angeblich persönlich betroffen oder womöglich gefährdet sei; ja, sie sehe das anders, schließlich sei man in Berlin wirklich noch nicht so weit, »dass die Verbrecher entscheiden könnten, welcher Staatsanwalt sie verfolgen darf...«

Da das ein Scherz war, lachen die Zuhörer beflissen, aber unvermittelt bricht das Gelächter ab, weil von draußen Geschrei und Aufregung zu hören sind. Die Staatsanwältin will weiter sprechen, aber plötzlich wird sie von zwei breitschultrigen Männern abgeschirmt, Karen erkennt die Bodyguards, die Staatsanwältin macht eine abweisende Handbewegung, aber die Bodyguards lassen nicht locker. Die Staatsanwältin nimmt wieder ihr Mikrofon auf:

»Meine Damen und Herren, liebe Freunde, ich bekomme soeben eine Mitteilung, dass es hier im Kongresszentrum eine Störung gibt, offenbar ist jemand verletzt worden, es besteht aber keine Gefahr, bitte bleiben Sie auf Ihren Plätzen, bis wir die Veranstaltung fortsetzen können …«

Dann wird die Staatsanwältin zum rückwärtigen Ausgang gebracht, die Zuhörer bleiben tatsächlich ruhig oder vielleicht doch eher ratlos, denn von draußen dringt jetzt nicht nur Unruhe herein, sondern man hört auch das Getrappel von Menschen, die irgendwohin oder einfach nur durcheinanderrennen. Das will sich Karen dann doch ansehen, sie steht auf, und da sie sich einen Platz weiter hinten ausgesucht hat, ist sie mit wenigen Schritten an der Tür und geht hinaus auf den Korridor, der zum Foyer führt.

Auf den ersten Blick ist sie fast enttäuscht. Das Getrappel ist verklungen, aber am Tresen der Rezeption hat sich eine Gruppe von Menschen versammelt, von aufgeregten Menschen, die durcheinanderreden und immer wieder in eine bestimmte Richtung schauen … Dann weicht die Menge auseinander und macht Platz für einen Mann, der zur Rezeption geht und sich dabei den linken Arm hält, mehr kann sie nicht sehen, sie ist zu weit entfernt, aber dennoch ist unverkennbar, dass diesem Mann etwas widerfahren ist, das mit Kampf, Gewalt und Bluttat zu tun hat. Sie zögert, was macht sie jetzt, zurück zur Staatsanwältin? Sie dreht sich um und will den Korridor hochgehen, der zu den Serviceräumen führt, irgendwo dort muss die Wohlfrom-Kühn jetzt sein. Von der Tür zum Treppenhaus löst sich ein Mann und macht einen unsicheren Schritt auf sie zu, ein glatzköpfiger Mann, irgendwo hat sie ihn heute schon gesehen, an ihrem Ohr flüstert eine Stimme, die Stimme ist fast nicht zu verstehen. »Bitte, helfen Sie mir«, flüstert die Stimme, das Gesicht des Mannes ist totenblass, sein linker Arm hängt herunter, »bringen Sie mich zu meinem Wagen … Krankenhaus …«

Karen will sagen, dass es viel besser wäre, den Notarzt zu rufen, dann sieht sie, was der Mann in seiner rechten Hand hält. Es ist eine Pistole, und die Pistole ist auf sie gerichtet.

Die Treppe zur Tiefgarage scheint kein Ende zu nehmen, und der verwundete Mann hat Schwierigkeiten, er schwankt, immer wieder muss er die rechte Hand – die doch die Pistole hält – am Geländer abstützen. Den linken Arm kann er nicht mehr benutzen, ganz offenkundig ist der Mann angeschossen worden, warum dreht sie sich nicht um und gibt ihm einen Schubs, dass er hinfällt? Karen weiß es nicht, es ist etwas in den Augen des Mannes, das ganz nah ist am Tod. An dem seinen oder dem eines anderen.

Sie sind unten an der Kasse, gehorsam greift sie in seine linke Jackentasche und holt den Geldbeutel heraus. Sie vermeidet dabei, auf das Loch in seiner Jacke zu blicken und den dunklen, immer größer werdenden Fleck drum herum. Im Portemonnaie steckt ein Parkticket, sie bezahlt das Ticket und blickt auf. Das Gesicht des Mannes ist noch immer totenblass, aber er steht gerade und schwankt nicht mehr.

»Rechte Tasche«, sagt er und hebt den Arm. Sie steckt die Hand hinein und holt einen Transponder-Schlüssel heraus.

»Irgendwas um 300. Ein Peugeot Coupé.«

An der Kasse hängt ein Plan, danach müssen sie sich nach dem Kassenautomaten rechts halten, sie hält ihm die Tür zur Tiefgarage auf, der Mann kommt ihr nach, sie geht nicht zu schnell, und er gibt ihr auch keine Anweisung, schneller zu machen. Sie befinden sich zwischen zwei Pfeilern, warum schlägt sie keinen Haken und rennt im Schutz der geparkten Autos weg? Blöde Frage. Er ist dicht hinter ihr, und die Pistole hat er noch immer in der Hand... Sie erreichen den Bereich der 280-er Nummern, der Schlüssel hat Funktionstasten für Türöffner und Blinker, sie drückt darauf, keine zwanzig Meter weiter geben Hecklampen ein gelbrotes Lichtsignal. Der Wagen ist ein dunkles Coupé, die Sitze sind sehr weit vorgestellt, der Verwundete hat Mühe, hineinzukommen, und unterdrückt einen Schmerzenslaut, als er sich auf den Beifahrersitz zwängt. Dann versucht er, den Sitz zurückzustellen, und öffnet den Mund zu einem lautlosen Schrei, als es ihm schließlich gelingt und er sich zurückzulehnen versucht.

Karen hat ihm dabei zugesehen, mit einem fast sachlichen Interesse, und startet jetzt den Wagen. Sie hat keine Mühe zurückzustoßen, überlegt dabei aber, ob sie denn überhaupt aus der Tiefgarage herauskommen wird. Müsste die Ausfahrt nicht gesperrt sein? Aber von rechts kommt ein anderes Fahrzeug, dessen Fahrer offenbar ebenfalls wegfahren will, sie lässt ihm die Vorfahrt und folgt ihm. Wenn sie jetzt wetten könnte, würde sie einen Hunderter darauf setzen, dass weder dieser andere Fahrer noch ihr französisches Coupé die Ausfahrtschranke passieren werden.

Die Schranke öffnet sich für den Wagen vor ihr, senkt sich wieder, der Automat akzeptiert auch ihr Ticket, sie fahren die Ausfahrt hoch, hinauf in den Berliner Abend, niemand hält sie auf, nirgends ein Polizist mit umgehängter Maschinenpistole, fern jaulen Martinshörner.

»Welches Krankenhaus?« Das Auto hat ein Navigationsgerät, wahrscheinlich wäre es das Einfachste, dort einen Suchbefehl einzugeben.

»Stadtautobahn«, flüstert es vom Beifahrersitz. »Nach Westen … Crammenow, mit Ce, Bauernende sieben …«

Karen zuckt die Achseln, dann startet sie das Navigationsgerät und gibt – mit der linken Hand steuernd – die Adresse ein. Das Navigationsgerät errechnet 87 Kilometer und knapp anderthalb Stunden Fahrzeit. Einen Augenblick lang denkt Karen, sie könnte sich eine neue Wette vorschlagen: ob sie eher in diesem Kaff sein wird oder ihr Beifahrer tot.

»Soll ich Sie nicht in eine Notaufnahme bringen?«, fragt sie dann.

Der Mann hebt die Hand mit der Pistole und macht eine Bewegung, die nach vorne zeigt. »Crammenow«, flüstert er.

Nirgends blinkt blaues Licht, keine Straßensperren, keine Umleitungen, nicht einmal ein Stau. Die sanft-tyrannische Frauenstimme des Navigationsgeräts hat Karen inzwischen auf die Bundesstraße 5 dirigiert, sie haben das Stadtgebiet verlassen, es ist dunkel, immer wieder treiben Nebelfelder über die Fahrbahn und werfen das Scheinwerferlicht zurück, auf den Hinweisschildern stehen Ortsnamen wie Nauen, Wustermark, Schloss Ribbeck...

Sie fährt nicht zu schnell, aber nicht wegen des Nebels, denn bei jeder Unebenheit zuckt der Mann neben ihr zusammen oder flucht leise. Er ist also noch immer bei Bewusstsein, aber er muss Schmerzen haben, sie überlegt, ob es sinnvoll ist, mit ihm zu reden – vielleicht lenkt es ihn ab, vielleicht will er auch einfach in Ruhe gelassen werden.

»Wollen wir ein bisschen reden?«, fragt sie aufs Geradewohl. »Oder soll ich das Radio anmachen?«

»Radio«, flüstert die Stimme. »Verkehrsfunk!«

Sie schaltet das Radio ein, viel zu laut bricht Barockmusik über sie herein, »...eiser...«, flüstert der Mann neben ihr, offenbar tut ihm der Krach weh, dann kann sie den Ton herunterfahren. Sie sucht einen der Sender, die Verkehrsmeldungen bringen, sie bekommt aber nur Disco-Geplätscher herein, dann einen Kultursender mit hurtig redenden Menschen, schließlich einige Gitarrenakkorde, die so klingen, dass Karen weiter zuhören will, eine Männerstimme erhebt sich...

Who is this that rides so late
Between the woods and the garden gate...

Draußen wird die Sicht schlechter, sie schaltet die Nebelleuchte ein, sirrend zieht eine schwere Limousine an ihr vorbei, die Ballade bricht ab, an ihre Stelle drängt sich die tyrannische Stimme und befiehlt:

»Nehmen Sie die Ausfahrt und ordnen Sie sich danach links ein ...«

Sie setzt den Blinker, im Radio klingen wieder die Gitarrenakkorde auf, um sofort erneut unterbrochen zu werden:

»Nach der Ausfahrt ordnen Sie sich links ein ...«

Gehorsam verlässt Karen die Bundesstraße und biegt links ab, sie wirft einen Blick auf das Display, noch 18 Kilometer bis zum Ziel, der Sänger darf weitersingen, sie weiß jetzt, was sie da hört.

Oh Father, oh Father, I must go away,
The Oak King sings, I must obey ...

Der letzte Akkord verklingt, eine neue Stimme meldet sich, sie klingt munter und unverdrossen, »das Lied ist aus, das Kind ist tot«, sagt die muntere Stimme, »aber hier ist Wanda Kuhlebrock auf Radio Berlin Fünf Sechsundneunzig, und wir alle sind noch am Leben, das will ich mal hoffen, neuerdings versteht sich das in Berlin nicht mehr ganz von selbst. Was Sie gerade gehört haben, das haben Sie natürlich erkannt, es ist der gute alte schreckliche Erlkönig von Altmeister Goethe, diesmal als *The Oak Tree King* übersetzt und gesungen von Josh Ritter, und wenn es Ihnen nicht in Mark und Bein gegangen ist, sind Sie selbst schuld ... Vor dem nächsten Titel eine gute Nachricht für alle Autofahrer, im Augenblick keine gravierenden Behinderungen, aufkommender Nebel im westlichen Havelland, seien Sie also bitte besonders vorsichtig, sonst gibt es im Polizeibericht nichts Neues, na ja, im Kongresszentrum Spreeufer hat es eine Schießerei gegeben, angeblich hat ein Schriftsteller das Feuer auf einen Polizeibeamten eröffnet, da ist die Literatur mal nicht wie eine Axt unter die Leute gefahren, sondern wie ein Schießeisen, aber der Polizist soll nur leicht verletzt sein, und der Schriftsteller sitzt jetzt erst einmal auf Nummer Sicher ...«

»Bitte«, flüstert der Mann auf dem Beifahrersitz, und Karen stellt das Radio ab. Der Mann flüstert weiter, sie muss sich zu ihm beugen, um etwas zu verstehen, aber es sind nur einzelne Brocken, die sie aufschnappt, »...stiftet« ist einer der Brocken, »...umbringen...« ein anderer. Dann rafft er sich zu einem ganzen Satz auf oder will es tun: »Der hat mich...«, hört sie, aber das Navigationsgerät schneidet ihm das Wort ab:

»In fünfhundert Metern halten Sie sich bitte rechts!«

Karen flucht, aber der Nebel ist so dicht geworden, dass sie das Tempo auf weniger als vierzig Stundenkilometer drosseln muss, es ist kaum mehr zu erkennen, wo die Fahrbahn in das Bankett übergeht. Sie sollte anhalten und versuchen zu verstehen, was der Mann neben ihr sagen will, aber sie muss zugleich das Ziel erreichen, vielleicht gibt es da Hilfe... Und dann hört sie auch nichts mehr von ihm, hat ihn vielleicht der Erlkönig geholt? Der Wagen holpert über ein Schlagloch, aus den Augenwinkeln sieht sie, dass dem Mann der Kopf nach vorne fällt, er wimmert leise – also lebt er noch. Er? Plötzlich, erst jetzt weiß sie, wer da neben ihr sitzt, oder vielleicht hat sie es insgeheim die ganze Zeit schon gewusst und will es erst jetzt wahrhaben: Neben ihr sitzt Lutz Harlass, der Mann, der zwei oder drei Menschen umgebracht hat und vor zwei Stunden vielleicht den vierten.

Aus dem Nebel taucht vor ihr das Lichtzelt einer Straßenlampe auf, ein Ortsschild: Crammenow, Kreis Havelland, wieder eine Straßenlampe, die Nervensäge befiehlt, rechts abzubiegen, das Scheinwerferlicht tastet sich an Straßenbäumen entlang, deren Geäst in der grauen Nebelsuppe verschwimmt, dann muss sie wieder links abbiegen und noch langsamer fahren, weil nun schon fast gar nicht mehr zu erkennen ist, wo die Fahrbahn aufhört und der Straßengraben beginnt, keine Straßenlampen mehr, nur Dunkelheit, plötzlich ein einzelnes Licht am Straßenrand, dort will sie halten.

»Sie sind angekommen«, sagt die Stimme, jetzt nicht mehr tyrannisch, sondern mit einem triumphierenden Unterton. Karen setzt den Blinker, biegt in die erleuchtete Einfahrt ein und stoppt den Wagen vor einem offenen Scheunentor, die Scheinwerfer beleuchten die Heckpartie eines dort abgestellten Skoda. Sie zieht die Handbremse und wirft einen Blick auf Harlass, er hat den Kopf wieder gehoben, seine Stimme flüstert etwas, was sie aber nicht verstehen kann. Ein Mann öffnet die Fahrertür und blickt fragend in den Wagen, der Mann ist Hans Berndorf.

»Guten Abend, Frau Andermatt«, sagt er. »Haben Sie gut hergefunden?«

Freitag

Kein Wartezimmer. Ein Korridor, hellerleuchtet, Wände und Fenster weiß gestrichen, aber blau gerändert. Draußen ist Nacht, tiefe Nacht, nicht wie im Sommer, wenn der Morgen bald kommen wird. Berndorf steht am Fenster, aber das Fensterglas spiegelt nur ihn selbst, einen müden alten Mann. Er blickt zu Karen Andermatt, die neben ihm auf einem der Plastikstühle sitzt, deren durchbrochene Sitzschalen ein wenig Komfort vortäuschen. Das helle Kunstlicht macht sichtbar, dass die Fältchen um ihre Augen schärfer eingegraben sind, als er es in Erinnerung hatte.

Sie spürt seinen Blick und schaut auf. »Wollen Sie sich nicht setzen?«, fragt sie und deutet auf den Stuhl neben sich. Berndorf dankt, will aber stehen bleiben und sich zwischendurch ein wenig die Beine vertreten.

»Dieser andere Mann, der uns hergefahren hat – ist der wieder zurück?«

»Nein«, antwortet Berndorf. »Der wartet unten. Hier darf er nämlich nicht rauchen.«

»Und auf wen wartet er?« Karen setzt ein kleines kratzbürstiges Lächeln auf. »Sie müssen es mir nicht sagen. Heute Nacht passieren lauter merkwürdige Dinge, aber warum das so ist, muss jemand wie ich ja nicht verstehen.«

»Der Mann, der uns hergefahren hat, heißt Brutus Finklin, es ist seine Scheune, in der wir das Peugeot Coupé abgestellt haben, und er und ich – wir beide warten jetzt darauf, wer heute Nacht noch alles hier erscheinen wird.«

»Sie nennen das eine Erklärung?«

Berndorf hebt entschuldigend beide Hände, aber dann schlägt sein Mobiltelefon an, er geht ein paar Schritte zur

Seite und meldet sich. Karen hört, wie er kurz eine Anweisung durchgibt: »Havellandklinik Nauen, Besucherparkplatz, irgendwo muss Finklin stehen und qualmen, das Material ist in einer Aktentasche, Dingeldey erwartet Sie noch heute Nacht... Moment!« Er lässt das Handy sinken und wendet sich an Karen. »In einer halben oder dreiviertel Stunde wird Tamar unten auf dem Parkplatz etwas abholen – Sie könnten dann mit ihr zurück nach Berlin fahren.«

»Danke«, sagt Karen und streckt die Hand aus. »Kann ich kurz mit ihr sprechen?« Sie nimmt das Handy und meldet sich: »Karen hier...«

Als er hört, dass sie sich mit dem Vornamen meldet, geht Berndorf ein paar Schritte zur Seite. Karen Andermatt spricht aber ungeniert weiter, ja, sie sei auch hier, sie habe doch diesen Mann nach Crammenow gefahren, nein, es sei alles okay, sie sei nicht verletzt, kein Kratzer nirgends, nein, sie wolle hier warten und wissen, wie es diesem Mann geht, der sei doch angeschossen worden, »ich hab die ganze Zeit gedacht, der stirbt mir im Auto... nein, wirklich nicht, ich will auch brav der Polizei erzählen, was ich weiß... noch was: Die Spende für die Leute vom Tauchclub geht klar...«

Sie reicht das Handy an Berndorf zurück, aber der hat mit Tamar nichts weiter zu bereden und beendet das Gespräch. Was für eine Aktentasche soll Tamar da abholen?, will Karen fragen, aber es öffnet sich eine Tür, und ein Mann in einem weißen Kittel kommt heraus, wirft einen Blick auf sie und nähert sich in dieser Haltung gelassener Selbstsicherheit, die auf den ersten Blick erkennen lässt, dass er es ist, der hier das Sagen hat und die Verantwortung trägt.

»Sie sind Angehörige?«, fragt er und fährt fort, ohne auf eine Antwort zu warten. »Der Patient hat sehr viel Blut verloren, und der linke Lungenflügel ist verletzt. Aber wir denken, dass er durchkommt...« Sein Blick bleibt an Berndorf hängen. »Das war aber kein Jagdunfall?«

»Wir sind keine Angehörigen«, antwortet Berndorf, »und

wissen auch nichts weiter über ihn. Und nach einem Unfall sieht mir die Sache eher nicht aus. Da Sie jetzt ohnehin die brandenburgische Polizei verständigen werden, sollten Sie vielleicht besser Personenschutz für Ihren Patienten anfordern.«

»Und warum?« Auf der Stirn des Arztes zeichnet sich eine Falte ab.

»Weil die Leute, die ihn angeschossen haben, mit dem Ergebnis vielleicht noch nicht ganz zufrieden sind.«

Die Falten auf der Stirn des Arztes vertiefen sich. »Wir sind hier in Nauen im Havelland. Im Bundesland Brandenburg«, sagt der Arzt. »Nicht in Neapel.«

»Gewiss«, sagt Berndorf höflich. »Trotzdem sollten Sie Polizeischutz anfordern.«

Der Eingangsbereich der Havellandklinik ist verlassen. Aber es brennt Licht, an einem Schalter sitzt ein Nachtpförtner und brütet über einem Kreuzwort- oder Sudoku-Rätsel. In einer Ecke haben Karen Andermatt und ein uniformierter Polizist in einer Sitzgruppe Platz genommen. »Sie haben gesehen, wie der Mann angeschossen wurde?« Der über seinen Notizblock gebeugte Beamte, ein Polizeihauptmeister Bollnow, ist schon älter, Karen kann das Muster betrachten, mit dem er sein dünnes Haar sorgsam über den Schädel verteilt hat. Erkennbar fühlt er sich unbehaglich, wie jemand, dem eine Sache zugelaufen ist, mit der er nichts zu tun haben will.

»Nein«, sagt Karen und wirft einen Blick zur Decke. »Ich habe nicht gesehen, dass er angeschossen wurde. Ich bin einen Korridor entlanggegangen, und da lehnte er am Eingang zum Treppenhaus und kam auf mich zu...« Dann bricht sie ab. Wie oft hat sie das jetzt schon erklärt?

»Und er hat Sie mit einer Pistole bedroht?«

»Er hat eine Waffe in der Hand gehabt«, antwortet Karen. »Ja doch, ich habe mich bedroht gefühlt. Aber ich möchte jetzt nicht noch einmal alles erzählen. Ich habe mich ausgewiesen, Sie haben meine Personalien, vielleicht lassen Sie mich jetzt doch besser ein Taxi rufen ...« Sie spricht nicht weiter und blickt auf. Über die Fensterfront des Krankenhauses zuckt blaues Licht, Autos fahren vor, anhaltend sirrt ein Klingelsignal und schreckt den Nachtpförtner auf. Die Kliniktüren öffnen sich, Männer in Kampfanzügen drängen in den Eingangsbereich, Maschinenpistolen in den Händen, und sichern links und rechts den Weg eines untersetzten Mannes mit Bürstenfrisur, der erst stracks zur Pförtnerloge strebt, dann aber Polizeihauptmeister Bollnow erblickt, der inzwischen von Karen abgelassen hat und sich ihm zuwendet. »Meusebach«, sagt der Mann, »Staatsanwaltschaft Berlin, wo ist der Mann, der angeschossen wurde?« Bollnow murmelt etwas von Intensivstation und deutet auf die Fahrstühle.

»Und wer ist das da?« Meusebach deutet auf Karen Andermatt.

»Die Geisel«, sagt Bollnow.

»Unsinn! Was für eine Geisel?« Meusebach wendet sich direkt an Karen. »Bitte halten Sie sich zu unserer Verfügung.« Er stürmt zu den Fahrstühlen, Karen will ihm folgen, »bitte bleiben Sie hier«, sagt einer der Männer im Kampfanzug und versperrt ihr mit ausgestrecktem Arm den Weg.

»Ich bleibe nicht hier, denn ich will sehen, wie Sie sich in einer Intensivstation aufführen«, fährt ihn Karen an, aber ein zweiter Mann packt sie hart am Arm.

»Sie bleiben hier!«

Berndorf lehnt am Fenstersims, den Rücken der Nacht zugekehrt, die nicht weichen will, die Arme vor der Brust gekreuzt. Schräg gegenüber sitzt der junge Beamte, der zur Bewachung der Intensivstation zurückgelassen wurde. Dieser junge Mann ist groß, stämmig und blond, und seine Gesichtszüge spiegeln die in sich gekehrte Teilnahmslosigkeit mancher Menschen.

Erkennbar interessiert ihn nicht, was Berndorf hier tut, es interessiert ihn auch sonst nichts, er hat seine Anweisung, und vermutlich hat er sie so verstanden, dass er den Patienten auf der Intensivstation nicht etwa schützen soll, sondern dass er zu verhindern hat, dass dieser sich die Infusionskabel vom Körper reißt und das Weite sucht.

Der Anzeiger am Fahrstuhlschacht leuchtet auf, der Lift hat sich in Bewegung gesetzt und kommt herauf. Die Türen öffnen sich, ein Mann im Kampfanzug springt auf den Korridor, ein zweiter folgt, sie blicken sich um, einer der Männer kommt auf Berndorf zu und bedeutet ihm mit ausgestreckter Hand, weiter zurückzugehen. Berndorf zieht die Augenbrauen hoch, folgt aber der Anweisung, und dann endlich ist der Weg für den untersetzten Mann mit der Bürstenfrisur frei. Berndorf glaubt zu wissen, dass dies der Staatsanwalt Meusebach ist, von dem er schon einmal ein Foto gesehen hat. Dem Staatsanwalt folgt ein Mensch in Zivil, der eine schwere Tasche trägt.

Der blonde Beamte ist aufgestanden und salutiert Meusebach, erklärt dann aber, dass erst klingeln müsse, wer in die Intensivstation wolle, »Unsinn«, kommentiert Meusebach und öffnet die Tür, kommt aber nicht richtig in die Station hinein – irgendwer scheint ihn aufzuhalten, und nicht nur aufzuhalten, sondern drängt ihn sogar zurück. Meusebach erklärt, wer er sei, aber eine Frauenstimme erwidert unbeeindruckt, dass sie erst den diensthabenden Arzt verständigen müsse, und schließt die Tür wieder.

Meusebach blickt zornig um sich, »das wird ein Nachspiel haben!« Dann bemerkt er, dass Berndorf ihn beobachtet, macht ein paar Schritte auf ihn zu: »Wer sind Sie?«

»Guten Morgen«, antwortet Berndorf.

Das Gesicht Meusebachs verdunkelt sich, dann aber erscheint auf dem Korridor der diensthabende Arzt, ein junger Mann, der Staatsanwalt lässt Berndorf stehen und wendet sich dem Arzt zu: »Meusebach, Staatsanwaltschaft Berlin. Wir müssen den Mann identifizieren, der angeschossen wurde.«

»Guten Morgen«, antwortet der Bereitschaftsarzt. »Wir haben im Augenblick zwei Patienten auf der Intensivstation. Keiner von ihnen ist vernehmungsfähig. Bitte haben Sie Verständnis.«

»Ich warne Sie«, sagt Meusebach, »hier ist Gefahr im Verzug... Möglicherweise ist der Mann, der hier liegt...« Er deutet mit dem Daumen zur Intensivstation. »... ein mehrfacher Mörder. Wir müssen...«

»Keiner der beiden Patienten ist im Augenblick vernehmungsfähig«, wiederholt der junge Arzt.

Meusebach erklärt, dass er – »wenn Sie mir so kommen!« – mit dem Chefarzt sprechen werde. »Jetzt werde ich das tun. Bitte geben Sie mir seine Nummer!«

Der Mediziner zuckt mit den Schultern und weist zu seinem Dienstzimmer. »Bitte sehr. Sie können ihn von meinem Apparat aus anrufen.«

Widerstrebend folgt ihm Meusebach, und beide Männer verschwinden im Dienstzimmer. Der blonde Beamte setzt sich wieder, die beiden Männer in Kampfanzügen beziehen links und rechts des Eingangs zur Station ihre Posten, aber mit jeweils einigen Metern Abstand, und der Zivilist setzt seinen Koffer ab, nicht ohne einen forschenden oder neugierigen Blick auf Berndorf zu werfen. Dann öffnet er seinen Koffer, holt eine Kamera heraus und sucht ein passendes Objektiv. Berndorf hat sich wieder abgewandt und blickt nun in die Nacht hinaus, in deren Schwarz sich das Grau des Nebels mischt. In einiger Entfernung sieht er den Widerschein der Straßenlampen, ein Wagen nähert sich und biegt zur Havellandklinik ein.

Meusebach erscheint wieder auf dem Korridor und wendet sich zu dem Fotografen. »Na also. Wir können ihn fotografieren.«

»Aber kein Blitzlicht ins Gesicht«, ergänzt der Bereitschaftsarzt, der Meusebach gefolgt ist. Der Fotograf schultert seine Tasche und folgt dem Mediziner in die Station. Der Staatsanwalt will folgen, aber der Arzt weist ihn zurück: »Nur einer!«

Das Gesicht des Staatsanwalts verdunkelt sich erneut, dann fällt sein Blick wieder auf Berndorf. »Ich hatte Sie doch gefragt, wer Sie sind?«

Berndorf weist mit dem Finger auf die Anzeige des Fahrstuhls. Ein Lift kommt von unten, hält, die Türen öffnen sich, und ein Mann mit einem über die Schultern gehängten dunklen Mantel betritt den Korridor und blickt überrascht um sich, als hätte er hier um diese Zeit keine Besucher erwartet. Der Mann ist auffallend blass, was die Geheimratsecken unter dem nach hinten gekämmten braunen Haar noch deutlicher hervortreten lässt. Unter dem offenen Mantel trägt der Mann den linken Arm in einer Schlinge.

»Guten Morgen, Herr Keith«, sagt Berndorf und erlaubt sich ein kurzes Lächeln.

Es war Fontane, wissen Sie?« Berndorf blickt hinüber zu den Fenstern, durch die das graue Licht des frühen Morgens ins Foyer des Krankenhauses sickert. Auf dem niedrigen Glastisch vor ihm steht ein Plastikbecher mit Automatenkaffee. Der Becher ist kalt, aber noch immer dreiviertelvoll.

»Fontane?«

»Ja.« Sein Blick kehrt zu der Kriminalbeamtin zurück, die ihn gerade zu vernehmen versucht. Klein, blond, eifrig. Lena Quist, so steht es auf der Visitenkarte, die sie ihm gegeben hat. Er versucht, Sympathie für sie aufzubringen. Unausgeschlafen und an so einem frühen Morgen ist das nicht leicht, und das hat nichts mit ihr zu tun. »Wir haben über das Luch gesprochen und darüber, wie sich diese Landschaft hier verändert hat, seit Fontane sie beschrieb. Mehr als ein Jahrhundert ist das her.«

»Aber Sie sagten doch, Sie seien Privatdetektiv«, wendet Lena Quist ein, »ich habe das so verstanden, dass Sie Ermittlungen führen …«

Berndorf macht eine ärgerliche, abwehrende Kopfbewegung. Für richtiges Kopfschütteln ist er zu müde. »Manchmal übernehme ich noch einen Auftrag, etwas zu ermitteln. Manchmal besuche ich jemanden. Manchmal unterhalte ich mich mit jemandem, einfach so. Über Bücher zum Beispiel. Oder über das Luch. Über solche Dinge kann man sehr gut reden, wissen Sie!«

»Aber... das ist doch merkwürdig, dass Sie sich mit jemand unterhalten, und dann hält vor dem Haus ein Auto, und in dem Auto sitzt ein Mann, der schwer verletzt ist und mit Haftbefehl gesucht wird...«

»Vor welchem Haus hätte er Ihrer Ansicht nach denn dann halten sollen, damit es nicht merkwürdig ist?«

Trotz des bleichen Kunstlichts im Foyer glaubt er zu sehen, dass sich eine leichte Röte über Lena Quists Gesicht ausbreitet. »Sie haben sich also privat in Crammenow aufgehalten, zu einem Besuch bei Herrn Finklin?«

»Ja.«

»Wie lange kennen Sie Herrn Finklin?«

Berndorf wirft ihr einen kalten Blick zu. »Ich bin mit ihm bekannt. Nächste Frage.«

»Wenn Sie nicht in Crammenow auf Besuch sind und sich unterhalten, führen Sie dann Ermittlungen, die in irgendeiner Weise im Zusammenhang mit dem Fall Harlass stehen?«

»Falls Harlass der Name des jungen Mannes ist, der heute Nacht hier mit einer Schusswunde eingeliefert und operiert wurde – falls das so ist, trifft es zu, dass ich es war, der den Notarzt angerufen hat. Das habe ich Ihnen aber schon vor fünf Stunden gesagt oder wie lange wir hier schon sitzen. Auf Auskünfte über meine berufliche Tätigkeit haben Sie keinen Anspruch, und das wissen Sie auch... Aber!« Er beugt sich vor und versucht, ihr in die blauen Augen zu sehen. »Sie könnten Ihr Augenmerk einmal auf die Frage richten, warum vorgestern, also am Mittwoch, zuerst Polizeibeamte in Crammenow nach einem bestimmten Mann gesucht haben, vielleicht nach ebendiesem Harlass, freilich vergeblich, und warum Stunden später ganz andere Leute dort aufgetaucht sind, Leute, die möglicherweise denselben Mann gesucht haben... Hat die Mordkommission keinen Hinweis auf diese nun wirklich merkwürdige Abfolge bekommen?«

»Über die Hinweise, die wir erhalten, kann ich Ihnen nun wirklich keine Auskunft geben«, antwortet Lena Quist reserviert.

»Und ist wirklich keiner auf die Idee gekommen, den polizeilichen Staatsschutz nach diesen Leuten zu befragen? Diesen Leuten, die im Windschatten der Polizei nach Crammenow gekommen sind?« Berndorf lehnt sich zurück und betrachtet die Kriminalbeamtin aus müden Augen. »Wenn man der Berliner Polizei eine Information gibt, hören offenbar seltsame Leute mit. Und manchmal schlucken sie die Information auch. Dann ist sie weg... Verstehen Sie jetzt meine Zurückhaltung?«

Karen geht durch eine leere Straße, zwischen hohen Häusern, die aber alle verlassen sind, und eines ist schon zusammengestürzt. An der Brandmauer dahinter hängt ein mehrere Stockwerke hohes Plakat, an den Rändern schon eingerissen, auf dem Plakat ist nichts weiter zu sehen als das Gesicht einer Frau, die über die Straße hinwegblickt, mit einem angedeuteten Lächeln um die Lippen. Karen will näher an die Brandmauer heran, aber je mehr sie sich müht, desto schneller entschwindet das Plakat, es verblasst, und von dem Gesicht bleibt nur dieses in der Luft schwebende Lächeln zurück. Zornig bellt ein Hund und hört nicht auf zu bellen, bis Karen begreift, dass irgendjemand klingelt. Lass es klingeln, denkt sie, dann wirft sie einen Blick auf die Zeitanzeige des Weckers, es ist kurz vor Mittag, und es ist auch nicht der Wecker, der klingelt, sondern irgendjemand, der an der Haustür steht. Sie zwingt sich aufzustehen und schlüpft in ihren Bademantel, es werden die Zeugen Jehovas sein oder die grüne Witwe von nebenan.

Mit einem großen Strauß Herbstblumen steht an der Tür die Staatsanwältin Dagmar Wohlfrom-Kühn. »Habe ich Sie aus dem Schlaf gerissen? Das tut mir aber leid…« Erst heute Morgen habe sie im Büro den genauen Bericht über Karens Entführung und die Vorgänge nach der Schießerei im Kongresszentrum erhalten, »und als ich das gelesen habe, wollte ich natürlich als Erstes wissen, wie es Ihnen geht, aber so richtig konnte mir das niemand sagen. Nur die eine Polizistin, die noch am meisten Grips von der ganzen Truppe hat, meinte, Sie seien nicht traumatisiert, sondern bloß sauer…«

Inzwischen befindet man sich in der Küche, Karen stellt die Maschine für die Kaffee-Tabs an und bittet nun selbst um Entschuldigung, sie sei noch nicht ganz in diesem Tag angekommen, »gerade war ich noch Alice im Wunderland und wollte zur Cheshire-Katze, nur dass es eine Frau war…«

»Oh!«, meint die Staatsanwältin, »falls ich vorgekommen bin, war ich hoffentlich nicht die tyrannische Herzkönigin!«

»Nein«, meint Karen, »ich muss Sie enttäuschen, Sie müssen der Hund gewesen sein, der gebellt hat.«

»Lieber Hund als Tyrannin«, meint die Staatsanwältin, »aber warum heben Sie jetzt die Augenbrauen? Lese ich da einen gewissen Zweifel an meinen Worten?«

Die Kaffeemaschine hat sich aufgeheizt, Karen brüht die erste Tasse auf und bringt sie der Staatsanwältin. »Wenn Sie sich heute Morgen im Büro haben berichten lassen, dann bedeutet das doch, dass Sie wieder – wie soll ich sagen: im Spiel sind?« Sie brüht die zweite Tasse auf und setzt sich mit ihr an den Tisch, der Staatsanwältin gegenüber.

»Ach!«, meint die Staatsanwältin, »um mich aus dem Spiel zu nehmen, muss dieser unsägliche Justizsenator Missenpfuhl schon früher aufstehen… Es hat wohl gestern ein paar Telefongespräche gegeben, in denen dem Regierenden Bürgermeister deutlich gemacht wurde, dass es in der gegenwärtigen Situation äußerst unangebracht sei, mir die Ermittlungen wegzunehmen. Jedenfalls hatte ich heute Morgen einen sehr kleinlauten Missenpfuhl am Telefon, der mir vorschlug, den Gesamtkomplex Harlass Schrägstrich Marcks Schrägstrich Regulski wieder zu übernehmen.« Sie trinkt einen Schluck Kaffee. »Ich habe ihn aber erst mal hängen lassen. Natürlich werde ich die Ermittlungen wieder übernehmen, aber das sage ich ihm erst heute Abend... Sie runzeln die Stirn?«

Karen blickt auf. »Ich habe überlegt, ob ich den Tauchern absagen muss. Aber wenn Sie erst heute Abend...«

»Ah!«, ruft die Staatsanwältin, »die Taucher! Danach wollte ich Sie gestern schon fragen, als der notorische Geizkragen Carsten Stukkart Ihnen plötzlich eine Spende in Aussicht stellte... Was ist denn in den gefahren, hab ich mich gefragt, aber leider nicht nachgehakt, weil ich schon in Gedanken mit der Veranstaltung beschäftigt war und damit, was ich den guten Leutchen im Kongresszentrum erzählen soll... Aber jetzt!«

»Sie hatten doch Taucher zu diesem Fließ schicken wollen«, fragt Karen zurück. »Und das wurde dann abgeblockt. Also meinten wir...«

»Wir?«

»Ach so«, sagt Karen, »da muss ich jetzt etwas ausholen...« Und sie berichtet der Staatsanwältin – freilich nicht in allen Einzelheiten –, wie sie dazu gekommen ist, den privaten Ermittler Berndorf zu engagieren. Zu den Details, die sie nicht erzählt, gehören die Umstände, unter denen sie Tamar Wegenast kennengelernt hat.

»Regnier hat Sie überwachen lassen? Wirklich?«, wird sie von der Staatsanwältin unterbrochen. »Haben Sie Carsten... ich meine: Haben Sie Stukkart zur Rede gestellt?«

»Ja. Und er hat es zugegeben.«

»Aber warum um Himmels willen«, will die Staatsanwältin wissen, »macht dieses Riesenkarnickel so etwas?«

Karen zuckt mit den Achseln. »Vielleicht ist er insgeheim ein Spanner... Aber egal. Jedenfalls wird er die Rechnung für die Agentur Berndorf übernehmen, wie er auch die Spende für den Tauchclub übernimmt. Auf die Idee mit dem Club ist Tamar gekommen, also Frau Wegenast. Das war, als wir uns die Stelle angeschaut haben, wo der tote Polizist gefunden wurde, und das Gewässer dort, und es klar war, dass die Polizei jetzt nichts weiter unternimmt...«

»Sehr verdienstvoll«, sagt die Staatsanwältin, aber ihre Stimme klingt ein wenig belegt. »Und? Waren die Taucher schon im Einsatz?«

»Wir sind für heute Nachmittag verabredet, um 17 Uhr... Wollen Sie nicht dazukommen?«

Die Staatsanwältin betrachtet sie lange, dann muss sie plötzlich in Gelächter ausbrechen. »Da habe ich nun Juristerei studiert und bin Staatsanwältin geworden, Leitende Staatsanwältin gar, zuständig für Kapitalverbrechen, aber die wirklichen Ermittlungen führt die Journalistin Karen Andermatt, immerhin darf ich zugucken, das ist wirklich reizend von Ihnen.«

»Na und?«, fragt Karen. »Wenn es der Wahrheitsfindung dient?«

Auf dem Konferenztisch des Dezernates steht an diesem Morgen ein gewaltiger Blumenstrauß, und er steht vor dem Platz von Kriminalhauptkommissar Keith, den man dahinter kaum wahrnehmen kann.

»Der Kollege Keith ist wahrscheinlich todmüde, er ist blass, und er ist krankgeschrieben, aber er ist hier!«, sagt Staatsanwalt Meusebach, der das nicht einfach so sagt, sondern der dafür eigens aufgestanden ist. »Ich erkenne darin den echten, unverfälschten Geist unserer Polizei! Habe mir deshalb erlaubt, eine Flasche Schampus mitzubringen, wir werden sie nachher gemeinsam köpfen! Aber vorher müssen noch ein paar Punkte geklärt werden...« Er wendet sich zu Keith. »Wie geht es denn dem Arm?«

»Danke«, antwortet Keith. »Noch etwas schmerzempfindlich, nicht der Rede wert.«

»Nicht der Rede wert«, echot Meusebach. »Hoffentlich übertreiben Sie es nicht mit dem Untertreiben... Doch zum Geschäft.« Er setzt sich wieder. »Der Fall Harlass ist insoweit geklärt, als unser Kollege Keith diesen äußerst gefährlichen Gewalttäter mit bemerkenswertem Scharfsinn und großem persönlichen Mut außer Gefecht gesetzt hat. Harlass wird vermutlich noch heute in das Gefängniskrankenhaus Moabit und damit auf Nummer Sicher gebracht. Was aber noch vor uns liegt, ist die Aufarbeitung der Morde, insbesondere die genaue Klärung der Beweggründe. Sie sollen wissen, dass ich kein Freund der Psychiatrisierung von Straftaten bin...« Er bricht ab und wartet, bis erst Keith, dann die anderen Beamten ihren Beifall auf den Tisch klopfen. »Danke! Das Verbrechen verlangt Sühne, nicht tiefschürfende Betrachtungen über frühkindliche Wehwehchen. Dennoch werden wir in diesem Fall nicht umhin können, den Straftäter Harlass sorgfältig im Hinblick auf eine mögliche psychotische Störung untersuchen zu lassen. Dies wird schon deswegen notwendig sein, um ein revisionssicheres Urteil zu bekommen. Es muss diese Sache abgeschlossen werden, und zwar definitiv...« Er schlägt mit der Hand auf den Tisch. »...so dass niemand kommen und daran kratzen kann.«

Er greift zu der Tasse Kaffee, die vor ihm steht, und trinkt einen Schluck. »Eine Bemerkung noch. Ich werde heute gegenüber der Presse sehr deutlich machen, dass es zwar noch offene Fragen gibt, dass wir diese aber selbst beantworten werden, und zwar alle, ohne in irgendeiner Weise auf ein Geständnis oder auf die Kooperation von Harlass angewiesen zu sein. Das ist mir deshalb wichtig, damit von vornherein eines klar ist...« Er erhebt die rechte Hand mit dem aufgerichteten kurzen dicken Zeigefinger. »...für diese Verbrechen gibt es keine Strafmilderung, auch nicht als Rabatt für ein halbes oder ganzes Geständnis. Harlass und seine allfälligen Anwälte sollen sich da gar keine falschen Hoffnungen machen.« Er schweigt und streckt sein Kinn vor. Wieder dauert es eine

Weile, bis Beifall geklopft wird, aber dann tut ihm die Runde doch den Gefallen.

»Schön«, sagt er dann. »Was haben die Ermittlungen heute Nacht noch ergeben?« Er blickt um sich und zeigt auf Jörgass.

»Wir haben die Aussagen der beiden Frauen, die von Harlass als Geiseln genommen wurden«, sagt Jörgass, »das heißt, sie wurden von ihm bedroht und genötigt, diese Literaturagentin Claudia Wüllenhorst hat einen ordentlichen Schock erlitten, während Frau Andermatt …« Er runzelt die Stirn und senkt den Kopf. »Das ist die Dame, die wiederholt Frau Staatsanwältin Wohlfrom-Kühn begleitet hat, während also Frau Andermatt ihre Aussage ziemlich … wie soll ich sagen? … ziemlich abweisend und unwillig gemacht hat, sie hat sich offenbar über die Kollegen vom Mobilen Einsatzkommando aufgeregt …« Er blickt fragend zu Meusebach, der kurz die Hand gehoben hat.

»Welche Frau ist das noch mal?«, will der Staatsanwalt wissen. »Und was hat sie mit der Kollegin Wohlfrom-Kühn zu tun?«

»Die Frau Andermatt muss mit der Frau Staatsanwältin näher bekannt sein, ich hab immer gedacht, sie sei eine Referendarin, inzwischen weiß ich, dass sie Journalistin sein muss«, antwortet Jörgass, »jedenfalls war sie gestern Abend ebenfalls im Kongresszentrum dabei und ist so an Harlass geraten, oder er an sie, und sie hat ihn dann auch zu dieser Adresse nach Crammenow im Havelland gefahren …«

»Bauernende Sieben«, ergänzt Lena Quist und versieht auf dem Notizblock, der vor ihr liegt, den Ortsnamen Crammenow mit einem großen Fragezeichen.

»Moment«, unterbricht Meusebach und deutet auf die Kriminalbeamtin Quist. »Hat es da schon früher einen Vorgang gegeben?«

»Jemand, der so aussah wie Harlass«, sagt Lena Quist und ist ein wenig rot geworden, »hat am frühen Montagnachmittag in der Bahnhofsgaststätte Rathenow eine Cola gekauft, ein paar Minuten vor Abfahrt des Zuges nach Crammenow.«

»Und?«

»Frau Quist hat die örtlichen Kollegen gebeten, im Ort nachzufragen«, schaltet sich Keith ein. »Das Ergebnis war negativ. Leider oder Gottseidank, weil wir sonst mindestens einen weiteren toten Kollegen gehabt hätten.«

»Nun ja«, meint Meusebach, »überall können wir nicht mit dem Mobilen Einsatzkommando aufkreuzen… Was hat denn die Befragung von diesem Menschen ergeben, zu dem Harlass wollte?«

»Die gestaltet sich sehr schwierig«, berichtet Jörgass. »Es handelt sich um einen gewissen Finklin, Brutus Finklin, der Mann war aus politischen Gründen in der DDR inhaftiert und behauptet rundheraus, er gäbe der Polizei grundsätzlich keine Auskunft…«

»Ein Neonazi?«

»Nein«, sagt Jörgass. »Eben nicht. Ein Linker. So links, dass ihn sogar Honecker hat einsperren lassen. Immerhin hat er sich mir gegenüber zur Auskunft herabgelassen, dass Harlass – den er angeblich nicht mit Namen kennt – vor Tagen bei ihm erschienen sei und nach Arbeit gefragt habe, Holz hacken oder etwas in dieser Art. Finklin behauptet, er habe ihn weggeschickt und vertröstet, er könne in ein paar Tagen noch einmal vorsprechen, da wolle er selbst im Garten arbeiten und könne einen Helfer brauchen…«

»Das klingt merkwürdig«, sagt Meusebach. »Entweder man hat Arbeit im Garten, oder man hat keine. Fragen Sie bitte nach, was der Staatsschutz über diesen Finklin weiß… Wo ist jetzt aber die Waffe abgeblieben, diese Pistole?«

»Das ist noch merkwürdiger«, sagt Jörgass. »Die Frau Andermatt behauptet, während der Fahrt nach Crammenow habe Harlass sie noch die ganze Zeit in der Hand gehabt. Was danach war, weiß sie angeblich nicht.«

»Und Finklin?«

»Der sagt, er habe sich um den Verletzten gekümmert. Dessen Zustand sei so gewesen, dass er sich nicht darum geschert habe, was in dem Wagen sonst noch so herumliegt. Ihm sei zunächst auch gar nicht klar gewesen, dass die Frau Andermatt bedroht worden sei.«

»Da ist doch noch dieser andere Mann«, sagt Meusebach, »der den Harlass angeblich in die Klinik begleitet hat. Jedenfalls hat er sich dann vor der Intensivstation herumgedrückt, und das noch ziemlich unverschämt…«

»Der Name ist Berndorf«, sagt Keith mit heiserer Stimme und muss sich räuspern. »Ein privater Ermittler. In Mitte, schon halb im Scheunenviertel, hat er ein kleines schäbiges staubiges Büro. Er ist bereits bei Regulskis Beerdigung aufgefallen.«

»Was hat der denn in diesem Fall zu ermitteln?«

»Ich weiß es nicht.« Keiths Stimme klingt plötzlich müde. »Er ist ein Trittbrettfahrer, nehme ich mal an.«

»Dann sollten wir uns einmal mit ihm über seinen Gewerbeschein unterhalten. Ist er zu der Waffe befragt worden?«

»Ja«, sagt Lena Quist. »Heute Morgen, noch in der Klinik. Er sagt, er habe als Erstes den Notarzt angerufen und dann geholfen, Harlass aus dem Wagen zu heben. Zu diesem Zeitpunkt habe Harlass keine Waffe mehr gehabt. Er selbst, Berndorf, habe dann das Coupé, in dem Harlass gebracht worden sei, zur Seite gefahren, um Platz für den Notarztwagen zu machen. Ob sich in dem Wagen da noch eine Waffe befunden habe, könne er nicht sagen… Er hat mir dann den Schlüsselchip für das Coupé ausgehändigt.« Sie blickt auf. »Ich bin sicher, dass er mir nicht alles gesagt hat.«

»Da können Sie einen drauf fahren lassen, Gnädigste«, sagt Meusebach. »Wenn dieser Kerl behauptet, Harlass habe keine Waffe mehr gehabt, als man ihn aus dem Wagen gehoben habe – dann wette ich mit Ihnen um einen Streuselkuchen, dass das auch die Wahrheit ist. Weil er Harlass nämlich das Schießeisen davor abgenommen hat. Wir sollten Durchsuchungsbefehle beantragen, sowohl für das Anwesen in Crammenow als auch für Wohnung und Büro von diesem Berndorf… Warum hat sich der Berndorf überhaupt dort draußen aufgehalten?«

»Er sagte mir, er und dieser Finklin seien miteinander bekannt«, antwortet Lena Quist und ist schon wieder rot im Gesicht. »Sie hätten sich an dem Abend über Fontane unterhalten und über die Landschaft dort…«

»Fontane, klar doch«, sagt Meusebach. »Der hat Sie auf den Arm genommen!«

»Etwas ist merkwürdig«, fährt Lena Quist fort. »Er behauptet, am Mittwoch hätten nicht nur Polizisten, sondern auch noch andere Leute in Crammenow nach Harlass gesucht, und zwar Leute, über die der Staatsschutz, also LKA Fünf, Bescheid wisse. So ungefähr hat er sich ausgedrückt…«

»Was dieser Mensch ungefähr andeutet, ist präzis so gelogen wie alles andere, was er sagt«, stellt Meusebach fest.

»Es ist aber merkwürdig«, beharrt die Quist, »dass zum Fall Patzert ein Anruf eingegangen ist, ein gewisser Uwe Kappolt sei in dieser Sache Zeuge, und der Staatsschutz könne nähere Angaben dazu machen, es war eine Frau, die aber ihren Namen nicht nennen wollte…«

»Schon wieder!«, unterbricht sie Meusebach. »Die Dame ist offenbar eine Puppe dieses Herrn Berndorf und er ihr Bauchredner…« Er unterbricht sich, ein kurzes sirrendes Vibrieren ist zu hören, Meusebach blickt auf sein Handy, eine SMS ist eingelaufen, und er ruft sie auf:

Können Sie bei mir vorbeikommen? Am besten sofort. Missenpfuhl

Er blickt wieder auf und in die Runde. »Das tut mir jetzt wirklich leid, Kollegen, aber den Schampus müsst ihr ohne mich trinken!«

Hintze/Adameit« steht auf dem kupfernen Türschild, in nachgeahmter Schreibschrift graviert. Auf das Klingelzeichen öffnet eine ältere Frau, noch nicht sechzig, eine Schürze umgebunden, die nachlässig frisierten braunen Haare sind an den Wurzeln bereits wieder weiß verfärbt. Sie mustert Berndorf misstrauisch, er erzählt seine Geschichte, die er so nah an der Wahrheit hält, dass es gerade noch unverfänglich klingt. Aber das Gesicht der Frau lässt erkennen, dass sie ihm kein Wort glaubt.

»Eine Baustelle?«, fragt sie, »von der Firma Hintze?«

»Ein Rohbau, meines Wissens nicht von der Firma Hintze erstellt, sondern Herr Hintze – Herr Paul Hintze – muss dort Bauleiter gewesen sein, der Architekt war Herr Professor Carius. In die Baustelle ist eingebrochen worden... « Selbstverständlich sei bei diesen Leuten kein Schadensersatz zu holen, schon deshalb nicht, weil diese Ansprüche alle verjährt seien, aber einer dieser Männer sei damals zuletzt gesehen worden, »möglicherweise haben seine Kumpane etwas mit seinem Verschwinden zu tun...«

Die Augen der Frau mustern ihn, ohne Wohlwollen, aber mit großer Achtsamkeit. »Das mag sein, wie es will, aber hier an der Tür will ich das nicht besprechen«, sagt sie plötzlich, lässt ihn eintreten und geleitet ihn in das kleine Wohnzimmer, ausgefüllt von Fernseher, Couch, Sessel und Glastisch. Er setzt sich in einen Sessel, sie nimmt ihm gegenüber auf der Couch Platz, sehr aufrecht, die Hände im Schoß aufeinandergelegt.

»Sie sind Frau Hintze?«

»Nein.« Sie macht eine kurze Pause. »Haben Sie das Türschild nicht gelesen? Paul und ich, wir sind nicht verheiratet. Wir leben zusammen. Paul ist übrigens bei der Arbeit. Es ist eine große Baustelle, von Kübler und Schockenhoff, es geht um diesen Wohnpark an der ehemaligen Mauer, Sie haben sicher davon gelesen, die Baustelle ist noch nicht winterfest. Aber Sie können mir ruhig sagen, was Sie von ihm wissen wollen. Es wäre sogar besser, ich meine, wenn Sie überhaupt etwas erfahren wollen...«

»Ich verstehe«, sagt Berndorf. Er versteht, dass die Frau ihn überhaupt nur hereingelassen hat, weil sie der Ansicht ist, dass das Reden besser ihr überlassen wird. »Manchen Menschen ist so übel mitgespielt worden«, fährt er aufs Geradewohl fort, »dass sie überhaupt niemandem mehr trauen.«

»Dann kennen Sie Paul?«, fragt die Frau, mit einem veränderten Ton in der Stimme. »Nein? Aber Sie haben es getroffen. Als ich ihn kennengelernt habe, da war er wie ein geprügelter Hund, der von niemandem auch nur ein Stück Brot annimmt... Das ist auch kein Wunder, und wenn Sie ihn nach früher fragen, nach der Zeit, als er noch sein eigenes Baugeschäft hatte, da wird er den Vorhang runterlassen, da erfahren Sie gar nichts mehr.«

»Wann haben Sie ihn kennengelernt?«

»Ich hab lang bei Kübler und Schockenhoff gearbeitet, in der Buchhaltung, wissen Sie? Bis vor ein paar Monaten, und da hab ich ihn kennengelernt, aber es war ein mühsames Kennenlernen, sag ich Ihnen!« Sie legt den Kopf ein wenig schief, es sieht verlegen aus und sogar ein klein wenig kokett, stellt Berndorf verblüfft fest.

»Wissen Sie«, fährt sie unvermittelt fort, »so, wie es jetzt ist, können wir ganz zufrieden sein. Da muss nicht auch noch geheiratet werden.«

Berndorf findet, dass er das nicht kommentieren muss. »Ich habe das richtig verstanden«, fragt er stattdessen, »Sie arbeiten nicht mehr bei Kübler und Schockenhoff?«

»Nein. Nicht mehr. Alle Jahre gibt es da einen neuen Rationalisierungsschub, und wie sie mir eine Abfindung angeboten haben, habe ich zugestimmt.« Sie hat den Kopf leicht angehoben, und plötzlich zeigt sich ein harter und bitterer Zug in ihrem Gesicht. »Sonst hätten sie in einem halben Jahr etwas inszeniert, dass es ohne Abfindung geht. Bei Paul ist das was anderes. Den ersetzen die nicht so schnell durch einen, der jünger ist und billiger.«

Berndorf leitet das Gespräch noch einmal zurück zu dem Rohbau nach den Entwürfen des Professors Carius, aber dazu kann Conny Adameit – wie ihr voller Name ist – leider gar nichts sagen. Sie könne ja am Wochenende mit Paul darüber zu reden versuchen, meint sie, aber Berndorf bedauert – er müsse mit ihm selbst sprechen.

»Na dann versuchen Sie es an der Baustelle«, meint die Frau skeptisch, »vielleicht schaffen Sie es. Wie ein Betrüger sehen Sie immerhin nicht aus.«

Meusebach hat sich auf eine längere Wartezeit eingerichtet, denn es ist ein eherner Grundsatz jeder Bürokratie, dass Untergebene erst einmal warten müssen. Zu seiner Überraschung wird er sofort vorgelassen, und der Justizsenator muss sich auch nicht erst hinter seinem Schreibtisch hochklappen, sondern steht bereits in voller Größe da, begrüßt ihn mit Handschlag und dirigiert ihn zum Besprechungstisch, an dem bereits ein kleiner schmächtiger Herr mit einer lockigen grauen Haarmähne Platz genommen hat.

»Sie kennen Professor Dingeldey sicherlich, haben vielleicht auch schon einmal die forensischen Klingen gekreuzt...« Das hat Meusebach nicht, aber der Staatsrechtler Adrian Dingeldey, im Zweitberuf ein bei der Staatsanwaltschaft übel beleumundeter Strafverteidiger, ist ihm ein Begriff. Die beiden Männer tauschen einen flüchtigen Händedruck, dann nehmen auch Meusebach und der Justizsenator Platz. Für einen Augenblick herrscht Schweigen, Missenpfuhl hat sich zurückgelehnt und nimmt zwei Fotografien auf, die vor ihm liegen, betrachtet sie, legt sie wieder zurück... Meusebach versucht, einen Blick auf die Fotografien zu vermeiden, und beginnt, sich unbehaglich zu fühlen.

»Dies ist«, bricht der Justizsenator schließlich das Schweigen, »ein informelles und vertrauliches Gespräch. Absolut informell, absolut vertraulich. Es wird sozusagen niemals stattgefunden haben.« Dingeldey nickt höflich, Meusebach wartet ab. Die Fotografien zeigen, in starker Vergrößerung, irgendwelche Kennzeichen, die in Metall eingestanzt sind.

»Vielleicht eine Sachfrage vorab«, Missenpfuhl hat sich an Meusebach gewandt. »Wissen Sie zufällig etwas über den Verbleib der Dienstwaffe des Polizeikommissars Regulski?«

»Das ist…«, setzt Meusebach an, »nein, das ist mir im Augenblick nicht gegenwärtig.« Er registriert, dass Dingeldey ganz leicht die Augenbrauen hebt.

»Kann es sein«, setzt Missenpfuhl nach, in freundlichem Ton, wie ein Lehrer, der einem Schüler auf die Sprünge helfen will, »kann es sein, dass Regulskis Mörder die Waffe an sich genommen hat?«

»Die Kollegen der Sonderkommission Jarygin gehen wohl davon aus.« Aus den Augenwinkeln sieht Meusebach, dass über Dingeldeys Gesicht ein kleines boshaftes Lächeln huscht.

»Professor Dingeldey hat mir vorhin diese Fotografien überreicht«, fährt der Senator fort und reicht Meusebach die beiden Abzüge, »es sind Aufnahmen einer Walther PPK oder genauer: Aufnahmen der Seriennummer und des Beschusszeichens dieser Waffe. Könnten Sie anhand dieser Daten bitte überprüfen, ob es sich um Regulskis Dienstwaffe handelt?«

Meusebach nimmt die beiden Fotografien auf, muss dann aber erst die Brille aufsetzen. »Selbstverständlich werde ich das abgleichen«, sagt er dann und starrt auf die erste der beiden Fotografien, auf der aber nichts weiter zu sehen ist als die Buchstabenkombination GH und eine Art Geweihstange. »Ich werde das sofort veranlassen…«

»Nein«, sagt der Senator leise. »Ich bitte darum, dass Sie es jetzt tun.« Noch immer spricht er leise, nur das »jetzt« ist sehr stark betont. Er steht auf, geht zu seinem Schreibtisch und nimmt das Telefon auf: »Hier… Wenn die Kollegen der Sonderkommission davon ausgehen, dass die Waffe geraubt wurde, dann müssten sie die Seriennummer zu den Akten genommen haben. Wenn nicht, werden sie es ganz unglaublich schnell nachholen…« Er gibt das Telefon an Meusebach, drückt aber noch auf eine Taste des Apparats. »Sie erlauben – wir wollen das Gespräch mithören.« Er geht zurück und setzt sich wieder an den Besprechungstisch, dreht den Stuhl aber so, dass er Meusebach beobachten kann.

Bei der ersten Nummer, die Meusebach wählt, meldet sich niemand. »Das war der Kollege Keith«, sagt Meusebach entschuldigend zu den beiden Männern, die ihm zusehen, »er wird nach Hause gegangen sein, er hat ja selbst einen Streifschuss abgekriegt und war trotzdem die ganze Nacht auf den Beinen.« Er wählt die nächste Nummer, mehrmals ertönt das Klingelzeichen, schließlich wird abgenommen, eine Frauenstimme meldet sich, aber sie ist kaum zu verstehen, denn der Lärm von Menschen, die sich laut und angeregt unterhalten, dröhnt durch das Telefon. »Meusebach hier«, brüllt der Staatsanwalt ins Telefon, »ich rufe vom Büro des Justizsenators aus an, mit wem spreche ich?«

Mit einem Schlag bricht der Lärm ab, der Senator und Dingeldey sehen sich an. »Sie müssen entschuldigen«, sagt Meusebach und lächelt verlegen, »ich habe den Kollegen eine Flasche Schampus...« Er spricht aber nicht zu Ende, denn es meldet sich die Frauenstimme wieder, es ist Lena Quist, nein, der Kollege Keith sei nach Hause gebracht worden, er habe einen leichten Schwächeanfall gehabt, nein, es gehe ihm wieder gut. »Kann ich Ihnen behilflich sein?«

Meusebach will aber lieber den Kommissar Jörgass, er bekommt ihn auch ans Telefon und bringt sein Anliegen vor, Seriennummer 370 843, Beschusszeichen GH und eine halbe Geweihstange. »...Haben Sie das? Ist das Regulskis Waffe?«

»Kann ich aus der Lamäng nicht sagen«, kommt es durchs Telefon, »aber die Nummer ist komisch, und dieses Beschusszeichen auch... Da fällt mir ein, mit Regulskis Walther war irgendwas, die ist uns doch zurückgegeben worden... Lena, kommst du noch mal her?« Dann meldet sich wieder Lena Quist, Meusebach wiederholt Seriennummer und das Kürzel des Beschusszeichens.

»Das ist nicht Regulskis Waffe. Dessen Dienstpistole hat das Baujahr 2001, das Beschusszeichen müsste also das Kürzel

Anton Ida haben, und hier ist auch die richtige Seriennummer…« Sie rattert eine Zahl herunter.

»Und wo ist diese Walther PPK jetzt?«

»Hier. Der Bruder hat sie hier abgegeben. Regulskis Bruder. Er hat sie bei seinen Sachen gefunden. Das hat uns schon gewundert, wissen Sie, als wir Regulski gefunden haben, trug er ein Schulterhalfter, aber das war leer…«

Meusebach dankt und legt auf und dreht sich zu den beiden Männern um. Dingeldey blickt mit hochgezogenen Augenbrauen auf den Senator, der sich wieder an den Tisch gesetzt hat und mit den Fingern der rechten Hand einen ziemlich grimmigen Marsch auf das Teakholz trommelt.

»Ja«, sagt Meusebach, »Sie haben es ja gehört. Es ist nicht…«

»Nein«, sagt der Senator, »bei der Waffe mit dem Beschusszeichen GH handelt es sich nicht um Regulskis Dienstwaffe. Es handelt sich um eine Waffe aus dem Jahr 1967…«

»In jenem Jahr ist mit der Walther Polizeipistole Kurz ja auch so allerhand herumgeschossen worden.« Verblüfft registriert Meusebach, dass zum ersten Mal Dingeldey das Wort ergriffen hat.

»Darf ich fragen…«, sagt Meusebach, wird aber sofort vom Senator unterbrochen.

»Gewiss dürfen Sie das. Herr Professor Dingeldey hat heute Vormittag bei mir vorgesprochen, unter normalen Umständen hätte ich ihn an Sie verwiesen, aber die Umstände sind ganz offenkundig nicht normal… aber vielleicht…« Er macht eine Handbewegung zu Dingeldey. »… erklärt Ihnen das der Professor besser selbst.«

»Danke«, sagt Dingeldey und verbeugt sich leicht. »Mir sind gestern Nacht zwei Schusswaffen ausgehändigt worden, und zwar mit zwei strikten Maßgaben: erstens, die Herkunft dieser Waffen zu klären, und zweitens, sicherzustellen, dass sie als Beweismittel genutzt werden, falls damit Straftaten begangen worden sind.«

Meusebach wartet, dass Dingeldey weiterspricht, aber der

schweigt. »Dann werden Sie die Waffen sicherlich der Kriminalpolizei übergeben wollen... Soll ich Ihnen einen Ansprechpartner nennen?« Er wirft einen Blick zum Senator, der aber nur verdrossen auf die Maserung des Besprechungstisches starrt.

»Ich fürchte, Sie haben mich nicht verstanden«, sagt Dingeldey. »Bei der einen Waffe handelt es sich um eine 464 Viking, ich habe mir erklären lassen, dass es sich dabei um eine Sportversion der russischen Jarygin-Pistole handelt. Mit einer solchen Waffe sind sowohl der Senatsangestellte Marcks als auch der Polizeibeamte Regulski getötet worden...«

»Aber...«, setzt Meusebach an, ändert aber sofort die Tonlage. »Unter diesen Umständen muss ich Sie dringend bitten, uns diese Waffen sofort auszuhändigen! Ich verstehe nicht, wie dies überhaupt ein Thema für eine Besprechung sein kann.«

»Sie haben mich wirklich nicht verstanden«, meint Dingeldey. »Bei der zweiten Waffe handelt es sich um die Walther PPK, deren Daten Sie vorhin telefonisch abgeglichen haben. Dankenswerter Weise haben Sie das getan, denn jetzt ist uns bestätigt worden, dass Regulski zwar ein Schulterhalfter getragen hat, dass sich darin aber jedenfalls seine Dienstpistole nicht befunden hat. Was befand sich dann darin? Pralinen?«

Meusebach setzt zu einem Protest an, wird aber von Missenpfuhl erneut unterbrochen. »Diese beiden verdammten Pistolen sind Harlass abgenommen worden, so hat es mir der Professor erklärt. Dingeldey liegt außerdem eine Aussage vor, wonach Harlass die Walther PPK dem sterbenden oder bereits toten Regulski aus dem Schulterhalfter gezogen hat.«

Meusebach hebt fragend die Hand. »Es tut mir leid, meine Herren, aber alle diese Informationen sind doch nicht hier zu diskutieren, sondern sie sind umgehend der Sonderkommission oder eben mir mitzuteilen...«

»Nein«, sagt Dingeldey sanft. »Mein Auftraggeber hat den dringenden Verdacht, dass beide Pistolen aus den Beständen stammen, mit denen Angehörige der Freiwilligen Polizeireserve Berlin zu Beginn der Neunziger Jahre einen schwunghaften Waffenhandel aufgezogen haben. Dieses Treiben wäre nicht möglich gewesen, wenn nicht Angehörige der regulären Polizei ihre schützende Hand über die Freiwilligen-Truppe gehalten hätten. Wie es sich fügt, war Polizeihauptkommissar Regulski einer der Ausbilder der Polizeireserve... Leider glaubt mein Auftraggeber nicht, dass die Berliner Polizei diesen Zusammenhängen so nachgehen wird, wie er das für geboten hält – geboten auch im Hinblick auf die jetzt zu untersuchenden Straftaten.« Dingeldey beugt sich vor und blickt Meusebach in die Augen. »Wenn der Polizeibeamte Regulski Grund hat, eine Pistole mit sich zu führen, warum steckt er dann nicht seine Dienstpistole ein, sondern eine andere Waffe des gleichen Typs? Warum und zu welchem Zweck tut er das?« Er richtet sich wieder auf. »Die Waffen werden wir deshalb nur unabhängigen und externen Fachleuten aushändigen. Ich schlage deshalb vor, das Eidgenössische Kriminaltechnische Institut in Zürich um Amtshilfe zu bitten. Auch Fachleute von Scotland Yard würden wir akzeptieren.«

»So etwas haben wir noch nie gemacht«, entfährt es Meusebach. »Wo kämen wir da hin?« Hilfesuchend blickt er zu Missenpfuhl. »Wir haben jetzt den Mörder, diesen Harlass. Endlich haben wir ihn! Welche Bedeutung hat es da noch, ob er dem von ihm ermordeten Regulski dessen Dienstpistole oder aber vielleicht doch eine andere Waffe entwendet hat? Das ist doch, entschuldigen Sie bitte, Korinthenkackerei...«

Dingeldey wirft einen Blick zum Senator, aber der blickt zur Decke und hat begonnen, einen Trauermarsch zu trommeln. »Sie haben es noch immer nicht begriffen«, sagt der Anwalt freundlich. »Von der Antwort auf die Frage, welche Waffe zu welchem Zweck der Polizeibeamte Regulski mit sich geführt hat, hängt ab, ob Regulski überhaupt ermordet worden ist.« Er legt eine Pause ein und lächelt. »Womöglich ist er in Notwehr getötet worden.«

Ein letzter Trommelwirbel beendet den Trauermarsch. »Wir können natürlich den ganz großen Hammer herausholen«, schaltet sich Missenpfuhl ein. »Gewiss könnten wir das.« Er wirft einen warnenden Blick auf Dingeldey. »Aber je größer der Hammer ist, desto mehr Krach macht er... Wie wär es denn mit dem Kriminaltechnischen Institut des BKA in Wiesbaden?«

Berndorf geht den hohen, oben sogar mit NATO-Draht gesicherten Bauzaun entlang, den in voller Höhe und Länge Graffiti und Slogans überziehen, von denen die meisten sehr wenig freundliche Feststellungen über die Qualität des Bauwerks hinter dem Zaun enthalten und darüber, wie die Baugenehmigung dafür zustande gekommen ist. Von dem Bauwerk selbst sieht man im Augenblick nur die Struktur der Stahlträger, die weniger kühn als verschachtelt in den Himmel über Berlin ragen. Berndorf kommt an den Eingang zur Baustelle, ein Schlagbaum ist heruntergelassen, Wachleute in Springerstiefeln – Beine gespreizt, Arme vor der Brust gekreuzt – achten darauf, dass sich niemand Unbefugtes unter dem Schlagbaum durchschlängelt. Berndorf fragt nach der Bauleitung, genauer: nach Herrn Paul Hintze, nein, er sei nicht angemeldet.

»Tut mir leid«, erklärt der Scharführer des Sicherheitsdienstes, »aus Sicherheitsgründen können wir nur angemeldete Besucher auf die Baustelle lassen...« Immerhin reicht er Berndorf eine Karte mit Telefon-Nummer und E-Mail-Adresse der Bauleitung. Berndorf tippt grüßend mit zwei Fingern an die Stirn und trollt sich... Trollt sich? Ja doch, denkt er, anders kann man das nicht nennen, die Abfuhr hätte er sich sparen können. Er blickt sich um, die andere Straßenseite ist zugeparkt, er überquert die Straße und geht an den geparkten Fahrzeugen entlang, etwas unschlüssig, was er weiter tun soll. Es ist unsinnig, auf das Arbeitsende in der Baustelle zu warten und den Polier Paul Hintze am Eingang abfangen zu wollen, vermutlich hat Hintze einen eigenen Stellplatz innerhalb des Bauzauns … Es ist alles sein Fehler. Er hätte versuchen sollen, Hintze am Samstagnachmittag oder – noch besser – am Sonntagvormittag aufzusuchen, da hätte er ihn sicher angetroffen.

Aber das kann er ja noch versuchen. Er will den Weg zur nächsten U-Bahn-Station einschlagen und tut es auch und ist an der dunklen VW-Limousine auch schon vorbei, als in seinem Kopf eine Warnlampe aufglimmt. Die Limousine stand in Fahrtrichtung zum Eingang der Baustelle, und der Fahrer, der darin saß, ganz unauffällig, so dass er fast nicht zu sehen gewesen war, hatte also im Auge, wer dort vorsprach, wer hineingelassen wurde und wer herauskam.

Falls man Spaß hat, so etwas zu beobachten.

Berndorf kehrt um und klopft an die Scheibe der Fahrertür. Die Scheibe wird sofort heruntergelassen, ein Mann – blasses Gesicht, dunkles Haar mit ausgeprägten Geheimratsecken – wendet sich Berndorf zu.

»Nun treffen wir uns schon wieder«, sagt Berndorf, »was es für Zufälle gibt!«

»Da sehen Sie – so groß ist Berlin doch gar nicht«, sagt Keith. »Aber steigen Sie doch ein, Kollege. Das dauert, bis Hintze Feierabend macht.«

Berndorf sagt nichts weiter, sondern geht um den Wagen herum und lässt sich auf dem Beifahrersitz nieder.

»Ich habe mich im Internet ein wenig schlau gemacht, und zwar über Sie«, fährt Keith fort. »Deswegen erlaube ich mir, Sie als Kollegen anzusehen … Sie haben ein Morddezernat geleitet?«

»Dezernat Römisch Eins. Kapitalverbrechen und Brandstiftung. Ein kleines Dezernat in einer kleinen Stadt.«

»Mit einem großen Turm«, ergänzt Keith. »Sie sind aber ausgestiegen, vorzeitig?«

»Es war das Knie«, antwortet Berndorf. »Es hatte mich einer angefahren. Ein Lastwagen, wissen Sie …«

»Ja, der Beruf ist nicht ganz ungefährlich«, meint Keith.

»Und jetzt betreiben Sie also eine kleine Detektei, na ja, toll sind unsere Renten wirklich nicht.«

»Der Zuverdienst ist es auch nicht. Mein Steuerberater sagt mir schon lange, dass ich es bleiben lassen soll.«

»Ich muss gestehen – als ich neulich bei Ihnen war, habe ich so etwas schon vermutet.«

»Es war Ihnen anzusehen.«

»Sorry«, sagt Keith und weist auf das sich auftürmende Stahlgerüst. »Reichtümer werden eben woanders und auf andere Weise verdient. Sehen Sie hier – es ist nicht so, dass sich in Berlin nichts bewegt, Geld aus aller Herren Länder wird hier investiert, russische Mafia setzt auf Berliner Immobilien... Griechische Milliardäre, die ihr Vermögen aus dem eigenen Land transferieren, das sie gerade eben in den Bankrott getrieben haben, die legen ihre Beute hier an... Die Spürhunde chinesischer Polit-Funktionäre schnüffeln nach Fundgruben... Ich sollte nicht sagen, Geld aus aller Herren Länder wird hier angelegt, sondern Schwarzgeld aus aller Gesindel Länder... Wundert Sie es, dass mich manchmal Bitterkeit überkommt? Wir rennen hinter dem kleinen Eierdieb her, sind froh und glücklich, wenn wir einen halbverrückten Nachwuchskiller wie diesen Lutz Harlass hinter Schloss und Riegel bringen... Aber die Gauner, Diebe und Räuber im eleganten Nadelstreifenanzug, die den Staat ausplündern und ruinieren und als Geisel für ihre bodenlosen Spekulationen nehmen – von denen bringen wir nicht einen einzigen dorthin, wo er hingehört.«

»Schönes Wort zum Sonntag«, sagt Berndorf.

»Sie haben Einwände?«

»Nein. Ich könnte alles unterschreiben. Nur ist es gerade nicht unser Thema.«

»Sondern? Warum Sie den Maurermeister Paul Hintze besuchen wollen? Bitte sehr – ich höre.«

Berndorf lacht. »Das Thema – nein, mein Thema ist: Wer hat Harlass diese Russenpistole besorgt und ihn dann zu diesem Hallenbad geschickt?«

»Und das wollen Sie vom Maurermeister Paul Hintze erfahren?«

»Sie vergessen, dass ich nicht der Einzige bin, der ihn sprechen will.«

Nun ist es Keith, der lacht. Das heißt, es ist mehr ein verächtliches Schnauben. »Wir müssen nicht um den heißen Brei herumtanzen wie zwei alte Kater. Heute Morgen ist der notorische Linksanwalt Dingeldey beim Justizsenator angetanzt und hat seine Geschichte von den beiden Pistolen vorgebracht, die er von Scotland Yard untersucht haben möchte... Nun ist Dingeldey schon einmal als Ihr Anwalt in Erscheinung getreten, und dass er jetzt wieder aufkreuzt, ist auch kein Zufall, sondern er hat die beiden verdammten Schießeisen von Ihnen bekommen, nah genug an Harlass waren Sie ja dran, um sie ihm abzunehmen. Also Kollege: Sie wollen dem toten Regulski die Hauptschuld an dieser ganzen abscheulichen und widerwärtigen Geschichte in die Schuhe schieben, auch wenn ich nicht weiß und nicht verstehe, warum jemand so etwas tut...«

»Schon mal was von Wahrheitsfindung gehört?«

»Ach, Scheiße«, flucht Keith. »Entschuldigung, Kollege, aber mit solchen Sprüchen sollten Sie mir vom Leib bleiben. Sie haben Regulski im Visier, deswegen wollen Sie jetzt seinen Schwager Hintze aushorchen, ist doch so, und ich, ich bin zwar krankgeschrieben, aber trotzdem muss ich wissen, ob wir irgendwas übersehen haben, ob irgendwas dran ist an den Unterstellungen, die Sie und dieser Dingeldey in Umlauf setzen.«

»Sie irren«, sagt Berndorf sanft. »In einem Punkt irren Sie. Wozu sollte ich einen Toten ins Visier nehmen? Das wäre nicht sehr sportlich.«

»Wen dann?«

»Ich habe Sie im Visier, Kollege. Und das wissen Sie auch. Spätestens seit heute Nacht wissen Sie das.«

»Ah ja?«, macht Keith. »Und wann haben Sie das alles erkannt, als wären Ihnen die Schuppen von den Augen gefallen?«

»Ich sagte doch, seit heute Nacht«, antwortet Berndorf. »Mitten in der Nacht sind Sie in diesem Krankenhaus in Nauen aufgetaucht. Was wollten Sie dort? In der Intensivstation nachsehen, ob die Infusionsschläuche auch fest sitzen?«

»Sie vergessen, dass ich der Leiter einer Sonderkommission bin, die mehrere Morde aufzuklären hat. In dieser Eigenschaft darf es mich wohl doch interessieren, wie es um den Gesundheitszustand und die Vernehmungsfähigkeit von Harlass steht…«

»Eben nicht«, unterbricht ihn Berndorf. »Sie hatten einen Schusswechsel mit Harlass, sind dabei selbst verwundet worden – es ist wider alle Grundsätze rechtsstaatlicher Polizeiarbeit, dass Sie selbst einen Mann vernehmen, mit dem Sie ein privates Hühnchen zu rupfen haben.«

»Haben Sie es nicht eine Nummer kleiner? Ich habe den Mann angeschossen, das ist richtig«, antwortet Keith ruhig. »Könnten Sie sich vorstellen, dass es keine Frage der Dienstvorschriften ist, sondern eine der schlichten Menschlichkeit, wenn ich wissen will, wie es diesem Mann geht und ob er durchkommt?«

Berndorf lehnt sich zurück und wirft einen nachdenklichen Blick auf Keith, der den Blick nicht erwidert, sondern durch die Frontscheibe auf die Baustelle starrt oder auf den Eingang zu ihr. »Ja, so«, sagt Berndorf bedächtig, »ein Fall schlichter Menschlichkeit! Mal was ganz Neues…« Ein Mobiltelefon klingelt, und Keith blickt irritiert auf. Berndorf greift in die Tasche seines Sakkos, zieht sein Handy heraus, meldet sich und hört kurz zu.

»Danke für die Nachricht«, sagt er dann, »ich – oder wir kommen dazu. Nein, Sie müssen es nicht erklären, wir finden hin…« Er beendet das Gespräch, steckt das Gerät wieder in die Tasche und wendet sich wieder an Keith. »Ich wollte nicht über Sie verfügen, Kollege«, erklärt er, »aber in diesem Gewässer im Spandauer Forst, nicht weit von der Stelle, an der Regulski gefunden wurde, will sich ein Taucher mal anschauen, was da unten so herumliegt. Ich habe keinen Wagen dabei und müsste eine Taxe nehmen, aber vielleicht wollen Sie sich ebenfalls ansehen, was da zu finden ist?«

»Ein Taucher schaut sich das an«, echot Keith. »Fein. Was für ein Taucher?«

»Tamar Wegenast, meine Mitarbeiterin, hat einen engagiert – sind Sie nun interessiert oder nicht?«

»Doch, doch. Aber fahren sollten Sie. Wenn man kein Automatik-Getriebe hat, macht es wirklich keinen Spaß, einhändig herumzujonglieren.« Er deutet auf seinen linken Arm, der noch immer in der Schlinge hängt. »Am Ende riskiere ich noch meinen Führerschein. Sie sind hoffentlich ein sicherer Autofahrer?«

»Es geht so«, meint Berndorf, und sie tauschen die Plätze. Keith hat ein Problem, den Sicherheitsgurt mit der rechten Hand unterm linken Arm hindurchzuführen und festzustecken, Berndorf hilft.

Durch die Bäume fällt der Blick auf einen aus Balken gezimmerten Unterstand, davor sind Autos abgestellt, ein Kleinbus, eine dunkle Limousine, daneben Tamars kleines rotes Auto. Berndorf blickt fragend zur Seite, und Keith nickt. Berndorf findet einen Platz neben dem Kleinbus, über dessen weißlackierte Seitentüren sich eine blaue Wellenlinie zieht, von aufsteigenden kleinen blauen Kreisen durchbrochen, und darüber steht die Inschrift: »TC Otter Berlin«.

Bei den Fahrzeugen ist sonst niemand. Die beiden Männer sehen sich kurz um und gehen auf dem überwachsenen Pfad in Richtung des Ufers, an den Trittspuren und den niedergebrochenen Zweigen ist zu sehen, dass sie nicht die Ersten sind, die diesen Weg nehmen. Sie gelangen auf eine Böschung, mehrere Leute stehen dort, drei Frauen, zwei Männer, Karen Andermatt übernimmt die Vorstellung, die zwei Männer sind vom Tauchclub, und ganz richtig steckt der jüngere von ihnen in einem nassen, mit allerhand Schlamm und Pflanzenresten bedeckten Taucheranzug. Der ältere hält ein Notebook im Arm, dessen Bildschirm aufgeklappt ist.

Berndorf verbeugt sich artig vor der Dame im Pelzmantel: »Sie also sind das«, sagt die Staatsanwältin Dagmar Wohlfrom-Kühn und betrachtet ihn ausgiebig und forschend. Schließlich hat sie genug gesehen und wendet sich Wolfgang Keith zu: »Menschenskind Keith, Sie haben gestern ja einen Treffer abgekriegt, sind Sie nicht dienstunfähig geschrieben?«

»Ja doch«, antwortet Keith, »aber sind denn Sie dienstlich hier?« Während er das fragt, blickt er von ihr zu der beunruhigend großen Frau, die abwartend am Rand der Uferböschung steht, die Arme vor der Brust verschränkt.

Die Staatsanwältin lacht. Ihr Lachen klingt merkwürdig vergnügt. »Eigentlich nicht. Wenn ich alles richtig verstanden habe, bin ich im Augenblick einfach eine Spaziergängerin, die zuguckt, wie die Herren hier vom Tauchclub eine Übung machen ... Falls sich dabei irgendetwas ergeben sollte, was behördlicher Aufsicht bedarf, können wir uns ja vorübergehend in den Dienstzustand versetzen ... Einverstanden?« Sie blickt zu Tamar, die gerade schweigend einen Händedruck mit Berndorf getauscht hat.

»Ich glaube«, sagt Tamar, »da fehlt bereits jetzt nicht mehr viel, und Sie müssen wirklich eine Entscheidung treffen.« Sie nickt den beiden Männern zu, und der ältere der beiden – ein Tobias Brozulat – zeigt ein aufgeklapptes Notebook vor. »Kevin hat eine Unterwasserkamera mitgenommen«, mit dem Kopf deutet er auf den stämmigen jungen Mann im Taucheranzug, »zunächst ist da nicht viel zu sehen, ein direktes Forellengewässer ist das ja nicht.« Er lässt auf dem Bildschirm ein paar kurze Filmsequenzen ablaufen, die aber nichts weiter zu zeigen scheinen als schwebende Partikel, ein dichtes graues Schneetreiben in Zeitlupe. »Aber sehen Sie hier!«

Die Staatsanwältin beugt sich über den Monitor, ein Lichtstrahl tastet sich über grauen Untergrund, bleibt an einem rechteckigen, halb versunkenen Stein hängen, von Tang überzogen. Dann wandert der Lichtstrahl zu einem weiteren Stein, wiederum rechteckig, der halb aufrecht im Morast stecken geblieben ist, so dass nur die Schmalseite noch zu sehen ist. Dann bricht die Aufnahme ab, es folgt eine nächste Sequenz, offenbar aus einer etwas höheren Perspektive aufgenommen, so dass ein längerer Streifen sichtbar wird, wie ein schmales Betttuch, von weiteren Steinen gesäumt.

»Wie groß ist das ungefähr?«, fragt die Staatsanwältin.

»Etwas über zwei Meter, schätz ich mal«, meint Kevin, der neben sie getreten ist. »Mit den Steinen... also ich weiß nicht.«

Die Staatsanwältin nickt. »Ich auch nicht.«

»Ich will mir da kein Urteil erlauben«, meint Brozulat, »aber wenn man da unten einen begraben hätte, würde es auch nicht viel anders aussehen.« Er wendet sich an Keith. »Sie sind doch von der Kriminalpolizei, hab ich das richtig verstanden? Kevin geht da noch mal runter, der kennt da nichts, aber wir wollen natürlich kein Beweismaterial... also wir wollen da nichts kaputtmachen.«

Keith, der nun auch einen Blick auf den Monitor wirft, räuspert sich. »Unter den gegebenen Umständen wäre es wohl wirklich besser, wenn sich Polizeitaucher das hier ansehen würden...«

»Ach!«, fällt ihm die Staatsanwältin ins Wort, »hatte ich nicht genau das angeordnet? Und hat man nicht genau diese Anordnung hintertrieben? Ach was, torpediert hat man sie, um im submarinen Wortschatz zu bleiben...« Sie hebt die Hand. »Ich sag Ihnen mal was, Keith! Sie sind krankgeschrieben und bleiben das auch, aber ich – ich erkenne jetzt als Staatsanwältin, dass Gefahr im Verzug ist, und bitte deshalb Kevin, noch einmal nachzuschauen, was da unten wirklich liegt, und wenn Sie es fertigbringen, holen Sie was davon hoch... Oder mute ich Ihnen da zu viel zu?«

Statt einer Antwort setzt Kevin Atemmaske und Taucherbrille auf und steigt behutsam die Böschung hinab. Er schiebt sich durch das Schilf und verschwindet im Wasser.

»Wie tief geht er da runter?«, will die Staatsanwältin wissen.

»Das ist nicht tief«, sagt Brozulat. »Wenn das Wasser klarer wäre, müsste man da gar nicht tauchen. Ein Schlauchboot und eine Stange mit einem Widerhaken genügen, und Sie holen da alles raus, was drin ist und wonach Ihnen lustig ist.«

»Sehen Sie«, sagt die Staatsanwältin und blickt zu Berndorf, »also ist wirklich Gefahr im Verzug.«

»Kein Widerspruch.«

Aus dem schwarzen Wasser blubbern Luftblasen, der Kopf des Tauchers Kevin erscheint, er watet zum Ufer und trägt etwas in der Hand, einen vom Tang bärtigen Stein. Der Hang ist so rutschig, dass er nicht aufrecht hinaufkommt, er muss kriechen, sich mit der einen Hand abstützend, mit der anderen Hand den Stein haltend. Tamar geht auf die Knie, beugt sich zu ihm und nimmt ihm den Stein ab. Kevin erreicht den Rand der Böschung, nimmt Brille und Atemmaske ab und hebt plötzlich – ohne irgendjemanden anzusehen – die geballte Faust und schüttelt sie, als hätte er gerade für Eintracht Köpenick das erste Tor gegen Bayern München geschossen.

Tamar Wegenast hat den Stein hochgehoben und hält ihn in beiden Händen. Noch immer tropft Wasser aus dem Tang, der an ihm herunterhängt wie der Bart eines alten Chinesen. Sie hält den Stein so hoch, dass sie in die von Schlamm verkrusteten Augenhöhlen blicken kann. Denn der Stein ist ein Totenkopf.

Ich bin entbehrlich?«, fragt Keith, worauf ihn die Staatsanwältin, die gerade eine Verbindung mit dem Landeskriminalamt bekommen hat, mit einer Handbewegung wegschickt. Keith blickt fragend zu Berndorf, der nickt und schließt sich ihm an, nachdem er sowohl Karen als auch Tamar das Telefonzeichen gezeigt hat.

»Fahren wieder Sie? Mit meinem Arm geht es wirklich nicht.«

Sie steigen ein, wieder muss Berndorf helfen, Keiths Sicherheitsgurt festzustecken. Er startet den Wagen und stößt zurück. Dämmerung hat sich über den Wald gesenkt, und so schaltet er die Scheinwerfer ein. »Wohin jetzt?«

»Sie könnten mich nach Reinickendorf bringen, dort wohne ich. Aber ich weiß, dass Sie dann die nächste U-Bahn oder das nächste Taxi nehmen und den Maurermeister Paul Hintze heimsuchen, um dem armen Teufel das Wochenende zu vergällen.«

»Und warum habe ich es – Ihrer Meinung nach – so eilig damit?«

»Weil Sie der Überzeugung sind, dass ich – wenn Sie es nicht tun – selbst zu Hintze fahren werde, um ihm weiß Gott welche Sprachregelungen einzutrichtern. Ist es nicht so?«

Sie verlassen den Wald, Berndorf nimmt die Richtung zur Stadtautobahn. »Was für Sprachregelungen könnten das sein?«

»Zum Beispiel dazu, ob er mich kennt. Ob Regulski mit mir befreundet war. Ob dieser Senatsangestellte Marcks in irgendeiner Weise für die Insolvenz von Hintzes Baugeschäft verantwortlich war… Moment! Kennen Sie überhaupt diese Geschichte?«

»In Grundzügen. Hintzes Frau hat sich deshalb umgebracht. Sie war Regulskis Schwester, nicht wahr?«

»Ja, sie war Regulskis Schwester. Und für das, was den Eheleuten Hintze angetan worden ist, hätte Regulski einer ganzen Reihe von Leuten Löcher in die Köpfe schießen dürfen, und es wäre nur recht und billig gewesen, denken Sie jetzt von mir, was Sie wollen!«

»Aber es ist Regulski, dem in den Kopf geschossen wurde«, bemerkt Berndorf.

»Ja. Leider. Und da wir gerade beim Aufräumen sind – ich war mit Regulski befreundet, dass Sie es nur wissen, und ich kenne auch Hintze, Regulski hatte mich nämlich seinerzeit gebeten, Hintze zu helfen, Sie sehen, ich stecke also mitten drin …«

Berndorf unterdrückt die Bemerkung, dass er das weiß. »Wie sollten Sie ihm helfen?«, fragt er stattdessen.

»Darf ich etwas weiter ausholen?«, fragt Keith zurück. »Als ich Regulski kennenlernte, war ich ein Jungspund, jung und grün und dumm und neu in einem Dezernat mit lauter misstrauischen alten Männern, die sich hinter ihren Brillengläsern und ihren Schreibtischen verschanzt hatten … Sie werden wissen, wie es in solchen Abteilungen zugeht. In meiner Verzweiflung fiel mir irgendwann ein Aushang auf, dass Referenten für die Ausbildung der Berliner Freiwilligen Polizeireserve gesucht würden. Das war nicht weiter attraktiv, man bekam eine kleine Aufwandsentschädigung, mehr war nicht drin. Trotzdem habe ich mich gemeldet, fragen Sie mich nicht, warum. Vielleicht nur deshalb, um wieder das Gefühl zu haben, dass ich doch auch etwas weiß und vermitteln kann … Ja, und so hab ich ihn kennengelernt. Regulski war schon länger einer der Ausbilder dort, auch auf dieser halb ehrenamtlichen Basis, die Leute, die den Kopf und den Buckel hinhalten müssen, die sollen ja möglichst nichts kosten … Er hat sich dann … nein, dass er sich meiner angenommen hätte, ist zu viel gesagt, aber er hat mir ein paar Tipps gegeben, es war ja nicht alles Gold, was sich damals zur Freiwilligen Polizeireserve gemeldet hat. Irgendwann haben wir gemerkt, dass wir uns ganz gut verstehen, und irgendwann sind wir wohl auch Freunde geworden, ich weiß nicht, ob das das richtige Wort ist, aber es fällt mir kein anderes ein. Dann habe ich auch seinen Schwager kennengelernt und die Wally, Regulskis Schwester, eine …« Er hört mitten im Satz auf. »Aber was war noch einmal Ihre Frage?«

»Nicht so wichtig. Was war mit Wally?«

Keith wirft einen Blick zur Seite, nicht achtsam, sondern fast zornig. »Wally? Das war eine unheimlich patente Person, und das ist nicht zu viel gesagt. Und als man dem kleinen Baugeschäft der Hintzes ganz langsam und vorsätzlich die Luft abgedreht hat, da hat der Regulski gemeint, der Wolfgang Keith könnte helfen... Ja doch, der Keith, der ist bei der Kriminalpolizei und kennt sich mit den Schurken, Gaunern und Ganoven aus, die ein bisschen feingestrickter sind als der Handtaschendieb aus der U-Bahn. Der müsste doch auch mit dem Raubgesindel aufräumen können, das einen ehrlichen kleinen Handwerksbetrieb fertig macht und ruiniert, nur weil er kein Schmiergeld zahlen will... Natürlich konnte ich nicht selbst ermitteln, ich saß in einer ganz anderen Dienststelle, aber ich habe Strafanzeigen erstattet, nicht zu knapp, was aber alles niedergebügelt und eingestellt wurde, außerdem hat man mich mit einem Disziplinarverfahren überzogen, schulmäßig hat man die ganzen Folterwerkzeuge angesetzt, Sie müssten das alles ja kennen!«

»Irgendwann hat es dann aber doch zum Hauptkommissar und zum Leiter der Mordkommission gereicht«, sagt Berndorf. »Nach einem Karriereknick sieht das nicht aus.«

»Das sagen Sie!« Keith versucht ein Lachen. »Sie sind – oder waren – doch selbst vom Fach, da müssten Sie es besser wissen. Wir alle haben hier inzwischen mehr als genug zu tun mit den Halbwüchsigen, hirnlos, aber den Kopf vollgesoffen, die den Nächstbesten zu Tode prügeln, der schwächer aussieht oder der noch betrunkener ist als sie selbst, mit den Scheißkerlen, die ihrer schwangeren Freundin das Kind im Bauch tottreten, den Immigranten, die ihre Schwester umbringen, weil sie sich wie eine Deutsche anzieht... Menschenskind Berndorf – kein Karriereknick, dass ich nicht lache! Inzwischen tauchen hier auch noch die Mordbubis auf, die Allerelendesten, die für eine Handvoll Euro umbringen, wen immer man ihnen umzubringen befiehlt... Und bei all dem haben Sie nicht den Hauch einer Chance, die Auftraggeber zu erwischen, die Drahtzieher, und weil wir immer nur bei denen hängen bleiben, die die Drecksarbeit machen, deswegen hat man mich da reingesteckt... Wohin fahren Sie eigentlich, wenn ich das in meinem eigenen Auto fragen darf?«

»Nach Reinickendorf«, sagt Berndorf. »Sie wohnen dort. So sagten Sie vorhin.«

»Und dann nehmen Sie eine Taxe und lassen sich zu Hintze fahren.«

»Und dann nehme ich eine Taxe und lasse mich zu mir nach Haus fahren. Mir fehlt ziemlich viel Schlaf.«

»Und Hintze?«

»Vielleicht morgen, vielleicht am Sonntag. Sie können ihn ja telefonisch vor mir warnen oder präparieren. Im Augenblick ist sowieso wichtiger, wessen Kopf dieser Taucher aus dem Wasser geholt hat.«

»Und den Fall wollen Sie dann Regulski anhängen? An der Ampel vorne bitte rechts.«

»Wann begreifen Sie endlich? Einen toten Mann bringen Sie nicht vor Gericht, das sollte ich Ihnen nicht sagen müssen.« Er ordnet sich rechts ein, aber die Ampel zeigt Rot, auch für die Rechtsabbieger.

»Entschuldigung«, sagt Keith. »Ich bin nicht mehr ganz frisch. Ich bin es ja, den Sie vor Gericht bringen wollen... Aber mal was anderes... Arbeiten Sie eigentlich für Regnier?«

»Nein. Wie kommen Sie darauf?« Noch während Berndorf das sagt, meldet sich in seinem Kopf die glasharfenzarte Nörgelstimme und fragt, wer das eigentlich ist, dem Berndorf seine Rechnung schicken soll? Inzwischen hat die Ampel umgeschaltet, er ist abgebogen und fährt eine langgestreckte Wohnstraße entlang.

»Nur so«, sagt Keith lässig, mit einem spöttischen Unterton. »Brozulat, der Mann vom Tauchclub, sagte mir, Regnier lasse für die Übung eine nette kleine Spende springen... Aber wie sich das im Einzelnen verhält, muss ein dummer Bulle wie ich ja nicht unbedingt wissen. Übrigens hatte ich immer angenommen, Regnier habe die gute alte Seilschaft Meunier & Kadritzke auf der Lohnliste. Offenbar müssen Sie noch andere

Vorzüge haben, obwohl – entschuldigen Sie, Kollege, aber so besonders subtil kommen Sie mir auch nicht vor ... Da vorne, von hier aus zweite Einfahrt, dann in den Hinterhof, Stellplatz 27, rechte Seite, ziemlich bald nach der Durchfahrt ...«

Berndorf setzt den Blinker. »Nicht so besonders subtil?«, fragt er zurück und muss dabei gähnen. »Da werden Sie Recht haben. Und die beiden Stasi-Brüder arbeiten noch immer für Regnier, da hat sich wohl noch nichts geändert.« Der Wagen rollt durch das Durchfahrtstor, und Berndorf kann auf dem mit weißer Farbe markierten Stellplatz einparken. Er zieht den Schlüssel ab und reicht ihn Keith. »Danke für die Fahrgelegenheit!«, sagt er, und Keith bedankt sich für gute Chauffeurdienste. »Wollen Sie nicht auf einen Schnaps mit raufkommen? Das Taxi können Sie von meinem Apparat aus bestellen. Es dauert sowieso, bis hier eines herfindet.«

»Nett von Ihnen«, sagt Berndorf, »aber ich will wirklich nicht zu Hintze ...«

»Das können Sie jetzt halten, wie Sie wollen«, sagt Keith. »Das meiste, was er Ihnen erzählen kann, wissen Sie jetzt schon. Aber ganz wie Sie wollen ... Ich hätte einen ordentlichen Scotch anzubieten, falls das Ihr Geschmack ist.«

»Ein Scotch, bis das Taxi kommt?«, fragt Berndorf. »Dankend angenommen.« Er folgt Keith, der vor ihm an der Reihe der geparkten Autos zu einem Treppenaufgang geht und nur einen kurzen Augenblick vor einem der Wagen zu verharren scheint, einem kleinen weißen japanischen Flitzer, der rückwärts eingeparkt ist.

»Wenn Sie schon Besuch haben sollten«, sagt Berndorf, »holen wir den Scotch ein andermal nach.«

»Kommen Sie nur«, sagt Keith, »Sie werden die Kleine ohnehin schon kennen.«

Nicht erschrecken«, ruft Keith halblaut in die Wohnung hinein, »ich bringe Besuch mit.« Mit einer Handbewegung bittet er Berndorf, doch einzutreten, und während dieser der Einladung folgt, kommt er nicht umhin, ein blondhaariges und leicht bekleidetes Geschöpf von einer Tür zur anderen huschen zu sehen. Keith besteht darauf, mit seinem einen Arm Mantel und Hut entgegenzunehmen, und weist dem Besucher den Weg durch den Flur in ein Wohnzimmer, das mit den Schwedenmöbeln der Zeit um 2010 eingerichtet ist. Auf dem Couchtisch stehen eine angebrochene Flasche Mineralwasser und ein Glas, in der Stereo-Anlage läuft ein Cello-Konzert, das in Berndorfs Ohren nach Boccherini klingt.

Berndorf nimmt Platz, Keith öffnet ein verschlossenes Fach in dem sonst offenen Bücherschrank, eine kleine Bar wird sichtbar, er holt erst eine dreiviertelvolle Flasche Scotch heraus und stellt sie auf den Couchtisch, dann bringt er die Gläser. Vielleicht, weil er alles mit einer Hand machen muss, sehen seine Bewegungen sehr nachdrücklich aus – als würde ein Varieté-Zauberer sein Publikum davon überzeugen wollen, dass er in der Flasche Scotch ganz unmöglich ein Karnickel untergebracht haben kann. Oder dass da irgendwelche Tropfen hineingeträufelt sein könnten.

»Mineralwasser? Eis?« Berndorf will den Whisky ohne alles, Keith schließt sich ihm an. Er schenkt ein, sie erheben die Gläser, »Cheers!«, sagt Keith, und sie nehmen beide einen Schluck. Berndorf will den Scotch loben, aber es öffnet sich die Türe, in Jeans und schwarzem Pullover erscheint Lena Quist im Zimmer, eine steile Falte zwischen den Augenbrauen. »Störe ich?« Sie nickt Berndorf zu und versucht ansatzweise ein Lächeln. »Wir haben uns heute ja schon gesehen.«

»Aber ich bitte dich!«, sagt Keith, »setz dich her… ausnahmsweise doch einen Whisky, einen kleinen?«

»Danke!« Ihre Hand macht eine kurze, abwehrende Bewegung, dann nimmt sie auf der Couch Platz, neben Keith, aber doch in einigem Abstand. Sie setzt sich sehr aufrecht, die Beine akkurat nebeneinander gestellt.

»Das hier«, sagt Keith und macht eine Armbewegung, die

irgendwie Lena Quist und ihn einschließen soll, »ist ja ein absolutes Tabu. In dieser Gesellschaft, in der ja nahezu alles erlaubt ist, geht eines nicht: ein Verhältnis im Dienst. Und einfach ist es wirklich nicht, das dürfen Sie uns glauben. Jeden Tag diese Verstellung ...«

»Die hast du manchmal schon gut drauf«, sagt Lena Quist. »Neulich zum Beispiel.«

»Was war da?«, fragt Keith mit einer Stimme, die bass erstaunt klingt.

»Tu nicht so. Die Sache wegen Crammenow.« Sie wendet sich an Berndorf. »Er hat mich heruntergeputzt, als wäre ich ein Schulmädchen.«

»Dann will ich mich in aller Form entschuldigen«, sagt Keith. »Aber Interna sollten wir vor unserem Besuch nicht ausbreiten, obwohl ... du weißt, dass er sozusagen Kollege ist? Er hat mich nicht nur hergefahren, er hat uns überdies einen neuen Fall beschert oder vielmehr: seine Mitarbeiterin hat das getan, wie die Salome den Kopf des Johannes hat sie uns einen Totenschädel zum Abendbrot serviert, frisch aus dem Spandauer Forst ...«

»Stopp«, sagt Lena Quist und steht auf, »du bist völlig übermüdet. Geh Zähneputzen! Ich helfe dir dann aus den Klamotten.« Sie wendet sich an Berndorf. »Sie haben ihn in seinem Wagen hergefahren? Dann darf ich Ihnen ein Taxi rufen.«

Sehr zu empfehlen wäre auch geräucherter Aal«, sagt Professor Eberhard Wohlfrom, vor dem Kühlschrank stehend, »das heißt, er ist mir heute Morgen empfohlen worden, in dem Delikatessladen, den ich manchmal aufsuche und der zumeist ein vorzügliches Angebot hat, es handelt sich um Aal aus heimischen Gewässern ...«

»Keinen Aal bitte«, unterbricht ihn seine Frau, die gerade dabei ist, den Tisch für ein improvisiertes Abendbrot zu decken, »schon gar keinen aus heimischen Gewässern ...« Sie wendet sich an die beiden Besucherinnen, die sie mitgebracht hat. »Ich wollte Ihnen nicht vorgreifen, aber aus den heimischen Gewässern habe ich für heute genug vorgesetzt bekommen.« Karen Andermatt meint, dass sie das ähnlich empfinde, und blickt zu Tamar, die aber nur leicht, fast unmerklich die Augenbrauen hochzieht. Tamar fühlt sich hier nicht wohl, denkt Karen, der geräucherte Aal wird noch das Geringste sein, was ihr hier auf die Nerven geht.

Professor Wohlfrom hat sich jetzt dem Wein zugewandt und empfiehlt einen leichten trockenen Roten aus dem Valais, wird aber von seiner Frau unterbrochen, die ihm sagt, er solle jetzt einfach einschenken. Tamar allerdings, die nachher am Steuer sitzen wird, will und bekommt ein Mineralwasser. »Du machst mich neugierig, meine Liebe«, sagt Wohlfrom, als er die Weinflasche entkorkt hat und mit ihr die Runde macht, »zwar entzückt mich der Besuch, den du mitgebracht hast« – ein tiefer Blick streift Tamar – »aber der Anlass scheint nicht unproblematisch zu sein.« Er wendet sich an Tamar. »Ich hatte gehofft, meine Frau sei jetzt von der Verbrecherjagd abgezogen worden. Aber ich hätte mir denken können, dass sie sich damit nicht abfindet.«

»Diesmal bin ich unschuldig«, erklärt Dagmar Wohlfrom-Kühn. »Die beiden Damen hier haben dafür gesorgt, dass dieser Fall mir wieder zugelaufen ist, wie ein Hund, der zu mir gehört.« Sie berichtet kurz, was sich draußen im Spandauer Forst ereignet hat, Wohlfrom hört zu, scheint aber Zweifel zu haben. »Was schaust du so?«

»Diese Kartoffelsäcke«, sagt Wohlfrom, »die sind mir – ganz nebenbei gesagt – von Anfang an und sofort merkwürdig vorgekommen. Aber auch deshalb, weil sie zu diesem speziellen Zweck – den ich jetzt nicht weiter ausführen will – so besonders gut nicht geeignet sind.« Er holt ein Stück Weißbrot aus dem Toaster und streicht sorgsam Butter darauf. »Kartoffelsäcke sind aus Jute, und Jute sollte sich relativ rasch abbauen. Damit stellt sich das Problem, wie selbst ein mit Steinen beschwerter Jutesack das halten soll, was naturgemäß einen gewissen Auftrieb bekommt.«

»Der Auftrieb lässt sich sehr einfach vermeiden«, sagt Tamar. »Mit einem Schnitt durch die Bauchdecke. In Süddeutschland hatte ich mal mit einem solchen Fall zu tun.«

»Schnitt durch die Bauchdecke? Das reicht?«, fragt Wohlfrom und lässt die Gabel wieder sinken, mit der er ein Stück Forellenfilet aufgespießt hat.

»Das reicht«, versichert Tamar.

»War das professionelle Arbeit?«, erkundigt sich Dagmar Wohlfrom-Kühn.

Tamar Wegenast zuckt mit den Schultern. »Professionell? Vermutlich war es damals eine Frau, die das getan hat.« Sie schenkt Professor Wohlfrom ein kurzes Lächeln. »Frauen können mit manchen Dingen sehr sachlich, sehr ungerührt umgehen.«

Wohlfrom lacht kurz auf. »Das weiß ich sehr wohl!«

»Diese Frau«, will Dagmar Wohlfrom-Kühn wissen, »kam sie vor Gericht?«

»Nein«, sagt Tamar. »Es hat sich nicht ergeben.«

»Dass Recht gesprochen wird, ergibt sich oder es ergibt sich nicht«, meint Wohlfrom. »Das gefällt mir. Ein sehr realistischer Blick auf die Wirklichkeit des Rechtsstaates.«

»Frau Wegenast darf das sagen«, stellt Dagmar Wohlfrom-Kühn klar. »Denn sie ist vom Fach. Du bist es nicht!«

»Wie du meinst«, erwidert Wohlfrom und wendet sich wieder dem Toastbrot zu.

»Genug geplaudert«, fährt seine Frau fort. »Liebe Karen Andermatt, Sie haben aus durchaus nachvollziehbaren Gründen eine Recherche in Auftrag gegeben, und Sie haben uns damit sehr geholfen ... doch, das haben Sie. Aber ich denke, dass diese Recherche inzwischen den Rahmen dessen gesprengt hat, was von privaten Ermittlern üblicherweise zu leisten ist ...« Sie blickt zu Tamar und hebt entschuldigend die Hand. »Ich zweifle damit in keiner Weise an Ihrer Kompetenz – es geht mir nur um die Abgrenzung von privater und polizeilicher Nachforschung.« Sie richtet den Blick wieder auf Karen. »Meine Frage wäre nun, ob diese Ermittlungen weitergeführt werden, und wenn ja, ob dann ein Austausch der Informationen möglich sein wird.«

Karen Andermatt legt sorgfältig ihr Besteck zusammen. Sie weiß nicht, was sie sagen soll, in ihrem Kopf klingt eine Erinnerung an – ein Bild oder genauer: eine ganz kurze Szene, jemand trifft ein und macht eine kurze Bemerkung... Weil ihr keine vernünftige Antwort einfällt, versucht sie es mit einer Floskel. »Warum fragen Sie? Selbstverständlich werden wir keine Informationen für uns behalten.« Und während sie das sagt, fragt sie sich, für wen sie da eigentlich spricht. Du dumme Kuh, seit wann redest du im Pluralis Majestatis? Sie wirft einen verlegenen Blick auf Tamar, die aber nur kühl und aufrecht dasitzt, mit einem verschlossenen Gesicht und ganz leicht hochgezogenen Augenbrauen.

Auch die Staatsanwältin scheint nicht ganz zufrieden und wendet sich an Tamar. »Einen erheblichen Teil der Ermittlungen haben doch Sie geleistet... Haben Sie denn eine Vorstellung davon, was als Nächstes geklärt werden sollte?«

»Ja«, sagt Tamar knapp. »Sie sollten prüfen lassen, ob es sich bei dem Toten aus dem Fließ um einen Erwin Krummschmidt handelt, mit de-te-, der vor etwa zwanzig Jahren verschwunden ist. Er muss eine ziemlich auffällige Erscheinung gewesen sein, in Mitte war er als die Wahrsagerin Carmencita bekannt. Falls Schmuck gefunden wurde, zum Beispiel Armreifen aus Silberblech, könnte ein Jo Wilson mehr dazu sagen...«

Die Staatsanwältin hebt die Hand und blickt zu ihrem Mann. »Carmencita?«, sagt der, »ja doch... Er oder sie zog abends durch die Kneipen und verkaufte keine Blumen, sondern Wahrsagereien, ziemlich lästig, erinnerst du dich nicht? Einmal hab ich ihm einen Zehner gegeben, jedenfalls einen kleinen Schein, und da hat er dir prophezeit, eines Tages würdest du noch ganz Berlin nach deiner Pfeife tanzen lassen...«

»Ach!«, ruft die Staatsanwältin, »was du dir wieder ausdenkst! Aber es stimmt, an dieses Geschöpf erinnere ich mich dunkel. Ach ja, damals hatten wir noch Zeit, abends in eine Kneipe zu gehen ... Aber entschuldigt mich, ich darf diese Information doch weitergeben?« Ohne eine Antwort abzuwarten, steht sie auf und geht zum Telefon.

»Da wäre noch etwas«, sagt Tamar. »Ein zweiter Name. Uwe Kappolt. Der Mann hat sich am Mittwochabend in Crammenow herumgetrieben, dort, wo vergangene Nacht dieser Lutz Harlass aufgefunden wurde. Man sollte ihn fragen, was er über den Mann weiß, der in seinem Auto verbrannte.«

Die Staatsanwältin, die bereits den Hörer in der Hand hält, wirft ihr einen langen und nachdenklichen Blick zu. Dann wendet sie sich wieder zum Telefon und wählt eine Nummer, die sie auswendig kennt.

Samstag

Ein schöner Herbstmorgen ist heraufgezogen, und in Finklins Arbeitszimmer schweben die Rauchkringel durch die Strahlen der Morgensonne. Auf dem Schreibtisch liegt der *Havelländische Kurier* mit der Schlagzeile: »In Dichterlesung Serienmörder gestellt«. Hinter dem Schreibtisch sitzt Brutus Finklin, aber er ist nicht so recht zufrieden.

»Ich habe Berndorfs schöner Begleiterin ausgehändigt, was man von mir haben wollte – die fragliche Aktentasche und was darin war, einschließlich der beiden Pistolen«, sagt er, streift die Asche von seiner Zigarette und blickt dabei zu seinen beiden Besuchern, von denen der eine aber gerade dabei ist, die Hündin Hexe zu kraulen.

»Keineswegs haben Sie uns alles ausgehändigt«, antwortet der andere Besucher. »In der Aktentasche befanden sich weder ein Notiz- noch ein Adressbuch oder sonst irgendein Schriftstück, auf dem Ihre Adresse vermerkt gewesen wäre. Wie hat Harlass also hierhergefunden?« Dieser andere Besucher ist Professor Dingeldey, der an diesem Morgen mit Berndorf nach Crammenow herausgefahren ist.

»Er kam hier vorbei und hat nach Arbeit gefragt. So hat er hergefunden. Fragen Sie Maria!«

»Lieber Genosse Finklin«, sagt Dingeldey, »das mag so gewesen sein. Aber wenn Sie als Zeuge vor Gericht bei dieser Darstellung bleiben, dann wird das Gericht unweigerlich wissen wollen, wo Harlass denn sonst noch in Crammenow wegen Arbeit vorgesprochen hat. Und was wird dabei wohl herauskommen?« Dingeldey wendet sich zu Berndorf, als ob dieser für das Gericht sprechen solle.

»Herauskommen wird, dass sonst niemand irgendwo nach

Arbeit gefragt hat«, antwortet Berndorf, weiterhin die Hündin kraulend, und zwar hinter den Ohren, »das wäre in diesem Dorf nämlich aufgefallen, und die Polizei hätte es schon gewusst, als sie hier vorsprach.«

»Eben«, greift Dingeldey den Faden wieder auf, »und weil das so ist, wird das Gericht Sie erstens für einen Lügner und zweitens für einen Komplizen des Lutz Harlass ansehen. Menschenskind!«, ruft er plötzlich aus, »Sie bringen sich in Teufels Küche, begreifen Sie das nicht?«

»Das ist nichts Neues«, antwortet Finklin. »Diese Gesellschaftsordnung stellt nichts anderes dar als des Teufels weltumspannende Großküche.«

Dingeldey wirft einen Blick zur Decke. »Wollen Sie wirklich als der Gehilfe und Herbergsvater des Mannes dastehen, der Ihren Freund Marcks umgebracht hat?«

»Lieber Genosse Dingeldey, wissen Sie, was unsereinem von den Speichelleckern des Stalinismus und den Lakaien des Kapitalismus schon alles nachgesagt worden ist?«

Dingeldey wendet sich hilfesuchend zu Berndorf. Der ist dazu übergegangen, mit der Hündin das Spiel zu spielen, ob die Schnauze gewinnt oder die Hand, die die Schnauze zuhalten will. Es gewinnt die Schnauze. »Wir hatten eine Vereinbarung, erinnern Sie sich?«, sagt Berndorf. »Ich nenne Ihnen den Drahtzieher, und wir sind miteinander im Geschäft – hatten Sie es nicht so formuliert?«

Finklin drückt seine Zigarette aus. »Den haben nicht Sie mir genannt. Der hat sich selbst geoutet, heißt das nicht heute so? Und da wir gerade dabei sind: Solange die Justiz von Teufels Küchenland diesen Menschen nicht befragt, warum um alles in der Welt er mitten in einer Dichterlesung ...« – er nimmt die Zeitung, die vor ihm liegt, und hebt sie hoch, so dass die Besucher die Schlagzeile lesen können – »... eine Schießerei anzettelt, solange kann sie von mir keinerlei Auskunft erwarten ...« Er wirft einen Blick auf seine Armbanduhr. »Aber jetzt entschuldigen Sie, ich würde gerne Nachrichten hören!« Dann dreht er sich um und schaltet das Radio ein, das im Bücherregal hinter ihm steht. Es ist eines der Geräte, deren Lautsprecher sich hinter einer Stoffbespannung befinden und die noch das grünleuchtende magische Auge haben.

Noch läuft Werbung, dann kommen Weltnachrichten, Bürgerkrieg in Syrien, Schuldenkrise in den südeuropäischen Ländern, eine weitere Erhöhung der Rüstungsausgaben in den USA, in Berlin hat die Staatspartei bei der Sonntagsfrage um zwei Prozentpunkte zugelegt, Berndorf muss ein Gähnen unterdrücken, und Hexe hat eine Pfote auf seine Hand gelegt ...

»... Berlin. Der mutmaßliche Gewalttäter Lutz Harlass, der am Donnerstagabend bei einem Schusswechsel mit einem Polizeibeamten schwer verletzt wurde, befindet sich nicht mehr in Lebensgefahr. Der 26jährige soll voraussichtlich noch heute in das Justizvollzugskrankenhaus Berlin verlegt werden. Justiz- und Innensenator Holger Missenpfuhl hat inzwischen die Polizei gegen den Vorwurf verteidigt, sie hätte bei der versuchten Festnahme von Harlass das Leben Unbeteiligter gefährdet. Lutz Harlass sei dringend verdächtig, mindestens zwei, wahrscheinlich aber drei äußerst brutale Morde begangen zu haben, und habe weitere Anschläge geplant. Deshalb habe sofort gehandelt werden müssen ...«

Der Nachrichtensprecher leitet zu den Wirtschaftsthemen über und teilt mit, nach Ansicht des Bundeswirtschaftsministeriums seien deutsche Unternehmen von den Ermittlungen der US-Börsenaufsicht wegen illegaler Provisionszahlungen nicht betroffen ... Warum sie nicht betroffen sein können, erfährt man aber nicht, denn Finklin schaltet das Radio wieder aus.

»Da wissen Sie jetzt, was die Berliner Justiz tun wird«, stellt Dingeldey fest. »Und um davon abzulenken, was sie nicht tut oder nicht tun darf, wird sie sich mit umso größerem Diensteifer auf die Leute stürzen, die nicht unter dem Schutz des Justizsenators stehen. Vor allem, wenn diese Leute die Angriffsflächen frei Haus liefern.«

Berndorf zieht seine Hand unter Hexes Pfote vor, und Finklin, der schon dabei ist, zu Tabaksbeutel und Zigarettenpapier zu greifen, blickt auf. »Ist ja gut«, sagt er, und seine Stimme klingt plötzlich müde. Er beugt sich zu einer Seitenschublade seines Schreibtisches, zieht sie auf, holt erst einen großformatigen Band hervor, dann einen Akten-Ordner, und schiebt beides über den Schreibtisch zu Dingeldey. »Das war beides noch in der Tasche, die Harlass bei sich hatte«, erklärt er.

»Und wann haben Sie es an sich genommen?«, fragt Dingeldey, während er den Band betrachtet, bei dem es sich laut Titel um eine »Untersuchung von Bodengrund und Altlasten im Bereich Zehlendorf/Krumme Lanke« handelt.

»Wie oft soll ich das noch erzählen?«, fragt Finklin. »Der war wirklich hier, fragte wirklich nach Arbeit und hat tatsächlich versucht, im Schuppen Holz zu hacken. Nur konnte er es nicht und ist dann auch kollabiert. Der hatte zu viel Scheiße im Gehirn und zu viel Eiter in den Mandeln.«

Dingeldey hat den Band an Berndorf weitergegeben und ist jetzt dabei, den Aktenordner durchzusehen. Berndorf steht auf und geht zum Fenster, um die Bleistiftnotiz auf dem Titelblatt besser zu sehen – den Bleistiftkringel, der um den Namen des angeblichen Verfassers Frieder Plogstett gezogen ist, und das Fragezeichen, das samt Finklins Name und Adresse daneben gekritzelt ist. Er deutet auf den Drucker, der neben Finklins Schreibtisch steht, und fragt, ob er eine Kopie vom Titelblatt bekommen kann, »am besten mit einer Vergrößerung dieser Notiz hier?« Finklin zuckt mit den Schultern, steht dann aber wortlos auf, schaltet den Drucker ein und legt den Band ein. Er braucht ein paar Versuche, bis er zufrieden ist, dann überreicht er Berndorf zwei Kopien, eine im Maßstab 1:1, und eine Vergrößerung, in der die Adresse: »Crammenow, Bauernende 7« deutlich hervortritt. Berndorf registriert die großzügig geschwungenen Anfangsbuchstaben C und B sowie den Querstrich bei der Ziffer 7.

»Was sagt Ihnen der Name Plogstett?«, fragt Berndorf. »Oder Wotruba?«

»Nichts«, erklärt Finklin. »Die Namen haben mich auch nie interessiert. Ich hab die Sachen zuerst auf eine CD kopiert, später auf einen USB-Stick, und dann Giselher geschickt.«

»Giselher Marcks, ja?«, schaltet sich Dingeldey ein. »Und der hat dann den Namen eingefügt und an die Druckerei gegeben?«

»So ungefähr. Genau weiß ich es nicht. Ich hab den Text geliefert, um den weiteren Fortgang musste ich mich nicht kümmern. Hätte es auch nicht gewollt.«

»Und wie lange geht das schon?«

»Seit ein paar Jahren.« Finklin beginnt nun doch, die nächste Zigarette in Arbeit zu nehmen. »Giselher und ich – wir kannten uns schon ziemlich lange, und wir haben uns vertraut. Ja, so kann man es nennen. Und irgendwann hat er mir auch von der Sauna-Runde erzählt ...« Sorgsam schüttelt und drückt er das Tabakröllchen zurecht.

»Haben Sie selbst mal daran teilgenommen, an dieser Sauna-Runde?«

»Das wäre gegen jede konspirative Regel gewesen. Ich blieb da ganz außen vor.«

»Und wie ist das gekommen«, fährt Dingeldey fort, »dass Sie beteiligt wurden?«

»Mit Budapest.« Finklin stößt es heraus, als komme ihm das selbst komisch vor. »Aber ja doch! Giselher kommt eines Tages zu mir und druckst so herum – ich sei doch ein paar Mal in Ungarn gewesen, schon zu DDR-Zeiten, fragt er, und ob ich auf die Schnelle und für drei Hunderter ein Referat oder einen Aufsatz über Budapest und die Sportszene dort liefern könne? Drei Hunderter, sage ich, gerne, nur her damit!« Finklin klebt die Zigarette zusammen, betrachtet sie kritisch, ist zufrieden und zündet sie sich an.

»Ich will dann aber doch Genaueres wissen«, fährt er fort, »und es kommt heraus, dass ein Kollege von ihm an einer Fortbildung in Budapest teilgenommen hat, irgendetwas über das Management von kommunalen Sportstätten, da sollte eigentlich nichts passieren. Aber während der Kollege sich in Budapest tummelt, setzt das Land Berlin neue Richtlinien in Kraft, und kaum ist der Kollege wieder in Tegel gelandet, hat er auch schon zwanzig oder dreißig Seiten Erfahrungsbericht abzuliefern. Unglücklicherweise ist ihm nun aber sein Koffer mit allen seinen Notizen gestohlen worden, jedenfalls behauptet das Giselher. Was tun? Mir kam es zwar so vor, als hätte der gute Mann hauptsächlich den Bocksprung in ungarischen Bordellen studiert, aber egal! Der Mann ist für Giselher wichtig, während ich für jeden Euro dankbar bin, den ich irgendwie hereinbringen kann. Also setze ich mich an meinen PC und produziere an einem Nachmittag vierzig Seiten über Ungarn, Budapest und den berühmten ungarischen Fußball der Fünfziger Jahre, über Puskas und Hidegkuti und Bozsik, wenn Ihnen die Namen noch was sagen, nicht zu vergessen ...« Er hebt die linke Faust. »... den Boxer und dreimaligen Olympia-Sieger Laszlo Papp ... Jedenfalls gab es genug zu schreiben oder genauer: herunterzuladen. In drei Stunden war dem Manne geholfen und meinem Geldbeutel auch.«

»Und so hat das angefangen?«, fragt Dingeldey.

»Und so hat das angefangen«, sagt Finklin.

»Ich nehme an, die nächsten Aufträge bezogen sich dann nicht mehr nur auf Berichte über Dienstreisen.« Dingeldey greift sich den großformatigen Band über die Zehlendorfer Bodenbeschaffenheit und hebt ihn hoch. »Haben Sie eine Vorstellung, wie viel Geld zum Beispiel damit umgesetzt wurde?«

»Das da?« Finklin runzelt die Stirn. »Für mich waren das fünfhundert Euro. Ich weiß nicht, wie viel Courtage Giselher für sich beansprucht hat, aber ein Tausender wird es schon gewesen sein. Schon aus Gründen der Hierarchie. Die Druckkosten und das Honorar für den Buchbinder – noch mal anderthalbtausend. Ergibt ein Agio von dreitausend Euro – also wird der Gesamtbetrag sich in der Größenordnung von rund Hunderttausend bewegen.« Finklin zeigt mit der offenen Hand auf Dingeldey. »Sagen Sie selbst, ob Sie irgendwo hunderttausend Euro günstiger gewaschen bekommen?«

Lena Quist steht vor der Fotografie, die die ganze Wand ausfüllt, und betrachtet sie mit einem gewissen Unbehagen. Das Unbehagen kommt nicht zuletzt davon, dass sie merkt, wie sie beim Betrachten des Bildes beobachtet wird. Der Mann, der dies tut, ist unrasiert, hat kleine rote Äuglein von einer zu kurzen Nacht und von zu vielen harten Drinks.

»Gorleben 1997«, sagt Jo Wilson. »Waren Sie damals schon dabei?«

»Wo dabei?«, fragt Lena Quist zurück.

»Bei den Behelmten«, erklärt Wilson. »Bei denen, die die Schlagstöcke hatten. Die dafür sorgten, dass der Atommüll dort eingelagert wird, wo er eine ganze Landschaft verstrahlt.«

»Ich war damals noch auf der Schule«, antwortet Lena Quist. »Aber ich glaube nicht, dass meine Kollegen von damals so besonders gern in Gorleben waren.«

»Sie waren dort, weil man es ihnen befohlen hat. Aber geht man nicht zur Polizei, um das zu tun, was einem befohlen wird?«

»Nein«, sagt Lena Quist. »Nicht deshalb. Aber ich danke Ihnen, dass Sie sich die Fotos anschauen wollen, von denen ich Ihnen bei unserem Telefonat erzählt habe.« Aus ihrer Aktenmappe holt sie mehrere Fotografien und breitet sie auf dem Besprechungstisch aus. Die Aufnahmen zeigen mehrere schwärzlich verfärbte Armreifen, einzeln und ineinander gesteckt. Außerdem ist jeweils ein Maßstab abgebildet, so dass zu erkennen ist, dass die Armreifen zwischen acht und zwölf Zentimeter Durchmesser haben.

Wilson nimmt die Fotografien und geht damit zum Fenster, Lena Quist ist sich nicht ganz sicher, ob er es tut, weil dort besseres Licht ist. Vielleicht will er auch nur verbergen, dass ihm irgendetwas an diesen Fotos nahegeht.

»Erklären Sie mir noch einmal, wo man dieses Zeug gefunden hat?«

Lena Quist fasst kurz zusammen, was sie bereits am Telefon erzählt hat: dass aus einem Fließ im Spandauer Forst ein Skelett geborgen worden sei, das Skelett eines Mannes, der ungefähr 1.80 Meter groß gewesen sei und links diese Armreifen aus Silberblech getragen habe.

»Weiß man, wie lange der im Wasser gelegen hat? Zwanzig Jahre vielleicht?«

»Das müssen die Gerichtsmediziner feststellen. Ein Kollege, der mit solchen Sachen Erfahrung hat, ist sich sicher, dass es kein Toter von 1945 ist. Solche finden wir öfter mal.«

»Sondern?«

»Jemand, der noch nicht so lang da drin lag.«

»Puh!«, macht Wilson und wendet sich vom Fenster ab. »Wenn es sicher ist, dass es ein Mann war, dann kann es eigentlich nur Carmencita gewesen sein. Sie hat solche Armreifen getragen, aus Silberblech, wie Sie sagten. Der richtige Name ist Erwin Krummschmidt, zuletzt habe ich ihn im November 1992 gesehen...« Ohne einen weiteren Blick darauf zu werfen, reicht er die Fotos zurück. »Wollen Sie übrigens einen Kaffee?«

Lena Quist verstaut die Fotos, lehnt aber den Kaffee ab.

»Schade«, sagt er, »ich hätte Ihnen dabei erzählen können, wie das war, als ich bei der Polizei in Mitte eine Vermisstenmeldung machen wollte. Und was für ein Bein sich Ihre Kollegen von damals für einen verschwundenen Transvestiten ausgerissen haben.«

»Ich nehme an«, sagt Lena Quist unvorsichtig, »dass ich das in den Unterlagen nachlesen kann.«

»Ja, tun Sie das nur. Und wenn Sie herausgefunden haben, wie Ihre Kollegen damals mit der Vermisstenmeldung und mit mir umgegangen sind, und das Gefühl haben, da wäre eine kleine Entschuldigung fällig, dann können Sie mich ja anrufen...«

Wen haben denn die da draußen angeschleppt?«, will Lena Quist wissen, hängt ihren Mantel in den Schrank und fährt, ohne eine Antwort abzuwarten, fort: »Gut möglich, dass der Tote aus dem Wasserloch identifiziert ist. Ein Zeuge ist sich ganz sicher, dass der Armschmuck einem gewissen Erwin Krummschmidt gehört, einem Transvestiten, der seit November 1992 verschwunden ist...«

»Was für Armschmuck?«, fragt Kriminalkommissar Ulrich Jörgass und löst seinen Blick vom Strafregisterauszug, den er sich auf den Bildschirm geholt hat.

»Ach so Armreifen, ineinandergesteckt, aus Silberblech...«

»Wenn ein Mann so etwas trägt«, bemerkt Jörgass, »dann wär sogar ich darauf gekommen, dass das ein Transvestit ist... Sag den Kollegen draußen Bescheid, dass Sie den Kunden jetzt hereinbringen können, das ist übrigens dieser Uwe Kappolt, der Kerl, der vor dieser Datsche in Crammenow gesehen worden ist.«

Lena Quist öffnet die Tür und lässt die beiden Streifenpolizisten samt dem kräftigen Mann herein, den sie links und rechts flankieren. Jörgass bleibt sitzen, und auch Lena Quist setzt sich hinter ihren Schreibtisch. Jörgass betrachtet die drei Männer, dann deutet er auf Kappolt:

»Warum die Handschellen?«

»Er hat den Kollegen zur Seite gestoßen und wollte wegrennen«, erklärt der ältere der beiden Polizisten.

»Die haben mich mit dem verdammten Knüppel geschlagen«, sagt Kappolt. »Da rennt jeder weg.«

»Herr Kappolt«, sagt Jörgass müde, »Sie müssten doch wissen, dass Sie damit vor Gericht nicht durchkommen... Aber nehmt ihm trotzdem die Handschellen ab.« Das geschieht, und Kappolt massiert sich die Handgelenke. Jörgass weist auf den Besucherstuhl vor seinem Schreibtisch, Kappolt ignoriert zuerst die Einladung, setzt sich dann aber doch. Jörgass nickt den beiden Streifenpolizisten zu, im Augenblick brauche er sie nicht. »Falls ihr euch eine Anzeige wegen Widerstands überlegt – stellt das erst einmal zurück!«

»Also«, sagt Jörgass und wendet sich Kappolt zu, »ich hab mir Ihren Strafregisterauszug angesehen, zweimal gefährliche Körperverletzung, dreimal Verwendung verfassungsfeindlicher Symbole, einmal Widerstand gegen Vollstreckungsbeamte, einmal vorsätzliche Brandstiftung – danach müssten Sie wissen, wie so ein Gespräch bei uns abläuft.«

»Ich weiß nicht, was das für ein Gespräch sein soll«, antwortet Kappolt. »Nicht die geringste Ahnung.«

»Sie haben sich am Mittwoch am frühen Abend in Crammenow aufgehalten«, erklärt Jörgass. »Was haben Sie da getan?«

»Ist das vielleicht verboten?«, fragt Kappolt. »Dann sollte man dort ein Schild aufstellen, dieser Ort ist für Deutsche verboten.«

»Sie sind in der Nähe eines Anwesens gesehen worden«, fährt Jörgass geduldig fort, »und zwar unter so merkwürdigen Umständen, dass die Bewohner Sie festgehalten und gezwungen haben, sich auszuweisen. Warum?«

»Das weiß ich doch nicht. Die haben mich – bedroht haben die mich, jawohl, das ist der richtige Ausdruck. Mir eine Knarre an den Kopf gehalten. Und da hab ich dann meinen Ausweis gezeigt. Und den Führerschein. Das war Nötigung, das können Sie ruhig aufschreiben. Und dass ich deshalb Anzeige erstatte.«

»Der Reihe nach!«, sagt Jörgass. »Erst will ich wissen, was Sie dort gesucht haben …« Er blickt auf, denn Lena Quist hat ihm zugenickt. Offenbar will sie einen Kaffee trinken gehen oder woanders einen freien Schreibtisch suchen, um ihren Bericht zu schreiben.

Kappolt sieht ihr nach, wie sie das Zimmer verlässt.

»Und was haben Sie dort gesucht?«

Kappolt wendet sich wieder ihm zu. »Nichts hab ich gesucht. Eine Nachtwanderung hab ich gemacht. Zu Fuß durch das Luch zurück nach Berlin.«

Jörgass öffnet das Seitenfach seines Schreibtisches und sucht in den Schubladen herum. Schließlich findet er das Gesuchte, es ist eine Wanderkarte des Kreises Westhavelland, und er faltet sie auseinander und legt die Karten auf den Schreibtisch. »Zeigen Sie mir die Route!«

Kappolt zuckt die Schultern. »Weiß nicht, was Sie meinen.«

»Wie Sie gegangen sind, das werden Sie doch noch wissen!«

»Hab mich verlaufen. Und dann war plötzlich dieser Hund da und die Leute und der Alte mit der Knarre ...«

Jörgass macht ungerührt weiter seine Notizen. »Aber wo Sie die Wanderung angetreten haben, das wissen Sie doch noch?«

»Was heißt angetreten? Ich bin nach Crammenow gefahren, und dann wollt ich zurücklaufen.«

»Sie sind mit dem Zug gefahren?«

»Ja. Mit dem Zug.«

»Von wo aus mit dem Zug?«

Kappolt schweigt.

»Wo haben Sie die Fahrkarte gelöst? ... An einem Schalter oder einem Automaten? ... Wissen Sie noch die ungefähre Uhrzeit, wann der Zug in Crammenow angekommen ist? ...«

Auf keine dieser Fragen kommt eine Antwort. Jörgass lehnt sich in seinem Schreibtischstuhl zurück und betrachtet – nun selbst ins Schweigen verfallen – Kappolt, und der gibt den Blick zurück, ungerührt und stumpf. Schließlich steht Jörgass auf und geht ans Fenster, die Hände auf dem Rücken verschränkt, und blickt hinaus.

»Ich möchte jetzt gehen«, sagt Kappolt hinter ihm. Als Jörgass nicht reagiert, steht er auf und verrückt dabei den Stuhl.

»Sie kommen hier nicht raus ohne meine Genehmigung«, sagt Jörgass. »Setzen Sie sich.«

Kappolt bleibt stehen. »Sie können mich hier nicht festhalten. Das dürfen Sie gar nicht.«

»Nein?«, fragt Jörgass zurück und betrachtet noch immer den herbstblauen Himmel über Berlin. »Sie kennen doch Dolf Patzert?«

»Was soll das?« Kappolts Stimme wird lauter. »Dass man den umgebracht hat, das wissen Sie doch, was fragen Sie mich?«

»Schreien Sie nicht so ... Wer hat ihn umgebracht?«

»Wer wohl! Die linken Zecken werden ihn umgebracht haben oder die Fidschis, aber so etwas ist euch von der Polizei doch schnurzegal.«

»Die linken Zecken?«, fragt Jörgass zurück und dreht sich um. »Wirklich? Oder hat da womöglich in Neukölln ein kleiner Röhm-Putsch stattgefunden? ... Aber das werden Sie jetzt wieder nicht verstanden haben. Also von vorne: Sie sind der Herr Uwe Kappolt, der nach unseren Informationen einer Neuköllner Kameradschaft angehört ... Was das für eine Kameradschaft ist, das muss ich jetzt nicht ausführen, da bleibe ich ganz höflich. Aber es hat ihr auch der Herr Detlef Patzert angehört, den man den Herrn *Dolf* Patzert zu nennen hatte. Ist das soweit richtig?«

»Und wenn? Was wäre daran verboten?«

»Auf Deutsch – Sie sind aus dem Verein nicht ausgetreten und gehören noch immer dazu«, sagt Jörgass, beugt sich über seinen Schreibtisch und trägt eine kurze Notiz ein. »Nun war der Dolf Patzert nicht einfach nur einer von euch Kameraden, sondern er war irgendwie euer Gruppenführer oder Stabschef, nicht wahr?« Er wartet, ob Widerspruch kommt, dann fährt er fort. »Kann es nun sein, dass irgendwer von euch gefunden hat, das könne er besser? Oder dass der Patzert ein bisschen zu fett geworden ist? Dass man ihn ein wenig eindampfen muss? Na?«

Wieder kommt keine Antwort. Kappolt steht noch immer, er hat jetzt die Arme vor der Brust verschränkt, den Blick scheinbar gleichgültig auf Jörgass gerichtet. Der setzt sich und wendet sich wieder dem Computer zu. »Die deftigste von Ihren Vorstrafen haben Sie sich wegen einer vorsätzlichen Brandstiftung eingefangen. Das war dieser türkische Gemüseladen, nicht wahr? Sie haben da zwei Brandbomben reingeschmissen, zwei Mollies also ... richtig?«

»Was soll ich dazu sagen? Sie glauben ja doch nur die Lügen in Ihrem Computer.«

»Sie wurden rechtskräftig verurteilt«, sagt Jörgass. »Aus dem Urteil geht hervor, dass Sie im Umgang mit Brandbomben erfahren sind. Sie wissen, was man reintun muss. Und was man als Zünder nimmt. Wie man ihn in die Flasche reinsteckt… all das wissen Sie, nicht wahr?« Er blickt zu Kappolt auf. »Wollen Sie sich nicht doch setzen? Ich möchte mit Ihnen nämlich ein wenig darüber plaudern, wie Patzert zu Tode gekommen ist. Sie werden lachen, aber das hat auch was mit Brandbomben zu tun…«

Maria hat Kaffee und Tee gebracht, auch wurde Finklins Arbeitszimmer zwischendurch gelüftet, Hexe macht sich daran, im Garten ein weitverzweigtes System von Maushöhlen auszuheben, und Dingeldey ist dabei, Finklins Geschichte in den Rahmen einer Erklärung an Eides statt zu bringen. Nur Berndorf hat eigentlich nichts zu tun und trinkt Tee.

»Haben Sie eine Vorstellung, wie viele dieser Gutachten Sie bis heute erstellt haben?«, fragt Dingeldey, aber Finklin wischt die Frage mit einer abwehrenden Handbewegung vom Tisch. »Das weiß ich wirklich nicht, ich hab das auch nirgends dokumentiert. Sobald das auf einer CD oder einem USB-Stick abgespeichert und weggeschickt war, habe ich den gesamten Text gelöscht.«

»Vorsicht«, meint Berndorf, der nun doch etwas sagen darf, »Fachleute können das rekonstruieren.«

»Wenn wir die Karten auf den Tisch legen wollen, müssen es alle sein«, setzt Dingeldey nach. »Am besten wäre es, wir hätten eine exakte zeitliche Rekonstruktion all dieser Arbeiten, samt ihrem ungefähren Inhalt. So dass die Steuerfahndung und die Staatsanwaltschaft über verwertbares Beweismaterial verfügen.«

»Ob Staatsanwaltschaft und Steuerfahndung verwertbares Beweismaterial bekommen oder nicht, das darf mir nun wirklich scheißegal sein, werter Genosse Professor! So wie ich diese Leute in Berlin kenne, würden sie dieses Beweismaterial nur gegen einen verwenden, nämlich gegen mich!«

»Sie haben ganz Recht«, sagt Dingeldey sanft, »Sie haben von diesen Leuten in Berlin, wie Sie sagen, nicht viel Gutes zu erwarten. Was werden Sie zum Beispiel tun, wenn behauptet wird, Sie seien nicht nur Helfer und Herbergsvater des Mörders Harlass gewesen, sondern dessen Auftraggeber? Anders gefragt: Was können Sie dann noch anderes tun, als die Fakten offenzulegen? Das wirkt aber nur, wenn es sofort geschieht.«

Finklin hat sich zurückgelehnt und sieht zum Garten hinaus. Seine Stirn ist gerunzelt, und Berndorf, der ihn beobachtet, ahnt das Heraufziehen eines fürchterlichen Wutausbruchs.

»Einen Augenblick!«, sagt er. »Es geht hier nicht nur um Beweismaterial. Nicht in erster Linie. Es geht darum, dass gerade Sie« – er deutet mit dem Zeigefinger auf Brutus Finklin – »sich nicht kleinmachen.« Er macht eine kurze Pause. »Dass nichts wegretuschiert wird.«

Finklin stutzt. Dann hält er den Kopf ein wenig schief und äugt zu Berndorf. »Das haben Sie aber gerade sehr hoch gehängt, mein Lieber!« Er überlegt eine Weile, den Kopf gesenkt. Schließlich hebt er wortlos die Schultern und lässt sie wieder fallen. Dann steht er auf, dreht sich um und zieht aus dem Bücherregal ein antiquarisches Bändchen hervor, es ist eine Monographie, *Der 18. Brumaire des Louis Napoleon* von Karl Marx, und reicht es Dingeldey. Der schlägt es auf und liest auf dem Titelblatt die handschriftliche Widmung: *Dem Freund und Genossen Brutus Finklin!* Darunter die Unterschrift: *Giselher Marcks.* Dingeldey will weiterblättern, dann bemerkt er, dass auf dem Schmutzblatt etwas eingetragen sein muss, er blättert zurück und entdeckt eine Strichliste, jeweils vier senkrechte Striche und ein Querstrich, Dingeldey zählt nach und kommt auf 137 Striche.

»In welcher Zeit?«

»In den letzten dreieinhalb Jahren. Man muss ja leben. Das Hundefutter! Und die Maria braucht ja auch ein bisschen Taschengeld.«

Dingeldey rechnet nach. »Wenn ich Fünfhundert für jedes Gutachten veranschlage, sind das keine Zwanzigtausend pro Jahr. Üppig ist das nicht.«

»Nein«, bestätigt Finklin, »üppig ist das wirklich nicht. Manchmal – selten – war es ein Tausender. Aber wir sollten nicht von Gutachten sprechen. Ich habe meine Arbeit nie so verstanden.«

»Wie dann?«

»Ich habe zu bestimmten Themen Material und Texte zusammengestellt, die für den Autor eines Aufsatzes oder einer Untersuchung hilfreich sein sollten. Das heißt, ich bin oder war so etwas wie ein Zuarbeiter…« Wieder einmal greift Finklin zu Tabaksbeutel und Zigarettenpapier.

»Ich verstehe«, sagt Dingeldey, »und wenn das Material so gefällig zusammengestellt war, dass man nur noch seinen Namen draufsetzen musste, dann hat Sie das auch nicht weiter betrübt. Aber wie ist das im Einzelnen abgelaufen? Immer über Ihren Freund Giselher?«

»Es lief über Giselher, ja.« Finklin stellt fest, dass er kein Zigarettenpapier mehr hat, flucht kurz und holt eine abgekaute stinkige Tabakspfeife aus seiner Schreibtischschublade. »Ja doch. In seiner Sauna-Runde hat alles begonnen. Da hat Giselher die Leute zusammengebracht – also diejenigen, die ein Projekt durchbringen wollten, mit denen, die es zu genehmigen hatten. Oder mit denen, auf deren Empfehlung es letztlich ankam. Die Sauna, so hat er einmal gesagt, sei dafür sehr geeignet: ein nackter Mann kann einem anderen nackten Mann schlecht in die Tasche greifen. Die Sauna schafft also einen vorgegebenen Rahmen von – nun ja: von Ehrlichkeit. Wenn die Nackten sich dann einig geworden waren, kam es nur noch darauf an, wie die Transaktion abgewickelt wird.« Er hat sich die Pfeife mit dem Zigarettenschnitt gestopft und zündet sie an.

»Helmut Kohls selige Zeiten, als man einander mit den vollen Geldkoffern nachlief, sind vorbei«, fährt er fort und stößt befriedigt eine giftblaue Wolke aus. »Geld ist sein Geld nur noch wert, wenn man es vor dem Finanzamt deklarieren kann. Die Baufirma X kann nicht mehr so ohne weiteres Hunderttausend bereitstellen, um sie dem Baurat Y vom Stadtplanungsamt in der Plastiktüte zu überreichen. Das geht nicht mehr. Wie geht es also? Zum Glück kann heute nichts mehr einfach so beantragt und dann genehmigt werden. Wenn Sie ein neues Baugebiet ausweisen wollen, wenn Sie eine neue Straßentrasse planen, wenn Sie irgendwo den Denkmalschutz aushebeln wollen – zu allem brauchen Sie Expertisen, begleitende Untersuchungen, Gutachten, entsetzlich viel Papier, das zwar kein Mensch liest, das man aber jederzeit vorlegen können muss ...«

»Und so erteilt die Firma X der Nichte von Baurat Y oder seiner Beischläferin oder seiner Oma den Auftrag, ihr – also der Firma X – ein Gutachten über was auch immer zu erstellen, Giselher Marcks sagt hier in Crammenow Bescheid, Sie liefern vierzig oder sechzig oder hundert Seiten, Marcks setzt den Namen von Nichte oder Beischläferin oder Oma über den Text, schickt das Ganze in die Druckerei, die Firma überweist das Honorar und hat schwarz auf weiß, was sie getrost zu den Unterlagen nehmen kann«, fasst Dingeldey zusammen. »Na schön. Dann versuchen wir doch mal, das im Einzelnen aufzulisten ...«

Berndorf steht auf. »Ihr werdet wohl noch länger brauchen?«, fragt er. »Dann fahr ich mal«, sagt er, als kein Widerspruch kommt, und blickt zu Dingeldey. »Wie kommen Sie später nach Berlin zurück? Mit dem Zug, oder kann Finklin Sie fahren?« Selbstverständlich fahre er ihn, antwortet Finklin würdig, und Dingeldey ergänzt, dass sie am Nachmittag ohnehin noch einen Notar aufsuchen müssten, um die Erklärung an Eides statt zu hinterlegen. Berndorf hebt grüßend die Hand und verlässt das Zimmer.

Als er die Haustüre öffnet, erscheint auch schon die Hündin, wedelnd und mit erdverkrusteter Schnauze. Offenbar erwartet sie einen Spaziergang. »Tut mir leid«, sagt Berndorf, »geh zu deinen Mäusen, ich muss nach Berlin, da gibt es nur Asphalt und schlechtes Pflaster!« Im Gehen schaltet er sein Handy ein, und als er bei seinem Wagen ist, hört er auch schon das Signal, dass Kurzmitteilungen eingetroffen sind. Es sind zwei, die erste ist von 9.37 Uhr und lautet:

»Zp nimmt taxi zur charite. Sucht ambulanz auf.«

Die zweite Nachricht wurde um 10.47 Uhr gesendet:

»Zp verlässt ambulanz. Mit taxi zu lka. Bitte neue order.«

Berndorf ruft eine Kurzwahl auf. Es meldet sich Tamar. »Moment«, sagt sie. Im Hintergrund hört man Unterhaltung und das Klappern von Geschirr, eine Tür wird geöffnet, das Geschirrklappern wird von Fahrgeräuschen abgelöst. Dann hört Berndorf wieder die Stimme von Tamar: »Ich war gerade in einem Stehcafé.«

»Klar doch«, sagt Berndorf. Klar ist, dass sich Tamar nicht im unmittelbaren Umfeld des Landeskriminalamtes aufhält, also dort, wo sie von den Überwachungskameras erfasst würde. »Haben Sie den Laden im Blick?«

»Wenn Autos dort vorfahren, das kann ich sehen. Wenn zum Beispiel ein Taxi käme. Aber ich bin zu weit weg, um dann folgen zu können.«

»Das brächte auch nichts. Fahren Sie zu Paul Hintze, Sie wissen ja, wer das ist. Ich glaube nicht, dass er heute arbeitet. Vielleicht wird er Besuch bekommen.« Er gibt die Adresse durch, dann ist das Gespräch auch schon beendet, und er öffnet die Wagentür. Aber kaum ist sie auf, springt die Hündin hinein und setzt sich auf den Beifahrersitz, den Kopf selbstbewusst aufgerichtet. »Es geht wirklich nicht«, sagt er, geht um den Wagen herum und zieht die Beifahrertür auf. »Raus!« Die Hündin verharrt einen Augenblick, dann scheint sie zu begreifen, dass es Berndorf ernst meint, springt aus dem Wagen und läuft ein paar Schritte zur Seite, um so zu tun, als müsse sie jetzt ganz dringend einen Grasbüschel auf fremde Duftmarken untersuchen.

Sie waren also hinter dem Lutz Harlass her«, fasst Jörgass zusammen. »Und warum? Um ihm einen Orden zu überreichen?«

»Ach!«, gibt Kappolt zurück, »hören Sie doch auf mit Ihren Witzen, so komisch sind die nicht! Patzert hat gesagt, der Harlass, der sei fremdgesteuert. Den hätte man mit Absicht losgeschickt, damit er Scheiße baut, die dann der Kameradschaft angehängt wird.«

»Und deswegen wolltet ihr mit ihm reden?«, fragt Jörgass. »Ihm ein wenig auf die Finger klopfen? Und dann? Hätte er die Grillwurst werden sollen?«

»Dann hätten wir ihn Euch vor die Tür gelegt. Aber noch lebend. Und mit einem Zettel um den Hals, wo alles draufsteht.«

»Verstehe«, sagt Jörgass. »Ich sehe schon die Schlagzeile vor mir: Nazi-Kameradschaft klärt Mordserie auf. Na fein. Schade nur, dass es schiefgegangen ist. Ist wohl doch nicht so einfach, selber Polizei zu spielen. Aber egal... Was mich jetzt aber mehr interessiert – woher wusste Patzert, dass Harlass in diesem Nest Crammenow zu finden ist?«

»Weiß ich nicht.« Kappolt beginnt wieder, mit der linken Hand das rechte Handgelenk zu massieren. »Der hat nie alles gesagt. Das muss er auch nicht.«

»Führer befiehl, wir folgen dir, wie?«

Kappolt hört auf, sich das Handgelenk zu massieren, und wirft Jörgass einen seltsamen Blick zu. »Ihnen vergeht das schon noch.«

»Was wird mir vergehen?«

»So zu reden. Der Patzert hat immer gewusst, was er gesagt hat. Oder meistens.« Plötzlich hebt Kappolt die rechte Hand und deutet auf Jörgass. »Der hatte seine Kanäle. Erstklassige

Kanäle.« Er lässt seine Hand sinken und versucht ein kurzes Lächeln. »Dass man den Patzert umgebracht hat, damit hab ich nichts zu tun. Das wissen Sie auch ganz genau, denn an dem Abend war ich in Crammenow. Sie selber haben mir das doch vorgehalten, das mit den Leuten dort... Fragen Sie doch mal Ihre Kollegen, wer von denen den Patzert gekannt hat, gut gekannt.« Er lacht. »Bevor wir dort waren, hat da auch schon die Polizei rumgesucht. Aber sie hat nichts finden wollen. Also hat die Polizei einen Tipp gehabt. Und wenn der Patzert plötzlich auch diesen Tipp hat, wo sitzt dann das Vöglein, das es ihm gepfiffen hat?«

Er blickt sich um, denn an der Tür hat es geklopft. Dann wird sie auch schon geöffnet, und im Zimmer steht der Kriminalhauptkommissar Wolfgang Keith, den linken Arm noch immer in der schwarzen Schlinge. Jörgass steht auf und kommt ihm entgegen. »Du bist doch krankgeschrieben?« Sie tauschen einen Händedruck.

»Das geht schon«, meint Keith und nickt kurz zur Bekräftigung, »der Doktor hat mich laufen lassen, auf eigene Verantwortung. In der Situation jetzt...« Mit einer fragenden Kopfbewegung deutet er auf Kappolt.

»Das ist der Herr Uwe Kappolt«, sagt Jörgass, »er war am Mittwochabend zusammen mit Dolf Patzert in Crammenow, den Harlass suchen.« Er hebt dazu beide Hände, als wolle er diese Aussagen zur allgemeinen Betrachtung in den Raum stellen. »Er ist also einer der Letzten, die mit Patzert vor dessen Tod zusammen waren. In Crammenow war er angeblich deshalb, weil Patzert einen Tipp bekommen habe...«

»Ah ja?«, fragt Keith, halb an Jörgass und halb an Kappolt gerichtet. »Vermutlich von der Polizei, nicht wahr? Dazu sind wir doch da, dass man alles uns in die Schuhe schiebt. Und wo genau hat er in Crammenow nach ihm gesucht? Womöglich in dem Anwesen Bauernende Sieben?«

»Exakt«, antwortet Jörgass. »Das heißt, reingekommen ist er nicht...«

Keith geht zu Kappolt und stellt sich vor. »Bauernende Sieben – Sie wissen, wer da wohnt?«

Kappolt verzieht das Gesicht. »So ein Alter. Nicht ganz richtig im Kopf. Eine linke Zecke.«

Über Keiths blasses Gesicht zieht sich der Anflug eines Lächelns. »Dieser Herr Finklin – dass der links ist, oder irgendwie links« – er hebt die Hand und dreht sie kurz hin und her, als wollte er etwas beschreiben, das nur ungefähr oder annähernd richtig ist – »woher wissen Sie das?«

»Das weiß man eben ... Die Leute im Dorf wissen es.«

»Und der Herr Patzert«, fährt Keith fort, »der hat geglaubt, Lutz Harlass wäre bei Finklin untergekommen?«

Kappolt zögert. »Das weiß ich nicht, was der geglaubt hat.« Plötzlich zeigt er zwei Reihen gelber schiefstehender Zähne. »Das müssen Sie ihn schon selber fragen.«

»Wenn Sie unverschämt werden«, sagt Keith, »besorge ich ganz schnell einen Haftbefehl.« Er blickt zu Jörgass und deutet mit dem Kopf zur Tür.

»Glückwunsch«, sagt Keith, als sie auf dem Korridor stehen und Jörgass die Tür zu seinem Büro zugezogen hat, »du hast da einen ganz wichtigen Zeugen in der Mangel. Eine Schlüsselfigur.«

»Das ist mir jetzt zu hoch.« Jörgass blickt verlegen.

»Mensch, Jörgass!«, sagt Keith, »vielleicht haben wir jetzt endlich den Drahtzieher, ohne den diese ganze Geschichte keinen Sinn ergibt ... Versteh doch – dieser Lutz Harlass ist eine Marionette oder von mir aus eine kleine, dumme Maschine, die man zum Töten programmiert hat. Aber ich hab die ganze Zeit keine Idee gehabt, wer der Programmierer gewesen sein könnte. Erst jetzt dämmert es, stell dir das mal vor!«

»Tut mir leid, aber ich versteh nur Bahnhof.«

»Das macht nichts«, meint Keith. »Was wir jetzt brauchen, ist eine umfassende, hieb- und stichfeste Aussage dieses Kunden da und warum er geglaubt hat, dass Harlass bei Finklin in Crammenow zu finden sei. Und wenn du das hast, dann gehst du sofort zur Wohlfrom-Kühn und verlangst einen Hausdurchsuchungsbefehl für das Anwesen Finklin.«

»Willst du nicht lieber selber mit ihr reden?«

»Ja. Nein. Im Prinzip sollte ich mich aus der Sache Harlass heraushalten, das weißt du doch!« Keith überlegt. »Reden kann ich natürlich mir ihr... Habt ihr eigentlich was über diese Pistolen rausgefunden?«

»Negativ«, antwortet Jörgass. »In der Asservatenkammer sind keine Waffen mit dieser Seriennummer aufbewahrt worden, und der Waffenbehörde sind die Nummern auch unbekannt.«

Der langgestreckte Raum ist in hellen, fast warmen Tönen gehalten, und wo es irgend möglich war, hat der Architekt Holz verwendet. Die nebeneinander aufgestellten Tische mit ihren verschiebbaren Arbeitsplatten und den Spülbecken lassen Lena Quist für einen unangemessenen Augenblick an eine futuristische Küche denken. In Wahrheit befindet sie sich im Sektionssaal des Instituts für Rechtsmedizin an der Charité, und was bräunlich-schwärzlich vor ihr ausgebreitet liegt, ist das von Schlamm und Tang befreite Skelett, das aus dem Fließ im Spandauer Forst geborgen wurde.

»Achtunddreißig Jahre, sagten Sie?«, fragt der Gerichtsmediziner Dr. Nowakowski und blickt über den Obduktionstisch zu ihr. »Das könnte hinkommen. Jung war er jedenfalls nicht mehr, aber auch der altersbedingte Verschleiß ist noch nicht allzu ausgeprägt...« Er deutet auf Hüft- und Kniegelenke des Skeletts. »Aber Sie wollten etwas über die Todesursache wissen.« Er geht zum Kopfende und zeichnet mit seinem Schreibstift eine Linie auf dem Totenschädel nach: »Sehen Sie die Bruchlinie?«

Die Kriminalbeamtin Lena Quist ist ihm gefolgt. Der Riss, der sich über die Schädeldecke bis zum Hinterkopf zieht, ist gut zu erkennen. Ist er daran gestorben? »Aber das ist nicht alles«, fährt Dr. Nowakowski fort. »Hier!« Er steht jetzt neben dem Brustkorb und deutet auf dessen linke Seite, und jetzt sieht auch Lena Quist, dass einige der Rippen eingedrückt sind. Und so folgt sie dem Gerichtsmediziner, der schweigend am Tisch entlanggeht, von einer Bruchstelle zur nächsten.

»Wie kann das alles passiert sein?«, hört sich Lena Quist fragen.

»Das ist nicht so ungewöhnlich«, antwortet Dr. Nowakowski. »Können Sie auch haben. Sie brauchen bloß irgendwo vom fünften oder sechsten Stock zu springen.«

Lena Quist runzelt die Stirn. So muss man nicht reden, denkt sie. »Sind Sie sicher, dass diese Verletzungen von einem Sturz herrühren? Könnte er« – sie deutet auf das Skelett, mit einiger Scheu, als sei die Person des Toten noch immer gegenwärtig – »zum Beispiel bei einem Unfall von einem Auto erfasst worden sein? Oder dass man ihn bei einer Schlägerei so zugerichtet hat?«

»Angesichts der Entwicklung der Gewaltkriminalität schließe ich inzwischen nichts mehr aus«, antwortet der Gerichtsmediziner. »Trotzdem scheint mir das, was ich hier sehe, charakteristisch für einen Sturz aus großer Höhe, mit einem Aufprall auf der linken Körperseite... Aber ich werde im Obduktionsbericht auf diese Fragen gerne noch genauer eingehen.«

»Ist es möglich, dass er Selbstmord begangen hat?« Während sie das fragt, überfällt sie der Verdacht, dass das keine sehr intelligente Frage ist.

»Interessante Frage«, meint der Gerichtsmediziner. »Aber es sind meistens Frauen, die sich durch einen Sprung aus dem Fenster umbringen. Außerdem stellt sich bei einem Selbstmord die Frage, wer ihn dann« – er deutet auf das Skelett – »zu diesem Wasserloch gebracht und dort versenkt hat. Er selbst« – Dr. Nowakowski hebt leicht die Augenbrauen – »wird nach dem Sturz nicht mehr dazu in der Lage gewesen sein, das scheint mir sicher...«

»Entschuldigung«, sagt Lena Quist und spürt, dass sie schon wieder rot geworden ist, »das war...«

»Lassen Sie nur, die Frage darf man stellen, aber ich tippe mal darauf, dass er weder selbst gesprungen ist, noch dass es ein Unfall war. Man wird ihn runtergeworfen haben, irgendwo aus einem fünften oder sechsten Stockwerk, schätze ich mal.«

Es ist Samstagmittag, dennoch wird im Sekretariat der Leitenden Staatsanwältin gearbeitet. »Haben Sie eigentlich auch mal ein freies Wochenende?«, fragt Keith die Sekretärin, bei der er sich anmeldet. »Aber gewiss doch«, kommt die Antwort, »manchmal sind aber besondere Umstände – heute hat sich zum Beispiel das Fernsehen angesagt... Die Frau Staatsanwältin erwartet Sie übrigens bereits.« Sie nimmt den Hörer ihres Telefonapparats auf und gibt eine Kurzwahl ein, der Herr Keith sei jetzt da.

Dagmar Wohlfrom-Kühn empfängt ihn an der Tür. »Wie geht es Ihrem Arm?«, fragt sie zur Begrüßung und fährt fort, ohne eine Antwort abzuwarten, dass er in seinem Zustand sich – bitte schön! – nicht auf Amtsstuben herumtreiben soll. »An Ihrer Nasenspitze sehe ich es Ihnen an, dass Sie noch mitgenommen sind!«

Keith widerspricht, er sei heute Morgen beim Arzt gewesen und der sei mit ihm ganz zufrieden. »Ich kann die Kollegen jetzt nicht allein lassen, das müssen Sie doch verstehen!« Das verstehe sie schon, meint die Staatsanwältin, und dann sind sie auch schon am Besprechungstisch und nehmen beide Platz. Die Staatsanwältin fragt, ob sie einen Tee oder einen Kaffee machen soll, aber Keith lehnt dankend ab. Es gebe eigentlich nur zwei Punkte, weshalb er um ein Gespräch gebeten habe, das eine sei diese ärgerliche Geschichte mit dem Anwalt Dingeldey...

»Er behauptet, er habe zwei Pistolen übernommen, die Harlass bei sich gehabt habe, eine Walther PPK und eine 464 Viking, und weigert sich…«

»Ich bin unterrichtet«, unterbricht ihn die Staatsanwältin. »Missenpfuhl hat ihm zugesagt, die Waffen von einem Experten des BKA untersuchen zu lassen. Einigen wir uns darauf, dass wir das beide jetzt nicht kommentieren?«

Keith versucht ein Lächeln. »Es wird wohl besser sein. Allerdings habe ich auf meinem Schreibtisch eine Aktennotiz gefunden, in der ich angewiesen werde, die Vorwürfe oder Unterstellungen des Anwalts Dingeldey anhand der Seriennummern zu überprüfen – Sie sehen, ich kann gar nicht krankfeiern. Ich hatte den Kollegen Täubner dann mit der Nachprüfung beauftragt, und das Ergebnis ist negativ. Die Berliner Waffenbehörde hat Unterlagen weder zu der Walther PPK noch zu der 464 Viking.«

»Dingeldey behauptet, beide Pistolen könnten aus den Beständen dieser Waffennarren stammen, die Anfang der Neunziger Jahre in der Freiwilligen Polizeireserve aufgeflogen sind.«

»Nach unseren Unterlagen stimmt das nicht«, antwortet Keith. »Die Depots mit den fraglichen Beständen sind 1992 ja ausgehoben worden. Im Verzeichnis der damals sichergestellten Waffen findet sich aber weder die Seriennummer der Walther PPK noch der 464 Viking.«

»Na ja, beide können ja vorher weitergegeben worden sein«, meint die Staatsanwältin, »noch bevor die Depots entdeckt wurden. Wir haben gerade ein wenig Gegenwind.«

»Ja?«

»Lieber Herr Keith«, sagt die Staatsanwältin und lächelt freundlich, »wir stehen alle hinter Ihnen. Aber in bestimmten Kreisen will das Gemurmel nicht verstummen, Ihr Einsatz im Kongresszentrum sei etwas sehr – wie soll ich sagen? – etwas sehr wildwestmäßig gewesen. Es wäre deshalb gut, wenn Sie in einer dienstlichen Erklärung begründen würden, warum Sie nicht auf das Eintreffen eines Einsatzkommandos gewartet haben... Aber ich bin zuversichtlich, dass Sie Ihr Vorgehen gut und schlüssig begründen können. Eine andere Sache betrifft nicht Sie, ist aber wirklich ärgerlich, und zwar geht es darum, ob dieser Dolf Patzert V-Mann des Verfassungsschutzes oder des Berliner polizeilichen Staatsschutzes gewesen ist...«

Keith betrachtet die Staatsanwältin aus Augen, die plötzlich sehr schmal geworden sind. »Mein Vorgehen im Kongresszentrum erklärt sich sehr einfach, Frau Leitende Staatsanwältin. Ich ging davon aus, dass Sie in besonderem Maße gefährdet sind. Ich habe den für Sie abgeordneten Personenschutz als unzureichend angesehen, und ich hätte es für richtig gehalten, dass Sie vorübergehend ganz auf öffentliche Auftritte verzichten.«

»Moment!«, sagt die Staatsanwältin. »Mir haben Sie das nicht vorgetragen...«

»Es war aber meine Überzeugung«, beharrt Keith. »Nur bin ich damit nicht durchgedrungen. Das ist so. Leider. Und irgendetwas musste ich tun.« Er beugt sich vor und versucht, mit den Augen den Blick der Staatsanwältin festzuhalten. »Wir säßen sonst nicht hier.« Er wartet kurz, dann fährt er fort: »Aber zu Dolf Patzert! Dass er Verbindungen zur Polizei gehabt hat, ist völlig richtig und aktenkundig und für jedermann einsehbar. Dolf Patzert, oder vielmehr: Detlef Patzert, wie er richtig heißt, gehörte von 1990 an der Freiwilligen Polizeireserve Berlin an, und zwar bis zu ihrer Auflösung 2002. Ich nehme an, dass dieser Sachverhalt auch dem Rechtsanwalt Dingeldey bekannt ist. Vermutlich hat er deshalb diese alte Geschichte mit den angeblichen Waffenhändlern in der Polizeireserve ausgegraben.« Er lehnt sich zurück.

»Das mag so sein«, meint die Staatsanwältin. »Aber zurück zu Patzert... Wann und warum ist er in die rechte Szene abgedriftet?«

»Das entzieht sich meiner Beurteilung«, antwortet Keith förmlich. »Vielleicht hätte man die Polizeireserve beibehalten sollen. Aber ich habe das nicht zu diskutieren...«

»Und was würden Sie dann diskutieren wollen?«

»Diskutieren? Das ist nicht meine Aufgabe. Ich möchte nur auf einen Sachverhalt aufmerksam machen, der offen zu Tage liegt: dass nämlich Lutz Harlass eben kein Einzeltäter ist. Irgendwer hat ihn bewaffnet und ihm seine Ziele genannt und ihn losgeschickt, und ich denke, dass es derselbe Mann sein muss, bei dem Harlass nach seiner Verwundung Zuflucht suchte …«

»Sie sprechen von diesem Brutus Finklin«, fällt ihm die Staatsanwältin ins Wort. »Wie ist er an Harlass geraten? Und warum soll er all das inszeniert haben?«

»Wie er an Harlass geraten ist, weiß ich nicht. Aber ich habe mich bei den Kollegen vom polizeilichen Staatsschutz über Finklin unterrichten lassen. Danach gehört Finklin einer fanatischen trotzkistischen Splittergruppe an, die für unseren Staat und unsere Gesellschaft nur Abscheu und Hass empfindet. Allerdings ist diese Gruppe oder Zelle bisher mit terroristischen Aktionen nicht in Erscheinung getreten, das gebe ich zu.«

»Ist er vorbestraft?«

»Ja«, antwortet Keith widerstrebend, »ja, er war inhaftiert. Allerdings war das noch zu DDR-Zeiten …«

»So? Häftling in der DDR? Politischer Häftling womöglich?«, fragt die Staatsanwältin zurück. »Dies spricht erst einmal nicht gegen ihn. Ausdrücklich nicht.«

»Vielleicht macht ihn gerade das besonders gefährlich«, entgegnet Keith. »Sowohl Patzert als auch sein Freund oder Kamerad Kappolt haben vermutet, dass Harlass von diesem Finklin ferngesteuert wird. Sie müssen Gründe für diesen Verdacht gehabt haben, sonst wären sie nicht nach Crammenow gefahren, um dort Harlass zu stellen.«

»Und wie soll der Mord an Patzert in dieses Bild passen?«

»Vielleicht war es das Hauptziel der ganzen Aktion, die verschiedenen Fraktionen und Gruppierungen der rechten Szene gegeneinander aufzubringen«, antwortet Keith. »Ohnehin traut dort keiner dem anderen.«

»Der eine kleine Hitler würde den anderen kleinen Hitler am liebsten in die Gaskammer schicken, wie?«, fasst die Staatsanwältin zusammen.

»So ungefähr«, bestätigt Keith und lächelt säuerlich. »Dazu kommt, dass die Szene zu Beginn der Woche hochgradig alarmiert gewesen sein muss. Die Ermordung eines Polizisten passt derzeit keiner dieser Gruppen ins Kalkül, so haben es mir die Fachleute vom polizeilichen Staatsschutz versichert. Es passt jedenfalls dann nicht, wenn der Mord der rechten Szene angelastet wird. Wenn in dieser Situation dann auch noch der Chef einer Kameradschaft umgebracht wird, und das war Patzert, dann könnte das durchaus der Auslöser für einen allgemeinen und ziemlich blutigen Richtungsstreit sein. Vielleicht hat Finklin genau das beabsichtigt ...«

»Nett«, sagt die Staatsanwältin. »So was wie Beweise haben Sie auch?«

»Wir haben die enge Verbindung zwischen Harlass und Finklin ... Ich halte deshalb eine Hausdurchsuchung im Anwesen Finklin für dringend geboten. Und zwar besser jetzt als sofort. Da Harlass inzwischen im Gefängniskrankenhaus liegt, weiß Finklin, was auf ihn zukommen wird, und er wird versuchen, alles belastende Material ...«

»Eine Frage«, unterbricht ihn die Staatsanwältin. »Von wo aus wurde Harlass zuerst ins Krankenhaus gebracht? Von Crammenow, ja? Womöglich vom Anwesen dieses Finklin aus? Und wurde auch von dort der Notarzt angerufen?«

»Gewiss«, sagt Keith. »Trotzdem würde eine Hausdurchsuchung ...«

»Nein«, kommt die knappe Antwort. »Jemand mit einer Hausdurchsuchung zu überziehen, nur weil er sich um einen Schwerverletzten gekümmert hat, der ihm vor die Türe gefahren wurde – dazu bringen Sie mich nicht. Ich habe keine Lust, politischen Selbstmord zu begehen.«

»Dann bitte ich sehr um Entschuldigung«, sagt Keith. »Ich hatte gedacht ...« Er spricht nicht weiter.

»Was hatten Sie gedacht?« Plötzlich funkeln die Augen der Staatsanwältin. »Hat es Ihnen eigentlich nicht gereicht, wie der Anwalt Dingeldey uns vorgeführt hat? Ich will das kein zweites Mal erleben. Finden Sie heraus, lieber Herr Keith, über welche Kanäle diese verdammten Pistolen nach Berlin gekommen sind, und wenn da eine Spur zu dem Herrn Finklin führt, dann beschaffe ich Ihnen einen Hausdurchsuchungsbefehl, so schnell können Sie gar nicht gucken!«

Ulrich Jörgass hat eine Stulle aus seiner Aktentasche geholt, Edamer Käse und Schinken aus dem Sonderangebot, und sich dazu einen Pappbecher Cola aus der Supersparflasche vollgeschenkt. Kauend versucht er Zeitung zu lesen, genauer: den Kommentar eines Polizeireporters, der offenbar nicht so recht weiß, aus welcher Ecke der Wind weht, den er anzeigen soll.

»... Es ist eine gute Nachricht für diese Stadt, dass der mutmaßliche Gewalttäter und mehrfache Mörder Lutz Harlass sich nun hinter Schloss und Riegel befindet. Auch wenn sich dahinter erst einmal ein warmes Bett befindet – das des Berliner Gefängniskrankenhauses. Aber es bleiben Fragen. War Harlass ein Einzeltäter? Hat er getötet, um bei seinen Gesinnungsgenossen endlich deren verquere Anerkennung zu finden? Das klingt zwar einleuchtend, aber die ewigen Verschwörungstheoretiker von links bis rechts werden sich damit nicht zufriedengeben. Ein Glück nur, dass die energische Staatsanwältin Dagmar Wohlfrom-Kühn die Zügel wieder in die Hand genommen hat ...«

Verschwörungstheoretiker! Vergnügt spült Jörgass den letzten Bissen mit einem Schluck Cola hinunter, nimmt eine Schere aus seiner Schublade, schneidet den Kommentar aus, markiert den Satz über die Verschwörungstheoretiker rot und steckt den Ausschnitt in einen Umschlag der Hauspost. Den Umschlag adressiert er an Wolfgang Keith.

»Mahlzeit!« Die Tür hat sich geöffnet, und Lena Quist steht im Zimmer. »Weißt du, wo Keith steckt?«

Jörgass hebt kurz beide Hände, die Handflächen nach außen gekehrt. »Der war kurz hier, jetzt wird er bei der Staatsanwältin sein... Hat das Lena-Kätzchen wieder ein Mäuschen gefangen und muss es ihm zeigen?«

»Was will er bei der?«

»Was wird er bei ihr wollen! Einen Hausdurchsuchungsbefehl. Er will diesem Verrückten in Crammenow die Hütte auf den Kopf stellen. Das gibt bloß Ärger, ich schwör es dir.«

»Warum Ärger?«

»Weil es als Retourkutsche ausgelegt werden wird«, erklärt Jörgass. »Als Retourkutsche dafür, dass dieser Anwalt die Pistolen nicht herausrückt. Wahrscheinlich wartet der Kerl nur darauf, dass er uns noch mal vorführen kann. Aber...« Jörgass legt den Kopf schief. »...du kennst ja unseren Chef. Ich hatte diesen einen braunen Jüngling gerade so mürbe gemacht, dass er am Auspacken war – da kam Keith reingeplatzt, reißt das Gespräch an sich und merkt nicht einmal, wie der Jüngling plötzlich wieder blockt.«

»Und was hätte er auszupacken gehabt?«

Jörgass zuckt mit den Schultern. »Er hat ja nicht. Dies und das hätte es schon sein können... Moment!« Er zeigt mit der Hand auf Lena Quist. »Das warst doch mal wieder du, die herausgefunden hat, dass Harlass in Crammenow sein könnte, nicht wahr? Und stell dir vor – auch dieser Patzert und sein brauner Jünger hatten diese Eingebung. Meinst du nicht, wir sollten uns für das Vöglein interessieren, das ihnen das gepfiffen hat? Aber nein, unser großer Chef hat diesmal die ganz große Verschwörungstheorie ausgegraben. Was guckst du so?«

»Ach nichts!«, sagt Lena Quist und wendet sich wieder zum Gehen, »mir ist nur eingefallen... Ich muss noch mal weg.«

Jörgass blickt zur Tür, die hinter Lena Quist zufällt, tippt sich an den Kopf und klopft das harte Ei auf, das neben der zweiten Stulle liegt. Aber wieder einmal hat seine Frau das Ei nicht richtig abgeschreckt, das kann er nun schon gar nicht haben, wenn sich die Schale nicht glatt und sauber abpulen lässt.

Das kleine weiße Auto stößt auf den markierten Parkplatz zurück, Lena Quist steigt aus, läuft zur Haustür und drückt das Klingelsignal: zweimal kurz, einmal lang. Auf eine Antwort wartet sie gar nicht, sondern schließt mit ihrem Schlüssel auf, das Klingelsignal ist nur eine Ankündigung, Wolfgang mag es nicht, wenn er überfallen wird. Dabei ist es inzwischen ja eigentlich auch ihre Wohnung.

Er empfängt sie auch nicht an der Wohnungstür. Wieder schließt sie auf: »Wolfgang?« Keine Antwort. Kann es sein, dass er noch bei der Staatsanwältin ist? Irgendwo in ihrem Kopf macht sich ein seltsam unbestimmter Verdacht breit. Etwas ist nicht in Ordnung, denkt sie. Die Staatsanwältin kann ihn vielleicht anhören. Aber sie kann es doch gar nicht zulassen, dass er sich wieder in die Ermittlungen einschaltet. Dass du nicht in eigener Sache ermitteln darfst, das gehört zu den ersten Dingen, die man auf der Polizeischule eingetrichtert bekommt.

Dabei ist das noch nicht alles. Nur will sie über das andere nicht nachdenken. Sie wirft einen Blick in sein Zimmer, es ist leer, ebenso das Schlafzimmer. Sie setzt sich auf die Couch im Wohnzimmer und versucht nachzudenken. Schließlich nimmt sie ihr Handy und gibt die erste Kurzwahl ein, die sie gespeichert hat. Aber es meldet sich nur der Anrufbeantworter.

Ihr Blick fällt auf das Telefon, sie zögert kurz, dann nimmt sie den Hörer und ruft auf dem Display die Liste der Anrufe auf. Es erscheint eine Nummer, die sie nicht kennt, sie lässt den Hörer sinken, was sie da vorhat, geht eigentlich nicht, bei keinem Mann und erst recht nicht bei einem so misstrauischen … Entschlossen ruft sie die fremde Nummer auf, das Anrufsignal ertönt zwei- oder dreimal, dann meldet sich eine Frauenstimme:

»Adameit.«

Lena Quist nennt ihren Namen und bittet die Störung zu entschuldigen. »Erreiche ich bei Ihnen Herrn Kriminalhauptkommissar Keith – Wolfgang Keith?« Sie hätte eine wichtige Nachricht für ihn.

»Ja, also«, sagt die Stimme am anderen Ende der Verbindung, »sind Sie eine Kollegin von ihm?« Ohne eine Antwort abzuwarten, fährt die Stimme fort. »Er war hier, das ist richtig, und er ist mit Paul … mit Herrn Hintze ist er spazieren gegangen, also werden sie irgendwo ein Bier trinken. Haben Sie es schon auf dem Handy versucht?«

Ja, antwortet Lena Quist, das sei aber auf den Anrufbeantworter geschaltet.

»Da sehen Sie es«, meint die Adameit, »Paul hat seines erst gar nicht mitgenommen. Typisch Mann. Von Zeit zu Zeit wollen sie von der Leine gelassen werden.«

Lena Quist versucht ein Lachen, dann bittet sie noch einmal, die Störung zu entschuldigen, und legt auf. Sie schlägt im Telefonbuch nach und findet unter mehreren Teilnehmern mit dem Nachnamen Adameit auch den Anschluss Adameit-Hintze und dazu die Nummer, die sie gerade angerufen hat, als Adresse ist die Mittelstraße in Steglitz angegeben.

Lena Quist ist einmal um den Block herumgefahren, dann hat sie auch schon die schwarze VW-Limousine entdeckt, und sie hält kurz. Der Wagen ist korrekt geparkt, die Parkscheibe ist auf 14 Uhr eingestellt, jetzt ist es kurz nach 15.20 Uhr. Für einen Augenblick empfindet sie fast so etwas wie Triumph – sie hat den Wagen dort entdeckt, wo sie ihn gesucht hat.

Einige Meter entfernt ist ein zweiter Parkplatz frei, aber sie fährt einen Block weiter. Warum tut sie das? Sie weiß es selbst nicht. Sie will Wolfgang Keith nicht nachspionieren, um Gottes willen nicht! Jedenfalls soll er es nicht merken.

Schließlich findet sie einen Platz, nur noch einen Block vom Stadtpark Steglitz entfernt, und stellt den Wagen ab. Sie überlegt, noch einmal diese Frau Adameit anzurufen, und verwirft den Gedanken gleich wieder. Es wäre zu aufdringlich. Ob die beiden Männer nun wirklich einen Spaziergang machen oder nur irgendwo einkehren – sie werden jetzt so oder so noch nicht zurück sein. Sie verlässt den Wagen und schlägt den Weg zum Stadtpark ein. Dazu muss sie in eine Allee abbiegen, bleibt aber an der Einmündung erst einmal stehen und vergewissert sich, dass Wolfgang Keith ihr nicht entgegenkommt. Nach wenigen hundert Metern erreicht sie den Eingang zum Stadtpark, ja doch, jede Menge Leute gehen dort spazieren, aber was zum Teufel hat sie hier verloren? Es will ihr keine Antwort einfallen, und so wendet sie sich ohne weitere Überlegung nach rechts, zu einem der baumbestandenen Seen dieses Parks, einzelne Bäume tragen noch Herbstlaub, andere sind schon kahl.

Es ist kühl, sie hat den Kragen ihres Parkas hochgeschlagen, aber die Wolken lassen immer wieder Platz für ein Stück blauen Himmels. Frauen schieben Kinderwägen, Halbwüchsige albern herum und tun so, als wüssten sie bereits, dass sie keine Kinder mehr sind. Zwei Männer, die ins Gespräch vertieft sind, würden ihr eher auffallen als sie ihnen, so denkt sie, und mit einem Schritt wäre sie hinter den Bäumen oder in einem Seitenweg... Aber es kommen ihr keine zwei Männer entgegen, ins Gespräch vertieft, und sie beginnt, schneller und unbefangener zu gehen. Der Weg führt um den See herum, ihr gefällt der Ausblick auf die Wasserfläche und gibt ihr gleichzeitig einen Stich: So still und schön kann die Welt sein, denkt sie, ganz unbekümmert von dem, was einen einzelnen Menschen quält und umtreibt!

Ein Kinderspielplatz, ein bisschen viel Geschrei, so kommt es ihr vor, und in derselben Sekunde ermahnt sie sich: Warum sollen die Rangen nicht Krach machen dürfen, bloß weil dir die Übelkrähe auf der Schulter sitzt! Ein Restaurant kommt in Sicht, ach ja, das Bier, von dem Conny Adameit gesprochen hat. Aber als sie näher kommt, beschleichen sie doch Zweifel. Das hier ist ein Restaurant oder auch ein Tagescafé, draußen weht eine Schweizer Fahne, warum auch immer, wenn sie mit Wolfgang ausgeht, dann zieht es ihn in eine Berliner Eckkneipe. Sie zuckt mit den Schultern, einen Blick kann sie hineinwerfen, sie öffnet die Tür, das Restaurant ist gut besucht, der Lärmpegel ist hoch, dass zwei Männer hier beim Bier zusammensitzen und ein Gespräch führen, erscheint nicht sehr wahrscheinlich. Sie geht an den Tischreihen entlang, was wird sie tun, wenn Keith tatsächlich hier irgendwo sitzt und aufschaut und sie nicht mehr ausweichen kann?

Dann wird sie sich zu ihm hinsetzen und sagen, das ist gut, dass ich dich hier treffe, wir müssen reden ... So und nicht anders!

Aber niemand blickt zu ihr auf. Sie wirft einen Blick in das Nebenzimmer, aber dort tafelt eine Geburtstagsgesellschaft. Eilends schließt sie die Tür wieder und geht nach draußen und weiter, wieder kommt ein See in Sicht, am Ufer steht, von Bäumen beschattet, eine Parkbank, zwei Männer sitzen dort, man sieht nur ihre Rücken, der eine ist nach vorne gebeugt, als studiere er irgendwelche archimedischen Kreise, die er in den Sand gezeichnet hat.

Sie ist schon dabei, weiterzugehen, als sie doch noch stehen bleibt. Jetzt, sagt eine Stimme in ihrem Kopf, geh hin! Da vorne, das ist er doch! Plötzlich erschrickt sie vor sich selbst und macht einen Schritt zur Seite, hinter einen alten Baum mit mächtigem Stamm.

Einige Meter weiter steht eine großgewachsene Frau mit langem braunem Haar und spricht in ein Handy. Unterm Telefonieren wirft sie ihr einen wachsamen Blick zu, die Augenbrauen leicht hochgezogen.

Sie sind das schon wieder!«, sagt Conny Adameit und äugt durch den Türspalt. »Paul ist nicht da.«

»Tut mir leid, wenn ich ungelegen komme«, sagt Berndorf. »Dann werde ich wohl draußen auf ihn warten... Sie haben ihm von meinem Besuch erzählt?«

»Das habe ich.« Ihr Ton ist grimmig und abweisend. »Ich hätte es nicht tun sollen. Die Erinnerungen an früher tun ihm nicht gut.«

»Das kann ich verstehen«, meint Berndorf. »Trotzdem wäre es für ihn wichtig, mit mir zu reden.«

»Ach wissen Sie...« – Während sie das sagt, öffnet sie nun doch die Tür. »Wann immer jemand zu Paul gekommen ist und gesagt hat, das und das sei jetzt wichtig, dann war es für den anderen wichtig und nie für Paul! Aber wenn Sie schon hier stehen, dann kommen Sie in Gottes Namen herein.«

Berndorf folgt der Frau in das kleine, vollgestellte Wohnzimmer und bleibt dort vor der Regalwand stehen – ein paar Buchreihen, unterteilt von Fächern, in denen das Kaffeeservice und die Kognakschwenker und die Karaffe mit dem Weinbrand aufgestellt sind, auf halber Höhe ist ein großes freies Fach ausgespart, ein Landschaftsbild hängt dort und zeigt einen der Berliner Seen in unvermeidlicher Abendstimmung, darunter sind auf einem Regalbrett gerahmte Fotografien aufgestellt. Berndorf erkennt den Mann, den er auf dem Friedhof beobachtet hat, eine der Aufnahmen muss ein Schnappschuss gewesen sein und zeigt ihn jung, kräftig und mit aufgekrempelten Ärmeln. Weiter hinten auf dem Regalbrett entdeckt er ein Portraitfoto in ovalem Rahmen, das Foto einer jungen Frau mit kurzen blonden Haaren und einem kecken und energischen Zug im Gesicht.

»Das ist die Wally«, sagt Conny Adameit, »seine erste... das war seine Frau, sie hat sich...«

»Sie hat sich umgebracht«, vervollständigt er den Satz. »Ich weiß. Von Ihnen gibt es kein Foto?«

»Bin nicht hübsch«, kommt es knapp und schnippisch. »Muss nicht fotografiert werden.«

Berndorf weiß nicht, was er dazu sagen soll, und wechselt das Thema. »Auf der Beerdigung Regulskis waren Sie nicht? Ich habe Sie dort nicht gesehen.«

»Hören Sie, das geht Sie doch alles gar nichts an... aber wenn Sie schon fragen – all das, die Geschichte mit seiner Frau und dann das mit seinem Schwager Regulski, das gehört zu Pauls Welt. Und wenn er mal wieder auf den Friedhof zu seiner toten Frau geht, dann will er mich nicht dabeihaben und mich seiner Wally auch gar nicht erst zeigen. Also bleibe ich brav zu Hause... Aber was wollen Sie jetzt eigentlich genau von ihm wissen?«

»Das habe ich Ihnen doch gesagt. Er soll mir nur sagen, ob er sich an diesen Obdachlosen von zweiundneunzig erinnert, der in dem Neubau an der Torstraße biwakiert hat...«

»Das ist zwanzig Jahre her!«

»Eben«, sagt Berndorf. »Wenn er diesen Obdachlosen nicht eigenhändig totgeschlagen oder das Treppenhaus hinuntergeworfen hat, ist alles andere verjährt. Das ist auch der Grund, warum er ruhig mit mir reden kann... Einen Augenblick, bitte!« Rechts am Regalbrett lehnt griffbereit ein frankierter Brief, der offenbar zur Post gebracht werden soll. Ohne auf den Protest der Conny Adameit zu achten, nimmt Berndorf den Brief und betrachtet ihn, er ist an eine Christa Sowieso in Berlin-Hellersdorf, gerichtet, Postleitzahl 12627...

»Lassen Sie Ihre verdammten dreckigen Pfoten von diesem Brief!«, fährt ihn Conny Adameit an, »das ist eine Freundin von mir!«

Berndorf legt den Brief zurück und lächelt sie freundlich an.

»Was grinsen Sie so blöd?«

Er greift in die Brusttasche seines Sakkos und holt ein zusammengefaltetes Blatt Papier heraus. Es ist die vergrößerte Kopie, die ihm Finklin gezogen hat. Er faltet sie auseinander und zeigt sie ihr. »Sehen Sie, deswegen hat mich der Brief interessiert – das Be und das Ce, jedesmal sehr schwungvoll ausgeführt, in Bauernende wie in Berlin, in Crammenow wie bei Christa, und beide Male die Sieben mit dem Querstrich…«

»Und? Viele Leute schreiben so.«

Berndorf senkt ein wenig den Kopf und blickt ihr in die Augen. Aber sie hält dem Blick ungerührt stand. Dann klingelt sein Handy, er bittet um Entschuldigung und meldet sich, die Anruferin ist Tamar. »Wir sind hier am Kleinen Stadtparkteich, aber die Sache wird merkwürdig…«

Berndorf beendet das Gespräch, dann nickt er Conny Adameit zu. »Wir wollen die Sache jetzt zu einem Ende bringen. Es ist für Paul besser, wenn Sie dabei sind. Kommen Sie!«

Es ist kühl geworden, eine graue Wolkenfront hat den Himmel überzogen, bald wird die Dämmerung einsetzen. Der kleine Teich liegt still und spiegelt den dunklen Himmel, manchmal paddelt eine Stockente oder ein Haubentaucher vorbei und zieht winzige Bugwellen hinter sich her. Noch immer sitzen die beiden Männer auf der Bank. Von Zeit zu Zeit versucht Keith die Finger der linken Hand zu bewegen, um etwas Leben in den verletzten Arm zu bringen. Hintze hat schon lange nichts mehr gesagt. Eigentlich hat er überhaupt nichts gesagt.

Vielleicht sollte er noch einmal vorschlagen, dass sie irgendwo ein Bier trinken, denkt Keith. Aber wenn Hintze wieder nur schweigt, dann ist auch dieser Ausweg verbaut.

»Noch ein Platz frei?«, fragt eine Stimme hinter ihnen. Keith blickt auf. »Ach Sie!«, sagt er dann. »Ich hätte es mir denken können… Paul, das ist der Herr Berndorf, vielleicht hast du ihn auf der Beerdigung von Jonas gesehen.«

Wortlos weist der Mann, der Paul genannt wird, mit der Hand auf den freien Platz neben sich. Berndorf dankt und lässt sich auf der Bank nieder. Draußen auf dem See setzt ein

Wasservogel zum Tauchen an und ist auch schon verschwunden. Berndorf wartet, bis der Vogel wieder auftaucht, ein paar Meter weiter und ganz woanders, als er es erwartet hat.

»Es ist spät geworden«, sagt Berndorf schließlich. »Wir sollten uns ans Aufräumen machen, Kollege Keith.«

»Ach! Sie sind von der Stadtreinigung?«, spottet Keith. »Das ist mir neu.«

»Sehen Sie nicht, dass der Mann hier am Ende ist?«, fährt Berndorf fort und deutet auf Paul Hintze. »Dass er nicht mehr kann?«

»Was geht Sie das an?« Paul Hintze spricht mit leiser, gleichgültiger Stimme und muss sich dabei räuspern.

»Es geht vor allem Sie selbst etwas an«, antwortet Berndorf. »Sie können so nicht weitermachen. Sie übrigens auch nicht, Kollege Keith.«

»Lass ihn reden, Paul«, sagt Keith. »Er ist ein Wichtigtuer. Ein Trittbrettfahrer. Er wird schon wieder gehen.«

»Haben Sie Patzert eigentlich kennengelernt, als er bei der Freiwilligen Polizeireserve war, Kollege Keith? Sie wissen doch: Patzert, der Mann, der Ihnen den Lutz Harlass vermittelt oder angeschleppt hat…«

Keith hat sich auf der Bank zurückgelehnt und blickt, die Arme verschränkt, auf den See hinaus. Hintze sitzt nach vorne gebeugt und zeichnet, einen kleinen abgebrochenen Stecken in der Hand, Striche in den sandigen Boden, einen gerade, einen quer.

»Sie müssen nicht mit mir reden«, fährt Berndorf fort. »Die meisten Fragen sind ja schon beantwortet. Sie und Jonas Regulski hatten ja alle Informationen über das Netzwerk, das Giselher Marcks aufgebaut hat, dieses Netzwerk, dem sich niemand entziehen konnte, der hier einen größeren Auftrag bekommen wollte… Selbstverständlich wusste man auch bei der Firma Kübler und Schockenhoff Bescheid, nicht wahr, Herr Hintze?«

»Lassen Sie mich in Frieden!« Mit dem Fuß fährt Hintze

über die Kreuze, die er in den Boden gezeichnet hat, und löscht sie aus.

»Ich will Sie auch in Frieden lassen«, sagt Berndorf. »Es waren auch gar nicht Sie, sondern es war Conny Adameit, die in der Buchhaltung von Kübler und Schockenhoff Bescheid wusste, Bescheid zum Beispiel über den flinken Gutachtenschreiber Finklin in Crammenow, sie hat sogar eines dieser Gutachten besorgt, samt Namen und Adresse des wahren Verfassers... Und so hatten Sie eigentlich alle Informationen beisammen, Kollege Keith, aber zur Staatsanwaltschaft gingen Sie trotzdem nicht, Sie wussten, es wäre zwecklos gewesen. Das alles kann ich gut verstehen.«

»Was soll dann das Gerede?«, fragt Hintze.

»Weil die Geschichte ja weiterging«, antwortet Berndorf. »Irgendwer von Ihnen hatte dann die Idee, den Drahtzieher des Systems, also Giselher Marcks, so zurichten zu lassen, wie das sonst nur die Mafia tut, die mit einem Geschäftspartner unzufrieden ist. Das hätte zwingend zur Folge gehabt, dass die Staatsanwaltschaft und deren Fachleute für Organisierte Kriminalität die Geschäfte und Kontakte des Giselher Marcks hätten unter die Lupe nehmen müssen, und es wäre vielleicht doch noch all denen an den Kragen gegangen, die das Baugeschäft Hintze in den Ruin getrieben haben...«

»Lassen Sie mich da raus«, sagt Hintze und muss sich schon wieder räuspern.

»Kein schlechter Plan, muss ich sagen«, fährt Berndorf fort. »Überhaupt haben Sie Ihre Partie nicht schlecht gespielt, Kollege Keith, nur war sie von dem Augenblick an nicht mehr zu gewinnen, als Harlass durchgedreht ist und den Giselher Marcks erschossen hat... Ins Knie hätte er ihn schießen sollen, ich bin sicher, Sie haben ihm das eingeschärft...«

»Hören Sie auf«, sagt Hintze. »Erzählen Sie das...« Unvermittelt bricht er ab.

»Ja?«, hakt Berndorf nach, »wem soll ich es erzählen? Der Polizei? Die sitzt doch hier. Und zwar nicht in der Person des

Wachtmeisters Rumpelpumpel, sondern in der Person eines leibhaftigen Kriminalhauptkommissars, Leiter einer Mordkommission beim Landeskriminalamt, kompetenter geht es nicht, der gesamte Polizeiapparat steht zur Verfügung, zur Not greift man selbst zur Waffe oder setzt noch ganz andere Leute ein, Leute, die man vielleicht aus der Freiwilligen Polizeireserve Berlin kennt und die dann auch gerne bereit sind, in die Pampa nach Crammenow zu fahren und dort einen kleinen Job zu erledigen... Aber nicht einmal das hat geklappt, Kollege Keith, kapieren Sie endlich, dass Sie die Sache in den Sand gesetzt haben.«

»Das ist alles haltloses Gerede«, unterbricht ihn Keith, »es gibt in dieser Sache nur noch wenige offene Fragen, und eine davon ist, was Sie eigentlich mit dieser ganzen Geschichte zu schaffen haben und was Sie mit dem Mörder Lutz Harlass verbindet, dem Sie ja bis vor die Intensivstation nachgelaufen sind...«

»Ich habe aber auch eine Frage«, sagt eine Stimme im Hintergrund. Keith blickt auf, neben der Bank steht die Kriminalbeamtin Lena Quist, mit blassem Gesicht und einem harten Zug um den Mund. »Patzert und der andere Neonazi haben am Mittwoch in Crammenow nach Harlass gesucht. Woher wussten die, dass er dort sein könnte?«

»Ach Lena-Kätzchen!«, antwortet Keith müde, »die wussten oder hatten den Verdacht, dass Harlass von diesem Trotzkisten ferngesteuert ist, von diesem Finklin. Dass das kein so besonders harmloser Vogel ist, das wusste bereits die Stasi, und wenn wir jetzt ohnedies beim Spekulieren sind, dann würde es mich nicht wundern, wenn inzwischen auch Stasi-Leute bei den braunen Kameradschaften angeheuert haben...«

»Woher wussten die beiden«, beharrt Lena Quist, »dass Harlass in Crammenow sein könnte? Und ist es wahr, dass du diese Adresse dort schon die ganze Zeit gekannt hast?«

»Lena-Schatz, ich bin müde und hungrig, und der Arm tut mir weh«, sagt Keith, »geh nach Hause und mach ein Abendbrot.«

»Als ich herausgefunden habe«, sagt Lena Quist und beugt sich zu Keith und versucht, ihm in die Augen zu sehen, »als ich herausgefunden habe, dass Harlass möglicherweise nach Crammenow gefahren ist – da hast du gewusst, für dich hast du es gewusst, dass er auch wirklich dort ist, und du hast gewusst, zu wem er dort will ... Und jetzt sag mir wenigstens das eine, ob du diese Leute, diesen Patzert und diesen Kappolt, dorthin geschickt hast, ja oder nein?«

Berndorf ist aufgestanden, wendet sich nach hinten und gibt ein Zeichen. Unter den Bäumen kommt Conny Adameit hervor und geht zu Paul Hintze und redet mit leiser Stimme auf ihn ein. Auch Keith steht auf und geht blicklos an Lena Quist vorbei in Richtung des Teichs. Dort bleibt er für einen Augenblick stehen und streckt sich, als sei er zu lange auf der Bank gesessen.

»Eine Antwort«, bittet Lena Quist. »Eine einzige ernsthafte ehrliche Antwort. Bitte!«

Keith greift in seinen Hosenbund, aber dann ist auch schon eine dunkle schlanke schattenhafte Gestalt bei ihm, packt mit der einen Hand sein Handgelenk und entwindet ihm mit der anderen die kleine handliche Pistole, die er aus dem Hosenbund gezogen hat, und gibt sie an Berndorf weiter.

»Danke«, sagt Berndorf und nimmt sie mit spitzen Fingern, »in dieser Geschichte gibt es einfach zu viel von diesen blöden Dingern ...« Er blickt auf, Keith steht noch immer am Rand des Sees, dann dreht er sich um und hält die rechte Hand hoch und bewegt die Finger, offenbar muss der Griff schmerzhaft gewesen sein, mit dem ihm Tamar Wegenast die Pistole abgenommen hat. Er schaut zu Lena Quist und versucht ein schiefes Lächeln, sein Gesicht ist bleich und plötzlich schweißbedeckt, er macht einen schwankenden Schritt auf die Quist zu und wird von ihr und Tamar gerade noch aufgefangen, bevor er umkippt.

»Es geht schon«, sagt er, als er auf der Parkbank in Seitenlage liegt, »der Arzt war ganz zufrieden, heute Morgen, meine ich … Keinen Krankenwagen, bitte, ich bin gleich wieder …« Aber Lena Quist ist schon dabei, dem Roten Kreuz die Wegbeschreibung durchzugeben.

»Es ist meine Schuld«, sagt plötzlich Paul Hintze, der neben Conny Adameit steht wie ein zu groß geratener, zu alt gewordener Schuljunge. »Dieser verdammte Neubau …«

»Das ist nicht wahr«, unterbricht ihn die Adameit.

»Wohl ist es meine Schuld. Aber was hätte ich machen sollen? Immer wieder sind welche eingebrochen und haben dort übernachtet und was weiß ich welche Sauereien getrieben und den Estrich ruiniert …«

»Kommen Sie!« Berndorf nimmt ihn am Arm und dirigiert ihn einige Schritte zur Seite, bis sie außer Hörweite des Mannes sind, der auf der Bank liegt. Conny Adameit folgt ihnen und lässt Berndorf nicht aus den Augen.

»Zwanzig Jahre ist das her«, fährt Paul Hintze fort, »aber ich weiß noch, wie ich den Jonas gefragt habe, ob er da nicht mal eine Streife vorbeischicken kann, aber die richtige Polizei hat dafür keine Leute übrig. Deshalb hat er den Keith gefragt, und der hat dann die beiden Hilfssheriffs geschickt …«

»Und denen ist die Sache außer Kontrolle geraten?«

»Eine Schwuchtel war das«, sagt Hintze, und hebt abwehrend die Hand, als Conny Adameit ihm ins Wort fällt und meint, er soll nicht so reden. »Doch«, beharrt er, »eine Schwuchtel, ich hab den Kerl doch gesehen, da unten auf dem Estrich … Das sieht nicht schön aus, wenn einer da liegt, ganz kaputt und zerschmettert, und hat dann noch Weiberklamotten an, ganz übel wird es einem da.«

»Und was haben die Hilfssheriffs erzählt, wie es passiert ist?«

»Die hab ich gar nicht mehr gesehen. Keith hatte sie weggeschickt, noch bevor ich dazu kam. Jonas hat mir dann gesagt, die hätten den ganz oben gefunden, aber der Kerl sei unverschämt geworden und hätte sich gewehrt, und da sei es dann passiert …«

»Wer hat den Toten weggebracht?«

»Jonas hatte einen Streifenwagen dabei. Ich hab die Einfahrt aufgemacht, und er ist rückwärts rein... Und da haben wir ihn dann reingesetzt.«

»Wie er war, oder haben Sie den Toten in irgendwas eingepackt oder eingewickelt?«

»Hören Sie auf«, protestiert Conny Adameit, »das ist widerlich. Und eine Quälerei ist es auch.«

»Erst wollten sie ihn in Teerpappe einwickeln und in den Kofferraum tun«, antwortet Hintze. »Aber das war ein ziemlich langer Kerl...«

»Und da haben Sie ihn dann hinten reingesetzt, ich verstehe. Hat das nicht eine ziemliche Sauerei gegeben?«

»Das mussten die wissen«, antwortet Hintze. »Mir war das egal. Der Streifenwagen ist dann sowieso ausgebrannt, da hatten welche Mollies draufgeschmissen...«

Der vierte und letzte der Zeitungsausschnitte, denkt Berndorf und unterdrückt ein Lächeln. »Noch in derselben Nacht, nicht wahr?«

»Ja, noch in derselben Nacht. Jonas hat den Wagen vor der Wache stehen lassen, und da fuhren die vorbei und warfen die Mollies, verstehen Sie? Und da war dann alles verbrannt... Ich weiß auch, wo sie ihn reingeschmissen haben... Aber jetzt hat man ihn ja doch gefunden und rausgeholt, hab es ja in der Zeitung gelesen. Und wie ich es gelesen hab, wusste ich, dass jetzt alles rauskommt. Und dass es an mir hängen bleibt...«

Vom Eingang des Parks her hört man das Martinshorn, dann flackert Blaulicht über den Teich.

Die Maschine der Aeroflot hat keine Verspätung, aber – wie immer – dauert es mit der Gepäckausgabe, ehe der Strom der ankommenden Passagiere einsetzt. Karen wartet, und während sie wartet, weiß sie nicht, ob sie sich freuen soll. In einem verborgenen Winkel ihres Kopfes sitzt eine Unke und sagt, dass sie das besser nicht tun soll. Aber plötzlich kommt Stefan auf sie zu, groß und lässig und entspannt, und wieder hat sie – für einen kurzen Augenblick – das Gefühl, als hätte ihr das Leben oder das Schicksal oder der geflügelte Lausejunge eins vor den Solarplexus verpasst. Beim zweiten Blick sieht sie, dass er müde um die Augen ist, und als sie sich begrüßen, ist sein Kuss flüchtig, fast förmlich.

Ja, der Flug war gut; nein, ob das Berliner Projekt vorangetrieben wird, das hängt davon ab, wer künftig im Roten Rathaus regiert. Überhaupt ist Berlin nicht wirklich interessant, Russland ist interessant, 14 Milliarden Euro sollen bis zur nächsten Fußball-Weltmeisterschaft allein in den Ausbau des Moskauer Metro-Netzes gesteckt werden. Außerdem war er am Donnerstag noch in Nowosibirsk, vielleicht sehen so die Städte der Zukunft aus... »Und du?«

»Ach«, sagt Karen und ertappt sich dabei, dass sie sagen will, er habe ihr gefehlt. Zum Glück sind sie schon im Parkdeck, sie ist mit dem Jaguar hergekommen, aber das ist auch so eine Geschichte zwischen ihnen: Er geniert sich in ihrem kleinen Blechauto und sie sich in seinem Jaguar. Wieder einmal muss sie auf den Schlüsselchip drücken, damit die Hecklampen aufleuchten und sie das Auto wiederfindet, und plötzlich weiß sie auch, was sie ihm erzählen kann.

»Die Geschichte mit dieser Schießerei am Hallenbad hat Kreise gezogen«, beginnt sie, »das glaubst du nicht, der Typ, der das gemacht hat, der hat auch noch einen Polizisten totgeschossen und vielleicht auch noch jemand anderen umgebracht, und zum Schluss hat es noch mal eine Schießerei gegeben, da ist er verwundet worden, und dann hat er eine Geisel genommen... Wer fährt, du oder ich?« Sie sind am Wagen angelangt, Stefan Andermatt verstaut Aktenkoffer und Reisetasche und Mantel im Kofferraum, außerdem will er gefahren werden, also setzt sich Karen hinters Steuer, stößt zurück und fährt los.

»Ja, weiter«, sagt Stefan, »was war mit der Geisel?«

»Ach, die Geisel!«, sagt Karen. »Die hat ihn durch die Nacht gefahren, in ein Nest irgendwo im westlichen Havelland, Crammenow, das war nicht lustig, es hatte Nebel und immer mehr Nebel, und ich dachte, der Kerl da neben mir, der brabbelt noch irgendwas, und dann stirbt er gleich… die Geisel, weißt du, die war ich.«

»Aha«, sagt Stefan.

Karen unterdrückt die Versuchung, das Bremspedal bis zum Anschlag durchzutreten. »Aha«. Nichts weiter. Nun gut, vielleicht ist es eine helvetische Eigenart, einfach »aha!« zu sagen.

»Aber sonst – sonst ist alles okay«, fährt sie fort. »Die Woche ist ja schnell herumgegangen, am Donnerstag war die Geiselnahme, am Freitag haben wir den Toten aus dem Wasserloch geholt und… ach ja, das überhaupt Tollste, am Montag war ich im Theater…«

»Entschuldige bitte«, sagt Stefan, »was für einen Toten aus welchem Wasserloch?«

»Ach der! Der lag schon ziemlich lange darin. Und es ist auch gar kein Wasserloch, sondern ein Fließ, weißt du. Vermutlich war es ein Transvestit, den sie in einem Neubau das Treppenhaus hinuntergeworfen haben. Sagt Tamar…« Die Ampel schaltet auf Rot, und sie bremst den Jaguar ab. Plötzlich merkt sie, dass sie schlechter Laune ist. Irgendetwas muss passieren, jetzt, sofort, oder sie explodiert.

»Das tönt alles ganz interessant«, meint Stefan. »Offenbar muss ich öfter verreisen, damit was passiert. Das wäre dann wie beim Fußball im Fernsehen, oder? Da fallen die Tore auch nur, wenn ich nicht hinschaue.«

»Da fallen nicht nur die Tore, wenn du nicht hinschaust«, sagt Karen grimmig und kann wieder Gas geben, denn die Ampel schaltet um. »Ich sagte doch, das Tollste war am Montag… Da hast du mich ja sitzenlassen mit meinen Theaterkarten, und so bin ich eben allein dorthin, mit der einen überzähligen Karte. Aber weißt du, wer dort herumgeschlichen ist und eine einzelne Karte suchte? Weißt du es?«

»Sag es mir.«

»Du weißt es wirklich nicht? Ihr habt das nicht abgesprochen?«

»Jetzt verstehe ich dich gerade nicht. Was soll ich mit wem abgesprochen haben?«

»Dass Carsten Stukkart dort auftaucht. Das, mein Lieber, sieht mir doch sehr nach einer Absprache aus.«

»Stukkart? Du spinnst doch, oder?«

»Nein«, antwortet Karen kühl. »Frage doch deinen Chef am Montag einfach, wie ihm Amphitryon gefallen hat. Und...« – Sie gibt ihrer Stimme einen sanften, samtigen Ton. »...ob er auch mit dem weiteren Ablauf des Abends zufrieden war...«

Sie wirft einen Blick zur Seite. Stefan Andermatt blickt starr geradeaus.

»Ich weiß ja nicht, ob und wie Männer über so etwas reden.« Sie drückt aufs Gaspedal, um noch bei Dunkelgelb über die Kreuzung zu kommen. »Erzählen sie es einander, wenn sie guten Sex gehabt haben? Oder tauschen sie sich darüber aus, wie laut eine Frau wird, wenn es ihr kommt?«

»Hör bitte auf.«

»Warum? Du hast doch wissen wollen, was in dieser Woche so alles war?« Sie lacht. »Wusstest du übrigens, dass dein Chef eine ziemlich stattliche Ganzkörperbehaarung hat? Ich kam mir vor, als hätte ich den alten Gorilla aus dem Tiergarten zwischen den Beinen...«

Wieder schaltet eine Ampel auf Rot, der Jaguar wird abgebremst, Stefan Andermatt löst den Sicherheitsgurt und steigt aus, noch ehe der Jaguar zum Halten gekommen ist. Er geht zum Kofferraum und holt Mantel, Aktenkoffer und Reisetasche heraus, aber dann steht auch Karen am Kofferraum und hält ihm den Schlüsselchip hin, »das ist dein verdammtes Auto!«

Die Ampel springt auf Grün, der Fahrer des Wagens hinter dem Jaguar drückt auf die Hupe und leuchtet mit dem Fernlicht die beiden Gestalten an, die sich vor dem aufgeklappten

Kofferraum gegenüberstehen, dann dreht sich die Frau um, zeigt den hochgestreckten Mittelfinger und verschwindet in der Dunkelheit.

Du hast noch immer einen schönen Arsch«, sagt Carsten Stukkart und fährt der Staatsanwältin sachte mit der Hand über den Hintern.

»Wann begreifst du, dass Noch-immer-Komplimente absolut tödlich sind?«, fragt Dagmar Wohlfrom-Kühn. »Und lass das jetzt... Erzähl mir lieber, wie das mit der Kleinen war. Hat dir das nicht zu schaffen gemacht, so ein niedliches Geschöpf?«

»Niedlich?«, fragt Stukkart zurück. »War alles sehr appetitlich und gut anzufassen, nichts zu sagen. Aber das Vergnügen war etwas – etwas gestört, ja doch.«

»Weil sie rausgekriegt hat, dass du sie hast beschatten lassen?« Sie schlägt sich vor die Stirn. »Wie bescheuert muss ein Mann eigentlich sein, um auf so etwas zu verfallen? Nicht zu fassen... Sie hat das also schon gewusst, als sie hier raufgestiegen ist?« Ihre Hand beschreibt das französische Bett um sie herum.

»Ja, hat sie. Das heißt, raufgestiegen ist sie nicht. Sie wollte es auf dem Boden.«

»Ah ja... Und warum hat sie dir nicht einfach die Augen ausgekratzt?«

»Ich glaube, sie hat einen exhibitionistischen Zug.« Er hebt die behaarten Schultern und lässt sie wieder fallen. »Vielleicht ist sie auch ein bisschen masochistisch...«

»Eine Fortsetzung hat es nicht gegeben?«

»Nein.«

»Wirklich nicht?«

»Wirklich nicht.«

»Wenn doch, will ich das aber wissen...« Sie blickt auf ihre Armbanduhr, die sie nicht ausgezogen hat. »Mach jetzt aber mal das Fernsehen an«, sie dreht sich um und setzt sich im Bett auf, das Kopfkissen im Rücken und in die Bettdecke eingehüllt. »Regionalschau. Ich will sehen, was die aus dem Interview gemacht haben.« Stukkart nimmt die Zappe und schaltet den Wandbildfernseher ein, aber er muss herumsuchen, bis er das Regionalprogramm Berlin findet.

»Da!«, ruft die Staatsanwältin, denn auf dem Bildschirm erscheint die Aufnahme eines von hohen Bäumen überschatteten Gewässers, davor steht ein Reporter.

»... Taucher der Berliner Polizei haben gestern Nacht aus diesem Fließ im Spandauer Forst das Skelett eines Mannes geborgen, der 1992 in Berlin spurlos verschwunden ist. Der damals 38jährige Erwin K...« – auf dem Bildschirm wird das Foto eines grob geschminkten Mannes mit langen schwarzen Haaren eingeblendet, da der Mann lächelt, sieht man seine schlechten Zähne – *»... der in der Berliner Szene als die Wahrsagerin Carmencita bekannt war. Die näheren Umstände deuten daraufhin, dass der 38jährige einem Verbrechen zum Opfer gefallen ist. Besteht hier ein Zusammenhang mit dem inzwischen festgenommenen Lutz Harlass, dem mehrere Morde zur Last gelegt werden? Darüber sprach ich vor der Sendung mit der Leitenden Staatsanwältin Dagmar Wohlfrom-Kühn.«*

Die Staatsanwältin betrachtet sich, wie sie auf dem Bildschirm erscheint und »Nein« sagt.

»Einen solchen Zusammenhang können wir ausschließen. Lutz Harlass ist zu jung, um mit dem Tod von Erwin K. etwas zu tun zu haben. Die weiteren Schritte hängen jetzt vom Ergebnis der gerichtsmedizinischen Untersuchung ab.«

»Ist denn die Berliner Mordserie nun wirklich aufgeklärt? Und können Sie einen terroristischen Hintergrund ausschließen?«

»Haben Sie das nicht eine Nummer kleiner?«, fragt die Staatsanwältin in die Kamera. *»Wir haben zwei Verbrechen der vorsätzlichen Tötung, von denen wir überzeugt sind, dass wir sie Lutz Harlass zurechnen können. Das sind zwei Verbre-*

chen zu viel. Aber ist es deshalb eine Serie? Was den dritten Fall angeht, zum Fall des Mannes, der in seinem Auto verbrannt ist, gibt es zwar ebenfalls Hinweise, die für eine Tatbeteiligung von Lutz Harlass sprechen, aber jede Festlegung wäre verfrüht.«

»Und die Schießerei im Kongresszentrum? Es heißt, da seien Sie selbst das Ziel gewesen?«

»Wenn man sich umhört, und das ist Ihre Aufgabe als Journalist« – die Kamera zeigt, wie die Staatsanwältin sich dem Reporter zuwendet – *»dann hören Sie auch viel. Richtig ist, dass ich mich während dieses Vorfalls selbst im Kongresszentrum aufgehalten habe. Um jede Befangenheit meinerseits auszuschließen, habe ich meinen Kollegen Roland Meusebach gebeten, dass er diesen Aspekt der Ermittlungen übernimmt, soweit sie den von Ihnen angesprochenen Schusswechsel im Kongresszentrum betreffen.«*

»Sind das terroristische Taten?«

»Jeder Mord ist Terror«, sagt die Staatsanwältin auf dem Bildschirm und blickt ernst und entschlossen in die Kamera. *»Terror gegen das Leben. Aber Ihre Frage zielt darauf, ob Harlass Einzeltäter war. Und ich glaube jetzt, dass wir das positiv beantworten können. Harlass hat aus Hass und aus einem vermutlich rassistisch unterfütterten Fanatismus gehandelt. Aber er ist, da bin ich mir ganz sicher, ein Einzeltäter.«*

»Und es gibt auch keine Verbindungen zur Organisierten Kriminalität, zur Mafia?«

»Es ist richtig, dass wir in Berlin die Herausforderungen durch die Organisierte Kriminalität sehr ernst nehmen müssen.« Dazu zeigt die Kamera das Gesicht der Staatsanwältin in Großaufnahme. Es ist ein sehr besorgtes Gesicht. *»Aber mit dem Fall Harlass hat dies nichts zu tun. Lutz Harlass ist von psychisch und charakterlich labiler Struktur, auch wenn ich hier den weiteren Untersuchungen nicht vorgreifen will. Aber die Organisierte Kriminalität hätte sich eines solchen Mannes nicht bedient …«*

Auf dem Bildschirm erscheint jetzt wieder das Nachrichtenstudio, und der Sprecher wechselt zu den neuesten Kostensteigerungen beim Bau des Berliner Großflughafens. Stukkart stellt den Fernseher ab. »Fein hast du das gemacht, sehr überzeugend«, sagt er und will den Arm um sie legen, aber sie wehrt ihn ab.

»Jedenfalls tu ich einiges, um deinen Laden aus dieser Geschichte rauszuhalten«, sagt sie. »Aber ich beginne mich zu fragen, ob ich dafür nicht einen zu hohen Preis bezahle.«

Gedämpft sind die Signale eines Mobiltelefons zu hören. Dagmar Wohlfrom-Kühn runzelt die Stirn, dann steht sie auf, geht zu dem Sessel neben dem Bett und sucht zwischen ihren Kleidern, die sie dort abgelegt hat, nach ihrem Handy. Schließlich findet sie es, es klingelt noch immer, und sie meldet sich ...

»Dingeldey«, sagt der Anrufer, »ich bin untröstlich, wenn ich stören sollte, aber wir sollten uns dringend über einige dieser Leichen unterhalten, die sich in Ihrem Revier angesammelt haben, vielleicht morgen Vormittag schon?«

Donnerstag, 20. Dezember

Kein Streik, kein Wintersturm, ein wenig Schneeregen. Trotzdem hat der Flieger aus New York Verspätung, eine gute Dreiviertelstunde sogar. Berndorf hat eine Zeitung gekauft und sich mit einem Becher Milchkaffee auf einen Barhocker zurückgezogen. Glaubt man den Schlagzeilen, dann findet das Weltgeschehen auf dem Börsenparkett statt, und so will er schon zum Berliner Lokalteil weiterblättern, als ihm eine Notiz auf der Titelseite ins Auge springt:

»Regnier im Visier der

US-Börsenaufsicht

New York/Berlin. Eine wenig weihnachtliche Botschaft ist dem Vorstand des Regnier-Konzerns dieser Tage aus New York zugestellt worden: Die amerikanische Börsenaufsicht, die US Securities and Exchange Commission (SEC), ermittelt gegen den international operierenden deutschen Konzern wegen verbotener Schmiergeldzahlungen in der Größenordnung von mehreren hundert Millionen US-Dollar. Wie in New York zu erfahren war, sind die Ermittlungen durch ein umfangreiches Dossier ausgelöst worden, das ein ehemaliger leitender Angestellter von Regnier, Stefan A. (35), der SEC vorgelegt hat. Regnier, das sich dem Verfahren nicht entziehen kann, weil es sonst vom US-Kapitalmarkt ausgeschlossen würde, muss mit einer Strafe in doppelter Höhe der gezahlten Schmiergelder rechnen (ausführlicher Bericht im Wirtschaftsteil).«

Berndorf trinkt einen Schluck Milchkaffee und will zum Wirtschaftsteil blättern, als er dieses merkwürdige Gefühl wahrnimmt, beobachtet zu werden. Er blickt auf und in die Augen von Karen Andermatt, die an der anderen Seite des Tisches sitzt.

»Lustige Nachricht, finden Sie nicht?«, fragt sie. »Ich hoffe, Regnier hat noch rechtzeitig Ihre Kostennote beglichen.«

»Ist geschehen«, bestätigt Berndorf. »Besten Dank auch für den Auftrag! Stehe gerne jederzeit wieder zu Diensten, aber...« Er tippt auf die Zeitung. »Wenn ich das Kürzel Stefan A. richtig zuordne, wird Ihr Mann sich nicht mehr in Berlin aufhalten. Und Sie...?«

»Sie ordnen richtig zu, aber wir haben uns erst einmal getrennt. Für die Zeit zwischen den Jahren fliege ich zu Freunden nach London.«

»Und die Short Cuts über unsere künftige Regierende?«

Sie hebt kurz ihre Schultern und lässt sie wieder fallen. »Es geht nicht. Wir wissen zu viel voneinander. Das Projekt hätte ein unbefangenes Beobachten und Beschreiben vorausgesetzt. Aber von Anfang an war Manipulation und Täuschung im Spiel.« Sie schaut auf ihre Uhr. »Ich muss jetzt zu meinem Terminal... Grüßen Sie Tamar, wenn es sich ergibt.« Sie hebt die Hand und lächelt ihm zu, dann nimmt sie ihre Reisetasche und wendet sich zur Abflughalle.

Eine knappe halbe Stunde später fallen sich Berndorf und die Professorin Barbara Stein in die Arme und bleiben erst einmal so stehen und halten sich fest. Aber das sind Momente, die niemanden sonst in der Welt etwas angehen. Wieder eine Viertelstunde später steuert Berndorf das kleine Auto vom Parkdeck und will erzählt bekommen, aber Barbara, deren katzengrüne Augen diesmal vom Jetlag ein wenig verquollen sind, hat keine Lust und will selbst etwas hören.

»Weißt du schon, wann der Prozess gegen Harlass beginnt?«

»Irgendwann im Frühjahr, jedenfalls erst nach den Neuwahlen zum Abgeordnetenhaus«, vermutet Berndorf.

»Steht das in einem bewussten Zusammenhang?«

»Das wird das Landgericht mit Abscheu und Empörung zurückweisen.«

»Und wirst du als Zeuge auftreten?«

»Ich glaube nicht«, antwortet Berndorf. »Erstens habe ich in dieser ganzen Sache überhaupt nichts getan, ich bin spazieren gegangen, ich bin mit Leuten zusammengesessen, und einmal habe ich jemandem zugesehen, wie er um seine Frau getrauert hat. Nichts davon taugt zur Wahrheitsfindung.«

»Wird Harlass allein auf der Anklagebank sitzen?«

»Vermutlich. Dingeldey und ich haben Strafanzeige gegen den Kriminalbeamten Keith wegen Anstiftung zu vorsätzlicher Körperverletzung und versuchtem Mord erstattet, Keith ist zwar suspendiert, aber nicht in Haft. Er war mal am Umkippen, aber jetzt streitet er wieder alles ab, und die Staatsanwaltschaft sieht keinen dringenden Tatverdacht. Die kleine tapfere Polizistin, die gegen ihn ausgesagt hat, ist zum neuen bundesweiten Waffenregister nach Köln versetzt worden oder hat sich dorthin versetzen lassen... Apropos Waffen: Die beiden Pistolen, die Harlass abgenommen wurden, sind vermutlich in den Neunziger Jahren aus der Schweiz und aus Frankreich nach Berlin geliefert worden, als Hilfspolizisten der Freiwilligen Polizeireserve einen schwunghaften Waffenhandel aufgezogen hatten... Und der Fall, der wortwörtliche Fall des Transvestiten Carmencita wird sowieso nicht mehr aufgeklärt werden können, den einen beteiligten Hilfspolizisten, nämlich Patzert, hat Harlass dankenswerter Weise abgefackelt, der andere ist vor ein paar Jahren an Aids gestorben, so was passiert auch Ordnungshütern.«

»Und das ganze Sauna-Schwitz- und Schmiersystem, kommt das zur Sprache?«

»Tja«, sagt Berndorf, »da habe ich vielleicht einen Fehler gemacht, weil ich Dingeldey zugezogen habe. Dingeldey hat als Anwalt des notorischen Gutachtenschreibers Finklin einen Deal mit der Staatsanwältin Gnadenlos ausgehandelt – er und Finklin verhalten sich still, und die Staatsanwaltschaft stellt sich auf den Standpunkt, sie könne nicht nachweisen, dass Finklins Machwerke nicht vielleicht doch ihr Geld wert gewesen seien...«

»Und Harlass?«, fragt Barbara, »wird der nicht auspacken wollen?«

»Ich weiß nicht, was er für einen Anwalt hat und ob der schlau ist. Wenn er schlau ist, handelt auch er einen Deal aus – Harlass gibt zu, dass er den Giselher Marcks erschossen hat, und erzählt nichts mehr davon, dass ihn Polizisten dazu angestiftet haben. Dafür verurteilt ihn das Gericht nur wegen Totschlags und lässt es bei zwölf Jahren oder so bewenden, und spricht ihn in den beiden anderen Fällen wegen Mangels an Beweisen frei ... Stopp! Dazu kommt dann doch noch was, damit nämlich die Polizei ihr Gesicht wahren kann, ein versuchter Mord wegen der Schießerei im Kongresszentrum, macht summa summarum fünfzehn Jahre. In acht Jahren ist er wieder draußen.«

»Und das soll Gerechtigkeit sein?«

»Ach, Gerechtigkeit!«, sagt Berndorf. »Damit Gerechtigkeit stattfinden kann, muss einer schon in die Grube fallen, die er anderen gegraben hat.«

Es wirkten mit, in der Reihenfolge ihres Auftretens:

PAUL HINTZE, Maurer
JONAS REGULSKI, Polizeihauptkommissar
DAGMAR WOHLFROM-KÜHN, Ltd. Staatsanwältin
KAREN + STEFAN ANDERMATT, noch nicht allzu lange verheiratet
CARSTEN STUKKART, Berlin-Chef der Regnier AG
LUTZ HARLASS
SIEGMAR PFAUTH, Feuilletonredakteur
SOPHIE ROSENBLATT, Buchhändlerin
HANS BERNDORF
GENNADIJ WASSILJEWITSCH RUZKOW, Geschäftsmann, mit milit. Vergangenheit
PAUL WINDSHEIMER, Landesverband der Privatdetektive
GISELHER MARCKS, Senatsangestellter
MEYER-PLOGSTETT, Baurat, Verkehrsdezernat
KARL-HEINZ WOTRUBA, Diplom-Ingenieur
WOLFGANG KEITH, Kriminalhauptkommissar
TAMAR WEGENAST
ANNELIESE JANUSCHKAT, Witwe
RUTH UND CHRISTOPH RAUTEK-PHILIPPI, Antiquare
WILFRIED BROCH, Kriminaltechniker
LENA QUIST, Kriminalbeamtin
ULRICH JÖRGASS, Kriminalkommissar
SIEGFRIED TÄUBNER, Kriminalkommissar
ARNO TRIGLAW, Staatspartei
KROPPENSCHMITT, Hausverwalter

DOLF PATZERT, eine Führernatur
PROF. DR. EBERHARD WOHLFROM, Mediävist
DR. JOCHEN LÜDICKE, Wirtschaftsanwalt i. R.
BRUTUS FINKLIN
MARIA, aus Russland oder der Ukraine
KAI, hat keinen Nachnamen, ist aber behilflich
UWE KAPPOLT, ein Gefolgsmann
VERA GRAMITZ
ERWIN KRUMMSCHMIDT, alias Carmencita †
JOSEPH DELANO WILSON, hatte eine Rechnung offen
PROF. EWALD CARIUS, Architekt
HOLGER MISSENPFUHL, Justizsenator
ROLAND MEUSEBACH, Staatsanwalt
ADRIAN DINGELDEY, Prof. und gelegentlicher Strafverteidiger
BOLLNOW, Polizeihauptmeister
CLAUDIA WÜLLENHORST, Literaturagentin
CONNY ADAMEIT, Buchhalterin mit Durchblick
BROZULAT UND KEVIN, beides Tauch-Club Spree-Otter
und
WANDA KUHLEBROCK, Radio-Moderator